Twee succesvolle jonge auteurs slaan de handen ineen en vormen samen het spanningsduo **A.J. Kazinski**: Anders Rønnow Klarlund (Denemarken, 1971) en Jacob Weinreich (Denemarken, 1972). *De laatste goede man* was hun eerste boek bij De Geus en werd bekroond en in meer dan twintig landen uitgegeven. De filmrechten voor dit boek zijn gekocht door Lars von Trier.

Van A.J. Kazinski verscheen ook bij De Geus
De laatste goede man

FSC
www.fsc.org
MIX
Papier van
verantwoorde herkomst
FSC® C110751

A.J. Kazinski

De slaap en de dood

Uit het Deens vertaald door
Femke Blekkingh-Muller

DE GEUS

Oorspronkelijke titel *Søvnen og døden*, verschenen bij
Politikens Forlag

Omslagontwerp Mijke Wondergem
Omslagillustratie © Robert Jones/Arcangel Images
ISBN 978 90 445 2829 9
NUR 332

DEEL I

Het boek van het bloed

Mensenkind, oordeel over de bloedstad,
oordeel en laat haar al haar gruweldaden beseffen.
Zeg: 'Dit zegt God, de HEER*:*
Je bent een stad van bloedvergieten, en daarom is je tijd gekomen!
EZECHIËL 22, 2-3

1

Dood. Dat was ze. Gedwongen om over te gaan naar de andere zijde van het leven. Ze wilde niet meer terug. Nooit meer, er was voor haar niets om naar terug te keren. Maar ze wist dat ze over enkele ogenblikken weer terug zou worden gehaald, ze zou tegen haar wil terug worden getrokken, worden meegesleurd door tijd en ruimte. Ze zou 220 volt op haar borst krijgen, ze zou de hel die haar lichaam was geworden weer voelen. Hij zou alles doen om haar weer terug te halen. Misschien moest ze proberen om contact te maken? Zodat ze rust kon krijgen. En hem rust kon geven.

Ze hoorde een schreeuw. Achter zich? Schreeuwde ze zelf? Ze zag de zilveren draad die zich speels en oneindig kronkelde, maar haar ziel nog steeds verbond aan zijn aardse omhulsel. Als een navelstreng. Iets dat moest worden doorgeknipt. Ze moest vechten – dat was haar nu wel duidelijk. Hij mocht haar niet weer te pakken krijgen, haar terugsleuren naar het leven, haar martelen, steeds opnieuw doden. Ze moest naar het licht gaan. Weg. Nu trok hij aan haar, hij was begonnen met reanimeren. Ze keek naar de zilveren draad, hij stond strak gespannen als een elastiek.

Laat me binnen. Ik smeek jullie.

Precies op het moment dat ze de warmte van het licht kon voelen, kreeg ze antwoord.

Jij bent degene die vasthoudt. Wij niet.

Nee. Ze vergisten zich. Wie ze ook waren. Ze was klaar. Zij was niet degene die vasthield, zij wilde verder, niet terug naar haar gepijnigde lichaam.

Hij is het. Niet ik. Jullie moeten me helpen.

Op datzelfde ogenblik werd ze teruggetrokken, als een vis die aan de haak is geslagen en door het water wordt gesleurd. Om haar heen verdween de wereld.

Het schitterende net dat de aarde omhulde, was het laatste wat ze zag voordat alles donker werd.

Daarna pijn. Oneindige pijn.

'Kun je me horen?'

Ze herkende de stem. Was het haar vader? Nee, hij zou haar dit niet aandoen. Ze werd wakker.

'Kun je me horen?'

Zijn stem klonk rustig, vriendelijk, zorgzaam – een stem die niet paste bij zijn daden.

'Ik geef je wat te drinken. Probeer je mond maar open te doen.'

Frambozensap, net zoals ze ooit in het ziekenhuis had gekregen toen ze daar lag met een gebroken arm en geopereerd moest worden.

'Het doet pijn', fluisterde ze.

'Drinken doet pijn?'

'Ja.'

'Je spieren hebben een flinke klap gekregen toen ik je terughaalde. Het gaat snel weer over. Ik heb een pijnstiller in het sap gedaan. Probeer nog maar wat te drinken.'

Ze dronk. De dikke vloeistof baande zich een weg door haar strottenhoofd. Eindelijk kon ze haar ogen opendoen. Ze herkende haar appartement. Haar bed, de ventilator aan het plafond. Hij stond stil. Ze had haar appartement nog nooit vanuit deze positie bekeken, plat op de grond liggend. Vastgebonden. Ze kon haar armen en benen niet bewegen. Vis, dacht ze en ze herinnerde zich een spelletje uit haar kindertijd. Vogel, vis of ertussenin. Wat raar dat ze daar nu aan dacht. Maar misschien ook niet. *Ertussenin* – ik was ertussenin, zei ze tegen zichzelf. Tussen dood en levend, op een plek die de katholieken het vagevuur noemen, maar die helemaal niet lelijk of naar is. Ik ben nu een vis, ik zou een vogel moeten zijn.

Hij stond op. Legde een boek op het dressoir en deed een paar ongeduldige stappen door de kamer. Had hij zitten lezen terwijl zij dood was? Het was haar boek, haar bijbel, met de eenvoudige titel *Faidon*. Als ze dat niet had gelezen, niet was gegrepen door de ideeën van Socrates over de onsterfelijkheid van de ziel, zou ze hier nu niet hebben gelegen. Curiosity killed the cat.

'Kun je praten?'

'Ja.'

'Heb je contact gemaakt?'

Misschien moest ze iets verzinnen. Wat zou hij willen horen? Wat zou hem laten stoppen en maken dat hij haar voor de laatste keer de injectie zou geven?

'Ja, ik heb contact gemaakt. Heel kort', fluisterde ze.

'Is dat echt waar? Je mag niet tegen me liegen.'

Haar ogen liepen vol tranen. 'Nee. Misschien. Ik weet het niet.'

Ze wilde haar tranen wegvegen, maar haar handen waren nog steeds op haar rug gebonden, losjes weliswaar; er zat een dun fluwelen bandje om het touw zodat het geen schaafplekken zou maken. Dat had hij haar verzekerd.

'Ik kan niets zien.'

Hij veegde het water uit haar ogen.

'Wil je mijn hoofd losmaken, het doet zo'n pijn.'

'Nee. Je moet terug. We gaan door totdat het is gelukt. Begrijp je niet hoe belangrijk dit is?'

'Niet doen', zei ze, maar haar protesten werden verstikt door haar tranen.

'Dit is de laatste keer, dat beloof ik.'

Ze rook kaneel in zijn adem, kaneel en thee. Had hij met een kop thee in zijn hand *Faidon* zitten lezen terwijl zij dood was? Zoals een Engelse generaal in de oorlog: onaangedaan, koel. Stoïcijns. Had hij zich getroost met de gedachte dat het oké was om haar steeds opnieuw te doden omdat Socrates zelf had bewezen dat wij mensen een onsterfelijke ziel hebben?

Ze schraapte haar keel: 'Het is niet zoals jij denkt.'

'Jawel. Het kan echt. Het was jouw eigen idee.'

Werd er aangebeld? Ze keek naar zijn gezicht. De angst. De heen en weer schietende blik. Er werd nog een keer gebeld. Dit keer was ze er zeker van dat ze het hoorde. Ze wilde schreeuwen. Als ze had gekund. Maar hij hield zijn hand hard op haar mond gedrukt. De seconden gingen voorbij. Toen opnieuw stilte.

'Dat is iemand van mijn werk', fluisterde ze toen hij zijn hand had weggehaald. 'Ze vragen zich af waarom ik ...'

De pijn rond haar nek. De woorden namen te veel plaats in in haar keel. Ze keek hem aan. Ze zag welke gedachten door zijn hoofd schoten: wanneer zullen ze de deur intrappen?

Ergens tussen de een of twee etmalen waren er voorbijgegaan sinds hij was gekomen, dacht ze. Misschien anderhalf. Anderhalf etmaal waarin zij gevangen werd gehouden in haar eigen appartement. Hij had haast. Dat kon ze aan hem zien toen hij opstond en een paar rondjes om zichzelf draaide. Hij keek op zijn horloge. Zette zijn mobiel aan. Er kwamen twee berichten binnen. 'Ik heb geen tijd', fluisterde hij tegen zichzelf en hij liep naar de keuken met zijn telefoon.

Op dat moment voelde ze het. Het touw op haar rug was losgegaan. Ze kon haar linkerhand loswurmen, haar slanke pols trok zich los uit de fluwelen band. Ze hoorde hem in de keuken: 'Nee, het is goed dat je belt. Mag ik je terugbellen als ik thuis ben?'

Thuis, dacht ze. Heeft die duivel een thuis? Ze probeerde zich te concentreren, maar dat werd bemoeilijkt door de stoffen die in haar hersenen zaten; alles wat hij haar gedurende vele uren had ingespoten. Met haar vrije linkerhand kon ze ook de band waarmee haar andere hand was vastgebonden losmaken. Met haar beide handen zocht ze de bouten van het apparaat waarmee haar hoofd was vastgezet. Ze hoorde hem in de keuken: 'Het geeft niet. Nee, ik meen het. Echt.'

Een veel te prettige stem. God had ervoor moeten zorgen dat de stem van de mens overeenkwam met de hoeveelheid kwaad in zijn ziel. Dan was zij hier nu niet geweest. Dan had ze meteen de eerste keer dat ze elkaar hadden ontmoet een duivel horen sissen. Want ze kende hem. Goed zelfs. Misschien was er geen mens met wie ze vertrouwelijker was geweest. Aan wie ze haar allerdiepste geheimen had toevertrouwd. Ze had hem vertrouwd. En toch deed hij haar dit aan.

'Ik kan morgenochtend vroeg komen', zei hij in de keuken.

Ze had de eerste bout losgedraaid, de dikke stof die tussen de bout en haar hoofd zat viel op de grond. De tweede bout was makkelijker.

'Denk je dat dat zou helpen?'

Ze haalde het niet. Ze kreeg tranen in haar ogen. Zou het zin hebben als ze om hulp riep? Waarschijnlijk niet. Ze was ook bang dat ze geen stem meer had en dat hij meteen zou komen aanrennen.

'Kun je heel even blijven hangen?' zei hij in de telefoon.

Ze hoorde zijn voetstappen. Ze verborg haar handen weer op haar rug en keek strak naar het plafond. Uit haar ooghoek kon ze zien dat hij zijn hoofd om de hoek van de keukendeur stak om naar haar te kijken. Hij deed de deur weer achter zich dicht. Nú. Met beide handen tegelijk bewerkte ze de bouten, alleen die bij haar slapen, de achterste waren niet belangrijk.

'Zouden jullie graag willen dat ik nu kom?'

Hij was niet van plan om haar in leven te laten, dat wist ze. Ze was niet bang om dood te gaan – maar ze zou wel vechten. Haar lichaam zou vechten.

'Mag ik je terugbellen?'

Haar hoofd was los. Nu haar enkels nog. Hij had zijn gesprek afgerond. Ze haalde het niet. Ze zou vechten. Schreeuwen en worstelen. De band waarmee haar enkels waren vastgebonden had een simpele klittenbandsluiting, hetzelfde soort als wordt gebruikt in klinieken voor geestelijk gehandicapten, en zoals de peuters in de speeltuin aan hun schoenen hebben. Maar toen ze de sterke repen stof van elkaar scheurde, klonk er een luid, herkenbaar geluid.

Ze hoorde hem in de keuken, ze scheurde de laatste band los en kwam overeind. Ze raakte iets met haar voet terwijl ze naar de deur liep. Een boek? Het geluid van iets wat over de vloer schoof en ergens in de slaapkamer tot stilstand kwam. Op het moment dat hij de deur opendeed, stond hij opeens oog in oog met haar. Daar had hij niet op gerekend.

'Dit hoeft niet slecht af te lopen', zei hij. Ze hoorde de nervositeit in zijn stem. Op het moment dat hij naar zijn zwarte tas vol met injectiespuiten en verdovende stoffen keek, rende ze de hal in. Hij probeerde haar te pakken te krijgen, maar ze gaf hem een klap.

'Nee!'

Hij greep naar zijn hoofd, hij had haar nog steeds bij haar pols vast terwijl hij naar zijn tas keek. Ja, zonder die tas ben je niets, hè, dacht ze. Op datzelfde moment liet hij los. Ze vlóóg naar de deur. Hij had de ketting erop gedaan, ze worstelde om hem los te krijgen.

'Help', schreeuwde ze, maar haar stem klonk zwak.

Ze zag hoe hij in de woonkamer, op een paar meter afstand, met professionele snelheid een injectiespuit klaarmaakte. Precies op het moment dat zij de ketting van de deur had, was hij klaar. Hij haalde haar in voordat ze het appartement uit was en greep haar bij haar nek. Ze probeerde om hulp te roepen, maar zijn grote hand omklemde haar kaak terwijl hij de verdovende vloeistof bij haar naar binnen spoot, op een willekeurige plek ergens tussen haar hals en schouder. Het deed pijn, misschien was dat de reden dat haar lichaam de kracht vond voor een laatste protest: ze sloeg met haar beide armen naar achteren, ze raakte iets, misschien zijn hoofd, in ieder geval liet hij haar los. Ze deed de deur open, rende half struikelend de trap af en klopte op een deur.

'Help me!'

Ze hoorde hem achter zich. Zonder om te kijken rende ze de trappen af. Ze was sneller dan hij, dat wist ze, maar ze voelde ook de verdovende, hallucinerende stof waarmee hij haar lichaam had vervuild. Zijn zware voetstappen achter haar gaven haar de laatste kracht om de voordeur open te trekken en de stoep op te rennen. Nu pas werd ze zich ervan bewust dat ze geen kleren aanhad. Zelfs geen ondergoed. Die verspilde seconde gaf hem de tijd om haar in te halen. Hij was vlak achter haar op de stoep, ze hoorde zijn stem: 'Ik doe je echt niets', zei hij. 'Je kunt toch zo niet rondlopen.'

Ze wilde wegrennen, maar hij hield haar vast bij haar haren, zodat ze viel. Ze gilde, schopte naar hem en wist een beetje afstand tussen hen te creëren. Waar was hij gebleven? Ze keek naar de geparkeerde vrachtwagens. Iemand riep iets in een vreemde taal. Ze begon weer te rennen, ze voelde dat haar benen al zwaar werden. Ze mocht niet vallen, niet toegeven, dat zou haar fataal worden. Dan zou hij haar grijpen, terugdragen naar het appartement en de mensen wijsmaken dat alles in orde was, dat hij het verder wel zou regelen.

'Hé schoonheid, ben je niet iets vergeten?'

Iemand lachte. Ze wist dat hij ergens achter haar was en alleen maar wachtte totdat ze moest toegeven aan de verdoving. Mensen vertrouwden hem. Zij had hem vertrouwd, ze had gedacht: wat een prettig mens. Hij had echt alles van haar gedaan kunnen krijgen.

'Kijk uit, stom wijf! Trek iets aan.'

Ze moest langzamer lopen. Het rode stoplicht op het kruispunt steeg op als een vliegtuig van de luchthaven. Nee. Dat was niet echt zo. Dat wist ze. De andere keren was de verdoving ook begonnen met hallucinaties, de grond was vloeibaar geworden en het plafond had bewogen. Ze had hem moeten vragen of hij de ventilator aan het plafond wilde uitzetten.

'Straks word je nog overreden. Laat me je helpen', riep hij.

Ze draaide zich om. Een echo ergens in de verte. Een paar auto's stonden stil op de weg, misschien door de warmte, dacht ze. Niets kan bewegen in deze warmte. Ze haalde naar hem uit en rende de straat over. De trein reed tegen haar aan. Nee, hij reed onder de brug door. Ze lachte om zichzelf, ze lachte lang en hield met twee vingers haar linkerooglid open terwijl ze naar het midden van de brug liep. Hiervandaan kon ze de eeuwigheid zien, helemaal naar Tåstrup en terug, zei ze, of misschien dacht ze het alleen. Eén vluchtig moment zag ze in wat er met haar gebeurde. Het zou niet lang meer duren voordat ze het bewustzijn verloor. Alles wat ze nu ervoer, was gehuld in mist, ze kon niet meer op haar zintuigen vertrouwen.

'De reling', fluisterde ze hees terwijl ze zich op haar knieën liet vallen. DYBBØL kon ze nog net op een bordje lezen voordat haar handen het koude staal vastgrepen. Ze keek over haar schouder. 'Laat me met rust.'

Er reed een trein onder haar door, naar het perron. Ja, dacht ze. Ik moet ook verder. Het metaal van de brugreling werkte een paar seconden als tegengif voor de onwerkelijkheid die haar van alle kanten insloot. Metaal op huid. Zwart op wit.

'Roest', zei ze terwijl ze op de reling klom. Wanneer zou haar trein komen? 'Ga weg', schreeuwde ze toen er iemand naar haar toe kwam. Degene voor wie ze was gevlucht? De duivel. Het maakte niet uit. Over enkele ogenblikken zou ze op de trein springen. De trein naar de eeuwigheid.

2

Islands Brygge. 23.35

Wat is een moord? Wat weten wij eigenlijk van het leven? En de dood?

Dat was wat Hannah Lund dacht terwijl ze even voor middernacht op het kleine dakterras stond, niet in staat om de slaap te vatten. Ze deed voorzichtig de terrasdeur dicht, ze wilde Niels niet wakker maken. Al was hij waarschijnlijk allang wakker en had hij waarschijnlijk allang in de gaten wat er met haar aan de hand was. Niels merkte altijd alles, haar humeur, al die kleine signaaltjes die je de wereld in stuurt zonder je ervan bewust te zijn. Daarom was hij politieonderhandelaar – een van de besten op zijn terrein – degene die ze stuurden als het nodig was wanhopige mensen ervan te weerhouden verschrikkelijke dingen te doen. Daarom was hij ook de juiste voor haar. Zij was ook een wanhopig mens.

Gekleurde lampen, rood en groen, weerspiegelden in het zwarte water, helemaal aan de andere kant van de haven. Waarom alleen rood en groen? dacht Hannah en ze stak nog een sigaret op. Ze zou in haar kano moeten springen en door de nacht peddelen – ernaartoe. Meedoen aan het feest. Het belangrijkste middel tegen de slapeloosheid en al die domme, niet te beantwoorden vragen die opkwamen als haar lichaam weigerde te slapen, was het doorbreken van het verkeerde patroon. Het ging erom dat je geen slechte relatie kreeg met de uren waarin het donker was, dat je niet de vijand werd van de slaap. Je moest de tijd gebruiken voor iets zinnigs. Je moest geestelijk met je zorgen aan de slag gaan, had ze ergens gelezen. Oké. Mijn zorgen, dacht ze en ze hoopte dat die op de vingers van één hand te tellen waren: Eén, ik ben zwanger en ik heb het niet aan mijn man verteld. Omdat ik een abortus wil. Het embryo doodmaken. Een móórd plegen. Ik weet niet of ik een normaal kind kan produceren. Het enige kind dat ik heb gekregen, was defect. Ziek, psychisch niet in orde. En hij heeft uiteindelijk zelfmoord gepleegd. Enerzijds was hij gezegend met een buitengewone begaafdheid, anderzijds vervloekt met een buitengewone begaafdheid. Precies zoals ikzelf, dacht ze.

Hannahs ouders hadden zich voor haar geschaamd toen ze klein was. Ze hadden geprobeerd om haar te laten zijn zoals de andere kinderen. 'Doe toch niet zo slim', had haar vader gezegd. Pas toen ze op zeer jonge leeftijd op het Niels Bohr Instituut was komen werken, had ze zich thuis gevoeld in de wereld. Thuis tussen de andere gekken, die ook niet merkten dat er voedselresten tussen hun tanden zaten, dat ze hun bloes binnenstebuiten aanhadden, of twee verschillende schoenen droegen. Dat was gewoon iets wat andere mensen niet konden begrijpen. Dat de normale wereld helemaal kon verdwijnen. Dat het enige wat nog bestond, de vergelijking was, de oplossing, de getallen die in zo'n hoog tempo door haar hoofd tolden dat ze niet in de gaten had dat ze haar fietshelm nog ophad, al was ze drie uur geleden binnengekomen.

Was dat één probleem, of waren het er meer? vroeg ze zich af toen ze haar spiegelbeeld in het raam zag. De mooiste vrouw die ik ooit heb gezien, zei Niels altijd over haar, als hij boven op haar lag en in haar ogen keek. Ze kon nu niets moois ontdekken. Gewoon een vrouw van midden veertig met halflang, donkerbruin haar. Toen ze jong was, had ze over haar hele gezicht sproetjes gehad. Nu leek het wel of ze weg waren gewassen, je zag ze nog heel vaag, maar alleen op een zomerse dag. Ze ging verder met haar nachtelijke studie: goed figuur, bijna net zo lang als Niels. Slank, misschien iets te mager. Ze was afgevallen sinds ze zwanger was, afgevallen door de zorgen, juist nu ze eigenlijk moest aankomen. Behalve haar borsten. Die waren misschien iets groter geworden. Ze hield de kaars dichter bij het raam zodat ze haar ogen kon zien. Angst. Ik ben doodmoe, dacht ze. Ik weet niet of ik nog wel van hem hou. Van Niels. Ik weet niet of ik in staat ben om van iemand te houden. Misschien is dat iets wat niet iedereen is gegund?

Ze had nog een Gauloise nodig, misschien ook een borrel. Ze zou haar zorgen nog een keer doornemen voordat ze naar bed ging.

3

Islands Brygge. 23.37

Zijn telefoon, die op de keukentafel lag, bromde. Niels Bentzon keek op zijn horloge. Dat kon alleen zijn werk zijn. Een of andere wanhopige zielepoot wilde zichzelf of anderen van het leven beroven en moest nu weg worden gepraat van de afgrond. Vanavond niet, dacht Niels. Ze moesten de volgende op de lijst van politieonderhandelaars maar bellen.

De telefoon bleef brommen.

Hannah stond buiten op het dakterras, minder dan vier meter bij Niels vandaan, maar ze was toch een heel universum van hem verwijderd. Hij had naar haar gekeken terwijl ze haar eigen spiegelbeeld bestudeerde. Ze was niet tevreden, dat kon hij zien. Niels Bentzon deed of hij sliep toen ze sigaretten en muggenspray kwam pakken. Ze deed wel haar best om zachtjes te doen, maar hij had haar buiten op het terras al in zichzelf horen fluisteren. Net zoals gisternacht. En de afgelopen vele nachten. Hij wist dat het alleen maar erger zou worden als ze het gevoel had dat ze hem ook lastigviel met haar slapeloosheid. Maar dat was wel het geval.

Hannah had zich de afgelopen tijd teruggetrokken in zichzelf. Misschien was het te impulsief geweest om zich halsoverkop in een leven samen te storten. Misschien waren ze te snel getrouwd. Niels dacht daar vaak over na. Hadden ze een kinderlijke verliefdheid verward met echte liefde? Was dat het?

Hannah deed voorzichtig de deur achter zich dicht en verdween weer naar het terras. Niels kon het gloeiende puntje van haar sigaret zien oplichten en weer verdwijnen. Als een hartslag, de hartslag van de nacht. Als hij niet beter wist, zou hij hebben gedacht dat ze zwanger was. Haar borsten waren de laatste tijd wat gegroeid. Dat had hij gevoeld toen hij haar op een dag in de keuken van achteren had beetgepakt. Ze had hem afgewezen. Haar billen naar achteren geduwd en zich losgemaakt uit zijn greep. Iets gezegd over hoofdpijn. Ja, als hij niet had geweten dat hij geen kinderen kon krijgen, zou hij er bijna zeker van zijn geweest. Maar hij kon geen kinderen krijgen.

Hij keek rond in hun driekamerappartement. Hij probeerde nog steeds die klotetelefoon te negeren. Waarom hadden ze het appartement gekocht? Hij vond het helemaal niet mooi. Oké, het uitzicht over Kopenhagen was prachtig, maar hij hield niet van de klinische stijl die kenmerkend was voor nieuw gebouwde appartementen. Alles was zo verdomd wit. Net een ziekenhuis. Maar misschien was het gewoon zo dat jongverliefde stellen hun gezamenlijke lot moesten bezegelen met een dwaze aankoop. Een veel te oude auto, een iets te klein appartement, een vervallen vakantiehuisje. Hij dacht aan Kathrine, zijn ex-vrouw, terwijl de gloed van Hannahs sigaret aan de andere kant van het raam kwam en ging. Miste hij Kathrine, of miste hij het gevoel van saamhorigheid, van nabijheid? Alles wat je met een echtgenote zou moeten delen, maar wat hij niet meer met Hannah deelde? Misschien waren ze met elkaar getrouwd in een vlaag van verstandsverbijstering? Ja, verdomme, is verliefdheid niet de laatste plek waar we ons misdadig mogen gedragen zonder dat we ervoor worden gestraft? Waar een klein beetje waanzin is toegestaan? Nee – Niels trok die gedachte weer terug en begon aan een nieuwe: we worden wel gestraft, alleen niet door de overheid. De straf bestond uit gebrek aan nachtrust, hartzeer, avond na avond alleen zitten gedurende de afgelopen – wat zou het zijn ... twee maanden? Hij probeerde het uit te rekenen. Wanneer was het gebeurd? Wanneer had ze zich teruggetrokken in zichzelf? Anderhalve maand geleden? Misschien maar een maand? Het voelde als een jaar. Hij zou eigenlijk weg moeten gaan. Een appartementje zoeken. Niels probeerde zichzelf ervan te overtuigen dat hij niet in financiële problemen zou komen. Het was weliswaar crisis, maar als het kleine landje werd geteisterd door een crisis, had Niels het druk. Niet alleen hij; alle politieonderhandelaars, de politiemensen die speciaal waren opgeleid om te praten met burgers die zichzelf, of anderen, of de hele wereld wilden doodschieten. Als de conjunctuur omlaagging, ging hun aantal heel snel omhoog. Hij had genoeg te doen, voorlopig zou niemand hem ontslaan. Ergo, hij kon best verhuizen. Opnieuw beginnen. Een nieuwe liefde zoeken misschien? Er mankeerde niets aan zijn uiterlijk, dat wist hij. Hij was langer dan de meeste mannen en zijn lichaamsbouw neigde naar het hoekige, wat goed paste bij zijn ietwat vierkante gezicht. Ook al was hij niet bepaald in topvorm, zijn fysieke conditie was ook weer niet slecht en hij kon goed met mensen praten – ook met vrouwen. Of misschien moest hij naar Kathrine gaan, in Zuid-Afrika. Cape Town was een mooie stad. Misschien konden ze helemaal opnieuw beginnen. Kathrine had hem tenminste nooit gestraft met zwijgen en in zichzelf gekeerd zijn. Wat zou ze zeggen als hij morgen op de internationale luchthaven van Cape Town stond, met zijn koffer in zijn hand en een onzekere glimlach op zijn lippen? En als hij naast haar lag, zou hij dan aan Hannah denken? Haar missen? Misschien had hij een of andere god iets misdaan en was dit de straf. Voor eeuwig degene missen met wie je niet samen bent.

Onzin.

Hij ging zitten. Alles was prima gegaan totdat Hannah zich had teruggetrokken in zichzelf. Hij moest zijn koffer pakken. Een hotel nemen. Weggaan. Slapen – oververhitte emoties en deze zomerhitte gingen niet samen.

'Heb ik je wakker gemaakt?' vroeg Hannah toen Niels het terras op liep en een sigaret pakte uit het pakje dat op de tafel lag.

'Nee.'

'Echt niet?'

Hij sloeg een mug die op zijn arm was gaan zitten dood. In plaats van Hannah aan te kijken, keek hij naar het bloed van de muggenbeet op de binnenkant van zijn pols, precies op de plek waar het lijkt of de aderen zich splitsen en een delta vormen.

'Is er iets?' vroeg ze.

'Hannah', zei hij inleidend, toen pauzeerde hij even, voelde nog een laatste keer. Ja, hij was er klaar voor.

'Dat klinkt niet goed', zei ze.

In de keuken bleef zijn telefoon gaan. Niels draaide zich om. Ze pakte zijn hand vast.

'Wat wilde je zeggen?'

'Ik moet echt opnemen. Het kan alleen maar mijn werk zijn', zei Niels terwijl hij zijn hand terugtrok.

Op de tafel in de keuken lichtte zijn telefoon op; een blauw, kunstmatig licht achter vier letters op de display: LEON.

'Met Bentzon.'

'Bentzon. Ik heb iets voor je.' In Leons stem lag een merkwaardige agressiviteit die meer dan een beetje dreigend klonk. Niels zou er nooit aan gewend raken. Maar zo praatte Leon tegen iedereen. Als teamleider van de mobiele eenheid was hij gewend om mensen te commanderen.

'Wat heb je voor me, Leon?'

'Je mag de oorlog in, Bentzon. De slag bij Dybbøl.'

'Oorlog?'

'Precies. Er staat een naakte, geflipte junk op de brug bij station Dybbølsbro. Ze denkt dat ze kan vliegen.'

Niels aarzelde. Hij keek naar Hannah en zij keek naar hem.

'Is er iemand bij haar?' Opeens hoorde Niels aan zijn stem dat hij een paar borrels had gedronken voordat hij naar bed was gegaan.

'Ja, jij, Bentzon. Zo dadelijk. Als ze springt, lopen we het risico dat er deuken in de treinen komen. Dat kunnen we niet hebben. De spoorwegen zijn al bijna failliet, daar hebben ze geen geld voor.'

'Ik heb gedronken bij het eten.'

Leon negeerde hem: 'Doe je zwaailicht maar aan, dan zie ik je over drie minuten. Intussen zal ik proberen haar bezig te houden.'

23.42

Niels reed achteruit de straat op, precies zoals na zijn eerste ontmoeting met Hannah: met het gevoel dat ze hem nakeek. En dat ze veel meer dacht dan ze zei. Natuurlijk deed ze dat. Ze was astrofysicus, haar gedachten gingen in een andere versnelling – nee, geen goede metafoor: als zij een Ferrari was, dan reed Niels in een Trabant. Hoe is het eigenlijk om getrouwd te zijn met een vrouw die slimmer is dan jij? had zijn collega Damsbo plagerig gevraagd toen Niels op de afdeling had verteld over Hannah Lund en dat ze stiekem waren getrouwd. 'Opwindend', had Niels geantwoord en hij had er nog aan toegevoegd: 'Intelligentie is sexy, maar dat vindt jouw vrouw kennelijk niet, Damsbo.'

Op dit moment was het niet zo opwindend. Hannah was een raadsel verpakt in een mysterie en gewikkeld in een enigma. Wie had dat gezegd? Churchill? Schei nou uit Niels, focus je op je taak. De brug bij station Dybbølsbro. De vrouw die wil springen. Hij moest eigenlijk contact opnemen met Leon; een beetje achtergrondinformatie over de vrouw zien te krijgen, iets waarmee hij aan de slag kon terwijl hij onderweg was. Maar het beeld van Hannah spookte door zijn hoofd, de manier waarop ze naar hem keek, haar lichamelijke veranderingen. Er was iets helemaal mis. Gelukkige herinneringen maakten dat de tranen hem in de ogen sprongen: de eerste keer dat ze hem het Niels Bohr Instituut had laten zien. Ze hadden net een relatie met elkaar. Ze hadden een weekend samen in bed doorgebracht en de maandag daarop zouden ze elkaar hun leven laten zien. Ze had hem verteld over de donkere materie in het universum en hem de pijp van Niels Bohr laten zien. Ze was op de tafel van de oude meester gaan zitten toen Niels de deur van het kantoor had dichtgedaan. Ze had iets gemompeld over kwantummechanica die precies op deze vierkante centimeter was berekend, toen Niels haar had gekust en zijn lijf tegen het hare had gedrukt.

Een bus voor hem remde plotseling, Niels kon er nog maar net omheen rijden. Hij wreef over zijn gezicht en probeerde het nog een keer: station Dybbølsbro. Wat had Leon gezegd:

een verslaafde? Naakt? Dat was wat hij wist. Verder niets. Niels verbaasde zich over haar keuze terwijl hij afsloeg bij Tivoli. De brug bij station Dybbølsbro was niet bijzonder hoog, maar wel hoog genoeg om je een enkele reis naar de hemel of de hel te bezorgen als je ervanaf sprong. Waarom verbaasde Niels zich altijd over de technische details bij een zelfmoordpoging? Hoe ze van plan waren het te doen. Van welke toren ze wilden springen. Welke pillen ze hadden genomen. Hadden ze een touw of een elektriciteitssnoer gebruikt als ze zichzelf hadden opgehangen, thuis in de eetkamer? Hadden ze salpeterzuur gedronken, hadden ze hun trouwjurk aangetrokken voordat ze hun polsen doorsneden? Nooit dacht hij – zoals de andere politiemensen – na over de vraag waaróm iemand het idee kon opvatten dat het leven het niet waard was om te leven. Misschien omdat Niels die gedachte zelf ook weleens had gehad.

De politieradio kraakte. Leon.

'Ja?'

'Waar blijf je, Bentzon?'

'Twee minuten.'

'Twee minuten? Tegen die tijd is ze al gesprongen. Geef me een goed advies.'

'Een advies?'

'Wat kan ik tegen haar zeggen?'

Niels dacht na. Wat kon Leon zeggen tegen iemand die bezig was afscheid te nemen van het leven? Goede reis? Dat zou eerlijk zijn. Dat was het eerste wat je leerde als onderhandelaar. Eerlijkheid was regel nummer één.

'Denk je na, of weet je niks te bedenken?' vroeg Leon over de politieradio.

'Je mag alleen iets zeggen wat je echt meent. Dat is onderhandelaars-abc.'

'Iets wat ik meen? Ik vind dat ze kleren aan zou moeten trekken, onmiddellijk naar beneden zou moeten komen en zich heel snel een beetje normaal zou moeten gedragen.'

Leons ongeduld was legendarisch. Misschien kwam dat door

zijn bijna bovennatuurlijke talent om snel ter plaatse te zijn als er iets aan de hand was. Wat er ook gebeurde, waar het ook gebeurde, je kon er altijd zeker van zijn dat Leon er als eerste was. Met zijn pistool in de aanslag en de fanatieke hoop dat de zaken niet konden worden geregeld zonder machtsvertoon. De jonge politiemensen fluisterden er achter zijn rug over. Niels had het al een paar keer gehoord. Met een mengeling van minachting, fascinatie, angst en respect spraken ze over Leon als een eenmansleger waar je altijd op kon rekenen. Niemand mocht hem. Dat was onmogelijk. Maar het kon Leon ook niets schelen of iemand hem mocht. Leon wilde het zo, al het andere zou hem zwak maken. Er werd trouwens gezegd dat hij een liefhebbende vrouw en een stel leuke kinderen had – zo is het leven; vol raadselachtige tegenstellingen.

Niels reed door rood bij Fisketorvet, haalde een taxi in en sloeg af naar de haven. Nog één minuut, dan was hij er. Station Dybbølsbro, vlak bij Fisketorvet. Niet bepaald een leuke omlijsting voor het einde van alles. Maar misschien dacht je daar niet over na in zo'n situatie. Over esthetiek en schoonheid. Het was normaal om een brug te kiezen. De brug over de Grote Belt, de brug over de Sont, de brug over de Vejlefjord. Er werden grappen over gemaakt onder politieonderhandelaars en psychologen: de volgende keer dat er een grote brug werd gebouwd, moest de bouw worden gesponsord door de Deense Vereniging van Begrafenisondernemers, als er tenminste zoiets bestond. Onder de politieonderhandelaars werd er gejuicht iedere keer als de politiek besloot om een tunnel te bouwen in plaats van een brug. De Golden Gate Bridge was natuurlijk de absolute kampioen. De meest populaire plek ter wereld om te springen. Jaarlijks beëindigden ongeveer vijfentwintig mensen hun leven door in de San Francisco Bay te springen. Was het het water onder de brug wat hen aantrok? Stelden ze zich voor dat de dood zachter zou zijn? Want dat was niet het geval. Vanaf zo'n grote hoogte was het wateroppervlak ongeveer even hard als asfalt. Misschien ging het om het water als mythische kracht? Het idee dat je landde in een zee van gevoelens, dat je de rivier naar het dodenrijk overstak?

Het laatste stukje, de afslag, en toen stopte Niels de auto door hard te remmen. Politieauto's, ambulances, afzetlint, politiemensen die kalmte en overzicht probeerden uit te stralen, en het allerergste: de menigte nieuwsgierige toeschouwers die zich verzamelde als er een tragedie in het vooruitzicht lag. Dat was altijd het geval. Zonder uitzondering. De plaats en tijd waren niet belangrijk. Niels had al vaak op het punt gestaan om tegen ze te schreeuwen. Schreeuwen dat ze moesten ophoepelen, naar huis, naar de koffie en de televisie en de plichtmatige seks met hun vrouw. Dit was geen bioscoopvoorstelling, dit was een menselijke tragedie. Maar wat had het voor zin? De volgende keer zouden ze er weer zijn. Sommigen zelfs met een camera in de aanslag.

Nog één laatste handeling voordat hij uit zijn auto stapte: even in de spiegel kijken. Je moest er fatsoenlijk uitzien als je voor zo'n arme zielepoot verscheen. Hij ontmoette een ernstige blik. Groene ogen, zorgelijke rimpels die er vorig jaar nog niet waren, daar was hij zeker van.

Niels stapte uit en zocht Leon. De warmte was plakkerig. Het zweet liep langs Leons gezicht terwijl hij riep: 'Ik heb alle verkeer over het spoor stilgelegd, maar we moeten opschieten.'

'Wat weten we over haar?' vroeg Niels. 'Ze hebben haar door de Skelbækgade zien rennen', zei hij terwijl hij zich omdraaide naar de brug. Eerst zag Niels haar niet, maar toen volgde hij de lijn van Leons wijsvinger, via de brug naar de lifttoren die zich nog een paar meter hoger naar de hemel uitstrekte.

'Hoe is ze daarop gekomen?' vroeg Niels.

'Dat moet je aan haar vragen.'

'Een naam?'

Leon schudde zijn hoofd: 'Het maakt niet uit, Niels. Ga naar haar toe en zorg dat we het snel achter de rug hebben. Ze hebben een ladder voor je. Doe je best. Ik heb een team klaarstaan voor het geval het misgaat. Over drie uur moeten er een paar honderdduizend Kopenhagenaren over dat spoor.'

Niels knikte. *Een team*. Een neutraal, niet dramatisch woord dat werd gebruikt voor de speciaal daarvoor opgeleide schoonmaakploeg die uitrukte als er ergens een ongeluk was gebeurd. Zij verwijderden de lijkdelen, poetsten bloed en hersenmassa weg. Leon had zijn hoofd omgedraaid en staarde Niels aan.

'Heb je gedronken, Bentzon?'

Niels knikte. 'Drie borrels en een biertje.'

'Je ruikt naar kroeg.'

'Dat zei ik toch tegen je.'

'Heb je dat gezegd?'

'Als je liever iemand anders wilt bellen, snap ik dat best.'

'Dan duurt het nog een half uur langer.'

'Jij bent de teamleider, jij moet beslissen.'

'Ga maar naar haar toe, dan hebben we het achter de rug en kunnen we weer naar huis. Er is boksen op Eurosport.'

Een van de technici gaf Niels een cilindertje van zwart plastic, niet veel groter dan een droppastille. 'Voor in je oor. Dan kunnen we tegen je praten', zei hij.

'En wat willen jullie dan zeggen?'

De man negeerde de vraag. In plaats daarvan maakte hij een al net zo microscopisch klein dingetje vast op de kraag van Niels' doorweekte overhemd. 'En wij kunnen jou ook horen', zei de technicus en toen was hij weg.

Leon knikte Niels bemoedigend toe. Hij vond het leuk. Niels kon het aan hem zien. Oprechte, kinderlijke blijdschap.

'Ik voel me niet zo op mijn gemak met die spullen', zei Niels.

Leon haalde zijn schouders op: 'De moderne wereld. Wen er maar aan.'

Niels ging onder de politieversperring door en liep de brug op, vanwaar hij de naakte vrouw, die boven op de zwarte lifttoren balanceerde, beter kon zien. Als een standbeeld, dacht Niels. Mager. Het lichaam van een meisje, het gezicht van een volwassene. Vel en botten. De vrouw ging liggen.

'Bentzon?'

Hij draaide zich om naar Leon, die een stap naar hem toe kwam, heel dichtbij, voorbij de intimiteitsgrens, zodat geen van de andere agenten hem kon horen, en fluisterde: 'Het lukt vast. Je bent er nog nooit een kwijtgeraakt en dat zal vanavond ook niet gebeuren', en hij maakte het af met een zeldzaam eerlijke glimlach terwijl hij Niels' arm een heel licht kneepje gaf. Misschien was hij gewoon blij dat hij zelf niet naar boven hoefde.

4

Station Dybbølsbro. 23.51

Nee, ze mocht nu niet in slaap vallen. Het beeld van de vis aan de haak kwam weer terug. Als ze in slaap viel, zou hij haar meesleuren en haar in en uit het leven trekken. Ze zou heen en weer worden geslingerd; sterven en weer terugkeren. Eindeloos vaak. Een eeuwigheid.

Eeuwigheid.

Van dat woord werd ze wakker. Ze ging zitten, niet helemaal zeker van wie ze was of hoe ze hier terecht was gekomen. Bij het zien van alle toeschouwers kwam er onwillekeurig een lachje op haar lippen. Even verwarde ze de koude reling van de lifttoren met het toneel. Was dat zo? Ze stond weer op. Ze riepen naar haar. Ze wist dat het door de stof kwam die hij in haar bloed had gespoten; die maakte dat haar gezichtsvermogen en haar gehoor verwrongen waren. Ze zag hem onder zich. Tussen de andere toeschouwers. De duivel. Hij glimlachte naar haar, zwaaide. Instinctief deed ze een stapje naar achteren, weg van hem, weg van de angst die hij haar inboezemde.

'Ik kom nu naar je toe', zei een stem achter haar.

Was hij het? Of was het iemand anders? Hoe kon hij tegelijk hier en daar zijn? Ze wist het best: de stof in haar lichaam maakte het haar onmogelijk om het onderscheid te zien. Je kunt niet vertrouwen op wat je ziet, zei ze tegen zichzelf. Je kunt niet vertrouwen op wat je hoort. Je mag niet in slaap vallen. In godsnaam. Blijf wakker.

5

Station Dybbølsbro. 23.53

'Ik kom nu naar je toe', zei Niels en daarna wachtte hij nog een paar seconden. Hij haalde diep adem en liet de gebruikelijke gedachten komen en gaan: dat hij zich mengde in een uiterst persoonlijk besluit. Dat hij er het recht niet toe had. In dat opzicht was de situatie eigenlijk heel banaal: een vrouw heeft genoeg van alles en wil haar leven beëindigen. Fair enough. Ze is niet de eerste op de wereld die dat wil. Maar de samenleving kan het niet accepteren. Die manier om problemen op te lossen is niet de juiste manier. Jezelf van het leven beroven is een onbeschaafde daad. We hebben er zelfs voor gekozen om er wetgeving tegen te ontwerpen. Zelfmoord is verboden. Zo is het. Je mag eten, drinken, liefhebben, haten, ruziemaken, roken, jezelf naar de verdommenis helpen, jezelf naar de top werken, je mag over het algemeen leven zoals je zelf wilt, doen waar je zin in hebt. Je mag zelfs ophouden te houden van degene met wie je getrouwd bent, dacht Niels en hij voelde een steek van pijn door zich heen gaan. Maar je mag niet doodgaan. Niet door de hand aan jezelf te slaan. Dat is niet toegestaan. Dan verschijn ik op het toneel. De laatste kans van de beschaving. De man die erbij wordt geroepen als we het stadium van psychologen, psychiaters, werkloosheidsuitkeringen, alcoholontwenningsklinieken, relatietherapeuten en wat er verder nog door de samenleving wordt ingezet om te verhinderen dat burgers hier eindigen, voorbij zijn en we hier op een warme zomeravond op de brug van station Dybbølsbro staan met de duidelijke wens om te sterven; de man die erbij wordt geroepen als de situatie zo op de spits is gedreven dat het verschil tussen leven of dood letterlijk bestaat uit enkele centimeters.

Gedurende de ruim vijftien jaar dat Niels bij de afdeling Moordzaken werkte, was hij nu meer dan tien jaar onderhandelaar. Omdat hij goed was met mensen. Goed kon luisteren, goed kon kijken en voelen. Ook als het ging om extreme situaties. Gijzelnemers. Mensen die met zelfmoord dreigden. Psychische wrakken.

'Schiet op. Ze springt', riep een van de toeschouwers.

Niels schudde zijn hoofd. Het ging er niet om dat hij opschoot. Eigenlijk het tegenovergestelde zelfs. Hij moest tijd rekken. Hij moest duidelijk maken dat er geen haast was. Integendeel. Als dit achter de rug was, probeerde Niels uit te stralen, lag er een lang leven in het vooruitzicht dat erop wachtte om geleefd te worden. Voordat hij zo ver was geklommen dat ze hem zou kunnen zien, bleef hij stilstaan op de ladder.

'Ik ben Niels', riep hij. 'Ik ben van de politie. Ik ben ongewapend. Ik wil alleen maar met je praten. Verder niets.'

Hij luisterde. Niets, behalve straatlawaai, dronken mensen en een junk die naar haar riep: 'Spring dan, mens.'

Niels keek over zijn schouder terwijl hij op de ladder stond. Hij hoorde Leons stem in zijn oor, een hijgend gefluister: 'Let daar maar niet op, Bentzon. Ga gewoon door.'

Niels keek nog een keer achterom naar de mensenmenigte en hij zag dat Leon iemand in de handboeien sloeg met zijn knie stevig tussen de schouderbladen van de dwaas geplant. Niet vergeten: alleen maar eerlijke woorden.

'Je moet niet naar ze luisteren. Ze zijn gewoon dronken en dom', zei Niels terwijl hij voorzichtig een stapje verder omhoogging. Nu kon hij haar duidelijk zien. Eerste indruk: zelfverzekerd. Een stijlvolle uitstraling grenzend aan arrogantie. Ze had niet veel ruimte over. Een stapje naar rechts of naar links en ze zou naar beneden storten. Toch was haar rug recht. Haar lichaam rustig. Een verslaafde? Ze was mager, maar nee, haar huid was teer, bijna als zijde. Goed verzorgd. Mooi. Hij was nu bovenaan de toren. Hij keek niet naar beneden. Het deed hem denken aan de hoge duikplank in het zwembad.

'Ik ben Niels. Ik sta vlak achter je.'

Ze draaide zich om en staarde naar Niels. Ze hadden oogcontact. Niet te lang, zodat ze zich niet genegeerd zou voelen. Ze vocht tegen de slaap, de verdovende stof in haar bloed. Heroïne, dacht Niels.

'Nog vijf minuten volhouden, Bentzon', kraakte Leons stem in Niels' linkeroor. Het was storend. Eén moment overwoog Niels of hij het oortje zou uitdoen, maar nee, die beweging zou voor haar niet veilig zijn. Ze moest weten dat er op dit moment niets anders in zijn wereld bestond dan zij. Niels voelde dat zijn overhemd aan zijn rug plakte.

'Vier minuten, Bentzon. Dan zijn ze klaar om haar op te vangen', fluisterde Leon.

Het werkte niet dat Leon hem kon horen. In de vele jaren dat Niels onderhandelde met gijzelaars en zelfmoordkandidaten, was hij er nog nooit een kwijtgeraakt. Hij had geen formule, maar hij wist wat er niet werkte. En Leons stem in zijn oor werkte niet.

Ze keek weer naar de rails onder zich en daarna liet ze haar blik over de menigte gaan. Zocht ze iemand?

'Versta je Deens?' De vraag verraste hem zelf ook. Maar ondanks haar zeer lichte huid had ze iets vreemds. Iets bovenaards bijna.

'Goed bedacht, Bentzon. Probeer het eens met Engels.'

Niels had zin om Leon te vragen of hij zijn bek wilde houden.

'English?' vroeg Niels. 'Do you understand English? Where are you from? Poland? Russia? Ukraine?'

Schudde ze haar hoofd? Heel licht misschien? Maar het Engels leek wel iets op te leveren.

'Listen. Just tell me your name.' En toen weer in het Deens: 'Je naam. Versta je Deens?'

'Probeer Roemenië, Bentzon. De hoofdstad heet Boekarest', zei Leon.

Niels deed zijn ogen dicht en probeerde de stem in zijn oor te vergeten.

'Pak haar dan', riep een toeschouwer.

De vrouw reageerde door om zich heen te kijken alsof ze op straat stond in plaats van op een lifttoren. Ze is bang om in slaap te vallen, dacht Niels. Bang voor wat iemand haar zal aandoen als de stof het laatste restje macht van haar heeft overgenomen.

'Je moet niet naar ze luisteren', zei hij. 'Kijk maar naar mij. Ik wil je niets doen. Ik ben van de politie. Ik wil met je praten. Je beschermen. Protect.'

Leons stem in zijn oor, als een windstoot op orkaankracht: 'Twee minuten, Bentzon.'

Niels deed een stap naar voren. Ze ging op haar hurken zitten, ze vocht om haar ogen open te houden. De vrouw stootte een kreet uit die rechtstreeks tegen Niels was gericht. Ze was bang voor hem, bang voor de slaap. Banger voor de slaap dan voor de dood, dacht Niels.

'Ik ben van de politie. Je bent veilig. Ik zal op je passen als je in slaap valt', zei hij.

De vrouw keek hem aan, maar ze keek naar iemand anders dan Niels. Wie? Een ex-man? Een achtervolger? Niels neigde naar dat laatste.

'Hé!' Niels verhief zijn stem om contact te krijgen, om de toeschouwers te overstemmen. 'Hoe heet je? Ik heet Niels. Niels', herhaalde hij en hij klopte zich voorzichtig op de borst, als een soort Livingstone die voor het eerst een inboorling ontmoet.

Ze knipperde met haar ogen, ze kon niet veel langer overeind blijven. Ze deed een stap naar achteren, naar de rand, terwijl ze iemand probeerde te vinden tussen de mensenmenigte die beneden stond. Even dacht Niels dat het te laat was, maar ze bleef met rustige bewegingen stilstaan op de rand van de lifttoren. Van daaraf was het een loodrechte val van een meter of tien, twaalf naar beneden. Hij keek naar haar gezicht. Niet het gezicht van een verslaafde.

'Please. Let me protect you. Hold you ...'

Ze was eind twintig, maar ze zag er misschien iets ouder uit. Een mager gezicht. Donkere ogen. Een ernstige, intelligente blik.

Fijne gelaatstrekken, hoge jukbeenderen, wenkbrauwen die een perfecte halve boog vormden. Ze paste niet bij enig beeld dat hij in zijn herinnering had opgeslagen. Niels had zo'n beetje alles wel gezien. Teruggekeerde militairen die doordraaiden en hun gezin doodschoten. Psychisch zieke mensen die de verkeerde medicijnen hadden gekregen en gewone klanten in de supermarkt aanzagen voor de demonen uit hun nachtmerries. Sociale mislukkelingen die hun frustraties botvierden op hun maatschappelijk werker. Verslaafden die te veel van de verkeerde stof hadden ingenomen. Maar dit was anders – ze leek op niemand anders met wie hij ooit had onderhandeld.

'Verdomme, Bentzon. Praat tegen die griet', zei Leon in zijn oor: 'Je moet haar nog één minuut aan de praat houden.'

'Je bent moe. Dat kan ik aan je zien. Je wilt slapen. Je bent bang voor wat er zal gebeuren als je in slaap valt. Klopt dat? Er gebeurt niets, ik ben er', zei Niels. 'Ik zal je helpen.'

De vrouw zei niets. Niels herhaalde het in het Engels, terwijl haar oogleden vochten tegen het onvermijdelijke: *de slaap*.

'Ben je bang? Vertel me waar je bang voor bent. Somebody following you?'

Hij keek naar haar linkerhand. Een tatoeage. Van haar pols naar de rug van haar hand. Een hart misschien? Of een naam?

'Mag ik dichterbij komen? Closer?'

Geen antwoord. Hij keek naar haar blote voeten. Haar hiel hing over de rand, zoals bij iemand die zich voorbereidt op een olympische duik in een zwembad.

'Wil je iets over mij weten?'

Een klein stapje dichterbij terwijl hij praatte, ongemerkt naar voren.

'Er is altijd iets om voor te leven.'

Waarom zei hij dat? Je mag niet liegen. Je mag alleen de waarheid spreken. Hij keerde zijn blik naar binnen toe. Meende hij dat? Kende hij zelf niet het gevoel dat alle redenen om hier te zijn waren uitgeput? Ja, dat kende hij. Veel te goed. Maar dat zou hij nu allemaal niet zeggen. De eerlijkheid kende grenzen.

Toen hij weer opkeek, nam ze hem op.

'Praat tegen me. Hoe heet je? Just tell me your name. That's all. Name? Nome?'

Niels liep naar de rand, hij bleef op ruime afstand van haar. Onder hem was de brandweer alles in gereedheid aan het brengen. Hij moest haar aandacht nog een paar seconden langer vasthouden. Zijn knieën bewogen, onzeker, alsof ze het dreigden te begeven onder het gewicht. Hij luisterde naar haar ademhaling: gejaagd, stotend.

'Bedenk goed: als je springt, ben ik de laatste die je in leven ziet. Ik ben je afscheidsbrief. Is er iemand aan wie je graag een laatste boodschap zou willen doorgeven?' Hij stak zijn hand naar haar uit, ze antwoordde door naar hem uit te halen. Ze raakte hem willekeurig en krabde hem met haar goed verzorgde nagel. Niels voelde dat de huid op zijn arm werd opengehaald, maar hij voelde geen pijn. Er kwam bloed tevoorschijn, het liep over zijn hand, onder zijn horloge door en viel toen op de brug. Toen werd de lucht uiteengereten door de kreet van de naakte vrouw.

'Bentzon!' riep Leon. 'Moet ik naar boven komen?'

Ze keek naar de toeschouwers, niet die op de brug, maar die op het perron. Ze had iemand gezien. Iemand voor wie ze bang was.

'Kijk naar mij! Niet naar hun. Er kan je niets gebeuren. Ik zal je helpen.'

Ze bewoog zich weg van Niels, met kleine pasjes langs de rand. Haar bewegingen hadden iets elegants. Stapje voor stapje. Centimeter voor centimeter. Ze stopte. Keek Niels aan. Opeens was ze in staat om haar ogen helemaal te openen. Een supernova die oplicht voor het onvermijdelijke.

'Nee', zei Niels. 'Niet doen.'

'Nog twintig seconden, Bentzon', zei Leon.

Ze tilde haar ene been op, heel makkelijk, en balanceerde alleen nog op de puntjes van de tenen van haar rechtervoet.

'Als jij springt, spring ik je achterna.'

Toen zei ze iets, één enkel woord dat verdronk in de vele kreten van de mensen op het perron. Heel even, net voor- en nadat ze het zei, keek ze hoopvol. Alsof ze weer in het leven geloofde. Toen liet ze zich achterwaarts over de rand vallen. Niels sprong naar voren. Een moment stond hij op het punt om zijn belofte te houden en haar achterna te springen, door de lucht te zweven, maar in plaats daarvan probeerde zijn hand haar vast te grijpen, zijn vingertoppen raakten nog net de tere huid van haar rug, naast haar ruggengraat. *Als jij springt, spring ik je achterna.* Hij keek naar beneden. Hij zag het moment waarop haar lichaam onnatuurlijk, mechanisch schokte, toen haar rug en nek de roestbruine rails raakten, zonder een geluid. Meer zag hij niet. Hij was op de rand geland en nu schoven zijn benen eroverheen. Toen hij weer naar beneden keek, breidde de vlek bloed onder haar verbrijzelde achterhoofd zich uit. Haar benen lagen elk naar een kant gespreid. Haar ene arm lag boven haar hoofd, de andere langs haar lichaam. Toen hoorde hij geschreeuw, van de mensen op de brug en op het perron. Hij hing met beide handen aan de rand van de toren. Hij zou los moeten laten. Haar achterna springen. Dat had hij beloofd. 'Je hoeft alleen maar los te laten, Niels', fluisterde hij. De beweging die boven alle bewegingen gaat: loslaten. Doe het nu, dacht hij, vlak voordat een sterke hand zich stevig om de zijne sloot.

6

Station Dybbølsbro. 23.57

Eén moment had hij gedacht dat alle hoop verloren was. Toen de politieman bij haar stond, boven op de toren. Maar toen gebeurde het wonder: ze sprong. Hij zag haar. Hij zag haar vallen. De oudere vrouw die naast hem op het perron stond had hem vastgegrepen. Alsof zij degene was die viel. In zijn andere hand droeg hij zijn zwarte tas. Terwijl de mensen gilden, dacht hij aan zijn instrumenten. Zijn spullen die nog in haar appartement stonden. Hij baande zich een weg door de menigte. Veel mensen huilden en hij probeerde er net zo uit te zien als zij. Hevig aangedaan, in shock, verbijsterd. Maar zijn lichaam trilde van de opluchting.

Nu was hij zo dicht bij haar als hij kon komen. Haar ogen waren open, ze keken hem recht aan, totdat er een arts voor ging staan. Niemand haastte zich, ook de artsen en het ambulancepersoneel niet. Ze was dood. Haar hoofd lag verdraaid, het bloed werd geabsorbeerd door het grind onder haar hoofd. Toch liep hij dichter naar haar toe toen de gelegenheid zich voordeed. Moest hij een slecht geweten hebben? Hij onderzocht zijn gevoelens. Ze was nu immers op een betere plek, dacht hij. Daar had ze hem zelf over verteld.

'Kijk uit.'

De politiemensen duwden de menigte opzij. De man die boven op de toren bij haar had gestaan en had geprobeerd om haar de sprong uit het hoofd te praten, rende tussen de mensen door. Hij staarde ze aan. Heel even keek hij de politieman in de ogen. Toen keek hij naar de grond en liep weg.

De vermoeidheid kwam tegelijk met de opluchting. Maar hij moest wakker blijven. Helder denken, zijn spullen halen voordat de politie erachter kwam wie ze was en haar appartement in bezit zou nemen. Ritalin. Zijn lichaam had het nodig. De stof werkte intraveneus het best bij hem, maar hij had niet de tijd om zichzelf een injectie toe te dienen. In plaats daarvan nam hij een paar tabletjes. Hoelang had hij niet geslapen? Twee etmalen? Minstens. Toch voelde hij de vermoeidheid alleen in zijn ogen. De ritalin hield hem op de been, en misschien de modafinil die hij eerder die avond had genomen. Dat werd vaak gebruikt bij mensen met narcolepsie, om te voorkomen dat ze opeens in slaap vielen, om hun lichaam op gang te houden en de drang om te slapen te onderdrukken. Want hij had geen tijd om te slapen. De afgelopen vele dagen had hij slechts een paar korte slaapjes gedaan, in de auto en thuis op de bank. Hij moest opschieten. Hij moest doorgaan totdat hij het antwoord wist. Dat was het enige wat belangrijk was. *Het antwoord.*

7

Station Dybbølsbro. 23.58

Niels was de laatste vier treden van de trappen af gesprongen. Nu stond hij op het perron. Eerst observeerde hij de mensen die wegliepen; hij ging ervan uit dat degene die haar de dood in had gedreven snel weg zou gaan. Maar er liepen alleen vrouwen de trappen op en het station uit. Het kon geen vrouw zijn. Het slachtoffer was volledig ontdaan van al haar kleding. Dat zou alleen een man doen. Een hijgende Leon pakte Niels bij zijn arm.

'Bentzon, verdomme, wat was dat? Waarom zei je dat je ...'

'Ze zag hem.'

'Hem?'

Niels liep door, hij duwde de man voor hem weg, nam de gezichten op van de mensen die hij passeerde.

'Bentzon!'

Aan de andere kant van het spoor waren twee meisjes nog steeds aan het gillen. Waarom waren ze niet naar huis gegaan als ze niet tegen bloed konden? dacht Niels. Hij keek naar de gezichten, een voor een, toen voelde hij Leons hand op zijn schouder.

'Het is voorbij, Niels. Ze is gesprongen.'

'Er zat iemand achter haar aan.'

'Laten we haar nu eerst maar identificeren.'

Niels onderbrak hem: 'Nee, Leon. Luister naar me. Ze was bang om in slaap te vallen. Bang om haar bewustzijn te verliezen. Ze was doodsbang voor wat hij met haar zou doen als ze niet wakker zou blijven.'

'Niels ...'

'Luister, Leon. Ze heeft voor de dood gekozen om aan de slaap te ontkomen. Om aan hem te ontkomen. Hij staat daar ergens tussen de toeschouwers.'

Leon keek uit over de menigte. Het waren minstens honderd mensen. Minstens de helft daarvan was man.

'Wat had je in gedachten?'

'We houden ze aan. Allemaal.'

Leon schudde zijn hoofd.

'Jawel, dat is de enige manier als we ...'

'We zijn klaar hier, Niels. Kom mee.'

Niels voelde de woede tot in zijn handen. Hij zou Leon het liefst een knal voor zijn kop geven. In plaats daarvan keek hij naar de gezichten aan de andere kant van de versperring. Vele ervan keken naar hem. Jonge, halfdronken mensen die vanuit de stad op weg naar huis waren. Een paar zakenmannen die hiernaartoe waren gekomen op zoek naar betaalde seks. Waren zij het? Of was dat gewoon Niels' aangeleerde wantrouwen ten aanzien van mannen van middelbare leeftijd in grijze pakken die op dit tijdstip nog op straat waren?

'Kom mee.'

Leon sleurde hem mee. Niels gaf zijn weerstand op en volgde zijn teamleider als een braaf jongetje. Hij zag nog net haar hoofd. Verbrijzeld, het bloed kleurde de lichte kiezelstenen om haar heen. *Het bloed*. De levensvloeistof die uit haar wegsijpelde – langs kleine steentjes en roestige bielzen, in de droge grond van de stad. Niels keek weer naar de mensen. Allemaal. En hij voelde dat het door hen kwam. Dat zij haar hadden gedwongen. Iets daarbuiten. *De stad*. Hij voelde de tranen opkomen. Niemand – echt niemand mocht hem zien huilen, dus keek hij naar de grond. Ook toen ze op de brug kwamen waar nog meer burgers van de stad achter het rood-witte afzetlint stonden. Een jonge moeder stond te schelden op een politieagent omdat ze de situatie niet beter hadden afgeschermd; haar dochter was in shock en de moeder verlangde ter plekke psychische hulp. Niels beleefde de wereld via Leon – dit was Leons werkelijkheid. De teamleider die de bevolking moest beschermen, die alles moest opvangen. *Verdomme, wat doe je hier ook op dit tijdstip van de nacht, met die stomme dochter van je?* wilde Niels het liefst tegen de moeder schreeuwen.

Onderweg naar zijn auto keek Niels één keer op. Leon briefte zijn mensen die om hem heen waren komen staan – 'stomme junk', hoorde hij nog net iemand zeggen voordat Leon zich terugtrok uit de groep en Niels weer bij de arm pakte.

'Je hoort het: een verslaafde met een slechte trip. Zelfs Gandhi had haar er niet van af kunnen praten.'

'Het was geen zelfmoord.'

'Niels? Ik weet dat het moeilijk voor je is.'

'Ze was bang voor iemand. Banger dan voor de dood.'

'Zo gaat het bij een slechte trip. Dat hebben we wel vaker gezien', zei Leon en hij zuchtte diep en ongeduldig. 'Ze is voor de ogen van ruim honderd mensen gesprongen, Niels. Dat maakt het heel moeilijk om het iets anders dan zelfmoord te noemen.'

Leon aarzelde.

'Zei je nou dat je haar achterna zou springen?'

Niels keek naar Leon. Hij voelde zich klein. 'Ik weet het niet. Ik vond het moeilijk met jouw stem in mijn oor.'

'Wat bedoel je?'

'Niks.'

Iemand onderbrak hen, fluisterde iets tegen Leon. Hij draaide zich weer om naar Niels: 'Bentzon, jij zegt heel veel. Daarom ben je ook zo goed in wat je doet. Toch? Wij zeggen toch helemaal niets. Wij zijn niet zo goed met al die woorden. Wij zijn gevoelloze rotsblokken waar iedereen zich aan bezeert.'

Hij glimlachte en heel even was hij in Niels' ogen slimmer dan ooit, vol wijsheid en liefde – 'Ik regel iemand om je naar huis te brengen', besloot Leon. En toen was hij weg – er moesten duizend opdrachten worden gegeven op een avond als deze, een avond waarop Niels naar beneden viel. Een vrije val na zijn belofte aan een persoon die er niet meer wás. De technici hadden haar lichaam bedekt. Er huilden nog steeds mensen. Niels nam de mensen op het perron op. Ergens daarbeneden hield zich iemand verborgen die haar hiertoe had gedreven. Niels had het gezien in haar ogen: ze was bang voor iets. Ze was niet angstig. Angstig is niet concreet. Als je bang voor iets bent, is dat tastbaar. Je kunt bang zijn voor roofdieren. Voor auto's. Het verkeer. Ziekte. Angstig is iets anders. Niet tastbaar, drillerig als een kwal. De vrouw was concreet geweest: ze had om zich heen gekeken, gezocht naar het beest dat haar opwachtte in deze veel te warme stad en ze was er zo bang voor geweest dat ze liever haar dood tegemoet was gesprongen. Niels liep naar zijn auto. Hij wilde zelf naar huis rijden. In zijn eigen gedachten verzonken. Proberen of hij de zin van dit alles kon ontdekken. Hij zag hem toen hij zijn autoportier opendeed. Een man, een silhouet, die over zijn schouder keek en haastig wegliep van de plek. Niels smeet het portier weer dicht en rende achter hem aan.

8

Vesterbro. 23.59

De straten schommelden een beetje door de oppeppende stoffen in zijn bloed. Hoe had de politieman hem in het oog gekregen? Kwam het doordat hij achterom had gekeken? Zoals de vrouw van Lot toen ze wegvluchtte uit Sodom?

Hij had een ruime voorsprong, dat wist hij. Toch vreesde hij het ergste. De politieman had iets bezetens gehad. Moest hij doorlopen of proberen zich te verstoppen? Nee, hij moest zijn instrumenten halen. Die zouden hem kunnen verraden. Hij waagde het erop en keek nog een keer over zijn schouder. Niemand. Maar de politieman zou al gauw de hoek om komen en hem in het oog krijgen. De voordeur van haar appartementencomplex ging open. Een krantenjongen die er vroeg bij was. Hij knikte naar de jongen en liep naar binnen. De deur viel achter hem dicht terwijl hij de trap op rende.

De deur van haar appartement stond nog op een kier. Het licht in de keuken was aan. In de woonkamer pakte hij zijn spullen bij elkaar. Er lag water op de grond. Misschien moest hij het raam openzetten, zodat het sneller zou opdrogen. Nee, hij moest zo snel mogelijk weg zien te komen. Een laatste blik in de kamer, toen deed hij het licht uit en sloot de deur achter zich.

Hij stond in de hal en wachtte in het donker. Hij wachtte tot de stroom politieauto's en ambulances afnam. Opeens zag hij hem. Door de licht gematteerde ruit, op straat. De politieman. Zijn bewegingen hadden iets manisch. Hij keek onder auto's, achter auto's, in zijstraten. Toen verdween de politieman.

Hij bleef nog een uur wachten in de hal voordat hij naar buiten ging. Hij stond in het donker en bedacht dat het bijna mis was gegaan vanavond. De vermoeidheid. Die lag voortdurend op de loer en wachtte tot ze hem kon overvallen. Hij liep haastig naar zijn auto, die hij op ruime afstand van het appartement had geparkeerd. Hij stapte in. Er was nog steeds veel politie in de buurt. Hij startte de auto en reed weg, door de stad, de stad uit, maar toen hij bij het Fælledpark kwam, moest hij stoppen. Even rustig zitten voordat hij naar huis reed. Zijn handen trilden. Door de stoffen in zijn bloed. De rest van zijn lichaam ook. Een onrust die hij niet kon beheersen. Hij moest zijn hersenen leegmaken. Denken. Bedenken dat het nog niet voorbij was, alleen omdat het bij de eerste poging niet was gelukt. Daar wist hij alles van. Dat je het steeds opnieuw moest proberen. Hij pakte de lijst. De lijst van mensen die dood waren geweest. Die een tijdlang dood waren geweest, maar weer waren gereanimeerd. De mensen die hadden bewezen dat ze zich gedurende enkele minuten konden redden in het dodenrijk. Die de dood hadden ervaren en waren teruggekeerd met de boodschap dat er niets te vrezen viel. Hij streepte de eerste naam door en keek naar de volgende. De tweede naam op de lijst: Hannah Lund.

Maandag

9

Bispebjerg Hospital – Afdeling Kinder- en Jeugdpsychiatrie
13 juni 2011. 08.55

Het bloed. Ik denk aan het bloed. Het bloed op de grond, op de muren, op haar gezicht. Het bloed aan het mes en aan haar handen en vingers en nagels. Alsof ze zichzelf had beschilderd met rode verf.

Maar eerst denk ik aan chocolademelk.

Ik heb dat spul daarna nooit meer gedronken, geen druppel. Mijn maag draait zich om als ik alleen maar aan de smaak denk. De smaak van verdriet. Verdriet over wat er is gebeurd. Verdriet over het verlies van mijn moeder. Het gevoel van verraad en onmacht. Dat al snel plaatsmaakte voor de drang om te wreken.

Ik ben eigenlijk nog maar net wakker. De zon schijnt tussen de luxaflex door naar binnen. Witte muren om me heen. Zo kort geleden geschilderd dat de geur van oplosmiddelen nog altijd aanwezig is. Er hangt niets aan de muren. Korrelig gestucte, gebroken witte muren. Ze noemen het een ziekenhuis, maar het is een gevangeniscel. Vier muren die zijn losgescheurd van de rest van de wereld. Zo leef ik. En zo wil ik het liefst leven. Buiten de wereld. Er is maar één ding waardoor dat kan veranderen: als ze De Schuldige vinden en hem straffen voor de vreselijke wandaad die hij heeft begaan toen hij acht jaar geleden mijn moeder heeft vermoord.

Chocolademelk. Ik sta onder de douche en kan de smaak nog steeds terughalen op mijn tong. En meteen daarna komt de misselijkheid. Waarom had mijn moeder ervoor gekozen om chocolademelk te gebruiken? Omdat de sterke smaak van cacao iedere bijsmaak van het slaapmiddel doeltreffend verhulde? Ik heb nooit een moment achterdocht gevoeld. Iedere dag hetzelfde patroon: mijn moeder klopte op mijn deur en ik nam de beker van haar aan en dronk, zonder er verder bij na te denken. Net zoals de meeste andere vijfjarige kinderen zouden hebben gedaan. Of voelde ik wel achterdocht? Ja, natuurlijk wel. Waarom begon ik anders op een dag opeens de chocolademelk in een plantenbak te gieten? Waarom wilde ik wakker liggen op mijn kamer en luisteren naar alle geluiden die toen al maakten dat ik onraad vermoedde? Kinderen weten heel goed wanneer er iets niet klopt. En ik hoefde trouwens alleen maar naar mijn vader te kijken en mezelf af te vragen wat hij ervan zou vinden als hij wist wat ik wist. Het antwoord zou onverdraaglijk zijn. Dat begreep ik toen al heel goed. Net zo onverdraaglijk als het voor mij was om te luisteren naar de geluiden van mijn moeder en De Schuldige in de slaapkamer. En daarvoor: luisteren naar het geluid van de bel als er werd aangebeld, de stemmen in de gang, de stem van mijn moeder en die van De Schuldige, en op mijn kamer liggen met de smaak van chocolademelk in mijn mond en voelen – juist vóélen – dat er iets heel erg mis was. Hoe vaak kwam hij? Hoeveel dagen is het gebeurd? Ik weet het aantal niet, maar twee of drie maanden zal er niet ver naast zijn.

Wist mijn vader wat er aan de hand was? Dat is een van de vragen die ik blijf vermijden. Maar ik denk het niet. Ik denk dat hij iedere dag thuiskwam uit zijn werk, mijn moeder en mij een kus gaf en dacht dat alles was zoals het hoorde te zijn.

Een dun laagje stof op de luxaflex. Als verse sneeuw. Ik trek ze omhoog. Zit een poosje bij het raam. Een paar van de andere patiënten zitten in de tuin te ontbijten. Ik herken een jongen, hij is misschien een jaar of twaalf, die gisteren de hele dag in de eetzaal heeft gezeten en onverstaanbare woorden voor zich uit prevelde terwijl hij op zijn hoofd krabde. Kinderen en jongeren bij wie, net als bij mij, een steekje los zit en die onder 'verscherpt toezicht' moeten staan zoals dat heet. De gesloten afdeling. Acht kinderen. Tweeëndertig medewerkers. Een plek voor kinderen die een gevaar voor zichzelf vormen. Of voor anderen. De zon is al fel. Ik doe mijn ogen dicht.

Ik herinner me niet veel van de dag met het bloed. Ik kan me niets herinneren, behalve de rode kleur en de ruzie tussen mijn moeder en De Schuldige, die ik door de muur heen hoorde. En ik herinner me de regen die op mijn raam kletterde en de glimp van De Schuldige die ik door het sleutelgat opving. Zwart haar, ongeschoren, lang. Verder zag ik niets, totdat mijn moeder begon te gillen en alle andere geluiden verstomden.

'Silke?'

De stem. Zo suikerzoet. Vanuit de deuropening.

'Goedemorgen, Silke. Hoe gaat het?'

De stem van een klein meisje uit de mond van een volwassen vrouw.

'Heb je honger, Silke? Heb je al ontbeten?'

De verpleegkundige zegt iedere dag op dit tijdstip van de dag ongeveer hetzelfde. De variaties zijn minimaal. Vandaag vertelt ze dat het Pinksteren is, en iets over versgebakken brood. Ik zeg ook hetzelfde. Hetzelfde als ik al die afgelopen jaren heb gezegd: niets. Geen woord is er uit mijn mond gekomen.

'Ik heb een verrassing voor je. Raad eens wie er heeft gebeld? Hij is onderweg.'

10

Islands Brygge. 09.10

Springen is een goed woord, dacht Niels. Te goed? Had hij het verkeerd gebruikt? Als jij springt, dan spring ik je achterna. *Spring*. Voorjaar in het Engels. Iets wat je doet in het leven als je je ambities of lusten volgt. Als hij gewoon had gezegd: als jij zelfmoord pleegt, dan doe ik het ook. Zou dat iets hebben veranderd? Nee, had hij gewoon maar iets heel anders gezegd. Of nog beter: niets.

'Hoe is het gegaan gisteren?'

Hannah stond in de deuropening, haar haar was nat, ze had een beker koffie in haar hand. 'Ik heb je niet thuis horen komen. Heb je op de bank geslapen?'

'Ik wilde je niet wakker maken.'

Niels ging zitten en keek op zijn horloge. Kwart over negen. Hij wilde naar het bureau. Eisen dat er een autopsie zou plaatsvinden. Naar de opnames luisteren. Erachter proberen te komen wat haar laatste woord was – dat ene woord dat kennelijk belangrijk voor haar was om te zeggen, en dat verdronk in het lawaai van het gepeupel in de seconde voordat ze sprong.

'Wat is er gisteren gebeurd?'

'Eh. Niets.'

'Niets?'

'Nee. De zaak was al opgelost voordat ik aankwam', zei Niels en hij probeerde de leugen te verhullen met een vraag: 'Is er nog warm water?'

'Ik denk dat je even vijf minuten moet wachten.'

'Dan douche ik wel koud.'

Waarom loog hij tegen haar? Om geen mislukkeling te lijken? Om zichzelf niet nog verder in een richting te duwen waar het moeilijk was om van hem te houden? Want zo was het. Ze kon hem niet verdragen.

In de badkamer gooide hij zijn ondergoed niet in de wasmand. Hij zou het meenemen. Hij kon zich er net zo goed op voorbereiden om afscheid te nemen. Onder de koude douche. Er was iets met de leidingen in de kelder. Klotenieuwbouw. Als tijdelijke oplossing hadden ze in iedere badkamer een boiler van vijf liter geïnstalleerd. Dat was net genoeg om je haar in te zepen, maar niet om het uit te spoelen. Hannah riep iets vanuit de keuken. Niels antwoordde 'nee' zonder dat hij de vraag had gehoord. Neem je deze vrouw, Hannah, tot je echtgenote? Nee. Nee, verdomme – het was een vergissing. Ze houdt niet van me. Ze heeft zich teruggetrokken. In zichzelf. Weg van mij. Weer kwam er een gelukkige herinnering bovendrijven: hun eerste vakantie. Zuid-Engeland. Helemaal alleen bij Stonehenge. Het was Hannahs idee geweest: ze staat tegen een steen geleund. Kust hem, fluistert iets over de zomerzonnewende. Schemering. Ze weten niet waar ze die nacht zullen slapen. In een dorpje dat gewoon ergens opduikt. Bier in een pub. De liefde bedrijven in een vreemd bed.

Onder de koude douche. Buiten blauwe lucht, verschroeide bladeren.

11

Islands Brygge. 09.25

Wanneer zal het vonnis worden geveld? Wanneer zal het worden uitgevoerd?

Hannah stond voor het raam en zag Niels weglopen over de parkeerplaats. Hij was onrustig geweest die ochtend. Een beetje in de war. Zijn ogen wisten niet waar ze moesten kijken, zijn handen zochten de hele tijd iets. Hannah twijfelde er niet aan: er was iets gebeurd wat hij niet met haar wilde delen. Waarschijnlijk de afgelopen nacht, toen hij laat thuis was gekomen. Het deed haar geen pijn. Ze had genoeg aan haar eigen problemen. Aan de rechtszaak die moest uitmaken of haar ongeboren kind zou leven of sterven.

Hannah had Niels vorig jaar leren kennen. Ze was gescheiden en voor haar gevoel bijna klaar met het leven toen Niels verscheen. Hij had haar gevonden aan het einde van de steiger, waar ze met een vishengel in haar hand had gestaan. Haar project op dat moment was om alleen maar dingen te doen die ze niet had gedaan toen Johannes nog leefde. Vissen, hardlopen, de heg snoeien, roken. Alles wat ze nooit had gedaan toen Johannes nog bij haar was.

Johannes. Haar geliefde zoon. Hij had zichzelf van het leven beroofd, nog voordat hij vijftien jaar oud was. Zij en Gustav hadden nooit een kind moeten krijgen. Te veel van hetzelfde. Te veel hersenen. Het product was Johannes geworden. Een kind dat als tweejarige al opmerkelijke talenten aan de dag had gelegd, maar dat ook verschrikkelijk leed. En uiteindelijk beter af was in een instelling. Hij had te veel zorg nodig en Hannah was alleen met hem. Johannes had zichzelf op een woensdag van het leven beroofd. Het was ook een woensdag toen Niels verscheen – een tijd later. Hij had haar gevonden bij het meer. 'Een psychisch wrak' was waarschijnlijk wel een goede omschrijving. Verzwakte zenuwen, geïsoleerd, niet in staat om een sociale relatie aan te gaan. Een routinezaak had hij het genoemd toen hij haar kwam opzoeken. Hij leek niet op een politieman en gedroeg zich ook niet zo, had ze toen gedacht. Op haar beurt leek zij ook niet op een astrofysicus, had hij gezegd. En zij was degene die hem had teruggebeld. Ja, zo was het gegaan. Hij had haar gevonden, maar zij had hem vastgehouden. Ze praatten nooit over de zaak waarmee ze hem toen had geholpen. Misschien omdat ze samen betrokken waren geweest bij een auto-ongeluk. Operaties, botbreuken, verband. Hannahs hart moest opnieuw worden opgestart in het Rigshospital. *Opnieuw opgestart.* Zo voelde het voor haar. Niels had toen haar hart opnieuw opgestart. Het was een wonder dat ze het hadden overleefd. Dat hadden de artsen gezegd. *Een wonder.* Maar na een poosje moest de was weer worden gedaan, moesten er boodschappen worden gehaald en in plaats van het gevoel van het wonder kwam de alledaagse werkelijkheid. Bovendien was het tijd om vooruit te kijken, hadden ze tegen elkaar gezegd voordat Niels naar Zuid-Afrika was gereisd om de relatie met zijn vrouw weer op te pakken. Een week later was hij thuisgekomen, gescheiden. Hij had Hannah opgezocht. Ze zouden eigenlijk alleen maar koffie drinken. Ze had winterakonietjes in kleine kommetjes met water gedaan, de bloemetjes dreven zonder de steeltjes rond als kleine waterlelies, als zonlicht in een waterplas, ze bewogen voorzichtig toen Niels binnenkwam. En hij merkte het op. Dat was het. Niels merkte alles op. Niet omdat hij politieonderhandelaar was. Nee, het was andersom. Hij was onderhandelaar geworden omdat hij in staat was om alles op te merken. Alles wat Hannah niet kon zien. Als íémand was gegijzeld, was zij het wel, gevangen in haar magere lichaam samen met een bijna verlammend schuldgevoel. Schuldgevoel ten opzichte van het kind dat ze jaren geleden had verloren. En nu was er een nieuw kind onderweg.

Hannah Lund keek opnieuw uit over de haven van Kopenhagen. Ze moest kiezen voor een abortus. Niels zou het haar nooit vergeven. Maar hoefde hij het te weten? Kon je een dergelijk geheim de rest van je leven bij je dragen? Dat je een klein leventje had genomen, een ongeboren ziel had gedood? En was zij eigenlijk wel in staat om recht te spreken over een ander leven? *Rechter*. Ja, dat was precies wat ze zou zijn. Rechter in een rechtszaak. Een rechtszaak die draaide om haar ongeboren kind. Zou het kind leven of sterven? Dat was de vraag. Ondraaglijk, ja. En onmenselijk. Maar ze kon er niet omheen.

Ze maakte haar sigaret uit en wuifde een mug weg. Keek op naar de lucht. Overmorgen zou er een maansverduistering zijn. Ze had zich erop verheugd om Niels het fenomeen te laten zien. Om hem te vertellen wat er daarbij gebeurt, dat de aarde tussen de zon en de maan schuift en dat we korte tijd de omtrek van de aarde zouden kunnen zien, als in een spiegel. Maar dat was voordat ...

Ze liep het dakterras op. Dat was een ritueel voor haar geworden. Ze hield van herhaling. Op het terras met een beker koffie en een sigaret. De stad zien ontwaken. Zien hoe de lucht boven Kopenhagen langzaam lichter kleurde en ten slotte bijna wit werd. De zon stond al hoog. Nog even en de lucht zou weerklinken van het gekrijs van de meeuwen en het gegil en geschreeuw vanuit het strandbad in de haven. De Kopenhagenaren zouden naar buiten komen om te genieten van de pinksterzon. Ze stond vaak op het terras om naar de spelende kinderen te kijken. En naar de moeders en de juffen en meesters die bezorgd naar hen keken als ze in het water sprongen. *Kinderen*. Hoe moest ze de rechtszaak aanpakken? vroeg Hannah zich af. Het moest op de juiste manier gaan. Ze moest getuigen oproepen. Een aanklager. Een advocaat. Alle kanten van de zaak moesten worden belicht. Het ging om leven en dood. Zou het kind leven of sterven? Ze zag dat Niels zijn autoportier opende en instapte. Hij zag er heel klein uit van hieraf. De zon weerspiegelde op het dak van de auto. Het deed pijn aan haar ogen, ze moest wegkijken.

12

Hoofdbureau van politie, Kopenhagen. 09.45

'Bentzon!' Leons stem klonk als een roestige kettingzaag toen hij uit zijn auto stapte. 'Wat een avond, hè, gisteren.' Hij wilde Niels een klopje op zijn schouder geven, maar Niels draaide zich om en deed net alsof hij was vergeten om zijn auto op slot te doen. Leon wachtte op hem.

'Is ze geïdentificeerd?' vroeg Niels.

'Ik gok Roemenië. Of Oekraïne.'

Ze liepen samen het bureau binnen. Niels probeerde expres een beetje achter te blijven, maar Leon stond erop dat ze samen zouden lopen: een aanvoerder en een padvindersjongetje. Zouden de anderen vanaf vandaag met andere ogen naar hem kijken? vroeg Niels zich af. Als iemand die iets had laten vallen? Iemand die een mensenleven had laten vallen zoals je een glas wijn laat vallen op een terrasje? Niels schermde met zijn hand zijn ogen af voor de zon. Het nieuwe asfalt op de parkeerplaats voelde zacht en kokendheet. Zo gaat het met de zomers in dit land, dacht hij. Denemarken kan niet omgaan met warmte. Er is geen airconditioning, mensen verbranden binnen de kortste keren en ze krijgen hooikoorts en een loopneus als ze alleen maar de deur uitgaan. Een paar dagen hitte en overal in zee drijven algen, samen met de zonnebrandcrème die van bleke kinderlichamen, bang voor de zon, is afgespoeld.

'Goedemorgen', zei Niels en hij knikte naar de secretaresse.

'Goedemorgen. Was jij niet vrij vandaag?'

Niels bromde iets onverstaanbaars en liep vlug door. Hij oefende om niét te voelen in wat voor humeur ze was, om niét voortdurend op te merken hoe mensen om hem heen zich voelden. Hij wilde de kleine tekens niét lezen: de lichaamstaal, de mate van welwillendheid, blikken die te lang of te kort werden vastgehouden. Toen een van de secretaresses een tijdje geleden was gescheiden, was dat voor Niels geen verrassing geweest. Het was iets met haar nagellak en lippenstift. Iets feller. Alsof ze wilde laten zien dat ze, ook al zag haar eigen man het niet meer, nog steeds de moeite waard was om naar te kijken.

Toen Niels in zijn kantoor stond, deed hij zijn ogen dicht. Als hij maar heel even niet hoefde. Mensen niet hoefde te vóélen. Hij doorliep zijn gebruikelijke ochtendritueel: hij zette zijn tas in de hoek, hing zijn jas aan een haakje, zette de computer aan, bleef even staan en dwong zichzelf om uit het raam te kijken in plaats van zijn schuld te zoeken in de blikken van de anderen. Een vliegtuig trok een lange, witte streep door de lucht en Niels dacht slaperig dat hij eigenlijk over die streep zou moeten wegwandelen, dat hij langs de hemel weg zou moeten wandelen en arrogant zou moeten roepen: 'Ja, ik ben haar kwijtgeraakt, maar kijk nu eens. Kijk eens hoe ik hier loop, hoe ik jullie achterlaat, hoe ik langs de hemel wegwandel.' Hij schudde zijn hoofd en vermande zich. Hij draaide zich langzaam om en keek uit over het open kantoorlandschap. Niemand keek naar hem, alles was net als anders. Hij logde in op zijn computer en besteedde tien minuten aan het bekijken van de meest recente foto's van Oost-Europese prostituees, zonder dat hij er een vond die op haar leek. Geen van hen had zo'n huid als het meisje dat was gesprongen, zo wit en zuiver en glad. Geen van hen had diezelfde stijlvolle arrogantie, diezelfde koele zelfverzekerdheid die ze de laatste seconden van haar leven ten toon had gespreid. En ze hadden geen van allen een tatoeage die doorliep tot op de rug van hun hand. De prostituees hadden allemaal dezelfde borsten en lippen: vol, alsof ze waren opgepompt met een fietspomp. Een goedkope ingreep in een kliniek in Kiev en dan naar West-Europa. Het meisje dat gisteren was gesprongen, had nauwelijks borsten. En ze had kleine, dunne lippen – niet meer dan een streepje, een schets. Alsof ze nooit helemaal geslachtsrijp was geworden. Geen callgirl.

Ik spring je achterna.

Niels deed er vijf minuten over om het telefoonnummer van de IT-afdeling te vinden in het organisatieschema. Hij belde. Iemand nam de telefoon op en liet hem vallen. Niels hield de hoorn een stukje van zijn oor terwijl er een hoop gerammel klonk aan de andere kant.

'Hallo?'

'Met Casper. Ik ben vrij. Ik heb geen idee waarom ik op kantoor ben.'

'Met Niels Bentzon.'

Niels wachtte. Er was geen teken van herkenning te bespeuren bij de jongeman, hoewel ze een paar jaar geleden samen aan een zaak hadden gewerkt: 'Niels Bentzon, van de afdeling Moordzaken', voegde hij er nog aan toe.

'Ja?'

Het maakt niet uit, laten we tot de zaak komen, dacht Niels en hij ging wat meer rechtop zitten: 'Als het goed is, hebben jullie een bandopname gekregen. Van gisteren.'

'Van die springster?'

Niels wilde eigenlijk tegen hem schreeuwen. Dat hij met respect over de doden moest praten. Dat hij zijn populaire taalgebruik voor zich moest houden en een professionelere toon moest aanslaan.

'Ja, die.'

'De commissaris wilde de opname horen. Ik ben hem aan het klaarmaken.

'Wilde Sommersted hem horen?'

Niels voelde het bloed wegtrekken uit zijn gezicht. Waarom was zijn baas geïnteresseerd in de details van deze zaak? Hij hield zich nooit bezig met afzonderlijke zaken, alleen met zaken van groter belang, politieke kwesties – de langere termijn, zoals hij het zelf noemde.

'Ben je er nog?' vroeg Casper.

'Ja. Luister eens, ze heeft iets gezegd. Een woord.'

'Je bedoelt die springster?'

'Ik zou graag willen dat je haar niet zo noemde.'

'Hoe moet ik haar dan noemen?'

'"Het slachtoffer" zou de correcte benaming zijn. Of gewoon "de vrouw".'

Stilte aan de andere kant van de lijn. Niels kon door het raam heen de jazzmuziek horen die van een van de toeristenboten in de haven kwam, zorgeloos, speels.

'Zoals ik al zei: vlak voordat ze sprong, heeft ze iets gezegd dat ik niet kon verstaan. Bijna op het moment dat ze sprong. Kun je dat eruit halen?'

'Ik zal het proberen.'

09.55

Niels kwam commissaris Sommersted tegen bij het koffiezetapparaat. De chefs waren meestal vrij op feestdagen. Was hij speciaal vanwege het meisje dat die nacht was gesprongen naar het bureau gekomen? Eerst negeerde zijn baas hem. Hij praatte met iemand van de narcotica-afdeling, hij had een stralend humeur. Niels was verbaasd. Misschien was hij aan de medicijnen? Niels had gemerkt dat de adem van de commissaris slechter was geworden naarmate zijn humeur beter werd. Maagproblemen waren de meest voorkomende bijwerking bij antidepressiva. Of anders gokte Niels dat het iets met zijn vrouw was. Sommersteds mooie vrouw. Net als Niels had commissaris Sommersted geen nageslacht kunnen produceren. Misschien was dat de reden dat zijn vrouw op feestelijke gelegenheden altijd ijverig de bevestigende blikken van andere mannen zocht. Ze fascineerde Niels. Een schoonheid die zo'n beetje in haar nadagen kwam. Als Sommersted een toespraak hield tijdens jubilea – hij liet zelden een kans voorbijgaan om zichzelf te horen spreken – keek ze maar heel sporadisch naar haar man. In plaats daarvan draaide ze haar hoofd, keek achterom, observeerde of sommige van al die geharde mannen genoten van het uitzicht op haar lichaam in de strakke jurk: tenger en goed gevormd. Bovendien ging het gerucht dat commissaris Sommersted en zijn vrouw een crisis hadden doorgemaakt. Maar nu waren ze weer bij elkaar. De crisis was overgewaaid. Niels' eigen crisis was nog maar net begonnen.

'Heb je tien minuten, Bentzon?' De commissaris stond voor hem.

'Nu?' Niels probeerde zijn zenuwen in bedwang te houden.

Sommersted nam Niels gedurende een paar pijnlijke seconden op. 'Tien minuten, Bentzon. Op mijn kantoor. Over tien minuten.'

*

Niels had nooit een goede relatie met commissaris Sommersted gehad. Hij troostte zich met het feit dat Sommersted met niemand een goede relatie had, behalve met Leon. Samen waren die twee respectievelijk het mooiste meisje van de klas en het dikkerdje. Een knap gezicht naar buiten en een lelijk naar binnen. Dat laatste werd gebruikt om iedereen die hun in de weg stond op zijn falie te geven, terwijl de commissaris glimlachte op het televisiejournaal en koffie dronk met de minister van Justitie. In tegenstelling tot Leon was commissaris Sommersted en man voor wie de jaren mild waren geweest. Zijn borstelige, mannelijke wenkbrauwen waren een tikje grijs geworden. Zijn stem klonk misschien iets roestiger, maar zijn blik was nog steeds dezelfde: koel, hard, ontspannen. Alsof hij net een ernstig misdrijf had gepleegd en wist dat hij er zonder problemen mee weg zou komen.

'Leon komt zo ook', leidde Sommersted het gesprek in toen Niels door zijn secretaresse het kantoor was binnengeschoven.

'Leon?' vroeg Niels en hij begon net bange voorgevoelens te krijgen, toen de deur openging en Leon binnenkwam.

'Doe de deur dicht', droeg Sommersted hem op.

Leon gehoorzaamde en ging tegen de muur aan staan, achter Niels, die inmiddels voor de commissaris zat. Omsingeld.

'Wat ging er mis gisteren?' begon Sommersted.

'Ik ...'

Niels draaide zich om naar Leon. 'Ik kon geen contact met haar krijgen. Ik denk niet dat het zelfmoord was.'

De commissaris zuchtte. Slechte start, dacht Niels.

'Ik denk dat het niet alléén zelfmoord was', corrigeerde hij zijn uitspraak.

'Is ze geduwd?'

'Ze werd achterna gezeten – ze is de dood in gedreven.'

'Hoeveel mensen hebben haar zien springen, Leon?'

'Honderd', antwoordde Leon. 'Minstens.'

'En was er iemand die heeft gezien dat ze de dood in werd gedreven?'

'Ik vind dat we autopsie moeten laten doen', zei Niels.

'Autopsie?' Commissaris Sommersted schoof zijn stoel een stukje naar achteren. 'En wat denk je dat ze zullen zeggen?'

'Luister: ze was voor iemand op de vlucht. Dat weet ik zeker. Ze was bang om in slaap te vallen. Om haar bewustzijn te verliezen. Voor wat er zou gebeuren als ze in slaap zou vallen.'

'En voor wie was ze op de vlucht?'

'Ik heb iemand zien wegrennen', zei Niels. 'Ik ben hem achterna gerend en ...'

'Er zijn zo veel mensen die niet met de politie willen praten.'

'Ik ken er wel een paar', zei Leon.

Niels aarzelde. Hij wist dat hij zich op glad ijs begaf, maar hij koos toch voor de kamikazestijl en ging verder: 'Ik zag het ook aan haar.'

'Je zag het aan haar?'

'Hebt u de foto's van haar gezien?'

'Nee. En wat zouden die foto's moeten bewijzen? Dat ze achterna werd gezeten?'

'Commissaris, u kent me. Ik ben goed in mijn werk.'

'Leon zegt dat je had gedronken?'

Niels draaide zich om. Leon keek naar de grond.

'Ik had een paar uur eerder twee borrels gedronken. Dat heb ik door de telefoon tegen Leon gezegd en ook toen ik aankwam.'

'Klopt dat Leon?'

Leon haalde zijn schouders op: 'Ik kan me niet herinneren dat Niels door de telefoon iets heeft gezegd, maar dat gesprek moet wel ergens op de band staan.'

Commissaris Sommersted schudde zijn hoofd. Dacht na. Niels zag in zijn ogen welke afweging hij maakte; ja, ze konden best Niels hiervoor de schuld in de schoenen schuiven: *bezopen politieman*. Maar uiteindelijk zou dat weer op zijn bord belanden: iemand op zijn afdeling met een drankprobleem. De enige die vrijuit zou gaan, was Leon. Misschien was dat de reden dat hij zei: 'Ik wil dit goed begrijpen, Leon. Toen Niels aankwam op de brug, heeft hij toen gezegd dat hij had gedronken?'

'Ja, maar ...'

'En je hebt hem er toch naartoe gestuurd?'

Niels zag dat er verschillende antwoorden door Leons hoofd schoten, maar hij was kennelijk met geen van alle tevreden. Commissaris Sommersted was hierin beter dan wie ook. De fout van de vorige avond en de consequenties daarvan waren nu gelijkelijk tussen hen drieën verdeeld. Leon knikte. Niels keek naar de grond. Sommersted haalde diep adem. Er werd op de deur geklopt. Casper uit het archief stak zijn hoofd om de hoek.

'Ik heb een kopie van de geluidsopname waar u om vroeg.'

'En iets om hem af te spelen?' vroeg de commissaris.

Niels keek angstig naar de metalen cilinder die Casper op de tafel zette. *De geluidsopname.*

'Is die van gisteren?' vroeg Leon.

Niemand antwoordde.

'Goed. Laten we maar eens luisteren wat er is gebeurd', zei Sommersted toen Casper het afspeelapparaatje had aangezet. Leon schuifelde onrustig heen en weer. Niels' rug plakte aan de stoel. Commissaris Sommersted sloot zijn ogen. Casper leunde met zijn handen op zijn rug tegen de muur. Eerst lawaai. Toen hoorde Niels zijn eigen stem: 'Ik kom nu naar je toe.'

Verder weg een mannenstem die riep: 'Schiet op. Ze springt.'

De commissaris keek op: 'Wie was dat?'

'Een burger. Een dronken idioot', antwoordde Leon. Niels' stem nam het weer over: 'Ik ben Niels. Ik ben van de politie. Ik ben ongewapend. Ik wil alleen maar met je praten. Verder niets.'

'Spring dan, mens', werd er geroepen en je hoorde een paar dronken stemmen lachen.

Sommersted schudde bijna onmerkbaar zijn hoofd.

'Trek je er niets van aan, Niels. Ik leg hem het zwijgen op', klonk Leons stem uit het cilindertje op Sommersteds tafel.

'Goed, Leon', bromde Sommersted. Toen leunde hij achterover, legde zijn benen op het bureau en keek uit het raam terwijl in het kleine luidsprekertje het drama zich verder voltrok, opeens onderbroken door een heleboel lawaai.

Niels hoopte dat de rest van de opname was gewist. Verder wilde hij maar één ding: zijn wapen en zijn politie-ID inleveren en verdwijnen. Bedankt en hopelijk zien we elkaar nooit meer terug.

Maar de opname ging verder. Ieder detail van het drama op de brug vond zijn weg naar het zweterige kantoor waar de zon recht naar binnen scheen, waar commissaris Sommersted onbeweeglijk op zijn stoel zat en volledig opging in de geluidsopname, terwijl Leon ergens achter Niels doodstil stond alsof hij een meubelstuk was.

'Praat tegen me. Hoe heet je? Just tell me your name. That's all. Name? Nome?'

Opnieuw een pauze. Geschreeuw vanaf het perron.

De commissaris keek op. Verrast. Op hetzelfde moment werd de lucht uiteengereten door een kreet. Haar kreet, het enige geluid van haar dat op de opname stond.

'Bentzon! Moet ik naar boven komen?' riep Leon, het geluid klonk vervormd door de microfoon.

'Kijk naar mij! Niet naar hun. Er kan je niets gebeuren. Ik zal je helpen', zei Niels, met een stem waarin de nervositeit doorklonk.

Commissaris Sommersted stond op, hij kon de spanning duidelijk niet verdragen, zoals in de laatste seconden van een voetbalwedstrijd. Een strafschop vlak voor het fluitsignaal.

'Nog twintig seconden, Bentzon', zei Leon.

'Nee, niet doen', zei Niels en daarna zei hij: 'Als jij springt, spring ik je achterna.'

Niels schoof dichter naar het afspeelapparaatje op de tafel. Weer hoorde hij, heel vaag, de vrouw iets zeggen. Het was misschien maar één enkel woord. Daarna geschreeuw, lawaai en Leon die bevelen begon uit te delen: 'Haal de artsen!' en: 'Evacueer de brug zodat we de ambulance hier kunnen krijgen.'

Commissaris Sommersted zette de recorder uit. Leon keek buitengewoon zelfvoldaan.

'Als jij springt, spring ik je achterna?' zei Sommersted, en hij ging zitten en keek Niels aan: 'Is dat iets nieuws, heb je dat op cursus geleerd?'

Niels schudde zijn hoofd.

'Waarom zei je het dan?'

Niels aarzelde, hij wilde het liever hebben over wat ze had gezegd voordat ze sprong, het woord dat hij niet had verstaan, maar waarvan hij het gevoel had dat hij er niet omheen kon: 'Het kwam vanzelf', zei Niels en hij had meteen spijt van zijn woordkeuze.

'Het kwam vanzelf, zeg je?' Sommersted maakte Niels er met één enkele, ongelooflijk effectieve blik op attent dat hij zijn geduld aan het verliezen was.

'Een politieonderhandelaar heeft niets anders dan zijn intuïtie', zei Niels, maar hij werd onderbroken door de commissaris: 'Een politieonderhandelaar heeft zijn intuïtie en twintig man in uniform die klaarstaan om te helpen. Samenwerken, Bentzon.'

Zijn baas stond weer op en liep naar het raam. Hij keek naar buiten, het zonlicht in, en opeens zag hij eruit als iemand die alle tijd van de wereld heeft.

'Ze zei iets. Het was maar één woord, geloof ik. Hebben jullie dat gehoord?' vroeg Niels.

Commissaris Sommersted schudde zijn hoofd. Casper glimlachte.

'Ik heb de opname gezuiverd. Geïsoleerd. Willen jullie het horen?'

'Natuurlijk', antwoordde Sommersted geïrriteerd.

Casper koos een nieuwe file en zette die op afspelen: 'Hier komt het', zei hij en hij drukte op 'play'.

Ze luisterden. Het lawaai was gedempt. Toen hoorden ze haar stem op de band. Een enkel woord maar, heel zacht uitgesproken.

'Nog een keer', zei Sommersted. 'Kun je het harder zetten?'

Casper draaide het volume omhoog. Niels ging heel dicht naar de luidspreker toe. Opnieuw klonk het merkwaardige woord.

'Ik hoor helemaal niets', bromde Leon.

Maar Niels knikte. Casper keek naar de anderen: 'Ik kan het ook horen', zei hij.

'Verdomme, ik hoor het ook,' riep Sommersted, 'maar wat zegt ze?'

Niels zei het als eerste. 'Ze zegt: "Echelon".'

Sommersted schudde zijn hoofd. 'Nog een keer, Casper.'

Opnieuw hoorden ze de opname. Dit keer was het heel duidelijk. Rustig, zonder stemverheffing, zei ze 'Echelon'. Toen sprong ze. Sommersted draaide zich om en keek weer uit het raam.

'Echelon', zei hij en hij schudde zijn hoofd: 'Fantastisch.'

'Wat denken jullie dat dat woord betekent?' vroeg Leon.

Toen nam Casper het woord. Hij schraapte zijn keel en zag er opeens nog jonger uit dan hij was: 'Echelon is een uiterst mysterieus Amerikaans-Brits afluistersysteem dat wereldwijd wordt ingezet. Een onderdeel van de NSA. Achtendertigduizend werknemers, het budget is het dubbele van dat van de CIA en de FBI bij elkaar. Per dag worden er drie miljard gesprekken, sms'jes en e-mails onderschept en geanalyseerd.'

Sommersted stond nog steeds met zijn hoofd te schudden. Casper ging verder: 'Er heeft nog nooit iemand bevestigd dat Echelon bestaat, maar niemand twijfelt daaraan. Het Amerikaanse budget, de duizenden werknemers en het geheimzinnige gedoe zijn bevestiging genoeg', sloot de jonge IT'er zijn verhaal af, duidelijk onder de indruk – van zichzelf, of van Echelon.

'Dat klinkt misschien een beetje onwaarschijnlijk', voegde Niels eraan toe. 'Drie miljard sms'jes.'

'Echelon', zei Casper, alsof hij het woord proefde.

'So what?' kwam Sommersted er scherp tussendoor: 'Een verwarde vrouw. Ze heeft iets gebruikt. Paranoïde, een slechte trip. Denkt dat de hele wereld achter haar aan zit. Niets nieuws onder de zon.'

'Iemand zat haar achterna', zei Niels zacht, bijna tegen de grond. Hij keek op. Vermande zich: 'Er moet autopsie worden verricht.'

'Autopsie?' Sommersted lachte gemaakt. 'Ik weet zeker dat je "identificatie" bedoelt. Autopsie is een middel dat een kleine honderdduizend kroon kost, wat we best willen uitgeven als we er niet achter kunnen komen hoe de overledene om het leven is gekomen. Maar bij haar twijfelen we daar niet aan: ze heeft zelfmoord gepleegd.'

'Er zat iemand achter haar aan. Ze is ertoe gedwongen. En die tatoeage?'

'Welke tatoeage?'

'Op haar hand.'

'Iedereen heeft tegenwoordig tatoeages, Bentzon. Kijk maar om je heen. Leon heeft een boze adelaar op zijn rug.'

Leon bromde iets.

'Ik geloof dat er iets op haar hand geschreven stond. Misschien kunnen we daaruit opmaken waar ze vandaan komt. Als het Russisch is, of ...'

Commissaris Sommersted schudde zijn hoofd. Hij stuurde Casper met een knikje de kamer uit. Hij leunde naar voren, met zijn beide handpalmen op het bureau.

'Dit geldt voor jullie allebei: wat er gisteren is gebeurd, was niet bepaald een voorbeeld dat de boekjes in kan. Dat jij, Leon, een dronken onderhandelaar een dergelijke situatie in ...'

Niels kwam ertussen: 'Ik was niet dronken.'

Sommersted ging verder: 'Dat je een politieman die "onder invloed" is, een moeilijke onderhandeling in stuurt.' Hij draaide zich om. Keek Niels aan.

'En jij, Bentzon ...'

'Ja?'

'"Ik spring je achterna"?'

Niels stond op. Opeens kon hij niet snel genoeg weg komen. Het kantoor uit. Weg van Sommersted. Of DETSREMMOS H.W. zoals er in spiegelschrift op de glazen deur stond.

13

Bispebjerg Hospital – Afdeling Kinder- en Jeugdpsychiatrie. 10.03

'Hoe gaat het, Silke?' zegt pappa en hij geeft me een kus op mijn wang. 'Is het niet te warm om hier in het park te zitten?'

We kijken elkaar aan. Hij is de enige die echt in mijn ogen mag kijken. Alle anderen – ook de psychiaters – krijgen niet echt oogcontact met me. Dat sta ik niet toe. Ze begrijpen me toch niet, dus waarom zou ik doen alsof ik ze toelaat?

'We kunnen ook naar binnen gaan als je dat liever wilt?'

De geur van versgemaaid gras, de zon die op mijn huid prikt. Op een bankje iets verderop zitten een paar jongens leeg voor zich uit te staren. Ik voel de wind op mijn gezicht en kijk naar de merels in de toppen van de bomen, de zon die de rode gebouwen in een gloed zet. Ik kijk naar het hek dat om het park heen staat; hoog, te hoog om overheen te klimmen, zoals bij een gevangenis. Ik kijk naar binnen door het raam, de gang in, waar de artsen en verpleegkundigen heen en weer hollen met koffie en papieren in hun hand terwijl ze eindeloze gesprekken voeren over wat er zou kunnen omgaan in de hoofden van figuren zoals ik.

'Kon je moeilijk slapen gisteren?' vraagt mijn vader en hij strijkt met zijn hand door mijn haar.

Ik denk dat ze hem bellen om hem er direct van op de hoogte te stellen als mijn gedrag ook maar het kleinste beetje verandert.

'Je moet weer eens naar de kapper. Of wil je graag lang haar?'

Ik kan aan mijn hele lichaam voelen dat mijn vader er is. Ik kan me alleen maar ontspannen als hij er is. Nu raakt hij mijn wang aan, warme, zachte vingers, ze gaan verder naar beneden, naar mijn onderarm en mijn handen.

'Ik heb het de afgelopen tijd heel druk gehad', zegt hij. 'Met mijn werk en ... alles. Ik vergeet helemaal voor de tuin te zorgen. Je had de planten thuis op het terras moeten zien, toen ik was vergeten ze water te geven, ik denk wel ...'

Hij onderbreekt zichzelf: 'Ik denk echt dat het al te warm is, Silke. Zullen we naar binnen gaan?'

Hij praat nooit over mamma. Nooit over wat er toen is gebeurd. Dat is nog iets waar ik van hou bij hem. Als hij op bezoek komt, gaat het over ons, over pappa en mij. De twee die nog over zijn van ons gezin. Waarom heeft hij geen vriendin? Ik denk daar vaak over na. Hij is aantrekkelijk voor vrouwen. Zijn zwarte haar is dik en mooi, hij kan goed luisteren. Maar iets weerhoudt hem. Ik? Misschien. Zijn situatie is ook niet makkelijk, dat is duidelijk; zijn vrouw is vermoord en hij is achtergebleven met een tienerdochter die pertinent weigert te praten, anorexia heeft (zeggen ze), fucking gestoord is en het grootste deel van de tijd in een psychiatrische kliniek voor zich uit zit te staren.

'Heeft ze ontbeten?' hoor ik mijn vader aan een verpleegkundige vragen.

'Dat weet ik niet. Maar het is nog niet opgeruimd, dus u kunt naar de keuken gaan om iets te halen.'

Ze kijken naar me. Het raakt me niet dat ik het voorwerp van hun blikken ben. Ik ben eraan gewend dat ze naar me kijken en over me praten terwijl ik erbij ben. Ze mogen het zo openlijk doen als ze willen. Er is geen enkele reden om dingen te verbergen.

'Kom, meisje', zegt mijn vader terwijl hij mijn hand pakt. 'We gaan naar binnen en dan gaan we wat eten.'

We staan op en steken het grasveld over waar een van de jongens nu schreeuwt en in de lucht schopt. Een paar verpleegkundigen komen aanrennen en ik hoor het woord 'fixeren'. We lopen verder en gaan naar binnen, mijn vader en ik, de gang in die me doet denken aan een overbelichte foto. De lucht is droog en warm. Schilderijen van Ovartaci aan de muren – die zijn geloof ik geleend van een of ander psychiatrisch ziekenhuis in Jutland

– de geur van kamerplanten: palmen, orchideeën, cactussen. Mijn vader houdt mijn hand vast, een van de psychiaters, wiens naam ik me niet kan herinneren, groet ons. We kennen iedereen hier in het ziekenhuis, mijn vader ook. Ik zie het nu als mijn thuis.

*

In het begin – de jaren vlak na de dood van mijn moeder – kwam ik hier alleen voor gesprekken en korte opnames. Toen dachten ze nog dat ik eroverheen zou komen als de eerste schok voorbij zou zijn. Dat ik weer een normaal leven zou kunnen leiden. Dat dacht ik zelf ook. De politie zocht de moordenaar en ik ging ervan uit dat ze hem zouden vinden, maar de tijd verstreek, maanden, jaren, en op een middag, toen mijn vader en ik op het bureau waren omdat ik naar stemmen moest luisteren, drong het tot me door dat ze het hadden opgegeven, of dat de zaak in ieder geval een lagere prioriteit kreeg. En ik begreep ze. Iéts in mij begreep het. Er waren nieuwe moorden die moesten worden opgelost, ander werk dat ze moesten doen, en als ze niet verder kwamen met een zaak als de moord op mijn moeder, moesten ze ander werk hogere prioriteit geven.

Die dag ben ik opgehouden met praten. Nee. Dat klopt niet. Ik zou graag willen dat het zo was, maar na de dood van mijn moeder was ik al steeds stiller geworden. Geleidelijk. Het leek me zinloos om te praten. Wat viel er nog te zeggen? Welke woorden konden mij helpen? Toch? En bovendien: níét praten gaf me kracht. Als ik op een dag weer zou gaan praten, zou dat alleen maar zijn om mensen aan te moedigen om 'de weg van het zwijgen' te proberen. Ik zou ze aanmoedigen om klein te beginnen. Dat heb ik zelf ook gedaan. Een uur. Of een halve dag. Voel hoeveel innerlijke kracht je kunt opbouwen. Dan breid je het langzaam uit. Totdat je de volledige macht hebt. De macht over jezelf. Sinds ik de totale macht heb, ben ik zo vaak in en uit het ziekenhuis gegaan dat ik het zelf niet meer kan bijhouden. De laatste paar jaar meer in dan uit. Het afgelopen half jaar alléén maar in. Nu woon ik hier. In mijn cel. Een wereld waar ik de controle over heb. Mijn wereld.

*

'Het is hierbinnen bijna net zo warm', zegt mijn vader en hij zet een blad met brood, sinaasappelsap en kaas op de tafel. 'Wil je hier zitten, lieverd?' Hij schuift de stoel uit de strook zonlicht en ik ga zitten. Mijn vader zit tegenover me op de rand van mijn bed. 'Moet je niet eens wat aan de muren hangen?' Hij vouwt zijn handen om de mijne heen, een gebaar dat voelt als een liefdevolle omhelzing, ook al raakt hij alleen maar mijn handen aan. 'Het ziet er zo somber uit.'

Zo blijven we zitten. Hand in hand. Zoals we iedere dag doen. Een uurtje, niet meer, niet minder. Soms praat mijn vader. Ik kijk alleen maar naar hem. Maar vandaag is alles anders. Mijn vader begint te huilen. Het komt opeens en het is een verrassing voor ons allebei; de tranen lopen over zijn wangen, dikke, afzonderlijke druppels, maar zonder geluid, ik tel er vier voordat hij opstaat, zijn ogen afveegt met de mouw van zijn overhemd en zijn keel schraapt in een poging zijn zelfbeheersing te hervinden.

'Sorry, Silke', zegt hij en hij komt naar me toe. 'Dat was niet de bedoeling. Het kwam opeens en ...'

Hij legt zijn hand op mijn wang. Laat hem daar een poosje liggen. 'Tot morgen, lieverd.'

Dan gaat hij.

14

Frederiksberg. 10.52

De rechtszaak begint, zei Hannah tegen zichzelf terwijl ze voor de privéwoning van de arts parkeerde. Rode bakstenen, geglazuurde tegels. Geluk en welvaart. Een poos geleden, in de tijd nadat Johannes zichzelf van het leven had beroofd, kwam ze hier twee keer per week. Ze waren min of meer vertrouwelijk met elkaar geworden, Hannah en Naomi Metz, een arts met een Joodse achtergrond. Misschien kwam het daardoor dat ze Hannahs lijden zo goed kon begrijpen?

Hannah stapte uit de auto en liep over de tuintegels. Ze belde aan en bedacht intussen: Wie heeft het recht om recht te spreken? Wie beslist over leven en dood? Heb ik het recht om rechter te zijn? Ja. Ik ben rechter. Zo is het. Laat de verdediging haar eerste getuige oproepen.

'Hannah?'

Naomi omhelsde haar. Parfum, Chanel. Kinderen in de tuin.

'Wil je iets drinken? Koffie?'

'Nee, dank je, ik heb net gehad.'

Hannah volgde haar naar haar werkkamer. Hij was veranderd sinds de laatste keer dat ze hier was geweest. De bank waarop ze had gezeten en eindeloos lang over Johannes had gepraat, was weg. Er stonden twee leunstoelen tegenover elkaar. Hannah ging zitten, de arts nam haar over de rand van haar bril op: 'Woon je nog in het zomerhuis?'

'Nee. Ik ben verhuisd. Bijna een jaar geleden. Maar ik heb een geheim adres.'

'Ik mag het toch wel weten?'

'Als je belooft dat je het niet aan al die bijna-doodidioten zult geven.'

'Vallen ze je nog steeds lastig?'

'Artsen, wetenschappelijk onderzoekers, allerlei mensen. Ze willen allemaal weten hoe het was. Wat ik heb meegemaakt. Ze willen dat ik meewerk aan hun onderzoek.'

'Er is nu inderdaad een begin gemaakt met een serieuze studie naar de dood. Er worden onderzoeksgelden beschikbaar gesteld via de rijksbegroting. Maar daar gaan we het geloof ik niet over hebben. Het tegenovergestelde zelfs.' De arts glimlachte en zette haar bril recht. 'Wat een verrassing, Hannah. Zwanger.'

'Dat kun je wel zeggen.'

'Een blijde verrassing?'

Naomi keek haar aan. Vriendelijke ogen; het was vanwege die ogen dat Hannah gedurende heel haar volwassen leven Naomi als arts had gehouden.

'Je weet dus niet of je het kind wilt?'

Hannah haalde haar schouders op. Zij was de rechter. De advocaat voor het leven moest zichzelf maar zien te redden. Ze hoorde ergens in de verte een hond blaffen. Kinderstemmen vanaf de straat.

'Vanwege wat er met Johannes is gebeurd?'

Opnieuw schouderophalen. Hoe moest ze deze rechtszaak aanpakken? Zij was toch de rechter? Een rechter zegt meestal niet zo veel. Ze moest ook de rol van de aanklager spelen als de verdediging getuigen opriep. Zoals de verdediging nu had gedaan. En als de aanklager een getuige opriep, moest zij de verdediging op zich nemen. En ten slotte moest ze zich terugtrekken en uitspraak doen.

'Hannah?'

'Natuurlijk gaat het ook om Johannes', zei ze toen.

'Je bent bang dat het kind dezelfde aandoening zal ontwikkelen als Johannes?'

'Ja.'

'Dat kun je niet weten.'

'Maar het kind zal er aanleg voor hebben. En ik ben natuurlijk ook ouder nu.'

Stilte van de kant van de arts. Een stilte die Hannah moest gebruiken om te zoeken naar de juiste woorden: 'Fysieke aandoeningen ...' begon ze. 'Misvormingen, alle ziektes die je met het blote oog kunt zien, die ...' Ze zweeg.

'Er is een risico, Hannah. Dat is er altijd. Dat ga ik niet ontkennen.'

Een moment van stilte.

'Er zijn zo veel mensen op de wereld', zei Hannah ten slotte. 'Zou een vrouw die zo'n groot risico loopt om een kind te krijgen dat niet goed is, niet een keer extra moeten nadenken?'

'Ja. Ze moet goed nadenken.'

'En als jij die vrouw was', ging Hannah verder, maar toen aarzelde ze. Ze voelde zich beter nu. De rechtszaak ging goed. En het was makkelijker op deze manier. Makkelijker om haar gevoelens een beetje op afstand van haar lichaam te houden. 'En als jij die vrouw was?'

'Hannah ...'

'Nee, wacht even. Als jij die vrouw was, midden veertig, die eerder een ziek kind had gekregen, wat zouden jouw overwegingen dan zijn?'

Naomi leunde achterover in haar stoel.

'Dan zou ik de afweging maken waarmee ik zou kunnen leven. Of ik zou ermee zou kunnen leven als ik een kind met problemen kreeg. Of de kwaliteit van mijn eigen leven daardoor zo veel slechter zou worden dat ik het gevoel had dat mijn leven kapot was gemaakt.'

Hannah knikte. De rechter had het argument van de verdediging gehoord. Het was zwak en het had niet geholpen. Want natuurlijk zou Hannah het gevoel hebben dat haar leven kapot was gemaakt als ze hetzelfde nog een keer zou moeten meemaken. Daar twijfelde ze niet aan.

Naomi onderbrak haar, bijna alsof ze Hannahs gedachten kon lezen. 'En ik zou nog een ding meenemen in mijn overweging.'

'Ja?'

'Of het kind in feite jou heeft gekozen.'

'Wat bedoel je?'

'Het leven dat in jou groeit. Misschien heeft dat jou gekozen? Misschien nog wel meer dan dat jij dat leven hebt gekozen.'

'En wat betekent dat?'

Naomi trok haar schouders op. 'Denk daar maar over na. Je moet hoe dan ook naar het ziekenhuis. Ik zal morgenochtend op mijn werk mijn secretaresse vragen of ze een afspraak voor je wil maken.'

'Het moet echt vandaag.'

Naomi keek Hannah verrast aan: 'Maar het is Pinksteren.'

'De ziekenhuizen zijn open. Er zijn mensen. Jij kent ze. Ik hou het niet uit, mijn leven is een nachtmerrie ...'

Hannah wilde nog veel meer zeggen. Maar Naomi was opgestaan en had haar armen om haar heen geslagen, en er was een stroom van tranen gekomen in plaats van woorden.

*

Ik moet kunnen leven met wat er komt. En heeft het kind mij gekozen?

De twee argumenten van de verdédiging, dacht Hannah toen ze de straat op stapte. Het eerste was makkelijk genoeg. Dat zou ze niet kunnen. Ze zou niet kunnen leven met nog een ziek kind. Maar als het kind haar had gekozen, was het misschien iets anders. Dan zou ze het zo goed kunnen doen als ze kon.

Nee.

Ja.

Er moesten meer getuigen komen. De rechtszaak voor of tegen de executie van het kind was nog maar net begonnen.

15

Forensisch Instituut. 10.54

Hij had haar achterna moeten springen. Dat had hij beloofd. Hij had eruit moeten zien zoals zij: levenloos, verlaten.

'Sommige mensen hebben nooit eens een dag vrij', zei een stem achter Niels.

Niels draaide zich om. Theodor Rantzau, forensisch arts, stond in de deuropening. Een sigaret in zijn mondhoek, een glimlach die van alles kon betekenen. Niels mocht hem graag. Ze waren van dezelfde leeftijd, hoewel de arts er ouder uitzag. Alsof de vele lijken door de jaren heen allemaal een of twee dagen van zijn leven hadden gestolen.

'Theo', zei Niels.

'Ik dacht dat er verder niets meer met haar hoefde te gebeuren. We hebben monsters genomen. De tandarts is geweest. De bloedmonsters worden ...'

Niels onderbrak hem: 'Ik dacht dat ze een tatoeage op haar hand had?'

'Laten we eens kijken.' Theodor drukte zijn sigaret uit tegen de muur, stapte de koelruimte binnen en kwam naast Niels staan. Een van de assistenten had haar uit de koellade getrokken. Ze had nog steeds geen kleren aan. Hoewel Niels haar alleen maar zo kende, helemaal naakt, met nergens anders haar dan op haar hoofd, was hij toch verrast.

'Was jij degene die ...' Theodor zweeg.

'Ja, dat was ik.'

'We kunnen ze niet allemaal redden, Niels. Ook hier in het ziekenhuis niet.'

Zelfs in de dood lag er een angstige trek op haar gezicht. Het deed Niels pijn om dat te zien. Wie ze ook was, ze had het niet verdiend om zo te lijden. Het zou een mensenrecht moeten zijn dat je in ieder geval als je je ogen voor de laatste keer sloot, rust kreeg.

'Haar achterhoofd is verbrijzeld', constateerde Theodor. 'En haar nek, ruggengraat en een heup. Typische verwondingen bij een val van zo'n grote hoogte. Ze heeft er niets van gevoeld.'

Niels knikte. Dat zeiden ze altijd. *Het is snel gegaan. Ze heeft niets van de dood gevoeld.* Maar wie kon weten wat voor pijn het deed als je schedel aan gruzelementen werd geslagen? Misschien was het slechts een fractie van een seconde, maar helemaal pijnloos?

'Zegt het woord "Echelon" jou iets?'

'Echelon?'

'Of iets wat daarop lijkt. Dat was het laatste woord dat ze heeft gezegd.'

'Echelon.'

'Ja.'

'Zoals in de Amerikaanse inlichtingendienst?'

Niels koos ervoor om dat te negeren. 'Misschien een drug? Iets nieuws op de markt?'

'Nee. Ik heb het nergens gehoord.'

De kelder onder het Forensisch Instituut was koud en vol roestvrij staal en koude tegels. Er klonk een vaag gezoem van de tl-balken. Verder was het er doodstil.

'Hoe oud denk je dat ze is?' vroeg Niels.

'Rond de dertig', zei de forensisch arts. 'Zie je die kleine rimpeltjes rond haar ogen? Maar ze is goed getraind. Moet je die dijspieren zien.'

'Verslaafden zijn niet goed getraind', bracht Niels ertegen in.

'Dit was echt geen verslaafde', zei Theodor. Hij keek nog eens goed naar haar witte armen. 'In ieder geval niet een die spoot. Ik zie geen spoor van naalden. Mooie aderen. En ze is ook geen slachtoffer van seksueel misbruik.'

Niels dwong zichzelf om naar het lijk te kijken.

'Wij gebruiken de term "body age"', zei de arts. 'Ken je die uitdrukking? De leeftijd van het lichaam. In deze tijd, waarin de westerse wereld bezig is zichzelf dood te eten, is het niet ongewoon dat mensen van vijftig een body age van zeventig hebben. Slechte voeding, gebrek aan beweging, alles bij elkaar. Maar bij haar is het juist andersom.'

'Haar lichaam is jonger?'

'Dat vind ik wel. Het lichaam van een jong meisje.'

'Is ze Oost-Europees?'

'Zo Deens als maar kan', zei hij en hij pakte haar hand. Hij tilde hem een paar centimeter op zodat Niels hem kon bekijken. Letters. Geschreven met ballpoint. 'Hier heb je je tatoeage', glimlachte hij. 'Ze was er zo een die haar agenda op haar hand schrijft. Ken je het type?'

'Mijn vrouw is zo'n type', zei Niels en hij voelde een steek van pijn. *Vrouw*. Liefde. Pijn. Hij keek naar de sierlijke letters op haar hand: 'Bank bellen'. En daaronder: 'NMZK. Ma. 16.'

'Dat lees ik ook.'

'NMZK. Wat betekent dat?'

Rantzau haalde zijn schouders op: 'Maar een Roemeen zou naar alle waarschijnlijkheid toch niet "Bank bellen" en "Ma." schrijven.'

'Misschien niet. Wie is NMZK? Noordse ... Ministerraad ...'

'... voor Zorgelijke gevallen en Kanslozen?'

Niels onderdrukte een glimlach. Dit was geen plek om te lachen.

'Ze heeft hier een oud litteken.'

Theodor liet zijn vinger over het litteken gaan, van haar wenkbrauw omlaag naar haar slaap: 'Ik heb alles in het rapport gezet.'

'Een operatie?'

'Nee, je zou daar nooit een incisie maken. Het is een ongeluk. Maar zoals ik al zei: het is jaren geleden. Misschien een ongeluk als kind.'

'Verder nog iets?'

'Ongewone knieën.'

'Wat bedoel je daar precies mee?'

'De knieën zijn naar buiten gedraaid, zie je dat? Ze liep waarschijnlijk als een eend. Zoals Charlie Chaplin. Was je erbij toen ze werd opgeraapt?'

Niels voelde een golf van schuldgevoel over zich heen spoelen die zich materialiseerde als misselijkheid.

'Waarom hebben jullie geprobeerd haar te reanimeren?'

'Wat bedoel je?'

'Je kunt een verbrijzelde schedel niet weer opstarten met een defibrillator. Ik dacht dat de meeste artsen dat wel wisten. En het ambulancepersoneel ook.'

'Ze hebben niet geprobeerd om haar te reanimeren.'

'Weet je het zeker?' De forensisch arts keek verbaasd.

'Ik was erbij.'

'Wat is dit dan?' Hij wees naar een plek vlak onder haar linkerborst.

Niels keek. Het leek een blauwe plek van een klap.

'Dit soort plekken ontstaat als er een defibrillator is gebruikt. Rechthoekig. Er zijn er meerdere.' Theodor liet zijn vinger geroutineerd over de plek op haar huid glijden, van de onderste rib naar de borst. 'Geen twijfel mogelijk.' Hij keek op. 'Je mag het aan iedere forensisch arts op de wereld vragen en hij zal hetzelfde zeggen: er is geprobeerd haar te reanimeren met een defibrillator.'

Er ging een telefoon. Om de een of andere reden duurde het een paar seconden voordat Niels in de gaten had dat het de zijne was.

'Bentzon?' Commissaris Sommersted praatte zachter dan anders.

'Ja.'

'Ze heet Dicte van Hauen. Ze is soliste bij het Koninklijk Ballet.'

Dicte. Ja, dat paste bij haar. Chic en kwetsbaar. Niels herhaalde de naam, alsof die haar terug kon brengen: 'Dicte van Hauen.'

Theodor keek op. 'De balletdanseres?'

Niels knikte.

Theodors telefoon ging in zijn kantoor: 'Ik neem hem even',

fluisterde hij en hij liep weg. Commissaris Sommersted bromde in de telefoon: 'Bentzon?'

'Ja?'

'Ze is het afgelopen anderhalve etmaal door niemand gezien. Ze is niet komen opdagen op haar werk ...' Sommersted zweeg. Hij klonk aangedaan. Dat verwonderde Niels. Stemmen achter hem. Een televisie misschien?

Niels keek naar Dicte. Haar fijne gelaatstrekken die waren verpest door de angst en de pijn waaraan ze was blootgesteld gedurende het anderhalve etmaal waar Sommersted het over had.

'Luister eens, Niels', zei de commissaris. Hij had nog nooit eerder zijn voornaam gebruikt: 'Jij rijdt naar de ouders toe. Janni stuurt je het adres.'

'Moet ik? Kunnen we niet ...'

Zijn baas onderbrak hem: 'Jij bent de laatste die met haar heeft gesproken. Ik weet best dat het vervelend is, maar ...'

'Het is goed.'

'En we moeten autopsie aanvragen. En als je klaar bent, kom je naar het Koninklijk Theater. Zullen we zeggen over een uur?' De commissaris brak het gesprek af.

Daar stond Niels, alleen met Dicte van Hauens ontzielde lichaam. Alleen met de cryptische boodschap op haar hand. *Bunk bellen. NMZK. Ma. 16.*

Het was vandaag maandag. Een afspraak vandaag? Met wie? En was dat de reden dat ze dood moest? Zodat ze niet zou komen opdagen? Niels keek op zijn horloge. Het was iets over elf. Nog vijf uur tot 16.00 uur. Vijf uur om uit te zoeken met wie ze een afspraak had. En waar.

16

Bispebjerg Hospital – Afdeling Kinder- en Jeugdpsychiatrie. 11.15

Het zwijgen is mijn wapen. Omdat de woorden voor mij hun betekenis hebben verloren. Ze bestaan niet meer. Ik kan ze niet vinden. In plaats daarvan luister ik. Naar stemmen op de gang. De dokters die voorbij lopen. Voetstappen op de linoleumvloeren, gefluister. Andere patiënten. Psychiaters die af en toe hun hoofd om de hoek van de deur steken en iets tegen me zeggen. Ik luister naar hun stemmen, net zoals ik naar de stem van De Schuldige luisterde, toen. Ik heb gelezen over stemmen. Ik weet dat ze bestaan uit het strottenhoofd, de klankbuis en het ademhalingsmechanisme. Dat de klankbuis bestaat uit de keel, de luchtpijp en de mondholte. Dat het ademhalingsmechanisme bestaat uit de buikspieren, het middenrif en de longen. Ik weet precies wat er gebeurt als we praten: hoe de lucht vanuit de longen omhoog wordt gestuwd langs de samengetrokken stembanden waardoor er trillingen ontstaan die door de klankbuis worden geleid waarna ze ten slotte door de mond naar buiten komen. Er is sprake van een reis. Elk afzonderlijk woord dat wij uitspreken, ieder geluid dat wij maken, heeft een lange reis afgelegd voordat het het oor van de ontvanger bereikt, een reis die vaak vergeefs is omdat de woorden gewoon afglijden, als regendruppels op de voorruit van een auto. Maar niet zíjn woorden. Niet de woorden van De Schuldige. Zijn stem drong zo sterk bij mij naar binnen dat hij al bijna acht lange jaren in mijn hoofd weerklinkt. Ik ken hem tot in het kleinste detail: de iets te dik aangezette 's', de pauzes tussen zijn zinnen, die net iets langer duren dan bij de meeste mensen, zodat je bijna kunt horen hoe hij voor zichzelf een punt achter een zin zet. Een levendige, dramatische stem. Mannelijk. Vol zelfvertrouwen. Misschien heeft hij stemtraining gehad?

*

Daar dacht ik toen allemaal niet over na. Het was in 2004. In de herfst. Het had tien minuten geleden kunnen zijn, het had twintig jaar geleden kunnen zijn. Toen deed ik nog een middagslaapje als ik thuiskwam uit school. Dat was niet iets wat ik hardop tegen mijn vriendjes en vriendinnetjes zei, want het was een beetje gênant, maar ik had het nodig. Een uurtje maar, van drie tot vier.

Toen hoorde ik voor het eerst een klikje en ik begreep meteen wat er gebeurde: mijn moeder deed de deur van mijn kamer op slot. Ik lag in mijn bed. Een onplezierig gevoel – ik begreep pas later dat het angst was – groeide in mijn binnenste terwijl ik de geluiden uit de slaapkamer hoorde; zachte stemmen, De Schuldige die iets zei, mijn moeder die lachte, mijn moeder die geluiden maakte die ik niet leuk vond. En ik hoorde het als hij weer wegging, ik hoorde zijn stem. De volgende dag hoorde ik hem weer komen. Zo gingen er weken, maanden voorbij, de volgorde was altijd hetzelfde: chocolademelk, het klikje van het slot, geluiden, afscheid. Hij bleef nooit lang en daarna kwam mijn moeder de deur weer openmaken en ik deed alsof ik sliep. Haar eerste zin was altijd hetzelfde: 'Heb je lekker geslapen? Ik ga even douchen.' Zo ging het door, tot die dag, 17 september 2004 – het regende zo hard dat ik het water buiten op de straat kon horen roffelen – de wereld explodeerde met een licht alsof er duizend zonnen op hetzelfde moment waren aangezet en ervoor hadden gekozen om hun licht op mijn gezicht te laten schijnen, in mijn ogen. Ze maakten ruzie in de slaapkamer, mijn moeder en hij. En daarna in de woonkamer. Die dag hoorde ik zijn stem het duidelijkst – omdat ze tegen elkaar schreeuwden. Die dag en die ruzie zorgden ervoor dat hij vanaf dat moment was gereduceerd tot een stem in mijn hoofd. Tot *De Stem*. Mijn moeder huilde. Ze huilde en ze schreeuwde tegen hem en opeens werd het heel stil. Een stilte die mij bang maakte en ervoor zorgde dat ik na een paar seconden opstond uit mijn bed en begon te rukken en te trekken aan de deur die op slot zat, maar hij wilde niet opengaan. Ik ging op mijn knieën zitten en keek door het sleutelgat – of was dat voordat ze gilde? – en ik zag een glimp van de man. De Schuldige. Zijn gezicht. Zijn huid. Toen ik even later de voordeur met een klap hoorde dichtvallen, en hoorde dat mijn moeder maar bleef gillen, slaagde ik er toch in – ik kan echt niet uitleggen hoe, het zou onmogelijk moeten zijn – om de deur open te maken en de gang in te rennen, die leeg was, door de keuken, die ook leeg was, maar waar een van de lades was opengetrokken, en verder naar de woonkamer, waar mijn moeder stond te gillen – ze bleef maar gillen – eerst zag ik het bloed en het mes op de grond helemaal niet, iets in mij weigerde het te zien, iets in mij liet me zelfs het mes oprapen alsof ik me ervan wilde verzekeren dat het echt was, maar toen zag ik het, het bloed dat uit de hals van mijn moeder kwam, haar hals die openstond. Op de een of andere bizarre manier leek het daardoor of mijn moeder twee monden had, een die gilde en een die glimlachte. Ik smeet het mes op de grond, het schoof onder de bank en mijn moeder kwam in beweging, ze wankelde de kamer uit, ik weet niet of ze me zag, terwijl ze een gorgelend geluid uitstootte, alsof ze verdronk – verdronk in haar eigen bloed – en ik liep achter haar aan, naar de gang, naar de badkamer, ik wilde haar helpen, maar ik wist niet hoe, ik kon alleen maar kijken naar haar wanhopige worsteling om op de been te blijven, wat al gauw ook mijn eigen worsteling werd, omdat ik een paar keer uitgleed in het bloed op de grond, ik zag haar terugkomen uit de badkamer en ik wist dat ze snel zou vallen. Later heb ik vaak nagedacht over wat ze in de badkamer wilde doen, en al klinkt het krankzinnig, ik denk dat ze zichzelf misschien in de spiegel wilde zien, dat ze wilde checken of dit echt met haar gebeurde, of iemand echt haar keel had doorgesneden met een keukenmes, of ze hier echt stond als een onthoofde kip.

Ik kon me herinneren dat mijn vader weleens een kip slachtte, op het plaatsje voor het kippenhok, helemaal bij het bos. Mijn moeder wankelde net zo doelloos rond en belandde weer in de woonkamer. Ik hoor nog het geluid toen ze viel, zo raar zacht, zo moedeloos, met de telefoon in haar hand. Toen ik bij haar ging zitten bevroor haar blik, precies op het moment dat ze mij aankeek. Ik heb mezelf in mijn dromen gekweld en gemarteld omdat ik niet meer heb gedaan om mijn moeder te redden. Dat de psychologen en mijn vader me er steeds maar aan herinnerden dat ik pas vijf was en dat ik mijn moeder toch niet had kunnen redden, heeft niet geholpen om mijn schuldgevoel te verminderen. Ze denken dat dat de reden is dat ik ben opgehouden met praten. *Schuldgevoel.*

*

Als de deur opengaat, hoop ik dat het mijn vader weer is. Hij is het licht in mijn duisternis. Ik bedenk vaak – dat deed ik ook al voordat De Schuldige mijn moeder vermoordde – dat het enige wat echt iets voor mij betekent, is hem gelukkig te maken. Maar het is niet mijn vader. Zij is het weer, die met de suikerstem. Ze heeft boeken voor me meegebracht. Dat doet ze af en toe. Ik denk dat mijn vader dat heeft geregeld.

'Hoe gaat het?' vraagt ze, zonder een antwoord te verwachten. Ze legt de boeken voor me op de tafel, loopt naar het raam en doet het open. Ze staat even te kijken naar het park, het door de zon verschroeide, lichtgroene gras, de banken waar de verf van afbladdert, de wilgen die zacht heen en weer bewegen op de wind.

'Hoe gaat het met je, Silke?'

Ze zit op haar hurken voor me. Ze zoekt iets in mijn ogen, zo voelt het, ze probeert iets te vinden wat ergens daarbinnen moet zijn, maar wat zij niet kan zien.

'Ik ben niet meer zo gewend om na te denken over mijn eigen gevoelens', antwoord ik in mijn hoofd. Een citaat van Camus.

Uit *De vreemdeling*, wat een van mijn lievelingsboeken is. Heel even lijkt het wel of de verpleegkundige het hoort, ze knikt tenminste en legt haar hand op de mijne, wat ik niet prettig vind, want alleen mijn vader mag me aanraken, alleen hij, mijn vader, van wie ik zo veel hou.

'Heb je dorst?' zegt ze en ze zet een glas limonade voor me op de tafel.

Dan gaat ze weg. Ze laat mij achter in mijn eigen wereld, alleen met de rode limonade die me aan bloed doet denken. Alleen met de vraag die al zeven jaar als een brandmerk in mijn hersenen en mijn hoofd weerklinkt: wie is De Schuldige?

17

Niels reed de stad uit in noordelijke richting. Naar de rijke voorsteden waar de balletdansers natuurlijk hun wortels hadden. Eerst werden de flatgebouwen steeds kleiner en steeds grijzer, daarna veranderde het soort woningen in kleine vrijstaande huizen die op hun beurt weer groter groeiden, met plek voor meerdere auto's op de oprit. Op de radio praatte een van Hannahs ex-collega's van het Niels Bohr Instituut over de maansverduistering die die nacht zou plaatsvinden. Het maakte Niels verdrietig. *Verduistering*, dat wat tussen Hannah en hem was gekomen, een beetje op dezelfde manier zoals de aarde tussen de zon en de maan kwam.

Vedbæk. 11.30

Een nieuw geluid drong naar binnen in de auto: het constante ruisen van de sproei-installaties die de door de zon geteisterde heggen groen en fris hielden. Om de twintig meter waren verkeersdrempels aangelegd. Niels zette zijn gps uit. Die had hij niet nodig. De pers was hem voor geweest. Hij reed erlangs en parkeerde op ruime afstand, hij bleef een paar minuten zitten en keek in zijn achteruitkijkspiegel naar de gulzige journalisten. Zijn mobiel ging.

'Bentzon?'

'Casper, van IT. Sommersted heeft me gevraagd of ik Dictes mobiel wilde checken. En haar mail.'

'We noemen de doden niet bij hun voornaam, Casper', zei Niels geïrriteerd. Hij voelde zich oud. Als je volwassen mensen begint op te voeden, ben je over je uiterste verkoopdatum heen. Vanaf dat punt gaat het alleen maar bergafwaarts. 'Ik heb de mobiel van mevrouw Van Hauen gecheckt', zei Casper na enkele ogenblikken.

'En?'

'Ze heeft drie weken geleden haar abonnement opgezegd. En haar televisie- en internetaansluiting.'

Niels keek weer in zijn achteruitkijkspiegel. Een van de journalisten liep ongeduldig heen en weer voor het hek.

'Wat zegt dat jou, Casper?'

'Als ik het gevoel had dat Echelon me op de hielen zat en meeluisterde, zou ik er ook de voorkeur aan geven om tamelijk analoog te zijn.'

Echelon. Niels dacht na. Hoe Dicte eruit had gezien toen ze dat woord zei. Ze had naar het oosten gekeken, naar het water, de haven, de ochtendschemering. Was ze opgelucht geweest toen ze het zei?

'Ben je er nog?'

'Ja, ik ben er nog, Casper. Wil je alsjeblieft haar telefoontjes en internetactiviteit in de periode daarvoor natrekken?'

'Daar ben ik al mee bezig.'

'Wat zeggen de letters NMZK jou?'

'Niets', antwoordde Casper snel.

'Is het een bank? Ze had het op haar hand geschreven. Bank bellen en NMZK. Maandag 16.00 uur.

'Maar de banken zijn niet open op Tweede Pinksterdag.'

'Misschien houdt het geen verband met elkaar. Misschien is *Bank bellen* één ding en *NMZK* iets anders?'

Niels hoorde Caspers vingers op het toetsenbord.

'NMZK?'

'Ja.'

'Er is wel een bank met die afkorting, in Noord Middlesex.'

'Zullen we er niet gewoon van uitgaan dat het niet om een bank gaat, Casper?'

'Waarom? Als er sprake is van Echelon en alle ...'

Niels onderbrak hem, voordat Casper te ver zou verzanden in zijn samenzweringstheorieën: 'Kun je erop zoeken?'

'Dat heb ik net gedaan.'

Zoek in de sms'jes in haar mobiel, haar internetgebruik, haar mails. Het kan ook een persoon zijn. Initialen. Misschien iemand die bij een bank werkt. Haar adviseur, of ...'

'Dus ik moet zoeken op NMZK?' onderbrak Casper hem.

'Precies.'

'Nieuw Mechelse Zorg Kombinatie.'

'Je verspilt mijn tijd, Casper.'

'Moeten we niet eerst een gerechtelijk bevel hebben?'

'Bel maar naar Sommersteds kantoor. Vraag maar een spoedbehandeling', zei Niels en hij zette zijn telefoon uit.

*

Niels zag de fotograaf voordat de fotograaf hem zag. De paparazzo richtte zijn camera op het messingen naambord dat stevig vastzat op het metselwerk dat een dubbel smeedijzeren hek omlijstte.

'U bent van de politie, toch?' De journalist had hem herkend. Misschien had Niels hem ook weleens eerder gezien? Een rustig gezicht met meelevende ogen achter een goedkope bril die hem er om de een of andere reden sympathieker uit liet zien.

'Jullie zijn er snel bij', zei Niels. Hij wilde de fotograaf het liefst tegen de muur duwen.

De journalist haalde zijn schouders op. 'Mag ik u één vraag stellen?'

'Je weet best dat ik nu nergens antwoord op kan geven.'

'U weet toch niet wat ik wil vragen ...'

Niels onderbrak hem: 'Luister eens, konden jullie niet gewoon een dag wachten? Eén dagje maar. Dit is een tragedie.'

De journalist had zijn notitieblokje tevoorschijn gehaald en schreef: *tragedie*.

Zo komen ze aan hun citaten. Het maakt niet uit hoe weinig je wilt zeggen, ze krijgen je altijd zover dat je meer zegt, dacht Niels.

'U bent toch degene die heeft geprobeerd om haar ervan af te praten?'

Zijn eerste ingeving: lieg. Zeg nee. Niels volgde zijn tweede ingeving: hem de rug toekeren en aanbellen.

'Is dat ook de reden dat u hier bent? Om uw excuses aan te bieden?'

Niels draaide zich om. 'Excuses?'

'Ja, omdat u haar niet hebt kunnen redden.'

Klik. En nog een keer: *klik*. De fotograaf kwam een stap dichterbij en vereeuwigde Niels nog twee keer. Niels belde opnieuw aan.

'Jullie zijn toch eigenlijk meestal met z'n tweeën?' vroeg de journalist.

Meestal. Meestal is dood, dacht Niels. Meestal is overleden toen Dicte sprong – want er is nog nooit eerder iemand gesprongen bij Niels Bentzon.

Een omfloerste stem praatte tegen Niels door het luidsprekertje: 'Wat willen jullie? Laat ons met rust.'

'Politie. Wilt u alstublieft opendoen', zei Niels met resolute stem.

De journalist maakte nog steeds aantekeningen toen Niels over het tegelpad naar de voordeur liep. Een schaamteloze opluchting verspreidde zich door zijn lichaam. Hij was niet degene die het verschrikkelijke nieuws als eerste moest overbrengen, hij hoefde de moeder niet te zien instorten, hoefde niet de eerste seconden van totale machteloosheid mee te maken. Niels keek de nabestaanden altijd aan als hij een ouder of echtgenoot over de dood van hun naaste moest vertellen. Je mocht nooit naar de grond kijken of wegkijken. Je moest contact houden – hun laten zien dat ze niet alleen waren, klaarstaan om ze op te vangen. Het was alsof je een grote stad ten onder zag gaan, alsof je alle hoop binnen een seconde zag verdwijnen. De eerste seconden waren het ergst, zelfs al zeiden ze niets. Dan kwam het huilen, het schreeuwen – maar dat was makkelijker.

De deur ging op een kier open. Een halve hand kwam tevoorschijn. De hand van een vrouw, goed verzorgd, gouden ring.

'Kom binnen', klonk de stem van de vrouw achter de deur.

Ze wilde zich niet vertonen. Begrijpelijk, de fotograaf achter het hek was fanatiek aan het fotograferen. Alles wat hij te pakken kon krijgen: een half betraand gezicht achter een deur, een hand die een gezicht afschermt voor de foto – hoe meer het slachtoffer van de camera zich probeerde te beschermen, hoe beter.

Niels ging vlug naar binnen. De deur werd achter hem dichtgedaan en toen zijn ogen aan de donkere hal gewend waren, zagen ze een vrouw, te jong om Dictes moeder te zijn en te oud om haar zus te zijn.

'Niels Bentzon, politie Kopenhagen. Het spijt me verschrikkelijk voor u.'

Hij nam haar uitgestoken hand aan; koel en droog, hij paste goed in de zijne. Niels hield hem een paar seconden langer vast dan je normaal gesproken zou doen.

'Cecilia van Hauen. Ik ben Dictes schoonzus', fluisterde ze. Groene ogen. Zwart haar, volkomen steil, tot op haar schouders – het benadrukte de kleine rode steentjes in haar oorbellen. Ze had waarschijnlijk iets zuidelijks in zich, ergens in de verte, bedacht Niels nog net voordat ze haar hand terugtrok. 'Ik zal u voorgaan.'

Hij volgde vlak achter haar en vormde zich door middel van zijn indrukken snel een beeld van Dictes achtergrond: oud geld, een familie met tradities. Een opengeslagen gastenboek met goudopdruk lag op een antieke lessenaar. Niels las nog net: 'bedankt' en 'fantastisch', geschreven in een mooi, vrouwelijk handschrift. Op de plank boven de lessenaar stonden ongeveer tien dezelfde in leer gebonden boeken.

'Hoelang woont de familie Van Hauen hier al?'

'Het geslacht of Dictes ouders?' Ze probeerde een glimlachje en ging snel verder voordat Niels de tijd had om te antwoorden: 'Ik geloof sinds het midden van de negentiende eeuw', zei ze.

Niels knikte. Ze wist natuurlijk best het precieze jaartal, dacht hij, maar hij accepteerde het delicate evenwicht: alleen de lagere klassen scheppen op, maar hoe moet je dan de buitenwereld vertellen dat je boven hen staat? Het antwoord is – net zoals de duivel – te vinden in het detail. Een tiendelig gastenboek. De portretten aan de wanden in de gang. De zorgvuldig uitgekozen meubels. Niels was er zeker van dat die allemaal een verhaal vertelden. In de hal stond een Chinese medicijnkast. Honderden kleine laatjes. Als hij ernaar zou vragen, zou hij een lang verhaal te horen krijgen over reizen en handel, over avonturen in Azië en voorvaderen met malaria en gele koorts, en hoe ze het hadden overleefd. En Cecilia was in deze allesoverheersende identiteit getrouwd.

Een bijna onmerkbaar zuchtje ontsnapte haar voordat ze op de deur klopte en hem zo voorzichtig opendeed alsof ze niet meer was dan een zomerbriesje dat zich door het huis verplaatste.

'Wat was uw naam ook weer?' fluisterde ze.

'Bentzon. Niels Bentzon.'

'Ik zal u voorstellen.'

De moeder stond bij het raam. De lichte gordijnen waren dichtgetrokken en hulden de kamer in een licht zonder scherpe lijnen en schaduwen. Zacht en hemels.

'Dit is Jens Bentzon van de politie', zei Cecilia.

De moeder draaide zich om. Ze had gehuild, maar dat was al een poosje geleden. De vader stond op. Hij was een kop kleiner dan Niels, een kop waarvan het haar al lang was verdwenen en waar alleen nog dunne, grijze stoppels restten. Grijze ogen, perfect gebit.

'Niels Bentzon, politie Kopenhagen.'

'Ik dacht dat u altijd met zijn tweeën kwam.'

'Vandaag niet.'

Niels gaf de vader een hand en zag de vraag door zijn hoofd schieten: kregen hij en zijn familie een betere of een slechtere behandeling van de autoriteiten, nu er slechts één politieman in zijn woonkamer stond om hun te vertellen wat ze al wisten?

'De pers is hier al twee uur.'

'Charlotte en Hans Henrik. Zullen we niet gaan zitten?' kwam

Cecilia er snel tussen en ze voerde Niels mee naar de tafel in de serre. 'Kan ik u iets aanbieden?'

'Nee, dank u.'

'Ik zou graag een glas cognac willen', zei Hans Henrik droog. Een snelle blik tussen Cecilia en de moeder – zo snel dat ze het zelf niet eens in de gaten hadden, dacht Niels terwijl hij de manshoge foto van Dicte bekeek die aan de korte zijde van de kamer aan de muur hing. Hij was zwart-wit en gesigneerd door de fotograaf. Dicte op het toneel van het Koninklijk Theater, haar ene been in een rechte lijn boven haar hoofd gestrekt, ze kijkt recht in de camera. Ze kijkt Niels recht aan. Zonder angst, totaal anders dan hij haar op de brug heeft gezien. Innemend, gracieus, donkere ogen, in scherp contrast met haar lichte huid. De hoge jukbeenderen. Het lichaam waarvan de vormen slechts vaag waren aangeduid. Iets in haar ogen dat Niels herkende van zichzelf. Wat? De overtuiging dat anderen je niet kunnen helpen? Dat je alleen bent?

'Wat kunt u ons vertellen dat we nog niet weten?' vroeg Hans Henrik.

'Ik kan u vertellen dat ze iets voor twaalf uur vannacht van de brug bij station Dybbølsbro is gesprongen en dat ze op slag dood was.'

Weer sprak de vader, hard en ontoegeeflijk: 'En ze was naakt?'

'Ja. En ze was onder invloed.'

'Alcohol?'

'Drugs.'

Het eerste geluid van Charlotte, Dictes moeder: 'O, mijn god.' En nog een keer: 'O, mijn god.'

Hans Henrik sloeg een arm om haar schouder, de tranen braken door en ze verborg haar gezicht in de hals van haar man.

'Het spijt me echt heel erg', fluisterde Niels. Cecilia kwam binnen met drie cognacglazen. Ze deed alsof ze Niels' protest niet hoorde en schonk in.

'Het is niet ongebruikelijk dat mensen die topprestaties moeten leveren prestatieverhogende middelen gebruiken. Epo en dergelijke', zei Niels en hij ging verder: 'Misschien is de chemische balans in haar hersenen op de een of andere manier verstoord en heeft dat een shock veroorzaakt.'

'Wij willen geen autopsie', zei Hans Hendrik terwijl hij zijn glas leegde. 'Maar misschien hebben wij daar zelf geen zeggenschap over?'

Het antwoord sprak voor zich. Niels dacht dat hij beter niet iets kon zeggen dat nog meer olie op het vuur zou gooien van de onmacht die de vader op dit moment al voelde. Hij kon het aan hem zien. De woede. Een normale eerste reactie. Hij wilde zijn dochter het liefst een pak rammel geven, tegen haar schreeuwen, haar vragen waar ze verdomme dacht dat ze mee bezig was, hoe ze hem dit kon aandoen. Over twee uur zou hij samen met haar sterven, haar om vergiffenis vragen, huilen tot hij geen lucht meer kreeg. De moeder pakte haar glas aan. Niels zag dat de scherpe alcohol in haar keel brandde en haar een kleine pauze verschafte in de vele weken huilen die haar nog te wachten stonden.

'Weet u zeker dat ze op slag dood was?'

'Ja. Dicte is overleden op moment dat ze neerkwam. Ze heeft niet geleden nadat ze is gesprongen.'

'Maar daarvoor ...'

Hans Henrik maakte zijn zin niet af en keek weg.

'Ik ben de laatste die met haar heeft gesproken', zei Niels en dat verraste hem zelf. Was hij daarom gekomen? Mede daarom. Om vergiffenis te vragen. Dictes ouders keken hem met nieuwe ogen aan. Verschrikt.

'De laatste', herhaalde Hans Henrik. 'Heeft ze nog iets gezegd?'

'Ja. Ze heeft een woord gezegd. Het was een beetje moeilijk te verstaan. Het leek op "Echelon".'

De ouders keken elkaar aan. De moeder schudde haar hoofd. Niels herhaalde het langzaam. *Echelon.*

'Dat zegt u niets? Ik dacht dat het iets was wat ze ... nou, ja, het is moeilijk uit te leggen.'

'Probeer het eens', droeg de vader hem op.

'Iets wat ze fijn vond. Ze zag er gelukkig uit toen ze het zei. Vredig.'

De moeder probeerde te glimlachen.

'Heeft ze verder niets gezegd?'

'Nee. Het was heel moeilijk om contact met haar te krijgen. Ik ben op een gegeven moment overgegaan in het Engels. Ik twijfelde of ze me wel kon verstaan.'

'En wat hebt u tegen haar gezegd?' wilde de vader weten.

Niels keek naar de tafel. Hij schraapte zijn keel. De cognac stond nog op hem te wachten. Wat waren de laatste woorden die hun dochter op deze aarde had gehoord? Dat wilde de vader weten. En daar had hij recht op.

'In dit soort situaties volgen we bepaalde protocollen. Een procedure. We praten tegen de mensen, proberen ze zover te krijgen dat ze een gesprek aangaan om de monoloog die door hun hoofd maalt te doorbreken. We proberen ze terug te halen naar de werkelijkheid, begrijpt u?'

De moeder knikte. Hans Henrik keek naar Niels alsof hij degene was die haar over de rand had geduwd. Niels stelde nog een vraag. Op het moment dat hij de woorden uitsprak, wist hij dat het veel meer was dan alleen een vraag. Het was net alsof hij het hek naar een verboden gebied forceerde.

'Ik kreeg de indruk dat ze het gevoel had achtervolgd te worden?'

'Achtervolgd?' zei Charlotte.

'Misschien kwam het gewoon doordat ...' Niels probeerde een beter woord te vinden, maar hij gaf het op. 'Misschien kwam het gewoon door haar slechte trip. Dat ik die indruk kreeg. Maar ik moet het toch vragen.'

Stilte. Van het lawaaiige soort. Niels haalde diep adem.

'Had uw dochter een conflict met iemand? Heeft ze met u gesproken over iets in haar leven dat haar extreem beïnvloedde?'

De vader herhaalde: 'extreem?'

'Vriendjes? Financiële zaken misschien?'

'Dicte heeft geen verstand van geld', antwoordde Hans Henrik kort. 'Wij regelen haar financiële zaken. Maar het heeft haar nooit aan iets ontbroken.'

'Ze had "bank bellen" op haar hand geschreven. Als een soort herinnering.'

'De Deense Bank. Ik had haar gevraagd om te bellen.'

'Waarom? Ik bedoel, als u al haar financiële zaken regelt?'

'Ze moest papieren ondertekenen.'

'Papieren?'

'Pensioen. Dat soort dingen. Heeft dat iets met deze zaak te maken?' vroeg hij geïrriteerd.

'Zeggen de letters NMZK u iets?'

Hans Henrik en Charlotte keken elkaar aan.

'Misschien de initialen van iemand met vier namen? Dat is tegenwoordig toch niet ongebruikelijk', probeerde Niels hen op weg te helpen.

De moeder schudde haar hoofd.

'Niels Michael?' stelde Niels voor. 'Niels Michael nog wat.'

Dictes vader schudde zijn hoofd.

'Nadja ... Natasja Marie ...'

De vader onderbrak hem: 'Waarom vraagt u dat? Ik begrijp het nog steeds niet. Waarom is er reden om aan te nemen dat er een misdrijf achter Dictes dood zit?'

'Ik weet ook niet of dat zo is, maar zoals ik al zei, ik kreeg de indruk dat ...' Niels gaf het op om het uit te leggen. In plaats daarvan beperkte hij zich tot de zaak. 'Dat had ze op haar hand geschreven. NMZK – maandag 16.00 uur. Het kan ook de afkorting van een plaats zijn. Een vereniging. Een politieke partij.'

Weer alleen hoofdschudden.

'Goed. Als u nog iets te binnen schiet over wie of wat het kan zijn ...'

'Dan bellen we.'

'Ook als u denkt dat het niet relevant is voor de opheldering van de zaak. Voor ons betekent het dat we geen middelen in hoeven te zetten om in de verkeerde richting te zoeken.'

'Natuurlijk', zei Hans Henrik droog; eindelijk een onderwerp waarin hij zich thuis voelde. De inzet van middelen. *Zo min mogelijk verspilling*. Niels glimlachte meelevend naar hem.

'Oké. Laten we het hebben over haar relaties met andere mensen. Het komt vaak voor dat mensen verliefd worden op bekende personen. Wij hebben al heel veel zaken gehad van bekende personen die worden achtervolgd door gekken. Dat zijn natuurlijk meestal filmsterren, popmuzikanten en dergelijke. Maar waarom geen beroemde balletdanseres?'

Hij keek naar de moeder. Die haalde niet-begrijpend haar schouders op.

'Wanneer hebt u haar voor het laatst gesproken?'

Hans Henrik schraapte zijn keel: 'Dat is wel een paar weken geleden.'

'Een paar weken geleden? Kunt u iets preciezer zijn?'

De moeder pakte Hans Henriks hand. Niels merkte dat de vraag hen uit balans bracht. Daarom ging hij door: 'Vijf weken? Of tien weken?'

'Waarom is dat van belang?' vroeg de vader, duidelijk geïrriteerd.

'Als er sprake is van wat wij noemen "onduidelijke omstandigheden" rondom de dood van uw dochter, moeten we haar doen en laten gedurende de laatste periode van haar leven in kaart brengen.'

Hans Henrik onderbrak hem: 'We hebben Dicte een half jaar niet gesproken. Bent u nu tevreden?'

Niels besloot daar geen antwoord op te geven.

Hans Henrik bewoog onrustig met zijn handen. 'Ze ... wíj ...' Hij zweeg.

Charlotte nam het over: 'Dicte had zich teruggetrokken.'

'Teruggetrokken?'

'Ze wilde ons niet meer zien.'

'Waarom niet?'

Hans Henrik weer. 'Is er werkelijk een aanleiding om te ...'

'Waarom hebt u een half jaar geen contact gehad met uw dochter?' zei Niels.

Stilte. Pijnlijke seconden waarin Charlottes blik de rand van de tafel afzocht. Of was het het vloerkleed?

Hans Henrik schraapte zijn keel. 'Zoals we al zeiden: Dicte had zich teruggetrokken. Ze wilde niet meer in haar ouderlijk huis komen.'

'Waarom niet?'

'Daarop moet ik u het antwoord schuldig blijven.' Hij keek vlug naar Charlotte. Niet om hulp te zoeken, schatte Niels in. Nee, het tegenovergestelde: om zich ervan te verzekeren dat ze zich er niet mee zou bemoeien. 'Het was een geleidelijke overgang. Het begon afgelopen herfst. Ze belde niet meer, beantwoordde onze telefoontjes niet meer, ze kwam nooit meer langs. De laatste keer dat we haar hebben gesproken, was in het theater, voor de première van – ja, wat zou ze ook weer dansen?' Hij keek naar Charlotte, die nu wel iets mocht zeggen.

'*De dame met de camelia's*.'

'Ja, we hebben haar voor de voorstelling gezien, maar ze maakte een kille indruk op ons. Onbenaderbaar. En – ja, ik herinner me dat we na afloop, toen we in de auto zaten op weg naar huis, behoorlijk aangeslagen waren door haar gedrag. Het leek eigenlijk wel of ...' hij keek weer naar Charlotte, die nu huilde, 'of het een totaal andere Dicte was die we hadden gesproken.'

'Wat gebeurde er toen?' wilde Niels weten.

'Nou, we hebben geprobeerd contact met haar te krijgen. Charlotte is zelfs een paar keer bij haar aan de deur geweest, maar Dicte deed niet open. Wij waren buitengesloten, begrepen we. Buitengesloten uit haar leven.'

'Maar u zei dat u haar had gevraagd om de bank te bellen.' Niels keek naar Hans Henrik.

'Ik heb haar geschreven.'

'Via de mail?'

'Ja.'

'Een mailadres dat ze alleen bij het ballet gebruikte?'

'Wat bedoelt u?'

'Omdat ze geen internetverbinding had in haar appartement.'

De vader haalde zijn schouders op. 'Als er een misdrijf achter zit, dan zult u daar hier niet achter komen. Kunt u dat begrijpen?'

'Had ze vijanden?'

Hans Henrik schudde zijn hoofd. 'Nee, maar het contact was verbroken zoals we al zeiden.'

'Natuurlijk.' Niels stond op. Hij wist dat hij niet verder zou komen. 'Eén laatste vraag nog.'

'Ja.'

'Dicte had een litteken. Hier', zei Niels terwijl hij zijn voorhoofd aanraakte.

De moeder keek Niels hevig verschrikt aan en daarna keek ze naar Hans Henrik. Familiegeheimen, dacht Niels. We denken allemaal dat ze goed verborgen zijn, maar in werkelijkheid zijn ze open en bloot zichtbaar. Hans Henrik, die ooit een alcoholprobleem had gehad, en misschien nog steeds had. De dochter die hen niet meer wilde zien. En een oud ongeluk waar niet over werd gesproken. Niet voor dit moment, waarop Hans Henrik opnieuw zijn keel schraapte en antwoordde: 'Dat was een ongeluk dat Dicte als kind heeft gehad. Ze moest gehecht worden.'

'Wat voor ongeluk?'

'Ik vind het heel moeilijk om de relevantie van uw vraag te zien.'

Op datzelfde moment klonk er een kreet ergens in het huis. Hans Henrik stond meteen op en de moeder volgde. Niels keek naar zijn cognacglas, besloot de verleiding te weerstaan en volgde hen. In de kamer ernaast zat Cecilia met haar handen voor haar gezicht geslagen voor de televisie. Op het actualiteitenkanaal werd een korrelige opname getoond die was gemaakt met een mobiele telefoon. De opname was onvast en vrij donker en het werd er niet beter op toen er werd ingezoomd, op het moment dat Dicte sprong.

Charlotte stortte in. Ze zag niet meer hoe Niels probeerde om haar dochter te pakken te krijgen, dat hij nog net haar naakte rug aanraakte voordat ze viel en dat Niels uit balans raakte. Hans Henrik stond als vastgenageld voor het televisiescherm terwijl Dictes moeder de kamer uit rende, weg. Hij zag hoe Niels aan de lifttoren hing. En hoe de andere politieagenten hem weer omhooghesen.

'Ik zou u moeten bedanken', fluisterde hij. 'Ik zie dat u het echt hebt geprobeerd.' Toen liep hij de kamer uit. Niels bleef alleen achter en keek naar de herhaling van het filmpje, dit keer in slowmotion. Hoe Dicte opeens een ingeving krijgt. Haar gewicht overbrengt op haar achterste been en zich met een elegante sprong omlaagwerpt. En hoe hij zich achter haar aan stort, zijn linkerhand strekt zich uit en raakt nog net de huid van haar rug. De camera volgt Dicte in de richting van de rails, ze is op slag dood. Daarna wordt Niels' worsteling om zich vast te houden gefilmd.

Nergens in het huis klonk een geluid. Was de moeder de tuin in gerend? Niels liep de kamer door en schoof het gordijn opzij. De tuin grensde aan de Sont. Een helikopter van het TV2 Nieuws hing boven het water en filmde ongetwijfeld het huis dat was ondergedompeld in verdriet. In de hal bleef Niels staan bij het indrukwekkende gastenboek. *Heerlijke avond. Bedankt voor alles. Stephanie*, en dan iets in het Frans wat Niels niet snapte. Hij bladerde. Nog meer bedankjes: woorden als 'fantastisch', 'hartverwarmend' en 'gastvrijheid' kwamen in allerlei variaties steeds weer terug in het in leer gebonden gastenboek. Was dit politiewerk, of was hij aan het snuffelen in privézaken? Hij keek naar de datum op de laatste bladzijde van het gastenboek. 21 maart, had Stephanie geschreven. Waarom lag het nieuwste boek niet op de lessenaar? Of hadden ze daarna geen gasten meer gehad? Niels keek naar de plank boven zich waarop de tien delen naast elkaar stonden. De dankbaarheid van gasten uitgesmeerd over eeuwen. Op de ruggen van de boeken stonden jaartallen: 1876-1893. Vooral de jaren na de Tweede Wereldoorlog namen veel plek in beslag, de feesten namen toe. Hij pakte het laatste deel van de plank.

Hij bladerde. Vond de laatste bladzijde. 28 mei van dit jaar. Ongeveer twee weken geleden. 'Zoals altijd weer een groot genoegen', stond er. Niels herkende de handtekening die eronder stond meteen. Diezelfde handtekening stond op zijn politie-ID. En op alle officiële brieven die hij van de afdeling kreeg. W.H. Sommersted.

'Bent u in ons gastenboek aan het schrijven?'

Hans Henrik stond in de deuropening.

'Nee, ik ...'

'We hebben een regel dat gasten ons huis nooit mogen verlaten zonder dat ze dat hebben gedaan.'

Niels keek naar de grond.

'Maar dat geldt alleen voor gasten die zijn uitgenodigd. Als u het mij niet kwalijk neemt.'

*

Het huis moest airconditioning hebben, bedacht Niels toen hij over de schoongeboende tuintegels liep en de zon weer voelde. De hoeveelheid persmensen was gegroeid sinds hij naar binnen was gegaan. Van twee naar tien in een kwartier. Was er nog een andere uitgang? Te laat, de fotografen begonnen er al op los te schieten. Het beste was niet te reageren; hoe meer je je verstopte, hoe interessanter je werd. Niels hoorde de woorden precies op het moment dat het twee meter hoge automatische smeedijzeren tuinhek hem eindelijk naar buiten liet: *Dat is hem. Dat is de man die haar er niet van af heeft kunnen praten.*

De vragen hagelden van alle kanten op hem neer: 'Heeft ze nog iets gezegd voordat ze sprong?' 'Was ze onder invloed?' 'Was ze verkracht?'

'Wie had haar uitgekleed?' 'Hoe reageerden haar ouders?'

Niels keek naar de journalist die die laatste vraag had gesteld, de stomste van alle vragen. Als door de hemel gezonden, ging zijn telefoon.

'Bentzon.'

Niels drukte een hand tegen zijn oor om iets te kunnen horen: 'Hallo?'

'Met Theo Rantzau, van het Forensisch Instituut.'

'Ik kan je bijna niet verstaan.' Niels zette het op een holletje om te ontsnappen aan de agressieve journalisten.

De forensisch arts schraapte zijn keel: 'Ik zei dat je beter eerst even langs kunt komen voordat je iets anders gaat doen.'

'Waarom? Ik ben op weg naar ...'

Rantzau onderbrak hem: 'Niels, niet via de telefoon. Kom nou maar gewoon.'

18

Kopenhagen. Binnenstad. 11.50
Hij deed zijn tas open en maakte een spuit klaar. Ritalin. Een prikje in zijn heup. Hij maakte zijn riem los en schoof zijn broek een stukje omlaag. Het begon al snel te werken. Hij stond geparkeerd in een zijstraat van de winkelstraat Strøget. Hij deed even zijn ogen dicht, wachtte tot de stof zich door zijn bloed zou verspreiden en de vermoeidheid voor een tijdje zou verdrijven.

Beelden drongen zich aan hem op. Beelden die hij op de televisie had gezien. Toen ze sprong. Toen de politieman aan de rand had gehangen. Had ze nog iets tegen hem kunnen zeggen? Hem verraden? Nee, hij had op het perron naar haar staan kijken. Ze had geen woord gezegd. Daar was hij zeker van. Maar vandaag liep hij meer gevaar dan gisteren. Nu was de politie aan het werk gegaan en de politie was niet gek. Het zou niet lang duren voordat ze erachter kwamen dat ze niet alleen maar was gesprongen omdat ze genoeg had van het leven. En dan zou het onderzoek beginnen. Er zou autopsie worden verricht op haar lichaam. Haar appartement zou worden doorzocht en van alle kanten worden gefotografeerd. Alles zou ondersteboven worden gehaald. Was hij iets vergeten? Vingerafdrukken? Dat laatste zou hem fataal kunnen worden, want zijn vingerafdrukken zaten in het politiearchief, dat wist hij. Nee. Hij had niets aangeraakt toen ze hem had binnengelaten. Niets behalve het theekopje en dat had hij zorgvuldig schoongemaakt. Hij liep alle gebeurtenissen nog eens na. Hoe Dicte de deur had geopend. Hem binnen had gevraagd. Blij was geweest hem te zien. Hij was gaan zitten, had nog steeds niets aangeraakt. Hij had de hele tijd opgelet waar hij zijn handen liet. Zich gerealiseerd dat hij niets mocht aanraken voordat ze verdoofd was en hij plastic handschoenen kon aantrekken. Hij ging verder met het nalopen van de hele avond in zijn hoofd: hoe hij gebruik had gemaakt van haar toilet, hoe hij had gedaan alsof hij de deur niet meer openkreeg, om Dicte naar de badkamer te lokken. Hij had haar vastgegrepen, de deur dicht geschopt en de spuit in een spier in haar schouder geduwd. Ze was verrast, geschokt, had gevochten. Ze had geprobeerd hem te slaan. Hij had de seconden geteld in zijn hoofd. De eerste zestig waren het ergst. Toen begon ze te ontspannen. De ketamine begon te werken. En alles wat ze had omgegooid? De wasmand, de handdoeken. Later had hij ook in haar kleine bijbel zitten lezen om de tijd te doden tot de verdoving weer was uitgewerkt. *Faidon* heette het boekje, dacht hij. Over Socrates die het heeft over de onsterfelijkheid van de ziel. Maar toen had hij ook zijn handschoenen aangehad. Nee, terwijl ze verdoofd was, had hij alles weer opgeruimd. Hij had de deurknop van de badkamerdeur schoongemaakt. Hij had ...

Nee, hij had geen sporen achtergelaten, hij was er heel zeker van. Ook niet toen hij zijn spullen had gehaald nadat ze was gesprongen. Hij probeerde zijn gedachten te focussen. Hij moest door. Hij kon nu niet stoppen. Hij haalde zijn lijst weer tevoorschijn. Dicte van Hauen, stond er bovenaan. Hannah Lund was nummer twee. Maar hij kon haar adres nergens vinden en ze had een geheim telefoonnummer. Dat ergerde hem. Zij was de beroemdste van alle bijna-doodmensen. *Bijna-doodmensen*. Een dwaze uitdrukking, maar hij wist niet hoe hij ze anders zou moeten noemen, de mensen die dood waren geweest en waren gereanimeerd. Hannah Lund was degene die het dichtst bij een levend wetenschappelijk bewijs kwam dat er leven na de dood was. Hij had over haar gelezen op een website die aan het onderwerp was gewijd. Hannah was in 2009 tijdens de Kerstdagen opgenomen in het Rigshospital, na een ernstig auto-ongeluk. Het jaar daarvoor, in 2008, was er wereldwijd een internationaal wetenschappelijk onderzoek gestart naar de vele gevallen van mensen die bijna-doodervaringen hadden gehad, gevallen die overal op aarde bleven opduiken. Ze waren tegenwoordig simpelweg beter in staat om mensen te reanimeren. Meer reanimaties betekende meer verhalen over het leven na de dood, over licht, tunnels, over een mysterieus, fantastisch net dat de aarde omhult, over ontmoetingen met mensen die al lang dood waren. Daarom hadden enkele Britse en Amerikaanse artsen tijdens een congres dat onder de regie van de VN werd gehouden het idee opgevat. Voor het eerst in de rijk gevarieerde geschiedenis van de wetenschap was het nu toegestaan om te praten over het leven na de dood. *Er is iets wat wij niet kunnen verklaren.* Het was alsof je een zucht van verlichting door de artsen van over de hele wereld kon horen gaan. Eindelijk mochten ze de vele ervaringen die ze niet begrepen onder woorden brengen. De verhalen waarmee mensen terugkeerden nadat ze waren gereanimeerd. Uiteindelijk waren de artsen het erover eens geworden dat de dood moest worden onderzocht. Dat het bewustzijn met nieuwe ogen moest worden bekeken, als een fenomeen dat aspecten bevatte waar wij niets over weten. *Bewustzijn.* Zo noemde men het. Niet 'ziel'. *Awareness.* Er was een samenwerkingsverband opgezet tussen eerstehulpafdelingen in verschillende landen. Ze hadden plankjes laten bevestigen vlak onder het plafond, daar waar mensen altijd beweerden boven hun dode lichaam te zweven. Op die plankjes hadden ze afbeeldingen met onwaarschijnlijke onderwerpen gelegd. Een gestreepte baby, een olifant die op een Volkswagenbusje gaat staan, dat soort dingen. Als er iemand werd gereanimeerd en die persoon beweerde dat hij uit zijn lichaam was getreden terwijl zijn hart niet klopte, dat hij onder het plafond had gezweefd, konden ze vragen of hij had gezien wat er op het plankje lag.

Hannah Lund had als enige mens ter wereld kunnen vertellen wat er op de afbeelding stond. Ze was wetenschapper. Astrofysicus. Veel mensen twijfelden er uiteraard aan of het waar was. Er werd verwoed gedebatteerd in verschillende fora op internet. Misschien had iemand haar verteld wat er op de afbeelding stond? Misschien was er op een andere manier gefraudeerd? Maar het was een feit dat Hannah Lund in die nacht dat ze werd geopereerd aan haar verwondingen drie keer heen en weer was gereisd tussen de dood en het leven. Alles bij elkaar was ze bijna twintig minuten dood geweest. Ze was de *lieveling* van het bijna-doodmilieu. Misschien was daarom haar adres nergens te vinden: omdat ze genoeg had gekregen van de aanvragen van allerlei idioten van over de hele wereld, die met haar in contact probeerden te komen om nieuws te horen over hun geliefde overledenen. Dat was op verschillende andere plekken ter wereld gebeurd. Mensen die een bijna-doodervaring hadden gehad, werden benaderd door mensen die wilden weten wat ze hadden meegemaakt. Dat wist hij, hij had het onderzocht. Sommige van de bijna-doodervaringen waren ook heel moeilijk van de hand te wijzen. De bijna-doodervaring van de Amerikaanse RaNelle Wallace bijvoorbeeld. Die had indruk op hem gemaakt. In 1985 was ze tijdens een sneeuwstorm in centraal Utah samen met haar man neergestort in een vliegtuig en ze was voor ruim vijfenzeventig procent van haar lichaam verbrand. Ze was minutenlang klinisch dood geweest – het was zeer grondig gedocumenteerd – en had meegemaakt dat de barrière tussen leven en dood was opgeheven. Ze had niet alleen haar al lang geleden overleden grootmoeder gezien en gesproken, wat kennelijk een vrij vaak voorkomend fenomeen was, ze had ook haar zoon gezien die haar had gevraagd terug te gaan. Terug naar het leven. Het opmerkelijke was dat de zoon met wie ze had gesproken pas een paar jaar later werd geboren.

Hij wreef over zijn gezicht en probeerde zich te concentreren op zijn taak. Hij moest verdergaan met nummer drie op de lijst. Peter V. Jensen. Die kende hij ook persoonlijk. Net als Dicte. Dat maakte het allemaal makkelijker.

De injectiespuit.

De gedachte schoot in een flits door zijn hoofd. Waarom dacht hij daar nu pas aan? Dat kwam door die verdomde vermoeidheid. Hij had de injectiespuit voor het appartement van Dicte van Hauen laten vallen. Op zich was dat geen probleem. Het was in de wijk Vesterbro, daar lagen overal spuiten, maar hij had hem thuis al klaargemaakt. Zijn vingerafdrukken zaten op de spuit die hij in haar hals had geprikt toen hij haar de vloeistof had toegediend. Ze had nog een paar stappen de gang op gedaan met de spuit in haar hals voordat hij eruit was gevallen en zij de trappen af was gerend met hem op haar hielen. Die was hij vergeten. Hij startte de auto en reed de straat op. Hij moest terug naar haar appartement. Zijn telefoon ging. Het was zijn werk. Ze begrepen niet waar hij bleef. Hij overwoog even of hij het telefoontje zou aannemen en zeggen dat hij helaas thuis moest blijven omdat hij pijn in zijn rug had, maar hij liet hem gewoon overgaan.

19

Forensisch Instituut. 12.15

Niels rende half de trap op en de deur door. Iedere keer als zijn schoenen de koele stenen vloer raakten, maakten ze een piepend geluid. De echo volgde hem de trap af, de gang door, de kleedruimte in. Labjas, mondkapje, klompen met plastic hoesjes eromheen. Terwijl Niels zich omkleedde, ging het gesprek dat hij met Dictes ouders had gevoerd door zijn hoofd. *Alsof het een totaal andere Dicte was die we spraken.*

Hij ging een schuifdeur door en verder naar de obductieruimte waar Theodor Rantzau stond, omringd door zijn kleine team van forensisch artsen en technici, een dictafoon in zijn hand.

'Niels. Goed dat je er bent.'

'Er was iets wat ik moest zien.'

'Twee seconden.'

Niels haalde diep adem en keek naar het lichaam. Er was niet veel over van de wanhopige vrouw die hij minder dan een etmaal geleden op de brug had gezien. Er was nog minder over van de sterdanseres Dicte van Hauen – de vrouw die Niels op de poster in het huis van haar ouders had gezien. De inwendige organen waren ontleed. Haar schedel was opengesneden en haar hersenen lagen in een stalen kom naast de roltafel.

'Ik kom eraan, Niels.'

Theodor praatte zonder naar Niels te kijken. Hij bond een draad om de dunne darm en de dikke darm en hevelde daarna de gehele darm over naar de kom naast de schedel. Niels deed een stap naar voren. Het was moeilijk om naar te kijken. Moeilijker dan de eerdere keren dat hij bij een obductie aanwezig was geweest. Maar een mens was gewoon biologie. Spieren, pezen, botten, weefsel, bloed en huid. Verder niets.

'Gaat het?' Theodor keek hem recht aan.

'Het is moeilijker dan anders. Ik weet niet waarom. Misschien omdat ik net bij de ouders vandaan kom.'

'Wil je even pauzeren?'

'Nee. Sommersted wacht op me.'

Theodor aarzelde. Hij probeerde in te schatten of Niels flauw zou vallen, zou gaan overgeven of opeens zou omvallen op de witte vloertegels. Dat alles gebeurde hier regelmatig, vooral als er leerlingen van de politieschool op bezoek waren.

'Ik had je al verteld over de defibrillator', ging hij verder terwijl hij naar de huid wees.

Haar borstkas was geopend. Een metalen klem hield de rechter- en de linkerkant uiteen.

'Dat iemand heeft geprobeerd haar te reanimeren?'

'Hier kun je de schroeiplekken van de defibrillator zien.'

Niels vermande zich en kwam dichterbij staan.

'Er is nog meer', zei Rantzau, maar hij zweeg toen zijn blik op een van zijn assistenten viel die over de inwendige organen gebogen stond. 'Een ogenblik, Niels.'

Niels zag dat hij naar een van de jongere technici toe liep en hem instructies gaf hoe hij de organen moest fotograferen. Opnieuw voelde Niels zijn ongeduld groeien. Sommersted wachtte op hem in het Koninklijk Theater. Maar autopsies waren niet voor ongeduldige mensen, dat wist hij. Ze konden vele uren duren, in zeer speciale gevallen zelfs dagen. Alles moest worden meegenomen. Alle inwendige organen moesten zorgvuldig worden bekeken. Er moesten weefselmonsters worden genomen en worden opgestuurd voor bacteriologisch, toxicologisch en biochemisch onderzoek. Bloedmonsters moesten rechtstreeks uit de grote slagader in het dijbeen in een buisje worden getapt. En als alles was afgerond, moesten de organen weer terug in het lichaam worden geplaatst en de huid weer worden dichtgenaaid. Niels had Rantzau een keer weten te ontlokken dat de organen niet altijd op de juiste plek terug werden gestopt. Dat was bijna onmogelijk, had hij uitgelegd, maar dat werd natuurlijk nooit hardop gezegd – niet iedereen zou het prettig vinden om te weten, als ze in de aula stonden om afscheid te nemen van het geliefde familielid in de kist, dat een van de longen in het bekken was gepropt terwijl de lever en het hart van plaats waren verwisseld.

'Dit moet je zien', zei Theodor terwijl hij Niels meetrok naar de tafel waar de bloedmonsters en het weefsel in klinische potjes en buisjes werden verzameld. De forensisch arts pakte een van de grootste potjes. Een troebele substantie. Een beetje gelig.

'We hebben bijna een halve liter gevonden.'

'Wat is het?'

'Zout water. Tot helemaal in de bijholtes. En de longen.'

'Weet je het zeker?'

'Natuurlijk. Het duurde ongeveer vier seconden om het chemisch te analyseren. Dat is abc in forensisch onderzoek. Iemand heeft zijn vrouw gewurgd en haar later in zee gegooid om de moord op een verdrinkingsongeluk te laten lijken. Maar ...'

'Maar?'

'Maar als iemand van tevoren al dood was, komt er geen water in de longen en de bijholtes, want het slachtoffer neemt geen vloeistof op als het niet probeert adem te halen.'

'En wat betekent dat in dit geval?'

Rantzau haalde diep adem. 'De conclusie, de voorlopige conclusie, is dat ik, als ik niet wist dat ze van een brug was gesprongen en dat haar schedel was verbrijzeld, er niet aan had getwijfeld of Dicte van Hauen was overleden door zuurstofgebrek ten gevolge van een verblijf onder water.'

'Verdronken?' Niels' stem was bijna niet te horen.

'Zo noem je dat normaal gesproken.'

20

Vesterbro. 12.25

Zijn tenen en vingertoppen tintelden. De vermoeidheid. Het leek net of de oppeppende stoffen in zijn bloed de vermoeidheid naar de uiteinden van zijn lichaam probeerden te verdrijven. Hij parkeerde expres op een afstandje van het gebouw waarin het appartement lag. De straten waren vol leven. Mannen met strakke stropdassen die zich naar hun volgende afspraak haastten. Groepjes moeders met bekers ecologische koffie in de houder van hun kinderwagen. Hij zweette.

Hij keek om zich heen voordat hij handschoenen aantrok en aan de deur voelde. Die was natuurlijk op slot. Hij wist dat hij haast had. Dat móést hij hebben. Eigenlijk verbaasde het hem zelfs dat de politie er nog niet was. Het kon slechts een kwestie van tijd zijn, korte tijd waarschijnlijk. Misschien moest hij die injectiespuit maar laten zitten en maken dat hij wegkwam. Hopen dat ze hem niet zouden vinden, dat ze zouden denken dat hij van een toevallige verslaafde was. Nee, zo dacht de politie niet. Hij kende hun methodische grondigheid maar al te goed. Hij belde aan.

'Ja?' klonk een oudevrouwenstem. 'Wie is daar?'

'Ik woon tijdelijk bij Henrik op de vierde, maar ik ben mijn sleutel vergeten.'

'Wie ben je?'

'Ik heet Jacob. Ik ben een vriend van Henrik. Wilt u me binnenlaten?'

Ze hing op. Hij wachtte een paar seconden en wilde net een andere bel proberen, toen de deur opeens een zoemend geluid maakte. Hij duwde hem open en ging naar binnen. Het trappenhuis zag er anders uit dan hij zich herinnerde. De afgelopen nacht was het een hel geweest; de perfecte weerspiegeling van zijn chaotische innerlijk tijdens de seconden waarin zijn hele wereld op scherp was gezet. Nu was het gewoon een trappenhuis, overbelicht door de zon, witte relingen.

Voor de deur van haar appartement was niets te zien. Geen tekenen van een gevecht, geen spuit. Misschien was hij gevonden en weggegooid? Misschien hadden ze gedacht dat het gewoon een verslaafde was geweest die hier naar binnen was gegaan om te gebruiken. Nee, hij moest het zeker weten. Hij liep de trap af. Niets. Hij keek langs de trapleuning naar beneden. Als de spuit boven bij het appartement over de rand was gevallen, kon hij in de kelder terecht zijn gekomen. Hij liep terug, bleef staan bij de voordeur en keek over de rand. Dáár. Bijna bij de kelderdeur, nog net balancerend op de rand van de trap, lag de spuit. Opgelucht liep hij naar beneden. Misschien zou het toch nog allemaal goed gaan. Hij liep langs de voordeur en keek naar buiten. Er stonden politieauto's geparkeerd voor het gebouw. Geüniformeerde politieagenten stonden een paar meter van hem vandaan op straat. Ze waren hun apparatuur aan het uitladen. Eén moment stond hij op het punt om weer naar boven te gaan, nee, dat kon niet. Hij moest óf naar buiten gaan en weglopen voordat ze bij de deur waren, doen alsof hij een bewoner was, óf hij moest doorlopen naar beneden. Hij moest die spuit hebben. Anders was het afgelopen. Hij liep door naar beneden. Hij deed het licht niet aan. De deur ging open. Boven zijn hoofd hoorde hij de politie. Als ze hem hier zouden vinden ... Een paar liepen de trap op, een paar bleven bij de voordeur staan. Gingen ze de flat verzegelen? Misschien zelfs de voordeur. Hoe moest hij dan wegkomen? Hij strekte zijn arm uit om de spuit te pakken te krijgen. Hij slaagde erin om hem met het puntje van zijn vingers van de traptrede af te wippen. Hij viel en landde op de betonnen vloer.

'Is er iemand beneden?'

Ze praatten tegen elkaar, niet tegen hem.

'Ik ga even kijken. Het zou makkelijker zijn als er een beheerder was, dan kon die de deur opendoen.'

Hij pakte de spuit en keek om zich heen in de spaarzaam verlichte kelder. Voetstappen op de trap. De politieagenten kwamen zijn kant op. Hij moest weg. Ze kwamen dichterbij, over een paar seconden zouden ze voor hem staan en hem vragen of hij zich wilde identificeren. Hij stapte een gang in. Stoffige lucht. Het rook er naar bleekmiddel. Naar wasmiddel en fietsolie. Een vaag, trillend geluid van de wasmachines in de waskelder. Zou hij proberen zich te verstoppen? Nee, verder, hij moest naar buiten. Hij kwam langs afgesloten bergingen met tralies voor de deuren. Hij ging sneller lopen, hij rende bijna, ze waren nu in de kelder, hij kon hun stemmen horen. Ze waren niet ver, ze hadden hem niet gezien, maar ze kwamen dichterbij en als hij geen uitgang zou vinden, zouden zij hem vinden. Hij ging een hoek om. Eindelijk, een deur aan het eind van de gang. Hij was nog maar een paar stappen verwijderd van de redding. De stemmen achter hem kwamen dichterbij. Hij voelde aan de deur. Op slot.

21

Het Koninklijk Theater. 12.25

De August Bournonville Passage. Die naam klonk als iets uit een ver verleden; als paardenhoeven op klinkers, als mannen met hoge hoeden en vrouwen die met de nieuwste roddels de trappen van het nationaal toneel op snelden. Maar de mensen die Niels opwachtten toen hij de deur van het Koninklijk Theater binnenkwam, waren niet de grote toneelschrijvers Oehlenschläger of Holberg, maar de portier en een jong meisje dat zich voorstelde als 'Ida, informatiemedewerkster'. Niels gaf haar snel een hand. Die van haar was warm en ze gebruikte alleen haar vingers om hem te begroeten. Net als de Engelse koningin, dacht Niels. Misschien hoort dat zo hier in het theater?

'Ze zitten in het kantoor van de balletmeester.' Ze liep snel, ze rende bijna. Niels probeerde haar tempo bij te houden terwijl hij zich tegelijkertijd een eerste indruk van het theater vormde.

'Ida?'

'Ja.'

'Mag het tempo iets omlaag?'

'Ja, sorry, het is ook zo verschrikkelijk wat er is gebeurd', zei ze bij wijze van excuus voor haar tempo, alsof je kon weglopen voor de realiteit als je maar hard genoeg liep. 'Bent u bang voor liften?'

Niels glimlachte en schudde zijn hoofd toen ze hem uitnodigde om een oude versleten goederenlift in te stappen met plaats voor vijftig mensen. Stilte. Ze keek naar de grond.

'Nou nou, dit is wel een flink formaat lift!' zei Niels.

'Er moet een ambulance in kunnen. U weet wel, veel mensen bij elkaar in een kleine ruimte.'

‘Veel belangrijke mensen’, voegde Niels eraan toe.

‘Precies. Onder andere het koningshuis. Daar moeten we toch voorzichtig mee zijn.’

‘Kende u haar?’ vroeg Niels. ‘Dicte van Hauen?’

Ida schudde haar hoofd: ‘Niet echt. Ik heb misschien twee keer met haar gepraat. Over iets met de pers. Ze was ...’

‘Wat was ze?’

‘Sommige solisten zijn een beetje apart. Maar het is ook een krankzinnig beroep’, haastte ze zich te zeggen. De lift stopte. ‘Sorry, het was niet mijn bedoeling om kwaad te spreken over Dicte. Echt. Ik vind het afschuwelijk.’

‘Het blijft tussen ons’, zei Niels. Hij overwoog of hij haar een klopje op haar schouder zou geven, maar die was bloot en er hadden zich kleine zweetdruppeltjes gevormd in haar hals en verder naar beneden.

De kantoren lagen naast elkaar op een rij. Glazen ruiten. Telefonerende mensen.

‘Iedereen is opgeroepen’, zei Ida terwijl ze het werk opsomde dat zich opstapelde: afzeggingen, nieuwe kostuumrepetities, solisten die in- en uitgevlogen moeten worden. ‘De dood is onpraktisch’, zei ze. ‘Maar wij zijn eraan gewend. Nog niet zo heel lang geleden is er een hoofdrolspeler dood neergevallen in zijn kleedkamer. Zo gaat het. Deze plek vereist van mensen dat ze maximaal presteren. En soms kan het systeem dat niet bijhouden. Wist u trouwens dat Thorvaldsen hier is overleden?’

‘De schilder?’

‘Beeldhouwer’, verbeterde ze Niels, maar toen ging ze snel verder zodat zijn onwetendheid niet tussen hen in zou blijven hangen: ‘En dan de journalisten’, ze wilde nog iets zeggen, maar werd onderbroken door een man van haar eigen leeftijd met een vest en een stropdas en een gestreste klank in zijn stem: ‘Ida?’

Ze bleef staan, twijfelde even tussen haar plichten en haar gehoorzaamheid aan de politie.

‘Heb je Kresten al te pakken gekregen? Ze lopen achter bij PR.’

‘Nee ... ik ...’

'Ben je een rondleiding aan het geven?' vroeg hij. Hij deed niet eens zijn best om zijn ergernis te verbergen. Niels liep een paar stappen verder de gang in terwijl Ida de tijd kreeg om zich te verdedigen. Achter hem klonken gedempte stemmen. Er werd gefluisterd. Niels keek naar het prikbord. 'Dicte van Hauen'. Haar naam stond op een papiertje dat boven het vel met andere namen hing, het was een soort schema, zoals een stamboom.

'Hier worden de nieuwe rolverdelingen opgehangen. Dan kunnen de dansers zien welke partijen ze moeten dansen', zei Ida achter hem.

'Giselle?' las Niels.

De rol was in sierlijk handschrift voor Dictes naam geschreven.

'Ze zou de hoofdrol hebben gedanst?'

'Dus u begrijpt wel dat we het druk hebben.'

'Gaan jullie door met de voorstelling?'

Ze keek hem niet-begrijpend aan. Alsof die vraag volkomen belachelijk was.

'Kunnen jullie nog een andere danseres vinden?'

'Er zijn understudies voor de hoofdrollen. Anders zou je voortdurend voorstellingen moeten afgelasten. Het komt vaak voor dat ze het fysiek niet aankunnen.' Ze liep verder de gang door. 'We werken vanaf dit moment de klok rond om het allemaal te redden. Het is ook een kwestie van geld. Overwerk en weekendtoeslag zijn goedkoper dan afgelaste voorstellingen.' Ze bleef staan: 'Ze zitten hierbinnen.'

Niels keek door het raam. Het beeld klopte niet. Commissaris Sommersted aan de andere kant van het bureau. Hij zat tegenover twee mannen. Het gesprek werd onderbroken toen Niels binnenkwam.

'Bentzon', zei de commissaris, hij klonk bijna hartelijk.

Niels knikte naar de twee mannen en gaf ze een hand.

'Alexander Flint', zei de ene en hij keek hem recht aan. Vriendelijke ogen. Maar ook ... Ook wat? vroeg Niels zichzelf. Geen verdriet.

'Flint is de directeur', legde Sommersted uit.

'Ik heb uw naam niet meegekregen', zei Niels tegen de andere man en hij probeerde zijn blik te vangen. Hij had mascara op.

'Frederik Have, balletmeester.'

'Ga zitten', zei Sommersted, maar Niels bleef staan en knikte discreet naar de deur.

'Nu meteen?'

'Ja.'

'Goed. Heren, u moet ons heel even verontschuldigen.'

Sommersted stond op en liep achter Niels aan de gang op. Hij deed de deur zorgvuldig achter zich dicht en keek door het raam naar binnen, waar de twee mannen als schooljongetjes zaten te wachten.

'Ik denk dat hij hier binnen een maand weg is', constateerde Sommersted zonder ook maar een greintje medeleven in zijn stem. 'Hij is een dead man walking.'

'De balletmeester?'

Commissaris Sommersted knikte. 'Hij zal ertegen vechten, hij zal spartelen als een vis, misschien zelfs flink met modder gaan gooien in de pers, maar zonder de steun van de directeur kan hij niets beginnen. De druk wordt te groot. De ochtendkranten willen zijn hoofd op een schaal en ze zullen kolom na kolom volschrijven over het onmenselijke regime bij het ballet en zijn belabberde leiderschapskwaliteiten. Hij zal geen enkele steun krijgen van de directeur, want die wil niet dat het op hem afgeeft. Ik gok dat de directeur binnenkort op reis gaat. Totdat alles weer tot rust is gekomen. Zou hij niet nog wat vakantiedagen hebben die hij nodig moet opnemen?'

'Commissaris,' Niels wilde terug op het spoor, 'het klopte wat ik zei.'

'Wat klopte wat jij zei?'

'Het was niet alleen zelfmoord. Er zijn omstandigheden ...'

'Maar je hebt haar toch zien springen?'

'Ik kom net van het Forensisch Instituut. Er is water gevonden in haar longen en bijholtes.'

'Water?'

'Zout water.'

'Ze is toch niet verdronken, Niels.'

'Ik herhaal alleen wat Rantzau zei: water in de bijholtes. Overleden door zuurstofgebrek ten gevolge van een verblijf onder water. Verdronken.'

'En wij kunnen constateren dat dat niet klopt omdat we haar springlevend op station Dybbølsbro hebben gezien.'

Niels ging onverstoorbaar verder. 'En ze is gereanimeerd. Er zijn sporen van een defibrillator te zien.'

'Niet zo overhaast, Bentzon. Ze kan thuis in de badkuip zijn verdronken. En toen heeft iemand haar gevonden en ...'

'Hebt u een defibrillator thuis in de badkamer?' onderbrak Niels hem.

'Nee, maar ...'

'Komt er zout water uit uw kraan? Nee, toch? Weten we überhaupt of er een badkuip in haar appartement is?'

Commissaris Sommersted haalde diep adem. Niels had hem nog nooit eerder onzeker gezien. Ja, één keer misschien, jaren geleden, na een op gedempte toon gevoerde ruzie met zijn vrouw ten overstaan van het verzamelde politiekorps. Maar nu wankelde hij. Hij was uit het lood geslagen.

'Dus jij zegt dat ze is verdronken en gereanimeerd voordat ze naakt de brug op rende en sprong? Begrijp ik dat goed?'

'U begrijpt het goed. En ze is slechts een paar minuten voordat ze sprong verdronken. Anders zou er geen water in haar bijholtes hebben gezeten. En daarna is ze dus gereanimeerd.'

'Wie heeft haar gereanimeerd?' vroeg commissaris Sommersted. 'En verdronken?'

'Degene voor wie ze bang was toen ze op de brug stond', zei Niels. 'Dat zei ik toch. Ze keek naar iemand. Naar Hém.'

De commissaris keek naar de grond terwijl Niels zijn punt maakte. Hij kon het niet laten.

'Dicte heeft niet gewoon zichzelf van het leven beroofd. Daarvóór had iemand haar gedood. En die "iemand" heeft haar achtervolgd tot op de brug.'

‘Ik heb je gehoord.’

Een paar seconden stilte. Ongeduldig kuchen vanuit het kantoor. Toen deed Niels de deur open.

‘Is er een defibrillator in het gebouw?’

‘Een AED?’ vroeg de balletmeester terwijl hij opkeek.

‘Ja, hebben jullie zo’n apparaat?’

De directeur knikte. ‘Volgens de veiligheidsvoorschriften moeten we ...’

‘Wilt u het door iemand laten halen?’ onderbrak Niels hem.

‘Waar hebt u het voor nodig?’

‘Nu meteen, alstublieft.’

De directeur wierp Niels een onvriendelijke blik toe, zuchtte en belde met zijn mobiele telefoon. Niels deed de deur weer dicht. ‘We behandelen de zaak vanaf dit moment als een moordonderzoek’, zei hij.

De commissaris knikte. Hij keek weer naar de oude vloerplanken voor het kantoor van de directeur. Niels ging verder: ‘We moeten alles doen wat we gisteren hadden moeten doen: de plaats delict afzetten. Haar appartement.’

‘Ik geloof dat ze daar al mee bezig ...’

Niels onderbrak hem: ‘En de straat waar ze doorheen is gerend. Getuigen oproepen.’

Commissaris Sommersted nam het over: ‘We moeten haar gangen nagaan tijdens de uren dat ze verdwenen was. Met wie heeft ze gesproken? Wie heeft haar gezien?’

‘Bewakingscamera’s’, voegde Niels eraan toe.

‘Alles moet worden nagetrokken.’ De commissaris knikte. ‘Ik bel Leon.’ Zijn baas wilde het kantoor al in lopen om zijn mobiel te pakken, maar Niels hield hem tegen.

‘Nog iets heel anders’, zei Niels. ‘Ik wist niet dat u Dictes familie kende.’

De commissaris draaide zich om en keek Niels aan. Hij zag eruit alsof hij hem graag een klap in zijn gezicht wilde geven. Hem zou willen ontslaan. Hem tegen zijn irritante reet uit het politiekorps zou willen schoppen.

'Het gastenboek', legde Niels uit. 'Ik zag uw naam staan. U bent twee weken geleden bij hen op bezoek geweest.'

Zijn baas knikte langzaam. 'Laten we binnen de grenzen van de zaak blijven, Bentzon.'

Niels keek naar commissaris Sommersted terwijl hij probeerde te bedenken wat de grenzen van de zaak waren. Een balletdanseres die was verdronken, hoogstwaarschijnlijk vermoord, en gereanimeerd vlak voordat ze haar dood tegemoet sprong vanaf een brug. Haar laatste woord was 'Echelon'. Een politiechef die haar familie kende. Een familie met geheimen. Grenzen? Op dit moment kon hij die even niet ontdekken.

'Niels', zei de commissaris terwijl hij zijn stem liet dalen. 'We zijn nu hier. We moeten nu zo veel mogelijk uit die twee hufters daarbinnen los zien te krijgen. Ik gok dat iemand hier in het theater weet waarom Dicte dood moest. Mee eens?'

'Mee eens.'

'Dus wie wil jij zijn?' Sommersted keek Niels vragend aan: 'Good cop of bad cop?'

'Bad cop', zei Niels terwijl hij de deur opendeed.

22

Vesterbro. 12.26

De stemmen kwamen dichterbij. Hij trok weer aan de deur, tevergeefs. Hij draaide zich om en rende terug door de gang. Hij wierp snel een blik om de hoek. Het was een risico, dat wist hij, maar het was een noodzakelijk risico. Twee agenten. Ze waren stil blijven staan bij een deur. Als hij kans zag om naar de andere kant van de gang te komen en de aangrenzende gang in te gaan, vond hij daar misschien een uitweg. Het was niet zeker, maar het was beter dan hier te blijven staan en aangeroepen te worden. Weer een snelle blik om de hoek. Ze keken de andere kant op. Hij zou misschien twee seconden zichtbaar zijn, twee seconden waarin ...

Het licht ging uit. Nú. Hij rende zo snel en zo geruisloos als hij kon naar de overkant van de gang en schoot de aangrenzende gang in. Hij hield zijn adem in. Het licht ging weer aan. Een van de agenten had de schakelaar gevonden. Hadden ze hem gezien? Er stond een raampje open. Een ruimte vol oude fietsen met lekke banden. De deur was open. Hij duwde een paar fietsen en een kinderwagen opzij, gaf elke poging om geen herrie te maken op en baande zich een weg naar het raam.

Hij zette zich af op een van de fietsen, die onder hem weggleed en een kettingreactie van vallende fietsen veroorzaakte. *Stemmen.* Ze hadden het lawaai gehoord. Ze riepen iets wat hij niet verstond. Hij duwde het raampje helemaal open. Er was niet veel ruimte voor zijn lichaam. Voetstappen. Rennend. Hij vond een horizontale leiding waar hij zijn voet op kon zetten, zo wist hij zich op zijn ellebogen te werken. Hij hees zich omhoog. Worstelde zich door het raampje. Zonlicht. De bevrijdende geur van versgemaaid gras. Eindelijk was hij buiten. Aan de andere kant van het gebouw. Een paar jongetjes voetbalden. Een man liet zijn hond uit. 'Rustig', zei hij tegen zichzelf. Hij moest de verleiding om het op een lopen te zetten weerstaan. Hij moest rustig blijven. Als hij zou gaan rennen, zou hij juist de aandacht op zich vestigen. Hij kon beter lopen, onbezorgd wegslenteren alsof hij alle tijd van de wereld had. Hij voelde een prikje in zijn hand en ontdekte dat hij de spuit stevig omklemde. Die was hij bijna vergeten. Er kwam een druppeltje bloed uit zijn duim. Hij keek over zijn schouder. Over enkele ogenblikken zouden ze de deur uit komen rennen.

23

Rigshospital. 12.55

De rechtszaak wordt hervat, dacht Hannah terwijl ze ging zitten. Als een rechter op haar verhoging. De rechter ging verder met haar innerlijke dialoog: waar ging dit over? Over vermoorden. Over doden. Afmaken. Terechtstellen. Liquideren. Doodslaan. Killen. Neerslaan. *Aborteren.* Waarom moest deze handeling, de meest eenvoudige van allemaal, worden uitgesmeerd over zo veel woorden? Hier sprak de advocaat van de verdediging. Maar wie moest de advocaat verdedigen? Het ongeboren kind? Of Hannahs recht om te doen wat ze zou besluiten te doen? Nee. Het ongeboren kind. De verdediging moest de stem zijn van het ongeboren kind. De aanklager stond aan Hannahs kant. Die vocht voor haar recht. Het recht op een normaal leven.

Hannah nam een slokje van haar automatenkoffie en keek naar de drie anderen die in de wachtkamer zaten te wachten tot hun nummer zou verschijnen op de display boven de balie. Zwangere vrouwen; dikke buiken, onzuivere huid. Hun angstige gezichten. Plotselinge pijn, bloedingen, de kleine beweginkjes van het kind niet meer voelen. De vele zorgen die bij een zwangerschap horen, houden geen rekening met feestdagen, nee, het is een negen maanden durende nachtmerrie, bracht Hannah zichzelf in herinnering. Ze keek naar de mannen die hen gerust probeerden te stellen. Dat bracht haar op Niels. De persoon bij wie ze zich het allerbest had gevoeld. Alsof hij haar minnaar, haar broer en haar vader tegelijk was. Met andere woorden: de enige man die ze nodig had. Als dit maar niet was gebeurd. Als ze dit alles na een abortus maar gewoon zou kunnen vergeten. Ze konden weer naar Zuid-Engeland gaan. Of naar Venetië, waar Niels het zo vaak over had. Doen wat ze het beste konden. Ronddwalen zonder richting, want ze hadden hun bestemming al gevonden. *Elkaar*. Daarvandaan hoefden ze alleen maar door de wereld te slenteren. Hand in hand. O, wat miste ze hem. Zijn geur. Met haar hoofd op zijn borst liggen en luisteren naar zijn hartslag. Ze keek naar de andere mensen in de wachtkamer. Een bedrukte stemming van geluk en zenuwen – van mensen die eerbiedig plaats hebben genomen op de eerste rij bij de voorstelling over het ontstaan van het leven. *Afdeling Obstetrie*, heette het, maar het zou *De Poort van het Leven* moeten heten. Biologie, chromosomen, genen maar ook nog meer dan dat. Alles wat niet te verklaren was. Het bewustzijn. De ziel. Onderzoekers dachten dat zelfs heel kleine embryo's droomden. Dat kon je meten, daar had Hannah over gelezen. Maar waar droomden ze over? Dromen komen voort uit het onderbewustzijn, heeft Freud gezegd. Datgene wat uit het bewustzijn van een individu wordt verdrongen. Betekende dat dat zelfs embryo's van een paar weken oud een bewustzijn hebben? Een ziel? Droomden ze over eerdere levens?

Nummer 32. Nog twee nummers. Het rook naar ziekenhuis. Ontsmettingsalcohol, zweet, schoonmaakmiddel. Hannah probeerde een tijdschrift te lezen; haar gedachten rust te gunnen voordat de volgende zitting begon van deze imaginaire rechtszaak die zich in haar hoofd net zo levendig voltrok als wanneer ze in de rechtbank had gezeten. *Nummer 33*. De aanklager praatte binnen in haar hoofd. Over de ziekte waarvan ze wist dat ze die de rest van haar leven bij zich zou dragen, hoeveel medicijnen ze ook slikte. De ziekte die ze in sommige periodes – vooral tijdens de eerste periode met Niels – tot haar grote geluk naar de achtergrond had weten te verdringen, zo ver dat ze bijna geloofde dat hij haar had genezen. Maar dat was een illusie geweest, dat had ze zichzelf uiterst bekwaam ingebeeld, dat was nu heel helder tot haar doorgedrongen. Niemand kon haar genezen, de ziekte onttrok zich aan iedere vorm van medicinale behandeling, die zat dieper in haar dan enig medicinaal preparaat ooit zou kunnen bereiken, helemaal in haar botten, haar bloed, haar genen

– en misschien zelfs in haar ziel. Zij was degene die de besmettingshaard bij zich droeg. Zij had Johannes, haar geliefde zoon, besmet. Zij had hem die verschrikkelijke ziekte gegeven die hem ertoe had gedreven om zichzelf van het leven te beroven. Geesteziekten waren erfelijk. In dat opzicht was de kennis van de onderzoekers de afgelopen jaren bijna geëxplodeerd. Pathologische geestesziekten konden een heel eind worden verklaard met behulp van simpele biologie. Ja, eerwaarde jury: de menselijke geest – zelfs de meest kronkelige – kan worden omgezet in formules en worden teruggebracht tot berekeningen. De uitkomst van de ingewikkelde som van Hannahs geest, was te vinden op het kerkhof Frederiksberg, waar Johannes begraven lag.

Niels had vaak geprobeerd om haar te troosten. 'Het kan toch ook door Gustav zijn gekomen', zei hij. 'Door zíjn genen.'

Maar Niels vergiste zich. Gustav had kinderen met andere vrouwen en daar was niets mis mee. Integendeel; die leken onstuitbaar in hun academische carrières. Nee, zij was de oorzaak. Zij droeg de bacterie in haar lichaam. En ze stond op het punt om die door te geven. Om nog meer leven te scheppen dat het leven niet aankon en alleen maar dood wilde. Kon je dat eigenlijk wel een leven noemen? Was het niet correcter om te zeggen dat haar vloek was dat ze juist geen leven schiep maar dood? En heeft deze vrouw, Hannah Lund, dan niet het recht – nee, de plicht om zichzelf, de maatschappij en een arme ziel de hel op aarde te besparen?

34. Het nummer knipperde in een dreigend rode kleur. Een deur werd geopend en een jonge verpleegkundige kwam naar buiten. Hannah stond op, liep naar haar toe en gaf haar een hand.

'Hallo', zei de verpleegkundige opgewekt. 'Kom binnen.'

De arts was wat ouder en had zich afgeschermd van de wereld met een zwarte bril en een zware pony die tot op de bovenkant van het montuur viel. Een niet-glimlachend, serieus type. Hij vroeg Hannah of ze wilde gaan zitten.

'Ik begreep dat het acuut was?' vroeg de arts.

'Ja.'
'U wilt een abortus?'
'Ja.'
Hij bromde. 'Naomi Metz?'
'Dat is mijn arts, ja.'
'Hoe ver bent u?' vroeg hij terwijl hij zijn bril voor zich op het bureau legde.
'Twee maanden. Misschien iets minder. Ik weet het niet precies.'
'U hebt geen echo gehad?'
'Nog niet.'
'Bent u bij de verloskundige geweest?'
Hannah schudde haar hoofd.
'We zullen in ieder geval een echo maken.' Hij knikte naar de verpleegkundige, die een apparaat ging klaarmaken dat achter een wit gordijn stond. De arts keek op een beeldscherm.
'Wanneer was uw laatste menstruatie?'
'Die is onregelmatig.'
'U bent al eerder zwanger geweest?'
'Ik heb al een kind gekregen, ja.'
'En die eerste zwangerschap is zonder complicaties verlopen?'
'Ja.'
'Bevallen met een keizersnee?'
'Ja.'
'Was daar een reden voor?'
'Hij lag verkeerd. Hij had zich niet omgedraaid.' Het drong tot Hannah door dat ze fluisterde. Vooral het woord 'verkeerd' vond ze heel moeilijk om hardop uit te spreken. Omdat het waar was. Want als 'verkeerd' iéts was, was het wel het woord dat het korte leven van Johannes had gekenmerkt. Hij paste niet in deze wereld. Hij was het verkeerde stukje in een grote, onoverzichtelijke puzzel. Precies zoals ze zichzelf vaak voelde.
'Is het een gewenste zwangerschap? Deze bedoel ik.'
Hannah haalde haar schouders op. Wat moest ze zeggen? Ja. En nee. Beide antwoorden zouden kloppen. Ze wilde graag een

kind. Een normaal kind. Een kind dat haar ziekte niet zou erven. Dat een goed leven kreeg. Met Niels? Ja. En nee. Ze wist het niet.

'Mag ik u vragen waarom u een abortus wilt?' vroeg hij op een manier waardoor Hannah kon horen dat deze getuige was opgeroepen door de verdediging.

'Gegronde angst om erfelijke ziektes door te geven.'

'U ziet er anders kerngezond uit.'

Stilte. Ze keken elkaar aan. Ze irriteerde hem een beetje, dat voelde ze.

'Ik moet u erop attenderen dat er een gering risico is verbonden aan de ingreep.'

'Dat geldt ook voor een bevalling. Een veel groter risico zelfs, zou ik denken.'

Hij negeerde haar. 'En ik moet u erop attenderen dat de ingreep de kans om opnieuw zwanger te raken kan verkleinen.'

'Waarom zou ik opnieuw zwanger willen raken?'

'Ik moet deze dingen met u doornemen. Dat is de normale procedure.'

De verpleegkundige mengde zich in het gesprek: 'U moet ook weten dat u recht hebt op een steungesprek, zoals wij dat noemen. Daarin kunt u al uw vragen stellen. Zou u dat willen?'

'Vandaag?' vroeg Hannah.

'Misschien kan Eva u ertussen krijgen. Zal ik het vragen?'

'Ja, dank u.'

De arts weer: 'We moeten precies weten hoe ver u bent. Kijken of er cysten zijn, of andere dingen die de ingreep kunnen bemoeilijken. Als we hier klaar zijn, krijgt u een pil die u vanavond moet innemen. Die maakt de baarmoedermond week. Zodra u de pil hebt ingenomen, is de abortus begonnen en dan kan hij niet meer worden teruggedraaid. U kunt morgen om tien uur komen. Dan zal de abortus worden uitgevoerd.'

'Moet er absoluut een echo worden gemaakt?'

'Ja.'

'Protest.'

De arts en de verpleegkundige keken haar verbaasd aan. Ze

knikte. De aanklager had geprotesteerd. Een echo zou onvermijdelijk haar moederinstinct opwekken. En haar rationele vermogens verzwakken.

'Als u een abortus wilt, moet er een echo worden gemaakt.'

Ze zei niets. Ze keek naar de verpleegkundige die glimlachte en gebaarde dat Hannah naar haar toe moest komen.

'Het duurt niet lang', zei de verpleegkundige. 'U mag daarheen gaan en uw broek en slipje uittrekken.' Ze wees naar een deur. 'En dan mag u hier op de behandeltafel komen liggen.' Ze deed een condoom om een staaf en smeerde er gel op.

Hannah bleef even zitten alsof ze het niet had gehoord. Het was echt de dag van de advocaat vandaag. Levende beelden van een embryo zouden rechtstreeks op de gevoelens van de rechter inspelen. Ook al waren ze grijs, ook al flikkerden de beelden. Ook al moest je je best doen om in de bijna abstracte beelden het moderne symbool van ontluikende hoop te zien. Ze ging voor geen goud ter wereld op die behandeltafel liggen.

'Het duurt niet lang', zei de verpleegkundige. 'We moeten alleen even kijken of alles is zoals het hoort te zijn.'

24

Het Koninklijk Theater. 13.05

Met misdrijven is het net als met ongelukken – de meeste gebeuren thuis. En het Koninklijk Theater was Dictes thuis, bedacht Niels terwijl hij op de lege stoel naast commissaris Sommersted ging zitten. Er volgde een moment van ongemakkelijke stilte. Lang genoeg voor Niels om het onbehagen van de directeur ten aanzien van de situatie te voelen. Er was iets met zijn handen. Sommersted sloeg zijn benen over elkaar. Ik heb de tijd, gaf hij daarmee aan. De directeur voelde de aandrang om zijn mobiel te checken. De balletmeester schraapte zijn keel. Er verschenen rode vlekken in zijn hals. Dat is mooi. Laat ze maar even zweten, dacht Niels. Laat ze maar weten dat wij deze kamer niet zullen verlaten voordat we de waarheid uit hen hebben getrokken. De temperatuur in het kantoor was niet onder de vijfentwintig graden. De commissaris liet zich niet hinderen door de ongemakkelijke stilte. Integendeel. Hij was vroeger verhoorleider geweest en had de naam zelfs de meest geharde criminelen op de knieën te kunnen krijgen. Hij was in zijn element.

'Waar waren we gebleven?' vroeg Sommersted met een blik op Niels.

Niels moest de leiding nemen in deze show. Dat was de afspraak. Hij was de 'bad cop'. En als ze murw waren, zou de commissaris hun hulp bieden.

'Dicte van Hauen is ongeveer anderhalf etmaal zoek geweest voor haar dood. Klopt dat? Jullie hebben sinds de middag van 11 juni geen contact met haar gehad?'

De directeur keek naar de balletmeester. Dit was kennelijk nieuw voor hem.

De balletmeester wreef in zijn hals. 'Dat klopt. Ze is eergisteren rond vier uur vertrokken, is niet komen opdagen voor de avondrepetitie en heeft niet gebeld om zich af te melden.'

'Was dat niet heel ongebruikelijk?' vroeg Niels.

'Zoiets kan écht niet, een paar dagen voor een première', knikte de balletmeester. 'We hebben natuurlijk geprobeerd om haar te pakken te krijgen, we hebben zelfs een paar keer aangebeld bij haar appartement.'

'Wie is dat geweest?'

'Lea. Een van de andere danseressen die bijna naast haar woont. Zij is trouwens degene die de rol van Giselle zal dansen in Dictes plaats.'

'Wat zei ze?'

'Niets.'

'Niets ongewoons?'

'Er was niemand thuis.'

'Hebt u enig idee wat ze kan hebben gedaan in de uren dat ze verdwenen was?'

'Nee.'

'Wie kan er bij haar zijn geweest?'

De balletmeester schudde zijn hoofd.

'Heeft ze iemand gebeld?'

'Zoals ik al zei: wij weten niets.'

Commissaris Sommersted verschoof zijn stoel een stukje en nam het woord.

'Iets heel anders: de forensisch onderzoekers hebben enkele vervelende stoffen aangetroffen in het bloed van Dicte van Hauen. Illegale middelen, onder andere ketamine, wat wordt gebruikt om paarden te verdoven, maar ook cocaïne, amfetamine en ritalin. Met andere woorden, niet bepaald een aspirientje of een bruistablet.'

De directeur schraapte zijn keel en keek naar de balletmeester. Hij wilde hem dwingen om te antwoorden. Dat lukte.

'Wat moet ik zeggen? We kunnen toch niet alle medewerkers gaan controleren?'

'U wist niets van drugsgebruik?'

‘Dit is een groot bedrijf’, zei de balletmeester. ‘We hebben bijna honderd dansers bij het gezelschap, uit heel veel verschillende landen.’ De balletmeester keek naar een niet nader gedefinieerde plek ergens tussen Niels en de commissaris.

De directeur kwam ertussen: ‘We moeten oppassen dat we geen overhaaste conclusies trekken.’

‘Zoals?’

De balletmeester weer: ‘Je kunt ballet vergelijken met topsport. Het is ongelooflijk veeleisend voor het lichaam. De dansers moeten dag in dag uit presteren. Er zijn geen weekends, geen feestdagen, geen vrije tijd. Ik heb zelf gedanst, ik ken de druk. We zullen de zaak natuurlijk onderzoeken. Ik wil u erop wijzen dat we vorig jaar een onafhankelijk onderzoek zijn gestart naar onder andere het gebruik van prestatieverhogende middelen. Het resultaat daarvan moet ergens in het najaar verschijnen. Ik wil u er ook aan herinneren dat er in 2005 een rapport is opgesteld door de universiteit van Roskilde over het werkklimaat op de kunstopleidingen in Denemarken en daaruit kwam de balletacademie niet slechter naar voren dan bijvoorbeeld de filmacademie of de schrijversacademie. Dus het is niet juist om te zeggen dat wij er niets aan doen.’

‘Heeft iemand dat dan gezegd?’ vroeg de commissaris.

‘Nee, maar zo zullen de journalisten het wel interpreteren. Als het naar buiten komt ...’

De directeur mengde zich in het gesprek. ‘U mag blij zijn dat mijn telefoon op stil staat, ik heb zes oproepen gemist sinds we hier zitten. Ze staan klaar om zich op ons te storten.’

Niels knikte. ‘Er is nog iets anders.’

Een nerveuze blik van de directeur naar de balletmeester.

‘Haar hart’, begon Niels. ‘Dicte van Hauen is blijkbaar dood geweest en gereanimeerd.’

‘Gereanimeerd?’ De balletmeester klonk oprecht verbaasd. ‘Vroeg u daarom naar onze defibrillator? U denkt toch niet dat ...’

Niels onderbrak hem: ‘Nee, ik wéét het. Ik weet dat ze vlak

voor haar dood is gereanimeerd.'

Het werd stil in het kantoor. Opeens kon je het verkeer op het plein voor het theater horen. Stemmen op de gang. Haastige voetstappen.

'Ik moet zeker weten dat ik goed begrijp wat u zegt', zei de balletmeester. 'U bedoelt dus dat ze echt dood is geweest?'

'Precies. Ik bedoel dat ze echt dood is geweest.'

De directeur stond op en liep naar het raam. Het deed denken aan een vlucht. Niels schraapte zijn keel en schoof zijn stoel naar achteren.

'Dictes ouders hebben naar eigen zeggen bijna een half jaar geen contact met hun dochter gehad, dus het is het meest logisch om het aan jullie te vragen. Heeft Dicte een hartstilstand gehad?'

De balletmeester stond op. 'Hier nooit.'

'Dat kunt u met zekerheid zeggen?'

Stilte. De balletmeester keek naar de directeur en weer terug. De situatie begon tot hem door te dringen. Dit was een verhoor. Hij schudde zijn hoofd.

'Ze stond onder druk. Maar ... nee. Ik heb niets over een hartstilstand gehoord.'

Niels liet de stilte voor zich werken. De balletmeester ging verder: 'Nou moet u eens even luisteren. Balletdansen is keihard werken. Dansen bij het Koninklijk Theater is keihard werken. Hier moet iedere dag maximaal worden gepresteerd, maar we zijn geen beesten, we zijn mensen. Als iemand een hartstilstand zou krijgen, dan ...' Hij schudde zijn hoofd.

Commissaris Sommersted deed zijn mond voor het eerst sinds lange tijd open: 'Wat dan? Als iemand een hartstilstand zou krijgen, wat dan?' De directeur antwoordde. Leidinggevenden onder elkaar: 'Dan gelden exact dezelfde procedures als overal elders in dit land. Uiteraard! En nog een beetje extra. De artsen van het Theater komen dagelijks hier bij het ballet. De bloeddruk en de hartslag worden gemeten, er wordt gemasseerd en verzorgd. Dus als u soms denkt dat ...'

'Wij denken helemaal niets', zei commissaris Sommersted rustig. 'We proberen er alleen maar achter te komen waarom een mooie, welgestelde wereldster naakt, midden in de nacht, haar dood tegemoet springt vanaf de brug bij station Dybbølsbro.'

De directeur van het Koninklijk Theater schudde zijn hoofd en deed ongemerkt een stapje naar achteren. Wat er ook achter deze zaak zat, hij wilde er niets mee te maken hebben. Zijn telefoon trilde. Hij keek de commissaris vragend aan. Die knikte. Het gesprek was kort. 'Ja', was het enige wat de directeur zei, voordat hij het gesprek verbrak en naar Niels en commissaris Sommersted keek.

'U vroeg naar de AED.'

'Ja?' zei Niels.

'Het ziet ernaar uit dat een van de twee die we hebben is verdwenen. Het kan natuurlijk zijn dat iemand hem op de verkeerde plek heeft opgeborgen, maar ...'

'Maar dat zou wel heel erg toevallig zijn', onderbrak Niels hem en hij stond op. Het verband was gelegd. Het verband tussen het Koninklijk Theater en Dictes dood. Het maakte niet uit wat er zou gebeuren, de leidinggevenden tegenover hem zouden erbij betrokken raken. Ter verantwoording worden geroepen. Geheel of gedeeltelijk. En te oordelen naar hun panische blikken, begon dat kennelijk tot hen door te dringen.

25

Rigshospital. 13.15

Deze zitting zou de aanklager verliezen. Zo was het. Hannah wist het op het moment dat ze op de behandeltafel ging liggen.

De handen van de verpleegkundige op haar lichaam, op haar buik en bij haar kruis gaven Hannah het antwoord op een vraag die haar de afgelopen maand heel sterk had beziggehouden: het was Niels' aanraking die haar met walging vervulde, niet aanraking in het algemeen. Het was niet gewoon iets hormonaals, maar juist het gevoel van zíjn handen op haar lichaam.

Zijn kussen, zijn strelingen, zelfs de kleinste aanraking. Ze had hem een paar keer bijna geslagen toen hij haar opeens van achteren vastpakte en in haar hals kuste of haar buik, armen of borsten aanraakte. 'Verdomme, laat me met rust!' had ze het liefst willen schreeuwen, maar ze had het nooit gedaan. Het was een stille walging.

'Hier ziet u de foetus.' De arts sprak zonder haar aan te kijken.

Hannah keek naar het scherm. Een flikkerend licht.

'En hier ziet u het hartje kloppen.'

'Dat kleine dingetje dat daar knippert?' Hannah voelde de verraderlijke tranen opkomen.

'Ja, dat is het hartje dat klopt.' De verpleegkundige glimlachte. 'We meten de foetus altijd', legde ze uit. 'Zo kunnen we heel precies zien hoe ver u bent.'

Hannah hoorde haar woorden niet. Ze keek alleen maar naar het kleine knipperlichtje op het beeldscherm. Als een noodsignaal van een schip op zee.

'Acht weken plus twee', zei de arts. 'U bent acht weken en twee dagen zwanger. Plusminus. Dat betekent dat u nog net een medicinale abortus kunt ondergaan als u de pil op zijn laatst morgen inneemt. Daarna wordt het een chirurgische ingreep.'

De verpleegkundige tikte de arts even op zijn arm en wees naar het scherm. Waarschijnlijk was het de bedoeling dat Hannah het niet zag. Hij schoof zijn bril over zijn neus omhoog naar zijn ogen en kneep ze een beetje dicht terwijl hij naar het scherm keek.

De verpleegkundige wees opnieuw.

'O, ja', zei de arts en hij maakte nog een aantekening.

Hannah keek ook naar het scherm. Toen de arts tegen haar begon te praten, was dat al niet meer nodig, ze had het tweede knipperlichtje al gezien. De verdediging in de rechtszaak had zojuist een slag binnengehaald.

26

Het Koninklijk Theater. 13.17

Niels was opgestaan en had rondgelopen terwijl de balletmeester over de theaterarts vertelde, in een wanhopige poging om zijn verantwoordelijkheid voor het fysieke wel en wee van de dansers op een ander af te schuiven.

Niels nam het over: 'Die theaterarts. Kunnen jullie hem bellen?'

'Haar. Caroline Christensen', zei de balletmeester alsof er dan wel een belletje zou moeten gaan rinkelen.

'Ik geloof dat ze op vakantie is', kwam de directeur ertussen.

'Vakantie? Komt dat even goed uit. Wanneer is ze met vakantie gegaan?' vroeg de commissaris.

De leidinggevende probeerde als een leidinggevende te klinken: 'We zullen ervoor zorgen dat jullie haar vandaag nog te spreken krijgen. Als het niet anders kan, dan via de telefoon.'

Niels legde zijn volgende vraag op tafel voordat de twee leidinggevenden tegenover hem de gelegenheid zouden krijgen om zich te verbergen achter technische details over theaterartsen, vakanties en telefoonnummers: 'Dicte had een litteken bij haar slaap. Weten jullie waar dat door is gekomen?'

Niemand antwoordde. Niels ging verder: 'Het zou een ongeluk kunnen zijn. Iets wat ze als kind heeft opgelopen? En ze is natuurlijk het grootste deel van haar jeugd hier geweest.'

'Ik weet niet waar u het over hebt', zei de balletmeester. 'Het zegt mij niets.'

'Hoe zat het met haar humeur? Had ze last van humeurschommelingen?'

De balletmeester haalde zijn schouders op. Hij wilde graag dat dit gesprek afgelopen was.

'Was ze labiel?' vroeg Niels. 'Verdrietig, bang? Had ze vijanden?'

Stilte. De balletmeester dacht na. Toen barstte hij los: 'Ja. Labiel, bang, hysterisch, fantastisch, moedig. En dan zijn we nog niet eens op de helft. Zo gaat dat hier.' Hij boog zich iets voorover. 'Moet u eens luisteren: deze jonge mensen zitten al sinds ze een jaar of zes à acht zijn op elkaars lip. Iedere dag, van de vroege ochtend tot de late avond. Ze hebben met elkaar getraind, met elkaar gezweet, met elkaar gehuild, met elkaar gefeest, zijn met elkaar naar bed geweest', zei hij op scherpe toon. Nu komt het, dacht Niels en hij liet hem praten: 'Iedere dag hebben ze geknokt om de beste te worden. Om de anderen voorbij te streven. Ze hebben tot het uiterste gestreden. En al die jaren hebben ze eigenlijk nauwelijks andere mensen gezien. Het is een soort kostschool die zo'n twintig, vijfentwintig jaar duurt. Ze hebben zich teruggetrokken uit de samenleving. U kunt het vergelijken met in een klooster treden. Mooie jonge mensen die elkaar in alle denkbare situaties hebben gezien, die geliefden door dik en dun zijn geweest, die ...' Hij pauzeerde even, haalde adem. 'Dus, ja, natuurlijk had Dicte vijanden. Ze was een van de allerbesten. Veel mensen misgunden haar die positie. Natuurlijk. Maar hier in het theater is afgunst niet noodzakelijkerwijs slecht. Misschien maakt het dat je nóg beter je best doet de volgende keer.'

Commissaris Sommersted glimlachte en vouwde zijn handen. Stilte. De balletmeester keek verward naar zijn baas, die wegkeek. Hij had zojuist het Koninklijk Ballet afgeschilderd als een griezelige sekte waarvan de grootste ster de dood in was gedreven.

'Heeft ze weleens gezegd dat ze het gevoel had te worden achtervolgd?'

'Nooit', zei de balletmeester.

Niels nam snel het woord: 'Zegt de naam "Echelon" u iets?'

'Echelon?'

'Ja. Dat was het laatste woord dat ze heeft gezegd.'

De balletmeester haalde zijn schouders op en keek naar zijn

baas. Voordat ze de tijd hadden om in te spelen op de nieuwe situatie en 'daar weten wij helemaal niets van', te zeggen, ging commissaris Sommersted verder: 'Kan het zijn dat ze aan zelfmoord heeft gedacht?'

'Dat is ondenkbaar.'

'Ondenkbaar zelfs?'

'Ja. Ik kende haar heel goed.'

'U kende haar heel goed, zegt u, maar u weet niets over het opvallende litteken bij haar slaap?' zei Niels. 'En over haar narcoticamisbruik? Over haar problemen in algemeen?'

De balletmeester schraapte zijn keel. 'Giselle was haar droomrol. Als ik aan Dicte denk, duiken er allereerst woorden als serieus en professioneel op in mijn hoofd. Ik beledig waarschijnlijk niemand als ik zeg dat Dicte een van de drie beste danseressen van het gezelschap was. De toptien van Europa. Ze is letterlijk overspoeld met aanbiedingen, bijvoorbeeld vanuit New York en van het Bolsjoi.' Hij spreidde zijn armen: 'Wat haar carrière betreft bevond ze zich op een plek waar miljoenen meisjes over de hele wereld nog niet eens van durven dromen. En ze was nog niet op haar top. De wereld lag aan haar voeten. Waarom zou ze suïcidaal zijn?'

'Er is nog meer in het leven dan een carrière', constateerde Niels.

'Niet voor een solodanseres.'

'Misschien is dat juist het probleem?' Niels ving zijn blik op.

'Zijn we bijna klaar? Ik heb een première vrijdag.'

'Zeggen de letters NMZK u iets?

Ze keken elkaar aan. 'Dat had Dicte op haar hand geschreven', zei Niels en hij herhaalde langzaam: 'NMZK. En een afspraak die ze vandaag had. Om 16.00 uur.'

'Dat zegt mij niets,' zei de balletmeester, 'maar 16.00 uur kan heel goed kloppen. Dan hebben we pauze tot aan de avondrepetities.'

Niels probeerde het nog een laatste keer: 'NMZK. Een naam misschien? Iemand die haar behandelde? Een arts? Een geliefde? Een collega met vier namen? Een plaats?'

De commissaris schraapte zijn keel. 'We doen het als volgt: Niels blijft hier een paar dagen.' Hij draaide zich om en keek Niels aan. 'Bentzon kan goed met mensen praten. Hij is ook een soort solodanser.'

Een zeldzaam glimlachje op Sommersteds lippen.

De balletmeester onderbrak hem: 'Is dat echt noodzakelijk?'

De directeur zag er ook niet bepaald enthousiast uit bij het vooruitzicht dat de politie meerdere dagen zou rondlopen door zijn theater. 'Lopen we daarmee niet het risico dat we te grof geschut gebruiken? We hebben u toch verteld dat ze zich niet abnormaal heeft gedragen?'

'Abnormaal?' zei Niels met stemverheffing. 'Ik weet niet wat hier normaal is, maar als het normaal is dat jullie dansers verdwijnen en worden verdronken en gereanimeerd, misschien zelfs met de defibrillator van het theater zelf, en er vervolgens toe worden gedreven om hun dood tegemoet te springen, dan wil ik hier liever niet werken.'

Stilte.

'We kunnen ook voor een ander alternatief kiezen.' Commissaris Sommersted liet de blik van de directeur niet los.

'Wat is dat?' Er lag een sprankje hoop in de stem van de directeur.

'Het alternatief luidt in al zijn eenvoud dat alle werknemers van het Koninklijk Theater naar het bureau worden geroepen voor verhoor. Een voor een. Dansers, kantinemedewerkers, toneelspelers, schoonmaakpersoneel, balletmeesters, directeuren.

*

Het overleg was afgelopen. Commissaris Sommersted wisselde op zachte toon enkele woorden met de directeur. De balletmeester kwam terug uit de kamer van de secretaresse en mengde zich erin.

'Kunnen we onze pers coördineren?'

De commissaris keek hem niet-begrijpend aan.

'Jullie hebben toch ook pr-medewerkers bij de politie? Gewoon zodat de pers niet volledig op hol slaat met de koppen', zei hij, maar halverwege zijn zin drong het tot hem door dat hij zich had vergist. Commissaris Sommersted hing zijn blauwe colbert over zijn arm, draaide zich om in de deuropening en zei: 'Ik stel voor dat jullie om te beginnen iedereen bij elkaar roepen. Dan kan Bentzon zich voorstellen.'

27

Bispebjerg Hospital – Afdeling Kinder- en Jeugdpsychiatrie. 13.20

Hoe heeft De Schuldige zich al die jaren verborgen kunnen houden voor de politie? Ik ben bijna opgehouden met mezelf die vraag stellen. Ik word er verdrietig van. Er was genoeg technisch bewijs. Vingerafdrukken, sperma, DNA. Ze hadden veel meer dan mijn beperkte signalement, een van de buren heeft zelfs gezien dat hij ons huis uit kwam rennen en wegreed. Zouden er niet genoeg sporen moeten zijn? Ze hebben overal gezocht, maar ze hebben hem nooit gevonden. Dat komt maar zelden voor. De meeste moorden worden opgelost.

Ik zit weer in het park. Het is bijna te warm. Een tienermeisje heeft net overgegeven achter een boom. Een paar jongens zijn aan het voetballen, ze hebben kledingstukken op het gras gegooid als doelen. Een van hen roept dat hij Messi is. Ik weet niet wie iemand is, ik weet niet eens meer wie ik zelf ben. Ik sta 's nachts weleens op om naar mezelf te kijken in de spiegel. Dan sta ik in het donker en denk: wie ben jij, Silke? Maar er komt geen antwoord. Ik ga met mijn gezicht helemaal naar de spiegel toe, heel dichtbij zodat mijn neus het koude glas raakt en dan staar ik mezelf in de ogen, maar iedere keer is het net alsof ik een vreemde persoon voor het eerst zie en iedere keer maakt het me bang dat dat zo is. Misschien omdat ik niet praat. De stilte schept nieuwe stemmen in mijn hoofd. Omdat ik geen van die stemmen wegjaag.

'Heb je je wel ingesmeerd met zonnebrandcrème, Silke?' roept een van de verpleegkundigen terwijl ze naar me toe komt lopen. 'Misschien moet je een beetje in de schaduw gaan zitten.'

Ze komt naast me op de bank zitten. Praat tegen me alsof we

elkaar altijd al hebben gekend.

'Hoe houd je het uit?' glimlacht ze. 'Het is bijna 25 graden.'

Het is een van de nieuwe mensen. Ze is jong, betrokken. Ik vind haar aardig. Vooral haar ogen als ze naar me kijkt. Zonder medelijden. Dat is het ergste wat ze kunnen doen: me aankijken alsof ze het zielig voor me vinden. Natuurlijk vinden ze dat niet. Ja, dat ik mijn moeder op zo'n wrede manier heb verloren misschien, maar dat is al lang geleden en nu gaat het erom dat ik verderga. Zo denken zij en dat vind ik best.

'Mag ik je hand even vasthouden, Silke?' vraagt de verpleegkundige.

Ze pakt mijn hand. Even maar, het is veel te warm om elkaars hand vast te houden, maar voor mij lang genoeg om de tranen te voelen opkomen. Zo gaat het. Als iemand te dichtbij komt, ga ik huilen.

'Die politieman heeft net gebeld', zegt ze. 'Vind je het goed als hij bij je langskomt?'

Ik wilde dat ze wegging. Want langzaam begint het beeld zich te vormen in mijn innerlijk. Zoals bijna iedere dag rond dit tijdstip, het maakt niet uit wat ik doe om het te voorkomen. Zo moet het zijn om tinnitus te hebben, denk ik vaak. Met als enige verschil dat het bij mij geen luid suizen in mijn oor is, maar een beeld dat weigert weg te gaan. Visuele tinnitus, noem ik het met mijn zelfbedachte term. Een vele uren durend proces waarbij al het andere om me heen wordt weggevaagd en vervangen door het beeld van mijn dode moeder op de keukenvloer. Haar gezicht. Haar verstijfde, verbaasde blik die meer dan wat ook zei: Waarom ik? Waarom moest ik worden vermoord? Haar gladde, witte huid. Het bloed dat een soort krans rond haar hoofd vormde en op de een of andere manier geen echt bloed leek, niet zoals ik me had voorgesteld dat bloed in zulke grote hoeveelheden eruit zou zien. Misschien was de kleur een fractie te donker, misschien was het te dik.

'Oké, Silke, dan ga ik nu naar binnen om de politieman te bellen.'

Wie heeft het gedaan? Wie is De Schuldige?

'En dan zeg ik tegen hem dat hij met je mag komen praten. Denk je niet dat het beter is als je weer even naar binnen gaat?'

28

Het Koninklijk Theater. 13.35

'Maar iedereen is al onderweg naar de grote zaal.' Ida keek hem verwijtend aan.

'Het duurt niet lang. Ik wil alleen even haar kamer zien.'

'U bedoelt Dictes kleedkamer?'

'Twee minuten maar.'

Ze liepen snel de gang door. Commissaris Sommersted liep achter hen aan, hij praatte nog steeds met de directeur.

'Vanaf hier neem jij het over, Bentzon', riep hij en hij maakte een 'bel me'-gebaar met zijn hand voordat hij om een hoek verdween.

'Het is hier vlakbij.' Ida wierp een snelle blik op haar horloge en ging harder lopen.

Ze hoefde niet te vertellen waar het was. De plek voor de deur leek wel de locatie van een verkeersongeval in de dagen erna. Bloemen, briefjes, laatste groeten aan de overledene. Een meisje met rode ogen legde net een boeket neer.

'Hebben alle dansers een eigen kleedkamer?' vroeg Niels.

'Alleen de solisten. En de gasten.'

'Gasten?'

'Uit het buitenland. Die in een voorstelling dansen en daarna weer naar huis gaan.'

'En de rest van de dansers? Hebben die een vaste aanstelling?'

'Ja, natuurlijk. Anders heb je toch geen gezelschap', antwoordde ze geïrriteerd, alsof Niels op het punt stond om de subsidie van het Koninklijk Theater in te trekken.

'We houden van je' en 'Goede reis, allerliefste vriendin'. Niels moest over de kaarten en bloemen heen stappen om bij de deur te komen.

‘We moeten opschieten’, zei Ida terwijl ze de deur opendeed. ‘Ze staan te wachten.’

‘Je mag me over vijf minuten komen halen’, droeg Niels haar op.

Hij ging naar binnen en deed de deur achter zich dicht. Hij viel niet in het slot. Hij draaide aan de deurknop. Het slot, het klikje, er klopte iets niet met het geluid. De krassen in de verf rondom het slot waren bijna niet te zien. Een schroevendraaier? Een mes? Op de grond lagen drie kleine splinters van het hout van de deurpost. De deur was opengebroken. En dat was nog maar heel kortgeleden gebeurd. De splinters waren nog vers. Misschien een uur geleden. Minder nog?

Niels leunde met zijn rug tegen de deur. Een oude gewoonte, de beste manier om je een eerste indruk te vormen. Een bed, een tafel, een spiegel, kasten, prikborden. Ze noemden het een kleedkamer, maar het was veel meer. Verkleedruimte, rustruimte, kantoor – privé. Ja. Het was privé.

‘Ze belden net vanuit de grote zaal.’ Riep Ida vanaf de gang.

‘Ga jij er maar vast naartoe en zeg dat ik eraan kom. Twee minuten, ik vind het zelf wel.’

‘Wat?’

‘Ik zeg dat ik het zelf wel vind. De zaal.’

Hij hoorde haar vertwijfeling en kreeg even medelijden met haar. De balletmeester was waarschijnlijk niet de makkelijkste baas die er bestond.

Iemand had haast om hier iets weg te halen. Wat ontbreekt er?

Hij keek naar de muren. Balletposters. Foto’s. *Het Zwanenmeer*, *Les Sylphides*, *Le Sacre du Printemps*. Dicte had kennelijk grote triomfen gevierd. Hij liep naar het prikbord. Knipsels van recensies. ‘Ballet van wereldklasse’, luidde een kop. ‘Dicte van Hauens magie’, luidde een andere kop. Ansichtkaarten. Foto’s van vrienden en vriendinnen. Geen foto’s van haar familie. Een ingelijst Tsjechov-citaat met een smiley erachter: ‘Ik weet helemaal niets van ballet. Het enige wat ik weet is dat de ballerina’s in de pauze stinken als paarden’. Een paar van de foto’s waren van hetzelfde meisje. Knap, lang, zwart haar. Op een van de foto's danste ze samen met Dicte. Op een andere stonden ze samen, lachend, voor de Opera van Sydney. Hij trok de lades van het bureau open. Die waren niet doorzocht, er was niets ongewoons te zien.

Betrokkene wist waarschijnlijk waar hij voor kwam. Hij of zij heeft niet hoeven zoeken.

Zijn blik viel op de kast. Balletschoenen. Waarschijnlijk tegen de honderd paar, zorgvuldig verpakt in plastic. Een kledingkast. Toen Niels hem opende, kraakte het. Balletjurken. Misschien wel twintig verschillende. Twee waren identiek. Een spiegel. Make-up, een enorme variëteit aan pijnstillers, kamferolie, nog meer pillen. Neurofen, paracetamol, aspirine, Finimal.

Niels voelde aan de kasten. Liet zijn vingers over het koude metaal glijden. Klopte zachtjes op de zijkanten. Een holle ruimte misschien? Het bureau onderging dezelfde behandeling. Geheime lades? Verborgen ruimtes? Hij vond niets. Hij onderzocht de vloer. Kroop op handen en knieën door de kamer. Oude vloerplanken. Losse planken? Hij ging op zijn rug liggen en schoof onder het bureau. De onderkant? Niets opmerkelijks. Hij ging terug naar het prikbord. Staarde naar de foto's. Draaide ze om. Niets. Achter het prikbord? Hij haalde het van de muur, er zat niets achter. De potjes pillen. Hij maakte ze een voor een open. Zat er nog iets anders in behalve pillen? Boodschappen?

'U moet nu echt komen, meneer Bentzon.'

Ida was terug. Voor het eerst hoorde hij een spoor van boosheid in haar stem. Het stond haar wel.

'Ik kom eraan.'

Niels liep naar de deur. Hij ging er met zijn rug tegenaan staan en wierp een laatste blik op de kamer.

Laatste kans. Wat ontbreekt er?

'Ik wacht hier.'

Wat is er weggehaald?

De spiegel. Hij zag niets, maar hij liep er nog een keer naartoe. Hij ging op de stoel zitten en keek naar zichzelf. Hier had zij iedere dag gezeten en haar eigen gezicht bestudeerd, dacht hij.

Ik spring je achterna.

Er lag een dun laagje stof op het glas van de spiegel. *Het stof.* Een klein stukje waar geen stof op zat. Onder in een van de hoeken. Een rechthoek.

Hij stond op.

'Frederik heeft net gebeld. Ze wachten nog steeds', zei ze op de gang. Zenuwachtig. Als het erop aankwam, had ze meer respect voor de balletmeester dan voor de politie.

Niels gaf geen antwoord. Hij keek naar de spiegel. Naar het fijne stof dat het hele glas bedekte op een kleine rechthoek onder in een van de hoeken na.

'Hoort u mij? Ze wachten allemaal.'

Laat ze maar wachten, dacht Niels. Laat ze begrijpen dat er belangrijker dingen zijn dan de première aanstaande vrijdag. Dan de kostuumrepetitie en de persfoto's en de avondrepetitie.

'Hoort u mij? Ze zijn allemaal bij elkaar gekomen in de zaal ...'

Niels tekende met zijn vinger op de spiegel de omtrek van het voorwerp dat was weggehaald. Vier randen. Niels maakte de metalen houder op het bureau open. Was hij van zilver? Mooi was hij in ieder geval wel, licht glanzend zoals de maan achter een dun laagje wolken. Poeder. Volkomen wit poeder. Hier zat ze, Dicte, voordat het doek opging, en schminkte ze zich met de schaduwen van de dood. Alleen al door het openmaken van de poederdoos wervelden de kleine deeltjes omhoog. Niels bleef zitten en zag ze neerdalen. Op zijn hand. Op het bureau. Op de spiegel. Nu werd het rechthoekige stukje, waar eerst geen stof had gezeten, ook bedekt. De microscopisch kleine stofdeeltjes bleven op het oppervlak van de spiegel hangen. Dat betekende dat wat daar ook had gezeten en die hoek van de spiegel had afgedekt, nog maar kortgeleden was weggehaald. Wat was het?

*

'Kunnen we dit niet later doen?' Ida keek hem smekend aan terwijl ze zich door de gang haastten. 'Ze bellen steeds vanuit de zaal.'

'We komen onderweg toch langs de pr-afdeling?'

'Als u met Kresten wilt praten; hij is megagestrest, u bent gewaarschuwd.'

'Het duurt maar heel even', zei Niels.

'Nee. Dat kan echt niet. Frederik zal woedend zijn.'

Niels zag dat ze leed. Ze was bang. Ze was eraan gewend dat er iedere dag tegen haar werd geschreeuwd, gewend dat haar werd verteld: dit is *Het Koninklijk Theater* – de top van de piramide, hoger kun je niet komen en je krijgt maar één kans.

Niels bleef staan. Ida liep nog een paar passen door voordat ze in de gaten had dat ze hem kwijt was: 'Kom nou!'

'Ida! Stop.'

'Nee, wat ...'

'Ik zei stop.'

Met tegenzin kwam ze teruglopen naar Niels. Langzaam haalde hij zijn pistool tevoorschijn. Het was langgeleden dat hij het uit de holster had gehaald.

'Weet je wat dit is?'

'Een schietding.'

Niels onderdrukte een glimlach. Het was tijd om respect voor zichzelf op te eisen, niet om te lachen om haar onschuldige opvatting van de wereld buiten de muren, die sommige mensen wereldvreemd zouden noemen.

'Dit is een pistool. Geladen. In tegenstelling tot die dingen die jullie gebruiken. En zal ik je eens wat zeggen?'

'Nou?'

'Ik mag schieten op mensen die voor me weglopen. Als ik "stop" roep, dan moeten mensen stoppen. Anders mag ik schieten. Begrijp je wat ik zeg?'

'Nee.' Ze keek hem gestrest en geïrriteerd aan.

'Dat betekent dat jij moet doen wat ik zeg. Anders loop ik naar mijn auto en haal ik handboeien. Die doe ik jou om en dan neem ik je mee naar het bureau en gooi ik je in de smerigste cel die ik kan vinden.' Even stond ze Niels glimlachend op te nemen. *Neemt hij me in de maling?* Toen verstijfde haar glimlach. Ze keek naar de grond.

'Sorry.'

'En nu doen we wat ik zeg. Laat Frederik maar wachten. Ik neem de schuld op me, oké?'

'Oké.'

Hij volgde haar. De gang door, de hoek om, een trap af. Ze bleef staan voor een deur en ging naar binnen. Een man zat te bellen. 'Kresten', stond er op zijn naambordje. 'Nee, we hebben geen foto's uit haar jeugd', zei hij nijdig. 'En als we die hadden, dan zou u ze niet krijgen.' De man verbrak het gesprek, snoof als een stier en keek naar Ida. 'Journalisten! Ze halen echt alles uit de kast. Dictes leven in foto's over de hele voorpagina. Je kunt zeker wel bedenken wat de invalshoek wordt? Klein onschuldig prinsesje gaat werken bij het boze Koninklijk Theater, wordt wreed onderdrukt en raakt haar levenslust kwijt. Met andere woorden: wij hebben haar vermoord.'

'Kresten.'

'Wat, Ida?'

Ida knikte en keek naar Niels.

'Niels Bentzon, recherche.'

'Ja, natuurlijk, we hebben het een beetje druk', zei hij snel, net zo weinig onder de indruk als Ida was geweest voordat Niels haar handboeien en vierentwintig uur in een cel die naar angst en braaksel stonk in het vooruitzicht had gesteld.

Niels ging op de rand van het bureau zitten. Hij liet zijn ogen wennen aan de nerveuze blik van Kresten.

'Maar. Natuurlijk. We moeten de politie natuurlijk helpen', zei hij. 'Wat kunnen we voor u doen?'

Niels gaf niet meteen antwoord. Hij liet wat tijd voorbijgaan, toen keek hij naar de andere mensen in de ruimte, telefoongesprekken werden afgebroken, een meisje stond op en deed haar MacBook dicht. Langzaam werd het stil op de pr-afdeling van het Koninklijk Theater.

'Ik ben Niels Bentzon. Ik ben van de politie Kopenhagen. De komende dagen, misschien weken, gaan jullie met ons samenwerken. Er zal in jullie leven niets belangrijker zijn dan doen wat ik jullie vraag. Hebben jullie dat begrepen?'

Ida's telefoon bleef bellen.

Achter in de ruimte klonken een paar half verstikte 'ja's'.

'Jullie hebben hier uniek documentatiemateriaal. Dat zullen we nodig hebben. Allereerst heb ik een foto nodig van Dicte van Hauens kleedkamer.'

Doodse stilte.

'Nu mogen jullie praten', zei Niels.

Kresten nam het woord: 'U bedoelt, waar Dicte op staat?'

'Misschien. Liefst een recente foto.'

'De meeste persfoto's zijn op het toneel of in de repetitieruimte gemaakt.'

'Kun je het checken?'

Kresten keek naar de jongeman die het dichtst bij de deur stond. Een Casper, dacht Niels. Iemand van de generatie die tegelijk met de computer was verwekt en hem niet vreemd en een beetje moeilijk vond.

'Kun jij die zoeken, Jan?' vroeg Kresten.

Jan liep naar een computer en opende een map met persfoto's van het gezelschap. Op de achtergrond ging Ida's telefoon. Hij hoorde haar fluisteren.

'Ja, we komen eraan. Twee seconden.'

Snel verspringende beelden van Dicte op het toneel, in de armen van een mannelijke danser, bijna onnatuurlijk zwevend op slechts een paar centimeter van zijn handen, met gesloten ogen in de lucht hangend. Niels dacht aan de avond ervoor, haar uitgestrekte lichaam, iedere pees gespannen, haar hele lichaam vastbesloten om de dood elegant tegemoet te springen. Bereidwillig.

'Helaas.'

'Weet je het heel zeker? En privéfoto's?'

'Die heb ik niet.'

'Kunnen de andere dansers foto's hebben gemaakt?'

'Dat weet ik niet. Dat moet u aan hun vragen', zei hij en toen bedacht hij zich snel: 'Ik kan het ze ook vragen.'

'Misschien is er een foto van een van de anderen gemaakt in haar kleedkamer?' zei Niels. 'Haar vriendinnen? Er moeten toch collega's zijn met wie ze een betere band had dan anderen?'

'Probeer Erika Scherling eens', zei Ida achter hen.

Twee muisklikken. De mooie, donkerharige vrouw op het toneel. Talrijke grote rollen. Een foto waarop ze met haar arm om de balletmeester heen geslagen staat. Backstagefoto's. En ten slotte ...

'Hier. Backstage. Dictes kleedkamer. Kunt u deze gebruiken?' Jan wees. 'Hij is een week geleden gemaakt. Erika vierde die avond haar verjaardag. We waren niet van plan om deze te gebruiken. Alle dansers roken, maar sigaretten zien er niet goed uit op de foto's.'

Niels keek naar de foto. Dicte zat op de rand van haar bed met een glas wijn. Erika stond met een sigaret in haar hand en keek uit het raam. Ze waren drijfnat van het zweet. Maar dat was niet waar Niels op lette. Hij keek naar de spiegel op de achtergrond. Er was iets in de lijst van de spiegel gestoken.

Een ansichtkaart.

'Kun je hem vergroten? Ik wil die ansichtkaart zien.'

Een paar seconden stilte. Niels voelde dat Ida op de achtergrond heen een weer stond te wiebelen. Het lukte om in te zoomen op de kaart.

'Scherper kan ik hem niet krijgen, helaas.'

Niels staarde. De kaart was niet duidelijk. Alleen vage nuances. Wit en heel vaag blauw.

'Misschien heeft de fotograaf hem ook in RAW', zei Jan.

'Wat is dat?'

'Dat is de originele resolutie. Wij krijgen hem alleen in JPG.'

'Wat is het verschil?'

Jan keek naar Niels. Is hij debiel? dacht de jongen. Niels zag het aan hem.

'Het verschil is de resolutie', zei Jan voorzichtig en hij voegde er nog aan toe: 'Dus, RAW is een hogere resolutie.'

'Dus dan kun je meer zien op de foto', voegde Ida eraan toe.

'Zorg dat je de fotograaf te pakken krijgt. Zeg dat ik die foto wil hebben in ...'

'RAW', zei Jan.

Niels zocht Caspers nummer in zijn contacten. Hij belde hem.

'Zijn we klaar?' vroeg Ida.

Niels negeerde haar: 'Casper? Je gaat samenwerken met iemand die Jan heet. Jullie gaan een detail van een foto vergroten. Dit heeft de allerhoogste prioriteit. Hier is hij.' Niels gaf zijn telefoon aan Jan.

Ida zei iets over de balletmeester, Jan legde Casper uit waar het over ging, maar Niels hoorde er niets van. Hij hoorde alleen zijn eigen innerlijke stem: Waarom een ansichtkaart? Wat ís een ansichtkaart? Een groet? Een afspraak? Een onthulling?

29

Østerbro. 13.45

Een korte onderbreking van de rechtszaak. Hannah zag dubbel. Ze zag van alles twee. Telde alles waarvan een paar was. Twee rijstroken. Twee geliefden. Een paar schoenen. Twee broekspijpen. Twee zielen in haar buik. *Dubbele moord*. Een misdaad die je in iedere beschaafde samenleving op levenslange gevangenisstraf zou komen te staan. Op sociale uitsluiting, op verachting en permanente afkeer. Wat zou de rechter daarop te zeggen hebben?

Het drong tot Hannah door dat ze de auto had geparkeerd. Maar ze was niet thuis. Misschien alleen even om rustig te zitten. Ze moest zo dadelijk terug naar het ziekenhuis voor wat ze een steungesprek noemden. Waarom had ze daar ja op gezegd? En waar was ze nu? Ze keek op. Centre for GeoGenetics, een afdeling van het Biologisch Instituut van de Universiteit van Kopenhagen. Waarom? vroeg ze zich af en ze staarde naar de stellage die het grootste deel van de façade van het gebouw bedekte. *Façade*. Ze besteedde een minuut aan associaties bij het woord 'façade'. Het had iets te maken met iets wat de werkelijkheid afdekte. De werkelijkheid was dat zij een dubbele moord beraamde. Nee, nu klonk ze zoals de Amerikaanse evangelisten die Europeanen zo moeilijk kunnen begrijpen. Keiharde tegenstanders van abortus. Abortus is geen moord. Waarom reed ze niet gewoon naar huis en probeerde ze wat te rusten? Ze luisterde, maar er kwam geen antwoord. De gedachten en de slapeloosheid hadden alle kracht uit haar weggezogen. Ze vermande zich en stapte uit haar auto. Het zonlicht verblindde haar. Een aangenaam schijnsel van onwerkelijkheid, als een fata morgana. Het was onwerkelijk dat zij hier liep, zo voelde het. Net zoals het onwerkelijk voor haar was dat ze twee kloppende hartjes in haar buik droeg die ze over een paar uur zou vermoorden, executeren. Het gevoel van onwerkelijkheid hielp haar. Dat maakte het makkelijker voor haar om naar de ingang te lopen, de trap op, door de lege gangen en op de deur te kloppen. Ze was hier een paar keer geweest met Gustav, haar walgelijke genie van een ex-man die net als de meeste anderen een groot talent zag in de jonge bioloog met zijn opmerkelijke resultaten binnen het DNA-onderzoek. Juist op dat moment kwam hij de trap achter haar op denderen, althans, een iets onverzorgder versie van hem. Rode ogen, verkreukelde kleren en rook hij nou naar alcohol?

'Eskild Weiss?'

De man bleef staan en staarde haar aan. Er was geen teken van herkenning te zien in zijn ogen. Hannah bedacht net dat het alleen maar goed was als hij zich haar niet herinnerde – misschien zou dat het gesprek zelfs makkelijker maken – toen hij zei: 'Hannah Lund. Ik herkende je haast niet. Hoe gaat het met Gustav?' Hij gaf haar een hand. 'Zit hij nog steeds in Vancouver?'

'Toronto. Heb je even voor me?'

'Natuurlijk. Maar het is wel een beetje een rotzooi.' Hij maakte de deur van het kantoor open. 'We hadden gisteren kerstborrel, snap je, en het feest is geëindigd op mijn kantoor.' Hij grijnsde. Een droge lach die naar alcohol rook. 'Dat is een oude traditie. Wij houden de kerstborrel met Pinksteren. Dan heeft iedereen meer ruimte in zijn agenda.'

Dat van de rotzooi was een beetje een understatement. Als er geen computer en boekenkasten hadden gestaan, had het kantoor eerder op een kroeg geleken. Halflege wijnflessen op het bureau. Bierflesjes, overvolle asbakken. De stank van sigarettenrook.

'Stinkt het?' Hij liep naar het raam en zette het open. 'Ga daar maar zitten.' Hij wees naar een bank waar een uitgerolde slaapzak op lag.

Hannah duwde de slaapzak opzij en ging zitten. Ze keek naar hem terwijl hij de flessen van zijn bureau begon te ruimen.

'Je bent terug op het Niels Bohr Instituut, heb ik gehoord?'

Ze glimlachte en haalde haar schouders op.

Hij ging tegenover haar zitten. Zijn gezicht deed haar denken aan dat van de antropoloog en ontdekkingsreiziger Knud Rasmussen. De huid van een natuurmens, de blik van een wetenschapper.

'We zouden eigenlijk een samenwerkingsverband moeten opzetten', zei ze. 'Tussen jouw en mijn vakgebied.'

'DNA en sterren?' Hij glimlachte bij het idee. 'Ben je daarvoor gekomen?'

'Ik was in het gebouw', zei ze en ze keek uit het raam. Weer die stellage. *De façade.*

'Je denkt in de trant van: waar komen we vandaan en waar gaan we naartoe? Het universum en de mens?'

'Precies', zei ze en ze begreep dat het er door dit inleidende leugentje niet makkelijker op was geworden om het gesprek in de richting van haar eigenlijke bedoeling te krijgen.

'Stel je je een wetenschappelijke samenwerking voor? Of een of andere actie voor "de nacht van de cultuur"?'

'Allebei misschien. Waar komen we vandaan? Waar gaan we naartoe?' zei Hannah.

Eskild wierp een ongeruste blik op Hannah terwijl hij meeging in haar spel en praatte over de eerste homo sapiens: 'Tegenwoordig kunnen we het erfelijk materiaal veel beter blootleggen dan vroeger. Hoe heeft de mens zich ontwikkeld? Horen we allemaal tot dezelfde soort, of zijn we meer verschillend dan we eigenlijk dachten? En niet in de laatste plaats: het vraagstuk ten aanzien van het wegtrekken van de mens uit Centraal-Afrika verandert. Waar waren wij wanneer? Dat soort dingen. We hebben ons op seksueel gebied nooit ingehouden. De eerste homo sapiens neukte erop los met de neanderthalers.'

Hannah zei niets.

'Weet je wel dat er waarschijnlijk blanke mensen in Noord-Amerika waren voordat er indianen waren? Maar wie heeft het daarover? In ieder geval niet de nakomelingen van de indianen die het tot hun identiteit hebben gemaakt dat hun land van hen is afgepikt.'

'Dat klinkt als een precair onderwerp.'

'Ik ben geen wetenschappelijk onderzoeker geworden om vrienden te maken en ook niet om altijd maar politiek correct te zijn.'

Het drong tot Hannah door dat er geen natuurlijk moment in het gesprek zou ontstaan waarop ze haar vraag zou kunnen stellen.

'Ik verander even van onderwerp', zei ze.

'Dat dacht ik al.'

Ze schraapte haar keel. Nu was het de beurt van de aanklager om een getuige op te roepen. Een serieuze getuige. Een deskundige uitspraak van een van de knapste koppen van het land op het gebied van erfelijkheid, DNA en overdraagbare ziektes.

'Ik heb een vriendin die een abortus wil omdat ze bang is om een kind op de wereld te zetten. Er komt geestesziekte voor in haar familie, snap je.'

Eskild knikte alleen maar. Hannah ging verder: 'Ze is bang dat het kind dezelfde aandoening zal krijgen.'

'Waar praten we over? Schizofrenie?'

'Precies. Zij denkt dat het zo gaat. Is haar angst gegrond?'

'Erfelijke factoren hebben veel invloed op bipolaire stoornissen. Zoveel weten we wel. Dat weten we al lang. Jaren geleden is er gezocht naar de "schizokok", een speciale schizokokbacterie. Tegenwoordig weten we dat er meer factoren meespelen. Het gaat er onder andere om of de hersenen in staat zijn om belangrijke signaalstoffen te reguleren. Dopamine, noradrenaline, serotonine. Met name dopamine.'

'En waar komen die erfelijke factoren vandaan?'

'Daar wordt op het moment hevig over geruzied. Maar ze denken onder andere dat COMT en NRG1 van invloed zijn op de dopaminefunctie van de hersenen en daarmee op de psychische toestand van een persoon.'

'Wat is het statistische risico?'

'Ik ken niet alle getallen uit mijn hoofd, maar voor zover ik me kan herinneren, heeft men het over een risico van 0,9 procent dat een normale, gezonde vrouw een schizofreen kind krijgt en krap twintig procent dat een schizofrene vrouw een schizofreen kind krijgt.'

'Een op de vijf. En ze is zwanger van een tweeling. Dat betekent een risico van veertig procent.'

'Of een twee keer zo grote kans dat minstens een van de twee kinderen zonder erfelijke schizofrenie wordt geboren. Het is net zoals met een glas bier dat voor de helft gevuld is. Het is maar net hoe je ernaar kijkt.'

'Dat kan jij wel zeggen, maar twintig op de honderd klinkt als een goed argument voor een abortus.'

'Dat hangt ervan af hoe je het bekijkt.'

'Wat bedoel je?'

'Je kunt natuurlijk niet uitsluiten dat zelfs een leven met depressiviteit het waard is om te leven.' Hij ving haar blik. Misschien had hij haar doorzien. Denemarken was een klein landje, de wereld van het wetenschappelijk onderzoek nog kleiner. Het was niet onwaarschijnlijk dat hij had gehoord wat er met Johannes was gebeurd.

'En de ziel?' vroeg hij opeens.

'De ziel? Daar geloof ik in als ik bang ben om dood te gaan. Als ik niet bang ben, geloof ik niet.'

Ze glimlachte.

'Ik geef de voorkeur aan dingen die ik door mijn microscoop kan zien, of die ik op een andere manier kan meten. Bewijzen. Je hebt een theorie en daar probeer je bewijs voor te vinden. Maar omgekeerd ...' Hij aarzelde.

Hannah ging verder: 'Omgekeerd, worden we ons er pas nu van bewust hoe groot onze onwetendheid is.'

'Zoals Socrates heeft gezegd.'

'Heeft hij dat gezegd?'

'Ik geloof eigenlijk dat het orakel van Delphi het heeft gezegd. Dat hij de meest wijze man op aarde was omdat hij de enige was die begreep hoe weinig hij begreep. Daarom geef ik nog steeds de voorkeur aan het woord "onwetendheid" boven "ziel" of "god".'

'Ik ook.'

'Misschien is dat wel een heel goed thema voor een bijdrage aan "de nacht van de cultuur"', zei hij met een samenzweerderig glimlachje. Daar was haar ontsnappingsmogelijkheid uit het gesprek: afsluiten op dezelfde toon als waarmee ze waren begonnen. Het idee over een samenwerking tussen de twee instituten dat nooit verder zou komen dan een idee.

'Ja. Een goed thema', zei ze.

'Het universum. De ziel, de oorsprong', zei hij en hij ging verder terwijl hij opstond: 'We zijn nog veel meer dan DNA. En misschien is dat nou juist wat we "de ziel" noemen? Hoe weten trekvogels wat hun reisdoel is? Is dat een aangeboren vaardigheid? Daarover bestaat brede eensgezindheid. Dat weet men door de jonge koekoek die nog nooit zijn biologische ouders heeft gezien. En toch vindt hij de weg naar Ivoorkust, net als alle andere jonge koekoeken op de wereld. We hebben zendertjes op trekvogels bevestigd. Hoe langer we ze bestuderen, hoe meer we ons verwonderen. Hoe weten ze het? Als het aangeboren is, hoe moet je het dan noemen? Ziel?'

'Waar zit die dan, die ziel?'

'En waar bestaat hij uit?' vroeg hij.

'Jij moet niet vragen, jij moet antwoorden.'

Hij hoestte en grijnsde. 'Dat is niet eerlijk, als je bedenkt hoeveel ik gisteren heb gedronken.' Opnieuw die droge lach.

'Sorry.' Ze stond op. 'Bedankt voor je tijd.'

*

Was hij de aanklager of een getuige van de verdediging in haar rechtszaak? Allebei misschien? Ja, hij was zowel de aanklager die zei dat krankzinnigheid erfelijk was, als de advocaat van de verdediging die dat niet noodzakelijkerwijs een argument vond voor een abortus. Maar wat wist hij over krankzinnigheid? Misschien was geestesziekte zo'n verschrikkelijke ziekte dat het beter was om er een te veel te vermoorden dan een te weinig. Zijzelf was de beul. Er was geen reden om het anders te noemen. Ze stopte haar hand in haar zak. Het papieren zakje met de pil zat erin. De gifpil die vanavond haar kinderen zou vermoorden.

30

Het Koninklijk Theater. 13.48

De wraak van de balletmeester, dacht Niels. Wraak omdat hij hem zo lang had laten wachten met zijn dansers, omdat hij voor één zeldzame keer was gereduceerd tot iemand die moet gehoorzamen. Niels zag het aan zijn triomfantelijke, onderdrukte lachje in de seconde dat hij door de deur naar binnen kwam. De balletmeester wist hoe intimiderend het toneel was. Het Grote Toneel. Was er nog een ander toneel? Niels had geen idee. Dat moest bijna wel, met zo veel werknemers. Het doek was open, Niels keek rechtstreeks uit op de vele lege stoelen, het vergulde houtsnijwerk, de orkestbak. Het hele gezelschap was verzameld aan de overkant van het toneel. Hij maakte oogcontact met de balletmeester. Opnieuw een triomfantelijke blik. De directeur was helemaal achteraan gaan staan, alsof hij zijn afstand tot de situatie wilde onderstrepen. 'Ik heb hier niets mee te maken', leek hij uit te stralen. Niels liep de twintig passen over de planken. Zijn blik ontmoette nieuwsgierige, angstige ogen, kinderen, vrouwen en mannen, misschien wel honderd. Hij schraapte zijn keel. De balletmeester was niet van plan om hem te helpen.

'Ik ben Niels Bentzon, ik ben van ...'

Hij werd onderbroken: 'Kunt u wat harder praten? we verstaan u niet!'

Niels deed nog een paar stappen in de richting van het verzamelde Koninklijke Deense Ballet: 'Ik ben Niels Bentzon. Kunnen jullie me nu verstaan?'

Niemand antwoordde. Een meisje dat vooraan stond, hield haar hoofd een beetje schuin en nam Niels op. Een ander gaapte.

'Ik ben van de recherche ...'

Opnieuw werd hij onderbroken: 'Bent u degene die heeft geprobeerd om Dicte ervan af te praten?'

Niels zocht de stem. Hij kon hem niet vinden. Ze zagen er allemaal hetzelfde uit, het leek China wel.

'Ik ...'

Weer een onderbreking: 'Waarom kon u haar er niet van afpraten?' De stem was van een van de kleinste meisjes. Ze was misschien niet ouder dan tien. Normaal gesproken zou Niels geen antwoord geven op zulke vragen, maar hij hoorde zijn eigen stem, zenuwachtig trillend, zeggen: 'Ik ... eh. Ik. Het lukt niet altijd om mensen ervan af te praten.'

Gemompel in de groep.

'Ik bedoel ...' Niels zocht naar woorden: 'Ik kon geen contact met haar krijgen.' Maar zijn woorden verdronken in het zachte gemompel uit de kudde voor hem.

'Het spijt me, meneer de agent', zei de balletmeester en hij ging verder: 'Hierbinnen is een mislukking gewoon een luxe die wij ons niet kunnen permitteren. Hierbinnen moet je slagen. Iedere avond. Ieder jaar. Iedere seconde.'

Het werd bijna stil. Niels schraapte zijn keel. Wat hij nu zou gaan zeggen, zou bepalen of hij al hun respect kwijt was, dat wist hij. Hij haalde diep adem.

'Denken jullie dat dat de reden is dat Dicte is gesprongen?'

Niemand antwoordde.

Niels ging verder: 'Ik weet dat ze de hoofdrol zou dansen. Denken jullie dat het door de druk is gekomen dat ze het heeft opgegeven? Juist doordat er geen ruimte is om te falen? Was dat de reden?'

Alle ogen waren op hem gericht. Hij was hun vijand, dat kon hij in hun blikken zien. Heel even dacht hij aan Agatha Christie. Te midden van deze groep eender uitziende mensen met hun perfecte lichamen was er minstens één die wist waarom Dicte was gesprongen. Eén die deze ochtend had ingebroken in haar kleedkamer. Eén die iets te verbergen had.

Niels verhief zijn stem. Hij besloot van voren af aan te beginnen. 'Ik zal proberen om het kort te houden', zei hij. 'Zoals ik al zei, ik heet Niels Bentzon en ik ben van de afdeling Moordzaken van de politie van Kopenhagen. Ik zal niet ontkennen dat ik hier ben vanwege een droevige reden. Zoals jullie allemaal weten, is het ballet getroffen door een vreselijke tragedie die jullie natuurlijk allemaal heel diep heeft geraakt.

Er is een aantal onduidelijkheden in het verloop van de gebeurtenissen die wij graag opgehelderd willen zien. Daarom zal ik de komende dagen hier bij het ballet verblijven om te proberen de omstandigheden rondom het overlijden van Dicte duidelijk in kaart te brengen. In dat verband wil ik graag met jullie praten, vooral met degenen die Dicte goed hebben gekend. Maar ik wil nadrukkelijk zeggen dat iedereen die informatie heeft die op de een of andere manier van belang kan zijn voor de zaak, niet moet aarzelen om het aan mij te vertellen. Zelfs kleine dingen kunnen van groot belang blijken te zijn. Veranderingen in Dictes gedrag. Iemand voor wie ze bang was. Iets wat ze probeerde te verbergen. Nieuwe mensen die ze had leren kennen. Alles kan belangrijk zijn. Zijn er vragen?'

Onrust in de zaal. Een sluipende nervositeit die de lucht aan het trillen bracht. Iemand fluisterde tegen zijn buurman.

'Onduidelijkheden? Hoezo onduidelijkheden? Denken jullie dan dat ze is vermoord?' Een jonge mannelijke danser nam het woord. Hij drong aan. 'Waarom denken jullie dat er een misdrijf achter zit?'

'Wij verzamelen informatie om ons op die manier een beeld te kunnen vormen van het verloop van de gebeurtenissen', zei Niels. 'En jullie moeten ons helpen om die informatie boven water te krijgen.'

'Denken jullie dat die BDZP er iets mee te maken heeft?' vroeg een van de vrouwen.

Niels keek naar de balletmeester. Die haalde zijn schouders op. 'Ik heb alleen maar gevraagd of ze wisten wie ZNDB zou kunnen zijn', zei hij verdedigend. Niels haalde diep adem.

'Dat klopt. Dicte had een afspraak voor vandaag op haar hand geschreven. NMZK, zeggen die vier letters jullie iets?'

Stilte. Heel even zag een van de vrouwen eruit alsof ze iets had bedacht: 'In die volgorde? N ... B ...'

Niels corrigeerde haar: 'NMZK. Vier letters, in die volgorde. Een afspraak. Een collega misschien? Een geliefde?'

Ongepast gegniffel ergens in de groep.

'Ik vind wel dat wij er recht op hebben om te weten of wij gevaar lopen', ging de man verder. 'Misschien is het de volgende keer een van ons.'

Nog meer onrust. Een meisje op de eerste rij begon te huilen. Een oudere leraar naast haar sloeg een troostende arm om haar heen.

'Maar ze is toch van een brug gesprongen.' Een iets oudere jongen achter in de groep verhief zijn stem. 'Het was toch overduidelijk zelfmoord. Hoe kan het nou dat het toch een politiezaak is geworden?'

'Daar heb ik geen commentaar op.' Niels keek snel uit over de menigte met een blik die hij van commissaris Sommersted had afgekeken. De blik die zei dat hij klaar was met praten, dat hij geen verdere vragen wenste en dat het tijd was dat iedereen weer zijn eigen weg ging.

De menigte viel uiteen. Sommige mensen gingen naar de balletmeester toe om nadere uitleg te vragen. Anderen liepen in de richting van de deur. Niels' telefoon ging. Sommersted.

'Met Bentzon.'

De commissaris sloeg het inleidende praatje over: 'Dictes voordeur ligt schuin tegenover een bank en ze is gefilmd door een bewakingscamera van een geldautomaat. Tenzij ze de achtertrap heeft genomen, is ze waarschijnlijk bijna anderhalf etmaal haar huis niet uit geweest.'

'Waarschijnlijk?'

'Zoals ik al zei: ze kan de achtertrap hebben genomen. En de beelden zijn niet heel scherp.'

'Is er iemand bij haar naar binnen gegaan? Een dader?'

'Er lopen regelmatig mensen in en uit, maar er is er een die we niet kunnen identificeren.'

'Wanneer is hij gekomen?'

'Ongeveer een half uur nadat zij op 11 juni om 16.58 uur was thuisgekomen uit het theater. Ze kwam aanfietsen en zette haar fiets bij de voordeur. Om 17.31 uur kwam de niet-geïdentificeerde man en belde bij haar aan.'

'Wanneer is ze weggegaan uit het theater?'

'16.15 uur.'

'Van 16.15 tot 16.58 uur', dacht Niels hardop. 'Het duurt geen 43 minuten om van het Koninklijk Theater naar een appartement in Vesterbro te fietsen.'

'Tenzij ze niet rechtstreeks is gegaan.'

'Heeft iemand haar in de tussentijd gezien?'

'Nee', zei Sommersted.

'En ze is haar appartement niet uit geweest ...'

'Nee, waarschijnlijk niet. Ik gok dat hij een half uur nadat ze thuis was gekomen heeft aangebeld, is binnengelaten en al die uren dat ze verdwenen was bij haar in het appartement is gebleven.'

'U bedoelt dat hij haar gevangen heeft gehouden?'

'Ik denk dat dat een waarschijnlijk scenario is.'

'Is er een signalement?'

'Niets bruikbaars. Hij houdt zijn hoofd afgedraaid, alsof hij weet dat hij wordt gefilmd. Of zich in ieder geval bewust is van het risico. Een meter vijfentachtig. Ongeveer. Een haarkleur die de meeste etnische Denen hebben. Spijkerbroek, licht windjack, mogelijk wit, bruine tas in zijn hand. We zoeken hem natuurlijk in onze registers, maar we hebben niet veel om van uit te gaan. Ook niet als ze weer naar buiten komen rennen.'

'Toen ze vannacht wegvluchtte?'

'Zonder een draad aan haar lijf en met die man op haar hielen. Maar die beelden zijn nog slechter.'

'U zei dat hij een tas in zijn hand had toen hij aankwam?'

'Ook toen hij achter haar aan rende, het lijkt een ouderwetse schooltas, of een dokterstas. Leer.'

'En die beelden van de brug? Die op de televisie werden getoond, of die door de bewakingscamera's op het station zijn gemaakt; iemand met een leren tas in zijn hand?'

'Helaas. Misschien verschuilt hij zich in de menigte. Als hij er al was.'

'Kende ze hem?' vroeg Niels. 'Heeft ze hem zelf binnengelaten?'

'Geen twijfel mogelijk. Hij drukt gewoon op de bel, zegt wie hij is en wordt binnengelaten. Alsof ze goede vrienden zijn.'

'Iemand van het theater', dacht Niels hardop.

'Dat kunnen we niet uitsluiten.'

'Dat klopt ook met het feit dat hij wist dat ze thuis was. Dat ze op dat moment pauze hadden.'

Sommersted zei niets.

Niels ging verder: 'Een relatief jonge man. Geen familie.'

'Hoe kun je dat ...'

'Omdat hij van huis is weggebleven zonder dat zijn vrouw of kinderen thuis zich iets afvroegen.'

'Je gaat te snel, Bentzon. Hij kan de achtertrap hebben genomen. We hebben te weinig informatie. Probeer iets te vinden en bel me later terug.'

De informatiemedewerkster stond achter Niels en staarde hem schaamteloos nieuwsgierig aan.

'Hoe heet degene die Dictes rol overneemt?'

'Lea.'

'En haar relatie met Dicte? Goede vriendinnen?'

Ida keek over haar schouder en liet haar stem zakken. 'Niet bepaald.'

31

Nørrebro. 14.02

Peter V. Jensen. Hij las de naam telkens opnieuw – alsof de volgorde van de letters de sleutel vormde tot de reden dat hij hier zat, op een veel te warme zomerdag, in zijn auto, moe en stijf. Peter zou de volgende worden na Dicte. Het zou niet zo makkelijk zijn als bij haar. Zij was hem bijna op een presenteerblaadje aangereikt – zonder hulp van de anderen bij het ballet was het hem nooit gelukt.

Hij controleerde het adres: Peter V. Jensen. Esrumgade 12, 4de etage rechts. Ja, hij was hier goed. Op het naambordje bij de deur stond alleen JENSEN. Maar Peter was niet thuis op dit moment.

Hij nam twee coffeïnetabletten en spoelde ze weg met cola. Hij had eigenlijk het liefst Hannah Lund willen hebben, maar hij had haar niet kunnen vinden in de telefoongids en ook op het Niels Bohr Instituut, waar ze vermoedelijk werkte, wilden ze haar privé-adres niet aan hem geven. Hij had haar ook gezocht op de bijna-doodwebsite *levennadedood*, maar hij was er niet in geslaagd om iemand te vinden die haar persoonlijk kende. Ja, één vrouw, maar die weigerde Hannahs telefoonnummer te geven. Agnes Davidsen heette ze, een voormalig verloskundige die nu lid was van ISBS – het Internationaal Samenwerkingsverband voor Bijna-doodstudies. Hij had vele uren besteed aan het lezen van artikelen en het bekijken van filmpjes op internet. Dr. Bruce Greyson bijvoorbeeld, die vertelt over de vele bijna-doodervaringen die overal ter wereld steeds meer worden gerapporteerd. In het begin dacht hij hetzelfde als de meeste anderen: dat het gewoon de laatste hallucinatoire stuiptrekkingen van de hersenen waren, die dienden om het idee van de naderende dood aanvaardbaarder te maken door middel van een beetje licht in de tunnel. Maar er waren zo veel gevallen die niet verklaard konden worden: een man die in de dood zijn biologische zus ontmoette die hij nooit had gekend. Nadat hij was gereanimeerd, heeft hij geprobeerd om deze onbekende zus te vinden. En hij kwam erachter dat ze jaren geleden was overleden. Eén ding hadden bijna alle bijna-doodervaringen met elkaar gemeen: je komt andere 'doden' tegen. Zielen die zich aan de andere zijde bevinden. Die klaarstaan om je te helpen of je vragen te beantwoorden.

Peter V. Jensen.

Hij las de naam nog een keer. Peter V. Jensen. Die moest hem helpen om het antwoord te krijgen op een grote vraag. *Dé grote vraag*. De enige vraag die iets betekende. En het moest vandaag gebeuren. Hij nam even de tijd om zich alles te herinneren wat hij over Peter wist – alles wat hij nodig had: Peter was uit een boom gevallen toen hij zeventien was. Hij was op slag dood geweest. Hij was op zijn rug geland, zijn hoofd was ongelukkig terechtgekomen en alles was zwart geworden. Maar hoewel Peter geen gevoel meer had in zijn lichaam, was zijn gehoor nooit weg geweest. Hij had zijn vriend horen huilen, had gehoord dat zijn moeder kwam aanrennen vanuit het huis en hij had de wind gehoord zoals hij die nog nooit eerder had gehoord. Suizend, vriendelijk, een stroom van leven die met vele honderden kilometers per uur voorbij raast, die niet te stoppen is en je zal meesleuren. Toen had hij zijn ogen geopend en zichzelf gezien. Hij hing boven de oude eikenboom. Hij bedacht hoe prachtig de boom er van daaraf uitzag – dat God de bomen had geschapen om van bovenaf te worden bekeken, voor zijn eigen plezier. Wij mensen moesten genoegen nemen met het kijken naar de constructie, de stam en de takken. Wij kijken op naar het gewelf, zoals in een kerk, God kijkt naar beneden en ziet de perfecte boog van bladeren, ja, zo had Peter zijn ervaringen beschreven, vlak voordat hij verder werd getrokken. Verder naar boven. Hij zag de andere bomen, het bos, het meer en hij zag al bijna de vage bolling van de aarde en hoe alles uit dezelfde vormen was geschapen. Hij voelde dat alles verband met elkaar hield, dat de wind, vriendelijk en vol kracht, een soort geest was die al het leven verbond. Later, toen hij was gereanimeerd, kon hij het niet verklaren, maar Peter kon dingen vertellen die hij op geen enkele manier had kunnen weten. Nadat hij was gereanimeerd, vertelde hij zijn moeder dat haar broer, met wie ze al vijf jaar lang niet had gesproken, dood was. Hij had zichzelf verhangen in zijn appartement. Toen de politie de deur van het appartement van de broer had opengebroken, vonden ze hem inderdaad in de badkamer, hangend aan een gestreepte stropdas die was vastgebonden aan de leidingen. Hoe kon hij dat weten? Omdat deze broer contact had gezocht met Peter in de paar minuten dat hij aan de andere zijde was geweest. Zonder woorden, slechts met inzicht, overdracht, wilde hij afscheid nemen van zijn zus. Haar vertellen dat hij van haar hield. Dat alles goed zou komen.

*

Peter V. Jensen zette zijn fiets naast de voordeur. Hij keek naar Peter terwijl hij het frame van de fiets met een grote ketting vastmaakte aan de regenpijp. Het was belangrijk dat Peter hem niet zag. Dan zou hij hem meteen herkennen en hem vragen wat hij hier in deze buurt deed. Hij keek op zijn horloge. Het was al middag. Hij had niet veel tijd. Misschien kon hij beter tot morgen wachten? Nog een poging doen om Hannah Lund te vinden? Met een man zou het moeilijker zijn – hij had alleen ervaring met Dicte. En zij had hem vertrouwd. Heel lang. Met Peter zou het anders zijn. Hij zou al snel achterdochtig worden. Peter zou zich hevig verzetten. Het zou uitlopen op een echt gevecht, maar het zou vast lukken. Als hij de spuit maar goed in de schouderspier kon zetten. Dan was het grootste deel van het werk gedaan. Het zou nog een paar minuten duren, maar Peter zou zich al snel vreemd slap gaan voelen, hij zou al snel de controle over zijn lichaam verliezen. Dat was waar het fout was gegaan met Dicte. Als hij maar genoeg tijd had gehad om de volledige dosis in haar lijf te spuiten voordat ze haar appartement uit was gerend, dan had hij hier nu niet gezeten. Dan had zij het werk voor hem kunnen afmaken. Hij was zo dichtbij geweest.

Het moest nu gebeuren. Peter was de voordeur al binnengegaan. Hij zette de motor af en stapte uit de auto de warmte in. Uit de bagageruimte pakte hij zijn tas met de injectiespuiten. De rest zou hij halen als Peter verdoofd was. Toen hij de straat op stapte, werd hij bijna geraakt door een auto.

'Wat doe je, idioot?' riep de automobilist door zijn raampje.

Hij gaf geen antwoord. Het was onbelangrijk. In de grote afrekening was niets belangrijk, behalve het afsluiten van de afrekening waar hij mee bezig was. Hij belde aan. Niet bij Peter, maar op de eerste verdieping.

'Wie is daar?'

'Ik moet naar Peter, op de vierde, maar zijn deurtelefoon doet het niet. Wilt u mij alstublieft binnenlaten?'

De deur zoemde. Hij duwde hem open en de geur van de entree overspoelde hem: muf, vuil. Stof danste in het licht. De deur viel achter hem dicht. Het werd stil. Terwijl hij de trap op liep, ging de deur weer open. Lichte voetstappen op de trap, een vrouw. Ze rende. Hij was op de tweede verdieping. Wat nou als het bezoek voor Peter was? Dan zou hij zijn plan onmogelijk kunnen uitvoeren. Hij besloot voor de zekerheid zich om te draaien, om het te laten lijken alsof hij op weg naar beneden was. Hij passeerde de vrouw op de trap. Knap. Blond.

'Hallo.'

'Hallo', antwoordde hij.

Ze liep door en hij bleef staan op de overloop. Hij hoorde dat Peter haar tegemoetkwam. 'Hoe ging het? Zouden ze terugbellen?' vroeg Peter. Het laatste wat hij hoorde voordat de twee de deur achter zich dichtdeden, was haar lach. Hij dacht aan vrouwen. Aan liefde. Dat wat hij niet langer had. Hij zou terugkomen. Ja, Peter zou doodgaan. En weer terug worden getrokken naar het leven. Heen en weer totdat hij het antwoord had.

32

Het Koninklijk Theater. 14.14

Niels ging zitten en wachtte. Een oefenzaal, langzame, luide muziek, bijna abrupt in haar ritme. Niels had nog nooit een balletvoorstelling gezien. Misschien weleens iets op televisie. En films over balletdansers waarin ze trainden, net zoals zij nu deed – vlak voor zijn neus. In zijn beleving was de wereld van het ballet een bijna hermetisch afgesloten universum dat bestond uit ondervoede kleine meisjes en overambitieuze rijke ouders; een wereld van training, discipline en lichamen die het onmogelijke konden. Hij ving haar blik op in de spiegel, heel kort. Wat zag hij? Concentratie. Een onbuigbare wil. Afstand.

'Bent u die politieman?' vroeg ze nog voordat de echo van de piano was weggestorven. De pianist pakte zijn muziek bij elkaar en verdween.

'Niels Bentzon.'

'Lea Katz. U weet natuurlijk dat Dicte en ik elkaar haatten, maar ik heb niets te maken met haar dood.'

Niels liet haar even op adem komen. Haar blonde haar was opgestoken in een knot en gaf vrij zicht op een gezicht dat zo glad was dat het Niels deed denken aan een masker.

'Sorry dat ik er zo moe uitzie', zei ze. 'Ik heb het heel druk gehad vanaf het moment dat Dicte niet meer kwam opdagen op de repetities. Druk op een goede manier.' Ze glimlachte. 'Ik moet naar de masseur. U kunt meelopen.'

Niels had liever tegenover haar willen zitten, haar in de ogen kijken, dat was de beste manier om met mensen te praten, maar hij accepteerde dat ze zouden lopen. Haar levensverhaal was snel verteld. Totaal het tegenovergestelde van dat van Dicte. Ze was geboren in Nykøbing. Opgeroeid bij pleegouders. Lea was begonnen met dansen toen ze zes was en ze had de hele Koninklijke Balletacademie van het begin tot het einde doorlopen. Ze was gelukkig met haar leven als balletdanseres, ook al was het zwaar en had ze in de loop der jaren steeds meer blessureproblemen gekregen. Ze bleef staan om te rekken. 'Mijn hamstring,' zei ze, 'hij gaat op slot.'

Niels probeerde niet te kijken, maar vergeefs. Gespierde dijen. Rustige, elegante bewegingen. De kromming van haar rug en heupen.

'Maakt u zich geen zorgen, we zijn gewend dat er naar ons wordt gekeken', zei ze zonder naar Niels te kijken. 'Je moet ervan leren houden dat mensen naar je lichaam kijken. Leren begrijpen dat je lichaam niet van jou is.'

'Dus je kende Dicte al vanaf dat jullie kinderen waren?'

Ze knikte. 'We zijn gelijk opgegaan. De academie doorlopen, het hele uitputtende selectieproces.'

'Waarom hadden jullie ruzie?'

'Ik hoop dat u me niet verkeerd begrijpt', zei ze en ze keek op naar Niels. 'Ik vind het zielig voor haar wat er is gebeurd. Niemand verdient het om op zo'n manier dood te gaan.'

'Maar jullie hadden ...'

'Ruzie, ja, Dicte had met iedereen ruzie. Er waren in ieder geval maar weinig mensen die haar aardig vonden. En ik al helemaal niet.'

'Waarom?'

'Dat is al heel lang zo. Totdat we een jaar of veertien, vijftien waren, waren we eigenlijk goede vriendinnen. Maar toen ...'

Ze veranderde van houding. Spagaat. Ze boog zich met haar bovenlijf helemaal naar een van haar benen over. 'Toen is er iets tussen ons gebeurd.'

'Wat?'

'Niet iets concreets. Er werd meer van ons geëist. Er vielen mensen af. Dicte en ik hoorden allebei bij de besten. En zij werd steeds aparter.'

'Wat bedoel je met apart?'

'Introvert. Ze had genoeg aan zichzelf. Uiteindelijk keurde ze ons nauwelijks nog een blik waardig. Ik denk dat ze ernstige problemen had.'

'Kun je dat uitleggen?'

'Psychisch bedoel ik. Er gebeurden dingen in haar hoofd die ze moeilijk onder controle kon houden.'

'Was ze depressief?'

'In zekere zin wel. En ook weer niet. Want als ze danste, was ze – nou, ja, geweldig. Het kost me geen moeite om dat toe te geven. Dan waren alle problemen vergeten. Ze had een zeldzaam talent om te focussen. Dat hebben alle dansers natuurlijk, maar bij haar was het extreem. Het ene moment zat ze in een hoekje en zag ze eruit als iemand die – sorry voor de uitdrukking – van een brug wilde springen en het volgende moment kon ze op het toneel staan en ruim duizend mensen in vervoering brengen. Die gave is niet veel mensen gegund.'

'Zegt NMZK jou iets?'

'Ja, daar hadden de anderen het al over.' Een hoofdknikje. Het andere been was aan de beurt.

'Weet jij wat het betekent?' vroeg Niels. 'Het was een afspraak die ze had. Vandaag over ...' Niels keek op zijn horloge, '... een kleine twee uur.'

'Ik heb er nog nooit van gehoord.'

'Als we even iets algemener praten. Wat vind je van de sfeer hier?'

Ze haalde haar schouders op.

'Vind je het hier prettig? Heb je weleens last van ... vijandigheid?'

'Er is altijd vijandigheid. Ik sprak laatst een van de nieuwe Amerikaanse danseressen en zij vertelde me dat de eerste vier maanden niemand een woord tegen haar heeft gezegd. Ze huilde zich iedere avond in slaap nadat ze mails naar haar familie thuis in Californië had gestuurd over hoe fantastisch het hier allemaal was. Ik had trouwens zelf ook geen woord met haar gewisseld.'

'Waarom niet?'

De rekoefeningen waren afgelopen. Ze liepen door. Niels herhaalde zijn vraag. Dit keer antwoordde ze: 'De concurrentie. Vooral de nieuwe dansers die van buiten komen, vormen een bedreiging. Je probeert ze niet te zien, anders word je gek. Hoe denk je dat het is als een van die nieuwelingen een rol krijgt waar jij je hele leven al van droomt? Dan is het soms heel moeilijk om geen slechte gedachten te krijgen.'

'Slechte gedachten?'

'Jaloezie, afgunst. De carrière van een solodanseres is kort. Wij gaan met pensioen als de meeste andere mensen net aan hun carrière beginnen. Natuurlijk doet het pijn om afgedankt te worden.'

'Maar nu heb jij de rol gekregen.'

'Giselle, ja.'

'Wat vind je daarvan?'

'Wat bedoelt u?'

'Van de manier waarop je hem hebt gekregen?'

Ze bleef even staan. 'Als u bedoelt of ik een slecht geweten heb, dan is het antwoord absoluut: nee. Zo gaat het in deze wereld. De een zijn dood is de ander zijn ... dat soort dingen. Dit is mijn kans. Het is een kwestie van leven of dood dat je de goede rollen krijgt.'

'Genoeg om iemand voor te vermoorden?'

'Denkt u dat ik het heb gedaan?'

Niels gaf geen antwoord.

'Nou moet u eens even goed naar mij luisteren, meneer de politieman: als je gestraft zou kunnen worden omdat je slecht over iemand anders denkt, zou iedereen hier levenslang krijgen. Dicte heeft zelf ook altijd haar ellebogen gebruikt en ... nog wel meer dan dat.'

'Wat bedoel je?'

'Come on.'

'Seks?'

'Natuurlijk kun je met neuken geen grote balletcarrière voor jezelf regelen, dat spreekt voor zich, maar het helpt misschien wel een beetje als je op de juiste momenten met de juiste mensen naar bed gaat – en dan bedoel ik de momenten die het best voor je carrière zijn. Zo is het leven. Ook hier bij ons. En op dat gebied is Dicte nooit terughoudend geweest. Zullen we de trap nemen?'

Ze opende een deur en verdween, met Niels op haar hielen.

'Jij bent op de avond dat ze stierf bij haar appartement geweest?'

'Ik heb aangebeld, ja. Allebei de avonden. Maar ze deed niet open. Ik heb andere mensen gevraagd of ze de voordeur voor me open wilden doen.'

'Heb je iets gehoord in het appartement?'

'Nee.'

'Geluiden? Stemmen? Geschreeuw?'

'Niets.'

'Dus je weet niet of ze daarbinnen was?'

'Haar fiets stond voor het huis. Ik herinner me nog dat ik dat zag. En ze was bijna altijd op de fiets.'

'En in het trappenhuis,' vroeg Niels, 'of in de straat? Heb je daar iets gezien?'

'Wat bedoelt u?'

'Iets ongewoons? Een auto die plotseling wegreed. Iets wat op de trap lag. Iets ...' Niels bleef steken. Hij merkte zelf dat hij maar wat in het wilde weg vroeg. Hij besloot iets heel anders te proberen.

'Vertel eens iets over de rol van Giselle.'

Ze haalde haar schouders op. 'Het is een van de rollen waar iedereen graag een keer zijn tanden in wil zetten. Als *Het Zwanenmeer* de Mount Everest van het ballet is, is *Giselle* de Kilimanjaro of de Mont Blanc, als u begrijpt wat ik bedoel. Het is de droom van elke balletdanseres om een keer *Giselle* te dansen.'

Niels keek haar aan en hoopte dat ze meer zou zeggen.

'Waarom?'

'De korte versie: *Giselle* gaat over liefde en dood. Vooral over dood. Het hele ballet is doortrokken van de aanwezigheid van de dood. Hij is aanwezig in iedere beweging die je op het toneel maakt, zelfs de kleinste. Giselle sterft, maar ze ontwaakt weer;

misschien als een droom van haar geliefde, graaf Albrecht, misschien als een spook. In de tweede akte zijn alle dansers helemaal wit. De bovenaardse akte wordt die genoemd. Of de witte akte.'

Ze knikte. 'Je kunt het zo zeggen: als *Romeo en Julia* het ballet over de liefde is, dan is *Giselle* het ballet over de dood.'

'Ik zou ook graag de lange versie willen horen. Waar gaat het over? Het moet toch een verhaal hebben. Een plot bedoel ik?'

'Een ballet is geen boek', zei ze. 'Of film. Veel mensen begrijpen dat niet. Een deel van de handeling wordt bepaald door de regisseur en de dansers. Misschien ook door de toeschouwer zelf. *Giselle* is een driehoeksdrama dat zich afspeelt in het Rijnland, tijdens de Middeleeuwen. De jonge Giselle wordt halsoverkop verliefd op de boerenzoon Loys, maar ze weet niet dat Loys in werkelijkheid graaf Albrecht is, die er alleen maar op uit is om een beetje plezier te maken voor zijn aanstaande bruiloft met de adellijke dochter Bathilde met wie hij verloofd is. In hoeverre Albrecht op dat moment verliefd is op Giselle, is een kwestie van interpretatie. Uiteindelijk gaat hij terug naar Bathilde. Tegelijkertijd heeft de boswachter Hilarion warme gevoelens gekregen voor Giselle, maar zij heeft slechts oog voor Albrecht. Albrechts spelletje blijkt fatale gevolgen te hebben voor de verliefde Giselle en ze sterft van verdriet en teleurstelling. Als het ten slotte tot Albrecht doordringt dat hij van Giselle houdt, is het te laat. Ze is dood en weg. In de volgende akte worden de gebeurtenissen verwarrender.'

'Wat gebeurt er?'

'Die akte speelt zich af bij het graf van Giselle, 's nachts wanneer geesten – de zogenaamde Willi's – opstaan uit hun graf en wraak willen nemen op Albrecht. De Willi's wreken zich op mannen door met hen te dansen totdat ze dood neervallen. Giselle wordt tot leven gewekt – in ieder geval haar geest – en Albrecht vraagt haar om vergiffenis. Giselle neemt zijn uitgestoken hand aan en ze dansen met elkaar totdat Giselle opeens weer verdwijnt.'

'Dus ze wordt weer tot leven gewekt?'

'Zo kun je het zeggen. Om uiteindelijk weer te sterven. Als Hilarion aankomt, wordt hij vermoord door de Willi's die uiteindelijk ook Albrecht omcirkelen. De koningin van de geesten, Myrtha, vaardigt een doodvonnis uit over Albrecht door hem te dwingen om te dansen.'

'Hij moet dansen tot hij dood neervalt?'

'Maar Giselle komt terug en redt hem van Myrtha. Als de ochtendschemering aanbreekt, moeten de Willi's terug in hun graf. Albrecht heeft het slechts aan Giselle te danken dat hij nog leeft. Nu kan ze teruggaan naar haar graf en in vrede rusten omdat ze zich niet heeft laten verleiden tot het nemen van wraak op Albrecht. Omdat ze hem uiteindelijk heeft vergeven en gered.'

'En daar stopt het? Verder staat er niemand meer op uit zijn graf?'

'Doek. Er staat niemand meer op uit zijn graf. Dat zweer ik.' Een glimlachje, het eerste sinds vele minuten. 'Zijn we nu klaar?'

Ze waren er. 'Masseur' stond er op de deur. Lea Katz opende hem en draaide zich om. 'Ze had trouwens zelf gevraagd of we het konden uitvoeren.'

'Je bedoelt Dicte zelf?'

'Ja, ze eiste dat *Giselle* op het programma kwam. Anders zou ze weggaan.'

'Het moet heel belangrijk voor haar zijn geweest.'

'Ja.'

'En de balletmeester accepteerde dat?'

'Kennelijk', zei ze en ze wilde de deur dichtdoen.

'Nog een laatste vraag voor nu.'

'Ja?'

'Waarom is ze gesprongen?'

Ze dacht een paar seconden na. '*Giselle* heeft haar het laatste duwtje gegeven', zei ze toen.

'Wat bedoel je?'

'Bent u in haar huis geweest?'

33

Bispebjerg Hospital – Afdeling Kinder- en Jeugdpsychiatrie. 14.30

'Ze is een beetje uit haar doen vandaag, misschien komt het door de warmte', zegt de verpleegkundige.

Ik hoor de politieman antwoorden: 'Denkt u dat ik beter morgen terug kan komen?'

'Duurt het lang?'

'Nee, ze hoeft alleen maar ergens naar te kijken.'

'Nog meer foto's?'

'Tien minuten, dat is alles.'

'Silke?'

Ik draai mijn hoofd niet om.

'Silke, de politieman is er', zegt de verpleegkundige en ze komt naar me toe lopen, gaat tegenover me zitten en probeert oogcontact te maken. 'Een meneer van de politie wil met je praten.'

Ze praat alsof ik de man nog nooit eerder heb gezien. Hij is hier heel vaak geweest, in sommige periodes bijna wekelijks, en hoewel het nu misschien een maand geleden is, kan ik me hem natuurlijk heel goed herinneren. Wat dacht zij dan? Maar dat komt doordat ik niet praat. Alles wordt uitgelegd alsof het de eerste keer is. Of het nou gaat om eten of mensen – iedere ontmoeting is maagdelijk.

'Het zijn maar een paar foto's. Vijf om precies te zijn', zegt de politieman terwijl hij dichterbij komt. Hij knikt naar de verpleegkundige om haar te vragen of ze wil weggaan.

'Vind je het goed, Silke?' vraagt ze. 'Het duurt niet zo lang. Heb je nog iets te drinken? En u?' vraagt ze aan de agent. 'Een kopje koffie?'

'Nee, dank u.'

Ze gaat de kamer uit. Het is een oude politieman. Ik denk dat hij met pensioen is. Hij heeft niets anders te doen. Misschien is zijn vrouw dood. Net als mijn moeder. Dus op een dag als vandaag, als alle andere mensen vrij zijn en van de zon genieten, moeten de mensen die iemand hebben verloren elkaar gezelschap houden.

'Wil je hier eens naar kijken, Silke?'

Hij legt vijf foto's voor me op tafel. Vijf tegelijk. Dat is een nieuwe tactiek. Meestal laat hij ze een voor een zien. Maar deze keer laat hij ze allemaal tegelijk zien. Een waaier van gezichten voor me uitgespreid. Waar heeft hij ze vandaan gehaald? Wie zijn die mannen? Daar heeft hij nooit iets over gezegd, maar ik stel me voor dat deze mannen zijn veroordeeld of worden verdacht van wrede misdrijven.

'En dan heb ik nog deze hier. Die heb je al heel vaak gezien.'

De compositietekening. Die laat hij me altijd zien. Alsof hij hoopt dat ik me daardoor opeens iets zal herinneren wat ik vergeten was. Dat ik een nieuw detail zal zien. Ver weg in mijn herinnering iets zal vinden wat nieuw licht op de zaak zal kunnen werpen. Een man met donker haar. Een scheiding. Stoppelbaard. Hoge jukbeenderen. Een tekening waar zo veel mensen bij zouden passen. Ik kan hem nergens voor gebruiken. Ik kijk naar de foto's.

'Neem maar rustig de tijd', zegt hij en hij leunt achterover.

Ik voel dat hij me intensief opneemt terwijl ik mijn blik over de vijf foto's laat gaan. Hij zoekt een reactie in mijn gezicht. Het kleinste tekentje. Een aarzeling. Twijfel. Herkenning.

'We hebben alle tijd, Silke', benadrukt hij nog een keer. 'Kijk maar goed naar de foto's.'

Vijf mannen met donker haar. De jongste is misschien vijfendertig. De oudste vijftig of iets ouder. Zwart-witfoto's. Van voren genomen. Ze kijken me aan. Kijken recht in mijn ogen. Geen spoor van berouw. Geen enkel teken dat ze iets proberen te verbergen. Geen herkenning bij mij.

'Wat zie je, Silke?' vraagt hij terwijl hij zich naar me over buigt. 'Zie je iets wat je al eerder hebt gezien? Heb je een van deze mannen eerder gezien? Hij kende je moeder, dat weten we. Misschien is ze hem weleens op straat tegengekomen waar jij bij was? Misschien was het een bekende van haar?'

Dat laatste verbaast me. Alle bekenden van mijn moeder zijn grondig nagetrokken. Mijn moeder had een minnaar. Een minnaar is iemand die je op je werk tegenkomt, of op je sportclub, iemand die je tegenkomt terwijl je je leven leeft. Of iemand uit je verleden die opeens weer opduikt. Oude geliefden. Vrienden uit je schooltijd. Ze kan hem natuurlijk via internet hebben ontmoet, maar mijn moeder had geen eigen computer en ze heeft nooit belangstelling gehad voor internet. Nee, het was iemand die ze kende. Mijn moeder werkte niet. Ze was huisvrouw. We leefden van het goede salaris van mijn vader, het ontbrak ons aan niets terwijl mijn moeder nadacht over wat ze wilde. Ze had niet veel kennissen. Meestal was ze gewoon thuis, en deed ze waar ze zin in had. Verveelde zich misschien wel. Daar heb ik veel over nagedacht. Banaal misschien, maar toch: was het gewoon de verveling die haar in de armen van een andere man heeft gedreven? Het ging niet slecht tussen mijn ouders. Daar had ik tenminste niets van gemerkt. Ze hadden zelden ruzie. Ze hielden elkaars hand vast als ze over straat liepen. Mijn moeder lachte vaak om dingen die mijn vader vertelde. Ze was trots op hem. Dat kon ik zien. Maar toch had ze iemand anders. Waarom? En wie was het?

Wie is De Schuldige?

'Wat vind je ervan, Silke? Deze hier?' Hij wijst naar een van de foto's. De oudste van de mannen. Een knappe man. Vastberaden, autoritaire blik. Borstelige wenkbrauwen. Een hoekig, vierkant gezicht. 'Kan hij het zijn geweest?' vraagt de politieman. 'Of deze hier?' Hij wijst naar een die wat jonger is. Hoog voorhoofd, grote, zachte lippen. Een vriendelijk gezicht. 'Of anders ...'

Hij stopt. Hij heeft spijt van zijn ijver. Hij weet best dat het geen zin heeft om aan te dringen. Het moet uit mijzelf komen.

Ik ben degene die hem heeft gezien. Waarom gelooft hij in sommigen meer dan in anderen? Misschien vanwege hun alibi? Of andere zaken waardoor ze in het zoeklicht van de politie zijn gekomen?

'Je mag de foto's houden, Silke', zegt hij met een zucht. 'Vind je dat goed?'

Als hij opstaat, kan hij zijn teleurstelling niet verbergen. Het is iedere keer als hij komt hetzelfde. Optimisme aan het begin. Hoop. En vervolgens – als het duidelijk is dat ik de moordenaar niet herken – neemt de teleurstelling de plaats van de hoop weer in.

'Zullen we dat afspreken? Ik kom morgen terug. Of overmorgen. Dan kijk jij intussen nog even naar de foto's. Oké?'

Waarom stellen ze mij al die vragen? Ze weten toch dat ik geen antwoord geef?

Dan volgt de gebruikelijke, ongemakkelijke afsluiting. Hij weet dat hij me geen hand kan geven, die neem ik niet aan. Hij kan me niet aanraken. Toch – op die oplossing loopt het vaak uit – legt hij even een hand op mijn hoofd, alsof ik een huisdier ben, of een pop, en zegt: 'We geven het niet op, Silke, dat beloof ik je.'

34

Vesterbro. 14.30

Niels keek op zijn mobiele telefoon hoe laat het was. 14.30 uur. Nog anderhalf uur tot Dictes afspraak met NMZK. Hij was geen millimeter verder gekomen. Alleen al dat feit maakte dat zijn belangstelling groeide. Dat geen van de mensen die dicht bij Dicte hadden gestaan, wist wat of wie NMZK was.

Er was afzetlint gespannen voor de deur van haar appartement. Die aanblik had een bijna iconische status, het was het symbool van politiewerk. Niels haatte die aanblik. De trap moest nodig worden schoongemaakt. Scherp, agressief zonlicht scheen naar binnen door de kleine raampjes, de lucht voelde zoals in een kas. Niels trok siliconenhandschoenen aan, glipte onder het lint door en deed de deur van het appartement open. Hij stapte over een paar vellen gelatinefolie en een roestige emmer vol penselen.

'Niels', zei een van de forensisch technici terwijl hij opkeek. Niels dacht dat hij Kristian heette.

'Hebben jullie iets gevonden?'

'Heel veel vingerafdrukken.'

Niels keek rond in het elegante, witte appartement. Vaag gebrom van het verkeer buiten. Een paar ramen stonden op een kier. Het was een appartement dat op het eerste gezicht goed overeenkwam met zijn voorstelling van hoe een balletdanseres haar woning zou inrichten. Esthetisch. Opgeruimd. Koel en minimalistisch. Exclusieve meubels. Scandinavisch design. De bank stond weggedrukt in een hoek en liet de kamer verder bijna helemaal leeg. Aan de wanden hingen een paar litho's. Van de kunstenaar Tal R. Niels herkende zijn stijl omdat Kathrine het een paar jaar geleden over hem had gehad. Geen televisie.

Een DAB-radio en een laptop. Die computer moest Casper onderzoeken.

Op het eerste gezicht kon Niels geen verband leggen tussen het perfecte appartement waarin hij zich nu bevond en de panische vrouw op de brug.

Giselle *heeft haar het laatste duwtje gegeven. Bent u in haar huis geweest?*

Niels merkte midden op de witte parketvloer een licht kleurverschil op. Hij zag het alleen omdat de zon er vanuit een bepaalde schuine hoek op scheen. Hij liep ernaartoe en raakte de brede vloerplanken aan. Misschien een fractie koeler en zachter dan de rest van de vloer? Een vochtplek? Vet? Een stuk van de vloer waar meer olie op was gekomen dan de rest? Nee. Het was kortgeleden gebeurd. Dat betekende gisteren. Anders zou het nu al droog zijn. Er werd hard op de deur geklopt.

'Ik ga wel', zei Niels en hij ging opendoen.

Er stond een dikke, zwetende man voor de deur. 'Sorry, maar wat is er aan de hand?' Zijn bril was een beetje beslagen.

'Politie. Ik moet u verzoeken om weg te gaan bij deze deur.'

'Wat is er gebeurd?'

'Gaat u weg bij die deur. U mag niets aanraken.'

De man deed een stap naar achteren. 'Ik heb niets aangeraakt.'

'Wat wilt u?'

'Ik woon hiernaast. Ik ben gewoon nieuwsgierig.'

Niels wilde de deur al dichtdoen, maar bedacht zich en nam de man even op. 'Hoe goed kende u uw buurvrouw?'

'Wat is er gebeurd? Is Dicte ...?' Hij zag er niet zo verschrikt uit als hij probeerde te klinken.

'Ja, ze is dood', zei Niels.

'Wat verschrikkelijk. Afschuwelijk, zo jong nog.'

'Wat kunt u mij over haar vertellen?'

Hij haalde zijn schouders op.

'U kende haar wel?'

'Je komt elkaar weleens tegen op de trap. En ik hoorde haar.'

'U hoorde haar?'

'Het was een ongelooflijke rotherrie met al die mannen die bij haar in- en uitrenden.'

Niels wachtte. Hij wist dat er meer zou komen.

'Maar het is ook een lekker ding. Sorry, wás.'

'Vertel eens iets over die mannen.'

'Allerlei verschillende mannen.' Hij haalde zijn schouders op. 'Op allerlei verschillende tijdstippen. Dag en nacht, en ze maakten heel veel lawaai.'

'Hebt u weleens iemand gezien? Kent u een van hen?'

'Ik bemoei me met mijn eigen zaken.'

'Niets? In wat voor auto's kwamen ze? Hun stemmen? Namen?'

Hij schudde ijverig zijn hoofd.

'Hebt u weleens de indruk gehad dat ze in gevaar was?'

'Wat bedoelt u?'

'Hebt u haar weleens om hulp horen roepen? Leek ze zenuwachtig? Bang?'

'Nee.'

'Weet u dat zeker? En gisteravond? En eergisteravond? Geen geluiden?'

'Ik heb niets gehoord.'

'Bent u iemand tegengekomen op de trap die u nog nooit eerder had gezien?'

'Ik ben gisteren niet naar buiten geweest.'

'En u hebt ook niets gezien door het raam?'

'Is dit een verhoor of zo?'

'Een soort van, ja, maar u zult later zeker nog echt worden verhoord. Net als de rest van de bewoners.'

'Waarom?'

Niels zei luid en duidelijk: 'Gaat u alstublieft terug naar uw eigen appartement,' en deed vervolgens de deur dicht.

*

'Heb je die vochtplek gezien?' vroeg een van de in het wit geklede technici toen Niels terugkwam in de woonkamer.

'Is het water? Of olie?'

'Dat weten we zo dadelijk.'

Niels ging op zijn buik liggen en raakte met het puntje van zijn tong de vloer aan. Het smaakte nog het meest naar vloer. Een klein beetje zout misschien? Of kwam dat doordat hij wist dat ze door verdrinking om het leven was gekomen? Maar je verdrinkt niet midden op de vloer van een woonkamer. En waarom morste je water midden op de vloer? Bij het fornuis misschien, als je een pan liet vallen. Of bij de eettafel. Maar midden op de vloer? Een aquarium? Niels stond op en keek rond. Niets in het appartement wees erop dat Dicte van Hauen was geïnteresseerd in aquariumvissen.

Die mannen. Niels dacht aan de woorden van de buurman. Wie waren het geweest? Geliefden? Minnaars? En waarom al dat lawaai? Of was de buurman gewoon een beetje overgevoelig?

Dat soort mensen kwam de politie vaak tegen: mensen die wanhopig probeerden om een beetje drama in hun lege leven te krijgen door de politie te voeden met twijfelachtige informatie. Hij liep naar de keuken. Weer dat gevoel van kwaliteit en koele elegantie. Een Melitta-espressoapparaat, Kähler-aardewerk. Een sierlijke geordendheid. Een koelkast waar niets anders in zat dan een paar tomaten, een halve meloen en magere yoghurt. De vaatwasser was niet uitgeruimd. Niets bijzonders.

De badkamer was groot, schoon en mooi. Douche, geen bad. Hier kon ze niet verdronken zijn. Niels maakte laatjes en kastjes open. Handdoeken, vloeibare handzeep, oogschaduw, poeder, een enorme voorraad paracetamol en Finimal. Twee weegschalen, een grote spiegel.

Terug naar de woonkamer. Toen hij de kruk van de deur tussen de woonkamer en de hal beetpakte, voelde hij het. Een heel licht gerammel dat hem vertelde dat de deurkruk los zat. Dat kon toeval zijn. Een schroef die na vele jaren slijtage aangedraaid moest worden. Of iemand had er hard aan getrokken.

Kortgeleden? Een paar dagen geleden? Hij keek de hal in. Spiegels aan de muur. Een witte nylon jas, gele Nike-sneakers. Er was een splintertje van de deurpost naar de woonkamer afgebroken. Helemaal onderaan in het hoekje. Onder de witte verf kwam licht hout tevoorschijn. Niels voelde eraan. Waren er tekenen van strijd?

'Hebben jullie daarnaar gekeken?' vroeg Niels en hij wees.

'Het lijkt me de punt van een schoen', zei de technicus.

'Maar ze was op blote voeten.'

'Het zou van de dader kunnen zijn. Het is heel vers.'

Niels knikte. Hij sloot even zijn ogen en probeerde zich voor te stellen wat er was gebeurd. Hij had aangebeld. Ze kende hem. Ze had hem binnengelaten. Het was een val geweest. Een gijzeling. Hij had haar gevangengehouden, haar uitgekleed, haar verdronken, waarschijnlijk in de woonkamer. Waarin? Een emmer? Een pan? Een teil die hij zelf had meegenomen? Hij had haar gereanimeerd. Waarom? Omdat hij spijt had gekregen? Nee. Het was gepland. Had hij een defibrillator bij zich gehad? Nee, dat was niet zeker. Dicte kon die van het theater hebben meegenomen. Waarom zou ze dat hebben gedaan? Vragen. Het enige wat zeker was, was dat ze was gevlucht. Hij had haar te pakken gekregen. Ze hadden gevochten. In de hal. Ze had geprobeerd zich los te rukken, de punt van zijn schoen had de deurpost geraakt en er was een splinter afgebroken. Toen was ze de deur uit gerend met hem op haar hielen. Hij had zijn tas in zijn hand. De trap af, in blinde paniek de straat op, en opeens had ze op de brug gestaan, ze had hem gezien in de menigte en uiteindelijk was ze haar dood tegemoet gesprongen uit angst dat hij haar weer te pakken zou krijgen. Maar waarom had ze niet gezegd wie hij was? Waarom had ze hem niet aan Niels aangewezen toen hij naar haar toe was geklommen? Omdat ze te bang was? Of omdat ze onder invloed was? Van wat? Stoffen die hij haar had ingespoten? Stoffen die ze zelf had ingenomen? Vrijwillig? Ja, dat laatste was mogelijk. Twee vrienden die met elkaar hadden afgesproken, drugs hadden gebruikt, er was iets misgegaan, een slechte trip, en opeens was ze dood geweest. Hij had een defibrillator bij zich. Die had hij uit het theater gejat. Hij had haar gereanimeerd. Of misschien waren ze al die tijd al van plan geweest om met de defibrillator te spelen? En was zij midden tijdens het spel gevlucht, misschien omdat het spelletje voor haar te pervers was geworden, en was hij haar achternagerend en ...

'Heb je haar slaapkamer gezien?' vroeg Kristian.

'Wat bedoel je?'

Hij knikte alleen maar naar de deur. Die was zwart geschilderd. Niels ging naar binnen. Zwarte muren, een ervan geheel bedekt met ansichtkaarten en foto's. Zwarte rolgordijnen. De warmte was vochtig en bedompt. Hij trok een van de rolgordijnen omhoog. Een halfdode bij worstelde om naar buiten te komen. Het plafond stond in scherp contrast met de muren: het was blauw geschilderd met een heel vage aanduiding van wolken. Het leek op een theaterdecor. Misschien had een van de decorschilders van het theater het voor haar gemaakt. Niels bekeek de vele foto's die met spelden op de muur waren geprikt. *Giselle*. Diverse uitvoeringen – verschillende danseressen. Schetsen van poses. Door haar getekend? Wat had Lea ook weer gezegd? *Giselle* heeft haar het laatste duwtje gegeven. Bedoelde ze Dictes fascinatie voor *Giselle*? Of haar fascinatie voor de dood? Misschien dat laatste, dacht Niels toen hij de titels van de boeken las: *Near-Death and Out-of-Body Experiences. The Afterlife. Spiritual Doorway in the Brain. Buddhist Near-Death Experiences. Als de ziel het lichaam verlaat. Het leven na de dood*. Niets over ballet. De boeken stonden in de kast in de slaapkamer, samen met wat literatuur. Hier – in haar binnenste kamer – had ze donkere muren, een lichtblauwe lucht en boeken over de ziel. Naast de deur stond een bureau van massief eikenhout, het paste net. Hij trok de lades van het bureau open: pennen, paperclips, een sleutelbos, belastingpapieren, een niet ingevuld aanmeldingsformulier voor Greenpeace, een paar ballet-dvd's, *Giselle*, *Het Zwanenmeer*, ansichtkaarten, een boek over voeding, een visitekaartje van iets dat 'Sleep' heette – Slaapkliniek Kopenhagen. NMZK, dacht

Niels. Waar komt NMZK vandaan? Niels draaide zich om naar de kast. Misschien een van de titels?

Hij liet zich op zijn knieën zakken en keek onder het bed. Een eenzaam boek had zijn weg daarnaartoe gevonden. Niels moest op zijn buik gaan liggen en zijn arm helemaal uitstrekken om het te pakken te krijgen. Oud, bruin leer. Zeldzame, gouden letters. Antiquarisch. 'Dicte van Hauen 1992', had ze met rode letters op het titelblad geschreven: *Faidon*, van Plato. Een klein boekje, niet groter dan een notitieboekje. Weinig bladzijden, dicht beschreven. Niels bladerde de eerste bladzijden van het voorwoord door. Faidon was een van de meest trouwe leerlingen van Socrates, leerde Niels uit de eerste zinnen. Faidon vertelt aan Plato hoe Socrates in de gevangenis is gestorven. Hoe Socrates het bestaan van de ziel bewijst voordat hij het sap van de gevlekte scheerling drinkt. Niels bladerde. Veel woorden. Oude woorden. Vergeelde bladzijden. Heel veel onderstrepingen. Een boek waarin ze sinds 1992 had gelezen? Haar bijbel? vroeg Niels zich af.

'Niels?' riep Kristian vanuit de woonkamer.

Niels stopte het boekje in zijn zak. Eigenlijk mocht hij niets weghalen uit het appartement.

'Zout water', zei de technicus terwijl hij op de plek op de vloer wees.

'Zeewater?'

'Misschien.'

Niels knikte alleen maar en verliet het appartement. De overloop op, de trap af; toen hij de straat op kwam werd hij meteen overvallen door het zonlicht. Hij wierp een blik op zijn horloge: 14.56 uur. Nog een uur tot Dictes afspraak, maar hij wist nog steeds niet waar ze had afgesproken. Waar? dacht hij. Hij kreeg een sms van Casper: 'Heb foto van het ballet gekregen. Ga nu aan de slag.'

Een diepe zucht toen hij weer in zijn auto zat te zweten. Het boek had opnieuw de weg naar zijn handen gevonden. *Faidon*. Socrates. 'Dicte van Hauen 1992'. Dat was heel veel tijd om in hetzelfde boek te lezen. Toen hij erdoorheen bladerde, zag hij het opeens: er ontbrak een pagina. Hij was eruit gescheurd. Pagina 41. Niels deed zijn ogen dicht en probeerde te doorgronden wat dat betekende. Ze wordt anderhalf etmaal gevangengehouden. Verdronken. Gereanimeerd. Gaat ervandoor. En onder haar bed ligt een boek over het bestaan van de ziel. Waaruit een pagina ontbreekt.

35

Rigshospital. 15.06

De rechtszaak gaat verder. De getuigen worden opgeroepen. De rechter gaat zitten. Hannah had het al duizenden keren gezien in Amerikaanse films. Een of andere figurant roept: 'All rise! The Honorable Judge Hannah Lund Presiding.' Hannah ging op haar stoel zitten. De stoel van de rechter. Ze keek om zich heen: de gang was vooral wit, een kleur die paste bij de onmiskenbare geur van ontsmettingsalcohol die in de lucht hing. Hannah leunde achterover in de ongemakkelijke stoel en deed haar ogen dicht. Ze probeerde de vermoeidheid naar de achtergrond te verdrijven. Was het eigenlijk wel redelijk om het dubbele moord te noemen? Moord. Wat betekende dat? Volkomen doordacht een levend mens doodmaken. Ja, dat moest de definitie zijn. Maar als het mens in kwestie nog niet leefde – wat dan? Dan was er toch geen sprake van moord? De vraag was dus: kon je zeggen dat de embryo's die in haar groeiden, levende mensen waren? Daar moest ze achter zien te komen. Dat moest ze vragen tijdens het gesprek. Toen ze aan de beurt was, opstond en naar de deur liep, werd ze plotseling overmand door een overweldigend gevoel van eenzaamheid. Ze had niemand anders om mee te praten behalve de verpleegkundige aan de andere kant van die deur, niemand anders in de hele wereld behalve een volkomen vreemde.

'Hallo', zei de verpleegkundige op een heel jonge manier. De bril met het dikke montuur stond haar, ze had kort, blond haar en dat paste goed bij haar korte, precieze naam: Eva Jensen. 'Ga zitten.'

'Bedankt', zei Hannah.

'Zo ...'

Eva Jensen ging tegenover haar zitten. Ze liet haar blik over een beeldscherm gaan. 'Mevrouw Lund?'

'Ja.'

'U bent zwanger en u wilt een abortus?'

'Ja.'

'Of laat ik het anders formuleren: u bent er niet helemaal zeker van?'

Hannah keek om zich heen in de ruimte. Een poster van Matisse aan de muur. Een lamp waarvan het licht zo fel was dat het onplezierig was. Een bureau en twee stoelen. Een glas water op het bureau.

'En daar wilt u graag over praten? Over uw twijfel?' vroeg de verpleegkundige terwijl ze haar bril op haar voorhoofd zette. 'Kunt u onder woorden brengen waarin de twijfel die u voelt hem precies zit?'

Hannah aarzelde. Ze wist het niet. Dat was de waarheid. Ze had geen idee waar ze moest beginnen.

'Hebt u zelf kinderen?' vroeg ze de verpleegkundige, maar ze had net zo goed iets anders kunnen vragen.

'Ja, twee jongens.' Eva glimlachte. 'Drie en zes.'

'Hebt u ooit nagedacht over abortus tijdens een van de zwangerschappen?'

Ze schudde haar hoofd. 'Nooit.'

'Beschouwt u een abortus als doodslag?'

De verpleegkundige schoof even op haar stoel. Ongemakkelijk. 'Ik vind niet dat je het zo kunt bekijken.'

'Hoe zou u doodslag definiëren? En moord?'

'Mevrouw Lund, ik vind dat we uit moeten gaan van uw situatie. Dat is de reden dat u hier bent.' Eva legde haar bril even op het bureau, bedacht zich en zette hem weer op haar voorhoofd. 'Uw gedachten over wat er gaat gebeuren. Dat is wat ik graag wil horen.'

'Maar dit zíjn nou juist mijn gedachten. Of denk ik helemaal verkeerd?'

'Het is zoals je het bekijkt. Ik denk eigenlijk ook dat u dat doet. Een abortus brengt natuurlijk heel veel vragen met zich mee, onder andere morele. Maar zolang u nog niet verder dan twaalf weken bent, bent u nog binnen de grens die we hier in Denemarken hanteren.'

'Als je het op die manier bekijkt, kun je dus zeggen dat het leven na twaalf weken begint.'

'In zekere zin wel, ja.'

'Dat is geaccepteerd.'

'Ja. Door sommigen.'

'Vierentachtig dagen.'

'Dat kan wel kloppen, ja.'

'2.016 uur. 120.960 minuten.'

'U bent goed met getallen.'

'Maar een minuut minder, dat is dus 120.959 minuten, is niet genoeg om te zeggen dat het leven is begonnen.'

'Als je het letterlijk opvat.'

'120.960 minuten is dus het reële nulpunt. Daarvandaan begint alles. Je kunt zeggen: het leven begint na 120.960 minuten. Dan wordt de ziel geboren. Moeten we dat woord gebruiken?'

Weer die ongemakkelijke beweging. Alsof de stoel opeens te klein voor haar was.

Hannah ging verder. Iets in haar – iets waarvan ze zelf niet wist wat het was – kon niet meer stoppen.

'Maar hoe zit het dan vanaf het moment van de bevruchting, dus van de nulde minuut tot de 120.960ste minuut? Want ben je dan? Niets?'

'Mevrouw Lund,' Eva zuchtte, 'ik weet niet zo goed of dit ergens toe leidt. De discussie over abortus is natuurlijk interessant, ook in een breder perspectief, maar het is niet de bedoeling dat we daar nu over praten. Ik wil liever horen wat uw gedachten zijn over de abortus die u zult ondergaan. Bent u bang?'

Hannah wist niet wat ze moest zeggen. Het correcte antwoord zou zijn: ja en nee, maar in plaats daarvan zei ze: 'Maar dit zíjn mijn gedachten. De vraag wat een mens is vanaf het moment van de bevruchting tot 120.960 minuten daarna. Laten we het een toestand noemen. Wat houdt die in? Ik kan het niet anders zien dan dat het een toestand tussen leven en dood is. We bevinden ons gedurende 120.960 minuten in een toestand, een wereld waar niemand over praat, maar waarvan iedereen weet dat hij bestaat. Een toestand die geen leven, maar ook geen dood is.'

'U blijft het maar over die getallen hebben.'

'Ik heb die getallen niet bedacht. Zo is het gewoon.'

Eva keek een beetje vermoeid. 'Ik begrijp best dat het moeilijk is. Dat is het voor iedereen. In veel ziekenhuizen worden de embryo's van abortussen verzameld en begraven op een kerkhof. Dat laat heel duidelijk zien dat een embryo natuurlijk niet zomaar een ding is, maar ... iets anders.'

'Precies. Maar wat?'

Ze haalde haar schouders op.

'Een half mens?' stelde Hannah voor.

'Dat kun je zo niet zeggen.'

'Een mens dat geen leven mag krijgen?'

'Ik denk dat u het vanuit een ander perspectief moet bekijken.' Eva speelde met het waterglas. 'Op een andere manier denken: Ben ik in staat om een kind te hebben? Wat voor leven zal het kind krijgen? Is het verantwoord voor het kind dat het op de wereld wordt gezet? Al die vragen. Hoe denkt u daarover?'

'Ik wil graag weten hoe het embryo doodgaat.'

De verpleegkundige zuchtte. 'Het wordt weggezogen. De baarmoeder wordt leeggezogen. Het doet weinig tot geen pijn.'

'Voor mij of voor het kind?'

'Voor u.'

'En het kind?'

'Dat is natuurlijk moeilijk te zeggen, maar er zijn onderzoeken die erop wijzen dat een embryo pas na vierentwintig weken pijn kan voelen. Er zijn echter ook onderzoeken die het daar niet mee eens zijn.'

'Wat denkt u?'

Ze haalde haar schouders op. Ze straalde uit dat het gesprek ten einde liep.

'Dat weet ik niet.'

‘Maar wat denkt u?’

‘U kunt zich nog bedenken over de abortus, mevrouw Lund. Daarom hebben wij dit gesprek. Hebt u spijt?’

Stilte.

‘Het is echt niet erg als dat zo is.’

Hannah had misschien spijt dat ze was gekomen. Ze stond op. Eva liep naar haar toe en sloeg een arm om haar heen, wat Hannah opvatte als goedbedoeld. Op weg naar buiten dacht ze aan de eerste 120.960 minuten. Dáárin lag de sleutel. Dat moest het zijn. Een leven dat geen leven was. Iets dat zich in een toestand tussen leven en dood bevond. Als het geen leven was, was het ook geen moord om het dood te maken. Of liever gezegd: om het een leven te onthouden. Maar het wás wel leven. Een klein leventje. Iets dat op weg was om een leven te worden. Wat was het dan om dat dood te maken? Een kleine moord? ‘Misschien zoek ik de antwoorden op de verkeerde plaatsen’, zei ze tegen zichzelf. Vooral één antwoord – op de allesbepalende vraag: is een leven met een geestesziekte het waard om te leven? Daar kan maar één iemand antwoord op geven.

36

Universiteit van Kopenhagen. 15.07

In het Instituut voor Media, Cognitie en Communicatie was het warm op een manier die Niels deed denken aan een siësta in Zuid-Europa. Niels keek naar binnen in een lege collegezaal. Hij bleef staan voor een deur die beloofde dat een docent die Lieberkind heette zich aan de andere kant bevond. Hij klopte. Niets. Lieberkind zat vast nog van de pinksterzon te genieten op het Strand van Amager. Dat zou Niels eigenlijk ook moeten doen. Misschien hadden ze een collegevrije periode. De aankondigingen op de prikborden vertelden hem dat er examens voor de deur stonden. Groepjes studenten zaten verscholen achter stapels boeken. Ze studeerden en discussieerden. Een jong meisje liep langs, haar blik strak op de grond gericht.

'Is er een docent aanwezig?' vroeg Niels.

Het meisje keek op. 'Hoezo?'

Niels liet haar zijn politie-ID zien. Alsof hij wilde zeggen: 'Don't ask.'

'U kunt het verderop in de gang proberen. Ik heb er vanochtend wel een paar gezien.'

Niels klopte op alle deuren, maar zonder resultaat. Toen hij zich omdraaide om terug te gaan, stond er een man van middelbare leeftijd naar hem te kijken.

'Klopte u net?'

'Bent u filosoof?'

Hij keek Niels verrast aan: 'Dat zou je wel kunnen zeggen.'

Niels liet hem het boek zien. *Faidon*. 'Ik heb hulp nodig met dit boek hier.'

De werkkamer van de filosoof: eenvoudig, minimalistisch – een MacBook op een tafelblad dat slechts een millimeter dik was en werd ondersteund door drie poten van geslepen staal. Geen boeken. Niets behalve een enkel citaat aan de muur: ‘Conclusie is de plek waar je moe bent geworden van het denken’. Op de tafel stond een koffiekopje en daarnaast lag een pasje met zijn naam erop: Henrik Vartov.

‘*Faidon*, dat zijn de laatste gedachten van Socrates voordat hij sterft’, zei Vartov terwijl hij naar de stoel tegenover hem gebaarde. Niels ging zitten.

‘Weet u wie Socrates is?’

‘Een Griekse filosoof, toch?’

‘Het is bijna onmogelijk om te overschatten hoe groot de invloed van Socrates is geweest. Einstein, Socrates, Gandhi, Jezus.’

‘Is dat een divisie?’

Henrik Vartov glimlachte: ‘Ik zou zelfs zo ver willen gaan om te beweren dat hij de aanvoerder van die divisie is. Zonder Socrates – geen Jezus. Geen Plato. Geen Grieks imperium, geschapen door de kracht van het denken.’

Hij schraapte zijn keel en ging verder: ‘Als jongeman was Socrates een krijger die heldhaftig en roemvol vocht in de eindeloze oorlogen tegen Sparta. Als oude man was hij een klein, lelijk mannetje dat blootsvoets door Athene liep en zijn medeburgers met verontrustende vragen dwong tot cognitie.’ De filosoof grinnikte. ‘Kunt u zich iets dergelijks voorstellen in onze tijd?’

Niels glimlachte en schudde zijn hoofd en hij keek de filosoof aan. Hij zag dat Vartov even speelde met de gedachte dat hij zelf blootsvoets door de straten van Kopenhagen liep.

‘Hij is ook de enige die zich uitspreekt tegen de idiote oorlogen en het slechte bestuur van de Griekse staat. Als Athene de laatste oorlog tegen Sparta verliest, moet er een zondebok worden gevonden.’

‘En dat is Socrates?’

‘Een oude man op blote voeten die leeft van aalmoezen. Ja. Hij wordt ter dood veroordeeld. In de cel krijgt hij bezoek van zijn leerlingen.’

‘Had hij leerlingen?’

'Ja. Beschouw ze maar als een soort discipelen. Net zoals Jezus had.'

'Oké.'

'Ze bezoeken hem. En hij zet uiteen wat zijn vier bewijzen zijn voor de onsterfelijkheid van de ziel. Die je kunt vinden in *Faidon*.'

'En dat zijn?'

Henrik Vartov nam Niels een paar seconden op. Hoorde Niels een bijna onmerkbare zucht in de werkkamer?

'Misschien is het voor een domme politieman als ik te moeilijk om te begrijpen?'

'Misschien, maar we kunnen het proberen.'

Niels glimlachte. Keek op zijn mobiele telefoon. 15.10 uur. Vijftig minuten tot Dictes afspraak. Geen bericht van Casper.

'Zoals ik al zei: Socrates zet uiteen wat zijn vier bewijzen zijn voor het bestaan en de onsterfelijkheid van de ziel', zei Vartov en hij stak vier vingers op voor Niels. Om een ervan zat een brede ring waarin het zonlicht reflecteerde. Dat deed Niels aan Hannah denken.

'Eén: de kringloopgedachte', zei Vartov en hij legde uit: 'Socrates begint met bewijzen dat de natuur alles heeft ingericht in een kringloop. Dat iets groots altijd voortkomt uit iets kleiners. Iets beters uit iets slechters. En dat dit twee kanten op moet werken. Anders zouden er op een gegeven moment geen tegenstellingen meer bestaan en zouden we alleen de ene helft nog over hebben. Dat wil zeggen, een wereld waarin alles kleiner en slechter of groter en beter is. Begrijpt u dat?'

'Ik geloof het wel. En klopt dat?'

'Wat bedoelt u?'

'Heeft hij gelijk?'

'Wordt de slaap niet afgelost door de wakende toestand, die weer wordt afgelost door de slaap?'

Hij keek Niels vragend aan.

'Ja.'

'En wordt het levende niet het dode?'

'Ja.'

'Moet je dan niet noodzakelijkerwijs concluderen dat het dode ook weer het levende zal worden?'

Niels schraapte zijn keel.

'Dat was bewijs nummer één', zei de filosoof en hij boog zich iets voorover. 'Dan gaat Socrates verder met datgene wat wij een "anamnese" noemen. Dat betekent letterlijk weder-herinnering. Socrates beweert dat wij geen begrippen als "goed", "gelijk" en "mooi" zouden kennen als die niet aangeboren waren. Als onze ogen twee even grote voorwerpen zien, vellen wij meteen een relatieoordeel over die voorwerpen. Dat wil zeggen: we vergelijken ze met elkaar. Begrijpt u dat?'

'Misschien. Niet helemaal. Wat heeft dat met de ziel te maken?'

'Aangenomen dat er geen twee exact dezelfde objecten bestaan, zeker niet toen, in het oude Griekenland, waar hebben wij dan het idee van gelijkheid vandaan? En van schoonheid ook trouwens.'

Niels schudde zijn hoofd.

'Of "goedheid". Deze "zuivere" begrippen moeten dus iets zijn waarmee we zijn geboren. Of het kan ook zijn dat ze niet bestaan. Wat kiest u? Bestaan de begrippen "goedheid" en "schoonheid" en "gelijkheid", of is dat gewoon iets wat wij zelf hebben verzonnen?'

'Ze bestaan', zei Niels.

'Daar geef ik u gelijk in. En als ze inderdaad bestaan, dan moet er iets zijn waarin die begrippen zijn verankerd. Iets moet, om het zo te zeggen, die begrippen in ons overbrengen, als u begrijpt wat ik bedoel.'

'En dat iets is de ziel?'

Henrik Vartov glimlachte.

'Nu komt bewijs nummer drie. Hoe oud bent u?'

'Achtenveertig.'

'Hoe oud voelt u zich?'

Niels dacht. Aan Hannah. En Kathrine. Hij schudde zijn hoofd.

'Dat weet ik niet.'

'Kom nu. U kunt Socrates niet begrijpen als u niet wilt vragen of antwoorden.'

'Ik voel me achtentwintig', zei Niels.

'Precies. Het lichaam wordt ouder en is veranderlijk. Het lichaam hoort bij de fysieke wereld. Uw geest, of ziel, hoort bij de onzichtbare wereld. We kunnen het er toch wel over eens zijn dat er een zichtbare en een onzichtbare wereld bestaat?'

'Dat weet ik niet.'

'Is liefde zichtbaar?'

'Nee.'

'Zijn atomen zichtbaar?'

'Nee.'

'Is uw geest zichtbaar?'

'Nee.'

'Dat betekent dat uw lichaam dat wij kunnen zien, achtenveertig is. En uw geest, waarvan we weten dat hij echt bestaat, voelt als achtentwintig. Dat kennen we van alle oude mensen die zeggen dat ze zich van binnen zo jong voelen. Toch?'

'Ja.'

'Socrates zegt ook iets dergelijks. Hij bewijst dat de ziel niet vergankelijk is. Hij kan niet verouderen en vergaan, zoals het lichaam. Anders zou u zich ook achtenveertig moeten voelen.'

'Over de honderd', zei Niels.

'Precies, maar zo voelt u zich niet. Want uw geest, of uw ziel, hoort bij de onzichtbare wereld, die is niet vergankelijk. Dat wil zeggen ...'

'Onsterfelijk.'

Vartov glimlachte. 'Ik vind dat het goed gaat.'

'En het laatste bewijs?'

Er kwam een sms binnen op Niels' mobiel. Hij was van Casper: 'Heb iets gevonden op de foto'.

'Ze waren in de Oudheid nooit zo slim geworden als ze die dingen hadden gehad die hun voortdurend stoorden.' Niels glimlachte en keek weer op: 'Het laatste bewijs?'

'Op het laatst plagen de vrienden van Socrates hem. Ze zeggen dat Socrates nu wel heeft bewezen dat de ziel bestaat en dat hij het lichaam overleeft, maar dat hij misschien toch versleten raakt als hij in zo veel lichamen heeft gehuisd. Net als je kleren. Die slijten ook.'

'Zo logisch is dat niet.'

'Nee, toch? Iets is óf onsterfelijk, óf niet. Je kunt toch ook niet een beetje zwanger zijn.'

'Zegt hij het zo?'

'Niet precies. Ik zie dat u het druk hebt.'

Niels sloeg het boek weer open: 'Er is een bladzijde uit gescheurd.'

Henrik Vartov ging met zijn vinger langs het rafelrandje van de pagina: kleine witte puntjes, als bergtoppen.

'Het is een misdrijf om bladzijden uit een dergelijk werk te scheuren. Is dat de reden dat de politie op de zaak is gezet?' vroeg hij met een glimlach.

'Waar gaat de ontbrekende bladzijde over?'

Vartov las de bladzijde ervoor en erna. 'Het is vrij vroeg in de dialoog en iedereen is aanwezig in de gevangeniscel. Het is het moment waarop de meest wijze mannen van de Oudheid het erover eens worden dat de dood niets anders is dan het moment waarop de ziel wordt gescheiden van het lichaam. En dat de ziel gescheiden daarvan kan leven.

Zoals Giselle, dacht Niels.

37

Nørrebro. 15.23

Hannah remde. De auto achter haar liet zijn claxon luid weerklinken door Nørrebro.

'Wat doe je nou, kutwijf?' riep hij. Pas toen Hannah het kleine Fiatje had gekeerd, drong het tot haar door dat hij tegen haar had geschreeuwd. Nu ging hij de rechtszaak winnen, besloot de aanklager. Nu zou hij zijn belangrijkste getuige in de bank zetten. Nu zou een stem uit het graf spreken. 'Edelachtbare jury', zei ze hardop in de auto. De rest was slechts gemompel. Het is best met al die goedbedoelende humanisten, maar nu gaan jullie de waarheid horen over een leven met gekte. Hoe dat voelt. Niet van de theoretici. Van de bron zelf.

38

Hoofdbureau van politie, Kopenhagen. 15.25

'Casper?'

Toen Niels het politiearchief, dat Caspers thuis was, binnenkwam, zat hij met zijn rug naar hem toe de foto te bestuderen. Ja, thuis was het goede woord. Je kreeg vaak het gevoel dat je een soort intimiteitsgrens overschreed als je hier naar binnen ging. Vooral de archivarissen, die hier samen met de IT-afdeling zaten, waren niet gewend aan bezoek. Maar vandaag was alleen Casper aan het werk. Niels liep naar hem toe.

'Heb je wat voor me? Het heeft haast.'

'Dat kan ik horen aan je ademhaling', zei Casper.

Niels ging op een stoel achter hem zitten en probeerde te bedenken wat Caspers goed ontwikkelde gehoor verder nog kon horen. Het geluid van Hannahs rusteloze voetstappen in de woonkamer die nacht? Het geluid van de stem in Niels' hoofd die maar bleef zeggen: 'Ga naar haar toe. Ga naar binnen en hou haar vast.' Of het geluid van het antwoord: 'Nee, ze wil niet worden vastgehouden. Niet door jou, Niels. Het is te laat. Veel te laat.'

'Dunne meisjes', constateerde Casper terwijl hij naar de foto op zijn beeldscherm keek. 'Mooi ook.'

'Balletdanseressen.'

'Daar hebben we onze vriendin.' Hij wees op Dicte die op het bed in de kleedkamer zat, half verscholen achter een rookkring die ze net zelf had uitgeblazen. Ze hield de sigaret tussen haar duim en wijsvinger.

'Dat is Dicte van Hauen.'

'En kijk hier eens. Op de spiegel. Dat was toch wat je wilde onderzoeken?'

'Wat is het?'

'Het lijkt op een ansichtkaart, toch?'

'Ja.'

'Moet je eens kijken', zei Casper en hij zoomde in zodat alles opging in pixels. De afbeelding werd vergroot. Steeds dichterbij, steeds onscherper.

'Het was een beetje een ongelukkige hoek,' Casper praatte hardop in zichzelf, 'maar omdat ik zo goed ben, heb ik de kaart toch naar voren weten te halen.'

Hij maakte een kader om de ansichtkaart en sleepte hem naar de zijkant van het beeldscherm. Toen verkleinde hij de rest van de foto en sleepte die naar een van de hoeken, daarna sleepte hij de afbeelding van de ansichtkaart naar de vrijgekomen ruimte en vergrootte hem weer.

'Kun je iets zien?' vroeg Niels.

'Ja. Zie jij het niet?' Casper vergrootte de afbeelding nog meer. Steeds dichterbij.

'Is het een vogel?' vroeg Niels.

'Nee.'

'Het lijkt een beetje op een vleugel', suggereerde Niels. 'Een draak misschien?'

'Nee', zei Casper.

Niels keek met een schuin oog naar de klok achter Casper. 15.30 uur. *NMZK. Ma. 16.* Dertig minuten om het antwoord te vinden. 'We hebben haast. Als je iets kunt zien in al die pixels, of hoe dat in godsnaam heet, vertel het me dan.' Niels verhief zijn stem.

'Dat is toch een engel', zei Casper.

Niels hield zijn hoofd een beetje schuin. 'Ik denk dat je gelijk hebt. Weet je het zeker?' Niels stond op en liep een paar meter weg. Hij bekeek het scherm van een afstandje. 'Het zou inderdaad best eens een engel kunnen zijn', zei hij toen. 'Met iets in zijn armen.'

Casper stond op en liep naar hem toe. 'Wat dan?'

'Kinderen', geloof ik.

'Misschien.'
'Een engel met kinderen in zijn armen?' Niels klonk sceptischer dan zijn bedoeling was. 'Baby's misschien. Is het een schilderij? Er staat iets onder.'
'Het is misschien makkelijker om de tekst te isoleren', zei Casper en hij ging weer achter de computer zitten.
Niels kon voelen dat Casper het ongemakkelijk vond dat hij nu vlak achter hem over zijn stoel hing en in zijn nek ademde.
'Een beetje sneller, Casper. Is dat een "t"? Wat staat er? "Tor" ...'
'Ik geloof dat er Thorvald staat.'
Niels keek.
'Nee, Thorvaldsen', corrigeerde Casper zichzelf.
'Thorvaldsen? Verrek, ik geloof dat je gelijk hebt.'
Casper had Google al opgestart: 'Bertel Thorvaldsen: een van de grootste beeldhouwers, niet alleen in Denemarken, maar ook internationaal. Hij was neoclassicist en heeft grote delen van zijn leven in Rome gewerkt. Hij heeft onder andere bijgedragen aan de uitwerking van het grafmonument voor paus Pius VII in de St. Pieter en het gerucht gaat dat het niet geheel toevallig is dat het profiel van de paus duidelijke gelijkenissen vertoont met een zekere Hans Christian Andersen, die hij tijdens het werk aan dit monument ontmoette. Hij is gestorven in het Koninklijk Theater, tijdens een voorstelling op 24 maart 1844. Hij zakte in elkaar op zijn stoel in het theater tijdens het eerste deel van de *Zesde symfonie* van de Duitse componist Ferdinand Ries. Het stuk werd gespeeld als ouverture van het toneelstuk *Griseldis* van de Oostenrijkse toneelschrijver Friedrich Halm ...'
Niels onderbrak hem: 'Het Koninklijk Theater?'
'Dat staat er.' Casper keek op naar Niels: 'Wat denk je?'
'Ik denk: Waarom zou iemand een ansichtkaart waar "Thorvaldsen" op staat weghalen uit Dictes kleedkamer? En wat heeft Thorvaldsens dood honderdzestig jaar geleden in het Koninklijk Theater met dit alles te maken?'
Casper schudde moedeloos zijn hoofd terwijl hij verder las.

'En de afbeelding op de kaart? Een engel en twee baby's', vroeg Niels.

Binnen enkele seconden had Casper Thorvaldsens werk gegoogled.

'Daar hebben we hem', zei hij en hij vergrootte de afbeelding van de engel.

'De Nacht met zijn Kinderen. Een reliëf', zei Casper droog.

Niels las hardop: 'Thorvaldsens beroemde reliëf "De Nacht met zijn Kinderen. Slaap en Dood".'

'Die namen zouden nu vast niet meer worden geaccepteerd door de burgerlijke stand', zei Casper. 'Slaap Jensen, zie je het al voor je? Ook niet als tweede naam. Michael Dood Hansen', ging Casper verder tot Niels hem onderbrak: 'De Nacht met zijn Kinderen?'

'Zo heet het.'

'Nacht.'

'Met ...'

Niels ging verder: 'Zijn.'

'Kinderen', sloot Casper af.

'NMZK.'

Niels keek op zijn horloge. Kwart voor vier.

'Waar hangt het?'

Opnieuw het geluid van vingers op plastic, een paar virtuoze akkoorden op het toetsenbord, toen schraapte Casper zijn keel: 'Raad eens.'

39

Frederiksberg kerkhof. 15.45
De aanklager liep vastberaden naar de muur van het kerkhof. De beheerder hees zijn legergroene overall omhoog en stak een sigaret op. Hij knikte naar Hannah en verdween toen in de richting van iets wat leek op een bouwvallig tuinschuurtje. Hannah ging op een bankje zitten, schopte haar sandalen uit en liet haar voeten spelen met de witte kiezelstenen. De laatste stappen waren het ergst. Ongeveer tien meter verder over het pad dat tussen de graven door liep, dan scherp naar links en dan nog een paar stappen. Daar lag hij. Johannes, haar dode zoon. Tussen een vrijheidsstrijder uit de Tweede Wereldoorlog en een vrouw die Olga Hansen heette en in 1991 was overleden. In de jaren na Johannes' dood kwam Hannah hier veel. Niet omdat het haar verdriet verminderde, eerder integendeel, maar omdat het goed voelde om hier te zijn. *Noodzakelijk*. Het afgelopen jaar was ze hier maar een paar keer geweest. Nu waren er andere dingen die noodzakelijk waren: allereerst leren leven met het verdriet. Dat had ze in de loop der tijd begrepen: ze zou er nooit overheen komen. Het verdriet was een deel van haar geworden. Het had een ander mens van haar gemaakt. En nu ging het erom dat ze leerde leven als dat andere mens. Dat ze ervan ging houden. Als dat mogelijk was. Ze hurkte naast het eenvoudige graf. Niet meer dan een grijze steen ongeveer zo groot als een voetbal, een naam en twee jaartallen. Geen bloemen, geen laatste groeten op het graf.

'Hoe gaat het met je, lieverd?' vroeg ze. Ze ging over op een fluistertoon. 'Ik moet je iets vragen. Vind je dat goed?'

Ze hoorde stemmen ergens achter zich en draaide zich om. Een oudere man met zijn kleinkinderen. Het jongetje had een witte roos in zijn hand en een schooltas op zijn rug.

'Vind je dat goed?' fluisterde ze nog een keer. Ze keek naar het graf. 'Oké. Je hebt er zelf voor gekozen om te sterven. Je was ziek in je hoofd en je wilde niet meer leven. Dat begrijp ik, maar is er nooit een moment geweest dat je ...'

Ze zweeg. De woorden wilden niet komen. Ze raapte een handvol kiezelsteentjes op en liet ze tussen haar vingers door glijden, terug naar de andere steentjes, met een aangenaam ritselend geluid. Misschien zou dat haar verder helpen. 'Was er echt niet één moment dat je het leven goed genoeg vond?' fluisterde ze. 'Dat je dacht: Ik ben blij dat ik geboren ben. Het leven is moeilijk, maar het is wel mogelijk. Heb je dat nooit gedacht?'

Stilte. Die werd verbroken door de beheerder die met een emmer en een hark rammelde bij het schuurtje en de oudere man die iets tegen zijn kleinkind zei: 'Ik weet zeker dat oma het goed heeft waar ze nu is.'

'Kun je me horen, Johannes?' fluisterde Hannah. 'Heb ik een ... misdrijf begaan door jou te krijgen? Was het een misdrijf tegen een onschuldig kind? Nee, zo wil ik het niet vragen. Ik wil alleen maar weten of je zou willen dat je nooit geboren was. Ja, dat is wat ik je wil vragen, dat is het enige: Lieve Johannes, mijn innig geliefde, dode zoon. Zou je willen dat je nooit geboren was?'

Ze deed haar ogen dicht. Verdween in een ruimte die alleen van haar was. De geluiden om haar heen verstomden. Wat overbleef was niets dan stilte en duisternis. En een jongensstem die zei: 'Ja.'

40

Kopenhagen K. 15.50

Het Thorvaldsenmuseum ligt vlak tegenover het ministerie van Binnenlandse zaken, naast de Raad van State, onderdeel van het gebouwencomplex dat het epicentrum van de Deense staat vormt. En met een goede reden. Thorvaldsens werk is over de hele wereld bekend. Van heinde en verre komen de mensen hiernaartoe om zich te laten meevoeren door de magie die Thorvaldsen in de blik van Jezus heeft weten te leggen: zijn hoofd naar ons toe gebogen, zijn armen en handen licht uitgestrekt, precies genoeg om de wonden van de Romeinse spijkers te kunnen zien. Daar hield Niels' kennis met betrekking tot de kleine man die veertig jaar van zijn leven marmer had gehakt in Rome – en uit de onbeweeglijke kalksteen figuren, gezichten en scènes had geschapen die nog steeds ontroeren – wel zo'n beetje op. De deur was dicht, maar Niels zag mensen binnen. Mannen. En een paar vrouwen. Hij klopte op de deur. Een vrouw in uniform keek op. Ze schudde haar hoofd en maakte een beweging die Niels duidelijk moest maken dat het museum gesloten was. Hij klopte hard op het raam. Ze kwam dichterbij.

'We zijn gesloten. Speciale rondleiding', zei ze.

Niels duwde zijn politie-ID tegen de ruit. Ze bestudeerde even de foto van een veel jongere Niels. Alsof ze de foto en de man niet met elkaar kon matchen.

'Doe de deur open', droeg hij haar op.

Ze gehoorzaamde. Niels ging naar binnen.

'Is er iets aan de hand?' vroeg ze.

Niels keek rond. Groepjes mannen in dure pakken geflankeerd door slanke, efficiënte vrouwen in rok en bloes liepen officieel uitziend rond. Gelamineerde naamkaartjes om hun nek.

Hapjes en drankjes op een tafel met een wit tafelkleed. MÆRSK, stond er op het naamkaartje van een man. Hij liep met een knikje langs Niels.

'Wat voor speciale rondleiding is dit?'

'Het is door het ministerie van Buitenlandse zaken georganiseerd', antwoordde de vrouw in het uniform.

'Het ministerie van Buitenlandse zaken?'

'Een Europese handelsdelegatie, geloof ik.'

'Dan houden ze zeker erg van Thorvaldsen.'

Ze haalde haar schouders op. Glimlachte professioneel naar een Zuid-Europees uitziende man die langsliep.

'"De Nacht met zijn Kinderen",' zei Niels, 'waar vind ik die?'

'Zijgalerij, zaal acht', antwoordde ze met een zucht. 'Mag ik u vragen waar het om gaat?'

Niels negeerde haar en keek op zijn horloge. Nog tien minuten. Tijd genoeg. Hij nam de trap naar beneden, naar de toiletten en de garderobe. Doorzichtige kluisjes, een stuk of dertig. Een ideale plek om anoniem iets uit te wisselen – was dat wat er zou gebeuren? Áls er al iets zou gebeuren.

Terug naar de vrouw in uniform. 'Ja?' zei ze, dit keer kostte het haar moeite om haar irritatie te verbergen.

'Wanneer is deze rondleiding georganiseerd?'

'Dat weet ik niet. Een paar dagen geleden geloof ik.'

'En alleen de genodigden weten ervan?'

'Dat zou ik wel denken.'

Niels deed een paar stappen weg. Waarom juist vandaag? dacht hij. Waarom juist hier? Tenzij de afspraak niet doorging nu Dicte dood was. Maar waarom dan het risico lopen om in te breken in haar kleedkamer en de kaart weg te halen? Nee, die kaart móést iets betekenen. Op de een of andere manier. De afbeelding misschien? 'De Nacht met zijn Kinderen'. Slaap en dood. Misschien lag daar het antwoord. Verborgen in het kunstwerk. Een geheime code? Een verborgen boodschap? Maar waarom dan dat tijdstip? Ging het erom hoe het zonlicht op het kunstwerk viel of zo? Niels schudde zijn hoofd. Dat soort dingen gebeurde alleen in Amerikaanse films die met veel fantasie werden gemaakt. Niet in de werkelijkheid. De werkelijkheid was altijd eenvoudiger. En complexer. Misdaden werden altijd opgehelderd met simpele oplossingen. En daaraan lag altijd een complexere psychologische warboel ten grondslag.

Franse stemmen achter hem. Niels draaide zich om. Twee mannen leken zich te vervelen. De ene werd voornamelijk in beslag genomen door zijn mobiel. Niels nam hen even op. Niets, zei hij meteen tegen zichzelf. Er was niets aan hen wat hij kon verbinden met geheime codeberichten op een ansichtkaart. Hij liep de gang door. Koel, afgeschermd van het zonlicht, misschien wel de beste plek in de stad waar je op dit moment kon zijn. Hij had zin om even op het ruwe marmer te gaan liggen, zijn ogen dicht te doen en te voelen hoe de oude plavuizen zijn huid verkoelden. Maar in plaats daarvan liep hij langs de beeldhouwwerken, langs de mensen met hun gouden horloges, dure sieraden en licht variërende Engelse accenten. Niemand nam notitie van hem. Hij was omringd door mensen die gewend waren om zich in grote, anonieme groepen te bewegen. In delegaties waar je glimlachte en beleefd knikte zonder te zien tegen wie je glimlachte. Mensen voor wie de wereld een exclusieve plek was die alleen voor hen openstond. Kende Dicte zulke mensen? Natuurlijk. Ballet, verfijnde cultuur, Thorvaldsen, geld, banken. Wat zoek je, Niels? vroeg hij zichzelf en hij antwoordde: Ik zoek zenuwachtige blikken, waakzame ogen. Wíé zoek je? Een moordenaar? Verschillende moordenaars? De man die Dicte zo wreed gevangen heeft gehouden en haar heeft verdronken voordat ze ...

Dáár. In de zaal waar het standbeeld van paus Pius stond. Een man. Te veel kleren voor de tijd van het jaar. Jas. Zonnebril. Grijs haar. Duur horloge. Ongeveer één meter vijfentachtig. Normaal postuur. Het beperkte signalement van de bewakingscamera. Kwam dat overeen met deze man? Misschien. Hij kon het niet uitsluiten.

Niels ging aan de rand van het groepje staan, sloeg zijn armen over elkaar en probeerde er net zo vermoeid uit te zien als paus Pius VII die, vereeuwigd en versteend, met een lege blik naar de grachten van Kopenhagen zat te staren terwijl zijn rechterhand alles en iedereen die voorbijkwam zegende. Niels keek naar de man die voortdurend op zijn horloge keek. Hij is te klein, dacht Niels. Niet lang genoeg. En toch?

De gids vertelde in het Engels hoe bijzonder het was dat een protestantse beeldhouwer als Thorvaldsen de opdracht kreeg om een grafmonument voor een paus te ontwerpen. Niels keek naar haar. Het was een vrouw van ergens in de twintig, met mooie gelaatstrekken en – merkwaardig genoeg – een huidkleurige panty. In deze hitte? Als het ging om de versiering van de katholieke kerken, zagen de geestelijken alles door de vingers, vertelde ze: homoseksualiteit, ketterij, andere geloofsovertuigingen, helemaal geen geloofsovertuiging. Verspreid gelach. Ze nam de groep mee verder. Niels keek naar de uitgang. Een elegante vrouw trok haar marineblauwe minirok recht. Die man van Mærsk? Hij stond alleen en keek uit over de grote zaal. Mannen alleen. Die wantrouwen we altijd het meest. Zo iemand zou hij zelf binnenkort ook zijn. Hij moest zijn koffer pakken. Wat deed hij hier eigenlijk – wat kon Dictes ongeluk hem schelen?

Ik spring je achterna.

Niels liep verder door de gang, naar de kleinere galerijen achter in het museum. Zaal acht? Zei ze dat niet? Ja. Dáár, in een galerij die niet veel groter was dan Niels en Hannahs nieuwe slaapkamer, maar dan wel met een hoger plafond, hing het reliëf aan de muur. 'De Nacht met zijn Kinderen: Slaap en Dood'. Precies zoals op de ansichtkaart, maar dan zo gedetailleerd dat de vleugels van de engel bijna natuurgetrouw leken. Het waren net duivenvleugels met zachte, licht gebogen vormen. De ogen van de engel waren gesloten. Hij hield de mollige kindertjes stevig in zijn armen. Het moet jaren hebben gekost om dit te maken, dacht Niels.

Hij hoorde voetstappen achter zich, keek naar de grond en liep de andere kant op. Hij keek over zijn schouder en zag een glimp van een jonge man. Kaalgeschoren. Een beetje misplaatst. Maar wel in een pak en met een naamkaartje om zijn nek. Dit was hem. Niels wist het zeker. De kaalgeschoren man bleef in de galerij staan totdat de gids binnenkwam.

'Dit reliëf heet "De Nacht met zijn Kinderen". Het is een van de beroemdste beeldhouwwerken die Thorvaldsen heeft gemaakt', zei ze, in haar keurige Engels met een licht Oxford- of Cambridge-accent. 'Kunt u bedenken wie de kinderen van de Nacht zijn?'

De gasten keken elkaar aan. Ze waren niet gewend om dat soort vragen te krijgen.

'De kinderen van de Nacht? Kan iemand het raden?' vroeg de gids nog een keer, plagerig, uitdagend. De man was er nog.

'Sleep', zei een man in de groep.

'Yes, that's right', zei ze en ze ging verder: 'Slaap is een van de twee kinderen van de Nacht. "Hypnos" in het Latijn. De andere is iets luguberder.'

Niels dacht aan de filosoof Vartov. Aan wat Socrates had gezegd. Dat de slaap wordt afgelost door een toestand van waken en dat het met de dood hetzelfde is. De dood gaat over in het leven.

'Anybody?'

Zeg het nou maar gewoon, dacht Niels, hij wachtte vol ongeduld tot ze zouden verdwijnen.

'Dood. Het andere kind is Dood. Thanatos. Slaap en Dood', zei ze. Niels zag de nieuwsgierigheid in hun gezichten. Ziet de dood er zo uit? Als een slapend kind met bolle wangetjes en mollige dijen?

'Het is niet zeker, maar sommige mensen denken dat Thorvaldsen met het werk aan dit reliëf het verdriet om het verlies van zijn vijfjarige zoontje Carlo Alberto probeerde te verwerken. We weten met zekerheid dat hij het heeft gemaakt in opdracht van een Deense admiraal die zijn vrouw, Cecilia, verloren had en iets moois voor boven haar graf wilde.

Bij de zuidwestingang was nu een man met een zwarte zonnebril komen staan. Of was het opnieuw alleen iets wat Niels zich verbeeldde? Nee, de man had iets afwachtends. Iets ongeduldigs. Niels ging achter een pilaar staan. De gids was nog steeds bezig: 'Het origineel, dat Thorvaldsen ter nagedachtenis aan Cecilia heeft gemaakt, hangt ergens anders.'

Nu had ze Niels' aandacht.

'Het hangt in Holmens Kirke. Hier vlakbij, aan de gracht. We komen erlangs als we hier klaar zijn.'

Niels onderbrak haar. 'Sorry.'

Ze draaide zich om, haar glimlach verdween en haar wenkbrauwen gingen omhoog, als de rug van een boze kat.

'De Nacht met zijn Kinderen', zei Niels en hij wees op het reliëf. 'Zei u nou net dat de echte in Holmens Kirke hangt?'

*

16.04 u.

Niels kon hiervandaan de kerk zien. Misschien zou hij te laat zijn. De ontmoeting kon allang afgelopen zijn. Hij rende dwars over de binnenplaats, langs het ruiterstandbeeld en een buslading Japanse mannen en vrouwen die met hun hoofd in hun nek en hun ogen half dicht naar de toren stonden te kijken. Er stond niemand voor de deur van Holmens Kirke, dat kon hij hiervandaan zien. Hij stak de weg over, zomertraag verkeer, meisjes op fietsen, met losse haren. Niels zag de man niet voordat hij tegen hem op liep.

'Hé, idioot, wat doe jij nou?'

De man greep Niels bij zijn arm. De deur van de kerk ging open. Een jonge man met een baseballpet en een grote zonnebril kwam naar buiten. Zijn ene hand diep in zijn zak gestoken. Niels trok zijn arm terug en wilde verder rennen, maar de gek hield hem tegen.

'Je kunt toch op zijn minst even sorry zeggen!'

Niels beukte zijn vuist in de buik van de man en mompelde: 'Politie', waarna hij door rende. Iemand riep hem iets achterna.

Het kon hem niets schelen. Er was een tijd dat hij nooit zoiets zou hebben gedaan – nóóit. Nu had hij zin om zich om te draaien, terug te rennen en door te gaan. Zijn vuist in het stomme gezicht van de man te beuken, hem een pak rammel te geven vanwege zijn domheid, vanwege zijn koppige, verontwaardigde 'ik loop hier, en ik heb recht op deze plek'-attitude, het leek wel een Deense ziekte. Misschien omdat wij veel belasting betalen of omdat we te verwend zijn, het moest in ieder geval bestraft worden, Niels kon er niet meer tegen. Ik ga straks terug om die idioot in de boeien te slaan, en dan laat ik hem drieëntwintig uur en negenenvijftig minuten in de cel zitten beven, dacht Niels terwijl hij langzamer ging lopen.

De jonge man met de baseballpet en de zonnebril had kennelijk geen haast. Er was geen reden dat hij Niels op zich af hoefde zien rennen. Bij de voetgangersoversteekplaats bleef Niels staan. De man ging te voet verder in de richting van de brug, maar eerst stak hij nog een sigaret op. Dure kleren: een loszittende lichte bloes, maar wel van mooie kwaliteit. Al wist hij het juiste woord er niet voor, Niels wist wel dat het mode was. Ook de zonnebril en de schoenen. Er kwam nog iemand de kerk uit. Die hoorde toevalligerwijs zonder meer tot de favoriete categorie van de politie: man alleen, middelbare leeftijd. Het voetgangerslicht ging op groen, Niels slenterde het zebrapad over, zorgde ervoor dat hij het grootste deel van de tijd naar de grond keek en dat hij geen aandacht trok toen hij er getuige van was dat de twee mannen een laatste blik wisselden. Welke van de twee zou hij nemen? De jonge, of de man van middelbare leeftijd vlak voor hem? Een meter vijfentachtig, normaal postuur. Niels kende het signalement, en hij wist wat het betekende: dat ze geen signalement hadden. Dit was de code van de politie voor iedere willekeurige persoon. Vroeger was het een meter tachtig, nu was het vijf centimeter gegroeid, net als de gemiddelde lengte in dit land. Maar toch: het signalement paste het best bij de jonge man.

'Excuse me?'

Een ouder Amerikaans echtpaar was tussen hem en de jonge man in komen staan. Niels hoorde dat ze de weg naar de metro vroegen. Op datzelfde moment keek de jongen om en zag Niels.

Achterdocht. Niels zag het meteen in zijn blik. Misschien had Niels te lang naar hem gekeken? De jonge man draaide zich om en ging harder lopen. Niels liep achter hem aan. De man draaide zich nog een keer om en dit keer deed Niels niets om zijn belangstelling te verhullen. Op hetzelfde moment begon de verdachte te rennen. Over de rijweg, langs de bank, in de richting van de brug – de tijd die Niels bespaarde door niet de rijbaan over te steken, bracht hem op dezelfde hoogte als de man. De jongen was snel, een half mensenleven jonger. Niels had hulp nodig wilde dit lukken. Hij haalde zijn politie-ID tevoorschijn en brulde: 'Politie'. En nog een keer: 'Politie. U staat onder arrest.'

Verderop op de brug bleef een groepje bankmannen staan. Ze keken om. Ook de jonge man bleef opeens staan. Hij keek naar Niels en daarna naar de bankmannen. *Zouden ze hem tegenhouden?*

Niels belde zonder naar zijn telefoon te kijken en intussen riep hij nog een keer, zo hard dat zelfs de fietsers stil bleven staan: 'Politie! U staat onder arrest! Ga op de grond liggen!'

'Meldkamer', klonk het door de telefoon.

'Bentzon, moordzaken. Ik heb assistentie nodig op de Knippelsbro. Ik achtervolg een man met een zonnebril en een baseballpet in de richting van Christianshavn. Niels was buiten adem en verstond het antwoord niet. De vijf bankmannen wilden graag iets voor de arm der wet doen, maar de moed zonk hun in de schoenen toen de jongeman naar hen uithaalde en door rende. Niels stak de rijweg over, achter hem moest een auto hard remmen, hij veegde het zweet uit zijn ogen.

'Halt! Politie!' riep hij opnieuw. Dit keer hielp het. Een fietser versperde de jongen even de weg, lang genoeg voor Niels om naast hem te komen. Hij stak zijn arm uit en pakte hem bij zijn pols, maar de jongen rukte zich los, soepel en zonder problemen. Hij trapte naar Niels. De bankmannen waren er intussen ook bij gekomen. Ze waren op jacht naar eerherstel; ze konden niet thuiskomen bij hun vrouw met het verhaal dat ze een klein mannetje met een baseballpet niet hadden durven tegenhouden toen de politie hun dat had gevraagd. Niels was alweer overeind gekrabbeld. Hij zag de jongen nog net een stap achteruit doen, maar alleen om op de brugleuning af te rennen en er met een enkele sprong overheen te springen.

Het verkeer stond stil en ze hoorden een soepele plons toen hij in het water van de haven verdween. Niels rende samen met alle andere mensen naar de brugleuning. Hij zou hem achterna moeten springen.

Ik spring je achterna, Dicte.

Ik ben een goede zwemmer, dacht Niels, terwijl zijn handen het warme smeedijzer omklemden en weigerden los te laten. Spring dan.

Sirenes in de verte en vragen vlak achter hem: 'Alles in orde, wie was dat, hebt u hulp nodig?' De man kwam niet tevoorschijn in het water onder Niels, misschien was hij onder de brug door gezwommen.

'Uw lip bloedt.'

Niels draaide zich om. De fietser die hem had geholpen, keek bezorgd naar hem. Wat had de man van middelbare leeftijd die uit de kerk was gekomen gezegd tegen het Amerikaanse echtpaar dat de weg had gevraagd? De metro? Follow me – I'm going there myself.

'Ik heb je fiets nodig', fluisterde Niels terwijl hij het bloed wegveegde met zijn hand.

41

Bispebjerg Hospital – Afdeling Kinder- en Jeugdpsychiatrie. 16.10

Hij lijkt niet op een psychiater. Dat was een van de eerste dingen die ik dacht toen ik hem leerde kennen. Zijn baard is te onverzorgd. Zijn blik te ongeconcentreerd. Een pedagoog misschien? Of een leraar? Er is ook iets met zijn kleren. Te nonchalant. Te ongestructureerd. En de kleurencombinaties zijn bijna komisch. Bruine broek. Rood geruit overhemd. Maar hij heeft een prettige stem. Een lage, brommende stem zonder grote uitschieters. Ik hou van die monotone klank. Maar dat is meteen ook een probleem, want daardoor luister ik niet. Hij wiegt me naar binnen in mijn eigen gedachtenspinsels. Zoals nu, wanneer hij zegt: 'Het is niet erg dat je niet praat, Silke. Dat wil ik graag benadrukken. Er zijn genoeg mensen op de wereld die veel te veel zeggen.' Hij glimlacht. Humor is een van zijn belangrijkste werktuigen, dat heb ik allang begrepen. 'Je hebt je opgesloten in jezelf. Het belangrijkste is dat je het goed hebt daarbinnen, want alleen als je het goed hebt, kun je de kracht vinden om naar buiten te komen. Op een dag, als je eraan toe bent.'

Het is iedere keer hetzelfde. Hij wil me niet onder druk zetten. Hij wil me niet het gevoel geven dat ik iets verkeerd doe. Hij werkt aan mijn zelfvertrouwen. Hij denkt dat daar iets mis mee is. Maar ook dáárin vergist hij zich. Hij begrijpt het niet. Niemand begrijpt het. Ik weet ook heel goed waar ik in zijn wereld aan lijd. Posttraumatische Stress Stoornis. Dat heb ik hem tegen mijn vader horen zeggen. Een traumatische reactie die is veroorzaakt door de dood van mijn moeder en die zich als een chronische aandoening in mij heeft vastgezet. Mijn zwijgen is zeldzaam, dat heb ik wel begrepen. Omdat het al zo lang duurt.

'Begrijp je wat ik bedoel, Silke?'

Hij gaat verder. Stilte is niet een van zijn sterkste punten. Ik begin de kamer om me heen te beschrijven. In mijn hoofd. Heel nauwkeurig. Ik moet alles meenemen. De paperclip op het bureau. De foto van de jongen die vast de zoon van de psychiater is. De lijst van roodachtig hout. Het bureau dat veel te groot is voor het kleine kantoor en naar mijn idee beter bij het raam had kunnen staan om beter gebruik te maken van het licht. De posters van bloemen aan de muren. Monet? Vrolijke kleuren. Optimisme. De computer, de printer, de telefoons op het bureau. De klok achter hem, antiek, past slecht bij de rest van het interieur. Ik ben hier al tweeëntwintig minuten. Tweeëntwintig minuten waar niemand op de wereld iets aan heeft. Behalve dat ik het grappig vind om hier te zijn. Dat ik zijn ernstige, grijze ogen zie die naar me kijken. Ik vind die blik prettig. Hij heeft bijna een rustgevende invloed op me.

'We weten wel dat er heel veel omgaat in jouw hoofd, Silke. We zijn niet dom.' Hij grinnikt. Weer een poging om mij te laten ontdooien. 'Je bent hier. Aanwezig. Hier vlak voor me. Daar twijfel ik niet aan.'

Ik kijk naar de lichtgroene muren, naar de witte linoleumvloer. En naar de mobile aan het plafond waaraan allemaal bekende stripfiguren hangen: Donald Duck, Goofy, Popeye, Spiderman, Superman en een groene man met heel veel spieren en zwart piekerig haar, van wie ik de naam niet meer weet. Ziet De Schuldige er nu zo uit? vraag ik mezelf opeens af. Is hij een kameleon die zijn uiterlijk kan veranderen wanneer hij wil? Waarom niet? Gisteren was hij lang en mager en had hij donker haar. Vandaag is hij groen met enorme spieren. Misschien heeft hij zich daarom al die jaren voor de politie verborgen kunnen houden.

'Als jij niets wilt zeggen, dan moet ik het wel doen.' Weer die glimlach. 'Anders wordt het hier zo vreselijk stil. Dat begrijp je toch wel, hè?'

Dan begint hij te vertellen. Dat doet hij altijd. Over de situatie rond mijn moeders dood; hij maakt dat alles zich weer voor mij afspeelt, tot in het kleinste detail. Zo behandelen ze mijn aandoening, heeft hij mijn vader eens verteld. Ze confronteren me met dat waarvoor ik vlucht. Ik luister niet. Hij heeft geen idee waar hij het over heeft. Hij kent me niet. Alleen mijn vader kent me. Verder moet niemand zich met mijn leven bemoeien. Waarom is dat zo moeilijk voor ze om te begrijpen? Er zijn zesenvijftig minuten voorbijgegaan als hij zijn keel schraapt en zegt dat we klaar zijn. Zesenvijftig minuten in het gezelschap van Aksel Schultz, een van de meest vooraanstaande kinderpsychiaters van Scandinavië. Zinloze minuten. Hij had net zo goed tegen een muur kunnen praten.

42

Kongens Nytorv. 16.20

Niels wist zeker dat de man 'metro' had gezegd. Dat hij met de metro ging, maar hij zag hem bij de bushalte op Kongens Nytorv – een verkeerschaos. De metro ploegde zich door de stad en liet overal opgebroken pleinen achter, afgeschermd met houten schotten en bouwrommel. Voordat Niels erachter was gekomen hoe de remmen van de fiets werkten, had hij zich al twee keer moeten vastgrijpen aan de schutting van de metro om vaart te minderen. Honderd meter verderop, aan de andere kant van het Koninklijk Theater, stapte de man in bus 350s. Achter hem, boven de hoofdingang van het Koninklijk Theater, was een gigantisch doek gespannen met Dicte als Giselle, badend in het maanlicht, in het leven na de dood, in elkaar gezakt op de ruwe planken van het toneel, maar met haar hoofd een heel klein beetje opgeheven, kijkend naar haar publiek – degenen die nog leefden.

Ik spring je achterna. Ik ben vlak achter je, Dicte.

Bus 350s reed langs hem. Niels veegde het bloed van zijn lip. Wanneer had hij voor het laatst op een fiets gezeten? Dat was waarschijnlijk meer dan tien jaar geleden. De fiets was te klein, zijn knieën stootten tegen het stuur. De bus reed in de richting van Amager en bleef bij de Beurs wachten voor een rood stoplicht. Niels haalde hem in, hij was er nu bijna naast. De bus was overvol. Gezichten gingen schuil achter zonnebrillen en petten en zomerhoeden met brede randen. Het licht ging op groen. Was het wel de goede bus? Was het de goede man? Hij gooide de fiets aan de kant, rende achter een passerende vrachtwagen langs die naar vis stonk en holde naar de bus toe.

'Politie!' brulde hij terwijl hij met zijn vuist op de achterste deur van de bus beukte. De passagiers draaiden zich om. Een paar Aziatische toeristen die het dichtst bij de deur stonden, keken snel weer weg.

'Politie!' riep Niels nog een keer, ditmaal zo hard dat zijn stem oversloeg. Een auto achter hem claxonneerde met ritmische stoten.

'Verdomme, man, je kunt toch niet zomaar midden op de weg gaan staan!' riep de chauffeur van de auto.

Niels trok zijn politie-ID tevoorschijn. Hij hield het tegen de ruit van de bus, maar dat leidde nergens toe, behalve tot hevig verschrikte blikken van de verbaasde passagiers. Hij rende naar de chauffeur en sloeg zijn vlakke hand tegen de deur. Eindelijk ging hij open.

'Wat is er aan de hand?' riep de chauffeur.

'Politie. Laat me erin.' Niels wrong zich naar binnen in de overvolle bus, net toen het verkeer weer in beweging kwam. 'Politie', riep hij met zijn ID-kaart boven zijn hoofd. De passagiers staarden naar hem. Bijna alsof ze hem niet hadden gehoord, of niet begrepen wat hij zei. Ergens begon een meisje te huilen. De tijd dat de politie een kalmerende uitwerking op de bevolking had, was allang voorbij. 'Opzij.' Hij probeerde zich een weg te banen door de bus, maar de mensen konden niet voor- of achteruit. *Waar ben je?* De bus remde hard, een vrouw voor hem verloor bijna haar evenwicht. *Dáár*. Buiten. Hij was via de achterdeur de bus uit gesprongen toen Niels aan de voorkant instapte. En nu rende hij over de Knippelsbro in de richting van Christianshavn Torv. 'Chauffeur! Doe de deur open!' brulde Niels en hij drong zich naar voren. De deur ging tergend langzaam open en Niels wrong zich uit de bus en spurtte achter de man aan. Twee seconden geleden was hij er nog. Nu was hij weg. Alsof hij was verzonken in de ... Metro, dacht Niels. Het plein over. De trap af. Drie treden tegelijk. Hij kwam op het perron. Hapte naar adem terwijl hij de menigte opnam. Probeerde zich te concentreren, zichzelf te dwingen om ieder gezicht apart te bekijken. Iedere man afzonderlijk. *Waar ben je?* Niels wrong zich naar voren door de groep mensen die vochten om in de metro te komen. Sommigen lieten hun ongenoegen luid en duidelijk horen; de warmte was de Kopenhagenaren naar het hoofd gestegen, de woede smeulde overal. De deuren gleden geruisloos dicht. De metro kwam in beweging en een vriendelijke stem uit de luidsprekers vertelde dat de volgende halte Amagerbro was.

'Politie.'

Dezelfde tactiek als in de bus: met zijn politie-ID in zijn gestrekte arm boven zijn hoofd wrong hij zich langs de andere passagiers. 'Wat is er aan de hand?' Een middelmanagementtype in een pak keek langzaam op uit zijn krant, alsof hij dacht dat Niels rustig de tijd zou nemen om te gaan zitten en hem alles uit te leggen.

'Maak plaats! Politie!' Dit keer verloor Niels hem niet uit het oog. Hij hield geen rekening met de overige passagiers waar hij tegenaan botste, het enige wat telde, was dat hij de man niet uit het oog verloor. Hij bevond zich twee treinstellen voor Niels. Twee treinstellen. Nu kon hij niet verder. *Nog één treinstel*. De metro minderde vaart. De man stond helemaal bij de achterwand. Met zijn zij naar hem toe, Niels kon zijn gezicht niet zien. *Tien meter. Acht*. De metro stopte. 'Blijf staan!' brulde Niels. De deuren gingen open, de man rende het perron op en verdween in het gekrioel op het station.

Station Amagerbro. De plek bezorgde Niels een vieze smaak in zijn mond. Slechte herinneringen. Een paar jaar geleden had hij daar een knallende ruzie met Kathrine gehad, ten overstaan van een vol perron. Hoe had ze hem ook weer genoemd? De trap op. De man rende hard. Pijn bij zijn slapen – Niels bleef louter en alleen door zijn wilskracht overeind. Zijn geweten. Schuldgevoel. Een dwaas? Nee, dat was niet wat ze hem had genoemd. Het was meer sophisticated geweest. Waarom moest hij ook vallen op vrouwen die sophisticated waren? Slimme dames. Hij had bij Hannah uit de buurt moeten blijven. Verschillende werelden. Die van hem was ... Het Amager Centrum. Een in alle opzichten afschrikwekkende kolos van een winkelhel. Hij rende erlangs. *Onuitstaanbaar?* De man rende de Amagerbrogade in. Niels kon hem nauwelijks bijhouden. De man nam nu de tijd om over zijn schouder te kijken. Een slecht teken, wist Niels. Een teken dat hij zich de meerdere voelde. Dat hij zichzelf de tijd gunde om nieuwsgierig te zijn. *Afwezig*. Ja, afwezig. Dat was wat ze hem had genoemd. 'Jij bent zo ontzettend afwezig, Niels. Ik kan er niet meer tegen!' Langs een of andere kerk. En paar mannen in overhemd en stropdas hadden tafeltjes voor de kerk neergezet en zonden brede glimlachen de wereld in. Waarom hebben relisukkels altijd van die witte tanden? dacht Niels net toen een van hen wapperend met een bijbel voor zijn voeten stapte. Langs de McDonald's. Iemand had zijn *meal* vlak voor de ingang laten vallen. Compleet met cola, frietjes en een geplette burger. Niels gebruikte zijn laatste restje kracht om over die onsmakelijke aanblik heen te springen. Zijn laatste restje kracht. Zo voelde het. Amagerbrogade, de langste winkelstraat van Denemarken, zinderend van de hitte en de uitlaatgassen. Sirenes ergens achter hem. Misschien de assistentie waar hij al een hele tijd geleden om had gevraagd. Het maakte niet uit ... Niels redde zichzelf wel. Hij rende door rood. Mensen riepen naar hem. Niels hoorde ze niet meer. De man had zijn voorsprong verder uitgebouwd. Het was nu vijftig meter. Misschien honderd. Toen hij zich omdraaide om over zijn schouder te kijken, veranderde Niels van tactiek. Op het laatste moment dook hij weg achter een geparkeerde auto. Hij wilde de man het idee geven dat de strijd was gestreden; dat hij had gewonnen, dat Niels het had opgegeven. De man bleef even stilstaan en zocht Niels. Je hoefde geen helderziende te zijn om te weten wat hij dacht: ik heb gewonnen, die idioot heeft het opgegeven. Hij draaide zich weer om en liep verder de straat door. Niels volgde hem, maar hij verborg zich achter auto's en muren. Niels slaagde erin om weer wat op hem in te lopen. Niet veel, maar genoeg om te zien welke straat hij in ging. En genoeg om op tijd te zijn om te zien in welk huis hij een meter of honderd verderop in die straat verdween. THINGVALLA ALLÉ stond er op het straatnaambordje. Oude villa's. Niels gunde zichzelf de tijd zodat de bloedsmaak uit zijn mond kon wegtrekken. De man had niet gemerkt dat Niels had gezien waar hij naar binnen was gegaan. Daar was Niels heel zeker van. Er was geen reden om het huis te bestormen, dat zou de situatie alleen maar moeilijker beheersbaar maken. Dat was abc op de politieacademie. Gewelddadig optreden maakte mensen bang, bange mensen werden vaak agressief, agressieve mensen waren onvoorspelbaar en onvoorspelbare mensen konden van alles doen, onder andere een mes trekken, of een vuurwapen.

43

Amager – Thingvalla Allé. 16.55

Wat nu? De deur intrappen? Niels had het recht aan zijn kant. Hij had hem aangeroepen, hem verzocht te blijven staan, hem met duidelijke stem te verstaan gegeven dat de politie met hem wilde praten. Niels keek door het stoffige keukenraam naar binnen. Hij zag een vrouw van ergens midden dertig met een baby op haar arm die doodmoe was. Hij hoorde de vrouw door het geopende raam. 'Nee, je hebt geen honger meer, hè?' Hij drukte zijn vinger stevig op de bel, een koperen knop, zoals die er vijftig jaar geleden uit hoorde te zien. Dat was in de tijd dat ze ook nog twee deuren naast elkaar maakten. Een voor gasten en een voor dagelijks gebruik.

'Kom maar binnen', riep ze. Dat hoefde ze geen twee keer te zeggen.

Niels stond in de hal. Hij ademde de geur van schoonmaakmiddel en bloemen in – of schoonmaakmiddel met een bloemengeur. Ze kwam uit de woonkamer. Keek hem zonder verbazing aan. Alsof hij de vreemde was op wie ze de hele dag al had gewacht. Woonde Dictes moordenaar hier? Voordat ze haar mond kon opendoen, haalde Niels zijn politie-ID tevoorschijn.

'Politie', zei hij rustig.

'Is er iets met de auto?'

'Ik wil met uw man praten.'

'Allan is in de kelder. Is er iets met de auto?'

Ze knikte naar de trap.

'Bedankt.'

Niels liep de trap af. De man stond met zijn rug naar hem toe toen Niels de deur openduwde. Laboratoriumuitrusting: kolven, plastic jerrycans, plasma. Vier dezelfde koelkasten. Of waren het vriezers? Allan stond bij de gootsteen. Hij was bezig iets weg te gieten. Het water liep in een driftige straal uit de kraan in de roestvrijstalen wasbak.

'Zet die kraan uit, Allan.'

'U hebt het recht niet om hier te zijn', was het eerste wat hij verontwaardigd uitriep.

'Het recht? Ik ben binnen gevraagd. Door uw partner.'

'Hebt u weleens van een huiszoekingsbevel gehoord?'

'Het is 16.57 uur, u staat onder arrest.' Niels ontgrendelde zijn pistool: 'Ik zei: zet die kraan uit.'

De man gehoorzaamde. Draaide zich om. Niels keek naar zijn handen, verkleurd door wat het ook was wat hij hier beneden uitvoerde. Blauw en rood. Zoals een gasvlam.

'Denkt u dat uw kind haar pappa zal missen als u in de gevangenis zit?'

'Luister eens ...'

'Nee, op die leeftijd vergeten ze snel. Als u er weer uit komt, heeft ze geen idee wie u bent.'

Opeens bedekte de man zijn gezicht met beide handen. Zijn bovenlijf trilde. Misschien stond hij op het punt om in te storten? Zijn vriendin riep van boven: 'Allan! Wat is er aan de hand?'

'Een moment', zei hij. Hij probeerde zijn stem onder controle te houden. Niels keek naar de borstkas van de man, die worstelde met zijn ademhaling alsof de blaasbalg kapot was en niet wist of hij in of uit moest blazen. Er stonden tranen in zijn ogen.

'Laten we kalm blijven', zei Niels en hij deed een stap naar hem toe.

'Het zijn toch geen drugs', fluisterde de man.

Niels keek rond. Pipetten, wegwerpspuiten, glazen potten.

'Het is wettelijk toegestaan. Ik ben laborant. Ik heb een vergunning ...'

Niels onderbrak hem. 'Wat heb je Dicte gisteravond gegeven?'

'Wat?' Hij keek hem door zijn tranen heen aan. Verbaasd. 'Wie?'

'Hou op met doen alsof je gek bent. Dicte van Hauen. Wat heb je haar gegeven?'

'Ik heb geen idee over wie u het hebt.'

'Je was gisteravond in Dicte van Hauens appartement.'

'Nee. Ik was thuis.' Hij schudde zijn hoofd. 'We hebben gebarbecued met de buren. U mag het ze zelf vragen.'

'Je had een gezellige avond met de buren. En toen werd het nacht. Je hebt je vrouw lekker ingestopt en toen ben je weggegaan om een ander mens te vermoorden. Hoe laat was je in Dictes appartement? Twee uur?'

'Ik heb geen idee over wie u het hebt. Ik zie ze nooit. Hoogstens als ze op weg zijn naar de ontmoetingsplaats en ik op weg naar buiten. Maar we zeggen nooit iets. Niets.'

Niels kon helaas aan zijn gezicht zien dat hij de waarheid sprak.

'Wie zie je nooit?'

'De klan...' hij onderbrak zichzelf.

Niels bracht zijn pistool omhoog. 'Luister eens, Allan. Ik kan het bureau bellen en dan staan hier over vijf minuten tien politieagenten voor de deur. Je wordt gearresteerd. Je vrouw wordt gearresteerd. Je baby gaat naar een opvangadres tijdens de veertien dagen dat jullie beiden in voorarrest zitten, terwijl wij jullie huis ondersteboven keren.'

'De klanten. Ik ontmoet de klanten nooit.'

'De klanten? Wie zijn de klanten?'

Weer die aarzeling. Niels zag de berekening in zijn ogen. Wat zou het beste zijn? Alles nu vertellen of het risico nemen op een rechtszaak?

'Oké, Allan. Jullie gaan mee naar het bureau. Draai je maar om ...'

Hij onderbrak hem. 'De klanten zijn verschillende soorten mensen. Sporters.'

'Doping?'

'Als u het zo wilt noemen.'

'Met wie had je afgesproken?'

'We gebruiken geen namen. Nooit. We zien elkaars gezicht nauwelijks.'

'Hoe dan? Hoe maken jullie de afspraak?'

'Ze schrijven gewoon hun bestelling op een kaart en hangen die in de hal. Dan zorg ik voor de spullen.'

'De hal?'

'Van het Koninklijk Theater.'

'En dan wisselen jullie de spullen uit in de kerk?'

'Ja.'

'Hoe is het contact tot stand gekomen?'

Geen antwoord. Niels zag dat hij een leugentje probeerde te verzinnen.

Hij verhief zijn stem: 'Er moet een tussenpersoon zijn. Wie?'

'Dat is al lang geleden.'

'Lang geleden is niet goed genoeg.'

'Hij is allang weg. Het was een Spaanse wielrenner. Hij had een relatie met een van de meisjes van het ballet.'

'Dicte?'

'Nee, zo heette ze niet volgens mij. Het is jaren geleden.'

'En u leverde doping aan die wielrenner?'

'Noem het wat u wilt. Mensen willen graag presteren, vermaken. Records worden verbroken. Tour de France, de honderd meter, balletdansers die de pijn overwinnen ...'

'Bewaar die verdediging maar voor de rechter', zei Niels terwijl Allan verderging: 'Het is geen probleem als mensen zich doodtrainen om ons te vermaken. Over de rand van de afgrond vallen, zich doodrijden, sterven van uitputting ...'

'Allan ...'

'Maar o wee als ze iets nemen wat hen helpt om het vol te houden. Dat mag niet!'

Voetstappen op de trap. Babygehuil. De vriendin was op weg naar beneden.

'Wacht even, schat', riep hij. De voetstappen stopten. Allan keek naar de grond. 'Ik denk dat ik beter met een advocaat kan praten', zei hij zacht.

'Een advocaat? Wil je met een advocaat praten?' Niels dacht na. Een advocaat, een verhoor, dat zou dagen duren. Weken. Nee. 'Ik ben bereid om te vergeten wat ik hier heb gezien', hoorde Niels zichzelf zeggen.

Allan keek op. Verbaasd.

'Dan moet je alleen antwoord geven op mijn vragen.'

'Ik zal u alles vertellen wat ik weet, als u dit vergeet.'

'Vandaag. Je had een afspraak met Dicte.'

'Het is echt waar wat ik zeg. We gebruiken geen namen. Ze hangen een kaart op het grote prikbord vlak naast de deur van de personeelsingang.'

'Een kaart?'

'Thorvaldsen. "De Nacht".'

'Wie heeft dat bedacht?'

'Zij. Ik niet. Ik denk dat ze een kick krijgen van dat geheimzinnige gedoe.'

'Oké. Een kaart met het reliëf van Thorvaldsen. Wat staat erop?'

'We gebruiken afkortingen voor de verschillende middelen.'

'Zoals?'

'E voor epo.'

Niels wachtte een paar seconden. Allan keek naar de grond.

'En wat schrijf je dan op die ansichtkaart?'

'De tijd. En het bedrag.'

'En wie komt er normaal gesproken?'

'Een meisje.'

'Dicte?'

'Ik zei toch al dat ...'

'Jullie gebruiken geen namen. Maar je moet haar gezicht toch hebben gezien.'

'Ze draagt een zonnebril.'

'Schei nou toch uit, zeg. Je hebt de foto's vandaag gezien. Dicte van Hauen. Dood.'

Allan knikte. 'Ze zou het kunnen zijn. Ik weet het niet zeker.'

Voetstappen op de gang. 'Allan? Wat is er aan de hand?'

Niels drong aan: 'Maar vandaag was het iemand anders?'

'Ja, de afgelopen twee keer. Jonge vent. Duur horloge.'

Niels onderbrak hem: 'Jonge vent. Zonnebril. Pet. Duur horloge. Zegt hij iets?'

'Geen woord. Hij heeft geld bij zich. Ik geef hem de ampullen.'

'Verder nog iets?'

'Hij was ook van het ballet. Dat weet ik zeker.'

'Waarom?'

'Ik kom altijd een uur voor de afgesproken tijd. Om de plek te checken.'

Hij zweeg. Niels hielp hem weer op gang: 'Je komt een uur van tevoren om te checken of de politie op de loer ligt. En wat gebeurde er vandaag?'

'Hij kwam. Twintig voor vier. Hij was zenuwachtig. En ongeduldig. En toen deed hij een rekoefening.'

'In de kerk? Hij deed een rekoefening in de kerk?'

'Buiten. Aan de reling langs de gracht. Ik denk dat hij pijn aan zijn hamstring had.'

De vrouw met de baby bleef roepen. Niels dacht na. Hij zou hem eigenlijk moeten oppakken.

'We hadden een afspraak. Ik heb u alles verteld wat ik weet.'

'Wat heb je hem gegeven? Epo?'

'Nee. Dat was het vreemde.'

'Wat?'

'Zij kocht epo. Maar de laatste twee keer ...'

Hij zweeg. Een kunstmatige pauze. Voor het dramatische effect.

'De laatste twee keer', zei Niels. 'Wat is daarmee? De man kocht iets anders?'

'Ja.'

'Wat?'

'Ritalin.'

'Wat is dat?'

'Dat helpt om je wakker te houden. Een prestatieverhogend middel. Dat effect heeft het bij sommige mensen.'

'Verder nog iets?'

'A x 6. A staat voor adrenaline.'

'En dat is het middel dat je hem hebt gegeven? Adrenaline. Dat klinkt niet zo gevaarlijk.'

'En amiodaron.'

'Wat is dat?'

'In combinatie met adrenaline is het een middel dat ze gebruiken bij reanimatie in ziekenhuizen.'

Reanimatie, dacht Niels. De moord op Dicte van Hauen was dus tot in het kleinste detail gepland. Het was gepland dat ze zou worden verdronken en gereanimeerd. Waarom zou hij zich daar anders op voorbereiden? Hij keek op het klokje van zijn telefoon. Hoelang was het geleden dat hij in de haven was gesprongen? Een half uur? Ongeveer. Over een kwartier kon Niels in het Koninklijk Theater zijn. Wat had de balletmeester ook weer gezegd? Alle dansers van het gezelschap deden mee aan *Giselle*. Zelfs de kinderen. Dat betekende dus dat de man die Dicte had vermoord op dit moment in het theater was omdat er avondrepetitie was. Hij zou niet de tijd hebben gehad om zijn haar te drogen, en al helemaal zijn kleren niet. En hij zou naar de haven ruiken. Dat, of hij zou niet komen opdagen op de avondrepetitie. En dan zou Niels weten wie het was. Hij belde.

'We hadden een afspraak', zei Allan zenuwachtig.

'We hébben een afspraak, Allan. Ik hou mijn mond. En jij zoekt een andere manier om je geld te verdienen. Denk aan je dochter. Ik kom af een toe langs.'

Eindelijk werd er opgenomen: 'Taxi.'

44

Islands Brygge. 17.07

Hannah zat in de woonkamer. Uitzicht over de haven. Ze hadden zo gelukkig moeten zijn. Zij en Niels. Ze haalde de pil tevoorschijn en legde hem op de tafel. De pil die haar kinderen zou vermoorden. Ze zou hem vandaag innemen. Op z'n laatst voordat ze naar bed ging. Hoe moest ze het in godsnaam doen? De pil. Rond. Iets ovaal, maar met een hoekige rand. Hij deed misschien een klein beetje denken aan Saturnus – als je je voorstelde dat de rand die langs de cirkelvormige buitenkant liep, de ringen van Saturnus waren. *Flauwekul*. Ze stond op. Bij de hemellichamen zou ze echt geen hulp kunnen vinden. Was die maansverduistering trouwens vanavond? *Verduistering*. Nee, haar hoofd tolde. En de maansverduistering was pas overmorgen.

'Ahhh ...'

Die uitroep van haar stem verraste haar zelf.

'Hannah. Nu moet je rationeel zijn', zei ze hardop. 'Nu moet je de aanklager laten spreken. Zo gaat het altijd in films. Eerst de aanklager, dan de verdediging.' Ze deed een stap opzij zodat er meer ruimte in de woonkamer was voor de aanklager.

'Edelachtbare rechter. Leden van de jury. Ik weet best dat de handeling waartoe Hannah Lund genoodzaakt is wreed lijkt. Afschuwelijk. Twee kleine mensjes vermoorden die niets hebben misdaan.'

Ze hield een kunstmatige pauze, precies lang genoeg om te bedenken dat ze knettergek was, hier stond ze met zichzelf te praten, ja, precies, was dat niet voldoende bewijs?

Ze schraapte haar keel en ging verder: 'Maar we moeten ervoor zorgen dat het verhaal onze leidraad is in een zaak die is doordrongen van emoties. Het verhaal over wat er is gebeurd. Het

verhaal over een erfelijke ziekte. Een ziekte die zo verschrikkelijk is om mee te leven, dat veel mensen die eraan lijden zichzelf uiteindelijk van het leven beroven. Hoe voelt dat? denken jullie misschien. Het voelt als iets wat geen enkel normaal mens zich ooit zal kunnen voorstellen. En toch. Het is weleens beschreven als leven in een horrorfilm. Vandaag moeten we antwoord geven op de vraag of we de verantwoordelijkheid durven nemen om een mens op de wereld te zetten met een dergelijke ziekte. Durven we dat aan? Ik twijfel niet: het zou een serieus misdrijf zijn om dat te doen. En over niet al te lange tijd is het te laat. Nu hebben we nog de kans om iets te doen. Nu hebben we nog de kans om te verhinderen dat zich twee menselijke tragedies zullen ontvouwen. Is het dan niet onze plicht om in te grijpen?
Ze keek naar de pil.

45

Kopenhagen – Amager. 17.15

Hij ging het nog een keer doen. Met die gedachte stapte Niels in de taxi.

'Koninklijk Theater. Ik heb haast.' De chauffeur zette de meter aan.

Waarom zou hij anders nog meer van dezelfde middelen kopen? dacht Niels. Waarom zou je het risico lopen om af te spreken met je dealer op de dag nadat je iemand had vermoord, als je niet van plan was om nog een moord te plegen? Niels belde het theater. Hij wilde Frederik Have spreken. *Wraak.*

Er zijn nog vier wachtenden voor u.

Niels kreeg sterk de aandrang om te wreken. Om wie te wreken? Dicte? Of was het zelfzuchtiger dan dat? Was het wraak omdat Niels iemand was kwijtgeraakt? Voor het eerst. Alle anderen had hij weggesleurd voor de afgrond. Maar Dicte niet. Nu moest er worden afgerekend. Dictes moordenaar op het dak van het theater, hoog boven de stad, met zeewier in zijn haar en kleren die nat waren van het water van de haven. De man die haar had verdronken en gereanimeerd. Hij had ervoor gezorgd dat er kortsluiting was ontstaan in haar rationele denken. Niels fantaseerde over de manier waarop hij hem van het dak zou gooien. Wat zou hij hem achterna roepen terwijl hij op weg naar beneden was? Dat niemand springt waar Niels Bentzon bij is! Ging het meer om gekrenkte ijdelheid dan om iets anders? Ging het meer om de zucht naar rechtvaardigheid? Nee. Het ging erom dat hij nog een moord wilde verhinderen, concludeerde Niels. De beste conclusie. De conclusie die hem in een goed daglicht stelde.

Hij benutte de tijd in de taxi om twee dingen te doen: wachten op de telefooncentrale van het Koninklijk Theater tot hij de balletmeester te spreken zou krijgen. En lezen in het boek dat hij in Dictes appartement had gevonden. *Faidon*. Eerst alleen de woorden die zij had onderstreept.

Er zijn nog vier wachtenden voor u.

Het boek ging over de dood. Alles wat met die vrouw te maken had ging over de dood, dacht Niels. Het ballet *Giselle*. Over een vrouw die sterft en weer opstaat. Net als Dicte zelf – adrenaline en amiodaron. En afdrukken van de defibrillator. En dan al haar boeken. Boeken over de dood en wat daarna kwam. Dit boek hier, *Faidon*, dat bijna niet meer te lezen was. Over een oude, Griekse filosoof die ter dood wordt veroordeeld en in de gevangenis, vlak voordat hij de gifbeker zal drinken, het bestaan van de ziel bewijst.

Er zijn nog drie wachtenden voor u.

Niels voelde de irritatie. Ieder moment dat verloren ging, gaf de moordenaar meer gelegenheid om zich te verstoppen. Om zijn kleren weg te gooien. Zijn sporen uit te wissen.

Er zijn nog drie wachtenden voor u.

'Kunt u over de busbaan rijden?' vroeg Niels.

'Hebt u haast?'

Niels liet zijn politie-ID aan de taxichauffeur zien. Ja, Niels had haast. Over enkele minuten zou de moordenaar van Dicte van de planken worden getrokken en moeten optreden op een heel ander podium. Een podium met een aanklager en een rechter. En met het vooruitzicht op een levenslange gevangenisstraf.

De chauffeur haalde zijn schouders op en gebaarde naar de busbaan, waar het verkeer zich net zo langzaam voortbewoog als in hun eigen file. Kopenhagen had vrij en iedereen wilde kennelijk naar buiten.

Er zijn nog twee wachtenden voor u.

Niels probeerde verder te lezen. Maar hij had moeite om zich te concentreren. Een nieuwe gedachte: Het draaide er allemaal om dat hij zijn belofte aan Dicte wilde houden. Dat hij haar achterna zou springen. Ja. Dit was gewoon zijn manier van springen: door de omstandigheden rond haar dood op te helderen – de moordenaar te vinden – deed hij wat hij die nacht op de brug niet had gedaan: hij sprong.

Niels las. Socrates praat tegen zijn vrienden over schoonheid. Dicte had de hele alinea onderstreept. Hij las verder en begreep er nog steeds niets van. Of wilde hij het niet begrijpen? Misschien. Het ging erom dat we een aangeboren schoonheidsideaal hebben, zoals Henrik Vartov hem ook had uitgelegd. Dat wij schoonheid herkennen. Waar ter wereld we ook zijn, wie we ook zijn, in welke tijd we ook leven, we herkennen schoonheid. En hoe kunnen we schoonheid kennen als dat niet aangeboren is? En als het aangeboren is, waar zit het dan? En hoe zit het met rechtvaardigheid? Ja. Die zat van binnen.

Onzin.

Er zijn nog twee wachtenden voor u.

Niels wist wie die wachtenden voor hem waren: journalisten. Die hun levensnectar uit tragedies zoals deze zuigen. Die Dicte een paar dagen in leven houden op de voorpagina's terwijl zij geld verdienen aan het openbaar maken van details uit haar privéleven.

'Telefooncentrale van het Koninklijk Theater', zei een stem in zijn oor.

Het Koninklijk Theater. 17.27

Was Kongens Nytorv ooit weleens niet opgebroken geweest? dacht Niels geïrriteerd terwijl hij uit de taxi sprong zonder op zijn bonnetje te wachten.

De balletmeester stond hem zoals afgesproken op te wachten. Een voorzichtig glimlachje, ogen waarin de strijdlust was teruggekeerd. Niels zag het meteen en hij voelde een steek van bewondering door zich heen gaan: een afschuwelijk etmaal en een paar vernederende gesprekken met de directeur hadden de man niet gebroken. Niels liep achter hem aan naar binnen.

'De avondrepetitie is in volle gang.'

'Hebt u uw hele ...' Niels zocht naar het juiste woord, 'ensemble bij elkaar?'

'Wat bedoelt u?'

Niels keek om zich heen door de kantoorgang om zich ervan te verzekeren dat niemand hem hoorde. Alles begon weer terug te keren naar het normale. Minder tranen, minder lege blikken, meer concentratie. Niemand is onmisbaar, dacht Niels. Het leven gaat door.

'Ik bedoel iedereen. In ieder geval alle mannelijke dansers.'

'Die zijn hier, ja. Op het toneel. Of in de coulissen', zei de balletmeester, 'kunnen we een beetje opschieten?'

'We moeten ons succesnummer nog een keer herhalen en ze allemaal bij elkaar roepen zodat ik tegen iedereen tegelijk kan praten', zei Niels.

'Morgenochtend vroeg zou een geschikt moment zijn.'

'Nu.'

'Maar we hebben repetitie.'

'Stel die maar uit dan.'

'Ik geloof dat u het niet begrijpt. Het is een generale repetitie. En hij is nu aan de gang.'

46

Islands Brygge. 17.30

De aanklager ging zitten. Wie had ze aangeklaagd? Het antwoord was eenvoudig: de stemmen in haar binnenste die eisten dat het leven zijn eigen rechten had. Ze had degenen aangeklaagd die haar dode zoon waren vergeten. Ze had de mensen aangeklaagd die denken dat ze verstand hebben van andermans pijn.

Hannah leunde achterover op de bank. Deed heel even haar ogen dicht. Hoorde een stem in haar hoofd: *Wil de verdediging opstaan?*

'Ja', zei Hannah hardop. Ze deed haar ogen open. Keek de lege woonkamer in. Ze had zin in een sigaret. Of een glas wijn. Of allebei. Ze bleef zitten. Dat moest wachten. 'Goed', zei ze. 'Edelachtbare rechter. Edelachtbaar publiek. Mag ik u herinneren aan de ernst van de zaak? Het gaat hier om leven. Om het recht op leven. En het gaat erom waar het leven vandaan komt. Nee, laat ik het anders zeggen: Kiezen wij de kinderen? Of kiezen de kinderen ons. Kan iemand deze vraag met zekerheid in zijn stem beantwoorden, de vraag over de oorsprong van het leven? Nee, hè?'

Hannah merkte dat ze was gaan staan. Of had ze de hele tijd al gestaan? Haar hoofd tolde. Ze kon het geluid bijna horen. Het geluid van haar hersenen die onder hoogspanning werkten. Een motor die op het punt stond door te branden. Ze ging verder: 'En het gaat om ons. Wij mensen die denken dat we zelf recht kunnen spreken over leven en dood. Denk maar aan onze relatie met de dood. We laten de dood altijd aan de dood zelf over. De dood heeft geen hulp nodig van onze kant. Hij komt uit zichzelf. Dat ligt in de handen van hogere machten, of de loop van de natuur, dat hangt ervan af waar je in gelooft. Het maakt niet uit hoe vol lijden het leven is, wij veroorzaken de dood niet. De dood komt wanneer de dood komt. Maar hoe zit het met het leven? Waarom zouden we daar anders mee omgaan? Het leven komt wanneer het leven komt. Zouden we dat niet moeten zeggen, in plaats van te doden?'

Stilte in de zaal. Het publiek hield zijn adem in. Het luisterde naar de argumenten van de verdediging, die vervolgde: 'Twaalf weken, zeggen we. Tot twaalf weken hebben we het recht om te doden. Een uitspraak, zo paradoxaal, dat het hemeltergend is. Wie kan beweren dat zo'n grens zinnig is? Een grens die op zo veel andere plaatsen gelegd zou kunnen worden en die is bepaald door een willekeurige groep politici. Wat weten zij van de oorsprong van het leven? Maar het belangrijkste is dat je jezelf afvraagt: Wie weet wat een zinvol leven is? Wie durft een formule op te stellen voor hoe een zinvol leven eruitziet? Als we mensen met een psychische handicap het recht op leven ontzeggen – hoe zit het dan met mensen met een fysieke handicap? Hoe zit het dan met embryo's met een kleine misvorming? Moet hun ook het leven worden ontzegd? Het gaat uiteindelijk om normaliteit. Wat is normaal? Wie durft dat te definiëren? Misschien is het zelfs wel normaal om geen zin meer te hebben in het leven. Wie voelt zich altijd gelukkig terwijl hij het leven leeft? Veel grote filosofen haatten het leven. Kant, Schopenhauer. Voor hen was het leven een hel, de dood een bevrijding. Hadden zij nooit moeten leven?

Hannah liep door de kamer. In kleine cirkels. Ze keek uit het raam, maar zag niets. Alleen de rechtszaal voor haar. De rechter die haar aanstaarde en gebaarde dat er niet veel tijd was. Tijd voor een laatste argument? dacht ze. Nee, het ging niet langer om argumenten, maar om gevoelens. 'Moeten we de dood kiezen, of moeten we het leven kiezen?' vroeg ze. 'Moeten er twee nieuwe levens geboren worden? Mensen met hoop, dromen en verlangens, mensen die misschien ooit grootse daden zullen verrichten? Of moeten we een dubbele moord begaan. Ziedaar het vraagstuk. Dat is de essentie van deze rechtszaak. Meer heb ik niet te zeggen.'

47

Het Koninklijk Ballet. 18.00

Niels hoorde alleen het tweede deel van de zin. Misschien omdat de balletmeester fluisterde, misschien omdat hij onwillekeurig werd overweldigd door de muziek uit de orkestbak. '... dus u kunt gaan zitten waar u maar wilt.'

Niels keek rond. Niet zo zeer naar de balkons, de koninklijke loge, de kroonluchters – al het rode en glimmende, nee, hij keek naar de mensen. De mannen. Hij telde twintig personen op de eerste rijen. Wie zei dat niet een van hen degene was die Dictes adrenaline had gehaald? Hij bevond zich aan deze kant van het doek, óf aan de andere kant. In ieder geval binnen de muren van het theater. Ze hadden afgesproken dat de balletmeester iedereen bij elkaar zou roepen zodra de repetitie afgelopen was. Een mannelijke danser liep over het toneel. Nonchalant. Zoals men tegenwoordig loopt. Niels twijfelde of het bij de voorstelling hoorde. Ja. Alle ogen waren op het toneel en de eenzame danser gericht, en de muziek, ook al was die ijl, begeleidde hem. Op dat moment draaide hij zich met een eenvoudige, droevige beweging om, waarna hij geruisloos op de grond viel. De informatiemedewerkster draaide zich om en gaf Niels een hand. 'Je mag fluisteren tijdens een repetitie', zei ze zacht.

Hoe heette ze ook weer? dacht Niels. Ida?

Op het toneel stond de danser langzaam weer op. Niels werd zich nu pas bewust van de kleding die hij droeg. Overhemd. Vest. Grijze broek met plooi. Als een bankman. Hij leek op een van de mannen die eerder op de dag, op de Knippelsbro, hadden geprobeerd Niels te helpen. Zou Niels in staat zijn de man te herkennen aan zijn manier van bewegen? Hoe hij de brug op was gerend?

Lange passen. Soepele bewegingen die tegelijkertijd mannelijk waren. Niet zoals de man op het toneel. Die had iets verfijnds over zich. Terwijl de muziek zich verhief in hetzelfde ritme als de danser, werd ook het toneel verlicht. Een voorzichtig blauw licht dat een kerkhof onthulde. Een eindeloos kerkhof – zo zag het er vanuit de zaal uit. Allemaal dezelfde grafzerken. Rechthoeken die uit de grond omhoogstaken. Wat had Lea ook weer gezegd? Dat *Giselle* Dicte had gedood. Niels boog zich voorover.

'Waar zat Thorvaldsen toen hij stierf?' fluisterde hij.

Ida keek verrast. Onder de indruk? 'Daarop moet ik u het antwoord schuldig blijven.'

De balletmeester was op de eerste rij gaan zitten. Een rusteloze man in de stoel naast hem draaide zich voortdurend om. Ging zitten. Stond op. Hij droeg zijn overhemd over zijn broek, zijn zenuwen waren duidelijk waarneembaar, je kon het zien aan zijn manische blik. Hij was ongeveer even lang als de man die op de brug aan Niels was ontsnapt.

'Wie is dat?' fluisterde Niels.

'De regisseur', fluisterde Ida. 'Het is zijn debuut. Hij is bij een flink aantal voorstellingen assistent-regisseur geweest, maar dit is de eerste keer dat hij zelf de verantwoordelijkheid draagt.' Ze boog zich dichter naar Niels toe: 'Hij had veel ruzie met Dicte.'

'Waarom?'

Ze haalde haar schouders op. 'Niet alleen voor de dansers staat er veel op het spel. Voor hem is *Giselle* ook een kans. Als de enscenering niet goed wordt ontvangen – slechte recensies, weinig publiek – kan het lang duren voordat hij weer een kans krijgt. Als hij die al krijgt. Maar omgekeerd ...' ze liet haar stem zakken '...omgekeerd: als hij goed wordt ontvangen, ligt de wereld voor hem open. In dat opzicht is ballet internationaal. Geen woorden. Iedereen begrijpt het.'

Achter hen kuchte een man. Niels draaide zich om. Een wat oudere heer keek Niels aan met een autoritaire vinger op zijn lippen. Rode choker. Wit haar. Op het toneel wilde de muziek aanduiden dat er gevaar op handen was. Zoals bij een stomme film. En opeens stond ze daar. Giselle. Lea Katz. Niels had haar niet zien opkomen. Van hier af leek het net alsof ze naakt was. Alsof haar zandkleurige bruidssluier doorzichtig was. Haar borsten raakten de stof, of andersom. De muziek zwol aan. Opgewonden. Giselle was weer weg. Een spook. De man wankelde over het toneel. Verschrikt. Van zijn stuk gebracht. Toen rende hij de coulissen in.

'Vroeger hoorde je de ratten piepen vlak voordat het doek opging. Het wemelde hier van de ratten omdat de grachten die om het theater heen liepen vol dreven met ...'

Niels draaide zich om. Hij keek de oude man aan, die een kunstmatige pauze hield, terwijl hij Niels' blik vasthield: 'Vol dreven met menselijke uitwerpselen', zei hij glimlachend. De glimlach van een jongetje in het gezicht van een oude man. Een jongetje dat nooit op zou houden brutaal te zijn. 'Bent u de politieman?' vroeg hij.

'En u bent?'

'Ik geef hier weleens les', zei hij.

Op het toneel vormde zich een dikke, witte rook, vlak boven de grond. De violen speelden nog steeds. Ritmisch pulserend, alsof ze de witte rook uit de vloer tevoorschijn trokken. Op de eerste rij werd gefluisterd. Niels kon de stem van de balletmeester horen.

'Kende u haar?' vroeg Niels.

'Natuurlijk', zei de oude man. 'Dicte was uniek. Niet zoals de anderen. Haar dood is een heel groot verlies voor het ballet.'

'In welk opzicht niet zoals de anderen?'

Hij haalde zijn schouders op: 'Veel van hen willen alleen maar optreden. Meisjesdromen. Dat kun je zien iedere keer dat ze een open doekje krijgen.'

'Een open doekje?'

Hij keek Niels met een arrogante blik aan: 'Als het publiek tijdens de voorstelling speciaal voor jou klapt. Als dat geluk je ten deel valt.'

'En wat kun je zien als het publiek klapt?'

Hij boog zich naar Niels toe: 'De tepels van de meisjes.'

Niels keek naar de grond.

'Die worden stijf. Begrijpt u?'

Niels knikte en overwoog ergens anders te gaan zitten. Op de eerste rij was het stil geworden.

De oude man fluisterde: 'Opgewonden. Ze worden opgewonden van het applaus.'

'Maar Dicte was anders?'

'Dicte zou ook zonder publiek hebben gedanst. Dat was wat haar zo subliem maakte. Verheven boven de anderen.'

Niels keek naar het toneel. Uit de rook die bijna aan de vloer van het toneel vast leek te kleven, groeiden vrouwenlichamen. Eerst armen, daarna richtten de lichamen zich als wezens op uit de rook.

'Dat gaf vast jaloezie.'

Hij glimlachte: 'U bedoelt wie haar heeft vermoord voordat ze sprong?'

Niels keek hem verrast aan.

De oudere heer haalde zijn schouders op. 'Er zijn hierbinnen geen geheimen', zei hij en toen voegde hij er nog aan toe: 'En tegelijkertijd alleen máár geheimen.' Hij boog zich verder naar Niels toe. Fluisterde in zijn oor: 'Het is angstaanjagend hoezeer het libretto de manier waarop Dicte zich van het leven heeft beroofd weerspiegelt.'

Niels onderbrak hem: 'Het libretto?'

'Het verhaal. De handeling!'

'Wat is daarmee?'

'*Giselle* gaat over alles wat gevaarlijk is. Over alles wat verdrongen wordt. Dat wat we niet willen weten, niet kunnen begrijpen. Over seksualiteit. De seksualiteit van de vrouw. De verborgen krachten in de vrouwelijke natuur. Krachten die zo sterk zijn dat ze angstaanjagend en niet te controleren zijn, maar tegelijkertijd ook aantrekkingskracht bezitten en vol verleiding zijn. *Giselle* is pas in 1946 in het repertoire van het Koninklijk Theater opgenomen, onder andere omdat August

Bournonville het maar niks vond.'

'Waarom niet?'

'Hij vond het ziek. Zonder moraal. Neem alleen al de Willi's', zei hij en hij wees met zijn hand in de richting van het toneel. 'Nachtwezens die leven in het diepe bos. Seksueel gefrustreerde maagden die zijn gestorven voordat ze hun maagdelijkheid hadden verloren. En Giselle die sterft van verdriet ...'

Niels onderbrak hem: 'Dus Giselle sterft van verdriet? Of ze pleegt zelfmoord. En Dicte springt haar dood tegemoet.'

'Precies.'

'Dus u zegt dat ...'

'Dat Dicte de voorstelling gewoon mee naar huis heeft genomen.'

'Dat ze hem live heeft opgevoerd?'

'Voor de hele wereld', zei hij en hij keek naar de vloer.

Niels twijfelde hoeveel hij de oude man moest vertellen. Maar aan de andere kant: de man kwam hier vast al een mensenleven. Langer dan de rest van de mensen die hier aanwezig waren. De balletmeester had het gezelschap vergeleken met een klooster: een plek waar je voortdurend bij elkaar bent, je hele leven, altijd, binnen de muren, terwijl je iets aanbidt dat groter is dan jezelf. Niels boog dichter naar de man toe. Ze fluisterden nu.

'De beeldhouwer Thorvaldsen zakt in elkaar, hier op deze plek, dood.'

De oude man keek op. Verrast. Niels ging verder: 'Dicte had een ansichtkaart van Thorvaldsens reliëf "De Nacht met zijn Kinderen" in haar kleedkamer.'

'Slaap en Dood', zei de oude man.

'Ja. En daar gaat dit ballet ook over. Slapen. Dromen. Doodgaan.'

'En weer opstaan.'

Nu stonden alle danseressen op een rij. Lea voorop. Niels kon zijn ogen maar moeilijk van haar afhouden. De gracieuze bewegingen. Het bijna naakte lichaam.

'Alles wat met Dicte te maken heeft, is geconcentreerd rond

de dood', fluisterde de man. 'En de wederopstanding.'

Niels keek hem aan.

De oude man wees naar het toneel. De muziek nam toe in kracht. 'In de tweede akte houden de maagden hem voor de gek. Ze willen Albrecht de dood in dansen, bij wijze van wraak.'

'De dood in dansen?'

'Of de liefde bedrijven tot in de dood. Wat denkt u?'

Niels keek naar het toneel. Naar de eenzame man gevangen tussen de witte maagden. Vampiers. Nachtwezens.

Achter Niels ging de man verder: 'Een van de wijzigingen die Dicte had aangebracht. Geïnspireerd door een beroemde enscenering van Peter Schaufuss, waarin Giselle niet sterft door liefdesverdriet, maar zelfmoord pleegt. Ze stond erop dat haar Giselle juist op die manier zou sterven.'

'Door eigen hand?'

'Ja, en dat had de regisseur uiteindelijk geaccepteerd – na een paar stevige discussies met Dicte. Maar nu is het weer terug veranderd. Het hart houdt gewoon op met kloppen door liefdesverdriet. Dat is mooier. Eenvoudiger. Maar minder complex.'

Niels onderbrak hem: 'En de andere mannelijke dansers?'

'Wat is daarmee?'

'Wanneer komen die op?'

'Niet zo veel in de tweede akte.'

'Waar zijn ze dan nu?'

De oude man haalde zijn schouders op: 'Ze zitten waarschijnlijk te roken in de kleedkamers, of ze staan te wachten in de coulissen, en kijken.'

De kleedkamers. Dat zou hem de tijd geven om zijn natte kleren weg te werken, dacht Niels. Om zich te ontdoen van het bewijs.

'Sorry', Niels stond op. Ida draaide zich om en keek naar hem. Vlak voordat Niels de zaal uit liep, fluisterde de balletmeester iets tegen de regisseur.

48

19.30

Portier. Een genre op zich. Niels vroeg zich altijd af wat dit soort mensen had gedaan voordat ze in een uniform werden gehesen en met een sleutelbos in de hand achter een monitor belandden.

'Ja?' zei hij, in de zin van: ik hoop dat het belangrijk is.

Niels liet hem zijn ID zien, dat had meestal wel een zeker effect.

'Oké?'

'Ongeveer een uur geleden,' Niels keek op zijn horloge, 'misschien anderhalf uur. Hebt u gezien wie er toen door deze ingang is binnengekomen?'

'Ik zie iedereen die binnenkomt. Daarom zit ik hier.'

'Ik zoek een man die een stukje is gaan zwemmen in de haven, met al zijn kleren aan.'

'Zegt me niets.'

'Lange, witte broek. Pet.'

'Nee, ik geloof het niet.'

'En u bent niet van uw plek geweest in die tijd?'

'Nee.'

'Heel even maar?'

Hij aarzelde. Precies lang genoeg voor Niels om te weten dat hij loog toen hij zei: 'Ja, dat weet ik zeker.'

Niels keek naar de kleine camera boven de deur. 'Ik wil graag de opnames van de bewakingscamera zien.'

'Nu? Alles? Ook die van buiten?'

'Ja. Ik wil weten wie er door de passage is gekomen.'

'Zelfde tijd?'

'En zijn er nog andere ingangen?' Niels wist best dat dat een domme vraag was. En anders zou de portier hem daar wel even op wijzen.

'Er zijn overal in- en uitgangen. Nooduitgangen, brandtrappen, toneelingangen, personeelsdeuren. Als we alles afsluiten, zijn we met twee man ruim een uur bezig.'

Niels nam een besluit en verhief zijn stem. 'Ik wil graag de opnames zien van buiten, in de passage, in de periode tussen 16.15 uur en één uur daarna. U mag doorspoelen.'

*

Auto's, taxi's, de rokers uit het theater bij de ingang, een groepje toeristen, vast passagiers van een van de grote cruiseschepen die bij Langelinie aan de kade lagen. Maar geen hijgende man met natte kleren. Geen jonge man met een zwarte baseballpet. Maar misschien had hij zich vergist? Misschien was de man helemaal niet teruggerend naar het theater? Of misschien was hij eerst naar huis gegaan. Om zich om te kleden.

'Spoel nog eens terug.'

Dit keer nam Niels meer tijd. Hij nam iedere afzonderlijke persoon die door de passage kwam goed op, hun uiterlijk, hun gestalte. Hij probeerde zich de lichaamshouding en de manier van lopen van de man uit de kerk weer voor de geest te halen. Maar hij wist het bijna zeker: geen van de mannen op de opnames was de man die hij zocht. Nu pas zag hij de vrachtauto. Een verhuiswagen misschien. Hij bleef iets langer dan twee minuten in de passage staan. Ze hadden er eerder waarschijnlijk voorbij gespoeld.

'16.20 uur', zei Niels tegen zichzelf en hij keek naar het klokje onderaan het beeldscherm. 'Om 16.20 uur komt hij in beeld.'

'Ik wist niet dat u een verdwaalde vrachtauto zocht?'

'Dat is ook niet zo, maar hij blokkeert het zicht op een deel van de stoep.'

'Wat bedoelt u?'

'U kunt het zelf zien. Tussen 16.20 uur en 16.24 uur, als de auto weer wegrijdt, kan een man door de passage zijn gelopen, achter die vrachtwagen langs, zonder dat hij door de camera is gezien.'

De portier had geen zin om Niels gelijk te geven. Ten slotte knikte hij alleen maar even.

'Die camera is precies vier minuten lang feitelijk buiten werking geweest. Zijn we het daarover eens?'

Nog meer stilte.

'Als de man nu van die kant is gekomen', wees Niels. 'En achter die verhuiswagen langs door de passage is gerend, welke ingang zou hij dan het eerst bereiken?'

'De ingang van de balletschool.'

'Aan de overkant van de passage?'

'Maar die is nu niet open.'

'Kan hij een sleutel hebben gehad? Als hij hier werkt?'

'Dat kan ik niet uitsluiten.'

'Hoe zit het, kun je daar naar binnen gaan en rechtstreeks in het hoofdgebouw komen zonder dat je weer naar buiten gaat? En zonder dat je langs de portiersloge hoeft?'

49

20.19
De zon viel op de muur van het theater waar nog steeds een reusachtige poster van Dicte hing die iedereen herinnerde aan de tragedie. Niels volgde de portier, uit de schaduw, de straat over.

'Deze ingang wordt maar heel weinig gebruikt', zei de portier. 'Alleen als je in de balletschool moet zijn.'

Niels keek naar de trap en de stoep. Hij hurkte tot hij op ooghoogte met de traptreden was. Liet zijn handen over het oude marmer gaan. Verkruimelde aarde aan zijn vingers. Heel weinig maar. Vochtig? Misschien van een schoen die in het water was geweest en daarna door de stad had gerend? De haven lag aan het einde van de straat. Niet zo ver van de brug. Een kind zou dat stuk kunnen zwemmen.

'Hebt u een universele sleutel?'

De aarzeling van de portier zei genoeg: natuurlijk had hij die, maar hij had geen zin om hem aan Niels te geven.

'Ik wil overal naar binnen kunnen', zei Niels.

Ten slotte kreeg hij hem. Met een ontevreden gebrom en een vermoeide blik.

'Ik vind de weg zelf wel.'

'U zult verdwalen als u niet ...'

'Bedankt voor de hulp.'

Niels deed de deur open en ging naar binnen. Hij liet zijn ogen wennen aan het donker. Ja. Daar, op het linoleum van de traptreden: heel vage afdrukken van een schoen. Niels ging er met zijn vinger overheen. Verse afdrukken. Hij zou eigenlijk de technische afdeling moeten bellen. Dat zou de juiste gang van zaken zijn. Om de sporen veilig te laten stellen. En misschien

Allan uit Amager laten komen voor een herkenningsprocedure. Alle mannelijke dansers opstellen op een rij. Maar hij was zo dichtbij.

Over een paar minuten was het voorbij. Dan zou hij hem vinden. Hem straffen.

Niels opende de deur van de trap op de eerste verdieping. Hij werd verwelkomd door de geur van lunchpakketten. Hij keek naar binnen in een leeg klaslokaal. Posters aan de muren. Het alfabet. Het licht van een open koelkast in een hoek. Niels volgde de natuurlijke route. De gang door. Hij keek uit het raam. Naar de overdekte loopbrug over de passage die de balletschool met het theater verbond. Deze weg had de man genomen, de trap op, door de balletschool en over de loopbrug naar het eigenlijke theater, waar hij zich ongemerkt kon ontdoen van zijn natte kleren en zich tussen de anderen mengen. Niels ging harder lopen. Dan had de moordenaar zich dus omgekleed. Meegedaan aan de generale repetitie. En nu was hij bezig de bewijzen weg te werken. Niels keek naar beneden, naar de passage onder de loopbrug. De portier stond te roken, samen met een bouwvakker. Ze praatten niet met elkaar, stonden alleen maar naast elkaar. Niels liep de laatste passen over de loopbrug en ging het oude theatergebouw binnen. Het niveauverschil getuigde van de ontwikkelingen die het theater in de loop der eeuwen had doorgemaakt. Nieuwe gedeeltes waren aangebouwd, als legoblokjes die niet helemaal goed op elkaar pasten, maar die met een beetje geweld wel aan elkaar vast bleven zitten.

Daar stond hij, zei Niels tegen zichzelf. Met drijfnatte kleren. Wat nu? De garderobe? Dan liep hij het risico dat hij werd gezien. Erger nog: hij zou niet kunnen voorkomen dat hij werd gezien. Hij was naar zijn kleedkamer gegaan om zich om te kleden. En tenzij hij zich intussen had ontdaan van zijn natte kleren, lagen die daar nog.

Niels ging een deur door. Een nieuwer gedeelte van het theater. Weg was de geur van hout. In plaats daarvan rook het iets bedompter. Beton. Linoleum. Aan het eind van de gang, nog voor de kantorengang, zat een deur, die Niels opendeed. De hele wand, misschien wel twintig meter, was bedekt door een spiegel. Voor die spiegel liep een horizontale houten barre. En er stond een vleugel. Niels liep door de oefenzaal. Naast hem in de spiegel liep een man. In hetzelfde ritme, ook al straalde hij tegenzin uit – zoals een soldaat die op weg is naar het front. Niels keek naar de grond om niet naar zichzelf te hoeven kijken. Hij hoorde de naaimachines op hetzelfde moment dat hij de deur aan de andere kant van de zaal opendeed. Hij kwam in de hoedenwerkplaats. Een vrouw keek op toen Niels de deur binnen kwam. Hier had de man heel goed ongemerkt doorheen kunnen rennen. Toen hij verderging en langs het naaiatelier liep keken ze niet eens op. Hij moest op de deur kloppen.

'De kleedkamers?'

'Beneden', zei ze zonder de speld die ze tussen haar lippen had uit haar mond te halen. Ze wees naar een trap. De andere meisjes in het atelier hadden niet eens opgekeken van hun werk. Opperste concentratie. Niemand zou notitie nemen van iemand die langs de ramen die uitkeken op de gang rende. Niels hoorde heel zacht de muziek van het toneel – ook op de trap die aan de straatkant lag. Gematteerde ruiten. Hij opende de deur. Hier was het. Douches. Kleedkamers. Er lagen nog steeds bloemen voor de deur van Dictes kleedkamer.

*

Sommige mensen hadden hun schoenen voor de deur gezet. Niels onderzocht ze. De schoenen van de man moesten nog nat zijn. Op zijn minst vochtig. Maar hij vond niets. Een aantal van de schoenen die voor de deuren stonden, waren sportschoenen. Adidas, Nike. Die zouden heel goed van hem kunnen zijn. Hij was langer dan Niels. Een meter negentig misschien. Hij had een grotere schoenmaat. Waarschijnlijk. Er stond een paar All Stars maat 44 voor een van de deuren. Niels pakte ze op. Vochtig? Niet erg, maar misschien wel een klein beetje. Niels rook eraan. Havenwater? Niet echt. Hij stak de sleutel in het slot en ging naar binnen, deed het licht aan. De kamer was bijna hetzelfde als die van Dicte. Het bed, de tafel, de kasten, het prikbord, de spiegel die gretig Niels' spiegelbeeld opving. Vlak naast de deur stond een paar witte sneakers. Een beetje zand tussen het profiel. Droog zand. Dat kon net zo goed van het opgebroken plein voor het theater zijn. Van wie was deze kamer? Er lag een handgeschreven briefje voor het schoonmaakpersoneel. 'Niet vergeten de spiegels schoon te maken'. Met twee ongeduldige uitroeptekens erachter. En hetzelfde was ook nog in het Engels geschreven.

De volgende kleedkamer. De kasten. Niels deed ze om de beurt open en onderzocht ze grondig. Geen baseballpet. Er lag een zonnebril in een van de lades, maar Niels wist niet zeker of het er zo een was als hij zocht. Of toch wel? Hij wist het gewoon niet. Weer ving hij zijn eigen blik op in de spiegel. Of liever gezegd: het was net of de blik in de spiegel hem ving. Hem onderzocht. Het was niet te vermijden hier in het theater. Overal spiegels. 'Je tast in het duister, Niels. Ga naar huis', fluisterde hij.

Voetstappen. Eerst verbond hij ze met iets in zijn gedachten. Misschien verbond hij ze met Hannahs rusteloze voetstappen 's nachts over de vloer van de woonkamer. Of het geluid van zijn eigen voetstappen als hij zijn spullen pakte en bij haar wegging. Omdat zij al lang geleden bij hem weg was gegaan en in zichzelf was verdwenen. Maar nu twijfelde hij niet meer. Het geluid van voetstappen op de gang. Twee meisjes die lachten. Niels deed de deur open en liep de gang op. Ergens ging een deur dicht. Er kwam iemand aan. Hij hoorde de stemmen van de meisjes. Niels bleef voor de deur van Dictes kleedkamer staan. Er lagen rozen en lelies die nog niet waren uitgekomen. En paardebloemen. Niels stelde zich voor dat de kleinste kinderen van het ballet die hadden geplukt op de binnenplaats, tussen de klinkers. Hij liep verder de gang door. Bleef staan. *Dictes kleedkamer*. Waarom niet? Was dat niet de beste plek om je spullen te verstoppen? Een deur waarvan je wist dat hij voorlopig niet open zou gaan.

50

20.50
Het licht deed het niet. Niels bleef stilstaan en luisterde. Hield zijn adem in. Hij overwoog of hij zich zou omdraaien, op de tast de deurknop zoeken en proberen de deur weer open te doen, om licht naar binnen te laten vallen. Maar de meisjes stonden nog steeds te praten op de gang. Over de repetitie van *Giselle*. Over Lea. 'Niet zoals Dicte', hoorde Niels een van hen fluisteren. Hij koos een andere oplossing: zijn mobiel. Het zwakke licht van de display zou waarschijnlijk net genoeg zijn. Hij haalde hem uit de zak van zijn overhemd. Zette hem aan. Het licht was heel zwak. Alsof het werd overvallen door het donker op het moment dat het zich vertoonde. Een zilveren gloed ergens in de kamer. Langzaam traden de contouren naar voren. De tafel, de rand van het bed. De kasten. Hij onderzocht de vloer. Had Dictes moordenaar hier zijn natte kleren uitgetrokken? Op de gang liepen de meisjes verder. Hij hoorde hun voetstappen wegsterven. Hij wilde de deur opendoen. Om wat meer licht te krijgen. Hij pakte de deurkruk vast. Op dat moment hoorde hij hem. Achter zich. Instinctief bracht Niels zijn handen naar zijn gezicht om het te beschermen. Hij sloeg hard. Niels probeerde zijn arm vast te pakken en hem op zijn rug te draaien. Maar hij was lenig en trok zich terug, en sloeg nog een keer. Dit keer raakte hij Niels in zijn gezicht. Er brak iets. Een bot? Droog. Als knäckebröd, dacht Niels terwijl hij viel en de ander de deur openrukte en wegrende. De deur stond op een kier. Hij probeerde overeind te komen. Wat had hij als wapen gebruikt? Had hij het meegenomen?

'Blijf staan.' Wilde hij roepen. Het werd een hees gesis. Een boze zwaan. 'Kom op, Niels.'

Die woorden brachten hem weer op de been. Naar de gang. Hij

rukte de deur open. Voetstappen boven hem op de trap. Ja, goed zo. Ren maar naar boven. Die kant moeten we op. Hoe verder hoe beter, dacht Niels toen hij achter hem aan rende. Hierboven zou het eindigen. De man, wie hij ook was, zou dezelfde weg gaan als Dicte. Over de rand.

Niels hoorde dat de man de deur achter zich op slot probeerde te doen. Om Niels op te sluiten in het trappenhuis. Niels pakte de deurkruk vast. Daarna trapte hij. Een stuk van de deurpost brak af tegelijk met de deur. Vermolmd hout. Niels rende de gang door. Hij volgde het geluid van de muziek. Rechtstreeks een kamer met rekwisieten in. Hij zag nog net dat de andere man een deur opentrok. 'Het oude toneel', stond er boven de deur. Een paar seconden later volgde Niels hem. Hij deed de deur open en werd verwelkomd door de volle sterkte van het orkest. Voor hem, in de coulissen, stonden vier balletdansers met hun rug naar hem toe. Ze volgden wat er op het toneel gebeurde. Was het een van hen? Niels keek naar hun blote ruggen. Rustige ademhaling bij alle vier. Een van hen draaide zich om. Hij keek Niels verwonderd aan met zijn jeugdige blik.

'Heb jij gezien wie er net door deze deur is binnengekomen?'

De danser schudde zijn hoofd.

Er was maar een uitweg. Die volgde Niels. Dieper de coulissen in. Achter de losse decorstukken langs. De diepte van het theater in, daar waar de coulissen uitkwamen op een pikzwarte muur. Niels keek omhoog. Aan beide zijden liep een stalen trap zigzaggend naar de nok van het theater. Daar, halverwege, kreeg hij weer oogcontact met hem. Niels stootte zijn knie tegen het stalen hekwerk toen hij probeerde twee treden tegelijk te nemen. Te donker. Te kleine treden, te veel touwwerk, verblindend licht van de vele lampen, waardoor Niels achterbleef in een race door het duister. Op de eerste overloop stootte hij tegen een bed aan. Wie sliep hier in godsnaam? De lichtman? Niels hoorde hem verder boven zich. Linoleum op de overloop tussen de trappen, met nopjes, beter om op te rennen. Niels kwam bij de volgende trap. De treden niet meer dan vijftig centimeter breed. Gebouwd voor kleine toneelmensen uit een vorige eeuw. Langs de galerij zaten de lampen, honderden, hij voelde de warmte toen hij erlangs rende. Bijna boven bij het plafond, verloor Niels hem uit het oog. Hij keek naar beneden. Een kort moment van duizeligheid. Diep onder hem stond Lea helemaal alleen op het toneel. Nee. Nu kwamen de andere danseressen achter haar op. Ze namen een rooksluier met zich mee. De muziek was nu zacht. Droevig. Het licht van de vele lampen was gericht op het toneel en de zwarte muren om hem heen maakten het bijna onmogelijk voor Niels om zich te oriënteren. Hij móést hier zijn. Er kon geen andere uitweg zijn hiervandaan. Hij vond nog een trap. Roestige treden. Hij moest naar beneden kijken om het houvast voor zijn voeten niet kwijt te raken. Niels was nog maar net op de volgende galerij aangekomen, toen het gebeurde. Een harde klap in zijn gezicht. Met een voorwerp.

'Stop!'

En nog een keer. Nog een keer? Hij viel. Zo voelde het. Vrij zwevend. Zwaar. Hij hoorde het geluid toen hij de grond raakte niet, maar hij hoorde wel het geluid van een deur die openging en een persoon die naar beneden of naar boven verdween.

51

Bispebjerg Hospital – Afdeling Kinder- en Jeugdpsychiatrie. 21.15

De stilte zendt een geluid uit dat ik niet met woorden kan beschrijven. Het komt van de gang, denk ik, een zacht gezoem. Een apparaat dat aanstaat misschien? Een televisie? Of bestaat het geluid alleen in mijn hoofd? Ik ga overeind zitten in mijn bed. Ben ik wakker geworden van dat geluid? Heb ik eigenlijk wel geslapen? Ik doe mijn nachtlampje aan. Blijf nog even zitten voordat ik uit bed stap. De foto's liggen op de tafel, precies zoals ik ze heb achtergelaten. Ik heb ze niet aangeraakt sinds de politieman is vertrokken. Vijf gezichten. Vijf mannen.

Wie is De Schuldige?

Is een van hen degene die mijn moeder heeft vermoord? Misschien. Het kan. Wie van deze mannen kan ik me voorstellen met een mes in zijn hand? Die jonge? Nee. Dat kan ik niet voor me zien. Die ene die op een bankman lijkt? Misschien. Zijn gezicht heeft iets kouds. Een onderliggend cynisme. *Misschien.* Ik doe mijn ogen dicht. Ik hoef niet meer naar de foto's te kijken. De gezichten zijn in mijn hersenen geprent. Ik zie nu ook mijn moeder. Mijn mooie, dode moeder. Ze is niet dood. Ze staat springlevend in de woonkamer en maakt ruzie met de bankman. Zegt dat het allemaal een misverstand is. Dat ze een vreselijke vergissing heeft gemaakt en dat het nu afgelopen moet zijn. Hij wordt woedend. Schreeuwt dat ze van mijn vader moet scheiden, dat ze hem alles moet vertellen. Maar mijn moeder weigert. Ze wil hem eruit gooien.

'Ga weg!' Schreeuwt ze tegen hem. Ja, dat is wat ze schreeuwt: 'Ga weg!'

Ik sta achter de deur en kan alles horen. Ze kunnen mij niet zien, maar ik kijk door het sleutelgat en ik zie een glimp van hen.

'Je moet nu weggaan', schreeuwt mijn moeder weer. 'Ik wil je niet meer zien.' Maar hij luistert niet. Hij wordt alleen nog maar bozer. Hij duwt haar. Hard, ze wankelt en hij duwt haar nog een keer. Nu valt ze. Op de grond, tegen de stoelen van de eettafel, die omvallen, een glazen vaas valt met een klap op de grond en spat in duizend stukjes uiteen. Mijn moeder huilt. Ik trek aan de deur. Is dat zo? Misschien sta ik alleen maar doodstil te luisteren terwijl de tranen over mijn wangen rollen, of misschien ben ik weer terug in mijn bed gekropen en heb ik het dekbed over mijn hoofd getrokken, ben ik gevlucht in de duisternis.

'Stop!' schreeuwt mijn moeder als hij opeens terugkomt met het mes in zijn hand. Waar komt dat vandaan? Hoe kan hij nou helemaal naar de keuken zijn gelopen zonder dat mijn moeder in de gaten heeft dat hij weg is? Waarom vlucht ze niet? Door de terrasdeuren, de straat op, waarom roept ze niet om hulp?

'Nee', zegt ze als hij naar haar toe loopt met het mes in zijn hand. Langzaam? Nee, hij rent naar haar toe, pakt haar beet terwijl ze nog op de grond ligt, hij steekt haar niet; hij trekt haar hoofd naar achteren, ruw, met geweld, ontbloot haar hals en steekt het mes vlak achter haar oor diep naar binnen, dan snijdt hij met een snelle beweging haar keel helemaal door: haar luchtpijp, haar strottehoofd, spieren en aderen, hij snijdt haar halsslagader open en ...

Mijn moeder staart naar hem. Ze probeert iets te zeggen, maar de woorden verdrinken in het bloed dat in golven naar buiten komt. Hij gooit het mes van zich af en verdwijnt uit het huis. Ik hoor zijn voetstappen in de gang, de voordeur die dichtslaat. En het lukt me om de deur van mijn kamer open te breken. Ik kijk naar mijn moeder die schreeuwend rondrent. Ze houdt haar keel vast, alsof ze probeert om het onafwendbare tegen te houden. Ik zie haar eindelijk tot rust komen. Voel een onaangenaam gevoel van opluchting als ze eindelijk stil op de grond ligt. Kijk in haar ogen. Haar blik wordt stijf. Het leven verdwijnt.

De tranen die uit mijn ogen stromen en op haar gezicht vallen. Alsof ze het bloed weg willen wassen. En de stilte in de seconden erna. *De stilte*. Die was het ergst. Erger dan het bloed. Erger dan het geschreeuw van mijn moeder. Want die stilte wilde me iets vertellen. Me laten zien hoe leeg alles vanaf nu zou worden.

52

Het Koninklijk Theater. 22.55

'Alles in orde?'

Pijn. Een levend gevoel in zijn gezicht, alsof er iets overheen liep. Een salamander. Met zijn gezin. Niels voelde naar zijn mobiel, tastte in het dichte duister. Het geluid van de deur die werd geopend en weer dichtgegooid klonk nog steeds in zijn oren. Het geluid van voetstappen op metaal. Zijn vingertoppen raakten iets hards. Zijn telefoon. Hij pakte hem op en probeerde hem aan te zetten. De smaak van hout.

'Kunt u mij horen?'

Licht. Zwak, half gedempt licht, maar genoeg om een idee te krijgen van waar hij was. Hij lag op de houten vloer helemaal boven in het theater.

'De galerijbediende heeft u gevonden.'

Niels probeerde te gaan zitten. De bewaker hielp hem.

'Bent u gevallen?'

'Gevallen?'

Niels schudde zijn hoofd.

'Hebben jullie gezien waar hij naartoe ging?'

'Wie?' Niels probeerde de bewaker te onderscheiden van de andere man. Ze staarden hem verbaasd aan, alsof ze een nieuwe soort hadden ontdekt.

'Die danser.'

Ze hadden geen idee over wie hij het had. Niels zag het aan hun ogen.

'U hebt geluk gehad', zei de galerijbediende. 'Er zijn al verschillende mensen overleden na een val hierboven. Er is er maar één die het heeft overleefd. Omdat hij dronken was.'

'Help me overeind.'

'Misschien moeten we hulp bellen?'

Niels schudde zijn hoofd en worstelde om zonder hun hulp overeind te komen. Het toneel onder hen was donker. Hoelang had hij hier gelegen?

'Hoe laat is het?'

'Je bent helemaal van de wereld, man.'

'Geef antwoord op mijn vragen', zei Niels hard.

'Het is iets voor elven.'

Iets voor elven. Dan was Niels een paar uur weggeweest ...

'Is er nog een andere manier om beneden te komen?' vroeg de bewaker aan de galerijbediende.

'Ik kan best lopen.'

'U zou uzelf moeten zien.'

'We kunnen boven de zaal langs gaan', antwoordde de gallerijbediende en hij ging hen voor.

Niels volgde en achter hem kwam de bewaker.

'Hier lieten ze vroeger de dove mensen zitten', zei de bediende terwijl hij een deur opendeed. De bollende vloer vormde de bovenkant van de welving waar je naar opkeek als je in de pluchen stoelen vele meters eronder zat.

'Gaat het?'

'Ja.'

Niels voelde de hand van de bewaker op zijn arm. Alsof hij een gevangene vasthield. De galerijbediende wees op een vierkant blok dat Niels deed denken aan de Kaäba in Mekka. 'Hier kun je de kroonluchter ophijsen. Vroeger zaten er natuurlijk echte kaarsen in', zei hij met een glimlach.

Ze gingen naar de foyer. Zwak avondlicht in het koele trappenhuis.

'Ik moet naar de kleedkamers', zei Niels.

'Is het niet mooi geweest voor vanavond?'

Niels keek hem aan. 'Je hebt het wel tegen de politie.'

'Dat is allemaal best, maar u moet uzelf eerst in de spiegel zien voordat ik u ook maar ergens naartoe breng.'

*

Eigenlijk mocht alleen de koningin dit toilet gebruiken, als je moest geloven wat de galerijbediende zei voordat hij verdween. Niels bekeek zichzelf in de spiegel. Het was net of hij een oude vriend tegenkwam die hij niet meer herkende. Bekend en toch vreemd. Een diepe snee liep van zijn voorhoofd tot op de brug van zijn neus. Hij onderzocht zijn neus; die was niet gebroken. Zijn tanden zaten nog vast. Maar zijn onderlip was gescheurd. Zijn wang was dik. Zou zijn jukbeen gebroken zijn? Hij raakte het heel voorzichtig aan. Nog meer pijn. Maar nee, het was waarschijnlijk niet gebroken. Een harde klap tegen zijn borst, een harde klap tegen de zijkant van zijn hoofd en een harde val waren genoeg geweest om zijn gezicht te veranderen in een slagveld. Hij veegde het ergste bloed weg met een papieren handdoekje. Meer bloed sijpelde uit de wonden, vooral de snee op zijn voorhoofd was diep. Zijn gezicht was veranderd in een delta van kleine, levende stroompjes bloed die hun weg hadden gevonden via de onzichtbare plooien in de huid, de natuurlijke groeven in het gezicht van een man van middelbare leeftijd. Hij probeerde het met water. Het prikte. Bovenaan zijn voorhoofd deed het de ergste pijn. Had hij een klap op zijn oor gekregen met iets? Was hij daarna met zijn voorhoofd tegen de grond geslagen? Was het zo gegaan? Of andersom? Met een natgemaakt papieren handdoekje tegen zijn voorhoofd gedrukt, volgde hij de bewaker. Naar de kleedkamers.

'Weet u zeker dat het gaat?' vroeg de bewaker.

'Het was maar een klap.'

*

In Dictes kleedkamer deed het licht het nog steeds niet.

'Kunnen we het licht aan krijgen?' vroeg Niels.

'Nu? Dan moet ik een elektricien zien te vinden.'

'We hoeven alleen maar een peertje te hebben.'

De bewaker stond even heen en weer te wiebelen. Toen sloeg hij zijn orders in de wind. Hij bromde nors en verdween. Niels ging op de stoel voor de spiegel zitten waar Dicte avond na avond had gezeten en bekeek zichzelf in het kleine beetje licht dat vanaf de gang naar binnen viel. De bewaker kwam terug.

'Om te beginnen moet u het hier maar even mee doen.' Niels kreeg de felle lichtbundel van een zaklantaarn naar zijn hoofd geslingerd. 'Ik moet even naar het magazijn om een peertje te halen.'

'Dit is prima, bedankt.' Niels nam de zaklantaarn aan die als een lichtzwaard door het donker sneed. Zijn blik volgde de lichtbundel. Langzaam bewoog het licht over de muren. Over de kasten, naar de vloer. Rond de deurposten. De smalle, witte kast met balletschoenen. De foto's op het prikbord.

Het was een heel andere kamer dan die hij in vol daglicht had onderzocht. Alles veranderde als het donker werd. Het sporadische licht zorgde ervoor dat de dingen nieuwe vormen aannamen: groteske, verwrongen schaduwen.

Hij had Niels geslagen. Waarmee? Met iets dat was gebroken.

Niels scheen op de grond. Op de tafel. De spiegel.

Iets wat kapot was gegaan toen het hem had geraakt.

Langs de rand van de deur.

Iets hards. En toch ... plastic? En hij had het meegenomen toen hij vluchtte. Waarom? Onder de tafel.

De kast. *Het geluid van plastic dat versplintert. Ja, zo klonk het toen hij hem raakte. Iets wat je in je hand kunt houden.*

Niels stond op. Dáár. Bij een van de stoelpoten. Een rond stukje glas? Hij raapte het op. Ja. Glas, hol. Geslepen randjes. Het glas van een horloge? Hij had hem een klap gegeven met de achterkant van zijn hand. Hem geraakt met zijn horloge.

De bewaker kwam met veel kabaal aanzetten. Niels stak het glaasje in zijn zak.

'Zo, nu hebben we snel licht.'

'Bedankt', zei Niels. 'Maar ik heb het niet meer nodig.'

53

Islands Brygge. 23.56

Het vonnis was geveld.

Ze voelde het. Eindelijk. De twijfel was verdwenen. De argumenten waren op tafel gelegd en van alle kanten belicht. Nu was de weg vrij gemaakt voor het definitieve vonnis: de doodstraf.

Hannah huilde niet, maar het scheelde niet veel. Er is geen reden voor tranen, het vonnis is geveld, herinnerde ze zichzelf. Nu moet het leiden tot het leven. Of tot de dood. Ze keek naar de pil op de tafel. Saturnus. Nee, gewoon een pil. De cyanidecapsule. De dood. Ze boog zich naar voren. Stak haar hand uit. Pakte de pil. Bekeek hem nauwkeurig. Zo veel dood samengeperst in zo'n klein dingetje, dacht ze. Waarom niet twee pillen? Hij moet twee mensen vermoorden. Toen voelde ze zich opeens rustig. Ze herinnerde zich wat haar was verteld: 'Zodra u de pil hebt ingenomen, is de abortus begonnen en kan hij niet meer worden teruggedraaid.' Dat had iets rustgevends. De pil vermoordde niet alleen haar ongeboren kinderen, hij nam ook haar twijfel weg. De twijfel die haar uitputte, die kortsluiting veroorzaakte in haar hersenen, haar kapotmaakte als mens. Eindelijk zou die twijfel wegsterven. Ja, zo moest ze naar de pil kijken. Als een klein dingetje dat het beste met haar voor had. Een helper.

Ze slikte de pil door en spoelde hem weg met twee slokken water. Een voor jullie allebei, dacht ze. Toen kwamen de tranen. Als een sluis die openging, stroomden ze naar buiten, maar het voelde ook goed. Als iets dat eruit moest. De nachtmerrie van de afgelopen dagen was eindelijk voorbij.

De voordeur ging open. *Niels.* Ze bleef heel stil zitten. Hoopte dat hij haar niet zou horen of zien. Hij rook naar drank. Een moeilijke geur. Haar vader dronk.

Ze hoorde hem in de badkamer. Het water liep. Sleutels werden ergens neergegooid. Toen was hij weg. De slaapkamer in verdwenen. Nog meer opluchting in haar lijf. Omdat ze hem was ontlopen. Omdat hij haar kennelijk ook wilde ontlopen. Dat maakte alles makkelijker; dat het van twee kanten kwam. Zo was het. Want hij wist natuurlijk best dat zij hierbinnen zat. Ze zat hier iedere nacht.

Ze hoorde hem in de slaapkamer. Zijn zware lijf dat op het bed ging liggen, de veren die meegaven. Hoe laat was het? Ze wachtte. Een paar minuten maar. Toen hoorde ze hem snurken. Ze stond op en liep naar hem toe. Niet om bij hem in bed te gaan liggen, maar om naar hem te kijken. Waarom? Het had iets te maken met de pil in haar maag. Zoveel wist ze wel. En ergens was dat genoeg. Het dekbed was over zijn hoofd getrokken. Ze wilde al weglopen, maar toen werd haar aandacht getrokken door het boek. *Faidon*. Het beroemde geschrift over de laatste uren van Socrates. De bewijzen die de filosoof leverde voor de onsterfelijkheid van de ziel. Was het voor haar? Wist hij iets? Was hij erachter gekomen dat ze een rechtszaak hield? Een moordzaak, een proces dat draaide om de executie van twee levens? Met haar als beul? Had hij de zwangerschapstest gevonden in de vuilnisbak? Nee, ze had haar best gedaan om hem te verstoppen onder koffiegruis en slablaadjes. Het bonnetje van de apotheek? Nee. Ja. Misschien. Je wist het nooit met Niels. Misschien was dat bij de meeste politiemensen zo. Ze zagen iets, kleine dingen waarvan je dacht dat je ze verborgen en onder controle had. Waarom had hij dat boek anders zo demonstratief op zijn nachtkastje gelegd? *Faidon*. Natuurlijk kende ze het. Het was geschreven door Socrates' trouwe leerling Plato. Faidon was een vast onderdeel van de groep die Socrates altijd volgde op zijn weg door Athene, een paar duizend jaar geleden. Hannah bladerde door het boek. Het viel haar op hoe fris en modern de tekst overkwam. Waarschijnlijk omdat het hele academische systeem waarin zij was opgevoed hier zijn oorsprong had. Socrates. Plato. Aristoteles. Ze las de tekst vluchtig. Het was heel lang geleden. Op het gymnasium? Het was een gesprek in de cel van Socrates. Hij zou worden terechtgesteld. Hij was de zondebok geworden voor de mislukte, catastrofale oorlog van Athene tegen Sparta. Een oorlog waar hij als enige tegen was geweest. In zijn cel stelt hij zijn vrienden gerust. Hij zet de vier bewijzen voor het bestaan van de ziel uiteen.

Hannah keek over haar schouder. Niels praatte in zijn slaap. Ze nam een pakje sigaretten, lucifers, vier waxinelichtjes en een plaid mee en verhuisde naar het dakterras om te lezen. De vier bewijzen waarom onze ziel eeuwig leeft – uiteengezet door onbetwistbaar een van de slimste mannen die ooit op aarde hebben rondgelopen. Het soort dat slechts eens in de paar duizend jaar opduikt en de hele mensheid vooruithelpt op een betere, beter geïnformeerde weg. Net als Einstein. Ze stak een nieuwe sigaret aan met de vorige. En las. Snel. Waarom zo snel? Wat wilde ze halen? Ze verslond de woorden. Het idee van de kringloop: over de slaap en de dood. De slaap die wordt afgelost door de wakende toestand, die weer wordt afgelost door de slaap; het goede wordt slechter, het slechte wordt beter, het grote wordt kleiner en kan alleen maar groter worden als het ooit kleiner is geweest. Zo komt het levende voort uit het dode en omgekeerd.

Waarom had Niels dit boek voor haar neergelegd? Wat voor getuige was Socrates in de rechtszaak waar Hannah middenin zat? Was hij voor of tegen het vermoorden van de twee embryo's?

Ze las verder. Snel. Alsof het antwoord op haar problemen hier te vinden was. Het volgende bewijs dat onze ziel eeuwig leeft: de anamnese. Wat je weet, is iets wat je je herinnert, niet iets wat van buitenaf komt. Zoals het koekoeksjong waar Eskild Weiss het over had. Waarachtige inzichten. Het soort inzichten dat ze toen kregen, waardoor onze wereld is veranderd. Ze hadden het gevoel dat het antwoord al die tijd in henzelf besloten had gelegen. Het was niet van buitenaf gekomen. Het was niet iets wat ze uit de bomen hadden geplukt, maar een antwoord dat binnen in hen had gewoond. En als het antwoord binnen in ons woont – waar komt het dan vandaan?

Nog een sigaret. Heeft hij gelijk? Socrates. Wat je tegenwoordig een 'aha-erlebnis' noemt. Ja, daarvan had Hannah er heel veel gehad. En ja. Het voelde inderdaad, als je heel eerlijk moest zijn, alsof het antwoord van binnenuit kwam. Ze overwoog of ze naar binnen zou gaan om Niels wakker te maken. Wat wilde hij haar vertellen met dit boek? Dat hij ook het recht had om gehoord te worden? Dat ze een belangrijke getuige had overgeslagen? De vader van de kinderen. Was dit boek zijn bijdrage aan de rechtszaak? Ja, dat leek haar een waarschijnlijke conclusie. Zo moest het zijn. In dat geval was de zaak nog niet afgesloten. Nieuwe stemmen moesten worden gehoord. Nieuwe ...

Ze was al in de badkamer. Deed de deur achter zich op slot. Haar hoofd in de wastafel. Twee vingers in haar keel. Nee, drie, dat was beter. Haar lichaam stribbelde tegen. Het wilde niet overgeven. Maar ze drong aan. Duwde haar vingers, haar hele hand bijna, zo ver in haar keel dat de natuurlijke weerstand van haar lichaam overging in een verstikkend gevoel en vervolgens in braken. Hoeveel tijd was er voorbijgegaan? Was het te laat? Nee. Daar lag hij. Omringd door geel, stinkend maagzuur. De pil. Ze richtte haar hoofd op. Drijfnat van het zweet. Een brandend gevoel in haar keel. Maar klaar voor de voortzetting van de rechtszaak. Volgende getuige: *Faidon*.

Dinsdag

54

Islands Brygge. 14 juni 2011. 08.55

Niels deed zijn ogen open en voelde dat de huid rond zijn ogen en mond strak was en pijn deed. Het voelde alsof er opeens niet meer genoeg huid was om zijn gezicht te bedekken. Zijn mondhoeken sprongen open. Het deed pijn als hij zijn neus alleen maar aanraakte. En uit de snee in zijn voorhoofd was een dun straaltje bloed over zijn hele gezicht naar beneden gelopen.

Niels bestudeerde zijn eigen spiegelbeeld in de badkamer. Het zag er nog erger uit dan gisteren. Toen had het nog verf geleken die je kon afspoelen. Nu was het een onderdeel van zijn gezicht geworden. Een onderdeel van hemzelf. Hij waste zich. Dat hielp. Toen hij haar in de spiegel zag, duurde het een hele tijd voordat een van beiden iets zei.

'Wat is er gebeurd?' vroeg ze ten slotte.

Niels draaide zich om en keek Hannah aan. Het leven was uit haar weg aan het trekken, zo zag ze eruit. Doodziek. Er was niet veel meer over dan botten en huid. En twee vermoeide, intelligente ogen.

'Ik ben tegen een deur aan gelopen. Niets ernstigs', zei hij alleen maar, hij wilde dat ze opzij ging zodat hij de badkamer uit kon gaan. Gelukkig deed ze dat ook. Nu stonden ze in de woonkamer, de ochtendzon weerspiegelde in het oppervlak van de haven op een manier die tot voor kort – dat wil zeggen tot de dag een paar weken geleden dat ze zich definitief van hem had teruggetrokken – voor hen het dagelijkse bewijs van de liefde tussen hen was geweest. Hun altaar van water. Vandaag was het alleen maar water in de haven.

'Waarom heb je dit boek meegenomen?'

Hij keek naar Dictes boek en haalde zijn schouders op. Hij kon het niet opbrengen om haar over de zaak te vertellen. 'Hannah', was het enige woord dat uit zijn mond kwam.

'Dat is toch niet door een deur gekomen', zei ze terwijl ze heel dicht bij hem kwam staan.

'Wat bedoel je?' vroeg hij.

'Die plek', legde ze uit. 'Op je wang.'

Niels liet toe dat ze zijn gezicht opnam. Haar vingers raakten voorzichtig de wond aan. Het was fijn, ook al deed het pijn. Hij deed zijn ogen dicht. Misschien was dat precies wat er nodig was? Dat hij onherkenbaar was toegetakeld zodat zij met haar vingertoppen over al zijn wonden en hechtingen kon gaan? Dat had hij graag voor haar over, in ruil voor een kleine aanraking op zijn wang of ...

'Wat is het?' vroeg ze.

'Wat bedoel je?'

'Is het een ring?'

'Een ring?'

'Er zit een ring in je gezicht.'

Niels liep terug naar de badkamer en bestudeerde zichzelf in de spiegel. Eerst zag hij niets. Maar toen toch. Misschien. Ja, ze had gelijk. Achter de wonden, of onder de wonden, zat een vage, rood-paarse bloeduitstorting die de vorm van een ring had. En niet gewoon een ring. Meer dan een ring. Kleine ribbeltjes. Streepjes. Hij dacht aan het glaasje dat hij in Dictes kleedkamer had gevonden.

'Zou je mijn broek willen halen?'

Ze gehoorzaamde. Gaf hem de broek met een gestrekte arm aan. Alsof hij van een vreemde was. In de zak vond hij het glaasje.

Iets ronds.

'Een horloge', zei ze.

'Misschien.'

Hannah stond achter hem. Hij hield het glaasje voor de afdruk op zijn huid. Een vleeshorloge, dacht Niels. In zijn huid gekerfd.

‘Waarom zei je dat het door een deur kwam? Je bent in elkaar geslagen. Die man heeft je met de rug van zijn hand geraakt.’

Niels keek nog een keer in de spiegel. Was het een romeins cijfer van een wijzerplaat? De man had Niels twee keer geslagen. De eerste keer was het glaasje eraf gevlogen. De tweede keer, de hardste klap, had die afdruk achtergelaten.

55

Aan de rand van Nørrebro. 11.15

Nørrebro. Hij kwam hier bijna nooit. Te veel geweld, te veel schietpartijen. Als het waar was wat er in de media werd gezegd, kon je hier bijna niet meer over straat lopen zonder een kogel door je kop te krijgen. Allochtonenbendes. Aspirant-leden van motorbendes die zich wilden bewijzen. Maar op dit moment was het er vredig. Droog, warm en stil. Een man met een hond liep vlak langs zijn auto. Een verliefd stelletje volgde. Hij keek ze na. Verliefdheid. Dat was langgeleden. Hij stond bijna op dezelfde plek als de vorige keer. Vanuit zijn auto zag hij iets bewegen achter het raam van Peters appartement. Dat was goed nieuws: Peter was thuis.

Hij keek op zijn mobiel. Twee onbeantwoorde oproepen van een onbekend nummer. Verder niets. Alleen de tijd. 11.17 uur. Hij moest om 13.00 uur in de kliniek zijn. Twee uur. Iets minder. Was dat genoeg? Hij keek naar het appartement. Er was niets ongewoons te zien. Het leek sprekend op de andere appartementen. Donkere ramen omlijst door bakstenen die zwart zagen van de uitlaatgassen. Maar het zou niet lang duren voordat Peters appartement zich zou onderscheiden van de andere appartementen. Het zou niet lang duren voordat het zou veranderen in een plaats delict. Een heel abrupte overgang. Het ene moment nog een rustig appartement waarvan er duizenden te vinden waren in de arbeiderswijken van Kopenhagen. Het volgende moment een plaats delict, het toneel van een moord, op de voorpagina's van alle kranten. Het zou niet lang duren of het zou hier krioelen van politie, met versperringslint, zwaailichten en auto's met rondsnuffelende honden. Journalisten, draaiende camera's.

Dat van die journalisten was iets waar hij niet op voorbereid was geweest. De enorme mediabelangstelling. Hij zag de volgende stap al voor zich. De schrijfsels in de kranten, de televisiejournalisten die intensief verslag wilden doen van de zaak. Hij zou worden uitgeroepen tot een monster. Het monster dat Peter V. Jensen had vermoord. De ijskoude moordenaar. Misschien zou hij zelfs wel een echte bijnaam krijgen, daar was de pers altijd goed in. De Kopenhagenkiller. De Watermoordenaar. De Jack the Ripper van Denemarken. De Beul. Hij schudde zijn hoofd en probeerde zijn op hol geslagen fantasie in te dammen. Maar dat was moeilijk. Zijn hersenen konden geen rust vinden op dit moment. Dat kwam ook door de medicijnen waarmee hij zich volpropte om wakker te kunnen blijven. Hij deed zijn ogen dicht en probeerde rust te zoeken. Hij moest wel. Alleen op die manier kon hij voorkomen dat hij de aandacht trok. Alleen op die manier kon zijn plan worden uitgevoerd in de werkelijkheid. Hij deed zijn tas open. Spuiten, diverse verdovingspreparaten: ketamine, halothaan, sevofluraan, plastic slangetjes, handboeien, hoofdslot, masker, gaffertape. Alles was onder controle, overal was aan gedacht. Buiten de zeven à acht minuten die hij niet kon controleren, kon er niets fout gaan. Zeven à acht minuten. Hij probeerde er niet aan te denken. Aan alles zat een risico. Het was de kunst om de risico's zo veel mogelijk te beperken en zo goed mogelijk voorbereid te zijn. Het zou ongeveer zeven minuten duren voordat de ketamine voor de volle honderd procent zou werken, maar al na vijftig seconden zou Peter verzwakt zijn en relatief makkelijk te hanteren. Vanaf dat moment zou het niet moeilijk zijn. Vanaf dat moment zou Peter volledig in zijn macht zijn. Natuurlijk konden er ook nog andere dingen fout gaan. Er kon onverwacht iemand langskomen. Misschien zou Peter er zelfs – net als Dicte – in slagen om te vluchten. Nee, dat laatste zou niet gebeuren, dit keer niet; hij zou voorzichtiger zijn, dat had hij zichzelf beloofd. Hij kon niet verwachten dat hij nog een keer zo veel geluk zou hebben als de vorige keer, toen zij haar eigen dood tegemoet was gesprongen. Als hij zo stom zou zijn om nog een keer zo'n blunder te maken, zou het misgaan, daar kon hij op rekenen.

De deur van het portiek ging open en het knappe, blonde meisje kwam naar buiten. Peter hing uit het raam, ze zwaaiden naar elkaar op een manier die bijna ontroerend was: handkusjes, verliefde blikken. En wat ook interessant was: ze deden dat op een manier die hem vertelde dat ze niet zo snel terug zou komen. Peter zou alleen zijn. Tot het moment dat er werd aangebeld en er een oude bekende voor zijn deur zou staan. Nu. Het was tijd. Er was geen reden om het uit te stellen, hij zou geen betere kans krijgen. Hij opende het portier en stapte uit de auto. Met zijn tas in zijn hand stak hij de straat over en liep naar de deur. Bij de deurtelefoon drukte hij op hetzelfde knopje als de vorige keer.

'Wie is daar?'

Hij zei hetzelfde als de vorige keer: 'Hallo, ik moet naar de vierde maar de deurtelefoon doet het niet.'

De deur werd meteen opengedaan. Ondanks de slechte naam van de wijk vertrouwden de mensen hier elkaar kennelijk. Of misschien waren ze gewoon gewend dat de deurtelefoons het niet deden.

Eenmaal binnen in het smerige trappenhuis – boze graffititeksten op de muren, oude kranten op de trap – naar de vierde verdieping. Dit keer kwam hij helemaal tot boven, een tikkeltje buiten adem. Hij bleef even staan om op adem te komen. Toen belde hij aan.

56

Binnenstad. 11.34

Er was geen enkele klant in de winkel toen Niels naar binnen ging. Horloges en warme zomerdagen pasten waarschijnlijk niet zo goed bij elkaar. Of zou het dieper zitten? De financiële crisis?

'U zegt het wel als ik u ergens mee kan helpen, toch?' De horlogemaker praatte zachtjes. Vertrouwelijk. Alsof alles wat in deze winkel werd gezegd, een beetje geheim was.

'Misschien', zei Niels.

'Zoekt u iets bepaalds?'

Het leek wel of de man nu pas Niels' gewonde gezicht opmerkte. Van daaruit gleed zijn blik langs Niels omlaag. Een verslaafde? Problemen? Niels haalde zijn politie-ID tevoorschijn.

'Politie.'

'Wat is er aan de hand?'

'Niets', zei Niels. Toen wees hij naar zijn gezicht. 'Het gaat hierom.'

De horlogemaker deed instinctief een stap naar achteren toen Niels dichterbij kwam.

'Deze afdruk op mijn wang. Ik denk dat die van een horloge is.'

De winkelier zag eruit als iemand die wilde dat deze situatie snel voorbij zou zijn. Zoals wanneer je een prik moet halen bij de dokter; je bereidt je voor op een kort, onplezierig moment.

'Misschien kunt u zien om wat voor horloge het gaat? Ik heb ook dit.'

Niels haalde het hol geslepen stukje glas uit zijn zak. Eindelijk vermande de horlogemaker zich en kwam dichterbij.

'Dat zou heel goed kunnen', fluisterde de horlogemaker in

zichzelf. 'Ja, het is een horloge.'

'Welk horloge?' vroeg Niels.

'Hebt u een moment?' zei de man en hij verdween naar de ruimte achter de winkel.

Er gingen vijfenvijftig seconden voorbij. Niels volgde het op een van de grote klokken aan de muur. Lang genoeg voor Niels om bijna de winkel weer uit te lopen omdat hij moest toegeven dat dit gewoon te vergezocht was. Een snelle blik in de spiegel aan de muur, bracht hem op andere gedachten. Hij was echt met een horloge geraakt, daar was geen twijfel over mogelijk. Waarom zou hij de sporen díé er waren niet natrekken?

'Mag ik u vragen of u even mee wilt komen? Ik heb wat meer licht nodig.'

Niels volgde de man om de toonbank heen naar de ruimte achter de winkel. Fijnmechanische werkplaats en kantoor tegelijk. De horlogemaker ging aan een tafel zitten die Niels deed denken aan een operatietafel. Het tafelblad was van onderaf verlicht en transparant.

'Ik zou u eigenlijk het liefst hieronder willen hebben.'

Niels deed wat hem werd gevraagd. Een ongemakkelijke houding die hij niet langer dan een paar seconden zou volhouden.

'Iets verder naar beneden.'

Niels duwde zijn wang tegen de tafel en deed zijn ogen dicht tegen het scherpe licht.

'Zegt u het als het te warm wordt?' vroeg de horlogemaker terwijl hij naar de afdruk op Niels' wang keek.

'Kunt u iets zien?'

'Misschien.'

'Wat?'

'Een moment.'

De horlogemaker stond op en liep naar een van zijn collega's. Niels kwam overeind. Posters aan de muren. Omega, Seiko. Niels zag dat de horlogemakers het glaasje alle kanten op draaiden.

'Het lijkt wel een Eterna', zei de horlogemaker. 'Dat klopt ook als je kijkt naar het glaasje en de manier van slijpen en de diameter. Mag ik nog één keer kijken?' fluisterde hij en hij legde Niels' gezicht nog een keer tegen het tafelblad. 'Ja. De uren zijn allemaal aangegeven met één streepje. Alleen de twaalf heeft twee streepjes. Kunt u nog even zo blijven staan?'

Vanuit zijn ongemakkelijke houding zag Niels dat de horlogemaker een catalogus pakte. 'Ja', zei hij tegen zichzelf. Toen liep hij naar Niels en vergeleek de catalogus met de wang.

'Wat is het?' vroeg Niels en hij kwam weer overeind.

'Ik denk dat het deze is. Dit zou hem heel goed kunnen zijn. Ergens tussen 1970 en 1975. Er zijn er niet zo veel van.'

'Heb ik er zo een tegen mijn hoofd gekregen?'

'Dat zou ik denken', zei de horlogemaker. 'En het klopt precies. Het was een model dat in die tijd als 'Koninklijk horloge' werd gebruikt. Later zijn ze overgegaan op Longines en Ole Mathiesen en ...'

'Koninklijk horloge?'

'Het horloge dat ieder jaar wordt uitgereikt aan de beste koninklijke lijfwacht.'

57

Aan de rand van Nørrebro. 11.38

Onrust. Dat was wat hij zag in Peters blik. Het was iets in zijn pupillen: een vaag trillen. De indicatie dat er iets niet in orde was. Wist hij iets? Nee, onmogelijk. Misschien vergiste hij zich ook wel. Misschien waren het zijn eigen zenuwen die maakten dat hij Peters verbazing aanzag voor onrust en angst.

'Je ziet er verbaasd uit', zei hij met een glimlach.

Peter knikte.

'Er is iets waar ik graag met je over wil praten.'

Peter aarzelde, maar dat maakte niet uit, hij had rekening gehouden met een aarzeling.

'Ja?'

'Ik heb geprobeerd je te bellen.'

'Nu?'

'Het kan zijn dat er iets mis is met mijn telefoon. Ik heb net een ander abonnement gekregen. Maar ik was in de buurt. Ik denk dat ik je kan helpen.'

'Waarmee?'

'Met je problemen. Mag ik binnenkomen?'

Aarzeling.

'Het duurt niet lang.'

Peter deed een stap opzij en liet hem binnen. Dat was een hele opluchting. Een van de eerste grote hindernissen was genomen. De gedachte dat hij zich misschien met geweld toegang zou moeten verschaffen tot de flat, had hem hevig verontrust. Dat zou een heel risicovol scenario zijn geweest waarbij binnen een paar seconden een enorme hoeveelheid oncontroleerbare elementen in het spel zouden zijn gekomen. Peter was zeker geen fysieke krachtpatser, maar het was toch niet uit te sluiten dat hij een lastige tegenstander zou zijn. Misschien zou hij zelfs zo erg hebben tegengestribbeld dat het onmogelijk zou zijn geweest om binnen te komen. Rumoer in het trappenhuis, geroep en geschreeuw dat misschien buren tevoorschijn zou hebben gelokt, in het ergste geval de politie. Maar in plaats daarvan deed hij gelukkig een stap opzij om hem binnen te laten.

'Dank je,' zei hij terwijl hij zijn tas oppakte, 'dat is vriendelijk van je.'

Een tweekamerflat, nog donkerder en claustrofobischer dan hij er van buitenaf uitzag. Goedkope meubels, kaalgesleten vloeren, muren waar de verf van afbladderde. Op een tafel stond een terrarium. Een slang lag onbeweeglijk op de bodem.

'Het is een koningsslang', zei Peter lachend. 'Ik noem hem Hitler.'

'Oké.'

Peter was niet in staat om te werken. Hij leed aan verschillende aandoeningen – vermoedelijk veroorzaakt door het ongeluk dat hij op zeventienjarige leeftijd had gehad – onder andere een angststoornis en depressiviteit. Hij was verliefd, het leven had een nieuwe, positieve wending voor hem genomen, hij lachte makkelijk.

Een grote reproductie besloeg bijna een hele muur.

'Ken je L.A. Ring?' Peter bleef even staan terwijl hij op weg was naar de keuken om koffie te maken.

Ze keken naar de afbeelding. Een oude vrouw zat langs de kant van de weg in een greppel. Ze was op weg naar huis na een lange dag hard werken. Haar arm hing slap langs haar lichaam, ze kon niet meer, ze had het opgegeven. Boven haar hing een doodsengel, klaar om haar mee te nemen.

'Nee', zei hij.

'Het is een uitvergrote reproductie, legde Peter uit. 'Het heet "Avond. De oude vrouw en de dood". 1887. Het is het moment vlak voordat de vrouw sterft.'

'Dat klinkt macaber, waarom heb je het in je kamer hangen, Peter?'

Peter keek hem aan, kort, intens. 'Omdat ik me zelf ook zo voel. De dood is altijd aanwezig, dat is altijd zo geweest, sinds het ongeluk.'

Peter draaide zich om en liep naar de keuken. Hij zette water op, pakte koffiemokken en lepeltjes. 'Het is oploskoffie, ik heb niets anders', riep hij.

'Dat is prima.'

'Melk?'

'Nee, dank je.'

Hij had een paar seconden alleen in de woonkamer. Daar moest hij gebruik van maken. Hij deed zijn tas open en haalde de injectiespuit tevoorschijn. *Zeven à acht minuten*. Die woorden echoden door zijn hoofd, maar hij slaagde erin om ze de kop in te drukken, om ze onbeduidend te maken. Hij moest denken aan wat relevant was. Het enige wat nu van belang was: ketamine. Acht milliliter. Intramusculair. Moet direct in de monnikskapspier worden gespoten. Een korte naald, vijfentwintig millimeter, zodat hij niet doordringt tot in de long. Een ongelooflijk effectief verdovingsmiddel met een slechte naam in Denemarken, omdat men denkt dat het zeer hevige nachtmerries veroorzaakt. *Nachtmerries*, dacht hij. Dat is op dit moment Peters minste probleem. Hij ging achter de deur staan en wachtte. Gerammel uit de keuken. Peter was op weg naar binnen met een blad in zijn handen.

'Nou, vertel me dan maar eens hoe jij denkt mij te kunnen helpen.'

De prik zat precies waar hij moest zitten: het allerbovenste gedeelte van de schouder tussen de ruggengraat en de ronding van de schouder; de hele dosis ketamine werd met één enkele, effectieve druk naar binnen gespoten. Hij was er zelf bijna door verrast. Hoe snel het allemaal ging. Hoe verbijsterend simpel het was om opeens een injectienaald in de schouder van een nietsvermoedend persoon te prikken en een grote dosis verlammende vloeistof in zijn lichaam te spuiten. Hoe schokkend snel een situatie kan veranderen. Het blad met de koffiemokken viel met een harde klap op de grond. De scherven lagen overal. Héél even deed Peter niets. Misschien had hij gewoon niet begrepen wat er was gebeurd. Misschien wílde hij niet begrijpen wat er was gebeurd: een oude vriend belde aan, zei dat hij wilde helpen, je liet hem binnen, bood hem koffie aan en opeens duwde die vriend een injectienaald in je schouder, alsof je een dier was dat afgemaakt moest worden.

'Wat doe je?' vroeg Peter terwijl zijn hand onderzoekend naar zijn nek ging. 'Wat is dit?' Hij keek naar de spuit. 'Je hebt iets bij me ingespoten.' Er lag nog steeds alleen maar verbazing in Peters stem. Nog steeds geen boosheid. 'Je hebt iets bij me ingespoten', zei hij nog een keer.

'Nee, hoor', zei hij en hij hield de injectiespuit achter zijn rug.

'Jawel.'

'Nee, je begrijpt het verkeerd.'

Hij probeerde de zinloze uitwisseling van woorden op gang te houden, alleen om tijd te winnen, want met iedere seconde die voorbijging, werkte de ketamine zich verder naar binnen in Peters lichaam en maakte hem traag, vergiftigde hem.

'Waarom heb je mij geprikt? Wat gebeurt er?'

Peter kreeg geen antwoord. Zijn woorden bleven in de lucht hangen, als bungelende kadavers. Maar de woede was onderweg. Dat was voor hen allebei duidelijk. Die zou niet lang meer onderdrukt kunnen worden. Toen explodeerde Peter: 'Wat is hier verdomme aan de hand?'

De deur. Hij moest de enige vluchtweg afsnijden. Dat was belangrijker dan al het andere. Hij rende ernaartoe en ging met zijn rug tegen de deur staan. Onderweg ontweek hij een harde trap, gevolgd door een hard, dierlijk gehuil van Peter.

'Wat gebeurt er?' brulde Peter terwijl hij opnieuw aanviel. Dit keer met een klap die bijna doel raakte: zijn gezicht.

Hij voelde een schrijnend gevoel op zijn lip, de zoete smaak van bloed, maar toch ging hij door met het toneelstuk: 'Rustig nou maar, Peter, je begrijpt het verkeerd.'

'Godverdomme!'

Het middel begon zijn uitwerking te krijgen. Hij zag het aan Peters blik; die kon hij niet meer focussen, hij schoot heen en weer. Er was ook iets met zijn bewegingen. De onhandige manier waarop hij naar de tafel liep, misschien in een vergeefse zoektocht naar een wapen of een telefoon waarmee hij hulp kon bellen. Zijn paniekerige, maaiende armen toen hij een nieuwe aanval inzette, maar eigenlijk alleen gaten in de lucht sloeg. Zijn wankele benen en stijve ledematen, zoals bij iemand die stomdronken is. Hij ging ten onder; het schip maakte water en het zou niet lang meer duren voordat het zou kapseizen.

Niet lang meer.

Hij pakte Peter vast en veegde met een snelle beweging zijn benen onder hem vandaan zodat ze samen met een dreun op de vloer belandden. Peter lag onder hem. Speeksel in zijn mondhoeken, heel kleine oogjes. Dat was nog een ander kenmerk van ketamine. De op een trance lijkende toestand waarin de patiënt belandde. Ogen die niet konden scherpstellen en niet meer dichtgingen. De afscheiding van speeksel. Het was nu niet meer nodig om hem vast te houden. Peters spieren verslapten langzaam. Zijn ongecontroleerde ademhaling ging hortend en stotend. Hij leek een stervende soldaat op het slagveld. Hij was alleen niet doorboord met kogels, maar volgespoten met verdovingsmiddel. Rollende ogen. Peter vocht alleen nog maar voor de vorm. Hij had het allang opgegeven. Hij wist dat hij moest loslaten.

Niet lang meer.

En weg was hij.

Weg.

Hij legde Peter op de grond en stond op. Haalde diep adem en probeerde zijn eigen hartslag omlaag te krijgen. Het was nog lang niet voorbij. Het ging nu pas allemaal beginnen.

Nu. Een snelle blik op zijn horloge. Hij moest hier uiterlijk om 12.30 uur weg zijn.

58

Islands Brygge. 11.42

Het hielp om buiten te zijn. Om de lucht op haar gezicht te voelen. Om naar de straat beneden te kijken waar het leven onaangedaan doorging. *Het leven*, dacht ze. Of de dood.

Hannah belde het Rigshospital en werd doorverbonden met de afdeling Gynaecologie. Ze werd nog een keer doorverbonden voordat ze de stem van een oudere vrouw hoorde; een stem die ervaring uitstraalde: Zeg het maar, mij kan niets meer verrassen, zei ze tussen de regels door.

'U spreekt met Hannah Lund. Ik wil graag een chirurgische abortus.'

'Ja?'

'Ja, ik zou eigenlijk een medicinale abortus hebben, maar ...'

'Hier in het Rigshospital?'

'Ja', zei Hannah.

'Dus u zit in het systeem?'

Het systeem, dacht Hannah. Een angstaanjagend woord. 'Ja', zei ze.

'En uw naam was?'

'Hannah Lund.'

'Uw persoonsnummer?'

Hannah zei het nummer. En wachtte. Er viel een korte pauze. Geluid van een toetsenbord.

'Het lijkt erop dat het morgen al kan', zei de vrouw. 'Omdat u al in het systeem zit. Om twaalf uur. Is dat wat?'

'Prima', hoorde Hannah zichzelf zeggen.

'Zorg dat u ruim op tijd bent en meld u maar bij de receptie bij de hoofdingang. Dan vertellen ze u daar waar u naartoe moet. Voor de ingreep krijgt u eerst nog een echo.'

'Ja.'

'Het is belangrijk dat u nuchter bent. Goed?'

'Natuurlijk.'

'Prima. Veel sterkte met alles', zei de vrouw en ze beëindigde het gesprek.

Hannah stopte haar telefoon in haar zak. Hoelang had het gesprek geduurd? Een minuut? Twee misschien? Twee minuten duurde het om een afspraak te maken voor een dubbele moord. Een minuut per moord.

Ze keek naar het verkeer beneden in de straat. Mensen stapten in en uit auto's. Mensen waren op weg ergens naartoe. Jonge vrouwen met kinderwagens en gelukkige levens. Waarom dit telefoontje? vroeg ze zich af. Waarom was de manier belangrijk? De eigenlijke manier waarop het doodvonnis werd voltrokken? Omdat de rechter geen beul is, dacht ze. De taak van de rechter is rechtspreken. Anderen moeten het besluit van de rechter daadwerkelijk uitvoeren. Dat is het meest correct.

Ze keek naar het boek dat op de tafel op het dakterras lag te wachten. De gedachten van Socrates over de ziel. De laatste getuige voordat het vonnis kon worden geveld.

59

Kopenhagen, binnenstad. 11.46

'Zei je de eerste helft van de jaren zeventig?'

'Ja, Casper, wie heeft er tussen 1970 en 1975 een "Koninklijk horloge" ontvangen? Zorg dat ik een lijst krijg.'

'Wanneer moet je die ...'

'Nu', onderbrak Niels hem terwijl hij over de H.C. Andersens Boulevard langs Rådhuspladsen verder reed in de richting van Amager.

Casper beloofde dat hij het zou natrekken en hij hield zijn belofte. Toen Niels even later linksaf de Stormgade in reed in de richting van Christiansborg, belde hij terug.

'Ben je er klaar voor?'

'Ja.'

'1970 Rune Toft, 1971 Søren Elmkvist, 1972 Mogens N. Brink, 1973 Allan K. Andersen, 1974 Filip Sølvgren, en 1975 Bjarne Fjord Jensen. Wil je verder nog iets weten?'

'Bedankt', zei Niels. 'Stuur me de lijst maar in een sms.'

Hij brak het gesprek af en reed langs Christiansborg Slotsplads. Een paar vredesdemonstranten stonden op hun gebruikelijke plek om op te roepen tot meer vrede op de wereld. Vrede, dacht Niels terwijl hij zijn kapotgeslagen gezicht in de achteruitkijkspiegel bekeek. Nog niet.

De voorspelling van commissaris Sommersted over de val van de balletmeester was nog niet uitgekomen, maar te oordelen naar de uitdrukking op zijn gezicht, zou dat niet lang meer duren. Niels klopte op de deur. De balletmeester keek op.

'Ik heb een naam', zei Niels zonder te gaan zitten.

'Uw gezicht? Wat ...'

'Een achternaam. Van de man die ik zoek. Of liever gezegd,

vijf namen. Niels hield de balletmeester zijn telefoon voor en liet hem het bericht van Casper zien. 'Zegt een van deze namen u iets? De achternaam?'

'Joachim.'

'Joachim?'

'Joachim Elmkvist. Hij is de zoon van Søren Elmkvist', zei de balletmeester terwijl hij Niels de telefoon teruggaf. 'Ik geloof dat hij een paar jaar geleden is overleden aan kanker. Daarvoor deed hij iets in het leger.'

'Koninklijke lijfwacht?'

'Kan wel.'

'En waar is Joachim nu?'

'Hij zou beneden aan het trainen moeten zijn. Zal ik even bellen om het te vragen?'

'Nee, ik vind hem wel.'

De gang op – Niels was al weg. Hij deed alsof hij niet hoorde dat de balletmeester zei dat hij wel mee zou lopen. Niels hoefde maar een keer de weg te vragen en ten slotte belandde hij met ongeveer twintig balletmeisjes in een lift met een maximale belasting van 1600 kilo. Niels volgde de groep naar hun natuurlijke leefomgeving: de oefenzaal. Daarbinnen, achter het glas, met spiegels aan weerskanten, waren ze bezig met de warming-up. Of zou het een soort modern ballet zijn? Hij keek naar hun gezichten. De mannen. Nog even, en ik heb je in de boeien geslagen, dacht Niels, terwijl hij het gezicht zocht dat bij de naam hoorde. De man die Niels gisteren had neergeslagen. En Dicte in de afgrond had gestort. Je zult het Koninklijk Theater uit lopen terwijl ik je hard bij je arm hou. Met een gebogen hoofd van schaamte.

Niels klopte en deed de deur open. Slechts een paar van de dansers keken op.

'Joachim Elmkvist', riep Niels luid.

Geen antwoord.

Niels zocht de gezichten af. Slechts een van de meisjes zag eruit alsof ze zich aangesproken voelde.

Een stem ergens uit de groep riep: 'Die is er niet.'

'Is hij helemaal niet geweest vandaag?'

'En hij neemt zijn telefoon ook niet op.'

'Weet iemand waar Joachim Elmkvist is?'

Achterste rij. Een jong meisje knikte. Glimmend zwart haar, misschien van Zuid-Europese afkomst.

'Jij kent Joachim? Waar is hij?'

Ze kwam dichterbij. Op voorzichtige voeten, alsof het pijn deed. Misschien was dat ook wel zo. Misschien konden ze alleen als ze dansten de pijn negeren. Niels voelde dat het meisje het niet prettig vond om te praten terwijl de anderen stonden te luisteren en hij trok haar mee de zaal uit. Onderweg knikte hij naar de leraar dat ze gewoon verder konden gaan. De muziek begon weer.

'Hebben jullie iets met elkaar?' vroeg Niels. 'Jij en Joachim?'

'Hadden. Tot drie weken geleden.'

'En Dicte? Wat was Joachims relatie met haar?'

Ze haalde haar schouders op. 'Denkt u dat hij er iets mee te maken heeft?'

'Hadden ze een relatie? Waren ze geheime minnaars?'

Ze schudde haar hoofd. 'Het kwam door al die onzin over het leven na de dood. Zij allebei.'

'Wat bedoel je?'

'Ik kom uit Jutland. Århus. Ik sta met beide benen op de grond.'

'Dat weet je goed te verbergen. Verberg je nog meer?'

Ze glimlachte, voor het eerst.

'Dicte en Joachim', zei Niels. 'Hielden ze zich allebei bezig met waar we heen gaan als we een enkele reis naar de andere zijde nemen?'

'Astrale reizen', zei ze sarcastisch. 'Zelfs wanneer we neukten moest het op het laatst zo sophisticated zijn dat ik het helemaal niet meer kon bijbenen. Begrijpt u wat ik bedoel?' Ze glimlachte koket.

'Hoezo, sophisticated?'

'Je adem inhouden tot het moment dat je ... you know.'

'En verder?'

'Van tevoren mediteren. Je ogen dichtdoen en net doen alsof je boven je lichaam zweeft. Dat soort shit.'

'En Dicte?'

'Zij heeft hem daarin meegesleept. Niet andersom. Zij was degene die gevaarlijk was.'

Niels nam haar een paar seconden op. 'Weet je waar hij is?'

'Nee. Ik heb geen idee.'

'Ook niet als ik je meeneem naar het bureau? Als ik je een dagje de tijd geef om erover na te denken in een koele cel onder het hoofdbureau van politie? Het kan zijn dat je opeens iets te binnen schiet als je op zo'n plek zit.'

Ze slikte. 'We hebben samengewoond in zijn appartement in Vesterbro. Dat was onderhuur, maar hij moest er de eerste van deze maand uit.'

'Waar is hij dan? Bij zijn moeder? Zijn ex? Bij wie?'

'Misschien bij Lennart. Ik weet het niet.'

'Lennart?'

'Een oud-danser. Hij is eruit gestapt toen hij twaalf was.'

'Eruit gestapt?'

'Van de balletschool af. Een fucking loser, maar Joachim gebruikt hem altijd als een soort reddingsboei als hij echt in de knoei zit. Ook financieel.'

'Waar woont hij, die Lennart?'

'Jægersborggade. Ik weet niet meer welk nummer, maar zijn achternaam is Møller.'

'Bedankt', fluisterde Niels terwijl hij zich omdraaide en terugrende. Hij zou eigenlijk de centrale moeten bellen om een opsporingsbericht te laten uitgaan. Nee. Hij wilde het zelf doen – hij wilde zelf de handboeien in het vel van zijn polsen drukken. Strak, zodat het pijn deed. Hij wilde hem zelf voor zich uit duwen. De hele stad door. Zoals een Romeinse veldheer die Rome binnentrok met de vijand in een kooi, de hele weg naar het Forum Romanum. Zo moest het zijn. Van Nørrebro tot aan Rådhuspladsen, midden op de rijweg, hij lopend achter de moordenaar van Dicte, terwijl de Kopenhagenaren voor eens en voor altijd konden zien wat er gebeurt als er iemand wegspringt van Niels Bentzon.

'Dicte', hoorde Niels zichzelf zeggen terwijl hij in zijn auto stapte. En terwijl hij achteruit de straat uit reed en het blauwe zwaailicht op zijn dak zette: 'Ik spring je achterna.'

60

Aan de rand van Nørrebro. 11.55

Hoe zou het voelen?

Die gedachte was natuurlijk weleens door zijn hoofd gegaan: hoe zou het zijn om wakker te worden als je hoofd was vastgezet in een hypermoderne schroefklem van glimmend staal, vastgebonden en onherkenbaar gekneveld, niet in staat om je te bewegen? De angst lag als een waas over Peters heen en weer schietende ogen. Hij stootte een paar zwakke, half verstikte geluiden uit die duidelijker dan eerst signaleerden hoe bang hij was.

'Rustig maar', zei hij tegen Peter. 'Niemand kan je horen.'

Zijn verzoek hielp niet. Peter bleef maar reutelen. De taal van de angst.

'Ik moet je helaas vermoorden, maar je zult niet vergeefs sterven. Ik heb je ergens voor nodig. Je moet me helpen.'

Hij haalde de laatste benodigdheden tevoorschijn en maakte het waterbassin klaar. Hij keek naar Peter en vroeg zich af of hij medelijden met hem had. Het antwoord was: nee. Medelijden mocht niet in de weg komen te staan van de zaak, daarvoor was hij te belangrijk. Er stond te veel op het spel.

Voetstappen op de trap.

Hij hoorde ze duidelijk en het geluid startte een film voor zijn innerlijk oog. Hij zag voor zich hoe de deur open zou gaan en het knappe, blonde meisje opeens midden in de kamer zou staan en geschokt zou staren naar het onbegrijpelijke tafereel dat haar verwelkomde. En hij zag voor zich dat hij gedwongen zou zijn om zich op haar te storten en haar voor de ogen van de doodsbange Peter te vermoorden. Dat ze zou tegenstribbelen, dat hij haar zou vasthouden totdat zijn handen zich eindelijk om haar keel konden sluiten en hij zou knijpen. Niet echt een wenselijk scenario, verre van dat, dat realiseerde hij zich heel goed. Misschien kon hij haar later nog gebruiken ... als het met Peter zou mislukken. Nee. Het moesten mensen zijn die al eerder aan de andere zijde waren geweest. Mensen die wisten dat ze weer terug konden komen naar hun lichaam. Mensen die een speciaal talent hadden. Ja, zo moest hij ze zien: mensen die een speciaal talent hadden. Mensen voor wie de dood geen onbekend terrein was.

De voetstappen gingen verder naar boven. Ten slotte waren ze helemaal verdwenen en was hij weer alleen met Peter, alleen in hun eigen kleine wereld van angst en op handen zijnde dood.

'Ik zal het zo snel doen als ik kan', zei hij en hij meende het ook. 'Ik beloof je: je zult er niets van voelen.' Hij vroeg zich af waarom hij dat laatste zei. Het sloeg nergens op, hij had geen idee hoe het voelde om te verdrinken. Maar misschien kwam het doordat het Peter was. Juist Peter. Ze hadden een speciale band met elkaar. Zo had het altijd gevoeld. Een vertrouwelijke relatie, iets wat bij vlagen in de buurt kwam van vriendschap. Hij mocht Peter graag. Van het begin af aan. Peter was zichzelf, een man die zijn gevoelens niet verborg, een man die het durfde te laten zien als hij blij was, als hij verdriet had en als hij – zoals vaak het geval was – het leven afschuwelijk en ondraaglijk vond. Het hielp een beetje om te denken aan Peters depressieve geest. Misschien was het zelfs wel beter voor hem om hiervandaan te gaan? Misschien bewees hij hem zelfs een dienst door zijn hoofd in het water te laten zakken, rustig te kijken hoe het leven langzaam uit hem wegvloeide, hoe de verdrinkingsdood als de genadeloze tegenstander die hij was, hem met iedere seconde die voorbijging verder overmeesterde. Nee, die gedachte was absurd en dat wist hij. Natuurlijk bewees hij Peter geen dienst door hem te vermoorden, het sloeg nergens op om dat te denken. Bovendien was Peters leven aan het veranderen. Er waren nieuwe dingen in zijn leven gekomen. Het meisje bijvoorbeeld. Even stemde het hem verdrietig als hij dacht aan het meisje dat hem morgen zou vinden. Niemand had het verdiend om zijn geliefde vermoord aan te treffen. Niemand had het verdiend om zo te lijden. Hij verjoeg de gedachte uit zijn hoofd. Gedachten waren een vloek. Ze brachten niets goeds met zich mee. Het was belangrijk dat hij handelde. Dat hij de missie uitvoerde die hij zichzelf ten doel had gesteld. 'Ik doe het zo snel als ik kan', zei hij nog een keer en vervolgens liep hij naar Peter toe en pakte zijn hoofd vast. 'Dat beloof ik je. Nog even en het is allemaal voorbij. Je moet iets heel belangrijks doen. Begrijp je dat?'

Een geluid van Peter.

'Nu moet je goed luisteren. Kun je dat?'

Peter probeerde te knikken.

Hij keek op zijn mobiel. Bijna twaalf uur. Hij had weinig tijd. Een half uur slechts om Peter te vermoorden en hem te reanimeren. Een paar keer misschien zelfs. En hem ten slotte helemaal weg te sturen. Voordat hij begon, dacht hij aan zijn afspraak om 13.00 uur in de slaapkliniek.

'Luister goed wat je moet doen, Peter.'

61

Nørrebro. 12.15
Niels stapte uit zijn auto en voelde de woede door zijn lijf kolken. Rustig, zei hij tegen zichzelf. Bedaar. De woede had zich vastgezet in zijn lichaam. Waar kwam hij vandaan? De balletdanser Joachim Elmkvist was een voor de hand liggende kandidaat. De man achter wie Niels aan had gezeten, die hem zonder enige aarzeling tegen de grond had geslagen toen ze elkaar eindelijk hadden gevonden. Of zat zijn woede dieper? Richtte die zich in werkelijkheid op hemzelf? Alles in zijn leven mislukte. Kathrine, die hij nog steeds regelmatig miste, was bijna volledig uit zijn leven verdwenen, en dat was maar goed ook, want ze verteerden elkaar. Hannah was bezig te verdwijnen in een zwart gat waar Niels haar nooit meer zou kunnen vinden. Was het zijn schuld dat het zo was gelopen? Was hij eigenlijk de drager van de besmetting? Op dit moment, terwijl hij in de buurt kwam van de Jægersborggade 12, zag hij zichzelf als een mislukkeling. Ik zou een waarschuwingsbordje om mijn nek moeten dragen, dacht hij. Net zoals op sigarettenpakjes. 'Omgaan met Niels Bentzon leidt tot niets goeds, in het ergste geval kan het leiden tot dood en ongeluk', zou erop moeten staan. En misschien ook nog een doodshoofd erbij.

De twee was eraf gevallen, maar omdat het na nummer tien kwam en voor nummer veertien, kon hij redelijkerwijs aannemen dat hij goed zat. Er stond geen naam op het naambordje naast de deur van de derde etage links. Niels wilde al aanbellen, maar hij bedacht zich. Als Joachim daarbinnen was, zou hij er weer vandoor gaan. Misschien zou hij net genoeg tijd hebben om te vluchten via de achtertrap.

Het kelderraampje van het huis ernaast stond open. Er

stroomde popmuziek uit: een beetje een droevige dancetrack. Niels klopte hard op het openstaande raam.

'Ja?' De muziek werd zachter gezet. Niels keek naar binnen in een soort werkplaats. Een man in een overall was een lamp aan het repareren.

'Niels Bentzon, politie. Bent u de conciërge?'

'Ja.'

'Kunt u in alle appartementen komen?'

'Technisch gezien wel, ja, maar dat mag niet.'

'Laten we ons even bij dat technische aspect houden. Ik wil graag worden binnengelaten in het pand hiernaast. Een appartement op de derde verdieping.'

De conciërge aarzelde. Niels ging ervan uit dat het niet zonder slag of stoot zou gaan. Mannen met veel sleutels lagen bijna altijd dwars. Maar toen Niels hem zijn politie-ID liet zien, knikte hij alleen maar en stond op.

*

Niels zei op gedempte toon: 'Ga maar gewoon terug naar uw werkplaats als u de deur open hebt gedaan.'

'Moeten we niet eerst kloppen?'

'Doe maar gewoon wat ik zeg.'

'Oké', zei de conciërge en hij stak de sleutel in het slot en opende de deur.

Niels ging de flat binnen. Geen waarschuwing, Joachim geen gelegenheid geven om te vluchten, geen rekening houden met de voorschriften die jaren geleden waren opgesteld door mannen in pakken in keurige kantoren, natuurlijk konden die onder speciale omstandigheden best een beetje worden aangepast.

'Joachim?' riep hij en hij voelde opnieuw de woede oplaaien. 'Dit is de politie.'

Geen antwoord.

'Joachim?'

Hij keek rond. Versleten leren meubels die eruitzagen alsof ze willekeurig in de kamer waren neergesmeten. Een weeïge hasjlucht vermengde zich met de geur van sigarettenrook. Op de tafel een kartonnen pak wijn met een plaatje van een kangoeroe erop. Op de grond lag een fles waar een restje wijn uit was gelopen dat de gelakte vloerdelen paars had gekleurd. Het duurde een paar seconden voordat Niels de opgekrulde persoon ontdekte die in een slaapzak in een van de hoeken lag.

'Joachim Elmkvist?' Niels liep naar de gedaante toe en schudde eraan.

Slaapdronken ogen, kleine pupillen, fluisterende stem: 'Wat is er aan de hand?'

Niels wist meteen dat dit niet Joachim was. Deze jongen was te bleek en te mager, een hasjwrak.

'Lennart?' vroeg Niels. 'Bent u Lennart Møller?'

'Wat?' Hij probeerde te gaan zitten, maar belandde in een vreemde houding in de hoek gedrukt.

'Niels Bentzon. Politie.'

'Ik heb betaald.'

'Daar twijfel ik niet aan. Ik zoek Joachim Elmkvist.'

'Die ken ik niet.'

Niels zuchtte en moest zich beheersen om hem geen schop in zijn kruis te geven. 'Die ken ik niet' was het standaard antwoord in kringen van kleine criminelen, waar het vermogen om je mond te houden gelijk stond aan het vermogen om te ademen.

'Oké', zei Niels en hij pakte een klein, in aluminiumfolie verpakt pakketje van de tafel. Tien gram hasj, misschien iets meer, ruim voldoende voor een ritje naar het bureau. 'Dan houden we het daarop en dan mag je met mij meekomen.'

'Shit, man.'

De sporttas lag onder de half uit elkaar gevallen leunstoel. Misschien zag Niels hem daarom pas nu. Lennart sprak onsamenhangend terwijl Niels de tas doorzocht. 'Hé, man', zei hij een paar keer, maar Niels luisterde niet. Sportkleding. Dure merken. Een toilettas met een borstel en haarwax. Een pasje van een ziektekostenverzekering. Joachim Elmkvist stond erop.

'Waar is hij?'

'Ik heb toch gezegd dat ik ...'

'Hou je bek!' Niels was zelf verbaast over de ruwheid van zijn uitbarsting. 'Geef antwoord: waar is hij? Wanneer komt hij terug?'

'Dat weet ik toch niet', luidde het antwoord, gevolgd door een onsamenhangend geraaskal dat Niels toch niet zomaar zijn appartement kon binnenvallen en hier gaan staan tieren en schreeuwen.

Niels deed het zijvak van de tas open. Een verfrommeld briefje van honderd kroon. Pijnstillers. Condooms. Verzekeringsbewijs. En een kaartje van 'Sleep', met vriendelijke, blauwe letters. 'Sleep'. Niels dacht na. Dicte had ook zo'n kaartje in haar appartement liggen. Met een halve maan als logo. 'Slaapkliniek Kopenhagen', stond eronder. Sølvgade 17. Niels draaide het om. De dagen van de week met daarachter ruimte om de tijdstippen van afspraken op te schrijven. 14 juni 13.00 uur. Vandaag. Niels keek op het klokje van zijn telefoon. Het was bijna 12.30 uur. Misschien kon hij het nog halen?

'Jij gaat met mij mee, Lennart.'

'Wat? Waarom?'

Niels sleurde Lennart uit de slaapzak. Hij woog niet veel meer dan een baby.

'Laat me los.'

Niels trok hem mee over de grond van de woonkamer terwijl Lennart jammerde als een kind. 'Laat me dan tenminste nog mijn kleren aantrekken. Ik heb niets gedaan.'

'Misschien niet. Maar op het moment dat ik je loslaat, bel je Joachim ...'

Lennart onderbrak hem: 'Nee, man. Ik beloof het.'

'Mag ik je mobiel zien.'

Lennart staarde naar Niels. Overwoog wat hij moest doen.

'Je telefoon', schreeuwde Niels vlak bij zijn gezicht. Lennart ging hem uit zijn versleten spijkerbroek halen die in de badkamer lag.

'Die neem ik mee. Je krijgt hem terug als je je netjes gedraagt.' Niels rende de trap af, achtervolgd door Lennarts klaagzang.

62

Aan de rand van Nørrebro. 12.28

'Kom op nou!' riep hij tegen Peters gezicht. 'Je kunt het.' Opnieuw een poging met de defibrillator. Nog een poging om zijn hart weer op gang te krijgen. 'Word wakker. Peter. Vriend. Kom nou ...'

Hij kon de paniek in zijn eigen stem horen. Hij klonk hoger en schriller dan anders. Alsof het iemand anders was die praatte. Peter keek naar hem. Zo leek het in ieder geval. Alsof hij vroeg: Waarom? Waarom heb je mij vermoord? Hij kon de woorden bijna horen. Nee, dat kwam doordat de paniek zijn lichaam had overgenomen. Peter was dood. Zijn blik was stijf. Weer een nieuwe poging met de defibrillator. Peters levenloze lichaam schokte, om het volgende moment doodstil te blijven liggen. Nee, dacht hij. Néé! Het mocht niet misgaan. Peter was misschien zijn laatste kans. Hij moest weer tot leven komen. Hij moest terugkeren van de doden en vertellen of hij haar had kunnen vinden. Adrenaline. Hij was onhandiger dan anders. Eén milligram. Direct in een slagader. Of in het hart? Dat was een risico, dat wist hij. Maar hij had geen keus. Een lange naald op de adrenalinespuit. Hij moest vlak onder het borstbeen naar binnen worden geprikt en dan ongeveer op twee uur in de richting van de linkerschouder. En hij moest niet vergeten om na het prikken eerst even aan de zuiger van de spuit te trekken totdat er een klein beetje bloed kwam.

Hij zweette. Zweetdruppels landden als milde regen op Peters dode lichaam. Had hij een verkeerde zoutoplossing gebruikt voor het water? Nee, onmogelijk. Alles was twee keer gecheckt. De adrenaline werkte niet. Dat zag hij meteen. Peter was dood. Nee! Hartmassage. Zijn laatste kans. 'Kom op nou', fluisterde hij.

'Word wakker. Doe je ogen open en vertel me hoe het was.' Zijn blik viel op de klok aan de muur. Misschien omdat hij daarbij onbewust zijn hoofd afwendde van de dode man op de grond. Omdat die aanblik onverdraaglijk voor hem was. Omdat het idee dat hij zojuist een ander mens had verdronken, hem opeens vervulde met afschuw. De afspraak in de kliniek was over niet al te lange tijd. Het was 12.35 uur. Het was al te laat. 'Kom op nou', zei hij nog een keer, ditmaal tegen zichzelf. Borstcompressie. Dertig keer. Hij praatte snel in zijn hoofd. Misschien drukte hij per ongeluk iets te hard. Volgende fase: beademen. Twee keer. Hoofd achterover, kin omhoog. De luchtwegen vrijmaken, dat was het allerbelangrijkst. Voorkomen dat je lucht in de maag pompte. Peters lippen waren al koud. Dood. Nee, dacht hij wanhopig. Kom op nou. Nog meer duwen op de borstkas. Nog harder dan eerst. Nog een keer de defibrillator. Stroomstoten direct in het hart. Geen reactie. Geen enkel teken dat Peter wakker zou worden. 12.42 uur. Hij moest stoppen. Zijn hersenen wisten het vóór zijn handen, die nog een paar minuten doorgingen met de vergeefse reanimatiepoging. Het leek wel of hij probeerde een pop tot leven te wekken. Hij liet Peter op de grond liggen, sloot zijn ogen en vocht tegen de tranen. Toen stond hij op en stopte zijn spullen terug in zijn tas. Had hij ergens vingerafdrukken achtergelaten? Nee, hij had alles grondig afgeveegd met alcohol terwijl Peter verdoofd was. Geen sporen. Hij keek naar de reproductie aan de muur. L.A. Ring. De afbeelding van de oude vrouw die op de dood wacht. Wat had Peter ook weer gezegd? 'Zo voel ik me zelf ook. De dood is altijd aanwezig.'

63

Slaapkliniek 'Sleep' – Sølvgade. 13.07

Niels had zijn pistool in de band van zijn broek gestoken – op zijn rug. Met zijn overhemd eroverheen. Het koude staal irriteerde zijn huid. Niels kon er niets aan doen dat hij het gesprek van de secretaresse hoorde. Er klonken trouwens nog meer, interessantere geluiden om hem heen: flarden van stemmen op de radio die spraken over de invloed van de hittegolf op het humeur, de vrouw beneden op straat die haar man maar bleef vragen waarom hij bang voor haar was, wat er mis met hem was. Maar in tegenstelling tot de andere brokstukken probeerde de secretaresse haar gesprek af te schermen voor de buitenwereld. Ze sprak op gedempte toon, hield een hand voor haar mond en glimlachte verontschuldigend naar Niels. Alsof een klein familieprobleempje niet was toegestaan in het klinische kantoor. 'Ik bel je als ik klaar ben met werken', fluisterde ze, en: 'Nee, dat kan nu niet. Dat weet je best.' Eindelijk kon ze ophangen. Weer een verontschuldigend lachje.

'Tieners ...' glimlachte ze.

Niels liep naar de balie en liet haar zijn politie-ID zien. 'Is Joachim Elmkwist in de praktijk?'

'Ik ...'

'Geef gewoon antwoord op mijn vraag. Is hij hier?'

De deur ging open. Niels draaide zich om. Zijn hand op zijn rug, rond de kolf van zijn pistool. De secretaresse stond op. Een vrouw van middelbare leeftijd kwam de deur uit lopen, gevolgd door een man van dezelfde leeftijd in een doktersjas – ze zagen er allebei even vermoeid uit.

'Adam. Dit is iemand van de politie. Hij vraagt naar Joachim.'

Hij draaide zich om naar Niels.

‘Politie’, herhaalde hij. ‘Is hij hier nu?’

‘Nee. Een moment.’ Adam Bergman draaide zich om: ‘Tot volgende week?’

‘Bedankt.’ De vrouw glimlachte. Ze gaven elkaar een hand en zij liep de praktijk uit met haar lichte jack over haar arm.

‘U zoekt Joachim?’

‘Hij had vandaag een afspraak.’

‘Is dat zo?’ Adam Bergman wendde zich tot de secretaresse. Niels haalde het kaartje tevoorschijn en liet het hun zien.

‘Joachim heeft afgezegd’, zei ze. ‘Vorige week al. Er was iets met een repetitie in het theater.’

Kon Niels hen vertrouwen? Ja, ze hadden geen van beiden een reden om tegen hem te liegen of om Joachim te beschermen.

‘Ik neem aan dat het om Dicte van Hauen gaat?’ zei Bergman.

‘Ja. Ze kwamen hier allebei?’

‘Correct. Vreselijk, wat er met Dicte is gebeurd. Het heeft ons allemaal erg aangegrepen.’

Niels keek naar de grond. Alsof het zijn pijn was. Zijn verlies. Alsof ze hem condoleerden. Toen hij weer opkeek, had de arts zijn hand naar hem uitgestoken.

‘Adam Bergman.’

Hij gaf hem een hand. ‘Niels Bentzon. Recherche.’

De arts liet Niels’ hand los, keek op zijn horloge en zuchtte. ‘Ik heb nog een cliënt om ...’

‘Een paar vragen maar.’

Niels nam de man nauwkeurig op. Een kleine leesbril klemde zich vast op het puntje van zijn neus. De witte doktersjas, het blauwe overhemd eronder, de vele rimpels rond zijn ogen. Een roker, dacht Niels.

‘Goed, dan ... we zeggen natuurlijk geen nee tegen de politie.’

Hij vroeg Niels binnen te komen. Gebaarde naar de stoel. Niels hoorde de secretaresse nog net iets fluisteren voordat de deur dichtging.

‘Ik bel hem meteen’, zei Bergman voordat hij de deur dichtdeed en Niels aankeek. ‘Wilt u mij twee minuutjes excuseren?

Ik moet even iemand bellen.'

'Natuurlijk.'

De arts pakte zijn mobiel van het bureau en liep de spreekkamer uit. Niels was alleen. De spreekkamer leek meer op een kantoor dan op een artsenpraktijk. Twee leren stoelen stonden tegenover elkaar. Van de ontwerper Børge Mogensen. Een tafel ertussenin, met precies genoeg ruimte voor een doos tissues en twee koffiekopjes. Aan de muur diploma's van verschillende universiteiten. Adam Bergman was een internationaal erkend slaaponderzoeker. En reservelegerarts voor Noord-Sjælland. Dat laatste bleek uit een plechtig ingelijst diploma aan de muur.

'Wilt u niet gaan zitten?' Bergman stond in de deuropening.

'Graag.' Niels ging in een van de leren stoelen zitten. 'Komen mensen hier ook om te slapen?'

'Sommige wel. Met andere praat ik alleen maar. Dat hangt af van de gradatie van hun slapeloosheid.'

'En Joachim?'

'Of die hier sliep?'

'Ja.'

'Een enkele keer.'

'En Dicte van Hauen?'

Adam Bergman ging zitten. Hij leunde achterover en nam Niels zo onderzoekend op dat die zich afvroeg of hij er soms moe uitzag.

'Dicte kwam hier omdat ze al ruim een jaar geen hele nacht achter elkaar had doorgeslapen.'

'Dat is toch heel normaal. Moeten de meeste mensen er niet een of twee keer uit gedurende de nacht?'

De arts kuchte en glimlachte discreet: 'Slaap is een serieuze zaak. In de diepste slaapfase wordt ons immuunsysteem opgebouwd. Drie dagen zonder slaap, meer is er niet voor nodig om de meeste mensen tot waanzin te drijven. Nog een paar dagen langer, en het wordt levensgevaarlijk.'

'Dus het verbaasde u niet, toen u het van haar hoorde? Dat ze dood was?'

'Nee. Eigenlijk niet.'

'Was het zo erg met haar?'

'Dicte kwam maar heel zelden in wat wij de droomslaap noemen, dat is de diepste, belangrijkste slaap. De slaap die bij normaal slapende mensen na ongeveer honderd minuten intreedt. Maar haar slaap was meestal wat wij PLMD noemen. Periodic Limb Movement Disorder. De schokslaap, waarbij het lijkt alsof de slapende zware elektrische schokken krijgt. Geloof me: Dicte leed aan ernstige slaapstoornissen.'

'En Joachim Elmkvist? Wie kwam hier het eerst?'

'Dicte.'

'En zij heeft u aanbevolen bij Joachim?'

'Ja.'

'Allebei balletdansers. Allebei komen ze bij u. Waarom?'

Bergman keek naar Niels alsof hij hem probeerde in te schatten.

'Dicte van Hauen is dood', zei Niels.

'Daarom geldt mijn zwijgplicht nog wel.'

'Ik probeer er alleen maar achter te komen of er iets was wat haar de dood in heeft gedreven.'

De arts keek Niels verrast aan.

'Ik dacht dat het zelfmoord was. Ze was toch gesprongen?'

Niels verschoof even in zijn stoel. De arts registreerde de zenuwachtige beweging.

'Ze is wel gesprongen', zei Niels. 'Maar ze was onder invloed. Ze was naakt en ze was op de vlucht.'

'Op de vlucht? Voor wie?'

'Joachim.'

'Joachim Elmkvist? Waarom zou hij ...'

De arts brak zijn zin af. Hij vouwde zijn handen in zijn nek, nadenkend.

'Maakte ze zich ergens zorgen over?' vroeg Niels.

'Dicte had als kind een ongeluk gehad. Daar had ze nog steeds last van.'

Niels zag Dictes gezicht voor zich. Een detail kwam duidelijk naar voren in zijn herinnering: het litteken bij haar slaap waarop de forensisch arts hem had gewezen; het litteken waar Dictes familie niet over wilde praten.

'Ze had een litteken bij haar slaap.'

Adam Bergman keek Niels aan: 'Ja.'

'Wat was er gebeurd?'

'Mijn zwijgplicht ...'

Niels onderbrak hem: '... stopt hier. Vanwege de verdenking van moord. Bovendien ...'

Adam Bergman maakte Niels' zin af: 'U bedoelt, bovendien is er niemand die kan klagen? Is dat uw conclusie?'

'U hebt Dicte gekend. U hebt haar behandeld. Wenst u geen gerechtigheid?'

Diepe zucht. Bergman keek uit het raam terwijl hij overwoog of hij de heilige eed die alle artsen afleggen zou verbreken. Niels zweeg intussen. Hij kende het eeuwige dilemma van artsen: de zwijgplicht tegenover de gerechtigheid. De integriteit van de arts tegenover de opheldering door de politie.

'Je weet nooit of er niet meer slachtoffers zullen vallen.'

Bergman knikte. Op die argumentatie had hij gewacht. De stilte in de ruimte duurde nog enkele seconden. Toen verbrak hij hem: 'Dicte is bijna tien minuten dood geweest toen ze een kind was.'

'Dood?'

'Ja. Een hartstilstand. Ze had een klap op haar hoofd gehad.'

'Hoe?'

Adam Bergman zuchtte. Niels kon zien dat hij het moeilijk vond.

'Wat er indertijd ook is gebeurd, de zaak is verjaard.'

'Haar vader heeft haar een klap gegeven.'

'Dan moet hij hard hebben geslagen', constateerde Niels.

De arts haalde zijn schouders op.

'Hoe oud was ze?'

'Een jaar of negen.'

'Maar daar moet dan toch een dossier van bestaan?'

Bergman schudde zijn hoofd: 'Nee. Ik heb ernaar gezocht. Het wordt nergens met een woord genoemd.'

'Weet u zeker dat het klopt?' vroeg Niels.

'U bedoelt of ze loog?'

'Loog. Verzon. Zich verkeerd herinnerde. Ik bedoel, in zo'n geval word je toch altijd opgenomen ter observatie?'

'Altijd. Tenzij ...'

'Tenzij?'

'Tenzij het in het buitenland is gebeurd. Of tenzij er bewust voor is gezorgd dat het geheim werd gehouden.'

'Is dat mogelijk?' zei Niels. 'Zo'n ernstig ongeluk geheimhouden?'

'Misschien. Zij beweerde dat haar vader iemand kende bij de politie die hen heeft geholpen.'

Niels dacht na. Over commissaris Sommersted.

'Dus de vader geeft haar een klap?'

'En ze komt ongelukkig terecht ...'

'Gaat dood?'

'Ja. En wordt ter plekke gereanimeerd. De huisarts komt.'

'En wil het rapporteren? Toch?'

'En iemand van de politie helpt de familie erdoorheen.'

'En ze heeft het nooit aan iemand anders verteld?'

'Geen woord.'

'Alleen dat ze tien minuten dood is geweest.'

'Bijna tien.'

Niels herhaalde: 'Bijna tien minuten. En wat heeft dat met haar slapeloosheid te maken?'

Bergman schraapte zijn keel. 'Wat betreft bijna-doodervaringen ...' hij onderbrak zichzelf. 'Kent u die uitdrukking?'

'Ja. Mijn vrouw heeft zelf een bijna-doodervaring gehad', zei Niels en hij had meteen spijt. Hij vond het niet prettig om over die ervaring te praten. Over die tijd.

'Zoals ik al zei: door oorzaken die wij niet begrijpen, heeft dat vaak invloed op de slaap.'

Niels dacht aan Hannah. Dat ze zo slecht sliep.

'Dat heeft uw vrouw misschien ook ervaren?' vroeg Bergman.

Niels knikte.

'Chronische slapeloosheid?'

Niels vond het niet fijn dat de rollen opeens waren omgedraaid. Toch hoorde hij zichzelf zeggen: 'Ik weet niet of het chronisch is. Het duurt wel al een hele tijd.'

'En hoelang heeft haar hartstilstand geduurd?'

Niels pakte een tissue van de tafel. Veegde het zweet van zijn voorhoofd. Bergman ging verder: 'Het is een gevoelig onderwerp. Ik begrijp het best als u er liever niet over wilt praten.'

'Ze is drie keer dood geweest in de loop van één nacht. Alles bij elkaar twintig minuten', antwoordde Niels. Toen rechtte hij zijn rug. 'Hoe zit het met Joachim Elmkvist?'

'U bedoelt of hij ook een bijna-doodervaring heeft gehad?'

'Ja.'

Adam Bergman haalde diep adem. 'Dit kan me mijn licentie kosten.'

'En een leven redden.'

De arts schudde zijn hoofd. 'U hebt het niet van mij. Is dat afgesproken?'

'Afgesproken.'

'En ik wil niet als getuige worden opgeroepen.'

'U hebt mijn woord.'

Opnieuw hoofdschudden. 'Dicte en Joachim speelden met de dood.'

'Speelden? Hoe dan?'

'Door gedurende een paar minuten wat ze zelf 'een gecontroleerde hartstilstand' noemden te veroorzaken en elkaar daarna te reanimeren, maar – er bestaat niet zoiets als een gecontroleerde hartstilstand. Begrijpt u dat?'

'Hebben ze dat aan u verteld?'

'Dicte heeft het verteld. Joachim was minder mededeelzaam. Hij wilde alleen maar genezen worden.'

'Genezen? Van wat?'

'Van zijn verstoorde slaapritme, wat het gevolg was van hun

idiote experimenten.' Niels hoorde de woede van de arts oplaaien. Jezelf doodmaken. Een verwerpelijke gedachte in zijn universum.

'Dus ... Dicte heeft als kind een ervaring gehad. Ze raakt bezeten van de dood. En begint te experimenteren met zelfmoord plegen en weer gereanimeerd worden. Met adrenaline. Dat soort dingen.'

'Ze wilde niet over de details praten.'

'Alleen dat ze dood was geweest.'

De arts knikte.

'Hoe doodden ze zichzelf?'

Bergman haalde zijn schouders op.

'En Joachim deed daaraan mee? Op de een of andere manier?'

'Ja.'

'En het gevolg was slapeloosheid?'

'Slapeloosheid. Angstaanvallen. Hartkloppingen.'

De arts nam Niels een paar seconden op. Wat woog hij af? Niels zag het in zijn ogen. Had hij de informatie op de weegschaal van de zwijgplicht gelegd? Was het te zwaar om te vertellen?

'Zijn hier meer mensen bij betrokken dan Joachim en Dicte?'

De slaaponderzoeker knikte.

'Wie?'

Stilte. Hij zuchtte.

'Ik wil u er graag aan herinneren dat het meer levens kan kosten als dit geen halt wordt toegeroepen.'

'Ze had een droom.'

'En die heeft ze u verteld?'

'Ja.'

'En die droom maakte iets duidelijk?'

Een diepe zucht.

'U kunt beter zelf naar de band luisteren.'

*

De band was geen band, maar een computerfile. De dossiers van alle patiënten waren opgeslagen op zijn laptop, die op de tafel stond. Het was een dure. Dit was de eerste keer dat Niels een computer zag met organisch materiaal rond het toetsenbord. Leer. Misschien krokodillenleer, dacht hij terwijl de arts de geluidsfile zocht.

'De opname duurt ongeveer vijf minuten.'

'Goed', zei Niels.

De arts zette het geluid aan. Het interview begon ermee dat iemand op afstand hoestte. Toen klonken er stemmen.

Bergman: 'Gaat het goed met je?'

Dicte: 'Ja. Nee. Ik ben moe.'

Bergman: 'Maar je hebt een droom gehad vannacht?'

Dicte: 'Hoe weet u dat?'

Bergman: 'Dat zei je door de telefoon.'

Dicte: 'Heb ik dat gezegd? Mijn geheugen is echt zó slecht op het moment.'

Niels luisterde naar de woorden op de geluidsopname. Vooral wanneer Dicte praatte. Ze had een chic accent. Niet precies te plaatsen. Ze had het soort stem waarbij je graag je ogen dicht wilt doen en alleen maar genieten van het geluid.

Bergman: 'Dat is normaal als je zo weinig slaapt als jij. Dat heeft invloed op je geheugen.'

Dicte: 'Ja.'

Bergman: 'Maar het is goed dat je hebt gedroomd. Dat betekent dat je dieper in je slaapritme bent gekomen dan de afgelopen maanden.'

Dicte: 'Maar daarna kon ik niet meer in slaap komen.'

Bergman: 'Waarom?'

Dicte: 'Die droom. Die was ...'

Bergman: 'Een nachtmerrie.'

Dicte aarzelde. Niels hoorde dat de blote huid van haar benen aan de leren stoel plakte als ze onrustig heen en weer bewoog in de stoel. Dezelfde stoel als die waarop Niels nu zat.

Dicte: 'Ik weet het niet ...'

Bergman: 'Of het een nachtmerrie was? Of of je het wilt vertellen?'

Dicte: ‘Dat laatste.’

Bergman: ‘Dicte, ik heb zwijgplicht. Alles wat hier wordt gezegd, blijft tussen jou en mij. En als ik je moet helpen, moet ik echt weten wat je bezighoudt. Ons werk, onze zorgen, wat we eten en drinken – alles heeft invloed op onze slaap ...’

Ze onderbrak hem: ‘Ik heb gedroomd over de plek waar we elkaar ontmoeten.’

Bergman: ‘We?’

Dicte: ‘Iedereen van de groep.’

Bergman: ‘De groep? Bedoel je Joachim en jijzelf, die met de dood spelen?’

Dicte: ‘Nee.’ (Ze lacht.) ‘We zijn met veel meer. Het is een oud industrieterrein op Amager ...’

Niels keek op en ontmoette de blik van de arts. Waarom zag Bergman eruit als iemand die net iets had ontdekt? bedacht Niels nog net voordat hij zijn aandacht weer op Dictes stem moest richten.

Dicte: ‘Het ligt tegenover een oud fabriekspand naast de metro. Maar in mijn droom kon ik het niet vinden.’

Bergman: ‘Je was verdwaald?’

Dicte: ‘Iemand zat me achterna.’

Bergman: ‘Dezelfde?’

Dicte: ‘Het is altijd dezelfde.’

Niels richtte zich op in zijn stoel: ‘Wie zit haar achterna?’ vroeg hij.

Bergman zette de opname af en kuchte. ‘Sinds ze haar eerste ervaring met de dood heeft gehad ...’

‘Toen ze een kind was?’ onderbrak Niels hem.

‘Toen ze een kind was, ja. Toen had ze al het gevoel dat iemand haar achterna zat. Het is een beetje een taboe’, zei Bergman, hij aarzelde voordat hij verderging: ‘Maar er zijn eigenlijk best veel mensen die een negatieve bijna-doodervaring hebben gehad.’

‘Dat ze niets ervaren, bedoelt u?’

‘Nee. Dat ze de hel ervaren in plaats van de hemel. Duisternis en verschrikking, vreemde dieren met hoorns, de ondergang van de wereld ...' Bergman onderbrak zichzelf en keek Niels over de rand van zijn leesbril aan: 'Uw vrouw? Heeft zij iets ervaren?'

Niels aarzelde: 'Ja.'

'Negatief?'

'Nee.'

'Dat is goed. Dat is wat Dicte schreef. Dat ze een weg wilde zoeken.'

'Een weg?'

'Een weg uit haar lichaam, waarlangs ze niet in de hel belandde.'

Er ontsnapte Niels een geïrriteerd geluidje terwijl hij zijn hoofd schudde. Hij kon het niet laten, zijn reactie was automatisch, niet te controleren.

'U hebt niet veel op met dat soort dingen?'

Niels wees naar de computer: 'Zegt ze verder nog iets? Over die plek waar ze elkaar ontmoeten?'

Bergman zette de geluidsopname weer aan. Dictes stem mengde zich met de andere geluiden in de kamer: rumoer van de straat, de vrouw in de receptie die telefoneerde.

Dicte: 'Ik weet dat ik niet kan ontsnappen. Toch ren ik door die fabriekshallen ...'

Bergman: 'Die echt zijn, of die je verzint in je droom?'

Dicte: 'Alles is echt.'

Bergman: 'Behalve degene die je achtervolgt.'

Dicte: 'Nee, hij is ook echt.'

Stilte. Bergman schraapt zijn keel op de geluidsopname.

Dicte: 'Ik weet best wat u nu wilt zeggen.'

Bergman: 'Wat wil ik zeggen?'

Dicte: 'Dat het slaaptekort mijn vermogen om onderscheid te maken tussen wat echt is en niet echt heeft aangetast.'

Bergman: 'En?'

Dicte: 'Ik weet dat er iets is. Ik weet alleen niet zeker wat.'

Bergman: 'Iets?'

Dicte: 'Ja, iemand die mij achterna zit.'

Bergman: 'Wie?'

Stilte.

Bergman: 'Dicte. Wie zit je achterna?'

Stilte. Een ongeduldig geluidje van Bergman.

Bergman: 'Die droom. Vertel eens verder. Wat gebeurt er dan?'

Dicte: 'Als ik maar bij de anderen kan komen. Bij onze zaal. Als ik maar het licht kan zien. Maar het verplaatst zich de hele tijd.'

Bergman: 'Welk licht?'

Dicte: 'De lamp die we 's avonds aansteken als er een bijeenkomst is. Twee rode lampen eigenlijk.'

Bergman: 'Wat gebeurt er dan?'

Dicte: 'Ik schreeuw mijn geheime naam, die alleen zij kennen. Zodat ze me zullen komen redden.'

Bergman: 'Een geheime naam?'

Dicte: 'Giselle.'

Bergman: 'Is dat iets wat je in je droom hebt verzonnen, of is dat een naam die je in de werkelijkheid gebruikt?'

Stilte op de band.

Bergman: 'Wat gebeurt er dan?'

Dicte: 'Dan ren ik. Ik weet dat ik dood ben. En ik weet dat ik in de hel kom als hij me te pakken krijgt.'

Bergman: 'Wie?'

Stilte.

Bergman: 'Wie mag jou niet te pakken krijgen, Dicte?'

Dicte: 'Ik moet bij de deur zien te komen.'

Bergman: 'De deur?'

Dicte: 'Van Acheron.'

Niels ging met een ruk overeind zitten.

'Echelon? Zei ze "Echelon"?'

Een glimlachje op Bergmans lippen: 'Nee. "Acheron". Dat is een rivier in Griekenland. De rivier naar het dodenrijk waar de veerman overheen vaart. U herinnert zich misschien het verhaal van het muntje in de mond?'

'Een munt voor de veerman?'

'Precies. Om veilig aan de overkant van de rivier te komen.'

64

Slaapkliniek Sleep. 14.05

Stilte. De stilte die altijd viel in de spreekkamer op het moment dat een patiënt was vertrokken en de deur weer dicht was gegaan. Aangenaam, nog enigszins geladen, alsof een deeltje van die persoon nog steeds aanwezig was in de kamer. Adam Bergman stond op en liep naar het raam. Hij keek naar buiten, zag de politieman schuin de straat oversteken naar zijn auto. Adam wist waar hij naartoe ging – de komende vele uren zou hij bezig zijn om de plek te vinden die Dicte had beschreven.

Hij keek naar het telefoonnummer op het bureau voor hem. Niels Bentzons vrouw. Hannah Lund. Eén telefoontje van hem verwijderd. Niels Bentzon had haar aangeboden op een presenteerblaadje. Net voordat de politieman de deur uit was gelopen, had hij Bergman gevraagd of hij zijn vrouw wilde bellen. Om haar te helpen. Met haar te praten. Over slaap. Over slaap en dood. Ja, dat wilde hij best doen. Hannah Lund was per slot van rekening nummer twee op zijn lijst.

65

Bispebjerg Hospital – Afdeling Kinder- en Jeugdpsychiatrie. 16.47

Welke straf moet De Schuldige krijgen als ze hem vinden? Wat zou een redelijke straf zijn? Daar heb ik een tijdlang heel veel over nagedacht. Gevangenisstraf was niet genoeg, vond ik. Hij moest sterven op dezelfde manier als mijn moeder. Zijn keel moest worden doorgesneden zoals wanneer je een geit slacht. Maar later raakte ik vervuld van een nieuwe gedachte: de dood is niet genoeg straf. Die gedachte kreeg ik toen ik *De vreemdeling* van Camus had gelezen. Het verhaal over de grijze kantoormuis Meursault die een Arabier vermoordt op een strand in Algerije. Bijna toevallig. Bijna zomaar, om eens mee te maken hoe het voelt om een ander mens te doden. Vervolgens wordt hij ter dood veroordeeld, een vonnis dat hij volledig accepteert. Aan het eind van het boek, terwijl hij wacht tot zijn doodvonnis zal worden voltrokken, heeft hij een lang gesprek met een priester met wie hij eigenlijk niet wil praten. De priester, die tevergeefs probeert om Meursaults geest te openen en hem te laten nadenken over zijn wandaad, constateert dat wij allemaal veroordeeld zijn tot de dood. *Wij zijn allemaal veroordeeld tot de dood.* En hij heeft gelijk: wij zijn allemaal veroordeeld tot de dood. Een mens straffen met de dood, is niet meer dan het naar voren halen van iets dat vroeg of laat onherroepelijk toch zal gebeuren. De dood op zichzelf is daarom geen straf. Op die manier zou je hem veel te makkelijk laten wegkomen. Zo dacht ik toen.

Ik lig op mijn bed met mijn ogen dicht en ik voel me ziek. Fysiek. Pijn in mijn ledematen. Mijn schouders, ellebogen, knieën. Misselijk. Misschien heb ik koorts? Ik mis mijn vader. Hij is vandaag niet geweest. Heeft niet gebeld. Ik doe mijn ogen open en kijk naar het plafond. Witte, rechthoekige platen. Ik kijk naar de gele lamp, er zit een klein deukje in de hoek, omdat mijn vader een keer iets opveegde van de vloer en met de bezemsteel tegen de kap van de lamp stootte.

Daarna bedacht ik een nieuw plan voor wat er met De Schuldige moest gebeuren. De dood was niet genoeg, daar had Camus mij van overtuigd. Nee. De Schuldige moest lijden zoals ik in die tijd heb geleden en nog steeds lijd. Zijn geliefden moesten dood. Dat zou de enige redelijke straf zijn, dacht ik. Zijn kinderen, als hij die had. Zijn vrouw of zijn ouders. Hun keel moest voor zijn ogen worden doorgesneden. Hij zou ze voor zich zien staan, het bloed dat uit hun hals gutste, terwijl het leven langzaam uit hen wegvloeide. Hij zou zich over hen heen buigen, de angst in hun ogen zien, hun lege blik als ze levenloos op de grond lagen. Hij zou voelen hoe zijn leven van het ene op het andere moment instort, als een omgevallen flatgebouw. Voelen hoe hij wordt achtergelaten in een rokende puinhoop van een allesverterende leegte. Zoals mijn leven was. En is.

Maar zo denk ik nu niet meer. Nu is het belangrijkste dat ik antwoord krijg. *Wie is De Schuldige?*

Nu gaat het er allereerst om dat ik zekerheid krijg.

Voetstappen op de gang. Ik ken het ritme. Ik ga overeind zitten in mijn bed. Hij is het, mijn vader. Eindelijk. Maar hij loopt sneller dan anders. Alsof er iets mis is.

66

Bispebjerg Hospital – Afdeling Kinder- en Jeugdpsychiatrie. 16.57

Adam Bergman haatte deze plek. Hij haatte de aanblik van de lege gangen, hij haatte de geur van mensen die zichzelf niet goed verzorgden, van mensen die niet in staat waren om mens te zijn. Hij haatte het geluid van zijn eigen voetstappen op de linoleumvloeren, de blikken van de artsen en verpleegkundigen, die altijd optimisme en hoop uitstraalden, ook al was deze wereld hier vol van het tegenovergestelde. Hij haatte het idee van een plek voor kinderen waar voortdurend zelfmoordpogingen werden gedaan, waar de leidingen in de muren waren weggewerkt om het moeilijker te maken jezelf te verhangen en waar de schroeven waarmee de douchegordijnen werden opgehangen zo kort waren dat ze zelfs geen klein mensenlichaam zouden kunnen dragen. Een plek waar veters, riemen en ceintuurs in iedere vorm of soort verboden waren. Maar het meest haatte hij het idee dat zijn dochter naar deze wereld was verhuisd, dat ze er een deel van was geworden, terwijl hij buiten stond en nooit meer tot haar door kon dringen.

De vermoeidheid was weg. Toen de politieman hem in de armen van Hannah Lund had gedreven, was die onmiddellijk verdwenen en was er een soort vrolijkheid voor in de plaats gekomen. Maar het was een vrolijkheid vol angst. Het was zijn laatste kans, zo voelde hij het. Hannah Lund was zijn laatste kans – hij moest haar de dood in sturen als een ontdekkingsreizigster, een detective die de man moest zoeken die zijn vrouw had vermoord.

Hij bleef even voor de deur staan. SILKE BERGMAN stond er met lichtgroene letters op de deur. Diep ademhalen. Hij moest even moed bij elkaar rapen. Zo ging het iedere keer.

Toen deed hij de deur open en liep naar zijn dochter toe.

'Hallo, Silke', zei hij.

Ze zat in haar bed, haar hoofd tegen de muur geleund. Er was geen reactie te zien in haar gezicht, maar hij wist dat ze blij was om hem te zien. Hij voelde het. Zoals hij het altijd voelde.

'Hoe gaat het, lieverd? Heb je net geslapen?'

Al die vragen. Waarom stelde hij ze eigenlijk? vroeg hij zich af. Misschien moest hij voortaan gewoon komen, gaan zitten en niets zeggen. Als stilte de taal was die zij prefereerde, was dat misschien het beste. Voor hen allebei.

'Ik heb echt een drukke dag gehad, weet je', zei hij in het wilde weg terwijl hij op de rand van het bed ging zitten. 'Als je eens wist hoeveel mensen slaapproblemen hebben.' Hij keek in haar ogen, de mooie bruine ogen die ze van haar moeder had geërfd. Irriteerde zijn dochter hem? Hij moest even bij zichzelf voelen. Nee, vandaag niet. Gelukkig niet. Hij verachtte zichzelf als dat gevoel in hem naar boven kwam, maar de laatste tijd gebeurde het steeds vaker. Hij wilde haar door elkaar schudden, hard tegen haar schreeuwen, zeggen dat ze nu toch echt weer moest gaan praten. Hoelang zou dit nog doorgaan? Het had geen zin om hier met een lege blik voor je uit te zitten staren. Begreep ze dat nou echt niet? Maar vandaag niet. Vandaag was hij niet boos op haar. Integendeel. Het gaf hem kracht om haar te zien. Het gaf hem de moed om door te gaan. Om te zorgen dat zijn plan met Hannah Lund zou slagen. Voor Silke. Daarom deed hij het. Om haar te redden. Om zijn dochter te bevrijden uit de gevangenis waarin ze was beland. Hij hield haar in zijn armen. Hij drukte haar tegen zich aan. Hard.

'Hou vol, lieverd', fluisterde hij. 'Je moet sterk zijn. Het duurt misschien een paar dagen voordat ik weer kom. Ik moet iets doen. Voor jou.' Hij hield haar gezicht tussen zijn handen. Zocht haar blik. 'Begrijp je dat, Silke? Binnenkort komt alles weer goed, dat beloof ik je. Hoor je me? Ik hou van je. Alles wat ik doe, doe ik voor jou. Dat moet je weten.'

Zo bleven ze zitten. Minutenlang. Totdat hij ten slotte opstond en de kamer uit liep. In de deuropening draaide hij zich om. Een laatste blik op zijn dochter. Ze keek hem na. Glimlachte ze naar hem? Had ze begrepen wat hij zei? Dit keer haalde hij de andere kant van de deur voordat de tranen kwamen. Misschien is dit wel de laatste keer dat ik haar zie, dacht hij terwijl hij het ziekenhuis uit liep.

DEEL II

Het boek van de zielen

Mijn ziel dorst naar God,
naar de levende God,
wanneer mag ik nader komen
en Gods gelaat aanschouwen?
PSALMEN 42, 3

1

Amager. 22.30

Niels wachtte al sinds vroeg in de avond tot het daglicht zou verdwijnen en de lichten aan zouden gaan. Een rood licht, zoals Dicte op de band had gezegd. Geen licht. Nog niets. Alleen maar bruine bakstenen die ooit rood moesten zijn geweest, dacht Niels. Toen de fabriek gebouwd werd, honderdvijftig jaar geleden. Sindsdien had de rook van de lijmfabriek, de smederij en het sloopbedrijf een laatste laag kleur gegeven aan deze ruïne van oude industrie. Vergane industrie, het soort dat tegenwoordig in andere landen wordt uitgevoerd, landen waar ze geen nationale zorgverzekering hebben en zich daardoor beter kunnen veroorloven om hun burgers de dampen uit de ketels en de luchtverontreiniging uit de schoorstenen te laten inademen. Nu huisden er fotografen en ontwerpers – de zogenaamde creatieve klasse – en allerlei soorten internetfiguren in de ruimtes. Wat had ze nog meer gezegd? Dat de groep hier bijeenkwam. Joachim. Die ze als haar vriend beschouwde. Dat was vaak zo. De slachtoffers vertrouwden hun moordenaar. Zoals Dicte Joachim had vertrouwd. Wat had ze verder nog gezegd? 'Acheron'. Natuurlijk. Niet 'Echelon'. Toen ze dat woord zei, had Dicte er helemaal niet uitgezien alsof ze zich achtervolgd voelde. Ze had eruitgezien als iemand die rust vond, een korte pauze midden in een nachtmerrie. Ze had de dood gezien – en vertrouwde erop dat het goed zou komen.

Een fabrieksgebouw naast de metro. Dat kon alleen dit hier zijn, precies op het punt waar de metro overging op het op pijlers gebouwde spoor en zonder bestuurder langs een fabrieksgebouw gleed dat leek op iets dat eigenlijk in Bagdad thuishoorde. Niels stond op de bovenste verdieping en keek uit op de vernielde ramen. Was daar een rood licht aangedaan, daar tussen die twee gebouwen?

*

Hij hoorde muziek – nee, ritme, uit de gebouwen aan het eind van het steegje. Er ging een deur open. Een vrouw tuimelde naar buiten, haar linkerhand greep zich met verbazingwekkend veel kracht vast aan de ijzeren trapleuning, anders was ze de vier treden af gevallen. Ze lachte. Het karakteristieke lachje dat je alleen hoort bij iemand die onder invloed is van verdovende middelen. Cocaïne, besloot Niels, toen de vrouw weer overeind krabbelde met een blik die uitstraalde dat ze absoluut geen controle over zichzelf had, terwijl haar lichaam worstelde met de fijne motoriek. Eerst alcohol, dan cocaïne, stelde hij zijn veronderstelling bij. Haar lichaam werd amper bedekt door een stukje dunne, witte stof dat in sommige kringen kennelijk doorging voor kleding.

'Ben jij het?' vroeg ze terwijl ze probeerde een sigaret aan te steken en daarbij haar ogen half dichtkneep.

'Wie ben ik?' zei Niels. Ze stapte naar voren uit het donker, in het roodachtige schijnsel dat door het raam viel. Haar jurkje, of hoe je het stukje stof dat strak om haar lichaam zat moest noemen, was doorzichtig. Ze had er niets onder aan.

'Jij bent het niet.'

'Dan houden we het daarop.'

Ze schudde haar hoofd, maar Niels was er niet zeker van of dat betrekking had op hun gesprek. Waarschijnlijk eerder op het gesprek dat ze met zichzelf voerde, mompelend, onder invloed, high. Hij liep de trap op, vier roestige treden, en duwde de deur open. Een hal. In een hoek stond een grote bundel oude Telemark-ski's, antiek, minstens dertig paar. Twee vrouwen kwamen uit het toilet en Niels volgde hen naar binnen in de vervallen fabriekshal. Waxinelichtjes op de grond langs de muren. De meeste waren uitgegaan. Een paar oude lampen uit de tijd dat ze nog films ontwikkelden in donkere kamers, zetten het achterste deel van de ruimte in een roodachtig schijnsel. De vrouwen gingen af op het ritme en het licht. 'Door de fabriekshallen,' had Dicte gezegd 'en aan de andere kant weer naar buiten.' Dáár. Twee rode lampen, Aziatisch model, als kleine huisjes met dakjes die omhoogkrulden.

'Acheron'. Het stond op de deur geschreven met een hippieachtige nonchalance: speels, luchtig, bijna alsof het door een kind was geschreven. Een vermolmde deur van oud hout met roestig beslag, de verf was allang weggespoeld door de regen. Niels klopte op de deur. Hard. Niet voorzichtig of bescheiden. Hij kende de plek, wilde hij daarmee aangeven. Hij maakte deel uit van deze plek. Of misschien was het ook om de nervositeit die hij in zijn binnenste voelde groeien, in bedwang te houden. Wat was dit voor plek? Wat gebeurde er aan de andere kant van die deur? Hij ging meteen open. De scharnieren piepten luid.

'Wie zoek je?'

Een jonge man keek Niels koeltjes aan. Een lange, zwarte pony probeerde een opvallend anoniem gezicht te bedekken.

'De veerman.'

Opnieuw die blik van de jongeman: schattend, afwerend? Hij deed de deur open. Niels ging naar binnen. Het duurde even voordat zijn ogen waren gewend aan het licht. Alleen kaarsen, heel weinig. De zomernacht buiten was lichter.

'Je kunt je kleren hier uittrekken.' Hij gebaarde naar de hoek.

Kleren? dacht Niels, maar hij zei niets. Hij had alleen een overhemd en een broek aan.

'Is het de eerste keer dat je hier bent?'

'Ja', besloot Niels te zeggen. Het zou niet werken om te doen alsof hij ervaren was, hij zou door de mand vallen.

Hij zag een glimlach tevoorschijn komen op de lippen van de jongeman. Hij deed een stap naar Niels toe.

'Maar ik heb het idee dat ik je weleens eerder heb gezien.'

'Oké. Ik weet niet ...'

Hij onderbrak hem: 'Ben je bekend van televisie?'

'Nee.'

Hij hield zijn hoofd schuin. Keek Niels een hele tijd aan: 'Wie heeft je uitgenodigd?'

'Dicte.'

'Wij kennen niemand die zo heet.'

'Giselle', zei Niels intuïtief.

Een plotselinge verandering in zijn gezicht. Weg was het brutale, treiterige. Wat overbleef, was een plotselinge angst in zijn ogen.

'Kende je haar?'

'Ja.'

'Je weet wat er is gebeurd?'

'Wie niet? Het was overal te zien.'

'Wacht hier. Nee. Je moet buiten wachten', fluisterde hij terwijl hij de deur waardoor Niels net naar binnen was gekomen weer opendeed.

Hij ging weer naar buiten. De trap op. De deur werd achter hem dichtgedaan. Eenzaam in de zomernacht. Hij hoorde de technoritmes die waren opgesloten in een hele kleine ruimte. De politieman in hem kwam boven. Hij had enorm veel zin om Leon te bellen. Om hem te vragen of hij wilde langskomen om het hele zaakje op te rollen, het licht aan te doen, de deuren in te trappen zoals alleen Leon en zijn mensen dat konden: het geluid van scharnieren die afbraken, deurposten die versplinterden – deuren die voor altijd open zouden blijven. Leon zou het een fantastische klus vinden, daar twijfelde Niels geen seconde aan. Opruiming houden in deze warboel van drugs, zogenaamd onaangepaste jongeren, experimentele levensvormen en onwettig binnendringen in gemeente-eigendom; dat was waarvoor Leon op de wereld was gezet. Het was alsof je een homp vlees neergooide voor de snuit van een hongerig roofdier. En het resultaat was voorspelbaar: geschreeuw en gekrijs en massale aanhoudingen, gevolgd door het minstens net zo voorspelbare naspel: klachten over het ruwe optreden van de politie en het vasthouden op zeer magere juridische grondslag. Leon was waarschijnlijk de politieman die de meeste klachtenprocedures van het hele land aan zijn broek had, maar dat zag hij kennelijk als een onvermijdelijk deel van zijn werk. Of als eerbetoon.

Niels keek uit over de industriële woestenij die hem omringde. Een wereld die was ingestort. Iemand had een vuur aangestoken in het hoge gras voor het vervallen fabrieksgebouw. De metro die in de hoogte over het spoor reed, zette het tafereel heel even in het licht: een paar jongeren lagen te slapen op dekens in het gras. Dicht bij de muur was een tent opgezet. Ergens begon een hond te blaffen, het geluid vermengde zich met de verre technoritmes. Toen was de trein weer voorbij en verdween het licht weer.

'Kende je Giselle?'

Niels had niet gehoord dat de deur achter hem was opengegaan. Hij draaide zich om. Ze stond een paar centimeter achter hem. Een mager meisje met kort haar, eind twintig misschien, ze kwam tot halverwege zijn borst.

'Ja. Ik kende haar.'

'Waarvan?'

'Ze heeft me geholpen. Na een ongeluk.'

'Wat voor ongeluk?'

'Een auto-ongeluk.'

'Daar heeft ze mij nooit iets over verteld.'

Niels keek naar het asfalt. Hij had geen idee wat hij moest zeggen. Hij schudde zijn hoofd. 'Nee. Ze was loyaal.'

Ze herhaalde: 'Loyaal?'

'Ik had een baan waarbij ik niet kon riskeren dat iemand zou horen dat ik ... dat iemand het zou horen.'

'En wat was dat dan?'

'Die baan?'

'Ja.'

'Giselle had me beloofd dat dat soort vragen hier niet zou worden gesteld', zei Niels op zachte toon.

Ze glimlachte. 'Vertel eens over dat ongeluk', zei ze.

'Het was een auto-ongeluk ...'

Ze onderbrak hem: 'Zat jij achter het stuur?'

'Nee. Ik ben aangereden.'

'Vertel.'

'Het was op een spoorwegovergang. De bestuurder van de auto had niet gezien dat de trein eraan kwam. De auto werd geraakt en weggeslingerd ...'

'En toen raakte de auto jou?'

'Ja.'

Hij hoorde haar ademen, ze zoog de lucht diep in haar longen. Toen deed ze een stap naar achteren. Naar binnen. Niels volgde haar. De deur werd achter hem dichtgedaan, het enige licht kwam van een kaars.

'Mag ik het zien?'

'Zien?'

'De littekens.'

Niels dacht even na. Het laatste wat hij wilde, was hier half in zijn blootje staan. Het was nog niet te laat om zich om te draaien. Er moesten andere manieren zijn om dit op te lossen.

Ik spring je achterna. Ik zal je volgen, Dicte.

Hij dacht aan haar. Naakt, wit. Zoals ze de dood in sprong. Zonder te weten waarom dacht hij ook aan Hannah, toen hij zijn overhemd over zijn hoofd trok en zich omdraaide, met zijn rug naar de vrouw voor hem. De man van daarnet kwam dichterbij met een kaars in zijn hand. Niels voelde de zwakke warmte van het vlammetje. En haar vingers op zijn rug. Die volgden even de reis van het litteken, van zijn schouderblad omlaag over zijn rug, daar waar hij was opengereten en weer aan elkaar genaaid.

'Laat me je van voren bekijken.'

Hij draaide zich om en ze bestudeerde het litteken op zijn borst, gretig, bijna alsof ze er van genoot. Weer liet ze haar vingers liefkozend over de randen van de hechtingen gaan. Voelde hij opwinding? Voor haar?

'Je bent niet gewend om te worden aangeraakt', fluisterde ze.

'Nee.'

'Er zit heel veel spanning in die oude pijn. Je lichaam herinnert het zich.'

Ze trok haar hand weer terug. Misschien was dat het codewoord, Niels voelde zich in ieder geval opeens geaccepteerd.

'Normaal gesproken trekken we hier al onze kleren uit', fluisterde ze en ze ging verder: 'Maar omdat het voor jou de eerste keer is, nemen we je eerst mee naar de anderen, oké?'

'Oké.'

'We gebruiken hier geen namen', zei ze. 'Namen zijn gewoon een spel met letters.'

'Oké.'

'Ik ben Sneeuw', zei ze. 'Wat is jouw materiaal?'

'Dat ...' Niels dacht na. Hij had geen idee wat hij moest zeggen.

'Je hoeft het nu niet te beslissen. Laat het materiaal maar naar je toe komen. Ik vroeg het alleen omdat je het misschien al gevonden had.'

'Nee.'

'Oké. Laten we gaan.'

De man achter haar deed een deur open. Een schuifdeur. Hij hoorde het wiel over de rails gaan, het geluid van een oude trein, metaal op metaal.

'Ik pak je hand', fluisterde ze. 'Ben je zenuwachtig?'

'Ja.'

'Er gaat niets ergs gebeuren. Alleen maar mooi. Vertrouw je mij?'

'Ja', antwoordde Niels en hij voelde haar hand in de zijne. De hand van een kind. Droog en warm, teer, een hand die je wilde beschermen.

'Kom maar mee.'

De man met de kaars liep voorop. Zijn silhouet flakkerde als een uil, donker, nerveus in de nacht. Niels liep achter de jonge vrouw aan, die nog steeds zijn hand vasthield. De echo van hun voetstappen op de stenen vloer reikte ver, de gang moest smal zijn. Liep hij een klein beetje schuin af? Niels' gedachten werden onderbroken door haar stem: 'Ik voel aan je hand dat je trilt', zei ze.

'Een beetje.'

'We zijn er bijna. Het is goed voor je ogen om aan het donker te wennen.'

Ze bleef staan. Een sleutel in een slot, het geluid van nog een schuifdeur. Een karakteristieke geur: olie, machineolie?

'Er is een klein afstapje naar beneden', zei ze terwijl ze hem zachtjes meetrok. Niels' ogen wenden aan het donker. Uit het donker kwamen gedaantes naar voren, de meeste waren vrouwen, voor zover hij kon zien. Ze zaten, met dekens om zich heen geslagen ...

'Ga hier maar zitten. We beginnen zo dadelijk', zei de vrouw die zich Sneeuw noemde. Ze liet Niels' hand los en begeleidde hem naar de grond. Een zachte onderlaag, schuimrubber, dacht Niels.

'Er ligt ook een deken. Als je je veilig voelt, kun je je kleren uittrekken. Naakt zijn is een belangrijk onderdeel van het ritueel. Je ziel is al ingepakt in een lichaam, dus we hoeven dat lichaam niet ook nog eens in te pakken. Ze boog zich heel dicht naar Niels toe: 'Het is eigenlijk net zo'n Russische baboesjka', fluisterde ze. 'Laag, na laag, een mens in een mens in een mens.'

Was Joachim hier? Onmogelijk te zeggen. Het kleine beetje licht dat er was, kwam van een paar eenzame kaarsen langs de koude wanden. Het was net genoeg om te zien hoe groot de ruimte was: misschien wel een paar honderd vierkante meter. Een oude opslagruimte. Geen ramen, concludeerde Niels. De stem uit de luidspreker klonk gedempt, bijna hypnotiserend, maar toch ging er een schok door Niels heen toen hij de stilte verbrak. 'We gaan beginnen', zei de stem.

2

Islands Brygge. 22.34

De vrouw die Silke moest bevrijden. Hannah Lund. Zo zag ze er dus uit. Bergman zag haar op het dakterras staan en in het groeiende duister turen. Als zij het tenminste was. Hij kon haar niet duidelijk zien. Alleen een silhouet. Was ze alleen thuis? Misschien. Hij kon daar niet zeker van zijn. Er brandde heel veel licht in het appartement. Zou je in alle kamers van het appartement licht aandoen als je alleen thuis was? Waarschijnlijk niet. Híj zou het niet doen. Hij bracht veel van zijn avonden eenzaam in het donker door. Met als enige gezelschap zijn gedachten. Gedachten over de ziel. Dat woord weerklonk continu in zijn hoofd. Een woord – een begrip – waarvoor iedere wetenschapper instinctief gillend wegrende. Hijzelf ook, totdat hij was gestuit op dr. Ian Stevenson en zijn baanbrekende onderzoek op het gebied van reïncarnatie. Stevenson was een zeer gerespecteerd onderzoeker die onder andere leiding had gegeven aan het psychiatrisch instituut van de Virginia University. *Where Reincarnation and Biology Intersect* heette zijn beroemde boek, een werk dat tot in het kleinste detail de verhalen van niet minder dan 225 kinderen onderzocht die vertelden over dingen die ze in een eerder leven hadden meegemaakt. Stevensons werk legde vooral de nadruk op gevallen waarbij misvormingen aanwijsbaar overeenkwamen met de verwondingen die de kinderen hadden opgelopen toen ze in hun eerdere leven waren omgekomen. De resultaten waren verbijsterend. Bijna net zo verbijsterend als het gebrek aan succes dat zijn critici hadden bij hun pogingen om zijn theorieën ten aanzien van reïncarnatie onderuit te halen. Een voorbeeld was een jongen uit Sri Lanka, Indika Ishwara, die al toen hij drie jaar oud was voor het eerst vertelde over zijn eerdere leven in een dorpje heel ver weg. Indika werd meegenomen naar dat dorpje en toen de bewoners hem zagen, herkenden ze hem meteen als de jongen Dharshana die een tijd daarvoor op elfjarige leeftijd was overleden. Indika kon zijn familieleden aanwijzen en alles over het dorp vertellen, ook al was hij er nooit eerder geweest. Het geval van Indika Ishwara stond zeker niet op zichzelf. Stevenson kon over drieduizend soortgelijke gevallen vertellen – en al die gevallen zijn tot in het kleinste detail onderzocht.

Ian Stevenson had ook een opmerkelijk verband ontdekt tussen fobieën en de manier waarop mensen in een eerder leven dood waren gegaan. Is iemand bijvoorbeeld door verdrinking om het leven gekomen, dan zal hij vaak in zijn nieuwe leven erg bang zijn voor water. Als iemand is omgekomen bij een verkeersongeval, dan zal hij vaak bang zijn om auto te rijden. Een ernstige fobie kan dus – volgens Stevenson – haar oorsprong hebben in een eerder leven. Waar zou Bergmans vrouw bang voor zijn als ze opnieuw geboren zou worden? Messen? Of geheime minnaars?

Adam Bergman duwde die gedachten weg. Zijn leven draaide om Silke. Haar redden. Haar bevrijden uit de mentale gevangenis waarin ze opgesloten zat. Ja, zo dacht hij erover. Wat hij voorbereidde, was de bevrijding van een gevangene. Wat er met Silke gebeurde, was het enige wat belangrijk voor hem was. En Bergman moest de enige getuige te pakken krijgen die de moordenaar kon aanwijzen. Een getuige die zich aan de andere zijde bevond.

De vrouw op het dakterras was weg. Bergman stapte uit de auto en ergerde zich aan zijn onoplettendheid. Hij aarzelde. Zou hij naar de deur gaan en aanbellen? Wat moest hij zeggen? Het was al laat, maar toch was het misschien een mogelijkheid. Hij kon het zeggen zoals het was: Ik ben slaaponderzoeker en ik heb uw man ontmoet in verband met een zaak waar hij aan werkt. Hij vertelde mij over uw slaapproblemen en vroeg of ik contact met u wilde opnemen. En dan een of andere smoes om het tijdstip te verklaren. Kende hij iemand in het trappenhuis? Was hij toevallig in de buurt? Ze zou de deur opendoen en – nee, het was te riskant. Als ze niet alleen thuis was. Er moest een betere manier zijn.

De deur ging open en ze stapte de straat op. Dit keer twijfelde Adam Bergman er niet aan: ze was het. Hannah Lund. Hij had haar foto gezien op de site van het Niels Bohr Instituut. Op dit moment stond Hannah onder een straatlantaarn. Ze had iets in haar hand. Wat? Hij kon het niet zien. Een doosje? Hij was misschien dertig meter bij haar vandaan. Hij stond naast zijn auto en keek naar haar. Een seconde lang werd hij overvallen door paniek. Hij moest iets doen. Hij moest eruitzien alsof hij ergens mee bezig was. Anders was hij verdacht. Mensen stonden niet zomaar op een parkeerplaats niets te doen. Hij haalde zijn mobiel uit zijn zak. Deed alsof hij een sms aan het typen was. Hield haar in de gaten. Ze ging linksaf. Ze bewoog zich snel en doelbewust voort. Een licht voorovergebogen manier van lopen, haar blik strak omlaag, gericht op – *het boek*. Nu zag hij dat het een boek was. Ze liep te lezen. Dat was goed nieuws, dacht hij. Dan lette ze niet op. En daardoor zou het makkelijker voor hem zijn om haar te pacificeren. Hij volgde haar. Bleef op circa tien meter achter haar lopen, met zijn dokterstas in zijn hand. Zes verschillende krachtige verdovingsmiddelen. Grote doses. Genoeg om tien volwassen mannen dagenlang verdoofd te houden. Maar hoe moest hij het doen? Ander idee: hij zou teruggaan en haar met de auto volgen. Stoppen om haar iets te vragen. De weg bijvoorbeeld. Of doen alsof hij haar herkende. En als ze dan naar hem toe kwam, zou hij haar in de auto trekken en wegrijden. Nee. Te veel mensen op straat. En hij mocht haar niet onderschatten. Die fout zou hij nooit meer maken, had hij zichzelf beloofd. Ze stak de straat over, naar de stoep aan de overkant. Hij volgde. Liet het idee om zijn auto te halen varen. Misschien zou zich een onverwachte mogelijkheid voordoen? Vijf meter achter haar. Vier. Ze ging helemaal op in het boek. Een paar keer liep ze bijna ergens tegenaan. Lantaarns, vuilnisbakken. Drie meter. Twee. Nu kon hij haar aanraken, als hij zijn arm uitstrekte. Hij kon haar haren aanraken, haar blote schouders, haar nek en armen. Zelfs van achteren was het niet moeilijk te zien waarom de politieman op haar was gevallen. Een aantrekkelijke manier van lopen, ondanks de onhandige, karakteristieke bewegingen. Of misschien juist vanwege? Haar voetstappen hadden een lichtheid. Een geruisloze doelgerichtheid die hem aansprak. Gladde, licht gebruinde huid. *Begeerte*. Was dat wat hij voelde? Begeerte naar – nee, hij verdreef de gedachte. Hij zag het parkje iets verderop. Bijna donker. Hoge bomen, struiken. Dáár moest het gebeuren. Een betere kans zou hij niet krijgen. Als ze tussen de bomen liep, zou hij haar omver duwen, in de bosjes, zijn hand stevig op haar mond houden terwijl hij de verdoving bij haar naar binnen spoot. Ze was mager, zou waarschijnlijk niet veel weerstand bieden. Daarna, als ze in slaap was, zou hij haar in de struiken verbergen, teruglopen, zijn auto halen en ... ze bleef staan. Vlak voor hem. Hij liep om haar heen. Hij had geen keus, dacht hij, anders zou het verdacht zijn. Ze liep een pizzeria binnen. Hij ging langzamer lopen. Wachtte tot hij er helemaal zeker van was dat ze naar binnen verdwenen was. Toen draaide hij zich om. Liep terug. Hoorde haar door de openstaande deur twee pizza's bestellen. Twee. Ze was niet alleen thuis. Op de terugweg was te veel licht. Dus moest hij wachten, realiseerde hij zich. Haar observeren, wachten tot ze alleen was. Of een manier bedenken om haar naar buiten te lokken. Want het moest snel gebeuren. Vanavond. Het kon niet langer wachten. De politie zou nu al snel naar hem wijzen. Silke kon niet wachten.

3

Islands Brygge. 22.45

Honger was niet het goede woord. Wat Hannah op dit moment voelde, was iets anders. Iets sterkers, iets existentieels, een bijna bang makende drang om te eten, om haar lichaam in de loop van korte tijd vol te proppen met grote hoeveelheden voedsel. Zo was het ook geweest toen ze Johannes verwachtte. Dat was een van de dingen die ze zich kon herinneren. Hoeveel trek in eten ze had gehad. Maar alleen vroeg in de zwangerschap. Het was opeens weer opgehouden. Verder kon ze zich niet veel herinneren van haar eerste zwangerschap. Het meeste was uit haar herinnering gewist. De zelfmoord nam alle plaats in beslag.

'Chili en knoflook?' vroeg de donkerharige jongen achter de toonbank. 'Op allebei de pizza's?'

'Ja, alsjeblieft', zei ze.

Hannah ging heel dicht bij het raam staan. De ramen waren een beetje beslagen door de warmte van de steenoven. Een man keek naar binnen. Staarde hij naar haar? Toen was hij weer weg. Italiaanse stemmen achter de toonbank. Misschien maakten ze ruzie. Een bleef maar 'no' roepen. Hij was drijfnat van het zweet. De rechtszaak, dacht ze. Het was tijd om de rechtszaak te hervatten. Ze keek weer in het boek. *Faidon*. Een stem in haar hoofd: Edelachtbare rechter, edelachtbaar publiek. Er is een nieuwe getuige opgeroepen. De vader van de beklaagde kinderen. Maar hij kon zelf niet komen vandaag, in plaats daarvan verwijst hij naar het boek dat ik in mijn handen heb. Een bewijs. Het bewijs dat de beklaagde vrijuit moet gaan. Of liever gezegd vier bewijzen. Argumenten die aantonen dat de ziel bestaat. En dat hij onsterfelijk is; dat hij een eeuwigdurende reis maakt. Dat het lichaam slechts een omhulsel is dat de onsterfelijke ziel omvat. Maar in welk opzicht is dat een argument voor de verdediging? zult u zich waarschijnlijk afvragen. En ik antwoord: Omdat het geen zin heeft om iets te vermoorden dat niet dood kan gaan. Omdat deze twee zielen gewoon andere lichamen zullen zoeken om in geboren te worden. Omdat Socrates ons vertelt dat de zielen een lichaam kiezen om op de aardse wereld te komen. Wij kiezen niet voor het krijgen van kinderen. De kinderen kiezen ons. En je kunt alleen níét voor iets kiezen als je de mogelijkheid hebt om iets wél te kiezen. Begrijpt u wat ik zeg? Wie kan hier iets tegen inbrengen? Dit boek dat ik in mijn handen heb, is het bewijs. Het bewijs voor het eeuwige leven van de ziel. En het bewijs dat de kinderen moeten leven. *Leven*. Hoofdschudden van de kant van de aanklager. Verspreid gemompel in de zaal. Een boek van duizenden jaren oud, roept iemand uit het publiek. Wat bewijst dat?

'Twee minuutjes, dan zijn ze klaar.'

Hannah kijkt op.

'De pizza's. Een moment nog.'

'Bedankt.'

De honger kwam weer terug. Ze was hem een paar minuten vergeten. De rechtszaak had hem naar de achtergrond verdreven. Ze sloeg het boek dicht en zag opeens de rafelige rand. Ze deed het weer open. Waar was het? Ze bladerde.

'Eet smakelijk', zei de Italiaan terwijl hij de pizza's voor haar neerzette.

'Bedankt.'

Dáár. De rafelige rand. Er was een bladzijde uit het boek gescheurd. Waarom? dacht ze. Omdat dat het definitieve bewijs is, klonk het antwoord in haar hoofd. Het bewijs dat zal aantonen of de kinderen moeten leven of sterven.

4

Amager. 23.05

'Mag ik naast je komen liggen?'

Daar was ze weer. Sneeuw. Ze had de dunne matras uitgerold en was al gaan liggen. De stem uit de luidspreker leek op die van haar, de stem die had verteld dat ze op hun rug moesten gaan liggen, maar – bedacht Niels in de gauwigheid – ze kon toch niet op twee plaatsen tegelijk zijn? Misschien werd er een band afgepeeld?

'De dood. Een voorbereidingscursus', zei de stem, toen lachte ze en ging verder: 'Over de eerste minuten van de reis die de ziel maakt, weten we behoorlijk veel. Over wat er daarna gebeurt, weten we niet zo veel. Toch moeten we ons voorbereiden op elk soort reis. Ook een reis naar het onbekende.'

Nee, het was niet de stem van Sneeuw. Maar Niels herkende hem wel. Hij wist alleen niet waarvan. Sneeuw raakte Niels' borst aan. Een warme hand. Warme sneeuw, dacht Niels. Toen fluisterde ze: 'Trek je kleren maar uit. Het duurt niet zo lang meer.'

'Ik ken die stem op de band.'

'Natuurlijk ken je die', fluisterde Sneeuw.

De vrouw op de band ging verder: 'In veel opzichten is deze voorbereiding net zo onmogelijk als toen de eerste astronauten zich moesten voorbereiden op hun reis naar de ruimte. Want hoe kun je je voorbereiden op iets waarover we zo weinig weten?'

Niels luisterde en probeerde de stem te plaatsen.

'Maar het zou net zo dwaas zijn om niet te proberen om je erop voor te bereiden', zei de stem. 'Eigenlijk werken alle religies met een voorstelling van het bestaan van de ziel. Zowel de natuurreligies als de grote wereldreligies. In het jodendom vind je onder andere bij de profeten Jeremia en Ezechiël ideeën over de hoop die de mens mag koesteren op het voortleven van zijn ziel na de dood. In de islam komt Allah de zielen van alle rechtgeaarde gelovigen halen als ze sterven. Maar vooral in het boeddhisme en het hindoeïsme zijn de gedachten over de ziel erg uitgesproken. Voor hindoes is het belangrijkste levensdoel om niet meer te hoeven reïncarneren. Ze geloven dat de ziel altijd op reis blijft en pas als je de toestand *moksha* bereikt, word je verlost van de eeuwige kringloop van de wedergeboorte. Moksha is het eigenlijke doel van de mens. Maar de religies raden maar wat. Er bestaan in feite duizenden en nog eens duizenden verhalen van mensen die dood zijn geweest en terug zijn gekomen. De voorbereiding op de reis van de ziel die we hier gaan doen, is uitsluitend gebaseerd op mijn herinneringen. Ik ben drie keer dood geweest.'

Nu herkende Niels de stem van de vrouw op de band. Het was Dicte.

'Gemeten in aardse tijd ben ik slechts een paar minuten dood geweest. Maar de herinnering die ik als zuivere ziel heb, strekt zich uit over veel meer tijd. Uren. Dagen misschien.'

'Het is maar een voorbereiding. Je hoeft niet zenuwachtig te zijn', fluisterde de vrouw met de poreuze naam en ze trok Niels' overhemd omhoog. Pas nu ze ging zitten, zag hij dat ze naakt was. De gedachten schoten door hem heen, terwijl Dicte praatte. Hij probeerde zich te concentreren, maar Sneeuw trok zijn overhemd over zijn hoofd. De woorden die uit een luidspreker ergens in de ruimte kwamen, wilden geen betekenis krijgen. Iets met het lichaam en genot. Dat je het lichaam moest geven waar het recht op had. Over extase. Het vrijmaken van energie, zei Dicte, terwijl Niels probeerde de gezichten van de mensen om hem heen te onderscheiden. Was Joachim wel hierbinnen?

'Er is geen enkele reden om zenuwachtig te zijn', zei Sneeuw. 'Niemand kan je zien. We zijn volkomen anoniem voor elkaar.

Niemand weet wie er verder nog in deze ruimte is. Je bent veilig', beweerde ze.

Zijn ogen waren nu aan het donker gewend. Er waren meer mannen dan hij eerst had gedacht. Vijf misschien. En tien vrouwen? Er moesten betere manieren zijn dan dit, dacht Niels. Dan hier liggen. Hij kon Joachim opwachten bij de uitgang. Of Leon bellen. Waarom lag hij hier?

'Nu moeten jullie met mij mee komen', zei Dictes stem uit de luidspreker.

Ik spring je achterna.

Omdat hij bezig was zijn belofte in te lossen. Was dat de reden dat hij niets deed, niet handelde, niet wegrende toen Sneeuw zichzelf begon te bevredigen? Ze lag heel dicht tegen hem aan. Hij kon haar zacht horen kreunen en hij voelde vaag een voorzichtige beweging; haar arm raakte de zijne aan in kleine, ritmische bewegingen.

'Nu moeten jullie je ogen dichtdoen. En je voorstellen, zonder dat je het plezier van je lichaam loslaat, dat je boven jezelf zweeft. Jullie zweven precies een armlengte boven je lichaam. Als jullie je ogen open zouden doen, zouden jullie nog steeds naar het plafond kijken. Maar jullie doen je ogen niet open. Jullie blijven daar hangen', droeg Dicte hun op. 'Jullie astrale ik vindt het prima om op dezelfde plek te blijven zweven terwijl je lichaam trilt. Laat je lichaam zoemen. Voel hoe je vervuld raakt van de extase. Hoe je onder invloed van de extase je lichaam vergeet. Jullie zijn licht. Jullie wegen niets.'

Sneeuw pakte Niels' hand. En liet hem net zo snel weer los. Ze knoopte zijn broek open.

'Rustig maar. Er gebeurt niets', fluisterde ze.

Ze pakte zijn lid vast.

'Je hebt alle tijd. Hier.'

Ze voerde zijn hand naar beneden.

'Je hele lichaam trilt', zei de stem van Dicte uit de luidspreker. 'Dat is je ziel die trekt. Hij prikt in zijn omhulsel. Speelt met ons. Zo zal het ook zijn als we weggaan. Nu komen we bij het laatste stuk. Jullie mogen nog niet komen ...'

Dicte glimlachte. Dat kon je horen.

'Nog niet. Jullie moeten er heel dichtbij zijn. Kunnen jullie dat? Er heel dichtbij zijn zonder toe te geven aan het genot? Als jullie toegeven, zakken jullie in elkaar; de energie wordt losgelaten en jullie worden zwaar. Dat mag niet. Speel met jezelf. Als jullie helemaal aan de rand zijn, moeten jullie je adem inhouden. Adem diep in ...'

Je kon op de band horen dat Dicte diep inademde. Het deed Niels denken aan de voorbereiding op een bevalling, ook al had hij dat nog nooit meegemaakt, en zou hij het ook nooit meemaken. Maar hij had het in films gezien.

'Diep inademen. En hou nu je adem in', zei ze. Om zich heen hoorde Niels hoe de anderen eerst lucht naar binnen zogen en toen hun adem inhielden.

'We moeten onze adem inhouden zolang we kunnen. Maar jullie mogen het genot niet loslaten. Je moet je niet focussen op je lichaam dat lucht wil hebben. Concentreer je in plaats daarvan op het ultieme genot. Jullie houden nog steeds je adem in. Heel goed. Niet stoppen. Laat je lichaam van je lichaam houden. Voel hoe je dichter bij de extase komt. Jullie houden nog steeds je adem in. Jullie zijn nu heel licht. Geniet daarvan.'

Niels hoorde geluidjes van een vrouw. Geluidjes van genot.

Ik spring je achterna.

'Stop', zei Dicte.

Een paar seconden lang was het muisstil in de ruimte.

'Nu beginnen we opnieuw. Dit was de warming-up. De volgende keer gaan we onze adem veel langer inhouden. Totdat we ons lichamelijke bewustzijn verliezen.'

'Toe maar. Nu doe jij ook mee', zei Sneeuw. Niels dacht aan Hannah, toen ze rustig zijn lid vastpakte.

'Leg je hoofd achterover. Dit is alleen maar een voorbereiding. Er gebeurt niets.'

'Wat komt er na de voorbereiding?' vroeg Niels, zacht, bijna fluisterend.

Op de band ging Dicte verder. Ze praatte over de opwinding, de extase, de bevrijding van de ziel.

'Dat is een andere keer. Vannacht is het alleen maar spel', fluisterde Sneeuw. Niels voelde dat hij groeide in haar hand. Misschien moest hij er gewoon aan toegeven en ervan genieten, zoals ze zei.

'Jij. Jij die nu naar mij luistert', fluisterde Dicte uit de luidspreker. 'Ja. Jij. Zorg dat je goed ligt. Je moet zo liggen dat je je lichaam kunt vergeten.'

'Lig je goed?' vroeg Sneeuw.

'Ja.'

'Ik voel dat je ontspant', fluisterde ze in zijn oor. 'Probeer mee te doen. Doe wat Giselle zegt. Het is echt geweldig. Je laat je angst voor de dood los.' Ze liet zijn lid los, maar alleen om zijn dijen te strelen. 'Je moet alleen mijn vingers voelen', fluisterde ze.

'Nu halen we diep adem', zei Dicte. 'We gaan bijna twee minuten onze adem inhouden. Dat kunnen we best. Als we maar aan iets anders denken. Voel het genot in plaats van de pijn.'

Niels hield zijn adem in. Waarom? Waarom lag hij hier? Hij had een opsporingsbericht voor Joachim uit kunnen laten gaan. Het was toch niet belangrijk dat hij hem deze nacht vond.

Ik spring je achterna.

Sprong hij nu? Zou Dicte tevreden zijn als ze hem hier zag? Liggend op de grond met de hand van een vreemde vrouw op zijn been, terwijl hij zijn adem inhield? Zou ze vinden dat hij zijn belofte van de brug had ingelost? Het klopte wat Dicte op de band zei. Je dacht niet na over het tekort aan zuurstof in je longen. Je hartslag ging inderdaad omhoog, maar het genot, de extase breidde zich uit in je lichaam. Nu begon het bovenste laagje van zijn huid te prikken.

'Dat is je ziel die zich klaarmaakt om op te stijgen', klonk Dictes stem vanuit de luidspreker.

Niels had nog nooit eerder zoiets gevoeld. Het voelde alsof hij gewichtloos was. Hij voelde de ondergrond helemaal niet meer.

Hij had geen gevoel meer in zijn rug. Alsof hij was verdwenen. Alles wat hij voelde, was een soort opstijgen, als de belletjes in de champagne.

Hij had zijn ogen dichtgedaan. Stelde zich voor, zoals Dicte hem vroeg, dat hij boven zijn lichaam zweefde. Dat was makkelijk – want zo voelde hij zich. Alsof hij daar zweefde, niet meer dan belletjes. Hij hield nog steeds zijn adem in. Op hetzelfde moment was er boven hem op het plafond een explosie van licht. Zo voelde het achter zijn gesloten ogen. Even begreep hij niet wat er gebeurde. Toen drong het tot hem door dat een projector ergens op de grond levende beelden projecteerde op het plafond boven hen. Hij deed zijn ogen open en zoog lucht naar binnen in zijn longen. De vrouw naast hem was weg. Hij keek omlaag langs zijn lichaam. Zijn broek stond open en was half naar beneden getrokken.

'Als je lichaam ten slotte loslaat, hoef je je alleen maar te laten meevoeren', zei Dicte. 'Het voelt als een rivier. Je kunt tegenstribbelen, blijven hangen als je een tak te pakken krijgt. Maar dat moet je niet doen.'

Op het plafond boven hen zoefde je door een buis. Zoals in een kabel, dacht Niels. Een lichtdeeltje dat werd weggeslingerd. Via een net, heel mooi vertakt. Niels keek naar de anderen om hem heen. Het licht van het plafond werd teruggekaatst – hij kon alles zien. Hun naakte lichamen. Een vrouw lag half op een andere man. En daar, heel dicht bij de muur – *Joachim*. Niels knoopte zijn broek dicht. Hij zocht zijn overhemd. Maar Joachim had hem ook gezien, hij was de enige in de ruimte die opstond.

'Het net', zei Dicte. 'Het net is het eerste wat jullie zullen ervaren als jullie de angst loslaten die ...'

Niels luisterde niet meer. Joachim was overeind gekomen, nog steeds helemaal naakt. Niels zag het in zijn ogen: hij wilde wegrennen. Alsof zijn leven ervan afhing.

Joachim gaf het meisje dat hem terug op de grond probeerde te trekken een duw. *Wat gebeurt er*. Ze was gaan zitten. Op de achtergrond hoorde Niels nog steeds Dictes stem, maar niet lang meer. Hij zat Joachim op de hielen. Die schoof met een ruk de deur opzij en zette het op een lopen. Niels gaf het op om zijn overhemd en zijn schoenen te zoeken en ging hem achterna. Door de gang die van de ruimte zonder ramen terugvoerde naar de ruimte waar hij was verwelkomd. In het zwakke licht van de projector kon Niels zien dat Joachim zijn tas en zijn broek naar zich toe griste. Toen keek hij over zijn schouder, gaf het op om zijn broek aan te trekken, trapte de deur open en rende naar buiten.

5

23.55

Door het hoge gras. Eindelijk buiten. De derde keer. Dit keer zou hij hem niet laten ontsnappen. Joachim. De balletdanser. Vluchtig. Anemisch. De eerste keer was hij weggesprongen voor Niels – als een vogel – en in de haven verdwenen – als een vis. De tweede keer had hij zich in het donker van Dictes kleedkamer verstopt. Weer dacht Niels aan een dier, een hyena, terwijl hij langs de tenten op het grasveld voor de vervallen fabriek rende. Iets dat kan zien in de nacht. Een mager dier. Angstig en agressief. Zo had hij eruitgezien toen hij omkeek naar Niels. Zijn gezicht en naakte lichaam werden gevangen in het licht van de metro die voorbij reed over het hooggelegen spoor.

'Politie', riep Niels en hij haalde zijn telefoon uit zijn zak om versterking te vragen. Zoals je hoorde te doen. Joachim slingerde zijn tas over zijn schouders. Niels kon over een paar seconden bij hem zijn. Het zag er krankzinnig uit. Het witte lijf van de balletdanser, met niets anders dan een zwarte rugzak op zijn rug. Joachim klauterde over een hek. Niels kreeg zijn enkel te pakken, mager, maar ook panisch en agressief. Alsof hij de hoef van een hert te pakken had. Hij trapte naar achteren en raakte Niels in zijn gezicht zodat hij moest loslaten.

'Joachim!'

Niels hoorde hem wegrennen in de richting van een ander fabrieksgebouw. En daarna gingen de voetstappen binnen in het gebouw naar boven. Hij was wanhopig. Dacht niet na. Er was geen uitweg – tenzij er nog een trap was aan de andere kant van het gebouw. Niels kwam overeind. Veegde het bloed van zijn gezicht. Toen klom hij over het hek en ging het half ingestorte fabrieksgebouw binnen.

Misschien zou het beter zijn om beneden te wachten. Dan kon hij de uitgang in de gaten houden. Er waren geen andere trappen. Toch hoorde hij de echo van zijn eigen blote voeten op de kapotte plavuizen toen hij de trap op liep. Hij bleef staan en bracht zijn ademhaling onder controle voordat hij verder ging. Dit keer zonder geluid te maken. Op de tweede verdieping hoorde hij hem. Joachim. Een metalig geluid. Iets wat werd opengebroken? Niels liep voorzichtig verder. De ruimte was allang gereduceerd tot een toevluchtsoord voor zwervers. Een plek waar ze konden gaan liggen, weg van de wind en de regen en een maatschappij die ze niet begrepen. 's Zomers werd de stank van hun eigen uitwerpselen hun te veel en sliepen ze buiten. Toen Niels van achter de pilaar tevoorschijn kwam, zat Joachim over een videocamera gebogen. Hij probeerde hem open te krijgen om het bandje eruit te halen. Hij keek op.

'Joachim. Het is afgelopen.'

Voordat hij zijn zin kon afmaken, was Joachim alweer overeind gesprongen en had hij een oude waterleidingpijp gepakt. Nu pas drong het tot Niels door: deze knaap zou hem vermoorden als hij de kans kreeg. Hij was bereid te sterven of een moord te plegen voor wat hij beschermde. Joachim sprong naar voren en haalde met de roestige ijzeren pijp naar hem uit. Niels kon zich nog net op tijd terugtrekken en sprong toen weer naar voren om Joachim van achteren vast te grijpen.

'Nu stoppen we hiermee', schreeuwde Niels terwijl hij zijn greep om Joachims nek verstevigde. 'Heb je dat begrepen? Nu stoppen we hiermee', brulde hij zo hard dat het pijn deed in zijn eigen oren.

Weer trapte Joachim naar hem. Hij had meer kracht in zijn benen dan Niels. En hij was veel leniger. Hij zou niet ophouden voordat hij fysiek niet meer in staat zou zijn om te vechten. Niels liet de greep om zijn nek los om hem een paar slagen te kunnen geven. Joachim sprong overeind, maar Niels had zijn eerste klap al gepland. Die landde vlak onder Joachims ribben. Zijn nieren. En nog een. Zwaar. Nog een laatste raakte hem op zijn borst en zond een stekende pijn door Niels' hand helemaal tot in zijn schouder. Hij gebruikte zijn elleboog om het gezicht van de balletdanser te raken. Door de klap sloeg hij tegen de grond. Niels stond over hem heen gebogen. Joachim hapte naar adem. Het zou niet lang duren voordat hij weer lucht in zijn longen kreeg. De klap tegen zijn hoofd was niet erg hard geweest. Niels overwoog heel even wat hij zou kunnen breken. Hij deed een stap naar achteren om genoeg kracht in zijn trap te leggen. Toen schopte hij zo hard als hij kon. Met zijn hiel.

'Moet ik doorgaan? Het volgende wat ik raak is je arm. Dan je knieën.'

'Klootzak', fluisterde Joachim toen hij eindelijk weer lucht kreeg. Er zat bloed in zijn speeksel, zijn long was mogelijk gescheurd. Hij moest snel naar het ziekenhuis. Maar niet voordat hij had gepraat.

'Moet ik doorgaan?'

'Ik ben niet bang om dood te gaan.'

'Waarom ren je dan weg?'

De balletdanser draaide zich op zijn zij en trok zijn benen op, als een baby die gaat slapen.

'Geef antwoord!'

'Jij hebt geen macht. Niet over mij en Dicte.'

'Dicte is dood!'

Een bizarre glimlach. Of was het zijn gezicht dat zich vertrok van de pijn? Niels twijfelde, dat was onmogelijk te zeggen bij mensen wier hele leven in het teken stond van een gevecht tegen fysieke pijn.

'Was jij het? Die avond ...'

Joachim onderbrak hem: 'Jij begrijpt er helemaal niets van.'

'Wat begrijp ik niet?'

'Alles.'

'Zat je daarom achter Dicte aan, de avond dat ze is gesprongen?'

Hij schudde zijn hoofd.

'Ik zat niet achter haar aan. Ik was er niet eens bij.'

'Wie dan wel?'

'Wie zegt dat er iemand was?'

'Als er niemand achter haar aan zat – waarom ren jij dan weg?'

Niels ging zitten, heel dicht bij het gezicht van de knul: 'Laten we eens kijken wat er op die videoband staat, goed? Je had toch zo'n haast om die te wissen?'

'Vuile ...'

Joachim probeerde op te staan, maar de pijn was te erg. Niels belde de centrale terwijl hij de rugzak doorzocht. Hij rook naar thee. Of kaneel.

'Centrale', zei een kille stem in de telefoon.

'Met Bentzon. Neem mijn coördinaten op. Ik ben alleen met een verdachte in een moordzaak en ik heb assistentie nodig.'

Joachim bromde: 'Ze is niet vermoord.'

Niels ging verder: 'En een ambulance.' Hij brak het gesprek af. Legde zijn telefoon op de koele betonvloer. Naast de tas vond hij de videocamera. Een verouderd type. Er was een hoekje van de lens af gesplinterd en er ontbraken delen van het plastic. Niels probeerde hem aan te zetten. De camera was dood. Het leven was eruit weggevloeid.

'Dat zijn privéopnames', fluisterde Joachim.

'Het wáren privéopnames. Nu is het bewijsmateriaal in een politieonderzoek.'

'Je hebt geen idee waar je je mee bemoeit.'

'Vertel het me maar. Dan kan ik jou beschermen.'

Joachim probeerde te grijnzen, maar de pijn in zijn borst belette het hem.

Niels probeerde opnieuw de camera aan te zetten. De batterij was leeg. De sirenes kwamen dichterbij.

'Ik neem hem mee', zei Niels. 'De anderen zijn er bijna. Wil je nog iets zeggen?'

Joachim keek Niels recht aan. Schudde zijn hoofd. 'Kun je me één ding beloven?'

'Wat?'

Joachim kwam met moeite overeind tot een zittende houding.

'Je moet blijven liggen', zei Niels. Hij hoorde opeens de bezorgde klank in zijn stem; hij had medelijden met de knul.

'Beloof me dat mijn moeder dit niet te zien krijgt.'

'Die opnames? Vertel me dan wat erop staat. Is het Dicte?'

'Kunt u me dat beloven?'

'Het hangt ervan af of er een misdrijf wordt gepleegd op die band ...'

In dezelfde seconde kwam Joachim met een kreet overeind. Niels wilde hem vastgrijpen, aarzelde, dacht: hij kan toch nergens heen. De knul begon te rennen.

'Nee!' Opeens drong het tot Niels door wat er gebeurde. Hij rende achter hem aan. Joachim was bijna bij de kapotte ruiten. Niels kon hem niet meer bereiken, alleen met zijn geroep: 'Niet doen ...'

Toen sprong hij. Net als Dicte. Een elegante sprong. De laatste sprong. Zijn armen langs zijn lichaam, zijn hoofd vooruit. *Trots*. Het enige woord dat zich aandiende. Een trotse houding, ook toen zijn hoofd en schouders het restje glas dat nog over was van de ruit versplinterden. De rest ging snel, alsof het laatste deel van de doodssprong accelereerde. Toen Niels bij het raam kwam, lag hij al beneden. Zijn hoofd was op een betonblok terechtgekomen en zijn schedel was verbrijzeld. Een dikke streep donkerrood bloed stroomde uit een plek ergens achter zijn oor.

Ik spring je achterna.

Maar dat deed hij niet. Niels rende over de vloer. De trap af. Naar beneden. *Beneden*. Ik spring helemaal niemand achterna, dacht hij. De wereld sprong voor hem weg. Dicte. Hannah, uit hun huwelijk. Deze knul.

Toen hij buiten kwam, was de assistentie gearriveerd. De ambulance was als eerste aangekomen. Zijn collega's kwamen de weg op rijden. De blauwe zwaailichten deden pijn aan zijn ogen.

'Hij is uit het raam gesprongen', hoorde Niels zichzelf zeggen. Hij wees. Iemand zei iets. De ambulancebroeders kwamen aanrennen. Een arts keek naar Niels. Verbond zijn verwondingen. Nu pas proefde hij zijn eigen bloed. Het voelde warm in zijn mond. Of was het Joachims bloed?

Woensdag

6

Binnenstad. 15 juni 2011. 09.40

Hannah had vijf keer gebeld. *Waar ben je?* had ze ge-sms't. *Werk. Bel je nog*, had hij geantwoord. De zon was allang op. Niels zat op de traptrede van de fotowinkel. Hoelang had hij daar gezeten? Uren? Aan het einde van de straat zag hij de haven liggen. Een paar keer in de loop van de ochtend had hij overwogen om de honderd meter naar de kade te lopen en in het water te springen. Om te proberen de nacht van zich af te wassen. Maar hij was blijven zitten, met de videocamera in zijn hand.

'Mag ik erlangs?'

De stem van de vrouw brak onelegant in in zijn gedachten.

'Werkt u hier?'

'We gaan pas om tien uur open.'

Niels haalde zijn politie-ID tevoorschijn.

*

De winkel rook synthetisch. De vrouw kwam uit het magazijn.

'Eens kijken of deze past. Het is een Panasonic.'

Niels haalde zijn bankpas tevoorschijn. Een paar seconden later stond hij weer op straat. Nu had hij alleen nog stroom nodig en dan kon hij zien wat er op de videoband stond. Hij kon natuurlijk naar het bureau gaan. En worden verwelkomd met duizend vragen, een rapport dat moest worden ingevuld en een muur van verwijtende blikken. Een gesprek op het kantoor van de commissaris. Over dat er nóg iemand bij hem was gesprongen. En waarom hij geen assistentie had gevraagd voordat hij naar binnen was gegaan. En waarom hij was teruggegaan, alleen om zijn overhemd en zijn schoenen te halen, zonder er eerst voor te zorgen dat de ruimte werd afgezet met het oog op verder politietechnisch onderzoek. Dat soort vragen. Nee. Dan sprong hij nog liever in de haven. Nee, ook niet. Stroom, dat was waar hij naar op zoek was. De Koninklijke Bibliotheek. Niels keek de kade langs – naar de waterbussen die aanlegden voor de ingang van de bibliotheek. De leeszaal? Stopcontacten voor de laptops van de studenten? Goed idee, tenminste bruikbaar. Niels liep langs de haven. Er kwam een sms van Hannah binnen. *Kunnen we iets afspreken? Wil graag met je praten.* Praten? Scheiden. Er valt toch niets te praten als je wilt scheiden, dacht Niels. Met Kathrine was het net zo gegaan. Ze hadden gepraat en gepraat en uiteindelijk hadden ze zichzelf in een hoek gepraat waar woorden niet langer betekenis hadden. Een plek waar woorden niet meer bestonden. Aan de andere kant van de woorden. Toch hing het woord 'verklaring' steeds op een ondefinieerbare plek tussen hen in. Alsof het een natuurwet was dat er een grote, indrukwekkende verklaring moest zijn als de liefde ophield. Maar er was verdomme geen verklaring. Misschien had Niels dat zelfs wel een keer tegen Kathrine geschreeuwd. Dat het gewoon zo was. De liefde. Een fenomeen dat ver verheven was boven zoiets triviaals als verklaringen. Wat moesten ze zeggen? Welke zinloze verklaring zou hen tevredenstellen? Niet opruimen? Drank? Te weinig seks? Te slechte seks? Te weinig praten? Te veel praten over de verkeerde dingen? Te weinig en te veel. Dat was in feite misschien de beste verklaring die er was. *Te weinig en te veel.*

Niels keek op. Terwijl zijn hersenen het scheidingsgesprek met zichzelf hadden gevoerd, was hij aangekomen bij de ingang van de Koninklijke Bibliotheek. Hij overwoog of hij Hannah zou antwoorden. Of hij zou typen: *Te weinig en te veel. Ik kom mijn spullen halen als je er niet bent.* In plaats daarvan ging hij naar binnen. Hij stond als een zombie op de roltrap en liet zich naar de eerste verdieping voeren. Hij liep over de loopbrug die de nieuwe bibliotheek van glas en staal verbond met de oude van hout en steen. Niels vond de nieuwe mooier. Doorzichtiger. Minder mogelijkheden om je te verstoppen. Minder mogelijkheden voor ongepaste handelingen. Hij voelde zich moe, klaar, als mens en als politieman. Hij was niet langer de politieman die over het volk kon waken, concludeerde hij toen hij de leeszaal binnenstapte. Als je als politieman meer bewaking en minder vrijheid voor de bevolking wilt, als je huizen van glas wilt en gordijnen wilt verbieden, is het tijd om je spullen te pakken. Dan moeten anderen het van je overnemen.

Hij stak de stekker in het stopcontact. De camera reageerde met een enkel piepje – als een elektrocardiogram. Er zat leven in.

'Pardon?'

Niels keek op. De bibliothecaresse stond op gepaste afstand, maar kon haar verbeten vermoeidheid niet verbergen.

'Dit is een leeszaal. U moet uw camera ergens anders opladen.'

'Politiewerk. Laat me met rust.'

Als ze hem zou vragen zich te identificeren, zou hij haar arresteren, besloot hij. Hij zou het mens in de boeien slaan. Alle vrouwen en Hannah als eerste. Nee, eerst deze hier, dan Hannah. En dan alle anderen die hem in de weg zaten. Hij moest iets in zijn oog hebben gekregen. Anders zou al dat water toch niet over zijn wangen stromen. In allebei zijn ogen? Hij veegde ze droog. Sloot heel even zijn oogleden. 'Kom op, Bentzon, verman je. Je bent moe.'

Toen hij ze weer opendeed stonden er drie bibliothecaressen in een hoek, samen met iemand van de beveiliging. Ze praatten zacht en keken naar Niels. Nu kwam de bewaker aanlopen. Een opgepompte buldog. Dicht bij elkaar staande ogen. Niels had een hekel aan beveiligingsmensen. In ieder geval op dit moment. Misschien had hij gewoon een hekel aan alles en iedereen. Hij zocht het knopje om terug te spoelen en drukte erop. De camera maakte lawaai.

'Kunt u zich identificeren?' vroeg de beveiligingsman voorzichtig. Niels liet zonder op te kijken zijn politie-ID zien. De beveiliger bedankte hem en liep terug. Even later was het groepje bibliothecaressen uiteengevallen en de band teruggespoeld. Nu zou het gebeuren. Hier eindigt het verhaal. Niels drukte op ‘play’.

7

Islands Brygge. 10.05

Hannah stond op – ze keek uit over het water, of over het niets. Ze dacht aan Socrates. Aan de ontbrekende pagina. Wat stond daarop? Het maakte niet uit: ze accepteerde immers een deel van de argumentatie van de oude filosoof – als wetenschapper kon ze niet anders. Was ze zelf ook niet een half uur dood geweest? Ja. Ze kon het bestaan van de ziel niet langer afwijzen. En als de ziel heen en weer reisde van en naar het hiernamaals, zoals Socrates beweerde, was het beter voor de twee embryo's, de twee zielen die in haar waren komen wonen, dat ze verder zouden zoeken. Onmiddellijk. Dat ze een moeder zouden vinden die gezonde omhulsels kon maken.

Wanneer was ze gaan zitten? Ze kon het zich niet herinneren. Nu deed ze twee dingen tegelijk. Ze weerstond de verleiding om een sigaret te pakken en ging naar binnen om wat kleren in een tas te stoppen. Het moest nu gebeuren. Ze zou een taxi bellen naar het ziekenhuis. Er zou geen geschikter moment komen. Haar hoofd zou niet helderder worden dan nu.

8

De Koninklijke Bibliotheek. 10.08

Niels had overwogen of hij de band zou doorspoelen. Hij keek nu al een paar minuten naar hetzelfde beeld. Een eettafel. In een woonkamer. Niet Dictes woonkamer, die kende Niels. Nee, het was het huis van een man – geen enkele vrouw zou een poster van wolkenkrabbers ophangen in haar woonkamer. Opeens verscheen Dicte in beeld. Niels kreeg een schok toen hij haar levend zag. Ze zei iets wat hij niet kon verstaan. Als hij er zelf mee klaar was, zou Casper het bandje krijgen. Die zou het lawaai wel uit de opname kunnen filteren. Het volgende wat er gebeurde, verraste Niels. Dicte trok de witte trui over haar hoofd en haar naakte lichaam kwam tevoorschijn. Er ging een elektrisch stootje door Niels heen. Hij keek naar haar borsten, niet veel meer dan een aanzet. Hij kende haar naakte lichaam verbazingwekkend goed. Hij had haar nog nooit met kleren aan gezien – vandaag zou dat ook niet gebeuren.

'Ben je er klaar voor?'

Dat was de stem van Joachim. Niels zette het geluid van de camera iets harder, hij was zich er volledig van bewust dat hij ver over de grenzen van het toelaatbare geluid in de leeszaal heen ging.

'Ja', antwoordde Dicte, nauwelijks meer dan een fluistering. Niels zag Joachim in beeld komen. Was dat een defibrillator die hij aan een kant van de lange tafel neerzette?

'Defibrillator', zei hij. Dicte knikte. Joachim maakte een injectiespuit klaar. 'Adrenaline', zei hij en toen ging hij verder: 'Wat er nu gaat gebeuren, gebeurt uit jouw eigen vrije wil?'

'Uit mijn eigen vrije wil', antwoordde Dicte.

'Je wilt dat je hart ophoudt met kloppen en dat het daarna wordt gereanimeerd?'

'Ja.'

'Hoelang wil je dat je hartstilstand duurt?'

'Drie minuten.'

'Drie minuten? Honderdtachtig seconden?'

'Ja.'

Joachim zette een digitaal klokje op de tafel.

'Vertel maar hoe je een hartstilstand wilt bereiken.'

Dicte fluisterde. Niels kon het antwoord niet verstaan. Hij spoelde terug en zette het geluid harder. 'Extase', antwoordde Dicte. Daarna volgde een ingestudeerd ritueel. De naakte Dicte ging op de langwerpige eettafel liggen. Haar benen licht gespreid. Joachim bond zorgvuldig haar polsen vast. Het leek fluweel, of een andere zachte stof, waarmee hij haar vastbond – hij maakte haar polsen vast aan iets wat onder de tafel zat.

'Probeer eens zo hard als je kunt te trekken', zei hij. Ze klonken alsof ze een keukenkastje in elkaar aan het zetten waren, niet alsof ze haar dood voorbereidden.

Dictes lichaam spande zich toen ze zo hard als ze kon trok om te testen hoe goed ze vastgebonden was.

'Het is goed.'

'Nu bind ik ook je benen vast. Zodat je niet gewond zult raken, zodat je niet per ongeluk zult schoppen en jezelf verwonden als je lichaam vecht.'

'Ja', antwoordde ze plechtig.

Ik zou weleens willen weten wat een rechter hiervan vindt, dacht Niels. Hij betwijfelde of dit een eventuele straf zou verminderen. Joachim kon immers een helper hebben gehad die je niet zag, achter de camera, met een pistool op een familielid gericht. Dit was geen bewijs dat ze daar vrijwillig lag. Deze opname was naïef. Ze dachten dat dit hen zou kunnen helpen in het geval dat er iets mis zou gaan. Misschien was dat precies wat er tot Joachim was doorgedrongen? En was hij daarom zijn dood tegemoet gesprongen.

'Ben je er klaar voor?'

'Ja.'

Joachim liep achter de camera langs. Hij zoomde in op Dictes gezicht. Ze draaide haar hoofd en keek Niels recht aan.

'Mijn naam is Dicte van Hauen. Ik geloof ... nee, ik weet dat de ziel onsterfelijk is. Ik ben al drie keer eerder dood geweest en gereanimeerd. Een keer toen ik een tiener was. En twee keer tijdens het afgelopen jaar – onder gecontroleerde omstandigheden. Ik lig hier uit eigen vrije wil. Ik heb hulp gevraagd om mijn eigen hart tot stilstand te brengen. Dat is de enige manier waarop het lichaam de ziel wil loslaten.

Ze pauzeerde even, keek naar het plafond, draaide haar hoofd weer naar de camera en ging verder: 'Ik geloof in genot. Ik geloof dat dit leven verbonden is en verbonden moet zijn met lichamelijk genot. De ziel geniet niet van dit lichamelijke leven. Niemand vindt het fijn om opgesloten te zitten. Wat aan het lichaam toekomt, moet aan het lichaam worden gegeven – en datzelfde geldt voor de ziel. Ik weet dat wat nu gaat gebeuren er heftig uitziet. Het is niet de bedoeling dat iemand deze film te zien krijgt. Hij moet worden vernietigd zodra ik ben gereanimeerd en mijn hart weer regelmatig klopt. Deze film is een verzekering. Om te bewijzen dat ik hier uit eigen vrije wil lig. Het is de bedoeling dat mijn lichaam wordt gereanimeerd en dat ik terugkeer naar mijn aardse omhulsel met iets meer kennis over wat wij aan de andere zijde moeten doen. Socrates dacht dat we teruggingen naar de Hades om opnieuw geboren te kunnen worden en daarmee de kringloop van het leven te volvoeren. Hij dacht dat we de rivier de Acheron moesten oversteken en vandaar verder reizen. En Socrates had gelijk in al zijn argumenten, maar hij was niet dood geweest, zoals ik. Ik weet dat je iets moet doen aan de andere zijde van de Acheron. Gedurende een kort moment staan we in contact met alles wat leeft in alle tijden ...'

Ze pauzeerde. Haar stem klonk een beetje onduidelijk.

'Wil je iets drinken?'

'Ja.'

Joachim kwam in beeld met een fles Pellegrino in zijn hand. Ze waren natuurlijk wél sterdansers, dacht Niels terwijl hij op de film zag hoe Joachim teder en elegant Dictes hoofd optilde zodat ze uit de smaragdgroene fles kon drinken.

'Ik ben weer klaar.'

'Ga maar gewoon door.'

Ze schraapte haar keel: 'Onze voorstelling van de dood is hopeloos. Net zo hopeloos als toen de mens dacht dat de aarde plat was en het centrum van het universum was. Ik zou willen dat ik kon zeggen dat we nog maar net zijn begonnen de dood te doorgronden, maar we zíjn nog niet eens begonnen. Dat komt door de angst. Onze angst dat er niets zal zijn. Ik kan jullie vertellen dat er wél iets is. Er is zo oneindig veel. Het is mooi, maar ook gevaarlijk. Dat heb ik zelf meegemaakt. Ik heb aan de andere zijde goede en verschrikkelijke ervaringen gehad. Ik probeer uit te zoeken door welke deuren je naar binnen kunt gaan. En hoe ons leven op aarde invloed heeft op wat er aan de andere zijde gebeurt. Want er zit natuurlijk een samenhangende bedoeling achter. Ik zie mezelf als een ontdekkingsreiziger. Iedereen weet dat het onderzoeken van nieuwe territoria de dood tot gevolg kan hebben. Het is niet anders. En dat is ook niet erg. Ik ben de enige die verantwoordelijk is. Als het fout gaat, als ik niet terugkom, wil ik jullie vragen of jullie niet dom willen doen. Niemand mag worden veroordeeld. Als astronauten hun leven opofferen in de ruimte, stoppen we de mensen van de NASA toch ook niet in de gevangenis? We accepteren – en hebben altijd geaccepteerd – dat ontdekkingsreizigers er zelf voor hebben gekozen om hun leven op het spel te zetten.

Pauze.

'Nog wat water?'

'Nee, dank je. Ik ben klaar. Ik wil alleen nog dit laatste zeggen. Ik wil zeggen dat ik heb gekozen voor verstikking door middel van een zak over mijn hoofd. Dat laat geen stoffen achter in het bloed en geen littekens op het lichaam. Ik heb ervoor gekozen om te genieten van de laatste stuiptrekkingen van mijn lichaam.

Ik weet dat het er heel heftig uitziet. Maar dat is het niet. Niet als het vrijwillig is. Ik ben er klaar voor', zei ze ten slotte.

Er werd weer uitgezoomd. Even later kwam Joachim terug in beeld, dit keer net zo naakt als Dicte. Hij had iets in zijn hand wat op een plastic zak leek. Hij legde de zak op de tafel en ging voor haar staan. Hij streelde haar kruis met zijn linkerhand terwijl hij probeerde om zichzelf op te winden. Niels keek over zijn schouder. Niemand keek mee.

'Is het moeilijk?' hoorde hij Dicte vragen in de luidspreker van de camera.

'Een beetje.'

'Kom maar hier.'

Joachim liep van het uiteinde van de tafel met voorzichtige stappen naar haar toe. Met zijn rug naar de camera ging hij op de rand van de tafel op zijn knieën zitten en zwaaide zijn ene been over Dictes hoofd zodat zij op ooghoogte was met zijn lid. Zijn handen rustten op het tafelblad, vlak bij de defibrillator. Ze opende haar mond en nam hem erin. Joachim kreunde – Niels moest het geluid weer zachter zetten. Hij zou willen dat de opname hem niets deed. Dat hij er koel en nuchter naar kon kijken. Joachim sprong van de tafel, elegant, licht, nu wel opgewonden.

'Je mag best klaarkomen als ik weg ben', zei ze.

Hij knikte.

'Nee', fluisterde Niels toen Joachim de plastic zak over haar hoofd trok en hem voorzichtig vastbond rond haar nek.

'Ik hou van je', zei Joachim teder en hij kuste haar op haar mond met het materiaal van de zak tussen hun lippen in. Hij ging aan het uiteinde van de tafel staan en drong bij haar naar binnen. Af en toe keek ze op, keek langs haar lichaam naar beneden. Niels hoorde haar geluiden vanuit het plastic dat haar omhulde. Geluiden van genot. Ze kreunde. Er was nog heel veel lucht in de zak. Niels keek naar het doorzichtige plastic dat om haar hoofd zat, hij zag hoe het in en uit bewoog als een wanhopige long. Algauw was hij helemaal beslagen door haar adem. Steeds langer bleef hij op haar mond plakken terwijl haar longen en hart wanhopig naar iets anders dan kooldioxide hunkerden. Joachim leek er ook van te genieten. Hij nam haar met gelijkmatige, ritmische bewegingen totdat haar lichaam zich één korte seconde spande. En daarna slap werd. Hij trok zich terug. Liep meteen naar de digitale klok en zette die aan. Zijn lid was nog volledig in erectie. Hij liep terug naar het uiteinde van de tafel. Nu Dictes lichaam niet meer meewerkte, was het niet zo makkelijk om bij haar binnen te dringen. Hij moest haar onderlijf dichter naar de rand toe trekken, maar het zag er niet naar uit dat zijn opwinding daardoor afnam. Niels voelde zijn lid groeien toen Joachim zijn jacht op genot in Dictes lichaam voortzette. Dit was toch afschuwelijk, dacht Niels – waarom reageerde hij dan zo? En hoelang zou ze nat genoeg blijven zodat hij kon ...

Het antwoord kwam al snel. Na een paar seconden kwam Joachim klaar met een half verstikt gebrul. Hij trok zich terug. Daarna knipte hij de zak van haar hoofd. Keek op het klokje. Een minuut en tien seconden. Hij knipte de banden die om haar armen en benen zaten los.

'Kom op nou', zei Niels. Alsof dat invloed had. Alsof ze terug zou komen. Joachim keek weer op de klok: twee minuten en tien seconden. Hij wachtte. Hij prikte de spuit in haar ader. Bij twee minuut dertig spoot hij de adrenaline naar binnen. Dat duurde drie seconden. Toen pakte hij de handvatten van de defibrillator. Zette ze op haar borst. Keek resoluut op de klok. Op exact twee minuut negenenvijftig drukte hij. De elektrische stoot plantte zich onmiddellijk voort door haar hele lichaam, haar hals strekte zich tot het uiterste – met een krachtige teug zoog ze de adem naar binnen in een lange, gulzige hap. Toen leefde ze. Ze hoestte, en draaide zich op haar zij. Zo bleef ze een paar minuten liggen. Joachim bleef de hele tijd bij haar hoofd staan, fluisterde tegen haar. Niels kon niet zien of horen of ze bij bewustzijn was. Ja, haar voeten bewogen.

'Wil je zitten?'

'Nog niet. Ik heb het koud.'

Joachim verdween uit beeld. Dicte keek recht in de lens. Ze probeerde te glimlachen: 'Het was geweldig', zei ze. 'Jullie moeten je erop verheugen.'

Toen werd de camera uitgezet.

9

Islands Brygge. 10.12

Adam Bergman zag haar door het raam. Even dacht hij dat zij hem ook had gezien. Ze stond op het dakterras, naast de kleine gasbarbecue en tuurde uit over de haven. Ze was alleen. Hij had haar bekeken door zijn verrekijker. Hij had naar binnen gekeken in het appartement. In de keuken. En de slaapkamer. En hij had opwinding gevoeld. Een opwinding die verder ging dan het normale. Het was langgeleden dat hij op die manier over een vrouw had gedacht. Maar iets aan Hannah Lund deed hem denken aan zijn vrouw. Ook al leken ze helemaal niet op elkaar. Zij had donker haar, zijn vrouw was blond geweest. Wat was het dan? De tengere lichaamsbouw? De melancholieke blik? Ja. Ze had een geheim. Net zoals zijn vrouw was Hannah een vrouw die je nooit kon krijgen. Niet echt. Sommige vrouwen waren zo. Het maakte niet uit wat je deed, ze waren of van zichzelf of van een andere wereld. *Wereldvreemd*. Een ouderwetse uitdrukking. Ze staarden naar een wereld die niet deze wereld is, die niet bij het nu hoort. Zij had precies diezelfde blik, Hannah, zoals ze daar stond, met haar ogen gefixeerd op iets in de verte. Opeens staarde ze naar hem, recht in de verrekijker, hij dacht dat hij was ontdekt. Maar de wereldvreemde blik ontdekt nooit wat er vlak voor hem is.

'U moet een andere plek zoeken om vogels te kijken.'

De parkeerwachter ging voor de verrekijker staan, even was alles blauwzwart.

'Kijk maar naar het bord. Verboden stil te staan.'

Bergman startte de auto.

'Twintig meter verderop. Vergeet niet een parkeerkaartje te kopen', zei de wachter op vriendelijke toon.

Hij parkeerde de auto. Hij had een bestelbusje gehuurd. Achterin stond een uit de kluiten gewassen kartonnen doos. Ooit hadden er onderdelen van een verstelbare werkbank in gezeten. Nu was hij leeg. Over niet al te lange tijd moest bij voorkeur Hannah erin liggen. Hij zag haar niet meer op het terras. Hij kocht een parkeerkaartje. Dat was het verstandigst. Sirenes, ergens ver weg. Er moest liefst geen bewijs te vinden zijn dat hij hier was geweest, geen parkeerboetes die de auto voor altijd aan deze plek en dit tijdstip zouden verbinden. De sirenes kwamen dichterbij. Het moeilijkste gedeelte zou zijn om haar in de auto te krijgen. Maar dat moest wel. Dat was precies wat er mis was gegaan bij Dicte en Peter. De omgeving had hem niet genoeg tijd gegund. Ze hadden allebei nu nog in leven kunnen zijn, zei hij tegen zichzelf en hij voelde irritatie. *Dicte*. Waarom had zij het niet gewoon af kunnen maken? Hij had niets met haar gedaan wat ze niet zelf ook al verschillende keren had gedaan, tijdens haar eigen experimenten met de dood. En hij was nog beter gekwalificeerd ook. 'Alleen voor bewoners', stond er op het bordje bij de inrit van de parkeerkelder onder het moderne appartementencomplex. Het zou beter zijn als hij de auto daarin kon zetten. Dan zouden minder mensen hem met de kartonnen doos zien zeulen. Er kwam een auto uit rijden. Het duurde lang voordat de slagboom weer dichtging. Hij kon het makkelijk halen, de volgende keer als er een auto naar buiten kwam. Hij hoefde alleen maar over de verkeerde baan naar beneden te rijden. En als hij haar eenmaal in verzekerde bewaring had, zou hij haar naar de veilige plek vervoeren. De veiligste plek van het hele koninkrijk. De plek waar nooit iemand anders kwam. Waar geen tijdsdruk zou zijn.

Hij opende zijn dokterstas, pakte een injectiespuit en maakte die klaar. Hij perforeerde het dunne rubberen membraan met de naald en zoog de vloeistof naar binnen in de spuit. Ketamine. Een verdovingsmiddel voor paarden. Veel gebruikt bij mensen in de Vietnamoorlog. Voor soldaten van wie de benen waren afgerukt bij explosies, om de pijn snel weg te nemen terwijl ze deze wereld verlieten. Er kwamen mensen langslopen, dus kon hij de spuit niet uit zijn tas halen. In plaats daarvan moest hij de eerste druppels in de tas spuiten, om zich ervan te verzekeren dat er geen luchtbelletjes in zaten. Voor als hij een bloedvat of een ader raakte in plaats van een spier. Dopje op de naald en in de ruime zak van zijn broek. Hij deed zijn tas weer dicht. Er kwam een auto uit de parkeerkelder rijden. Hij zette het bestelbusje in zijn versnelling, reed snel naar de inrit toe, gaf gas en sloeg links af. Net voordat hij dichtging, reed hij onder de slagboom door.

10

Station Dybbølsbro. 11.20

Niels had een spoor gevolgd – het spoor dat Dicte voor hem had uitgezet. Hiervandaan had ze haar laatste sprong gemaakt, de sprong in de dood waar ze zulke hoge verwachtingen van had. Precies vanaf deze toren.

Hij kon zich niet goed herinneren hoe hij hier terecht was gekomen. Hij wilde de zaak afsluiten. De plaats delict nog een keer bekijken. Zoals je hoort te doen. Zien wat Dicte had gezien. Begrijpen wat haar over de rand had gedreven. Nu stond hij hier. Hij was de bibliotheek uit gelopen, langs het water. Hij had nagedacht over Dicte die geloofde dat je in en uit de dood kon stappen zoals in een computergame. Maar hij had vooral nagedacht over het laatste wat ze tegen hem had gezegd. 'Het is geweldig', had ze gezegd. En niemand kon daaraan twijfelen, niet met de blik die ze in haar ogen had toen ze dat zei.

Niels keek naar de rails die vanaf het centraal station de rest van het land in voerden en dacht na over zijn eigen verwachtingen. Geweldig. Iets wat je hier niet kunt ervaren. Wat was dat? *Rust.* Je zou rust krijgen, zoveel was zeker. Maar zou je die rust ook ervaren? En wat is het goede aan rust als je die niet kunt voelen?

'Hé, man, wat doe je daarboven?'

Niels keek naar het perron onder zich. Was het die kale vent met het ringbaardje die naar hem had geroepen? Hij was vast niet meer of minder dan architect, of designer of kinderdagverblijfleider. Toch moest hij zo nodig zijn armen laten versieren met zwarte tekens uit Azië die niemand kon ontcijferen, als een krijger uit een ver verleden. Misschien betekenden ze liefde en vrede, die Aziatische tekens, maar het leek meer op dood en ongeluk. Hij deed zijn mond weer open en schreeuwde naar Niels. Gezichten beneden op het perron richtten zich op naar Niels. Rood en pijnlijk door de Deense zomerzon. Ze knepen hun ogen half dicht, schermden ze af tegen de zon met hun hand en keken naar hem op. Alsof hij de zon was, je kon er bijna niet tegenin kijken.

Ik ben de zon.

Hij schijnt op hen. Zoals Dicte scheen. Op het toneel, een straal die op het publiek scheen en een explosie toen ze sprong, haar laatste sprong – de spatie van het geloof, de ruimte die dit leven van het volgende scheidt. Niels keek weer naar de rails onder zich. Wanneer had hij zijn schoenen uitgetrokken? Het donkere staal van de toren brandde onder zijn voeten. Het vagevuur, dacht hij. Purgatorium, het land tussen de dood en de dag des oordeels – de plek waar Dicte nu was. Waar hij had beloofd te zullen zijn. Samen met haar.

'Kom naar beneden.'

De stem kwam van een plek ergens in de levende massa op het perron. Niels zei iets over politie of iets dergelijks, maar hij was er niet zeker van of iemand hem hoorde. Hij hoorde sirenes. Ze riepen hem. Was het tijd? Er was niets wat hem tegenhield. Kathrine niet, Hannah niet, en verder ook niemand. Het ging niet goed met hem. Hij zou snel vergeten zijn. Niels rekende erop dat ze hem snel zouden vergeten: Kathrine was in Zuid-Afrika. Ze zou het bericht over zijn dood ontvangen terwijl ze in haar kantoor met uitzicht op de Indische Oceaan zat. Ze zou huilen, ja, vast. En een paar dagen aan hem denken. Dan zou ze op safari gaan en ervaren dat de dood een natuurlijk verschijnsel was en dat je er zij aan zij mee leeft, zoals ze altijd zei over Afrika. En ze zou diep van binnen misschien dankbaar zijn dat zij niet alle praktische zaken hoefde te regelen. De begrafenis. De nalatenschap. Dat was allemaal niet haar probleem.

'Wat doe je daar in godsnaam?' 'Kom naar beneden, fucking idioot!' werd er geroepen, tegelijkertijd, eenstemmig, door een opgewonden groepje burgers. Een paar begonnen de trap al op te klimmen. De sirenes riepen hem. Hij zou eigenlijk moeten springen. Hij moest alleen nog even nadenken over het laatste. Hannah – hoe zou Hannah reageren? Ze was gewend aan verlies. Ze zou zich nog meer terugtrekken. Dat zou niet zo goed zijn. Zou ze hem achterna springen? Nee, ze was haar zoon indertijd niet achterna gesprongen toen hij zelfmoord had gepleegd, dus dan zou ze het nu ook niet doen. Ze zou de herinnering aan Niels bewaren zoals een boom die met grote precisie zijn jaren telt, ze zou zorgvuldig een ring tekenen voor iedere cyclus. Zo zou Hannah getuigen van Niels. Ze zou de jaren van zijn dood tot aan haar eigen dood tellen.

'Kom nou naar beneden, man!'

Niels negeerde de stem, het geschreeuw. Hij keek in de richting van de haven. Vanaf hier was het niet meer dan een klein strookje water, smal als een rivier die je tussen twee gebouwen door kon zien. *Acheron*. De rivier die je moet oversteken naar het dodenrijk. Het rijk waar Dicte niet op had kunnen wachten. Niels wist het niet zeker. Hij wist niet zeker of er een rivier zou zijn als hij was gesprongen, hij wist niet zeker of hij wilde dat er een rijk was aan de andere zijde. Misschien wilde hij niets anders dan rust. De rust van de eeuwige slaap. Hij ging zo staan dat zijn voeten net over de rand staken.

'Ik spring je achterna', fluisterde hij.

Een stem achter hem: 'Hier spreekt de politie', zei de stem die was opgesloten in een luidspreker. Een of andere idioot stond beneden op straat door een megafoon tegen hem te praten. Niels deed een paar stappen naar achteren en keek naar de straat onder hem. Ja, daar stonden ze. Twee jonge agenten die er nog van overtuigd waren dat er, als ze maar hard genoeg praatten, dreigden en erop los sloegen, orde zou heersen en dat de mensen zouden doen wat zij zeiden.

'Jullie blijven dáár!' hoorde Niels zichzelf schreeuwen. 'Ik wil niet dat er iemand in mijn buurt komt! Als er iemand dichterbij komt dan tien meter, spring ik!'

Een van de twee agenten wilde iets zeggen, protesteren, tegen hem schreeuwen, maar Niels onderbrak hem voordat hij de kans kreeg. 'Als jullie nog een keer iets tegen mij zeggen, spring ik. Ik wil niet gestoord worden.' Niels wist precies wat er nu zou gebeuren. Ze zouden naar de centrale bellen. De beelden van de bewakingscamera's zouden met de snelheid van het licht worden doorgemaild, er zouden meer politieauto's komen, met voorop de teamleider van de mobiele eenheid en ze zouden Niels Bentzon bellen. De politieonderhandelaar. De man die de dwazen van het springen af moest zien te praten. En als Niels niet opnam, zouden ze de volgende op de lijst bellen. De politieonderhandelaar was altijd de laatste die aankwam. Voor die tijd zou Niels zijn gesprongen. Maar het was goed dat het nog even zou duren. Dat het ambulancepersoneel en de schoonmaakploeg zich konden klaarmaken. Hij wilde dat zijn lichaam meteen afgedekt zou worden. Er mochten geen foto's van worden gemaakt. Hij moest gewoon verdwijnen. Uitgewist uit een wereld die hij niet begreep.

'En het perron moet worden ontruimd', riep Niels naar de twee agenten. 'Zorg dat die mensen weggaan. Anders spring ik.' De ene was al bij de radio, de ander praatte met een burger. Mogelijk ook een politieman. Niels keek naar zijn voeten. Hij keek uit over de menigte totdat hij een punt vond waarop hij zijn blik kon richten: een raam. Een toevallig raam. Dat zou het laatste zijn wat hij zag. Een raam naar de wereld. Hoop. Hij deed zijn ogen dicht.

11

Islands Brygge. 11.40

Hannah keek op de klok. Ze moest over twintig minuten in het Rigshospital zijn. Waar bleef die taxi? Misschien moest ze beneden op straat wachten? Ja. Ze zou bij de voordeur gaan staan. Ze bekeek zichzelf in de spiegel. Dat had ze niet moeten doen. Dit was de vrouw met wie ze de komende vele jaren zou moeten leven. Zo ziet een schuldig mens eruit, dacht ze en ze voelde de walging opkomen. Een wrede, genadeloze tweevoudige moordenaar. Maar ze was hoe dan ook schuldig. Haar telefoon ging. Dat was vast de taxi. Eindelijk. Konden ze haar nummer hebben? Vast wel.

'Met Hannah Lund.'

12

Islands Brygge. 11.41

Hij stapte uit de auto. Keek nog een laatste keer naar de kartonnen doos achter het getinte glas. Die zou hij later halen. Twee vrouwen kwamen met een koffer uit de lift van de parkeerkelder. Het was niet nodig dat ze hem zouden zien. Hij liep de inrit op, om de slagboom heen.

Hij wachtte bij de voordeur van het gebouw. Voelde of de injectiespuit in zijn broekzak nog goed lag. Het was belangrijk dat hij haar mee zou weten te krijgen naar de badkamer – meestal de best geïsoleerde ruimte in moderne appartementen. Hij liep het hele plan nog eens door terwijl er een taxi stopte voor de ingang. Hij zou vragen of hij gebruik mocht maken van haar toilet. Misschien doen alsof hij was gevallen en zich had bezeerd op de tegelvloer. Dan zou ze naar hem toe komen. Hij zou de deur dichtgooien en ...

'Wilt u naar binnen?' De vrouw met de twee honden hield de deur voor hem open.

'Ja, bedankt.'

Hij glipte mee naar binnen. Ze glimlachte. Hij straalde vertrouwen uit, dat wist hij. Vooral naar vrouwen toe. Hij had een goed uiterlijk. Een prettig uiterlijk. Er straalde rust van hem af. De sirenes kwamen dichterbij. De vrouw bleef staan bij de postvakjes, de hondjes sprongen tegen haar benen op terwijl ze reclame en brieven sorteerde. Hij nam de trap. Bleef voor Hannahs deur staan. De sirenes waren nu heel dichtbij. Hadden ze hem gevonden? Onmogelijk, concentreer je nou, zei hij tegen zichzelf terwijl hij het naambordje bekeek. 'Hannah Lund. Niels Bentzon'. Twee namen, de laatste was niet thuis. Het zou makkelijk worden. Het gebruikelijke verhaal. Over slaap en een onderzoek. Dat hij had geprobeerd haar te pakken te krijgen. Over zijn studie naar bijna-doodervaringen en slaapstoornissen – of hij binnen mocht komen? Maar voordat hij kon aanbellen, werd de deur opengerukt. Ze smeet de deur achter zich dicht, stormde langs hem heen, rende de trap af en viel bijna, maar hield zich nog net vast aan de trapleuning. Hij liep naar het raam van het trappenhuis. Er lagen dode vliegen op de vensterbank. De vrouw, Hannah, kwam langs het huis aanrennen en sprong in een politieauto die ervoor geparkeerd stond. Toen was ze weg. Had ze hem gezien? Nee. Dit had niets met hem te maken. Hij keek op zijn horloge. Kwart voor twaalf. Hij zou het vanavond nog een keer proberen. En hij moest een manier zien te vinden om haar mee te krijgen. Deze plek was niet goed. Te veel ramen. Te veel geluid, te transparant.

13

Station Dybbølsbro. 11.45

Niels keek nog een laatste keer uit over de menigte. Hij kon zichzelf niet inbeelden dat het Acheron was. Het was niets anders dan een groep mensen die al gruwelend en vrolijk tegelijk op zijn spoedige dood stonden te wachten. Wat zouden ze denken? Als hij het maar niet doet? Als het hij maar doet, dan heb ik tenminste een beetje spanning in mijn saaie leven?

Het maakte niet uit. Daar moest hij nu niet aan denken. Hij moest niet meer denken. Nooit meer. Geen enkele gedachte. Dát was waar het om ging: niet meer hoeven denken.

'Bentzon? Waar ben jij in godsnaam mee bezig?'

Niels draaide zich om. Leons gezicht staarde hem verbaasd aan op weg naar boven in de lifttoren. Hij stond op de op een na bovenste trede van de ladder waarlangs Niels een paar dagen geleden zelf ook naar boven was geklommen. Toen Dicte klaarstond om te springen.

'Je maakt de reizigers bang. Zie je niet dat de mensen daar beneden naar je staan te roepen?'

'Laat me met rust, Leon', fluisterde Niels, maar te zacht en zonder het te menen. Hij was blij dat Leon hier was. Hij kon ervoor zorgen dat er snel zou worden opgeruimd. Niels hield niet van deze methode, maar het moest hier gebeuren – hij zou Dicte achterna springen op de plek waar zij zelf was gesprongen.

'Er wordt naar de centrale gebeld. Ze zeggen dat er een gek staat die wil springen. Leon kijkt naar de beelden van de bewakingscamera's en wat ziet hij? Die goeie ouwe Bentzon. Dus Leon zegt: die gaat toch zeker niet springen, hè? Toch?' herhaalde Leon. Niels gaf geen antwoord.

Leon kwam een stap dichterbij.

'Blijf waar je bent.'

'Schei nou uit, Niels. Kom nou naar beneden.'

'Ik kom zo. Geef me twee minuten alleen, dan kom ik.'

Niels ving Leons blik op. Wat mogelijk bij Leon was begonnen als verwondering, was nu overgegaan in professionele inschatting: Niels vormde een veiligheidsrisico.

'Verdomme, Niels. Moet ik Damsbo bellen?' zei Leon en hij probeerde een glimlach. 'Je zegt zelf dat de man totaal geen talent heeft. Dat hij zelfs de vrolijkste man van de wereld zijn dood tegemoet kan laten springen. Die kan ik toch niet bellen!'

Niels deed een stap weg van Leon die nu helemaal bovenaan de toren was.

'Als ik iemand moet bellen, dan is het Bentzon. Hij is de man die mensen ervan af kan praten om iets doms te doen. De enige die ik vertrouw', zei Leon terwijl hij met een handgebaar communiceerde met zijn mensen op het perron en de brug. Niels kende de hele routine. Het treinverkeer was stilgelegd. De brandweer en de ambulance waren onderweg, maar Leon had strenge instructies gegeven dat de sirenes uit moesten worden gezet, alles wat ook maar íéts aan dood of ongeluk deed denken, moest worden vermeden. Een of twee agenten op de brug probeerden contact te zoeken met de familie. Psychiatrie werd gebeld, de naam werd opgezocht in de registers van de overheid: *Niels Bentzon*. Eventuele psychische aandoeningen zouden in Leons draadloze oortje worden gefluisterd zonder dat er in zijn gezicht ook maar het kleinste spiertje vertrok. De centrale kon Leon vertellen dat hij tegenover een psychopathische massamoordenaar stond zonder dat hij met zijn ogen zou knipperen, zonder dat hij zijn blik van de man voor hem af zou halen.

'Wat zeggen ze tegen je, Leon?'

'Wat zegt wie, Bentzon?'

'De centrale. Wat zeggen ze over mij?'

Leon kwam ongemerkt een stapje dichterbij. Ongemerkt als je niet een half leven training als politieonderhandelaar achter je had liggen.

‘Doe een stap terug, Leon.’

‘Oké, oké, Niels, wat is hier aan de hand? Kijk me aan. Je bent mijn beste onderhandelaar.’

‘Ik heb gezegd dat ik haar achterna zou springen’, zei Niels, terwijl hij naar de rails keek. Het zonlicht viel erop. Niels volgde met zijn ogen de twee parallelle sporen die verdwenen in de verte, in het oneindige.

Eén korte seconde was het zo stil dat Niels de stem van de centrale in Leons oor kon horen ratelen.

‘Wat zeggen ze tegen je, Leon?’

‘Ze zeggen zoveel. Ze zeggen dat iedereen problemen heeft, Niels.’

Leon keek hem doordringend aan. Hij aarzelde. Maar toen zei hij het: ‘Ze zeggen dat jij een solodanser bent. Net als Dicte. En een solodanser neemt de verantwoordelijkheid op zich. Duwt alle anderen opzij. Wil eigenhandig, zonder hulp de wereld redden. En dat kan niet. Iedereen doet weleens een belofte die hij niet kan waarmaken.’

‘Ik niet. Niet in die situatie. Je mag nooit iets zeggen wat je niet meent. Kun je je herinneren dat ik dat tegen je heb gezegd?’

‘En ik meen wat ik nu zeg, Niels: kom naar beneden.’

Niels zei niets.

Leon stak zijn hand naar hem uit. Hoe dom dacht hij dat Niels was? Leon was fysiek sterker en sneller dan Niels. Je kon het zien aan zijn ogen. Hij probeerde de hele tijd in te schatten hoe en wanneer hij dichtbij genoeg kon komen om zich op Niels te storten, hem weg te trekken bij de rand en in de boeien te slaan.

‘Ik ben hier niet goed in’, zei Leon, bijna alsof hij Niels’ gedachten kon lezen. Hij ging verder terwijl hij Niels doordringend in de ogen keek: ‘Jij bent degene die hier goed in is. Ik wil niet liegen. Dicte is gesprongen. Had je iets kunnen doen? Ja, misschien. Als je iets anders had gezegd dan je heb gezegd – zou ze dan op dit moment rondhuppelen in het Koninklijk Theater? Misschien. Misschien niet. Het is belangrijk wat je zegt in dit soort situaties. Dat heb jij al zo vaak bewezen. Jij bent degene die mensen ervan af kan praten om iets doms te doen. Dat ben jij, Niels. Dat ben ik echt niet.' Leon keek over zijn schouder. Terwijl hij praatte, was er een auto aangekomen.

'Nu', zei Niels tegen zichzelf. Ik moet het nu doen, voordat hij een of ander konijn uit zijn hoge hoed tovert.

'Niels?'

Haar hijgende stem raakte hem vol in zijn middenrif. Hij draaide zich om. Hannah stond achter hem op de ladder. Leon keek naar hen beiden.

'We hebben bezoek, ouwe jongen.'

'Klootzak', fluisterde Niels.

'Wat had je dan gedacht? Ik kan geen contact krijgen met mijn beste onderhandelaar. De man die ik nodig heb als ik echt in de problemen zit. Dan moet ik andere methodes gebruiken.'

Hannah bleef op de ladder staan. Dat was haar verteld. Ze moest hem niet onder druk zetten. Stapje voor stapje, letterlijk. Niels zou nooit familie gebruiken in een onderhandelingssituatie. Met familie loop je het risico dat ze juist dat zeggen wat iemand de laatste beslissende centimeters over de rand kan drijven. Door hun aanwezigheid loop je het risico dat het slachtoffer wordt herinnerd aan de goede redenen om te springen ... zijn dood tegemoet.

'Niels?'

Hannah keek hem nog steeds aan. Er stonden tranen in haar ogen: 'Het is mijn schuld.'

'Nee ...' Niels wilde nog iets zeggen, maar hij kon het niet, niet terwijl Leon naast hem stond. Leon stak zijn beide handen in de lucht, alsof hij al wist wat Niels zou gaan zeggen.

'Ik blijf zo ver bij je uit de buurt als ik kan.'

'Kun je niet naar beneden gaan?'

'Dat gaat niet, ouwe jongen. Dat weet je best', antwoordde Leon terwijl hij achterwaarts naar de verste hoek van de toren liep.

'Er is iets wat ik je niet heb verteld, Niels.' Hannah was nog een stap verder omhooggeklommen op de ladder. Nog even en ze zou helemaal boven zijn. Dan zou het te laat zijn.

'Vertel het maar vanwaar je nu staat.'

De klank in zijn stem kwam als een schok voor haar. Als een klap in haar gezicht. De tranen rolden over haar wangen en lippen. Het kon hem niets schelen. Die tranen kwamen te laat. Nadat ze waren getrouwd, had ze hem afgewezen. Hem de rug toegekeerd. Van hem gewalgd. Het maakte niet uit. Dat was toch niet de reden dat hij hier stond.

'Niels ...'

Ze huilde. Hij dacht aan Dicte. En aan Joachim, aan wat zij hadden meegemaakt aan de andere zijde. Aan de oever van de Acheron. Zou iemand een muntje in zijn mond leggen? Rantzau misschien. Zou hij het tegen Leon zeggen?

'Niels. Luister naar me.' Hannahs stem was bijna weggevaagd. Alsof de wind en de wereld om hen heen er geen ruimte meer voor overliet. Een stem die zijn ruimte had opgebruikt, die had gezegd wat hij moest zeggen. Gezegd zonder dat hij het meende. Dan is het alleen maar rechtvaardig dat je je stem kwijtraakt.

'De reden dat ik niet ...'

Hij keek naar het perron onder zich. De mensen stonden nog steeds naar hem te staren. Een paar agenten waren bezig om hen weg te sturen. Er werd een camera in beslag genomen. De politie van Kopenhagen wilde niet het risico lopen om dezelfde pijnlijke fout te begaan als de vorige keer: dat hun falen een half uur later te zien zou zijn op het journaal.

'Ik ben zwanger, Niels. Hoor je me?'

Hij keek haar aan. Wist dat ze loog. Hij kon geen kinderen krijgen. Het was of dat, of ze was met iemand anders naar bed geweest.

'Ik ben zwanger van jou, Niels.'

'Je liegt.'

'Nee. Ik wist niet ...'

Nu kregen haar tranen geluid. Haar stem begaf het onder de druk. De volgende woorden kwamen maar half, het waren losse lettergrepen: 'Ik ... was ... ge... woon ... bang ...'

Wat probeerde ze te zeggen? Ze haalde diep adem. 'Hoor je me? Ik was bang. Ik dacht dat het allemaal om mij ging.'

Niels keek haar niet-begrijpend aan. Ze geloofde het. Ze geloofde dat ze zwanger was.

'Totdat het tot me doordrong ...'

Ze keek Leon aan.

'Toen Leon belde ...'

Opnieuw werd ze onderbroken door haar eigen tranen. Leon nam haar koel op. Zoals je naar iemand kijkt die in de supermarkt voor je in de rij staat. Ze schraapte haar keel en begon opnieuw: 'Totdat het tot me doordrong dat het er niet alleen maar om gaat of ik ervoor kies om de kinderen te krijgen. Of dat ze mij hebben gekozen. Het kan er net zo goed om gaan of ze jou hebben gekozen, Niels.'

Niels keek haar aan. Het was helemaal stil om hem heen toen hij antwoordde: 'Ik kan geen kinderen krijgen, Hannah.'

'Ja, dat kun je wel. Je kunt er twee krijgen. Als je ze wilt hebben.'

14

Politie Kopenhagen – Bureau Binnenstad. 13.00

De bespreking werd niet gehouden op het hoofdbureau. In plaats daarvan kwam commissaris Sommersted naar Bureau Binnenstad. Niels zag hem op het plein uit de auto stappen en snel naar binnen lopen. Zou hij worden ontslagen? Het kon hem niet schelen. Hannah zat op de bank. Ze zag er opgelucht uit. Gelukkig. Leon zag er daarentegen een beetje moe uit. De commissaris kwam binnen en bleef een seconde in de deuropening staan voordat hij hem achter zich dichtdeed.

'Wat is er aan de hand?' vroeg zijn baas.

Leon keek naar Niels. Niels keek naar Hannah. Hannah glimlachte.

'Zeg het maar.'

'Het was Bentzon gewoon allemaal even te veel geworden', zei Leon ten slotte.

Commissaris Sommersted keek Niels verrast aan.

'Het is mijn schuld', zei Hannah.

'Nee. Het komt door mij ...'

De commissaris onderbrak Niels: 'Waarom beginnen we niet gewoon bij het begin? Niels?'

Niels schraapte zijn keel: 'Ik kan niet meer', zei hij en hij liet een galmende stilte vallen die onnatuurlijk lang in de lucht bleef hangen.

'Is dat de verklaring?' vroeg Sommersted. 'Je kunt niet meer? Ik krijg een telefoontje over een zelfmoordenaar. Het blijkt mijn beste onderhandelaar te zijn. Ik ren weg uit een overleg met de minister van Justitie, en dan krijg ik deze verklaring? Je kunt niet meer?'

Niels glimlachte en keek naar Leon. Ze dachten hetzelfde. Dat

Sommersted altijd in overleg zat met de minister van Justitie als hij dit soort preken hield.

'Mag ik even alleen zijn met de commissaris?'

Leon haalde zijn schouders op. Hannah stond braaf op. Niels deed de deur achter hen dicht en wachtte totdat hij er zeker van was dat niemand hem kon horen.

'Commissaris, er is iets met deze zaak. Hij sleurt je mee naar de diepte. U weet wel wat ik bedoel, toch?'

Sommersted keek Niels lang aan. Hij schraapte zijn keel, maar zei niets.

'Waarom hebt u mij erop gezet?'

'Ik had iemand nodig die ik kon vertrouwen. Het is een zeer speciale zaak. De media sloegen op hol.'

'Zodat ik u kon beschermen?'

Commissaris Sommersted zuchtte luid.

'U stond in het gastenboek bij de familie Van Hauen.'

De commissaris stond op en sloeg zijn jasje over zijn arm.

'Ik weet wat er is gebeurd. Vroeger', zei Niels vlug. Hij vond zelf dat hij klonk als een brutaal kind. 'Ik weet alles.'

'Wat weet jij, Bentzon?'

'Ik weet dat Dictes vader haar zo hard heeft geslagen dat ze dood is gegaan. Maar ze is gereanimeerd. Ik weet dat er een ernstig misdrijf is gepleegd dat nooit is onderzocht.'

'Die zaak is zo oud dat ...'

Niels onderbrak hem: 'En ik weet dat u hen hebt geholpen.'

'Precies, ik heb hen geholpen!'

'Door het onder het tapijt te vegen.'

Commissaris Sommersted schudde zijn hoofd. Hij was niet langer op weg naar de deur.

'Ik heb hém geholpen. Hans Henrik van Hauen. Ik heb hem van de drank af geholpen. Ik ken hem al bijna mijn hele leven. Het was een ongeluk. Een toevallige samenloop van omstandigheden. Iedere rechtbank zou tot die conclusie zijn gekomen.'

'En sinds wanneer zijn wij een rechtbank?'

Sommersted keek uit het raam. Naar de duiven. Of naar niets.

Medelijden? Ja, Niels voelde met hem mee. Er bestond geen politieman op de wereld die niet af en toe in de verleiding kwam om zelf voor rechter te spelen.

'Deze familie', Sommersted bleef steken. Schudde zijn hoofd en ging verder waar hij was gebleven: 'Deze familie, die ik al een leven lang ken, zou onredelijk zwaar zijn gestraft als de zaak in de openbaarheid zou zijn gekomen. Laten we niet naïef zijn. Hans Henrik is niet zo.'

'Het probleem is dat Dicte ...'

De commissaris onderbrak hem. 'Het probleem is dat de wet niet goed is ingericht. Hij is voor de meeste mensen goed. Maar hoe zit het met Hans Henrik van Hauen? Laten we zeggen dat de zaak zijn beloop had gekregen; hij was een beetje dronken, prima. Hij had ruzie met zijn dochter. Wie heeft dat nooit gehad? Hij geeft haar een klap, oké, misschien iets meer dan dat, maar toch. Ik wil je eraan herinneren dat dit van vóór de afschaffing van de lijfstraffen is. Ze komt ongelukkig terecht. Stoot haar hoofd, een van haar longen klapt. Ze krijgt een hartstilstand. Wordt gereanimeerd. Wat zou de rechtbank hebben gezegd?'

'Dat weten we niet. We hebben haar versie van het verhaal nooit gehoord.'

'Maar ik weet het wel!' Commissaris Sommersted kon zijn woede niet inhouden. 'Hans Henrik zou zijn veroordeeld tot een gevangenisstraf, voorwaardelijk waarschijnlijk, en de rechtbank zou hebben geëist dat er een toezichthouder zou worden aangesteld door de gemeente die de familie op allerlei onverwachte momenten zou bezoeken.'

'En dat hebt u in plaats daarvan zelf gedaan? Hen bezocht?'

'De wereld is niet zwart-wit, Niels. Er zijn nuances. Deze familie zou ook zijn veroordeeld in de media ...'

Niels onderbrak hem: 'Dus we hebben één wet voor gewone mensen en één voor de mensen die interessant zijn voor de roddelbladen?'

'Ja, Bentzon. Dat hebben we. En de wet die geldt voor de mensen over wie de roddelbladen schrijven, is strenger, harder en maakt meer kapot dan de normale praktijk.'

Sommersted zuchtte. Hij ging op de rand van de tafel zitten. Keek naar de grond.

'Het probleem is Dicte', zei Niels ten slotte.

'Ja.'

'Dat haar zaak nooit is behandeld. Dat je ... bijna kunt zeggen dat het nooit is gebeurd. Zo moet zij het hebben ervaren. Alsof het nooit was gebeurd.'

Commissaris Sommersted knikte. Hij was tot dezelfde conclusie gekomen. Misschien nu pas. Misschien al langgeleden. 'Is ze daarom gesprongen?' vroeg hij.

'Nee. Maar het had wel iets te maken met haar bijna-doodervaring.'

Hij keek Niels verrast aan. 'In de minuten dat ze weg is geweest, bedoel je?'

'Ze heeft toen een glimp gezien van iets. Van iets ánders. Een glimp die haar is blijven achtervolgen', zei Niels en hij zweeg. De zaak was afgesloten. Hij wilde naar huis.

'Wat achtervolgt jou, Bentzon?'

Er lag een verrassende warmte in Sommersteds stem, misschien zelfs medeleven. Maar dat was zo snel weer verdwenen dat Niels twijfelde of hij het goed had gehoord. 'Kun je mij antwoord geven op die vraag: waarom ga jij in godsnaam op een brug staan en dreig je te zullen springen?'

Niels dacht na. Het was een redelijke vraag. Hij zag Leon die voor de glazen deur stond te wachten. Hij zou daar zonder te protesteren de rest van de week blijven staan als hem dat werd opgedragen. Waar wachtte Niels op? Waarom stond hij niet gewoon op en liep hij weg? Hij had hier niets te zoeken.

'Ik word vader', zei hij en hij stond op.

De commissaris knikte. Opgelucht, zag Niels. Want nu had hij een reden om te zeggen wat hij graag wilde zeggen: 'Gefeliciteerd, Bentzon. Ik ben verrast, dat moet ik wel zeggen. Ik denk dat het een goed idee is om vast een voorschot op je ouderschapsverlof te nemen. Dat is toch zo modern voor mannen tegenwoordig?'

'Verlof?'

'Denk je niet dat dat het beste is? Zodat je een beetje kunt bijkomen en weer zin in je werk krijgt?'

Niels knikte. 'Dat is waarschijnlijk wel zo', zei hij. 'Dus dat spreken we af? Met onmiddellijke ingang? Met behoud van mijn volledige salaris?'

Sommersted grijnsde. 'Volledige salaris?'

'Laten we het een bewakingstaak noemen', zei Niels.

'Bewaking? Wat moet je bewaken, Bentzon?'

'Haar.'

Niels knikte naar de deur. Sommersted keek naar Hannah, die achter Leon stond. Ze las onverstoorbaar en gretig in het interne politieblad. Ze stonden haar een paar seconden lang allebei op te nemen. Sommersted verbrak de stilte. 'Oké.'

15

Islands Brygge. 19.15

De Noordzee.

Het gevoel trof hem toen Hannah zich verplaatste in het bed. Ze had onder hem gelegen. Hij had haar gekust. Haar gevoeld. Ze wilde iets anders, misschien boven op hem gaan liggen. Precies op het moment dat ze lenig onder hem vandaan schoof en hij op zijn rug op het bed belandde – op dat moment dacht hij aan de Noordzee.

*

Ze stak twee sigaretten op en gaf Niels er een.

'Ik ga ook stoppen met roken.'

'Ik? Wij.'

Ze keek hem aan door de rook heen. Glimlachte.

'Ben je solidair?'

'Het is nu belangrijk dat we lang blijven leven. Kleinkinderen en zo.'

'Denk je aan kleinkinderen?'

'Waarom niet?'

Ze nam zijn hand in de hare. Precies zoals toen ze waren getrouwd. Intimiteit. Niels registreerde dat zijn gezicht prikte: rond zijn neus, zijn ogen. De druk die hij de afgelopen dagen achter zijn ogen had gevoeld, was weg, in plaats daarvan was dit aanhoudende, prikkelende gevoel gekomen.

'Niels?'

Hannah legde haar sigaret neer en nam zijn gezicht tussen haar beide handen.

'Huil je?'

Niels bleef naar de grond kijken. Hij verborg zijn gezicht, ook al probeerde zij dat tegen te werken, probeerde ze hem te dwingen om haar aan te kijken.

'Lieveling, je moet niet huilen', fluisterde ze, maar toen verbeterde ze zichzelf: 'Jawel, natuurlijk moet je wel huilen.'

Niels hoorde zijn eigen geluid. Zware geluiden. Het klonk alsof hij moeite had met ademhalen. Nee. Het klonk als een volwassen man die huilde.

'Oké, Niels. Kijk me aan', zei ze.

Waarom? Waarom moet je iemand aankijken als je huilt? dacht hij en hij liet haar niet toe. Ze ging op haar knieën voor hem zitten om op die manier zijn blik te vangen.

'Lieve Niels.'

Niels haalde diep adem. Er kwam een zin over zijn lippen: 'Ik dacht dat ik je kwijt was', zei hij. Toen huilde hij nog harder. Alsof die paar woorden het huilen hadden tegengehouden. *Kwijt*. Woorden die alles uit je kunnen trekken.

'Het spijt me. Ik heb me echt verschrikkelijk gedragen', zei Hannah en ze kuste eerst zijn wangen. En daarna – typisch Hannah – iets totaal onverwachts. Iets wat de situatie veranderde. Ze liet haar tong eerst over zijn linkerwang omhooggaan. Daarna over de rechter. Ze liet zijn tranen in haar mond verdwijnen. Hij moest wel glimlachen.

'Je bent gek.'

'Ik denk dat daar geen enkele twijfel over bestaat.'

Hij schudde zijn hoofd.

'En weet je wat ik nog meer ben?'

'Nee.'

'Hongerig als een wolf.'

16

Islands Brygge. 20.10

Ze kwamen weer het dakterras op, Hannah Lund en de politieman. Zij lachte om iets wat hij zei en sloeg een arm om hem heen. Adam Bergman keek op zijn horloge. Iets over achten. Geduld. Dat was moeilijk, nu hij het gevoel had dat hij er zo dichtbij was. Hij maakte zijn tas open en checkte nog een keer of alles op zijn plek lag. De injectiespuiten lagen klaar. Natuurlijk lagen ze dat, misschien was het gewoon een smoes om weg te kunnen kijken, om niet naar gelukkige mensen te hoeven kijken.

'Het gaat vast lukken', hoorde hij zichzelf mompelen.

Op een gegeven moment zou zich een kans voordoen. Zo zou het gaan. Die avond, die nacht, opeens zou het gebeuren en dan zou hij in staat zijn om zonder aarzelen te handelen. Er zaten een paar jonge studenten op de kade. Hij kon hun pizza's ruiken. Knoflook en oregano. Ergens stond een radio aan. De opstand in de Arabische landen. Wijze mensen die de vooruitzichten analyseerden. Hij had geen zin om ernaar te luisteren en liep een stukje de kade af. Hij wachtte, telde zo langzaam als hij kon tot honderd, voelde zich opeens overweldigd door een vermoeidheid die zo allesverterend was dat hij even moeite had met ademhalen. Hij schudde zijn hoofd, overwoog iets oppeppends te nemen, en wilde al bijna zijn tas openmaken toen de voordeur opeens openging. De politieman. Eindelijk. Hij kwam de voordeur uit lopen en verdween met snelle passen naar een auto. Hij startte en reed weg.

Nu.

Het plan raasde voor de honderd-en-zoveelste keer door zijn hoofd: hij moest allereerst in het appartement zien te komen, haar naar de badkamer zien te lokken, zich samen met haar opsluiten, haar verdoven, de kartonnen doos uit de auto halen, teruggaan naar het appartement, haar het appartement uit zien te krijgen, naar de auto, in de bagageruimte en dan weg zien te komen, snel weg zien te komen.

17

Islands Brygge. 20.30

Spring rolls in de zomer. Niels glimlachte bij het idee. Het was langgeleden dat hij iets dwaas had gedacht. Iets onbelangrijks.

'Hier opeten?'

Niels keek haar aan: 'Of ik twee porties curry, vijf loempia's en een portie kroepoek met dip hier op wil eten?'

'Meenemen', concludeerde de Vietnamese medewerkster en ze trok met tegenzin vijftien procent van het bedrag af. Niels ging aan een van de tafeltjes zitten en sloeg een huis-aan-huis-blaadje open. Ja. Hij ging lezen. Nee, dat ging hij niet. Hij ging vader worden. Vader. Nee, het was nog te vroeg om je erop te verheugen. Er kon nog van alles gebeuren. Het was nog vroeg in de zwangerschap. Maar hij zou goed voor haar zorgen. Hij zou koken. Haar verbieden om zware dingen te tillen. Alles. Hij zou haar 's morgens uit bed tillen en naar de tafel op het dakterras dragen ...

Zijn telefoon ging. 'Bentzon.'

'Rantzau. Forensisch Instituut.'

Als je de stem van de oude forensisch arts hoorde, was het altijd net alsof je midden in een goede film werd gestoord.

'Wat kan ik voor je doen?'

'Bentzon, we hebben er weer een.'

'Nog een?'

'Hetzelfde; verdronken. Gereanimeerd.'

'Uit de haven gevist?'

'De haven? Waar heb je het over? Zijn vriendin heeft hem gevonden. In zijn eigen appartement. Dood. Hij lag op de grond. Toen is hij bij ons binnengebracht. Het eerste wat we zagen, waren de plekken op zijn borst.'

'Van de defibrillator?'

'En prikgaatjes. Hij is vol adrenaline gespoten. Er is geprobeerd om hem te reanimeren. Waarschijnlijk eerst verdoofd, dat zal uit het chemisch onderzoek blijken. Ik gok ketamine, intramusculair.'

Niels aarzelde. Hij keek in de keuken. De kok had de reepjes rundvlees in de wok gegooid. De geur van verse koriander. Van leven.

'Ben je daar nog?'

'Ik ben eigenlijk van de zaak af. Ik heb vakantie.'

'Oké, prima. Sorry dat ik je heb gestoord. Fijne vakantie.'

De verbinding werd verbroken. Niels bleef met zijn telefoon in zijn hand zitten. Hij probeerde tegen zichzelf te zeggen dat de zaak in goede handen was – alleen de goede handen van iemand anders. Hij begon weer in het krantje te lezen. Zijn ogen gleden langs de woorden zonder dat hij er ook maar één begreep. *Nog een.* Defibrillator. Verdronken.

18

Islands Brygge. 20.40

Er moest water zijn. Een wandeling langs het strand, een duik in de haven of een vistochtje, twee uur waarin het geluid van het water het enige op de wereld was. Aqua en Luna. Nee. Zo kun je kinderen niet noemen. Hannah keek op naar de hemel. Nog steeds licht. Tere wolkjes trokken zich samen, maar de meteorologen hadden beloofd dat je de maansverduistering zou kunnen zien. Ze zou Niels mee naar boven nemen, de Ronde Toren op. In haar eerste jaar op het Niels Bohr Instituut had ze haar eigen sleutel gekregen van het observatorium boven in de toren. Europa's oudste observatorium. Ze had zich alle vriendjes voorgesteld die ze mee naar boven zou nemen. Ze zou hun de planeten laten zien. Saturnus, de mooiste van allemaal, met zijn ringen. Verlovingsringen. Mensen kregen altijd een schok de eerste keer dat ze hem door een kijker zagen. Hij is er echt. Maar toen had ze Gustav leren kennen. Hij had geen zin om boven op de Ronde Toren te gaan staan.

Vanavond wel. Met Niels. Ze kon niet wachten.

Hannah keek uit over de haven, naar de sleepboten die eruitzagen alsof ze alle tijd van de wereld hadden, de waterbus, de jongetjes die zich vermaakten met steentjes in het water gooien. Jongens. Of meisjes. Het waren er in ieder geval twee. Ze keek naar haar buik. Ja. Er was wel iets gebeurd. Waar bleef hij nou met het eten? Ze hoorde de bel en dacht eerst dat er bij de buren werd aangebeld. Toen dacht ze dat Niels zijn sleutels was vergeten. Of dat ze zo veel eten hadden besteld dat hij zijn handen te vol had om zelf de deur open te maken.

19

Islands Brygge. 20.50

Koriander. En kokosmelk. Hij had het op de vloer van de auto gezet, bang dat er iets uit de keurige witte bakjes zou lekken.

'Kom op nou', zei Niels hardop tegen zichzelf.

Hij stond voor een rood stoplicht. Engels uitziende mannen met ontbloot bovenlijf deden er een eeuwigheid over om de straat over te steken. Dikke buiken. Rode schouders. *Nog een*. Hetzelfde. Defibrillator. Verdronken.

'Dat is toch wel verdomd toevallig.'

Dan had hij al die tijd al gelijk gehad. Het was niet alleen zelfmoord geweest. Het maakte niet uit waar Dicte mee had geëxperimenteerd; haar dood die avond dat ze was gesprongen, was allesbehalve vrijwillig geweest. Ze was geduwd. Geduwd door de angst. Angst voor wie? Niet voor Joachim. Hij kon niet bij die tweede zijn geweest die was gevonden.

Het licht sprong op groen. Niels bleef stilstaan. De bestuurder achter hem probeerde hem daarop te attenderen.

'Schei nou uit, Niels. Je hebt vakantie', zei hij tegen zichzelf.

20

Islands Brygge. 20.52

Adam Bergman was zenuwachtiger dan anders en de zenuwen waren als een vage bromtoon op zijn stem geslagen. Een lichte, vibrerende echo na de woorden, hij hoopte dat hij zelf de enige was die het hoorde. Er lag geen achterdocht in haar blik, alleen teleurstelling, toen ze in de deuropening stond en hem aankeek.

'Mijn man, zegt u?'

'Ja, hij was een keer in mijn kliniek in verband met een zaak die hij onderzocht.'

'Waarom?'

'Dat is niet zo ongebruikelijk. U moet niet vergeten, bij een kliniek als de mijne staan ontzettend veel patiënten geregistreerd – of bezoekers zoals wij ze noemen – met alles wat daarbij hoort aan dossiers en verslagen. Het is voor de politie een goede plek om te zoeken. Net als taxichauffeurs.'

'Oké. Dus u bent slaapdokter?'

'Slaaponderzoeker.' Hij glimlachte. 'Maar ik kom misschien ongelegen?' Voordat ze kon antwoorden, ging hij verder: 'Uw man vertelde me dat u slaapproblemen hebt en hij vroeg of ik contact met u wilde opnemen. Ik heb hem beloofd dat ik dat zou doen als ik tijd had. Maar ik heb het erg druk gehad en ik heb geen tijd gevonden om te bellen, en ... nu was ik hier opeens in de buurt, ik wist het adres nog omdat mijn broer in de flat hiernaast heeft gewoond.'

'Ah, op die manier.'

Ze stond hem gewoon aan te kijken. Maakte geen aanstalten om hem binnen te laten. Ze was een lastige, dat kon hij nu al concluderen. Lastig als mens. Haar blik had iets afwezigs, iets asociaals, wat je niet moest verwarren met onvriendelijkheid. Ze was gewoon niet zo goed met mensen, dat was duidelijk. Dat was een karaktertrek die hij bij veel van zijn patiënten zag. Hij koos ervoor om het als een voordeel te zien. Want het gaf hem de gelegenheid om de gebeurtenissen beter te sturen.

'We kunnen het ook wel een andere keer doen.'

'Ja.'

'Mag ik u dan alstublieft vragen of ik even een glas water mag drinken?' Hij lachte.

Ze stapte als een robot opzij. Precies de reactie waarop hij had gehoopt en die hij bijna had verwacht. Ze was behept met zo'n groot gebrek aan sociale intelligentie dat ze het allang had opgegeven om de spelregels voor de omgang met andere mensen te begrijpen. En dat wist ze; het scheelde niet veel of hij zou haar gewoon kunnen vragen of hij haar mocht verdoven en meesleuren naar zijn auto, nee, nog beter: haar verzoeken of ze mee wilde lopen naar zijn auto, in de kartonnen doos wilde kruipen en hem ketamine in haar schouderspier laten spuiten, haar naar een geheime plek rijden en haar vermoorden. 'Het is heel normaal om zoiets te doen', zou hij kunnen zeggen. 'Dat soort dingen doen wij mensen vaak.'

'Natuurlijk', zei ze en ze liep de woonkamer in. 'Kom maar binnen.'

'Bedankt.'

Er stond een fles champagne op de tafel in de woonkamer. Uit één glas was maar een klein beetje gedronken. Het andere was leeg.

'We waren iets aan het vieren', zei ze, en nu viel hem nog iets anders op aan haar: haar bewegingen hadden een soort lichtheid, een bijna kinderlijke manier van bewegen, zoals een vierjarig kind dat jarig is.

Wat vierden jullie? wilde hij bijna zeggen, maar hij slikte de woorden nog net op tijd in. Er was geen tijd voor gezellige praatjes. De politieman kon terugkomen. Hij moest snel handelen. Ze liep naar de keuken en liet het koude water even lopen.

'Ik denk eigenlijk dat mijn slaapproblemen vanzelf wel weer over zullen gaan', zei ze.

'Het komt zelden voor dat we iemand niet kunnen helpen.' Hij deed een paar stappen in de richting van de badkamer. Probeerde haar blik te vangen, haar te sturen. Maar het was lastig. Haar ogen schoten voortdurend heen en weer. Alsof ze niet in staat waren om zich langer dan een fractie van een seconde ergens op te concentreren. Hij kende die blik, hij herkende hem van zijn ontmoetingen met mensen wier grote intelligentie resulteerde in een eeuwig zoeken naar ...

'Gebruikt u slaapmiddelen?' vroeg hij, hij was nu helemaal bij de deur van de badkamer. De tas rustte in zijn hand.

'Zelden. Het ... het voelt vaak alsof mijn lichaam, alsof iets in mijn lichaam en mijn hersenen bang is om te slapen.'

'Mag ik uw badkamer even gebruiken?' vroeg hij en hij stak zijn handen omhoog. 'Om mijn handen te wassen. Ik heb er frisdrank overheen geknoeid en ze plakken.' Hij glimlachte. Frisdrank. Waar haalde hij het vandaan? Hij had al in geen tien jaar frisdrank gedronken.

'Natuurlijk.'

Hij deed de deur open. Vlekken op de spiegel, geen make-up, glimmende tegels op de vloer. Hij zette zijn tas neer, opende hem en legde de spuit op de rand van de wastafel, verstopt achter de flacon met handzeep. Hij ging op de grond zitten, vlak achter de deur, zodat hij er met zijn voet bij kon. De sleutel zat erin. Toen stootte hij een brul van pijn uit.

'Wat is er aan de hand?' riep ze en ze kwam aanrennen.

Ze duwde de deur open en liep naar hem toe. 'Kunt u opstaan, of ...'

'Nee, ik denk dat het wel gaat', zei hij terwijl hij de deur dichtschopte.

21

Forensisch Instituut. 21.10

Niels vond Theodor Rantzau in zijn werkkamer, achter de computer, zijn leesbril op het puntje van zijn neus terwijl hij worstelde met het toetsenbord.

'Theo?'

De forensisch arts draaide zich om: 'Niels. Ik dacht dat jij in Frankrijk zat.'

'Frankrijk?'

'Zei je dat niet?'

'Ik zei vakantie.'

'O ...'

Rantzau keek naar het tasje in Niels' hand. Misschien stond vakantie voor de oude forensisch arts gelijk aan Frankrijk.

'Heb je eten voor me meegenomen?'

Niels zette het tasje met Vietnamees eten op de stalen tafel. Hij had de vloer overwogen. Voedsel en dode mensen moesten bij voorkeur niet te dicht bij elkaar komen.

'Hebben we een tijdstip van overlijden?'

'Het is in ieder geval niet lang geleden.'

'En de doodsoorzaak is verdrinking?'

'Dezelfde methode als bij Dicte van Hauen.'

'En wie hebben we hier?'

'Peter Viktor Jensen, zevenentwintig jaar oud', zei de forensisch arts, hij overhandigde Niels een uitdraai, waarna hij vervolgde met de informatie die interessant was voor hem. Waarom mensen dood waren, hóé ze dood waren gegaan. Niet welke persoon ze waren geweest voordat ze doodgingen. 'Dezelfde zoutwateroplossing in de bijholtes die we bij Dicte hebben aangetroffen.'

'Dezelfde dader', zei Niels tegen zichzelf.
'Dat is jouw werk.'
'Heeft hij een ongeluk gehad?'
'Dat heeft hij inderdaad. Ik weet niet of dat blijkt uit de uitdraai die je daar hebt, maar voor zover ik heb begrepen, is hij uit een boom gevallen toen hij een tiener was en ...'
'Overleden?'
'Ja, maar hij is gereanimeerd.'
'Wie heeft hem gevonden?'
'Toen?'
'Nee, nu.'
Rantzau knikte naar het vel papier in Niels' hand. Niels las en antwoordde zelf: 'Lise Bundgaard, zijn vriendin. Sociaal verpleegkundige. Ze was bij een vriendin op bezoek geweest en kwam pas 's middags weer thuis. Ze vindt Peter dood op de grond en belt 112.'
Stilte. Uit het tasje steeg een ongepaste geur van exotische kruiden op.
'En zijn kleren? Had hij kleren aan?'

*

De kastjes waarin de persoonlijke eigendommen van de overledenen lagen, stonden om de hoek in de aangrenzende gang. Kleine stalen kluisjes, zoals in een zwembad. Nummer 17 was op de onderste rij. Niels deed het kastje open. Zijn handen zweetten in de strakke plastic handschoenen. Drie plankjes. Vacuüm verpakte kleding. Ieder kledingstuk apart verpakt. Schoenen, sokken, ondergoed, broek, overhemd, jas, portemonnee en andere persoonlijke eigendommen waar misschien vingerafdrukken of DNA-sporen van de dader op zouden kunnen zitten. Haar, sperma, speeksel, alles zou bruikbaar kunnen blijken te zijn. Niels begon meteen met de portemonnee. Hij ritste het zakje open en haalde de portemonnee eruit. Goedkoop imitatieleer. Er zat een gekreukt briefje van vijftig kroon in en een paar vijfkroonmunten. Een foto van een meisje, waarschijnlijk de vriendin die hem had gevonden. Een pasje van een ziektekostenverzekering, een videotheekpasje, een bankpasje dat op de grond viel. Niels raapte het op. Drie visitekaartjes. Twee bedrijven, iets met IT. En *Sleep*. Precies hetzelfde kaartje als Niels tussen Joachims spullen had gevonden. De slaapkliniek *Sleep*. Achterop een datum en een tijdstip voor de volgende afspraak. Peter was een patiënt van Adam Bergman. Net zoals Joachim en Dicte waren geweest. Ergens was Niels niet verrast. De blik die de slaaponderzoeker hem had toegezonden toen ze in zijn spreekkamer zaten. Niels zag hem nog voor zich. Rustig, vertrouwenwekkend, vriendelijke ogen. De ogen die ervoor hadden gezorgd dat Niels hem had gevraagd om contact op te nemen met Hannah.

Het geluid van staal dat met veel kracht ander staal raakte. Niels ontdekte dat hij het kastje had dichtgesmeten. Hij had zijn telefoon in zijn hand. Belde Hannah, rende de gang door.

22

Islands Brygge. 21.27

Hij kleedde zich om in de bestelwagen. Deed zijn overhemd en broek uit. In plaats daarvan trok hij de iets te nieuwe werkbroek en een zwart T-shirt aan. Hij schoof de kartonnen doos in de lift, ging weer naar boven en liet zichzelf met Hannahs sleutel binnen in het appartement. Ze lag waar hij haar had achtergelaten, in de badkamer.

Adam Bergman controleerde haar ogen nog een laatste keer. Toen gooide hij de zwarte deken over haar heen. Ze was licht, bijna net zo licht als Dicte, het voelde alsof hij een kind droeg. Maar het was moeilijk om haar in de doos te krijgen en een paar centimeter voordat ze op de bodem was, liet hij haar vallen. Ze landde met een onzachte bons op haar rug. Hij bedekte haar met de deken, deed de doos dicht en sleepte hem de gang op. De lift stond nog gewoon op hem te wachten. Hij trok de doos erin en drukte op P. Op de begane grond stopte de lift. Een vrouw van middelbare leeftijd met een enorme zonnebril glimlachte naar hem.

'Kan ik er nog bij?'

Voordat hij kon antwoorden, stapte ze al naar binnen. Samen gingen ze de laatste etage naar beneden. Zij stapte eerst uit. Toen hij de doos uit de lift begon te trekken, draaide ze zich om.

'Hebt u hulp nodig?'

'Nee, dank u, het gaat wel.'

Hij liet de doos bij de deur van de lift staan en reed zijn auto ernaartoe. Hij stapte uit en wist met veel moeite de doos in de bagageruimte te tillen. Toen hij weer wilde instappen, bedacht hij zich. Hij moest de deken van haar af halen, hij moest er zeker van zijn dat ze niet zou stikken, controleren of haar luchtwegen vrij waren. Ze zou misschien overgeven, dat was niet uit te sluiten. Aan de andere kant van de parkeerkelder ging een deur open en er kwam een man in pak uit. Hij praatte luid in zijn mobiele telefoon, hij had ruzie met iemand. 'Hou op met huilen en zet je eroverheen', schreeuwde hij zo hard dat zijn woorden door de bijna lege parkeerkelder galmden. 'Dat is toch niet mijn probleem.' Nog meer geschreeuw. Woedend geroep.

Hij boog zich naar voren. De plastic strip rond haar polsen zat zoals hij moest zitten. Een laatste blik op haar ogen. Was ze wakker aan het worden? Dat zou niet mogelijk moeten zijn, maar misschien leek het erop. Hij luisterde naar haar ademhaling. Dacht even na. Toen plakte hij een stuk gaffertape over haar mond, zich ervan bewust dat het risico op verstikking daarmee groter werd, maar hij moest wel. Hij kon het niet hebben dat ze wakker zou worden en zou gaan schreeuwen. Hij boog zich helemaal naar voren tot vlak bij haar gezicht en luisterde naar haar ademhaling door haar neus. Ruimte genoeg, dacht hij. Toen gooide hij de achterdeur dicht, stapte in de auto en reed weg met Hannah Lund.

23

Islands Brygge. 21.45
Eenentwintig keer had hij gebeld en nog steeds geen contact. Waarom neemt ze niet op? dacht Niels. Hij weigerde een antwoord op die vraag te geven. 'Ze neemt toch altijd haar telefoon op', hij praatte nu hardop. Alsof hij zich door het geluid van zijn eigen stem een beetje minder eenzaam voelde. 'Ze neemt altijd op.'

Boosheid. Hij voelde hoe de boosheid groeide in zijn binnenste en zich mengde met het gevoel van onrust en angst. Hij was boos op zichzelf. Bergman. Waarom had hij daar niet eerder aan gedacht? Waarom had hij hem Hannah op een presenteerblaadje aangeboden? Kom haar maar halen, had hij gezegd. U vindt het kennelijk leuk om mensen die een bijna-doodervaring hebben gehad te vermoorden en mijn vrouw is een soort legende op dat gebied. Wilt u alstublieft zo goed zijn om haar te bellen, ze is vaak alleen thuis terwijl haar man door de stad rent op zoek naar een gestoorde moordenaar. Tweeëntwintigste poging. Niels gaf het op en ging harder rijden. Door rood, hij zag het niet eens. Misschien reed hij hier helemaal niet? Misschien was hij daadwerkelijk van de brug gesprongen? Misschien zou dat het beste zijn geweest? Een agressieve auto achter hem haalde hem ruw terug naar de werkelijkheid. De werkelijkheid die op dit moment alleen bestond uit iets wat er niet was: Hannah. Die hij niet te pakken kon krijgen, en voor wie hij vreesde ...

Hij sprong de auto uit en rende naar de voordeur. Daar was niets ongewoons te zien en even stelde hem dat bijna gerust. Alles zag er net zo uit als anders. Er brandde licht achter het raam. Er was niets te zien bij de voordeur, niets te zien op de trap, niets was niet zoals het hoorde te zijn. Natuurlijk is er niets aan de hand, zei hij tegen zichzelf. De andere mensen in het pand zouden het toch hebben gehoord en hulp hebben gehaald. De deur van hun appartement zag er net zo uit als anders. Hij voelde de opluchting groeien in zijn binnenste. De stemmen in zijn hoofd, een wirwar van stemmen. Als er iets aan de hand zou zijn geweest, of ... als Bergman hier was geweest, zou de deur toch open hebben gestaan, en ...

Hij ging naar binnen.

Tweeëntwintig oproepen.

Hij bleef even staan in de hal.

Tweeëntwintig onbeantwoorde oproepen.

Alsof hij de confrontatie voor zich uit wilde schuiven – de confrontatie met iets wat hij zich niet voor durfde te stellen.

Waarom neemt ze haar telefoon niet op?

Toen ging hij naar binnen. De woonkamer zag er net zo uit als anders. Eén fractie van een seconde dacht hij bijna dat hij haar op de bank zag zitten, voor zich uit starend, wachtend op hem.

Haar gewone plekje onder de lamp. Haar arm rustend op de armleuning.

Waarom roep ik haar niet?

Hij wist het antwoord heel goed. Want als ze hier was, zou ze antwoorden. En hij wist het al, diep van binnen wist hij al dat ze niet zou antwoorden, dat ze weg was. Daarom was het geen verrassing voor hem toen hij de deur van de badkamer opendeed en daar een chaos aantrof. Die aanblik weerspiegelde zijn ergste vrees. Duidelijke tekenen van een gevecht. Het douchegordijn was naar beneden getrokken. Bloedspetters op de vloer. De spiegel was kapotgevallen en in duizend stukjes uiteengespat.

DEEL III

Het Boek van de Eeuwigheid

Als een druppel uit de zee, als een korrel zand
is dat luttel aantal jaren op de eeuwigheid.
APOCRIEFE GESCHRIFTEN, JEZUS SIRACH, 18,10

1

De snelweg. 21.50

Donkere stof. Zware oogleden. Ze deed haar ogen open. Van donker naar donker. Ze probeerde zich te bewegen, maar haar benen sliepen. Haar armen voelden zwaar aan, ze wilde ze optillen, maar ze had er de kracht niet voor. Haar benen en armen waren met iets aan elkaar gebonden, plastic strips misschien. Strak, snijdend, pijnlijk. Tape over haar mond. Een blinddoek voor haar ogen. De tape voor haar mond was een stukje omhooggeschoven, over een van haar neusgaten, daardoor kon ze moeilijk ademhalen.

Olie. Chemicaliën. Brandstof. De vage geur van benzine bracht haar op het idee dat ze misschien in een auto lag. Een bagageruimte? Of een bestelbusje? Karton. Ze voelde het als ze er met haar nagel overheen kraste. Ze lag op een stuk karton. Opgekruld. Haar voeten stootten ergens tegenaan. Het gaf mee. Haar hoofd ook toen ze het probeerde op te tillen. Een kartonnen doos. Bij die woorden ging er een echo van angst door haar heen. Ze lag in een kartonnen doos in de bagageruimte van een personenauto, misschien een bestelbusje. Ze was teruggebracht tot een ding. Een ding dat van de ene plek naar de andere moest worden vervoerd.

Of vergiste ze zich? Hij had haar iets ingespoten. Verdoving of gif, medicijnen die haar waarneming van tijd en ruimte vertroebelden. Hallucineerde ze misschien? Het hobbelde een beetje. De motor van de auto maakte nauwelijks geluid, of was er misschien ook iets met haar gehoor? Het enige wat ze hoorde, waren haar eigen gedachten, het geluid van angst. De vragen: Waar ben ik? Waar ben ik op weg naartoe? Wat gaat er gebeuren? Verkrachting? Marteling? En de embryo's in mijn buik? De ongeboren kinderen? Waar is Niels? Nee, niet zo, zei ze tegen zichzelf. Eén vraag tegelijk. Eén maar. Eerst de belangrijkste: Waar ben ik? Wáár? Ze moest luisteren en ruiken. Vóélen. Hoelang had ze al gereden? Het was onmogelijk te zeggen, maar ze stelde zich voor dat het ergens tussen een kwartier en een half uur was. Ze bevond zich dus nog op het eiland Sjælland. Dat moest zo zijn. Tenzij ze over de brug naar Zweden waren gereden? Dat was niet uit te sluiten. Een tunnel. Was ze door een tunnel gereden? Voordat je bij de brug over de Sont kwam, was er een lang stuk tunnel. Waar het geluid van auto's speciaal klonk; ingesloten. Een speciale akoestiek? Nee, dat had ze niet gemerkt. Ook geen meeuwengekrijs vanaf zee. Geen geluiden van schepen, water. Dus: ze kon er niet helemaal zeker van zijn, maar vermoedelijk bevond ze zich ergens op Sjælland. De auto minderde vaart. Ze voelde het in haar buik. Daarna: het gevoel dat ze in een halve cirkel reed. Meer dan een halve cirkel misschien. Een rotonde? Ja, dat moest het zijn. En even later: nog een rotonde, gevolgd door een scherpe bocht en een wat langere pauze. Waarom stopte de auto? Rood stoplicht? Nee, het duurde langer. Een benzinestation? Maar ze hoorde geen autodeuren dichtslaan. Niemand stapte in of uit een auto. Een trein? Ze concentreerde zich op het luisteren. Ze luisterde zo intensief dat ze het gevoel had dat haar hoofd zou exploderen. Een vaag geluid van iets dat misschien een vlucht vogels was. Het monotone geluid van de draaiende motor. Een suizend geluid van ... een trein? Ja. Dat kon goed kloppen met het feit dat ze relatief lang stilstonden zonder dat er iemand uit de auto stapte en zonder dat de motor werd afgezet. Ja, dat zou goed kunnen: de auto stond te wachten tot er een trein gepasseerd was. En daarvoor – misschien vijf minuten daarvoor – waren ze met een tussenpoos van een paar minuten over twee rotondes gereden.

Een korte trilling en de auto kwam weer in beweging. Ze probeerde wat leven in haar lichaam te krijgen. Haar vingers te bewegen, haar tenen op en neer te wippen, haar bloedcirculatie op gang te houden. Het geluid van schoten? Ze kende het geluid van een jachtgeweer van de ontelbare boswandelingen in de tijd vlak nadat Gustav weg was gegaan. Ze had haar intrek genomen in zijn zomerhuis. Daar had ze maandenlang alleen gewoond. Er waren periodes geweest dat ze maar was blijven lopen, totdat het opeens verkeerd voelde; toen was ze gaan zitten en had ze gewacht op iets waarvan ze niet wist wat het was. Totdat Niels op een dag in haar leven was verschenen. Op het eerste gezicht leek hij alles wat ze niet nodig had: een introverte, getrouwde politieman met een onberekenbaar humeur. Tijdens al die wandelingen in het bos – in de tijd ná Gustav en vóór Niels, de tijd die toen een catastrofale leegte had geleken, maar die haar op dit moment aantrekkelijk voorkwam – had ze vaak jagers horen schieten. Maar was het nu jachtseizoen? Midden in de zomer? Ze dacht van niet. Een nieuw geluid, schel en doordringend. Het geluid van een politiesirene? Een ambulance? Kort maar. Een waarschuwing? Ten teken dat iemand naar de zijkant van de weg moest rijden? De auto minderde vaart. Stopte.

2

Islands Brygge. 21.58

Geen lucht. Een paar seconden lang wilde hij alleen maar doodgaan. Doodgaan, samen met Hannah. En de tweeling. Misschien waren dit zijn laatste uren? Misschien waren Hannah en Niels voorbestemd om jong te sterven?

'Nee!' riep hij hard. En toen nog een keer: 'Nee.'

Hij schopte tegen de deur. Pakte zijn telefoon, wilde vechten. Het was nog niet te laat. De centrale had er nog nooit zo lang over gedaan om zijn oproep te beantwoorden.

'Wat zitten die lui daar in godsnaam te doen?' snauwde Niels terwijl hij de trappen af rende. Hij hield de telefoon met zijn ene hand tegen zijn oor gedrukt, en klopte met de andere op de deur van de benedenburen. De deur ging open precies op het moment dat de centrale zijn oproep beantwoordde.

'Centrale.'

Niels keek naar zijn benedenbuurman: 'Eén seconde!'

Toen wendde hij zich tot de centrale. Hij gaf zijn nummer en werd doorverbonden. Zijn benedenbuurman keek hem ongeduldig aan.

'Een half uur geleden, misschien iets langer. Hebt u gezien wie er naar binnen of naar buiten is gegaan?'

'Nee.'

'En auto's? Hebt u misschien uit het raam gekeken?'

'Nee ...'

'Denkt u even goed na. Een auto die voor het huis heeft gestaan? Een man die naar buiten is gekomen met iets in zijn armen? Iets groots. Iets dat ingepakt was.'

'Ik lag op de bank.'

Hij werd onderbroken door de stem in zijn telefoon: 'Officier van dienst.'

'Met Bentzon. Ik heb een opsporingsbericht. Voor iemand die Adam Bergman heet', zei Niels en hij liep verder de trap af. De volgende deur. Hij klopte aan terwijl hij de officier van dienst op het toetsenbord hoorde typen.

'Is er een persoonsnummer bekend?'

'Nee.'

'Ik heb er vijf met die naam.'

'Hij is ongeveer vijfenvijftig.'

'Dan zijn er nog twee over. Eén in Jutland.'

'Laat maar een opsporingsbericht uitgaan voor de andere.'

'Waar wordt hij van verdacht?'

'Ontvoering van Hannah Lund. Voor haar moet ook een opsporingsbericht uitgaan, zei Niels en hij ratelde haar persoonsnummer op. Hij hoorde de vingers van de officier van dienst over het toetsenbord gaan. Niets kon de officier van dienst van Bureau Binnenstad van zijn stuk brengen. Alle oproepen van de agenten in de stad gingen over moord, ontvoering, beroving, beestachtig huiselijk geweld, terreur, verdachte zwarte pakketjes voor ambassades, kinderen die kinderen neerschoten. Een dubbel opsporingsbericht voor twee volwassenen was een kleinigheidje.

'Heb je dat?'

'Ja, ik heb het.'

De deur van de begane grond ging open. Een vrouw van middelbare leeftijd keek Niels verrast aan. 'Moment. Blijf even hangen', zei hij tegen de officier van dienst.

'Niels Bentzon, recherche. Hebt u het afgelopen half uur iets verdachts gezien? Hierbinnen of buiten, op straat voor het gebouw?'

'Iets verdachts?'

'Een man die iets zwaars droeg. Misschien met een kleed eroverheen.'

Ze dacht een seconde na.

'Ja, ik heb een verhuizer gezien die naar de parkeerkelder ging. Maar ik weet niet of hij verdacht was.'

'Ik bel zo terug', zei Niels tegen de dienstdoende officier.

3

Snelweg. 22.07

Rustig. Haal adem. Er is niets aan de hand.

Adam Bergman haalde diep adem, sloot zijn ogen heel even, concentreerde zich. Hij moest rustig blijven. Maar wat nou als ze lawaai ging maken achterin? Hij zette snel de radio aan. Op één. Alleen wat geluid om het geluid te maskeren. Allebei zijn handen op het stuur. Nee, dat kwam krampachtig over. In zijn schoot. Ontspannen. Hij leunde iets opzij. Er lag een laagje stof op de zijspiegel, maar hij zag dat een van de agenten uit de politieauto achter hem naar hem toe kwam lopen. Een lange agent van middelbare leeftijd, snelle, vastberaden stappen. Nog tien meter, nog acht. Hij ging verzitten en legde een hand op het onderste deel van het stuur. Hij moest ook weer niet té ontspannen overkomen. Een natuurlijke middenweg. Dat moest goed zijn.

Rustig. Waarom zouden ze de auto doorzoeken?

Hij draaide het raampje omlaag en glimlachte naar de agent.

Waarom zouden ze de doos vinden?

'Weet u hoe hard u reed?' vroeg de politieman.

'Reed ik te hard?'

Zweetdruppels braken los in zijn oksels. Hij keek de politieman recht aan, hij begreep hoe belangrijk juist dat was: het oogcontact, de geloofwaardigheid.

'Wij hebben 121 kilometer per uur gemeten. U mag hier 80.'

'Ik was in gedachten verzonken.'

'Hebt u gedronken?'

'Nee.'

'Zeker weten?'

'Ja.'

De agent boog zich naar het autoraampje toe, helemaal tot binnen in de auto, vlak bij zijn gezicht, op zoek naar de geur van alcohol. 'Mag ik uw rijbewijs zien?' vroeg hij terwijl hij zijn hoofd weer terugtrok.

'Natuurlijk.'

Hij draaide zich opzij en pakte zijn portemonnee uit het handschoenenkastje.

'Alstublieft.'

'Bedankt.'

De agent wierp een snelle blik op zijn rijbewijs en gaf het toen terug.

'Bent u Adam Bergman?'

'Ja.'

'Mag ik u verzoeken om uit de auto te stappen?'

De politieman draaide zich om en knikte naar de andere agent die uit de politieauto stapte met een blaastest in zijn hand.

'Ik heb niet gedronken.'

'Mag ik u verzoeken om uit de auto te stappen?'

'Ja, natuurlijk', zei hij en hij opende het portier. Op de radio spraken ze over de Arabische Lente. Een schreeuwende mensenmassa op een zanderig plein vele duizenden kilometers daarvandaan.

'U moet hierin blazen', zei de agent met de blaastest.

'Ja.'

Hij stond langs de kant van de weg en blies. De politiemannen wachtten.

'Is dit uw auto?'

'Nee, ik heb hem gehuurd.'

'Waar?'

'Bij Herz.'

'Hebt u een bon?'

'Sorry, maar is er iets aan de hand? Ik was in gedachten verzonken. Ik ben mijn dochter aan het verhuizen, ze gaat na de zomervakantie studeren aan de Technische Universiteit.'

De politieman checkte zijn horloge. Keek naar de andere

agent die de blaastest bestudeerde en zijn hoofd schudde. Hij hoorde de bonk in de bagageruimte. En op de radio: Arabische studenten die in opstand kwamen tegen de overheid.

4

Islands Brygge. 22.08

Denk na, Niels. Denk na.

Hij dacht aan Hannah. Aan zijn kinderen. Hij had nooit gedacht dat hij kinderen zou krijgen. Misschien zou hij dat ook niet. Misschien was dat gewoon niet de bedoeling – en grepen hogere machten nu in om alles weer recht te zetten.

‘Officier van dienst.’

‘Met Bentzon nog een keer. We zoeken ook een witte bestelbus.’

‘Kenteken?’

‘Het enige wat we hebben, is dat Adam Bergman is gezien terwijl hij de plaats delict verliet in een witte bestelbus’, zei Niels en hij probeerde professioneel te klinken. Alsof het gewoon een zaak was.

Gewoon een zaak.

De officier van dienst bedankte hem en brak het gesprek af. Of misschien deed Niels dat. Hij moest helder denken. Hij moest eraan denken alsof het gewoon een zaak was. Vergeten dat het om zijn vrouw en zijn twee ongeboren kinderen ging. Oké. Wat zou hij doen als het gewoon een zaak was? Hij zette de auto langs de kant van de weg en haalde diep adem.

Gebruik deze seconden om na te denken, Niels, dacht hij. Een sigaret. Ja. Een sigaret hielp je gedachten op gang. Hij had al gebeld.

‘Met Casper.’

‘Met Bentzon.’

‘Ik ben vrij.’

‘Ik heb alles nodig wat je kunt vinden over Adam Bergman.’

‘Ik ben vrij.’

‘Hij is slaaponderzoeker. Zijn gezinssituatie, alles wat me kan helpen om ...’

Stilte.

‘Je kan helpen om wat?’

‘Om erachter te komen waarom hij mijn vrouw heeft ontvoerd. En waar hij haar naartoe heeft gebracht.’

5

Snelweg. 22.09

Pijn in haar duimen. Pijn die via haar polsen omhoogkroop naar haar onderarmen en van daar verder naar haar ellebogen. Een plakkerig gevoel tussen haar vingers. Bloed? Van haar opengehaalde handen. Wat gebeurt er? dacht Hannah. Waarom stoppen we hier?

Stemmen. Mannenstemmen. Hij praatte met iemand. Weer bonkte ze met haar vastgebonden, in elkaar gestrengelde handen zo hard ze kon op de grond. Ze sloeg in het wilde weg, de enige richting die ze had. Het gaf een bons, maar lang niet zo hard als ze had gehoopt en hij kwam niet boven het geluid van de radio uit. De pijn kwam meteen terug. Nog meer bloed. Er zaten gaten in de onderkant van de doos. Haar handen raakten de harde vloer. Ze had de knokkels van haar duimen opengehaald en die waren veranderd in twee bloedende wonden. Ze wachtte even. Er gebeurde niets, ze hadden het niet gehoord. Ze probeerde te schreeuwen. Probeerde de tape die voor haar mond zat weg te duwen met haar tong, ze vocht om het omlaag te krijgen, wég. Opeens was het niet meer hopeloos. Misschien lukte het haar echt om het weg krijgen, misschien begon de tape ietsje losser te zitten.

Weer de stemmen: *'Ik heb zo veel aan mijn hoofd door die verhuizing. Is er een probleem?'*

Andere stemmen antwoordden, dit keer kon ze de woorden niet onderscheiden.

Haar mond vulde zich met de lijm van de achterkant van het tape. Een chemische smaak die zich vermengde met de smaak van bloed. Had ze in haar eigen tong gebeten?

'Ik was in gedachten verzonken.'

Hannah duwde haar tong naar buiten door een klein spleetje bij haar bovenlip, ze maakte het gaatje groter en duwde de tape nog verder omlaag. Nu was er ruimte. Eindelijk. Nu kon ze schreeuwen. Ze stootte een harde kreet uit. Dacht ze, maar het meeste geluid bleef hangen achter de tape. Er was nog steeds niet genoeg ruimte. Ze worstelde verder. De spleet was nu groter, ze kon iets harder schreeuwen. Weer bonkte ze met haar knokkels op de vloer, dit keer zo hard dat ze een knak hoorde in haar duim, gevolgd door een felle pijn. Zou haar duim gebroken zijn?

'Een prettige avond nog.'

De tape was nu bijna weg. Ze kon in ieder geval een geluid uitstoten dat deed denken aan een schreeuw.

'Tot ziens.'

Maar de schreeuw kwam te laat – een paar seconden maar – en hij verdronk in het geluid van een motor die startte en een auto die wegreed.

6

Snelweg. 22.13

Tranen in zijn ogen. Opeens waren ze er gewoon, het maakte niet uit wat hij deed, er bleven almaar nieuwe komen. Omdat hij niet was ontdekt. Hij liet het zoute water stromen voor zijn dochter en voor zichzelf, voor gerechtigheid, voor alles wat hij was kwijtgeraakt. Hij huilde omdat hij alleen was. Niemand kon hem helpen, niemand kon hem begrijpen, niemand wist welke pijnen hij in zijn lichaam had, veroorzaakt door alles wat híj kapot had gemaakt, de man die Maria had vermoord, de man die Silke en hem alles had afgenomen. *Dat zou haar toch niet terugbrengen.* Hij hoorde nog de troostende woorden van de psycholoog toen het duidelijk werd dat ze de moordenaar niet zouden vinden. Zinloze woorden, woorden die in al hun leegheid alles alleen maar erger maakten. Want het zou wél iets uitmaken. Niet de straf zelf, dat zou niet uitmaken, maar het zou zijn pijn concreet maken. Het zou er een gezicht aan geven, een naam. En het zou Silke bevrijden uit de gevangenis waarin ze zich had teruggetrokken.

Wanneer waren de tranen gekomen? vroeg Bergman zich af. Toen de agenten wegreden? Of misschien al toen hij stond te wachten voor de trein? Misschien was het een herinnering die bepaalde emoties in hem had wakker gemaakt. De hele reis door Italië. Pisa, Florence, Rome, Napels, onverdraaglijke hitte in kleine, lawaaiige boemeltreintjes. Tijdens die reis was Silke verwekt. Waarschijnlijk in een pensionnetje in Florence – hij kon het niet met zekerheid weten, maar zo had hij het zich altijd voorgesteld – met uitzicht op de dom, de Santa Maria del Fiore. De ogen van zijn vrouw die avond, de blik die hem voor de eerste keer ervan had overtuigd dat ze echt van hem hield. Naderhand hadden ze naast elkaar gelegen en elkaars adem ingeademd, geluisterd naar het geluid van de kerkklokken en de Italiaanse stemmen op straat, rammelende bussen, jonge mensen die lachten en op brommers reden; ze hadden gekeken naar de zwarte kat die op het balkon naar hen had zitten kijken, en Maria had tegen hem gefluisterd ...

Adam Bergman veegde zijn tranen weg met zijn mouw en probeerde zich te concentreren. Dit was niet het moment voor herinneringen. Alsof hij een oud wijf was. Later misschien, als hij het had volbracht. Dan kon hij janken. Naar de gevangenis gaan. Dan kon hij doodgaan. Maar hij wilde dat Silke werd bevrijd.

7

Sølvgade. 22.14

Uit zijn ooghoek zag Niels een parkeerwachter staan kijken naar de auto die hij midden op het plein had geparkeerd. Laat maar, dacht hij. Niels belde aan bij alle nummers in het pand. De slaapkliniek lag op de tweede verdieping. Op de andere verdiepingen was een maatschap van keel-neus-oorartsen gevestigd, en verder een huidkliniek, een centrum voor psychologie en een bedrijf met een naam die Niels niets zei. Maar er werd nergens opengedaan op dit tijdstip.

Casper belde.

'Casper?'

'Ja.'

'Moment.'

Niels schopte tegen de deur. Hij gaf niet mee. Hij keek om zich heen. Een fiets? Nee, die was te groot om door het raam te gooien. Hij controleerde het glas. De bovenste ruit in de deur was nieuw en te sterk om er met zijn elleboog doorheen te rammen. Maar de onderste was oud. Gekleurd glas. Niels hoorde Caspers stem heel ver weg.

'Ben je er nog?'

Niels beukte zijn elleboog door het raampje. De parkeerwachter had zich omgedraaid.

'Wat gebeurt er?'

'Wacht even.'

Niels trok langzaam zijn arm terug. Hij haalde zich open aan een grote glassplinter. Het bloed kwam snel tevoorschijn. Alsof het alleen maar had gewacht tot het bevrijd zou worden en er nu gewoon uit moest.

'Ben je er nog?'

'Ja, ik ben er nog', antwoordde Niels en hij drukte de rest van het glas eruit voordat hij zijn arm naar binnen stak om het slot open te maken.

'Oké. Ik heb iets gevonden. Adam Bergman. Slaaponderzoeker. Heeft medicijnen gestudeerd aan de Universiteit van Århus, afgestudeerd in 1986. Talloze artikelen in allerlei tijdschriften. En ook een heel goede hardloper trouwens. Hij is vorig jaar in de toptwintig geëindigd bij de marathon van Kopenhagen.'

'En verder?' vroeg Niels terwijl hij de trap naar de tweede verdieping op liep.

'Nu komt het. Zit je?'

'Wat?'

'Zijn vrouw is acht jaar geleden vermoord.'

'Vermoord?'

'Een van de twee onopgeloste moorden in dat jaar. De andere was die vrouwelijke tandarts die ze in een meer bij Skanderborg hebben gevonden. Herinner je je dat nog?'

Niels luisterde niet. Er begon hem iets te dagen. Ook de naam Bergman. Nu herinnerde hij het zich weer. Vaag. Niels had niet zelf aan de zaak gewerkt, die was door de politie van Noord-Sjælland behandeld, maar hij had hem wel van een afstand gevolgd. De keel van de vrouw was doorgesneden door haar minnaar. De vader en het kleine meisje waren alleen achtergebleven. De vader – was dat Adam Bergman? – had heel lang geprobeerd zichzelf ervan te overtuigen dat zijn vrouw was verkracht voordat ze was vermoord, omdat hij het niet kon verdragen de realiteit onder ogen te zien: het onweerlegbare feit dat ze haar moordenaar zelf had binnengelaten. Dat ze hem kende. Dat er geen tekenen waren van verkrachting, dat het allemaal vrijwillig was gebeurd – en na afloop, na een hevige ruzie, die het dochtertje had gehoord, had de man haar vermoord en was ervandoor gegaan. Getuigen hadden hem zelfs het huis uit zien komen. Er was een signalement. Maar hij was nooit gevonden. Hij was weg. Waarschijnlijk had Casper ongeveer hetzelfde gezegd. Hij sloot zijn verhaal tenminste af met: 'Hij is nooit gevonden.'

'Onopgehelderd?'

'Onopgehelderd. Ik zie dat er bijna negenhonderd getuigenverhoren zijn geweest. Iedereen die Maria had gekend ...'

'Maria?'

'De vermoorde vrouw. Ze hebben iedereen verhoord die ooit contact met haar had gehad.'

Niels stond voor de deur van de slaapkliniek. 'Wacht even, Casper.'

Niels schopte tegen de deur precies op de plek waar het slot zat. Het deed pijn in zijn knie. Maar niet zo veel pijn als wanneer hij aan Hannah dacht. Hij schopte nog een keer. En nog een keer. Er ging een alarm af op hetzelfde moment dat de deur een klein stukje van de deurpost losbrak.

'Ik ben mijn wapen vergeten', zei Niels. Had hij het aan Sommersted gegeven? Hij kon het zich niet eens meer herinneren.

'Waar ben je?'

'Ik ben in zijn kliniek. In de Sølvgade. Stuur de cavalerie maar als het fout gaat.'

'Hoe weet ik of het fout gaat?'

'Als ik niet meer tegen je praat, Casper', fluisterde Niels terwijl hij naar binnen ging.

8

Ten noorden van Kopenhagen. 22.19

Ze reden hard. Hoelang lag ze hier al in deze doos? Ieder gevoel voor tijd was verdwenen, verteerd door de angst en de verdovende stoffen. Maar Hannah voelde de kleine schokjes die de auto maakte als hij schakelde. Ze voelde de vering, de veranderingen in het ritme van de auto, de geluiden van de motor. Ze moest op alles letten. Kon ze maar iets zien. Kon ze die blinddoek maar een beetje omlaag krijgen. Naar buiten kijken. Al zag ze alleen maar sterren, zelfs dat zou haar kunnen helpen. Waarom? Wat maakte het uit waar ze waren? vroeg ze zich af. Jawel. Als ze de kans zou krijgen om te bellen, te roepen, een gedachte uit te zenden.

Hij had haast. Waarom? De blinddoek voor haar ogen was een klein beetje omlaag geschoven, maar ze kon nog steeds niets zien. De benzinegeur was nu sterker. Even was ze bang dat ze zou stikken door de stank van de chemische dampen. Ze worstelde om haar handen los te krijgen, maar de snijdende plastic strips wilden niet losser worden. Toen de auto opeens een scherpe bocht naar rechts maakte, werd ze op haar rug gesmakt en knalde ze met haar hoofd en nek hard tegen de vloer. Een paar lange, pijnlijke seconden lag ze als een schildpad die was omgerold op zijn schild hulpeloos te wachten tot iemand zich over haar zou ontfermen en haar zou omdraaien. Maar er was niemand die zich over Hannah kon ontfermen. Niemand om haar te helpen. De Technische Universiteit. Opeens diende zich in haar hoofd een brokstuk aan van het gesprek dat ze had gehoord. DTU. De Deense Technische Universiteit. Hij had uitgelegd dat hij op weg was naar de Technische Universiteit. Dat was in de buurt van Lyngby. Hij had vast tegen de politieman gelogen, maar het zou wel betekenen dat ze gelijk had: dat ze nog op Sjælland waren. Dat ze in noordelijke richting reden. Haar duim deed pijn, hij was waarschijnlijk gebroken of uit de kom. Ze was stijf, alsof er niet meer genoeg plaats was voor haar botten, alsof die doelgericht probeerden haar huid van binnenuit te perforeren. De auto trilde nu hevig, maar niet door de snelheid. Integendeel. Ze reden op een bospad. Dat was haar conclusie. Of een hobbelig landweggetje, geen asfalt. Hannah werd heen en weer geschud. De stank van benzine werd nog erger. Haar duizeligheid werd ook steeds erger. Alsof er niet genoeg zuurstof in de kleine doos zat. De zuurstof werd verstikt door de chemische dampen die zwaar in de lucht hingen. Opeens stopten ze. De motor werd afgezet. Hannah wachtte. Hoogstens een paar seconden, maar voor haar gevoel was het veel langer. Lang genoeg om overspoeld te worden door de angst, nog erger dan daarvoor. Wat nu. Wat ging er nu gebeuren?

In noordelijke richting. Bossen, rotondes. Lyngby.

Het geluid van voetstappen. Snelle passen op een droge, zachte ondergrond. Er braken takjes. De achterdeur werd geopend. Galmende stappen in de bestelbus. Toen werd de wereld om haar heen in stukken gescheurd: met een stanleymes werd de kartonnen doos waarin ze lag opengesneden – met snelle, effectieve bewegingen.

Licht. Heel zwak, maar door de blinddoek voor haar ogen heen zag ze vaag een lichtkegel, misschien van een zaklantaarn. Ze probeerde te schreeuwen, maar ze begreep meteen dat dat geen enkele zin had. De tape bedekte nog steeds een deel van haar mond. Niemand zou haar horen. Hij had haar meegenomen naar een plek waar ze helemaal alleen waren, daar was ze heel zeker van, een wereld waar alleen zij tweeën bestonden.

'Kom!' zei hij en hij trok haar ruw omhoog.

Ze maakte een geluid dat ze zelf niet begreep. Hij had zijn arm in haar nek gelegd en trok haar uit de doos. Ze lag als een hulpeloos kind in zijn armen totdat hij haar losliet en ze viel. Haar hoofd raakte de grond onder haar. Hard, maar het meest pijn deden haar schouder en haar gebroken duim. Hij raakte haar voeten en enkels aan.

Toen begreep ze het: hij sneed de strips rond haar enkels door.

'Zo, nu kun je lopen. Kun je zelf opstaan?'

Hij hielp haar overeind.

'We moeten een paar steile trappen af.'

Hij duwde haar voor zich uit. Tilde haar omlaag totdat ze op een andere ondergrond stond, een zachte ondergrond. Bos, het rook naar bos, zomer.

'Ik kom zo.'

Hij deed de achterdeur dicht en opende het voorportier. Haar voeten tintelden, misschien was het haar bloedsomloop, of de stoffen die haar waren ingespoten. Ze probeerde een paar stappen te zetten, maar verloor haar evenwicht en viel voorover. Een zachte landing. Bosgrond. Mos, bladeren, bloemen, takjes. Welk bos? Waar was ze?

Jagers. De trein. Het noorden.

Getoeter in de verte. Een veerboot? Dat was waarschijnlijk. Ja, dat moest het zijn. De blinddoek voor haar ogen was naar beneden gezakt. Ze lag op haar rug in het bos. Een onpraktische houding. De avondlucht. Ze kon zien hoe die zich verspreidde tussen de boomkruinen. Nu kwam het erop aan. Als ze erachter kon komen ...

Ze hoorde hem bewegen op een paar meter afstand. Ze stelde zich voor dat hij iets zocht in de auto. Wat? Iets om haar mee dood te maken? Iets om haar mee te martelen? Het zou vast niet lang duren voordat hij terugkwam en haar weer overeind zou trekken en haar mee zou sleuren en ...

De *maansverduistering*. Die was nu. Het moment waarnaar ze had uitgekeken, dat ze zo graag met Niels had willen delen. De maan was bijna helemaal verduisterd. Wat vertelde dat haar? Dat het ongeveer 22.12 was. Ze probeerde te bedenken wanneer ze verdoofd was. Hoelang duurde deze nachtmerrie al? Een half uur misschien. Of iets langer? Het moment dat er aan de deur werd gebeld voelde als een eeuwigheid geleden. Hoe ver kon je rijden in ruim een half uur? Hij had hard gereden, een groot deel van de rit over de snelweg. Maar ze waren aangehouden door de politie. Hoelang? Vijf minuten? Iets korter? En ze hadden stilgestaan om op een trein te wachten. Dus: ze hadden ongeveer een half uur gereden, waarvan ongeveer twintig, tweeëntwintig minuten op de snelweg met ongeveer honderdtwintig kilometer per uur, en dan een onderbreking door de politie en een paar minuten op een landweg. Veertig kilometer misschien? Iets meer? Vijfenveertig? Dat kon er niet heel ver naast zijn. Ja, ze bevond zich op ongeveer veertig kilometer van Kopenhagen. En hij had de Deense Technische Universiteit genoemd als richting. Naar het noorden dus. Vijftig kilometer in noordelijke richting. Langs de kust waarschijnlijk. Of misschien was hij afgebogen in westelijke richting? Nee. Ze had daarnet nog een veerboot gehoord. Ze was bij de kust. Dat wist ze bijna zeker. Welke veerboot? De veerboot tussen Helsingør en Helsingborg? Misschien. Over de Roskilde Fjord voeren geen grote veerboten en dat was niet in de richting van de Technische Universiteit. In een half uur hadden ze onmogelijk tot Sjællands Odde kunnen komen. Een lichtschijnsel aan de hemel. Nu kon ze het zien. Het leek op het lichtschijnsel van een ruimteschip in een sciencefictionfilm. Statig, majestueus, bijna arrogant in zijn glijdende, monotone beweging. Ze kende dat licht. ISS. Het internationale ruimtestation dat in 1998 in een baan om de aarde was gestuurd, op een afstand van vierhonderd kilometer. Nog even en het ruimtestation zou de maximale hoogte bereiken in de halve cirkel die het beschreef, zesentwintig graden boven de horizon. Ja, nu was het op zijn hoogste punt. Dan was het niet 22.12 uur maar iets later. Ongeveer 22.20 uur. Of ... Dan moesten ze iets verder hebben gereden. *Voetstappen*. Een takje dat brak, ergens achter haar. Nee, ze zou geen kostbare seconden verspillen aan een poging om te zien hoe ver hij nog was. Het kon niet veel meer zijn dan een paar meter. Denk na, zei ze tegen zichzelf. Dit weet een kind. Hoeveel volle manen passen er tussen de maan en de horizon? Het aantal maandiameters vanaf de horizon. Eén? Anderhalf misschien? Nee, het was er maar één, dacht ze. En de maan staat voor een halve graad. Dat weet ik. En ik weet dat de maan in Kopenhagen precies anderhalve maandiameter boven de horizon staat. Dus ik moet ...

Hij stond alweer over haar heen gebogen. Hij bukte en trok haar overeind. Niet ruw; hij deed het gewoon. 'Kom, je moet ...'

Ik moet me dus een halve graad ten noorden van Kopenhagen bevinden, zei Hannah tegen zichzelf. Ja, dat moet kloppen. Een halve graad. Kopenhagen ligt op de 55,41ste breedtegraad. Ik ben een halve graad verder naar het noorden, dus ...

'Kun je zelf lopen?' vroeg hij terwijl hij de blinddoek voor haar ogen weer op zijn plek schoof.

9

Sølvgade. 22.20

Niels keek rond. Het alarm was gestopt. Over niet al te lange tijd zou er een bewaker voor zijn neus staan, of twee. Als het alarm was aangesloten op een centrale. De meeste alarmen waren thuissystemen die alleen maar een heleboel lawaai maakten.

'Ga door, Casper', fluisterde Niels terwijl hij door de receptie heen liep en de deur van Bergmans behandelkamer opende. Donker en leeg. Hier had hij zelf pas geleden nog gezeten en zijn vrouw op een zilveren dienblaadje gepresenteerd.

Casper schraapte zijn keel en ging verder: 'De onbekende dader had zowel vingerafdrukken als ... eh sperma achtergelaten.'

'En hij is nooit als verdachte aangemerkt?'

'Bergman?'

'Ja.'

'Dat weet ik niet. Dan moet ik verder lezen in de rapporten.'

'Adam Bergman komt thuis', begon Niels. 'Hij komt erachter dat zijn vrouw een minnaar heeft. Wil haar keel doorsnijden en ...'

Niels deed voorzichtig de deur van de behandelkamer ernaast open. Daar stonden twee bedden. Leeg. Niels kon bijna horen hoe Casper zijn hoofd schudde aan de telefoon terwijl hij Niels' verhaal afmaakte: 'Toen de politie de zaak op een laag pitje zette, heeft hij een eindeloze reeks privédetectives ingehuurd.'

'Hoe kun je dat zien?'

'Ze vragen of ze het dossier mogen inzien.'

'Dat kan toch een manier zijn om je onschuld aan te tonen? Dat je doet alsof je de moordenaar probeert te vinden,' zei Niels.

'In eerste instantie is de politie van Lyngby verantwoordelijk voor het dossier ...'

'De politie van Lyngby?'

'Ja. Ze woonden toen in Lyngby.'

'Waar wonen ze nu?'

Niels hoorde Caspers vingertoppen over het toetsenbord gaan. Niels opende de lades van Bergmans bureau. Studies over slaaponderzoek. Niels zag een titel: 'Hersengolven tijdens de REM-slaap'. Dossiers. Maar niets over Hannah.

'Ik begrijp gewoon niet ...'

Casper zweeg.

'Wat begrijp je niet, Casper?'

'Waarom hij jouw vrouw heeft meegenomen.'

'Hij is nooit opgehouden de moordenaar te zoeken.'

'En wat heeft dat met jouw vrouw te maken?'

'Hij wil haar ergens voor gebruiken', zei Niels.

'Haar gebruiken?'

'Ze moet hem helpen.'

'Ik begrijp het niet.'

'Heb je zijn huidige adres voor me?'

10

Ten noorden van Kopenhagen. 22.29

Hij pakte haar armen van achteren beet en hield ze hard en strak vast; hij was sterk, voelde Hannah. Hij haalde zwaar en hijgend adem. Er groeide een gedachte in haar: hij is ook bang. Ze wist niet waar het idee vandaan kwam, misschien kwam het door zijn ademhaling of zijn onrustige bewegingen, maar ze wist het bijna zeker: hij was bang, net zoals zijzelf. Even gaf die gedachte haar hoop.

Hij duwde haar voor zich uit. Door de deur, naar binnen in een nieuwe geur. Het rook naar lucht die zelden werd ververst, ventilatiesystemen, buizenstelsels, kunstlicht, warmte, bedomptheid.

'Er komt een trap', zei hij.

Ze maakte een geluid dat niemand kon begrijpen.

'Voor je is een trap. Daar moeten we af.'

Dat was op het nippertje. Op hetzelfde moment verdween de grond onder haar voeten en viel ze weer bijna, maar ze wist op de been te blijven door steun te zoeken tegen de muur.

Toen gingen ze naar beneden.

Hij liep naast haar, hield haar nog steeds vast. Hij trok haar bijna met zich mee de trap af. Haar hielen kwamen hard neer op het steen. De angst belette haar te denken.

Rustig, zei Hannah tegen zichzelf. Ten noorden van Kopenhagen. Misschien weet ik zelfs de gps-coördinaten. Maar wáár?

Nog meer traptreden. Hij hield haar nog steviger vast. Alsof hij voorzag dat ze binnenkort een laatste wanhopige poging zou doen om zich los te rukken.

Hij had gelijk. Ze probeerde zich te bevrijden uit zijn greep. Een plotselinge, onhandige beweging die heel even leek te slagen. Ze was los. Toen viel ze, misschien duwde hij haar, misschien viel ze gewoon, ze rolde een paar traptreden naar beneden, niet in staat om haar val te breken met haar handen, beukte met haar hoofd en haar rug op de treden en belandde op een stenen vloer, omringd door kou, donker en bloed. Op de bodem van iets waarvan ze niet wist wat het was.

11

Ten noorden van Kopenhagen. 22.31

Er stond geen witte bestelbus geparkeerd voor Bergmans huis. Dat was het eerste wat Niels zag. Het huis lag vlak naast het bos van het natuurpark Dyrehaven. De achtertuin ging ongeveer over in het bos. Niels liep de tuin in. Het gras kwam tot aan zijn knieën. Op het terras stonden oude tuinmeubelen op elkaar gestapeld. Het vervallen kippenhok zag er zelfgebouwd uit. Waarom waren ze niet verhuisd toen de moeder was vermoord? Hoe konden ze blijven wonen in dat huis waar zoiets verschrikkelijks was gebeurd? Er brandde nergens licht achter de ramen. Dat betekende niet dat Hannah daar niet binnen kon zijn. Niels zag dat er kelderramen waren. Verduisterd. Waar moest hij haar anders naartoe brengen? Hij keek de straat in. Stond daar aan het einde een bestelbusje? Hoe zou Niels het zelf aanpakken? Hij zou met haar door het bos rijden, helemaal tot waar de achtertuin van het huis begon. En dan zou hij haar van daar het huis binnen dragen. Niet vanaf de straat. Dat was te riskant. Nee, achterom naar het huis toe en dan naar binnen via de keldertrap. Waren er sporen in het gras? Misschien. Het was moeilijk te zien. Het licht van de maan kwam en ging. Hij liep naar het huis. Als hij Hannah gevangenhield in de kelder, moest Niels geen geluid maken. Hij moest hem verrassen. Anders kon Bergman een deur op slot doen. Haar gijzelen. Nee. Het moest geen langdurige toestand worden. Bergman moest in één keer tegen de grond worden geslagen. Hij moest op hem inslaan totdat hij stil bleef liggen. *Steeds opnieuw*. Moest hij Leon bellen? Assistentie? Twintig auto's in de straat. Sirenes, zwaailichten? Nee. Als politieonderhandelaar had Niels nog nooit ervaren dat de massale aanwezigheid van politie iets bijdroeg aan de situatie. Integendeel. Het zette meestal zowel de slachtoffers als de gijzelnemers onder druk. De belangrijkste taak van iedere onderhandelaar, het abc, was dat je de gijzelnemer moest laten vergeten dat er veertig politiemensen met machinegeweren klaarstonden die de situatie dolgraag wilden beëindigen met vijftig kilo lood verdeeld over kleine kogels.

Niels stond voor de terrasdeuren van de serre en probeerde zijn wraakfantasieën te beteugelen en zich te concentreren op zijn taak: inbreken zonder geluid te maken, zonder zijn komst aan te kondigen. Hij voelde aan de deur. Op slot. Maar hij gaf wel iets mee. Het hout van de oude serre was vermolmd. De verf was er al jaren geleden afgebladderd. Niels trok voorzichtig aan de deur. Als hij iets tussen het slot en de deurpost zou kunnen wurmen ... In zijn zak vond hij zijn politiepenning. Er klonk een geluid in het huis. Niels ging op zijn hurken zitten, onder de ramen. Een paar seconden lang hoorde hij alleen zijn eigen ademhaling. Hij zag niemand binnen. Weer schoof hij naar de deur toe – zo ver als hij kon, en hij stak voorzichtig zijn politiepenning tussen het slot en de deurpost.

12

Ten noorden van Kopenhagen. 22.32

Adam Bergman vond het vervelend om haar zo te zien. Het deed hem meer dan bij de anderen. Dat hij gedwongen was haar te vernederen; het voelde alsof hij haar martelde, alsof hij zelf de rol van beul op zich had genomen. Gelukkig was het transport snel gegaan. Nu waren ze er, nu kon hij aan de slag. Doen wat hij móést doen. Het was zijn laatste kans, zo voelde hij het. Hij zou het niet veel langer meer volhouden. Het gemis was te erg, het verdriet te groot. En hoe moest het met Silke? Zij was het dierbaarste dat hij bezat. Het enige. Voor haar wilde hij graag naar de gevangenis. Zodat zij bevrijd zou worden uit de hare. Hij tilde Hannah op van de vloer. Ze hing slap in zijn armen. Even was hij bang dat ze haar nek had gebroken en dood was. Maar ze was volledig bij bewustzijn, ze lag alleen als iemand die stervend was en het had opgegeven en wachtte op het onvermijdelijke.

'Rustig maar,' fluisterde hij, 'je hoeft me alleen maar te helpen. Ik heb je nodig.'

Ze liep zelf, maar hij ondersteunde haar wel. Haar huid was koud, er gingen kleine rillingen over haar lijf, ze beefde van angst.

Hij zelf ook. Angst dat het zou mislukken. Angst dat hij zou falen als het erop aankwam. Dat zou een ramp zijn.

Ontspan.

Steeds opnieuw had hij overdacht dat dit precies de juiste plek was. Hij was hier bekend, er was tijd en rust, en hij zou ongestoord kunnen werken. Maar het zou te gevaarlijk kunnen zijn. Er had iets mis kunnen gaan tijdens het transport, had hij bedacht.

'Rustig maar', zei hij. 'Er gebeurt niets.'

Maar hij hoorde zelf dat zijn woorden leeg klonken. Misschien moest hij de blinddoek voor haar ogen weghalen? Ze had toch geen idee waar ze was en misschien zou haar paniek dan wat minder worden. Nee, op deze manier kon hij haar beter onder controle houden. De situatie onder controle houden. Alles moest gaan zoals hij het had gepland, dat was het veiligst.

Ze bood nog steeds geen weerstand. Dat vatte hij op als een goed teken. Had ze het definitief opgegeven? Nee, hij moest op zijn hoede blijven. Het was belangrijk om niet overmoedig te worden. Dat was de fout die hij bij Dicte had gemaakt. Misschien wilde ze hem voor de gek houden. Deed ze net alsof ze het had opgegeven, zodat dat hij zich een beetje zou ontspannen, zich zou blootgeven, en wilde ze dan opeens proberen weg te komen. Nee, ze kon onmogelijk wegkomen. In dat opzicht was zijn plan tot in het kleinste detail doordacht. Dat idee stelde hem gerust. Het gaf hem zo veel ruimte dat hij even stil durfde blijven staan om geruststellend tegen haar te praten.

'Er zal je niks gebeuren', zei hij. 'Dat beloof ik je. Je hoeft alleen maar mee te lopen en te doen wat ik zeg.'

Misschien huilde ze. Misschien probeerde ze alleen iets te zeggen. Weer kreeg hij medelijden met haar en weer probeerde hij dat gevoel te verdringen.

'Je moet me helpen', fluisterde Bergman. 'Dat is het enige wat je hoeft te doen.'

13

Ten noorden van Kopenhagen. 22.34

Geen enkel geluid. Maar meer dan één geur. Verval, stilstaande lucht en nog iets anders ... olie? Waarom olie? Niels ging voorzichtig de serre binnen. Oude meubels. Hij ging met zijn vinger over de tafel. Een dikke laag stof. Hier was het gebeurd. Hier was Bergmans vrouw een paar jaar geleden koelbloedig vermoord. Caspers samenvatting had Niels' geheugen opgefrist. De dochter vindt haar moeder terwijl ze nog voor haar leven vecht. De moeder probeert eerst naar de badkamer te komen. Misschien om iets te zoeken om haar halsslagader mee te verbinden. Met een handdoek om haar nek probeert ze een ambulance te bellen. Het kind gilt op de achtergrond. De opname was afgespeeld op het hoofdbureau. Het was het ergste wat Niels ooit had gehoord. De moeder probeert wanhopig uit te leggen dat ze een ambulance nodig heeft, maar haar woorden verdrinken. In angst. En bloed. Op de achtergrond de dochter die 'mamma' gilt. Steeds weer. De telefoon die op de grond valt. De opname gaat verder. De dochter huilt. Toen nog maar vijf jaar oud.

Niels liep verder de serre door. De keuken vertoonde tekenen dat het huis werd bewoond. Waterdruppels in de gootsteen. Een pizzadoos op de tafel. Dat ze hier waren blijven wonen. In een mausoleum voor de dood van de moeder. Via de keuken kwam hij in de gang. Een jack was op een commode gegooid. Boven de commode hingen familiefoto's. De dochter. Geen recente foto's. Alleen van de tijd voor het overlijden van de moeder. Een gezin van drie personen. De Griekse eilanden. Blije mensen op een rotseiland. En een van een regenachtig Denemarken: Bergman in uniform. 'Reservearts, Nationale Reserve Noord-Sjælland', stond er in officiële, rode letters rechtsonder in de hoek. Bergman keek trots op de foto – hij stond voor een colonne militaire voertuigen.

Niels bleef even staan en probeerde geluiden op te vangen. Waar was de deur naar de kelder? Als die niet in de gang was, waar was hij dan? Hij probeerde zich de plattegrond van het huis voor te stellen. De kelderramen in de achtergevel. Had hij een trap over het hoofd gezien? Misschien. Maar er moest toch ook een ingang in het huis zijn; misschien aan de andere kant? Terug naar de serre. Hier was ze gestorven – zo herinnerde hij het zich. Op de grond gevallen, naast de telefoon. Nu lag er een laag stof op de vloer. Terwijl Niels zich zonder een geluid te maken door het huis bewoog, dacht hij aan Bergman. De keurige, vermoeide man die hij in de kliniek had ontmoet. De kliniek was schoon. Opgeruimd. Prettig. Achter die façade sjouwde hij een overwoekerd moeras met zich mee. Een ondoordringbare jungle van het verleden; zware meubels, verdrongen emoties, onmacht, wraakzucht – en verlatenheid.

Via de woonkamer, waar een televisie en twee banken stonden, kwam hij in een werkkamer. Van daar leidde een smalle gang naar een bijkeuken. En dáár vond hij hem eindelijk: de deur naar de kelder.

14

Ten noorden van Kopenhagen. 22.36

Hannah hoorde de deur dichtvallen en de sleutel omdraaien in het slot.

Verder hoorde ze niets. Behalve het geluid van haar eigen ademhaling. Ongecontroleerd, raspend.

Denk na, zei ze tegen zichzelf. Denk na, denk na, *denk na*. Er is altijd een oplossing. Ze moest zich gewoon concentreren om die te vinden.

Maar de paniek begon het over te nemen. Ze voelde dat haar hersenen bijna kortsloten door de angst. Ze was opgesloten. En hij zou snel terugkomen. Snel. En ook al had hij gezegd dat hij haar geen kwaad wilde doen, ze wist dat hij loog. Hij zou haar vermoorden. En wat nog erger was; hij zou haar ongeboren kinderen vermoorden. Daar twijfelde ze geen moment aan. Over enkele minuten zou alles voorbij zijn. Misschien kon ze de tijd beter gebruiken om zich voor te bereiden? Denken aan de goede dingen in haar leven. Johannes. Niels. Vooral Johannes. Hem voor zich zien. Haar beste herinneringen. Zijn eerste lachje. Zijn eerste woordjes. Zijn piepkleine vingertjes die haar hand vasthielden. De nieuwsgierigheid in zijn ogen als hij haar vroeg waar de maan overdag bleef, en waarom de sterren niet uit de hemel vielen. Zijn gulzige smachten naar *kennis*. Dat waren de beelden die ze in haar hoofd wilde hebben als ze wegging van hier.

Je mag het niet opgeven.

Hannah rukte en trok aan haar vastgebonden armen – zat de strip rond haar polsen iets losser? De blinddoek voor haar ogen zat nu strak vast. Zo strak dat ze het gevoel had dat haar hele schedel was ingesnoerd. Ze bevond zich in een kleine ruimte, dat kon ze voelen. Dat kwam door het geluid van haar ademhaling. Het was maar een gevoel, maar op dit moment had ze niets anders. Ze onderzocht de ruimte zo goed als ze kon. Er stonden een tafel en een stoel en ...

Ze viel.

Over iets.

Pijn aan haar kin en haar wang. Maar de strip om haar polsen zat nog iets losser, misschien door de harde ruk aan haar armen toen ze viel.

Kom op nou. Vecht.

Ze bewoog haar handen in tegengestelde richting. Legde al haar kracht erin. De strip zat nu niet strak meer, maar ze kreeg hem niet helemaal los.

Iets verderop ging een deur open. Voetstappen op de gang? Hij kwam eraan.

Kom op nou. Kom op nou.

Maar ze kreeg de plastic strip er niet af, haar duim zat in de weg.

Haastige voetstappen. Slechts een paar meter bij haar vandaan. Of was het boven haar? Kwam het geluid van boven? Zocht iemand haar? Niels? Nee, dat was onmogelijk. Maar hij zou alles doen wat hij kon. Dat wist ze. Als zij nou ook alles deed wat zij kon, dan konden Niels en Hannah samen het onmogelijke. Was dat niet wat ze tegen elkaar hadden gezegd?

Mijn duim is gebroken. Het moet kunnen.

Ze ging op haar gebroken duim liggen. Ze duwde hem met haar volle gewicht op de grond, terwijl ze zich intussen los probeerde te wurmen. Alles in haar lichaam schreeuwde dat ze het moest opgeven, maar toen ...

Hij was vlak bij de deur. Raakte de deur aan.

Nu!

De strip rond haar polsen gleed over haar hand doordat ze haar gebroken duim helemaal plat tegen haar pols had gedrukt. Haar handen waren los. Ze wilde de blinddoek voor haar ogen wegrukken, maar besloot te wachten. Te wachten op het juiste moment. Hem te laten geloven dat alles was zoals het hoorde te zijn.

Hannah legde haar handen achter haar rug, precies op het moment dat hij binnenkwam.

15

Ten noorden van Kopenhagen. 22.37

Op slot. Als ze daarbeneden waren, zouden ze het horen als Niels de deur openbrak en dan zou hij zijn voordeel kwijt zijn. Dan zou Bergman voorbereid zijn op zijn komst. Hij probeerde met behulp van het licht van de display van zijn mobiel door het sleutelgat te kijken. Een dikke deur. Was er een extra plaat tegen de binnenkant getimmerd? Een soort geluidsisolatie? Een zelfgebouwde gevangeniscel. Net zoals die idioot in Oostenrijk. De sleutel zat aan de andere kant in de deur. Ze moesten beneden zijn, anders zou de deur niet van binnenuit op slot zijn gedaan.

Hij keek om zich heen. Schoenen. Een enorme hoeveelheid schoenen in drie lagen op elkaar gestapeld. Klompen en laarzen. Een bezemsteel? Er moest ergens gereedschap te vinden zijn. Niels liep weg van de deur om beter overzicht te krijgen. Stellingkasten. Een hamer en een schroevendraaier? Dat zou lawaai maken. Hij pakte een roestige schroevendraaier uit de gereedschapskist. Misschien kon hij de deurpost er van de binnenkant uit wrikken. Hij stak de schroevendraaier tussen de muur en de deurpost. Het zachte stucwerk zou weinig weerstand bieden. Toen Niels het staal van de schroevendraaier tussen de deurpost en de muur stak ging het goed – maar toen hij begon te wrikken, ging het minder goed. De schroevendraaier zonk weg in de muur, in het vochtige stucwerk, en bood niet genoeg weerstand. Hij moest iets anders gebruiken, met een breder blad. Nee. Er was geen tijd. Niels boorde de schroevendraaier verder in de muur en begon te wrikken. De deurpost kwam los. Met maar heel weinig geluid. Niels veranderde van houding. Hij stak de schroevendraaier onder de onderkant van de deurpost en wrikte weer. En daarna hetzelfde verhaal aan de bovenkant.

Voorzichtig trok hij met zijn vingers de deurpost los. Een spin vluchtte in paniek uit zijn vochtige nest. Niels legde de deurpost zonder een geluid te maken op de grond. Hij bleef staan en luisterde. Moest hij geen wapen hebben? Een schroevendraaier? Beter dan niets.

16

Ten noorden van Kopenhagen. 22.39

Grondigheid is allesbepalend, dacht Adam Bergman. Hij kon zich tot een zeker punt haasten, maar als het op de laatste, beslissende details aankwam, was snelheid niet het belangrijkst. Hij liet niets aan het toeval over. De vloeistof was een isotone zoutoplossing van 0,9 procent. Als hij zoet water gebruikte, zou er water in de aderen komen en als hij puur zout water gebruikte, zou het zout vocht onttrekken aan het bloed. In beide gevallen zou het moeilijker zijn om haar te reanimeren. Ze moest op de juiste manier sterven. De puurste manier. Ze moest precies zo lang verdronken zijn als nodig was om de dood in te reizen en Maria te zoeken. Met haar te praten. Zij moest voor hem de grens over gaan. Hannah Lund, die dat al eerder had gedaan gedurende uitzonderlijk lange tijd. Zij was precies de juiste persoon, dat wist hij.

Hij goot de vloeistof in het teiltje. Vier à vijf centimeter, meer was er niet nodig. Je kon verdrinken in een bodempje water, werd er wel gezegd. Ze lag op de grond, een beetje in een verwrongen houding, met haar gezicht op het koude beton gedrukt, misschien was ze gevallen. Hij keek naar haar en voelde opeens een soort liefde. Dankbaarheid. Zij zou hem helpen. Zij was de enige die dat kon. Zij was degene die een eind zou maken aan zijn nachtmerrie, hem uit het donker zou trekken en Silke zou redden. Hannah Lunds dood zou niet voor niets zijn. Zeker niet. Er ontsnapte haar een geluidje van angst of pijn. Dat deed hem verdriet. Ze moest niet bang zijn. Ze moest blij zijn. Het had allemaal zin. Op dit moment was haar leven het allerzinvolst. Begreep ze niet dat zij een speciale gave had? Hij maakte zijn tas open en haalde de defibrillator tevoorschijn.

Adrenaline in de spuit. Bergmans handen trilden. Bij de tweede poging slaagde hij erin om de spuit klaar te maken. Nu kon hij zich concentreren op het belangrijkste: Hannah Lund verdrinken en de weg wijzen naar de andere kant, haar terughalen, reanimeren en het antwoord horen.

Hij zou haar verdoven en pas vlak voordat hij haar onder water zou duwen wakker maken – precies genoeg tijd om over haar opdracht te praten, meer niet. Het was eenvoudig. De meeste mensen, ook Hannah zelf, hadden verteld over overleden familieleden die tegen hen hadden gepraat. Zowel hun eigen familie als dode familieleden van mensen die zich in dezelfde ruimte bevonden. Er waren voorbeelden van artsen die een overleden patiënt hadden gereanimeerd, waarbij die patiënt naderhand kon vertellen dat hij contact had gehad met de overleden moeder van de arts. Dat hij een boodschap had ontvangen. Vaak iets met liefde. Dat alles mooi is.

Misschien had hij haar al gehoord. Of was dat pas later, na de harde duw die hij opeens – volkomen onverwacht – in zijn rug kreeg, en waardoor hij voorover tegen de muur smakte. Hij sloeg hard met zijn hoofd tegen de muur. Hij voelde de pijn door zijn hoofd en zijn nek schieten, en heel even werd het zwart voor zijn ogen. Hij hoorde het geluid van haar voetstappen toen ze door de deur verdween en de gang in rende.

17

Ten noorden van Kopenhagen. 22.40

Niels' plan was om de kelder in te sluipen. Om gebruik te maken van zijn voordeel en Bergman te verrassen. Maar op de eerste traptrede raakte zijn voet iets. Het klonk als een koperen bus toen het van de treden af danste: hol, metalig, lawaaiig. Nu was Bergman gewaarschuwd. Daar bestond geen twijfel over. Nieuwe tactiek: Niels rende de trap af, het donker in, terwijl hij probeerde een lichtschakelaar te vinden.

'Hannah?' brulde hij.

Hij zette zijn mobiel aan om wat licht te krijgen. 'Hannah?' riep hij nog een keer. Onderaan de trap bleef hij staan om te luisteren. Niets. Op de muur achter zich, zag hij de schakelaar. Een antiek zwart ding. Hij duwde hem omlaag. Het licht liet op zich wachten. Tl-balken. Ze knipperden een paar keer voordat ze zich gewonnen gaven.

Niels was alleen in de kelder. Alleen met de pijn en het verdriet van acht jaar. Acht jaar vergeefse jacht op een moordenaar. Acht jaar tragedie. Aan de muren hingen drie prikborden. Keurig naast elkaar. Op de borden hingen foto's van mannen. Van verdachten. Van mogelijke kandidaten die Bergmans vrouw zouden kunnen hebben vermoord. Hij was erdoor bezeten. Niels liep er dichter naartoe. Hij las vluchtig de beschrijving onder een foto van een van Bergmans verdachten: 'Ole Lorentzen. Middelbare school. Geen alibi. Deed boodschappen bij de Spar. Dezelfde supermarkt. Hebben ze elkaar ontmoet?' En onder een andere foto: 'David Munk. Universiteit. Geen alibi. Volgde misschien dezelfde colleges in het eerste semester.' Niels schudde zijn hoofd. Op de tafel lagen de geopende dossiers. Fotokopieën van de politieverslagen. Foto's van mannen en nog meer mannen. Oude schoolvrienden. Buurmannen en toevallige mannen. Een bibliothecaris. Er waren meer dan genoeg verdachten in Bergmans gestoorde universum.

'Casper?'

Niels wist niet dat hij had gebeld.

'Heb je hem gevonden?' vroeg de jonge stem.

'Nee. Niet in het huis. Wat heb je verder nog voor me? Een vakantiehuis? Een volkstuin? Help me, Casper. Waar kan hij zijn?'

'Het vakantiehuis is verkocht.'

'Godverdomme!' schreeuwde Niels hard en hij trapte de deur naar de tuin met luid gekraak open. Spinnenwebben in zijn gezicht terwijl hij de trap op rende en weer buiten in het hoge, droge gras stond. 'Geef me iets, Casper!'

'Hij is reservearts.'

'Dat weet ik. Waar denk je aan?'

'Niets. En de dochter?'

'Wat is er met haar?'

'Ik weet het niet, misschien ...' zei Casper, maar zijn stem brak af en hij liet de rest van de zin voor wat hij was.

'Waar is ze?'

Vingers op een toetsenbord. Wanhopige geluiden.

'Casper?'

'Wacht even. Dat is een ander register. Hier: Bispebjerg Hospital. Afdeling Kinderpsychiatrie.'

Niels stond naast zijn auto.

'Is ze opgenomen?'

'Sinds de dood van haar moeder. Af en aan. Voor zover ik kan zien.'

Niels dacht na. Over de afstand tot het Bispebjerg Hospital. En over de tijd die begon te dringen. Hij voelde zich als zand in een zandloper, dat hulpeloos mee naar beneden werd gezogen in een spiraal van duisternis.

18

Ten noorden van Kopenhagen. 22.47

Op de vlucht door een vervlogen tijd. Zo zag de wereld rondom Hannah eruit. Zo wás de wereld waarin ze zich bevond. De doek voor haar mond en ogen was eindelijk weg en nu kon ze zien dat ze aan boord was gestapt van een tijdmachine en zo'n veertig, vijftig jaar terug in de tijd was gestuurd. Grijze en bruine kleuren in eindeloze, labyrintische gangenstelsels. Meubels uit de jaren zestig en zeventig. Van ontwerpers als Arne Jacobsen en Verner Panton. Er hing een telefoon aan de muur, een zwart bakbeest met een enorme draaischijf dat in een museum thuishoorde. Ze overwoog even of ze zou blijven staan en proberen te bellen, maar ze durfde niet. Hij zou haar inhalen, ze moest weg, zich verstoppen, een plan bedenken, vluchten. 'Minister van Buitenlandse zaken', stond er op een naambordje bij een deur. 'Minister van Justitie' bij een andere deur. Ze keek naar binnen in een van de ruimtes. Niet meer dan een snelle blik, tijdens de vlucht, maar lang genoeg om een bed te zien en een kantoorinterieur geheel afkomstig uit de jaren zestig. Tafel, stoelen, designlampen.

De Koude Oorlog.

Die woorden landden met een donderslag in haar hoofd. En verder: Ik zit hier midden in de Koude Oorlog. De Sovjetunie. De DDR. Het IJzeren Gordijn. De Stasi. De kernwapenwedloop. Angst voor de vernietiging van de aarde. De woorden slingerden door haar hoofd alsof het een centrifuge was, maar ze bleven niet echt hangen, daarvoor was er te veel chaos in haar hersenen, was haar lichaam te vol van de angst. Maar dat moest het wel zijn. Dit was een soort ondergrondse bunker uit de tijd van de Koude Oorlog. Dat was waar ze zich bevond. Maar bestonden dat soort dingen in Denemarken? Ze had er nog nooit iets over gehoord. Ze had zich er nog nooit voor geïnteresseerd. Maar natuurlijk bestonden die, natuurlijk bestonden er bunkers. Het was nog niet zo lang geleden dat de angst voor een atoomoorlog reëel was. Ze kon het zich nog herinneren uit haar eigen jeugd. De oefeningen op school, de instructies wat ze moesten doen als de Russen zouden aanvallen met kernwapens – 'Kruip onder de tafels, kinderen. Blijf kalm' – de angst voor de grote, allesvernietigende dag des oordeels, de hel op aarde. Ze herinnerde zich de boeken uit de schoolbibliotheek met de gedetailleerde, nauwkeurig berekende beschrijvingen van hoe Kopenhagen totaal zou worden weggevaagd door de atoombommen van de Russen, eerst door de drukgolven, daarna door de straling; ze zag de nachtmerrieachtige illustraties uit het boek nog voor zich: van Hiroshima en Nagasaki, gebouwen die volledig in puin lagen, skeletten van kinderen, verwrongen gezichten, en ze herinnerde zich de sombere woorden van haar leraren die vertelden dat de bommen van toen kleinigheden waren vergeleken bij wat er nu was. Ze herinnerde zich alles, opeens herinnerde ze het zich, want de wereld om haar heen draaide de tijd terug.

'Minister President', stond er op een bordje. Daarnaast een ruimte waarin een ovale tafel stond met plek voor de kern van de regering en een wereldkaart aan de wand. De bedoeling was niet mis te verstaan, ging door haar hoofd: men had bedacht dat hier de Deense regering naartoe zou worden gebracht in het geval van een atoomoorlog, van hieruit moesten ze het land besturen, waarschijnlijk samen met een reeks andere belangrijke personen: departementschefs, het koningshuis, militaire leiders. En hier – te midden van deze nachtmerrie uit de Koude Oorlog, te midden van dit surrealistische overblijfsel uit een werkelijkheid die niet meer bestond, een ark van Noach zonder mensen en dieren – was zij op een wilde vlucht voor een man die ze nu verderop in de gang kon horen, ergens, ze had geen idee waar.

'Je kunt niet wegkomen.'

Zijn stem echode. Waar kwam hij vandaan? Zijn voetstappen kwamen dichterbij. Langzaam maar zeker haalde hij haar in.

Overal deuren. Bruine, ontoegankelijke deuren die haar vijandig gezind waren. Een vervlogen tijd die weigerde zich te laten verstoren. Ze rende een hoek om, het was op het nippertje, twee seconden later en hij had haar gezien. Ze koos de derde deur aan haar linkerhand. Ze had willekeurig welke deur kunnen kiezen. Hij was niet op slot. Ze deed hem zo voorzichtig mogelijk achter zich dicht. Ze durfde het licht niet aan te doen, misschien kon je dat zien vanaf de gang. Het was bijna helemaal donker om haar heen. Ze hoorde hem op de gang. Hij liep langs de deur, verder de gang door, maar dat was slechts uitstel van de executie, dat wist ze. Hij zou terugkomen, natuurlijk zou hij terugkomen, hij kende de bunker, hij kende de plekken waar zij zich zou kunnen verschuilen. Er kwam een streep licht van de gang onder de deur door. Genoeg om contouren te kunnen zien. Een bed. Een tafel. Twee stoelen. Een lamp. Waar was ze? Hoe heette deze plek? Ze opende de lades van de tafel. Pennen, een leeg notitieblok. Niets met een naam of adres van wat dan ook erop. De telefoon. De ouderwetse draaischijftelefoon waar ze iets verder terug in de gang langs was gekomen. Dat was misschien haar enige kans. Als hij het deed. Ja, dacht ze. Natuurlijk deed hij het. Ze moest de gang weer op. Er was stroom en verwarming, en dat moest betekenen dat deze plek nog steeds op de een of andere manier in gebruik was. Misschien dachten politici dat het een nuttige plek kon zijn in deze tijd van de War on Terror. Of voor het geval Denemarken zou worden getroffen door een niet te voorspellen natuurramp. Met andere woorden: de telefoon deed het, dat moest wel. Een andere mogelijkheid schoot door haar hoofd: het alarm. Ze had een grote alarmbel gezien aan de muur helemaal bij de trap. Er moest toch een of andere vorm van alarm zijn. Een brandalarm misschien. Misschien zou ze dat kunnen activeren? Ze kon hier niet blijven. Het was slechts een kwestie van tijd voordat hij de deur zou openen, weinig tijd vermoedelijk, en dan zou ze niet meer kunnen ontkomen. Hannah liep naar de deur en luisterde. Niets. Ze legde voorzichtig haar hand op de deurkruk. Keek de gang in.

19

Bispebjerg Hospital – Afdeling Kinder- en Jeugdpsychiatrie. 22.49

De maan, of liever gezegd een klein stukje van de maan, hing hoog boven het Bispebjerg Hospital. Daardoor moest Niels aan Hannah denken. Ze had zich er zo op verheugd om hem vanavond de maansverduistering te laten zien. Bijna alsof ze die speciaal voor hem had gemaakt. Als een kind dat haar tekening aan een volwassene laat zien.

Niels negeerde het parkeerverbod, smeet de autodeur achter zich dicht en rende de vijf treden naar de hoofdingang op. Niemand. Geen kinderen, geen psychiatrische patiënten, geen zichtbaar personeel. Niels rende de gang in, langs een prikbord met *Informatie voor de ouders*. Een smiley.

'Kan ik u helpen?'

Er stond een verpleeghulp achter Niels.

'Is er een arts die dienst heeft?'

'Als u op zoek bent naar de psychiatrische eerste hulp, dan moet u ...'

'Ik moet de arts spreken die dienst heeft. Nu.'

'Waar gaat het over?'

'Een van jullie patiënten. Ik wil met haar praten.'

'Oké. Wie bent ...'

Niels had zijn politie-ID al tevoorschijn gehaald. Hij hield het agressief vlak voor het gezicht van de verpleeghulp.

'Wie wilt u spreken?'

'Silke. Silke Bergman.'

'Oké. Dat zal moeilijk worden.'

'Waarom? Is ze niet op de afdeling?'

'Jawel. Maar Silke praat niet.'

*

Midzomernacht, dacht Niels. Zo zacht als je hem alleen in Denemarken kunt meemaken. Vriendelijk licht van een lucht die nooit helemaal donker werd en de wind die alleen maar bewoog om de geur van naaldbomen, hars en gras mee te voeren. De dienstdoende arts stond midden in de tuin, bij de schommels, met een groep kinderen en een paar verpleegkundigen, allemaal met hun gezicht op de hemel gericht. De wolken schoven weg voor de maan en op het hemellichaam dat ons altijd volgt, werd de omtrek van de aarde zichtbaar. De kosmische spiegel, zoals Hannah het noemde. De enige mogelijkheid die wij hebben om de aarde van buitenaf waar te nemen, om de omtrek van onze aardbol te ervaren. Te begrijpen – te vóélen dat wij echt vastzitten op een bol en recht in het universum onder ons staren. Niet boven ons, nee, want als de zwaartekracht opgeheven zou worden, zouden we allemaal in het universum vallen, waar op aarde we ons ook zouden bevinden. Het universum is onder ons. En vanavond, dankzij de verduistering, konden wij dat voelen; op het moment dat de zon de schaduw van de aarde op onze maan wierp.

'Dokter Schultz?' zei de verpleeghulp.

De arts draaide zich om.

'Hier is iemand van de politie.'

'Kan het vijf minuten wachten?'

'Nee', antwoordde Niels.

Dokter Schultz tikte een van de jonge meisjes op haar schouder. Niels ving nog net een glimp op van de kinderen en hun aandoeningen: tieners, sommige van de meisjes heel erg mager. Terwijl de arts met de kinderen sprak, dacht Niels aan Dicte. Een solodanser. Was dat wat Leon en de commissaris over hem hadden gezegd? Dat hij iemand was die net als Dicte te veel verantwoordelijkheid op zich nam? Of was het gewoon een mooie omschrijving voor het feit dat solisten niet vertrouwden op het talent van anderen? Dat hij er niet op vertrouwde dat de rest van de politiemacht iets kon doen wat hij zelf beter kon.

'Blijven jullie maar gewoon verder kijken. Straks schuift de maan weer weg uit de schaduw van de aarde', zei de arts terwijl hij Niels tegemoet liep.

'Gaat het om een spoedopname? De districtspsychiater belt meestal eerst ...'

'Het gaat niet om een opname', zei Niels.

'Wat is er dan zo dringend dat het niet kan wachten?'

'Ik moet een van uw patiënten spreken. Silke Bergman.'

'Waarover?'

'Het gaat over haar vader.'

'Adam? Is er iets gebeurd?'

'Wij vrezen dat hij betrokken is bij een misdrijf.'

'Wat voor misdrijf?'

'Kent u hem?'

'Hij is arts. We hebben overleg gehad over Silke en hoe het met haar gaat.'

'Maar verder weet u niets over hem?'

'Slaaponderzoeker, hij schijnt een van de besten te zijn.'

'Verder nog iets?'

Dokter Schultz verplaatste nerveus zijn gewicht van zijn ene voet op de andere. Zei niets.

'Ik vroeg wat u over hem wist.'

'Wat ik weet? Ik weet natuurlijk wat ik moet weten.'

'En wat is dat?'

'Dat wat noodzakelijk is om zijn dochter te kunnen behandelen ...'

Dokter Schultz stopte halverwege zijn eigen zin. 'Ik vind dit eigenlijk niet zo prettig. En ik heb trouwens geheimhoudingsplicht', zei hij met een nerveuze stem.

Dat is goed, dacht Niels. De arts kende zijn plaats.

'Ik moet met zijn dochter praten.'

'Silke praat niet.'

'Hoe bedoelt u "praat niet"?'

'U moet dat letterlijk opvatten. Sinds de moord op haar moeder. Het is geleidelijk gegaan, in de loop van een paar weken. Jullie hebben haar verhoord ...' hij corrigeerde zichzelf. 'Uw collega's van de politie hebben haar verhoord. Maar op een dag zei ze niets meer.'

'Shock?'

'Psychose. Ultieme posttraumatische stress-stoornis. Ze is niet de eerste.'

'Wat bedoelt u?'

'De vader schiet de moeder neer terwijl de kinderen toekijken. Dat soort situaties. Je leest erover in de krant. Die komen hier binnen. Ze zijn vaak dichtgeklapt als een oester. Het kan jaren duren om ze ...'

Niels onderbrak hem: 'Maar begrijpt ze wat haar wordt gevraagd?'

Dokter Schultz keek Niels aan voordat hij antwoordde.

'Daarover zijn de psychiaters het niet helemaal eens.'

'Maar als ik het u vraag?'

'Ik twijfel er niet aan dat Silke alles begrijpt.'

20

Ten noorden van Kopenhagen. 22.50

'Waar is ze?'

Adam Bergmans voorhoofd deed pijn, zijn wenkbrauw was misschien gescheurd, er liep een dun straaltje bloed over zijn gezicht. Zijn neus, zijn lippen, zijn kin. Waar had ze zich verstopt? Bergman voelde de paniek opkomen. Rustig, dacht hij. Rustig. Ze kan niet weg. Hij pakte nog een paar handboeien. Met roze pluche erop. Hij had ze in een seksshop gekocht. Wat maakte het uit. Als ze het maar deden. Ze hoefden alleen nog maar om haar polsen. De enige uitgang zat op slot en ramen waren er niet. Bovendien moest ze nog steeds traag zijn door de verdovingen. En als een kip zonder kop in de seconden voordat haar leven voorbij is. Het was afgelopen met Hannah en dat zou ze al snel inzien. Hij kende deze plek, kende alle ruimtes, alle plekken waar je je kon verbergen, wist waar de deuren, gangen, doodlopende ruimtes en ventilatieschachten op uitkwamen. Als reservearts was hij hier in de loop der jaren talloze keren geweest tijdens oefeningen. Een paar jaar geleden was hij zelfs betrokken geweest bij het besluit om de functie van twee van de ruimtes te verwisselen, om redenen die hij zich niet meer kon herinneren. En hij was verantwoordelijk voor het bijhouden van de medicijnvoorraad en het geneeskundig materiaal. Het was een spel van kat en muis. Zo zou hij ernaar kijken.

Rustig, fluisterde Adam Bergman tegen zichzelf. Er was geen reden om in het wilde weg te gaan lopen rondrennen. Hij keek naar de deur van de technische ruimte. Ging naar binnen. Vaag gebrom van de betongrijze generators. Het rook naar stof. Zou hij de stroom uitschakelen? Zorgen dat het donker werd in de gangen en kamers? Nee, daarmee zou hij haar juist helpen. Hij kon beter de noodverlichting aanzetten. Alle lichten aandoen, alles laten baden in het felle kunstlicht waardoor je je onmogelijk zou kunnen verstoppen. De telefoonkabels waren bij elkaar gebonden in een bundel die eindigde in een stekker. Ook in dat opzicht was deze plek een technologisch anachronisme. Het kostte hem moeite om de stekker eruit te trekken, die was bijna vergroeid met de muur, maar het lukte. Er klonk geen geluid toen de telefoonverbinding werd verbroken. Voor de zekerheid trapte hij nog even hard op de stekker, die zo verboog dat hij niet meer in het contact paste. Toen liep hij weer de gang op. Hij bleef stilstaan en luisterde. Hij moest wennen aan het licht; het prikte in zijn ogen, een lelijk, gelig licht dat overal binnendrong, zoals het licht van de natriumlampen op openbare toiletten dat alle kleuren reduceert tot schaduwen van zwart tot geel. Dáár. Hij zag haar. Met haar rug naar hem toe. Ze wankelde weg in tegenovergestelde richting. De telefoon, zei hij in zichzelf. Ze is niet dom, natuurlijk niet. Hij wist alles over Hannah. Hij had gelezen over haar achtergrond. Haar stukgelopen carrière als onderzoeker. De naam die ze had als een van de knapste koppen aan de universiteit, totdat het allemaal uit haar handen glipte toen haar zoon zelfmoord pleegde. Misschien had hij haar beroemde ex-man indertijd zelfs weleens ontmoet tijdens een jubileum op de universiteit. Gustav, heette hij. Een charmante man van de wereld die wist wat hij waard was. Een 'larger than life'-type, het antwoord van de wiskunde op Hemingway, zoals iemand hem in een tijdschrift had genoemd. Ze keek over haar schouder, maar zag hem niet. Hij zag dat ze de hoorn oppakte en probeerde te bellen, maar haar vingers trilden te erg en ze moest het opnieuw proberen. Hij liep in haar richting, sloop zachtjes naar haar toe. Toen hij vlak achter haar was, greep hij haar bij haar keel en armen en hield haar vast.

Ze gilde, probeerde zich om te draaien.

'Het heeft geen zin', zei hij zo kalm als hij kon.

Ze slaagde erin om zich om te draaien. Haar ogen waren wijd opengesperd van angst. Onsamenhangende woorden stroomden uit haar mond naar buiten: 'Laat me los. Wat wil je van me? Waar ben ik? Wat ...'

'Je moet me goed begrijpen, Hannah.' Hij legde een hand over haar mond. Dacht heel even dat ze hem zou bijten. 'Je moet niet proberen te vluchten. Je moet me helpen.'

Nee, ze zou niet bijten. Ze was verlamd, leek het wel. Toen ze hem van zo dichtbij zag, hem in de ogen keek en zijn stem van zo dichtbij hoorde, was het laatste restje wilskracht dat ze misschien nog over had gehad gebroken. Ze had het opgegeven. Hij was bijna ...

Ze sloeg hem. Met een kracht die hij zich niet had voorgesteld, zo heftig, onverwacht, pijnlijk. Ze ramde haar gebalde vuist recht in zijn gezicht. Hij weerde haar af en zij maakte gebruik van het moment en rukte zich los. Een fractie van een seconde leek het of het haar zou lukken. Door de verassing en de pijn liet hij haar los uit zijn greep, maar het lukte haar niet om langs hem heen te komen en hij pakte haar weer vast.

'Klootzak!' schreeuwde ze.

Hij hoorde haar niet. Sleepte haar de gang door, schopte een toevallige deur open en gooide haar op de grond. Er liep bloed in zijn ogen. Hij moest worden gehecht voordat hij verder kon gaan. De gedachte dat hij in ieder geval het bloeden moest stelpen, flitste nog door hem heen voordat hij zijn knie op haar rug zette. Ze schreeuwde. Daarom hoorde ze het klikje niet toen de handboeien zich om haar polsen sloten.

'Help! Help!'

'Niemand kan je horen. We zitten heel diep onder de grond', zei hij terwijl hij haar naar een waterleidingbuis toe sleepte. Hij haalde een plastic strip door de ketting van de handboeien en bond die vast aan de buis.

'Wat ga je met me doen?'

Adam Bergman deed de deur op slot en verdween de gang in.

21

Ten noorden van Kopenhagen. 22.53

Hannah trok zo hard als ze kon aan de handboeien, maar ze begreep al snel dat het hopeloos was. Alles was hopeloos. Iedere keer dat ze trok, schoten de tranen in haar ogen. En wat had ze er ook aan? De deur was op slot en een enkele blik vertelde haar dat het geen gewone deur was, maar eentje die was ontworpen om Het Rode Leger, atoomwapens en Brezjnev tegen te houden. Ze zou hem nooit openkrijgen. Ze zat met handboeien vastgebonden aan een leiding. *Opgesloten*. De kamer om haar heen baadde in een gelig licht. Hij was misschien twaalf vierkante meter groot. Wat zag ze om zich heen: een tafel die tegen de muur stond, een stoel, vier ruwe betonnen muren. Zoals een gevangeniscel. En het had ook iets van de klaslokalen uit haar jeugd. Boven de tafel hing een wereldkaart; een piepkleine wereld in elkaar geperst op A3-formaat. Tsjecho-Slowakije, De Sovjetunie, Joegoslavië. Hierbeneden leek het wel of de afgelopen decennia niet hadden bestaan. Het apparaat op de tafel. Ze zag het nu pas. Een radiotelegraaf vastgeschroefd op de tafel. Met middenop een zwarte knop. Hannah had nog nooit een morseapparaat in het echt gezien, maar ze wist dat ze er nu een voor zich zag. Morse. Natuurlijk. Als mensen elkaar gaan uitmoorden, als de dag komt dat we ons niet langer kunnen inhouden, bombarderen we als eerste de communicatiemogelijkheden van de tegenpartij: satellieten, televisiezenders, centrales voor mobiele telefonie – dat soort dingen. Gebombardeerd. Vernietigd. Als de uiteindelijke oorlog nog maar net een paar minuten aan de gang is, is er al geen radio of internet of televisie meer. Dan resten alleen de kortegolfzenders nog. En het morsealfabet. De laatste geluiden die de mensen naar elkaar zullen sturen, zullen kleine piepjes zijn. Kwaakjes. Als hulpeloze dieren. Zouden er nog ergens radioamateurs zijn daarbuiten?

Hannah dacht na. Natuurlijk waren die er. Misschien gebruikten schepen het ook nog wel als hun moderne zendapparatuur kapot was. Morse was simpel, onverwoestbaar, je kon het niet wegvagen met een bom.

Zou het apparaat nog werken? vroeg ze zich af. Natuurlijk werkte het nog. Alles was nog intact. Wij wachtten nog steeds op de dag des oordeels. Kende ze het alfabet nou maar. Had ze maar ...

Ze verjoeg de gedachte uit haar hoofd. De handboeien hielden haar vastgebonden aan de waterleidingbuis, dus kon ze toch niet bij het apparaat komen. Tenzij ...

Ze ging op haar rug liggen, strekte haar armen en benen tot het uiterste en wist haar voet tussen de poten van de stoel die bij de tafel stond te krijgen. De vloer was ijskoud. Ze slaagde erin om de stoel naar zich toe te trekken, het maakte een hard, schrapend geluid. Ze keek omhoog. De buis liep langs de muur omhoog, boog vlak onder het plafond af in een hoek van negentig graden en liep verder onder het plafond, tot hij weer afboog en aan de andere kant van de kamer langs de muur omlaagliep, ongeveer twee meter van haar vandaan, en dan ergens achter de tafel ophield. Ze klom op de stoel. Eerst haar knieën, een voor een, dan haar voeten. Haar polsen verdraaiden toen ze opstond. Haar gebroken duim deed pijn hoewel hij koud en stijf aanvoelde. *Dood*. Nu stond ze op de stoel. Ze stond op het puntje van haar tenen en kon toen haar armen en de handboeien over de bocht van de buis heen schuiven tot het punt waar hij horizontaal verderliep. Ze had kunnen gillen, maar hield zich in. Ze hing aan haar polsen en de enige steun die ze had kwam van het puntje van haar tenen op de stoel, ze voelde dat haar botten bijna bezweken onder het gewicht van haar lichaam. Wat nu? Zou ze zichzelf glijdend over de buis dwars door de kamer kunnen trekken? Nee, dat was onmogelijk. Als de buis nou een klein beetje naar beneden had geheld ... maar dat was niet het geval. Ze probeerde zich af te zetten tegen de muur achter zich, maar ze kwam geen millimeter van haar plek. Het klamme zweet stond op haar voorhoofd. Even dacht ze dat ze moest overgeven van de pijn. Nieuw idee: misschien kon ze haar benen naar voren zwaaien en zich met haar voeten aan de buis aan de overkant van de kamer vastklampen, en zich op die manier met behulp van haar benen verdertrekken. Hannah gaf het plan meteen weer op. Dat zou zo veel pijn doen dat alleen al de gedachte eraan haar tegenhield. Ze zou met haar volle gewicht aan haar polsen hangen, horizontaal, en dan moest ze zichzelf ook nog voorttrekken met behulp van haar polsen en benen.

Ze hoorde hem op de gang. Ergens. Kwam hij dichterbij? Ze kon het onmogelijk vaststellen. Ze deed haar ogen dicht, zette zich af van de stoel en slingerde haar beide benen in de richting van de buis aan de andere kant van de kamer. Misschien waren allebei haar polsen gebroken? Ze kon het onmogelijk vaststellen. Zo voelde het wel. En het lukte haar niet om haar voeten om de buis heen te slaan. Een nieuwe poging. Dit keer deed het minder pijn. Misschien is dat het geheim van pijn, dacht ze doelloos. Dat die bij de eerste aanval al zijn kruit verspeelt. Dit keer lukte het wel. Ze kon haar hielen achter de verticale buis aan de overkant van de kamer haken en nu hing ze in een boog onder het plafond. Van daar probeerde ze zichzelf via de horizontale buis onder het plafond verder te trekken. Centimeter voor centimeter. Een aantal keren verloor ze bijna de greep met haar voeten, maar ze wist zich vast te houden en kwam langzaam, oneindig langzaam, dichterbij haar doel. Halverwege. Ze deed haar ogen dicht. Toen trok ze weer, dichterbij, dichterbij, totdat ze bij het eind was en de buis weer in een hoek van negentig graden naar beneden liep, en –

Ze gleed aan de andere kant naar beneden en landde hard met haar rug op de tafel.

22

Bispebjerg Hospital – Afdeling Kinder- en Jeugdpsychiatrie. 22.55

Dokter Schultz hoefde haar niet wakker te maken. Ze sliep niet. Niels kon het aan haar ogen zien toen ze overeind kwam. Die waren wakker.

‘Silke. Er is hier iemand die graag met je wil praten.’

Dokter Schultz ging op de rand van haar bed zitten.

‘Hij is van de politie. Hij wil je graag een paar vragen stellen.’

Silke keek eerst naar Niels. Toen naar de arts. Dokter Schultz pakte haar hand. Ze liet het toe. Ze had geen verdediging.

‘Vijf minuten’, zei dokter Schultz terwijl hij Niels aankeek.

‘Alleen.’

De psychiater wilde protesteren, maar Niels deed een stap naar achteren en hield de deur voor hem open.

‘Nu.’

Dokter Schultz keek naar zijn patiënte: ‘Ik ben vlak achter de deur, Silke.’

‘Zo is het wel genoeg. U hoeft niet te doen alsof ik gevaarlijk ben. Ik ben van de politie. Ik ben hier om haar te beschermen.’

Eindelijk, met tegenzin, stond de arts op en ging naar de gang. Niels deed de deur achter hem dicht en ging op het bed zitten. Silke keek naar de grond. Ze begon op haar nagels te bijten, stopte er weer mee en begroef haar handen onder het dekbed. Ze was knap. Donkere ogen die ergens diep in haar hoofd beschutting hadden gezocht. Iets in haar blik deed Niels denken aan een verschrikt dier.

‘Silke. Ik denk dat jouw vader iets heel doms heeft gedaan.’

Ze bewoog niet.

‘Ik denk dat jouw vader mijn vrouw gevangen heeft genomen. Omdat hij op de een of andere manier denkt dat zij hem kan helpen.' Niels probeerde haar ogen te ontmoeten. 'Waar zou ze hem mee moeten helpen, denk je, Silke?'

Hij pakte haar hand. Een slappe poppenhand. Geen weerstand.

'Waar heeft hij mijn vrouw mee naartoe genomen? Kun jij mij daarbij helpen? Als ik nou eens raad, kun jij dan in mijn hand knijpen als ik in de buurt ben? Zullen we dat proberen?' fluisterde Niels.

23

Ten noorden van Kopenhagen. 22.56

Het overzicht van het morsealfabet hing aan de muur achter de tafel. De getallen ernaast. Mooi zo, dacht Hannah. Keurig. Goed geregeld. Hier zou een man of een vrouw in uniform op een mooie dag zitten en een laatste afscheidsgroet in morse aan de wereld verzenden. Monotone piepgeluidjes die net als de violen op de Titanic de grote ondergang moesten begeleiden. Met niet meer dan korte en lange tonen. Puntjes en streepjes die negenentwintig letters vormden. De lettercombinatie CH had zijn eigen plek in het alfabet. Vier streepjes. Waarom? Om 'Christus' en 'Churchill' sneller te kunnen schrijven? Nee, dacht Hannah. Misschien omdat morse in het Engels werd geschreven. Samuel Morse. Amerikaan of Engelsman? Ze wist niet veel over hem. Of, ja, één detail: dat hij behalve uitvinder ook een goede portretschilder was, een ongewone combinatie. Hannah staarde naar het morseapparaat en schudde haar hoofd. Een eenvoudige constructie, een primitief communicatiemiddel. Het leek op een ondefinieerbaar voorwerp in de etalage van een antiekzaak in een anoniem zijstraatje. Een apparaat dat niemand op deze wereld meer nodig had. En toch stond het hier. Als voorbereiding op een tijd waarin wij langzaam worden teruggebombardeerd in de tijd. Waarin de moderne beschaving het verliest van een onverwacht sterke vijand. Een asteroïde. Een virus. Een chemisch wapen. Eerst twintig jaar terug. Internet verdwijnt. Dan tachtig jaar. Televisie. Telefoon. En nog verder terug. Naar een tijd waarin de moderne maatschappij slechts een vage herinnering is en we weer eten klaarmaken dat we zelf gevangen hebben, boven vuurtjes die we 's nachts bewaken, uit angst dat we in onze slaap zullen sterven van de kou.

Er lag een ander apparaat naast. Ingepakt in doorzichtig plastic. Nog een morseapparaat. De moderne versie. Niet aangesloten. Irritant. Het zou veel makkelijker zijn geweest om dat te gebruiken. Bij dit apparaat kon je op cijfers drukken die automatisch werden omgezet in morsecode. Maar het oude model was aangesloten op de kabels. Vast om ermee te kunnen oefenen. Een handgeschreven blaadje naast het morsealfabet gaf haar hoop: 'Nieuw teken toegevoegd in 2004 – @', stond erop. Met de bijbehorende morsecode. Als er nog steeds nieuwe tekens werden toegevoegd, werden die ook gebruikt. Waarom zou je anders nieuwe bedenken?

Hannah luisterde, ze hoorde hem niet. Maar ze had weinig tijd.

Hoe zette je het aan? Een simpele schakelaar en een volumeknop aan de muur. Als ze zich helemaal uitstrekte kon ze net met haar voet bij de knop komen. Met haar teen. De knop waarmee het apparaat kon worden aangezet. *Klik*. Eerst gebeurde er niets. Een zwak suizen dat misschien alleen in haar eigen hoofd bestond. *Daar*. Een piepje. Heel zwak. Maar het was er. Zou ze het volume iets harder kunnen zetten? Nee. Het was goed genoeg. Gebruik je tijd zo efficiënt mogelijk, Hannah, zei een stem in haar hoofd. Ze luisterde. Korte piepjes, lange piepjes. Vier korte? Twee lange. Ze keek naar het alfabet. Probeerde de geluiden te ontcijferen. Dit was iets waar ze goed in was. Numerieke combinaties. Ze las op het prikbord. 'Tussen de morsetekens moet een pauze zitten die overeenkomt met een streepje'. En daaronder: 'Tussen de woorden moet een pauze zitten die drie keer zo lang is als een streepsignaal'. Oké. Ze luisterde. Wachtte op een pauze tussen de signalen. Dáár. Punt. Streep. Punt. Punt. Haar ogen schoten over het alfabet terwijl ze naar het volgende signaal luisterde. Streep. Streep. Streep. Makkelijk. Dat was een 'o'. Een kind kon de was doen. En het eerste signaal was een 'l'. En dan drie puntjes en een streepje. 'lov'. En dan als laatste een puntje. Of? Ja. Een lange pauze na het laatste puntje. Haar ogen gingen langs het alfabet aan de muur. Dáár. Een puntje was 'e'. Dat betekende dus dat het 'love' was.

24

Bispebjerg Hospital – Afdeling Kinder- en Jeugdpsychiatrie. 22.58

Niels hoorde dokter Schultz ongeduldig ijsberen op de gang. Hij haalde diep adem en keek het zwijgende meisje aan. Toen ging hij verder. Hij had niet de hoop dat ze haar mond open zou doen. De kleinste signalen. Datgene waarvoor hij was opgeleid om ze waar te nemen. De reflexen en lichamelijke veranderingen waar de mensen zelf geen controle over hadden. Dát was wat hij zocht.

'Hebben jullie misschien een oud vakantiehuisje? Denk je dat je vader mijn vrouw heeft meegenomen naar een plek waar jullie samen op vakantie zijn geweest?'

Niels hield zijn hand helemaal stil. Hij nam de tijd. Liet Silkes hand losjes in de zijne liggen, rust vinden. Het was een kwestie van vertrouwen. Ze moest haar verdediging laten zakken. Pas als die weg was, kon er ruimte ontstaan voor de kleine, onzichtbare veranderingen in het lichaam.

'Ik begrijp het best als je niets over je vader wilt zeggen. Niets wat hem kwaad zou kunnen doen.'

Hij probeerde haar blik te vangen. 'Je moet weten dat ik hem geen kwaad wil doen', zei Niels. Een leugen. Denk daar nou aan, Niels. Alleen de waarheid spreken.

'Nee, dat klopt niet, Silke, wat ik net zei. Sorry.'

Ze tilde haar hoofd op. Keek langs hem heen. Naar de muur.

'Ik ben woedend op je vader omdat hij mijn vrouw heeft meegenomen.'

Diepe zucht.

'Ze is zwanger. Begrijp je dat? Ik wil niet dat er iets met haar gebeurt.'

Niels keek over zijn schouder. Dokter Schultz stond op de gang en keek naar binnen door het raampje.

'Ik weet heel goed dat jullie iets vreselijks hebben meegemaakt, Silke. Hoor je me?' Hij keek naar haar hand. Die lag dood in de zijne. Hij kneep erin. Hard. Probeerde een of andere reactie bij haar uit te lokken.

'Geef me een teken, Silke. Anders kan ik je vader niet redden.'

Dokter Schultz stak zijn hoofd om de hoek van de deur: 'Ik denk dat we zo'n beetje moeten afronden.'

'Of een hut ergens? Een volkstuin, of ...'

'Hebt u gehoord wat ik zei?'

Niels draaide zich om. 'Geef me nog één minuut.'

'Dat dacht ik niet.'

Niels verhief zijn stem: 'Nu! Of wilt u graag tegen de grond worden geduwd en in de handboeien geslagen wegens obstructie van politiewerk?'

'Nu gaat u echt te ver, u kunt me niet zomaar het bos in sturen', zei dokter Schultz en hij ging door met protesteren. 'Dit meisje is psychisch ziek, u kunt hier niet zomaar binnenkomen en ...'

Er kwam nog een verpleegkundige bij. Op datzelfde moment voelde hij dat Silke in zijn hand kneep. Hij keek haar aan. Was het een teken? *Contact?*

'Wat was dat?' zei Niels. 'Waarom heb je in mijn hand geknepen? Handboeien? Op de grond drukken?' Hij keek naar haar hand. Niets. Wat had hij gezegd? Of was het iets wat dokter Schultz had gezegd?

'Was het iets wat ik heb gezegd?'

Niets.

'Dokter Schultz?'

Daar. Een bijna onmerkbaar kneepje.

'Hij zei dat jij ziek was?'

Niets.

'Nee ...'

Niels dacht na. Dat was moeilijk terwijl dokter Schultz achter hem stond. Hij praatte boos tegen de verpleegkundige.

'We moeten contact opnemen met zijn chef. Politie of niet, ik accepteer dit gewoon niet.'

'Iets wat dokter Schultz zei?' fluisterde Niels en hij boog zich naar voren, helemaal tot vlak bij Silkes gezicht.

Opnieuw een kneepje.

'Dat ik te ver ging? Dat ik hem het bos in stuurde?'

Nog een laatste kneepje voordat Niels de hand van dokter Schultz op zijn schouder voelde.

25

Ten noorden van Kopenhagen. 22.59

Een streepje en twee puntjes. 'd'. Ze plakte de letters aan elkaar. 'Love to the world'. Hoe konden ze zo snel schrijven? Misschien omdat ze een nieuwer morseapparaat gebruikten. Zo een als het apparaat dat niet-aangesloten op de tafel lag. Nu was zij aan de beurt. Haar handen waren vastgebonden aan de waterleidingbuis. Ze kon het zendertje net met haar ellebogen raken. Of ze kon op de tafel klimmen. De handboeien iets omhoog schuiven langs de buis zodat ze kon gaan staan. En dan met haar voet morsetekens maken. Ze koos voor de laatste oplossing. De tafel op. Haar voet op het koperen blokje. Toen begon ze. S O S. Drie korte. Drie lange. Drie korte. Misschien iets te snel? Ze overwoog van voren af aan te beginnen. Nee, niet genoeg tijd. Ze hoorde hem ergens daarbuiten. Voetstappen. En een klap tegen iets van metaal? Het apparaat zond nieuwe geluidjes uit. Drie lange. Een lange en een korte. Haar ogen gingen over het blaadje met het morsealfabet, snel, geconcentreerd: O N T H E S E A.

On the sea, dacht ze. Was hij op zee? Nee. Of dacht hij dat zij op zee was? Misschien. Ja, hij vroeg of zij op zee was.

NO, seinde ze terug. Kies een woord, Hannah, dacht ze. Imprisoned? Te lang. Wat dan? Hostage? Nee. Nu had ze het. Streepje, puntje, streepje, puntje. Korte pauze. Niet langer dan de tijd die een streepje duurde. Dan het volgende. En dan een 'a'. En een 'u'. De 'g' was makkelijk. Twee streepjes en een puntje. Het ging heel goed. Zou ze het halen? Ze hoorde hem rommelen aan de andere kant van de deur. Vergeet hem. Dit is je kans. Klaar. 'Caught'.

Ze stopte. Een moment voelde ze de wanhoop door haar lijf schieten. Het zou haar nooit lukken. Wat had het voor zin om een morsebericht te sturen naar iemand die zich misschien op tienduizend kilometer afstand bevond, met de boodschap dat ze ergens gevangenzat, maar niet wist waar? Dat was niet veel beter dan als je op een zinkend schip midden op zee zat en flessenpost in het water gooide met de boodschap 'help'. Toen begon 'Love to the world' weer. Een enkel woord. Het duurde maar een paar seconden. 'Where'. Op de gang zei Bergman iets wat ze niet registreerde. *Vergeet hem.*

Wat nu? Denk na, Hannah. De simpelste, snelste oplossing. De uitleg waar ze was. Een keer diep ademhalen. Toen begon ze.

26

Bispebjerg Hospital. 23.02

In het bos. Niels rende de trap af. Hij belde Casper. Die had zijn telefoon uitgezet, of hij was aan het bellen. Hij ging in ieder geval op de voicemail.

'Casper. Er moet iets zijn. In het bos. Een vakantiehuisje. Ze moeten een oud vakantiehuisje hebben gehad. Of de ouders van zijn vrouw. Of zíjn ouders. Zoek op alles wat je kunt vinden. Of een jachthuis. Wat moet je anders in een bos?'

Niels hing op. Hij stond bij zijn auto. Waar moest hij naartoe rijden? Hij voelde de tranen opkomen. De wanhoop.

Het geluid van de telefoon bezorgde hem een schok.

'Casper. Heb je mijn bericht gehoord?'

Stilte.

'Hallo?'

Nog meer stilte. Maar Niels hoorde dat er iemand aan de lijn was, en hij zei wat harder: 'Met Niels Bentzon. Met wie spreek ik?'

Een verre stem, een jonge man, Amerikaans-Engels: 'Hello?'

'Met wie spreek ik? Ik ben Niels.'

'Niels? Do you speak English?' vroeg de stem.

'Ja', antwoordde Niels in het Engels. 'Met wie spreek ik? Wie ben je?'

'Anthony', antwoordde de stem. 'Anthony Gibson. Ik bel uit Coldwell, Idaho. Waar ben jij?'

Niels wilde het liefst het gesprek afbreken. Maar iets in de stem van de vreemdeling maakte dat hij aarzelde. Een speciale klank. Ernstig, bijna wanhopig. Hij zei: 'Denemarken, Europa. Wat wil je?'

'Ik weet het niet. We zijn bezig met een project op school.

Voor natuurkunde. We proberen ons eigen morseapparaat te maken. Snap je?’

Snapte Niels dat? Hij snapte dat hij een tiener aan de telefoon had. Een jongen die vanuit zijn school, ergens in Amerika belde omdat hij bezig was met een project over morse. Niels hoorde stemmen op de achtergrond. Andere leerlingen? Een leraar, er ging een bel, meisjes giechelden.

‘Bent u daar nog?’

‘Ja’, antwoordde Niels. ‘Maar waarom bel je mij?’

‘Ik heb net een noodoproep ontvangen. Een sos.’

‘Ja?’

‘Nou: iemand heeft dus net een sos uitgezonden, en ...’

‘Je bent niet gebeld?’

‘Nee, het was een morsesignaal.’

‘Morse?’

‘Ja. Morse. Ik heb het ontvangen via mijn radio.’

‘Met mijn telefoonnummer?’

‘Ja, met dit nummer. Eerst een sos en toen dit nummer. En daarna nog een nummer.’

‘Heeft ze nog meer gezegd?’

‘Ze? Nou, ja: gevangen. Ze zei ook dat ze gevangenzat.’

‘En nog een nummer? Wat was dat voor nummer?’

‘Wacht even’, zei de jongen.

Pauze. Geritsel. Toen was de jongen er weer.

‘Bent u er klaar voor?’

‘Ja’, zei Niels.

‘Oké. Het nummer dat ik heb ontvangen is 5, 6, 1, 1. En de letter N.’

Niels had niets om mee te schrijven. Hij stond buiten in de Deense zomernacht, totaal wanhopig. Zijn autosleutel.

‘Wil je dat nog een keer zeggen?’

Niels drukte de sleutel in de lak van het autodak.

‘5, 6, 1, 1, N.’

Hij kraste de getallen en de ene letter in de lak.

‘Oké. Verder nog iets?’

'Verder niets.'

'Maar ...'

'Helaas. Daarna werd het contact verbroken.'

'Blijf het proberen.'

'Maar ...'

'Anthony! Blijf het proberen. En bel mij meteen als je iets hoort.'

Stilte op de lijn. Niels hoorde een volwassen stem die tegen de jongen sprak. Iets als 'zo gaat het als je morseberichten stuurt – verantwoordelijkheid'.

'Anthony?'

'Yes?'

'Thank you.'

Niels brak het gesprek af. Hij zweette. *Hannah*. Ze had hem op de een of andere manier een reeks getallen weten te sturen. Natuurlijk. Getallen waren haar universum, haar taal. Hij keek naar de getallen op het dak van de auto. GPS-coördinaten. Een lengtegraad of een breedtegraad? Een noodsignaal. 'Caught'. Van waar kun je nog morsesignalen sturen?

27

Ten noorden van Kopenhagen. 23.04

Ze hoorde hem. Hij kwam dichter bij de deur. Idaho, dacht Hannah. Ik heb mijn laatste hoop in de handen van een volkomen vreemde man in Idaho gelegd. Waarom dacht ze dat het een man was? Waarom dacht ze überhaupt iets? Ik weet niet eens waar het ligt. In de buurt van Colorado? De Rocky Mountains? Of is het een woestijnstaat? *My Own Private Idaho*. Een film die ze ooit met Gustav had gezien. Ja, heel veel woestijn, en die acteur die jong gestorven is. Net zoals zij nu zou sterven. Te jong. Net zoals Johannes.

De deur ging bijna open. Het was een kwestie van seconden. Ze trok opnieuw aan de handboeien. Hard, maar halfslachtig. Het had geen zin. Nog een klap tegen de deur. Of een trap? Het maakte niet uit. Hij mocht komen. Om de een of andere reden was haar angst bijna erger als ze hem niet kon zien. Op hetzelfde moment ging de deur open.

'Wat heb je gedaan?'

Hij keek naar het morseapparaat. Naar de luidsprekerbox waar kleine geluidjes uit kwamen. Geluidjes die werden verstuurd vanaf de andere kant van de Atlantische Oceaan. Een paar seconden lang bleef hij gewoon staan. In de war. Confuus, terwijl hij probeerde te bedenken wat de consequenties waren.

'Ik heb een noodsignaal verstuurd', zei Hannah, ze probeerde overtuigend te klinken.

Bergman keek naar het apparaat op de tafel. Naar het morsealfabet aan de muur. De luidspreker waar nog steeds geluidjes uit kwamen.

'Ze hebben me gehoord. Ze zijn onderweg', zei ze, en daarna iets minder zelfverzekerd: 'Je kunt me net zo goed vrijlaten.'

Bergman liep naar de tafel toe. Hij trok de stekker eruit. 'Niemand vindt ons hier.'

'Jawel. Ik heb ze verteld waar we ...'

Bergman onderbrak haar: 'Wie heb je wat verteld? Je weet niet eens waar we zijn!'

'Ik heb de maan gezien. Ik weet op welke breedtegraad we zitten. Hoelang denk je dat het zal duren voordat ze het hebben uitgerekend? Laat me vrij, dan zal het minder erg voor je worden.'

Ze kon zijn adem voelen. Warm. Heel dicht bij haar oor.

'Het kan me niets schelen wat er met mij gebeurt. We zijn hier niet voor mij. We zijn hier om de moordenaar van mijn vrouw te vinden. En nu gaan we beginnen.'

28

In noordelijke richting. 23.08

Het stuur begon te trillen toen hij over de tweehonderd kilometer per uur reed, maar de motor klonk alsof hij er geen enkel probleem mee had.

'Het laatste getal was een twee?'

'Nee, een één', zei Niels en hij verstevigde zijn greep rond het stuur.

'5, 6, 1, 1, N?'

'Ja.' Niels sprak hard tegen Casper. 'Een breedtegraad?'

'Dat moet ergens in Noord-Sjælland zijn', zei Casper.

'Ik ben in Noord-Sjælland. Ik kom nu in de buurt van 56, 11, N.'

'Hellebæk.'

'Wat is dat?'

'Er is een bos. Huizen. Een dorpje.'

Niels dacht. Aan Silke. In het bos. Het kneepje van haar hand toen de psychiater had gezegd: 'U kunt me niet zomaar het bos in sturen'. Misschien was het toeval geweest. Het soort doodlopende sporen waar de politie normaal gesproken heel veel tijd en energie in steekt. Maar Niels had niet veel tijd en energie te verspillen. Hij moest een besluit nemen. Casper onderbrak zijn gedachtenstroom: 'Ze heeft een morsebericht gestuurd?'

'Het was in ieder geval binnengekomen als morsesignaal.'

'Wie stuurt er tegenwoordig in godsnaam nog morseberichten?'

'Ja. Wie?'

'Ik denk schepen.'

'Misschien.'

'Het probleem is dat we alleen een breedtegraad hebben. Het kan overal op die ...'

'Het bos! Concentreer je op het bos, Casper. Onderzoek wat er in de omgeving is. Zoek een link tussen Adam Bergman en ...'

'En wat?'

Niels zette de auto langs de kant van de weg. Uit pure wanhoop. En om goed na te kunnen denken. Het belangrijkste was dat hij de seconden goed benutte. Hij stapte uit en stond langs de kant van de weg vlak bij een of ander Noord-Sjællands dorpje. Trage muggen zoemden om hem heen. Het rook naar stal.

'Wat nu?' zei hij hardop tegen zichzelf. Hij hoorde Casper in de telefoon. Zijn vingers op het toetsenbord. Snel.

'Waar denk je aan?' vroeg Casper.

'Ik denk aan morse. Ik denk aan het bos in sturen.'

'Het bos in sturen?'

'Dat duurt te lang om uit te leggen. Maar het is een spoor. Misschien niet het meest betrouwbare.'

'Oké.'

Niels probeerde zijn gedachten te concentreren.

'Wat weten we over hem?' vroeg Casper.

'Over Bergman? Hij is slaaponderzoeker.'

'En vader.'

'En zijn vrouw is vermoord', zei Niels.

Stilte. Een kort moment.

'Vertel eens iets over het gebied', zei Niels.

'Het gebied rond 56,11', mompelde Casper voor zich uit en daarna hoorde Niels alleen nog het geluid van zijn tikkende vingers. 'Er is een oude molen in het gebied. De Hammermølle. Werd vroeger gebruikt voor de productie van wapens ...'

'Wapenproductie? Misschien ...'

'Maar nu niet meer. Het is nu een museum.'

'Ga door', schreeuwde Niels.

'Het is een geliefde plek voor ornithologen. Het gebied rondom Hellebæk.'

'Ga door.'

'Vooral roofvogels. Het gebied is bekend om zijn grote roofvogeltrek. En er zijn veel reeën.'

'Jagers?'

'Dat weet ik niet.'

'Wapens en reeën en vogels', zei Niels. 'Wat heeft een slaaponderzoeker hier in godsnaam te zoeken?'

Stilte. Misschien dacht Casper na. Misschien had hij het opgegeven.

'Kom op, Casper. Vlak bij zee. Het plaatsje ligt aan de Sont.'

'Schepen, vracht, visserij, veerboten, jachthavens', mompelde Casper en hij onderbrak zichzelf: 'Vanaf schepen worden morsesignalen verstuurd.'

'Zijn er onopgeloste zaken in het gebied?'

Pauze. Toetsgeluiden. Geritsel door de telefoon. 'Een inbraak vorig jaar.'

'Ga door.'

'Er is vorig jaar ook een onopgeloste verkrachting geweest. Een tienermeisje dat op weg naar huis was van paardrijden.'

'Nee, Casper.'

'Rijden onder invloed. Twee zaken.'

'Nee.'

'Casper negeerde hem. 'Bij een van die zaken werd een reservist geraakt door een auto, maar hij had alleen een gebroken been.'

'Een reservist?'

'Ja, de dronken man is recht op een groep soldaten van de Nationale Reserve ingereden. Waarschijnlijk op oefening. Die zitten echt overal.'

'Worden er vaak militaire oefeningen gehouden in dit gebied?'

'Wacht even.'

'Is er een kazerne in Helsingør?'

'Birkerød.'

'Niet bij Hellebæk? Hij is arts bij de Nationale Reserve.'

'Wie?'

'Adam Bergman is reservearts. Komt dat niet naar boven als je op zijn naam zoekt?'

'Nee, maar ...'

'Maar wat?'

'Wacht even.'

'Kom op, Casper.'

'Ik krijg heel veel foto's.'

'Waar?'

'Als ik zoek.'

'Foto's van wat?'

'Van het leger. Gemaakt door de plaatselijke bevolking. Wacht even. Moet je horen. Van een Facebookpagina: "Het bos was weer eens afgesloten. Geheime oefeningen. Alsof wij niet weten waar die atoombunker is."'

'Wat?'

'Die atoombunker. Wacht even. Hier.'

Stilte in de telefoon. Stilte totdat Casper hem verbrak: 'Regan Oost, de regeringsbunker.'

Niels hoorde wat hij zei, maar hij begreep het niet.

'Regan Oost', herhaalde Casper. 'Dat is daar vlakbij. Niet precies dezelfde coördinaten, maar ...'

'Het kan zijn dat ze die niet helemaal precies wist', dacht Niels hardop. 'Regan Oost, is dat ... die bunker?'

'Precies. Er is er ook nog een in Jutland. Dat is Regan West, maar ik geloof dat ze die gaan sluiten. Regan Oost is er nog. Een overblijfsel uit de Koude Oorlog. Diep onder de grond. De bunker moest onderdak bieden aan de regering en het koningshuis voor het geval er een atoomoorlog uitbrak of een ramp.'

Niels had de auto al gestart.

'Kan hij toegang hebben tot die bunker?' vroeg Casper.

'Als hij reservist is, waarom niet?'

'Dat verklaart ook waarom ze morsesignalen heeft gestuurd.'

'Kun je me heel precies vertellen waar die bunker ligt?'

29

Regan Oost. 23.09

Adam Bergman zette de monitors aan. Langzaam kwamen ze tot leven. Alsof ze uit een diepe slaap werden gewekt. Moderne apparatuur, ogen in de nacht. Zwart-witbeelden van het bos rond de ingang van Regan Oost. Dit was onderdeel van de spullen die waren geïnstalleerd tijdens de grote renovatie van twee jaar geleden – waar hij zelf bij betrokken was geweest. Hij had alle geneeskundige apparatuur laten vervangen. Zelfs de operatietafels, die begonnen te roesten bij de wielen, waren vervangen door nieuwe, moderne tafels. En hij zorgde altijd dat de medicijnvoorraad werd vervangen en bruikbaar was. Net zoals de grote voorraad voedsel die altijd klaar was voor gebruik. Melkpoeder en conserven. Er was genoeg om honderdvijftig mensen zes maanden lang te voeden. *Zes maanden*. Dat was de vastgestelde tijdslimiet waarbinnen ze zouden proberen terug te vechten vanuit een bunker diep onder de Deense grond.

Hij keek naar Hannah. Ze probeerde nog steeds haar handen los te wringen. Hoelang zou ze weerstand blijven bieden?

'Ik had gedacht dat het bij jou makkelijker zou gaan', zei hij. 'Jij hebt het toch al eens eerder meegemaakt?' Ze keek hem aan. Ze ademde door haar neus, haar mond was weer afgeplakt met een stuk zwart tape. Ze zag eruit als iets wat door iemand was getekend, een schets van een mens die aan het einde was.

'Ik begrijp niet waarom je zo bang bent. Je weet toch dat de dood niet het einde is?'

Ze schudde haar hoofd. Hij keek naar de monitors. Hij had een paar uur nodig. Minstens één uur. Stel dat ze erin was geslaagd om een bericht te sturen, zoals ze beweerde. *De auto*. Misschien moest hij die wegzetten. Voor het geval er iemand kwam. Voor het geval ze contact met iemand had weten te maken. Alleen het leger was op de hoogte van de precieze locatie en de ingang van Regan Oost, maar op dit moment stond de auto vlak voor de ingang. Hij keek naar de monitors. *Niets.*

'Ik kom terug', zei hij. Dit keer verzekerde hij zich ervan dat ze niet weg kon komen, dat ze de handboeien niet over de buizen kon trekken. Ze mompelde iets achter het zwarte tape.

'Het duurt niet lang. Dan gaan we beginnen.'

Hij rende in de richting van de trap. Zijn voetstappen weergalmden door de lege gangen. Misschien was het gewoon paranoia. Waarschijnlijk was het dat. Maar toch: hij had geen reden om nonchalant te zijn. Overmoed was nooit goed. Misschien zou iemand de auto zien en zich afvragen wat die daar deed. De politie bellen. Denken dat er iets niet in orde was. Waarom stond er op dit tijdstip een eenzame auto op een van God en alleman verlaten plek diep in het bos? Het risico was klein, dat wist hij, maar details waren er vaak de oorzaak van dat dingen fout gingen. De kleine dingen waar niet aan was gedacht. Waarom zou hij dat risico niet elimineren? Het zou maar een paar minuten duren. De trap op, de auto een paar honderd meter wegrijden, hem ergens neerzetten waar hij zo veel mogelijk uit het zicht was en dan terugrennen. Dat was het enige verstandige wat hij kon doen. Ook voor Silke. Zij was de enige die belangrijk was. Het antwoord vinden en Silke rust geven.

Schiet op nou, zei hij tegen zichzelf.

De trap was snel genomen. De adrenaline gaf hem extra kracht. Of liever gezegd: de adrenaline gecombineerd met het slaaptekort en de oppeppende stoffen waarmee hij zichzelf volstopte. Er was ook iets met zijn gezichtsvermogen. Het leek wel of hij scherper zag dan anders. Meer details, meer gefocust. Toch wist er nog een gedachte zijn hoofd binnen te sluipen die niet in het plan paste. Een paar losse gedachten: Hij kon het over een andere boeg gooien. Het allemaal opgeven. Naar het ziekenhuis rijden, Silke ophalen, haar in de auto zetten en wegrijden. Waarheen? Zo ver mogelijk weg. Iets met strand. Warmte. Sicilië. Vulkanen en sinaasappels. Nee. Hij dwong zichzelf zijn gedachten te concentreren. Hannah. Het plan. Niet aan Silke denken nu. Of de artsen en hun goedbedoelde blikken. De kinderen in de groepswoonkamer en hun toekomst, die niemand nodig heeft. Hij was bovenaan de trap en deed de deur open. Stapte de vrijheid in, deed de deur achter zich op slot en rende de paar stappen over de bosgrond naar de auto. Hoe ver weg zou hij hem parkeren? Hij startte de motor. De muggen in het bos krioelden in het licht van de koplampen. Er lagen ongebruikte spuiten en pipetten op de passagiersstoel. Hij begon onvoorzichtig te worden. Als de politie het had gezien ... Het maakte niet uit. Hij was hier nu. Hij moest alleen nog even dit laatste doen.

Toen hij het bos in reed, zag hij het in de spiegel. Ver weg. Het licht van een andere auto. Kon het op het landweggetje zijn? Nee. De auto was in het bos. Hij zette de motor af.

30

Hellebæk. 23.18

Niels parkeerde de auto op de open plek. Was het hier? De coordinaten klopten met wat Casper had gezegd. Hij stapte uit de auto op de zachte bosgrond. Toen zag hij het: de deur leek op te rijzen uit het bos. Perfect gecamoufleerd. Een deur naar het binnenste van de aarde, bijna een deel van de natuur geworden. Er groeiden gras en takken rondom de betonnen constructie. Niels twijfelde eraan of hij op de juiste plek was; of dit de ingang was van een ondergronds complex dat onderdak kon bieden aan honderden mensen. Hij pakte de koude, stalen deurkruk beet en duwde hem naar beneden. De deur kwam geen centimeter van zijn plaats. Zijn benen trilden. Hij had het koud. *Wat als het helemaal niet hier is? Wat als je te laat bent?* Is dit niet gewoon een of andere generator? Er waren helemaal geen ramen. Ventilatieschachten? Lucht? Ja, dacht Niels. Als dit Regan Oost was, moest er ventilatie zijn. Maar waar? Misschien was dit het moment om om hulp te bellen. Niels keek naar zijn mobiel. Geen bereik. Hij woelde met zijn schoenen in de bosgrond, voorzichtig, onderzoekend. Zoals Dicte zou hebben gedaan. Waarom dacht hij op dit moment aan haar? Omdat de solist nu moest vertrekken. Omdat hij hulp nodig had. Nu. Hij liep terug naar de auto, startte de motor en zette de koplampen aan. Nog steeds geen bereik op zijn mobiel.

Geef me signaal.

Hij liep om de poort heen en zocht de ingang en een signaal van een mobiele telefoniemast. Niets dat leek op een tweede ingang. Niets. En toch, dacht hij. Misschien was er toch iets, daar waar de bomen heel dicht op elkaar stonden, alsof ze iets verborgen. Niels liep er dichter naartoe. Bladeren en takjes knapten onder zijn voeten. Er stond een auto. Een witte bestelbus. De auto die was gebruikt om Hannah hiernaartoe te vervoeren? Misschien zat ze er op dit moment in? Nee, ze moest zijn meegenomen naar de bunker en van daaruit het morsebericht hebben verzonden. Dat kon niet anders. Ze leefde. Ze was in ieder geval kortgeleden nog in leven geweest. Hij liep om de auto heen naar de achterdeur en keek naar binnen. Niets. Niets behalve de geluiden van het bos. Of toch?

De klap was onprofessioneel: te hard en op de verkeerde plek. Tegen zijn slaap in plaats van tegen zijn achterhoofd – daar waar iedere politieagent weet dat je iemand moet raken. Dan gaan mensen knock-out, ze gaan uit zoals een apparaat dat geen stroom krijgt, en niet zoals Niels nu, schreeuwend van de pijn, dubbel ziend, stuiptrekkingen in zijn benen.

'Bergman. Wacht!'

Niels probeerde overeind te komen, op zijn knieën. Hij haalde uit naar de man maar raakte alleen lucht. De smaak van zomer in zijn mond, van bessen en aarde, droog van de zon. 'Hannah!' schreeuwde Niels. Hij stond op, maar viel meteen weer om. Toen hij zich omdraaide, stond de slaaponderzoeker Adam Bergman vlak achter hem. Bergman deed een stap naar voren. Niels probeerde de slag af te weren met zijn arm, maar daardoor sloeg zijn tegenstander alleen nog maar harder. Twee keer. Niels dacht duizend gedachten. Over Hannah en Leon en Casper en de ongeboren tweeling, maar ze konden hem geen van alle op de been helpen. Hij voelde een prik in zijn schouder. Een bij, redeneerde zijn mistige brein. Toen hij weer opkeek, zag hij Bergman met een spuit in zijn hand.

'Waar is ze? Waar is mijn vrouw?' Niels bracht zijn hand naar zijn nek.

Bergman zag eruit als iemand die net een partij schaak had gewonnen. Hij deed een stap naar achteren.

'Wat heb je gedaan?' De pijn aan zijn slaap trok snel weg. Te snel. Wat het ook was dat Bergman hem had ingespoten, het was in ieder geval effectief.

Niels hees zich op zijn knieën. Verder overeind op zijn benen. Hij deed een stap in Bergmans richting, haalde naar hem uit en raakte zijn gezicht. Bergman duwde Niels weg, rustig en afwachtend, alsof hij wist dat Niels bijna zou wegzakken in een diepe slaap. Of doodgaan? Dat inzicht drong tot Niels door toen hij met zijn handen in de bosgrond klauwde. Dit zijn mijn laatste seconden, dacht hij. Was dat oké? Hij voelde zich opeens opgelucht. Bijna vrolijk bij het vooruitzicht. Hij voelde de droge aarde tussen zijn vingers. Tot stof zult gij wederkeren. Nee. Het kwam door de vreemde stof in zijn bloed, daar kwam dat geluksgevoel vandaan. *Concentreer je, Bentzon. Denk aan Hannah.* Zijn oogleden waren zwaar, hij probeerde alle spieren in zijn voorhoofd te activeren en zijn oogleden de andere kant op te laten bewegen, omhoog, omhoog met die oogleden. De allerlaatste analytische impulsen in zijn hersenen bereidden zich voor op de landing: je kunt niets meer doen. Het is afgelopen. Nee. Je ongeboren kinderen. Denk aan hen. Je had hulp moeten bellen. Typisch. Je wilt altijd alles zelf doen.

'Nog een paar seconden en je bent weg', zei een stem.

Was het Bergman? Niels deed heel even zijn ogen open en zag een paar schoenen met blote voeten erin. Bruine, dure Clarks, dacht hij. Concentreer je nou.

'Help', fluisterde hij. Het was zijn bedoeling om te schreeuwen. Onmogelijk. Bel, bel om hulp. Hij voelde dat twee vingers zijn oogleden omhoogtrokken en er met een zaklampje in schenen. Alles werd wit. Met een uiterste inspanning wist hij contact te maken met zijn linkerhand en hem op te dragen om zijn broekzak binnen te gaan. Als hij maar kon bellen. Onmogelijk, hij kon nauwelijks praten. Bergman zou het zien en zijn telefoon afpakken. Eén toetsje en je kon een sms sturen. Was dat zo? Had hij wel bereik? Hij hoorde dat Bergman om hem heen liep, geduldig als een roofdier rond een omgelegde prooi, terwijl hij rustig wachtte tot het afgelopen was met Niels. Ja, één toetsje en je kon een sms versturen. Er waren negen toetsjes, vaak zocht de telefoon zelf al het woord. De kortst mogelijke noodkreet, dacht

Niels. Wat is dat? SOS? Net zoals Hannah een SOS had gestuurd? Ja, SOS. Hoe zat het ook weer? Negen toetsjes, negen kleine toetsjes, je hebt miljoenen sms'jes verstuurd, laat je vingers het zich herinneren. Niels liet zijn duim beslissen, hij drukte drie keer en daarna op versturen. Maar naar wie? Bergman scheen weer in zijn ogen.

'Dat werd tijd ook', fluisterde hij terwijl hij Niels bij zijn benen pakte. Bentzon voelde hoe de aarde over zijn rug werd getrokken. Nee, dat moest andersom zijn, *kom op, Bentzon*, denk na. Naar wie moet je het sturen? Leon. Zijn duim vond het middelste toetsje van de telefoon. L. En dan het toetsje daar rechts van. E. Was dat genoeg zodat de telefoon Leon zou kunnen vinden in zijn contactenlijst? Het zesde toetsje van boven. O. En dan 'versturen'.

31

Valby. 23.21

Thirty love. Wimbledon, damestennis, misschien was het een wedstrijd van vorig jaar, als aanloop op het aanstaande Wimbledontoernooi? Leon wist het niet en het kon hem ook niets schelen. Hij was gek op damestennis: de cocktail van agressie, vrouwen, goedgevormde dijen en een winnaar en een verliezer vormden de pijlers van zijn bestaan. Zijn vrouw bracht hun jongste kind naar bed. *Advantage Miss Kvitová.* Leon genoot ervan om op het moment dat 's avonds de pijn kwam opzetten rustig op de grond te kunnen liggen, met zijn hoofd op een kussen en zijn lendenen te kunnen ontspannen, en de twee vrouwen van onderaf te bekijken, terwijl hij wenste dat er snel een televisie uitgevonden zou worden waarbij je de gezichtshoek kon veranderen. Er was zo veel andere onnodige technische bullshit tegenwoordig, en dat zou toch iets zijn waar je veel plezier van kon hebben, dacht hij. Dan kon hij gewoon hier vanaf de grond onder de rokjes van Caroline Wozniacki en Maria Sharapova kijken, niet verkeerd. Zijn telefoon gaf een piepje. Echt niet. Al was Osama Bin Laden opgestaan uit de dood en stond hij op de luchthaven van Kopenhagen met een *dirty bomb* om zijn middel, dan nog weigerde hij op te staan.

'Shit', zei hij en hij draaide zich op zijn zij om het makkelijkst overeind te kunnen komen zonder zijn rug te veel te belasten. Hij hobbelde naar de tafel toe. Een bericht.

Bentzon?

Hij opende het bericht. *Pop.* Wat bedoelde hij daarmee? *Deuce. Quiet, please.* Leon voelde de agressie als een vonk omhoogschieten. *Pop.* Typisch Bentzon. Insinuerend, semi-filosofisch, dwingend, niet-concreet. *Pop*? Vond hij dat Leon pop was, populair?

Meer bezig met goed voor de dag komen in de media dan dat hij zijn werk deed?

'Fuck you, Bentzon', snauwde Leon en hij hobbelde weer terug.

Game Miss Kvitová.

32

Regan Oost. 23.26

Niels werd wakker. Het eerste dat hij zag waren Hannahs blote voeten. Zijn eerste ingeving: ze te strelen, de rug van zijn hand langzaam via haar tenen omhoog te laten gaan, naar haar enkel, rondom haar enkel en dan verder naar haar scheenbeen. Maar zijn handen waren op zijn rug gebonden, zijn voeten waren vastgebonden aan iets wat hij niet kon zien vanaf zijn positie op de grond. Hij kon zich niet bewegen.

'Hannah?'

Ze probeerde zich te bewegen, maar ook zij was vastgebonden aan een metalen buis.

'Niels?'

Ergens in de ruimte schraapte een man zijn keel.

'Je komt weer bij bewustzijn', zei hij. 'Je was verdoofd.'

Niels herkende de stem. Niet de stem van een moordenaar. Toen hij hem voor het eerst had ontmoet, was er bij Niels geen waarschuwingslampje gaan branden. Integendeel, de man kwam betrouwbaar over, zijn stem klonk heel zorgzaam waar het zijn patiënten betrof, zijn ogen waren oplettend en bezorgd.

'Het effect blijft nog even. Je gedachten zijn niet helemaal helder.'

'Hannah?'

'Je vrouw is hier. Je had niet moeten komen.'

Hannah onderbrak hem: 'Niels, is alles goed met je?'

'Ik kan je bijna niet zien. Waar zijn we?'

'We zitten onder de grond', zei Bergman. 'Niemand kan jullie hier horen.'

Niels kon vanuit zijn positie op de vloer alleen het plafond en de muren zien. Bergman ging verder, als een vermoeide gids die zijn monotone verhaal over de omgeving afsteekt: 'De constructie is versterkt met lood', legde hij uit. 'Het plafond, de wanden. Zelfs de deur en de vloer zijn bekleed met een vijf centimeter dikke laag lood.'

Niels wist best wat hij hun probeerde te vertellen: dat het geen zin had om om hulp te roepen.

'Mag ik zitten? Mijn rug doet pijn.'

De slaaponderzoeker stond op en eindelijk kon Niels hem zien. Zijn gezicht was opgezwollen, Niels vroeg zich af of hij hem had geraakt met een van zijn slagen.

'Ik kan je wel overeind zetten, dat zou je bloedsomloop op gang moeten helpen', zei hij terwijl hij Niels vastpakte onder zijn armen. Met enige moeite wist hij hem tegen de muur te zetten.

'Zo beter?'

Eigenlijk niet, dacht Niels. Het deed nu nog meer pijn dan eerst, precies op de plek waar zijn polsen waren vastgebonden en tegen de muur drukten. Maar nu kon hij Hannah zien.

'Nee', ontsnapte onwillekeurig uit zijn mond toen hij haar zag. De tranen liepen over zijn wangen, zijn hart ging wild tekeer. Ze lag uitgestrekt vastgebonden op een metalen frame. Ieder deel van haar lichaam was vastgebonden: haar voeten, haar knieën, haar dijen en verder naar boven haar heupen; haar armen waren op drie plekken vastgesnoerd. Maar dat was niet het ergste. Het meest onverdraaglijke was dat ze met haar gezicht naar beneden een halve meter boven de vloer hing. Onder haar gezicht stond een klinisch uitziend aquarium met helder, lichtblauw water te glinsteren. Het ijzeren frame kon omlaag en omhoog worden gehesen.

'Niels?' Hannahs stem klonk moedeloos, wanhopig. Ze kon hem niet zien, ze kon geen vin verroeren, daar zorgde de mechanische constructie rond haar schedel voor.

'Ik weet best dat het er heftig uitziet', zei Bergman. 'Maar dit is in feite hetzelfde apparaat als we bij hersenoperaties gebruiken.'

'Ik ben oké, Niels', zei Hannah weinig overtuigend.

'Ik smeek je. Je mag dit niet doen', zei Niels, hij kon zijn ademhaling niet onder controle houden.

'In feite is er geen enkele reden voor angst', zei de arts. 'Ik heb talloze mensen ontmoet die allemaal hetzelfde verhaal vertellen: dat ons bewustzijn wordt gescheiden van ons lichaam, en dat het verder reist.'

'Ze laten je echt niet gaan', zei Niels dreigend. Hij kon niet helder denken. Hij moest van tactiek veranderen. Praat tegen hem in plaats van te dreigen, zei de professionele Niels tegen de bange Niels. Ja, praat tegen hem. Zorg dat hij meer mogelijkheden gaat zien, denk over hem zoals over ieder ander met zelfmoord dreigend wezen, zoals over iedere andere gijzelnemer: een desperado. Jij bent opgeleid om dit soort figuren weg te praten van de afgrond.

'Laten gaan', herhaalde Bergman. Hij leek na te denken over die woorden. 'Gaan. Laten gaan. Het lichaam laat de ziel gaan', fluisterde hij.

'Ja, die kant gaan we uiteindelijk allemaal op', zei Niels. 'Maar waarom nu?'

'We moeten mijn vrouw vinden. Ik weet dat ze daar is.'

'Je vrouw is dood. Ze is vermoord.'

Bergman keek op. Niels had voor het eerst oogcontact met hem.

'Hoe ben je daarachter gekomen?'

'Dat doet er nu even niet toe', zei Niels en hij probeerde het gevoel van wanhoop te verdringen. 'Op dezelfde manier als ik jou hier heb gevonden', ging hij verder. 'Op dezelfde manier als ze er ook achter zullen komen wat er in deze ruimte is gebeurd.'

Bergman schudde zijn hoofd. 'Als je collega's wisten waar je was, zouden ze hier allang zijn geweest.'

'Misschien. Ja. Misschien komt de cavalerie niet nu meteen binnenstormen. Maar wat dacht je van morgen, als wij als vermist zijn opgegeven?'

'Ze zullen denken dat het zelfmoord is geweest.'

'Zullen ze dat? Wij zijn erachter gekomen waarom Dicte van Hauen zelfmoord heeft gepleegd. Jij hebt haar ertoe gedreven.'

Bergman schudde opnieuw zijn hoofd.

'Hoe gaat dit voor jou aflopen?' vroeg Niels.

'Mijn dochter zal zekerheid krijgen. Ik zal zekerheid krijgen. De moordenaar zal worden gevonden. Het recht zal zijn loop hebben.'

'Moet mijn vrouw dood zodat voor jou het recht zijn loop zal hebben? Dat klinkt niet zo rechtvaardig.'

'Ik haal haar weer terug. Ik ben arts.'

'En als het fout gaat?'

'Het gaat niet fout. Ik heb het eerder gedaan.'

'En Dicte dan?'

'Die is zelf gesprongen.'

'En Peter Jensen?'

'Als jullie gewoon meewerken, gebeurt er niets. Peter werkte niet mee.'

'Mijn vrouw is zwanger.'

Bergman keek Niels verrast aan. Niels zag in zijn ogen dat hij de consequenties berekende: vijf minuten zonder zuurstof, dat zou het embryo schaden. Het zou sterven.

'Hoe ver ben je?'

'Negen weken', zei Hannah. 'Hebben de embryo's schade ondervonden van de verdoving?'

'Nee. Maar een embryo zal niet enkele minuten zonder zuurstof kunnen overleven. Beschouw het als een abortus', zei Bergman en hij ging verder: 'Er worden ieder jaar duizenden abortussen gepleegd in Denemarken.'

'Je begrijpt het niet', fluisterde ze. 'Wij kunnen geen kinderen krijgen.'

'Het is bijna een wonder', zei Niels.

'Ben je er zeker van dat jij de vader bent?'

'Klootzak', fluisterde Hannah.

'Je weet het nooit zeker. Je gaat aan alles twijfelen als je vrouw ...'

Bergman zweeg. Hij zuchtte diep. Hij was een gereserveerd man, niet geschikt voor het leven dat hem was toebedeeld. Niet geschikt om over gevoelens te praten. Niels stelde zich het leven voor dat hij eigenlijk gehad had moeten hebben: een leven in uniformen. Een doktersjas, een pak, een golfoutfit. Kaders. Vaste kaders. Binnen die kaders had zich een goed leven kunnen ontplooien. Maar zijn vrouw had de kaders opengebroken. Met haar minnaar en haar wrede dood. Er was nog maar één oplossing mogelijk.

'Je vrouw. Vertel eens iets over haar', zei Niels.

'Ze ... Hij zweeg. Probeerde opnieuw te beginnen: 'Ze ...'

'Ze had een minnaar?'

'Ze had een minnaar', herhaalde Bergman en hij zweeg weer.

Het was net een auto die moest worden aangeslingerd, dacht Niels en hij probeerde druk te houden. De sleutel om Bergman te laten samenwerken, was voor elkaar te krijgen dat hij zijn verdriet, zijn woede zou uiten, al was het maar het kleinste beetje.

'Je vrouw had een minnaar, maar dat wist jij niet.'

'Nee.'

'Je hield van haar.'

'Ja.'

'En toen?' Niels keek hem aan. Hij moest zelf het verhaal vertellen. Anders werkte het niet.

De ademhaling van de slaaponderzoeker versnelde, werd gejaagder, de lucht bereikte zijn middenrif niet meer. Niels slaagde erin om Hannah enkele ogenblikken te vergeten, om te vergeten dat zijn handen op zijn rug waren gebonden en dat ze hier hoogstwaarschijnlijk niet levend vandaan zouden komen. Hij concentreerde zich op zijn werk: op het registreren van elke kleine beweging in het gezicht van de gijzelnemer, de ademhaling van de gijzelnemer, zijn pupillen, te registreren of zijn handen trilden of rustig waren, of hij uitslag kreeg in zijn hals, of er zenuwen trilden. Zolang er tekenen van onrust waren, kon er worden onderhandeld. Als de ademhaling rustig werd, als de handen niet meer trilden en de ogen vermoeid stonden, moest je als onderhandelaar maken dat je wegkwam.

'Je vrouw', herhaalde Niels.

'Ze had er een.'

'Ja. Ze had er een.'

'Er zijn heel veel mensen die er een hebben gehad in de loop van een lang huwelijk', zei Bergman mechanisch – een zinnetje dat hij zichzelf had aangeleerd om ook maar een piepklein beetje verder te kunnen komen, om uit bed te kunnen komen, om zich niet aan de eerste de beste lantaarnpaal te verhangen.

'Iedereen krijgt problemen in de loop van een lang huwelijk', gaf Niels toe en hij meende het.

'Iedereen', herhaalde Bergman.

Niels wilde dat hij Hannah iets beter kon zien, dat hij oogcontact met haar kon maken.

'Maar haar ontrouw is niet het probleem?'

'Hij heeft haar vermoord.'

'De minnaar.'

'Ja. Ze kende hem. Ze had hem binnengelaten in ons huis. Mijn dochter ...'

Hij zweeg. Schudde zijn hoofd. Het was vele jaren geleden dat hij hierover had gepraat. In de tussentijd waren de woorden als littekenweefsel aan elkaar gekleefd tot een harde massa. Het kon lelijk worden als dat eruit moest. Dat wist niemand beter dan Niels. Maar het moest eruit. Een nederlaag is alleen bitter als je hem inslikt. Dat was een zin uit zijn leertijd als onderhandelaar. Gezegd door een of andere generaal of een politicus, dat kon Niels zich op dit moment even niet herinneren, maar Bergman had zijn verdriet, zijn nederlagen en zijn niet-vervulde wraakgevoelens allemaal ingeslikt; hij had gekauwd en gemalen en geproefd en ten slotte alles ingeslikt – naar binnen, waar het ongehinderd had kunnen groeien. Tot gigántische proporties.

'Je dochter?'

'Ze sliep.'

Een snelle blik op Hannah. Er viel een druppel van het puntje van haar neus, hij raakte het wateroppervlak in het reservoir onder haar gezicht. Ze kan haar eigen weerspiegeling zien in het wateroppervlak, bedacht Niels. Huilde ze? Of was het zweet? Hij besloot dat het zweet was.

'Ze lag te slapen terwijl hij ...'

'Je dochter sliep?'

'Ja. Ze sliep. Ernaast, op haar kamer.'

Bergman zweeg. Schudde zijn hoofd.

'Je vrouw en haar minnaar?' hielp Niels hem weer op weg. 'Ze waren in de slaapkamer naast haar?'

'Er waren geen tekenen van onvrijwillige seksuele omgang', zei Bergman ingestudeerd, alsof hij voorlas uit het politierapport. Hij keek Niels aan.

'Ze kenden elkaar. Ze had hem binnengelaten. En als dank vermoordt hij haar. Met één enkele snee', zei Bergman en hij liet volkomen onbewogen en professioneel zien waar de snee had gezeten. Precies bij de halsslagader. 'Niet meer dan noodzakelijk. Zoals ze vroeger vee slachtten: één enkele snee door de halsslagader, niet meer dan het hoogstnoodzakelijke. Wie zou zoiets doen?'

'Een heel erg ziek mens', antwoordde Niels.

De slaaponderzoeker schudde zijn hoofd. Dat was niet genoeg. Deze wandaad mocht niet worden verklaard vanuit geneeskundig oogpunt. 'Hun ontmoeting was gepland', zei hij. 'Mijn dochter had een kleine dosis slaapmiddel gekregen, opgelost in chocolademelk, zodat ze niet wakker zou worden terwijl zij het deden. Maar ze werd wel wakker. O, mijn god', zei Bergman terwijl hij zijn gezicht in zijn handen verborg. Huilend. Zonder geluid. Alleen zijn schouders schokten, zoals bij een auto waarvan de vering slecht is afgesteld. Niels keek naar Hannah en het water onder haar.

'Bergman. Zo kunnen we dit niet oplossen. Ik wil je graag helpen om haar moordenaar te vinden.'

De arts schudde zijn hoofd.

'Jawel. Luister naar me. Ik beloof je dat ik ieder vrij uur dat ik heb daarvoor zal gebruiken', zei Niels. Hij hoorde zelf hoe hol het klonk.

'Waarom zou jij hem kunnen vinden? De beste mensen van de politie van Kopenhagen hebben het ruim een jaar lang geprobeerd. Iedereen die ze kende, vanaf dat ze zeven was, is verhoord. Iedereen met wie ze ooit in ...'

'Maar dit lost ook niets op', onderbrak Niels hem hard.

'Jawel. Ik weet dat het kan. We waren zo dichtbij met Dicte. Er is maar één persoon die de moordenaar heeft gezien. Mijn vrouw. Ik had het eigenlijk al opgegeven ... totdat zij opeens naar me toe kwamen.' Bergman stond op. Hij had geen zin meer in het gesprek, Niels begon zijn greep op hem te verliezen, als hij die al had gehad.

'Wie kwamen naar je toe?'

'Het was niet mijn idee. Als Dicte en haar vrienden niet hadden geëxperimenteerd met de dood en naar mijn kliniek waren gekomen, had ik dit nooit bedacht', zei Bergman en hij liet een onschuldig glimlachje ontsnappen: 'Ik had het opgegeven. Maar op een dag komt er een balletdanseres mijn slaapkliniek binnen lopen. Ze lijdt aan extreme slaapstoornissen. Gebroken nachten. Langzaam weet ik het uit haar te trekken: dat ze een aantal keren dood is geweest. En is gereanimeerd.'

Bergman haalde een stuk papier uit zijn achterzak. Vouwde het open. Niels herkende het. De ontbrekende pagina uit *Faidon*.

'Luister zelf maar. Dit zijn de zinnen die Dicte heeft onderstreept: "Zeg je niet dat dood zijn het tegenovergestelde is van leven?"' Bergman keek op: 'Het is Socrates die hier spreekt. Zijn leerling antwoordt: "Jawel, dat is wat ik zeg."'

Bergman ging verder met voorlezen: '"En dat ze uit elkaar voortkomen?" vroeg Socrates.

"Ja."

"Wat komt er voort uit de levenden?"

"De doden", zei hij.

"En wat komt er voort uit de doden?"

"Ik moet toegeven dat dat het leven is", zei hij.

"Uit de doden komen dus de levende dingen en de levende mensen voort?"

"Kennelijk", zei hij.'

Niels onderbrak hem: 'Een dode filosoof, Bergman. Dat is geen bewijs. Je bent arts!'

'Ja, ik ben arts. Mijn collega's over de hele wereld discussiëren hierover. Het bewustzijn laat zich niet begrenzen door dit lichaam. Er zijn te veel bewijzen. Elke dag worden er mensen gereanimeerd. Die vertellen verhalen.' Bergman verhief zijn stem: 'En ik luister naar mijn patiënten. Alles wat ze hebben meegemaakt. Alles wat Dicte had meegemaakt ...'

Hannahs stem verraste Niels. Hij klonk heel beheerst toen ze Bergman onderbrak. Alsof ze had geaccepteerd dat ze deze reis moest maken. Als een astronaut die was vastgesnoerd in de cockpit terwijl de ontstekingsraketten al zijn ontbrand. 'Wat had ze meegemaakt?' vroeg Hannah.

'Hetzelfde als jij, waarschijnlijk.' Bergman keek nog steeds alleen Niels aan. 'Hetzelfde als wat ze bijna allemaal vertellen. Over het net dat de aarde omspant. Het licht. Dat de grenzen wegvallen. Tussen lichaam en ziel. Dat de tijd als begrip ophoudt te bestaan. En dat ze praten met mensen die al lang geleden zijn overleden. Mensen die ze hebben gekend. En ook mensen die ze niet hebben gekend. Mensen die aanwezig zijn in de kamer terwijl ze aan de andere zijde zijn. Hun dierbaren.'

'Denk je dat jouw vrouw hier nu aanwezig is?' vroeg Niels; hij kon zijn sarcasme niet verbergen.

'Ja. Dat weet ik. Daar heb ik over gelezen.'

'Daar heb je over gelezen?' Niels schudde zijn hoofd.

'Er zijn talloze studies naar bijna-doodervaringen, uitgevoerd onder de regie van de VN. Eerst vond ik het, net zoals alle andere verstandige mensen, hocus pocus. Bullshit', zei Bergman terwijl hij zich dichter naar Hannah toe bewoog. Heel dicht naar haar toe. Zo dicht bij haar als de ene wetenschapper bij de andere. Als een onderzoeker die zijn kennis wil delen: 'Ik heb zelfs met de meest vooraanstaande onderzoeker in Amerika gebeld.'

'Bruce Greyson', zei Hannah.

'Precies. Ik heb me voorgesteld in mijn eigen hoedanigheid, een erkend Europees slaaponderzoeker. We hebben heel lang met elkaar gepraat. Verschillende keren.'

'En wat zei hij?'

'Dat het boven iedere wetenschappelijke twijfel verheven was. Dat er dingen in ons bewustzijn liggen waar we geen idee van hebben. Of waar we niets van willen weten.'

Hij praatte snel nu. Niels hoorde de manische klank in zijn stem, een teken dat de hersenen vochten om de irrationele gedachtegang die hun eigenaar had verzonnen om te overleven, overeind te houden: 'Wereldwijde studies naar het bewustzijn tonen hetzelfde aan: dat wij een bewustzijn hebben nadat ons hart is opgehouden met kloppen. Als er geen meetbare hersenactiviteit meer is. En dat we met de doden kunnen communiceren. Ze zijn in de ruimte om ons heen.' Bergman lachte kort en keek naar Niels: 'Artsen die patiënten hebben gereanimeerd ... wat vertellen die?'

'Wat?'

'Dat ze via de patiënt een bericht hebben gekregen van hun overleden moeder of vader. Er zijn talloze van dat soort goed gedocumenteerde voorvallen. Waarom zou het dan niet mogelijk zijn?'

'Wat is mogelijk?' zei Niels.

'Om met haar te praten. Om met Maria te praten. Om haar te vragen wie het heeft gedaan.'

Bergmans stem brak een paar keer. Niels kende die stem. Het was de stem van een man die alles had opgegeven. Een man die wilde overgaan tot handelen. Het gesprek was afgelopen.

Ik moet iets onverwachts doen, dacht Niels. Hem verrassen, zorgen dat hij in een andere richting gaat denken.

'Je bent een lafaard, Bergman!' schreeuwde Niels met een kracht die hem zelf verraste. 'Je maakt het alleen maar erger voor je dochter! Hoe denk je dat dit zal eindigen? Jij komt in de gevangenis en zij heeft geen moeder én geen vader meer.'

Bergmans woede was aangestoken als oud, droog kruit. Niels zag nauwelijks dat hij zich verplaatste, totdat hij vlak voor hem stond. Hij kon zijn adem ruiken.

'Het eindigt ermee dat we de moordenaar vinden', fluisterde de arts. 'Jouw vrouw gaat hem voor mij vinden.'

'En dan?'

'Dan krijgt mijn dochter rust. Dan krijgt ze een leven. Daarvoor offer ik me graag op.'

'En je offert ook graag anderen op? Mijn vrouw. Mij? Dicte. Hoeveel mensen wil je opofferen?'

Bergman stond op. Hij liep naar Hannah toe. Wist zijn ademhaling onder controle te krijgen.

'Jij bent toch al eerder dood geweest', zei hij.

Hannah schraapte haar keel. Niels was verrast hoe rustig en beheerst ze klonk: 'Ja, ik ben een aantal minuten dood geweest', zei ze. 'Dat weet jij en dat is de reden dat wij hier nu zijn.'

'En nu ga je diezelfde reis nog een keer maken.'

'Nee, Bergman. Ik smeek je', fluisterde Niels en hij begon wild aan zijn handen en de touwen achter zijn rug te rukken. Ze zaten strak. Al moest hij zijn polsen eraf trekken.

'Hoelang wil je me dood laten zijn?' vroeg Hannah.

'Tien minuten. Dicte was er het dichtst bij. Zij heeft acht minuten gekregen. Jij bent sterk. De vloeistof waarin je gaat verdrinken, is een ...'

'Zoutoplossing', onderbrak Hannah hem droog.

'Je weet wat die doet?'

'Die zorgt voor de best mogelijke omstandigheden voor reanimatie.'

'De ideale voorwaarden', zei de slaaponderzoeker.

Niels luisterde naar hun gesprek terwijl Bergman het hele geneeskundige proces tot in het kleinste detail doornam en Hannah hem af en toe onderbrak met een droge observatie of een vraag. *Van de ene wetenschapper tot de andere*. Alleen was de ene wetenschapper vastgebonden op een metalen frame, terwijl de andere zijn contact met de wereld was kwijtgeraakt. Afgezien daarvan was alles normaal.

'Het is belangrijk dat je niet op zoek gaat naar het licht', zei Bergman. 'Dicte was er zo dichtbij. Ze heeft haar gezicht gezien. Stralend.'

'En als ik hetzelfde zie?' vroeg Hannah.

'Dan moet je helemaal naar haar toe gaan. Zo dichtbij als je kunt komen. Je moet zeggen dat je door mij bent gestuurd, want ze houdt nog steeds van me, dat weet ik. En dan moet je haar vragen: "Wie heeft je vermoord?"'

33

Valby. 23.28

Pop. Vreselijk woord. Leon lag net in bed, maar hij was geïrriteerd, zijn benen waren onrustig. Hij slingerde ze over de rand van zijn bed en ging zitten. *Pop*.

'Is er iets?' vroeg zijn vrouw van de andere kant van het bed.

'Ik ben geïrriteerd', zei hij.

Zijn vrouw wist heel goed dat ze geen hand op zijn rug moest leggen, niet moest proberen om hem te kalmeren. Bij Leon was irritatie altijd het begin van een of ander inzicht. Hij stond op. Pakte zijn telefoon van een van de identieke nachtkastjes die zijn vrouw aan weerskanten van het bed had gezet, met bijpassende nachtlampjes erop. Geen berichten, geen oproepen. Hij opende de sms die hij van Niels had gekregen toen hij tennis keek – en die hij eigenlijk had besloten te negeren. *Pop*. Typisch Bentzon. Hem ervan beschuldigen dat hij *pop* was. Populair? Hij wist heel goed wat Bentzon van hem vond. Dat hij een opportunist was. Dat hij het belangrijker vond om zijn leidinggevenden tevreden te houden en de commissaris op een zekere plaats te likken, dan een goede diender te zijn. *Diender*. Alleen van dat woord werd Leon al onpasselijk. Zo hopeloos ouderwets – net zoals Bentzon zelf, het soort politiemensen dat niet had begrepen dat de tijden waren veranderd. *Pop*.

'Gaat het weer?' vroeg zijn vrouw voorzichtig.

'Hebben we ergens nog een ouderwetse mobiel?'

'Hoezo ouderwets?

'Zo een met toetsjes! Zo een waar je op kunt drukken in plaats van deze shit.'

'Misschien op de kamers van de jongens.'

Zijn vrouw liep vlak achter hem aan, meer dan een beetje

geïrriteerd over het feit dat Leon had besloten om midden in de nacht een mobiele telefoon met toetsjes te gaan zoeken. Ze namen ieder een kamer en begonnen de lades van de jongens te doorzoeken. Een doorsnee Deens gezin heeft tussen de vier en twaalf oude mobiele telefoons in huis, had Leon ergens gelezen. En tussen de drie en vijf computers. Maar dit gezin niet. Verdomme, waar is die ouwe troep als je hem nodig hebt?

'Wat een rotzooi', bromde Leon toen hij voetbalmedailles, Pokémonkaarten, Beyblades en acht verschillende opladers op het bureau had uitgestald.

'Wat doe je, pappa?' vroeg zijn zoontje achter hem.

Leon zocht verder zonder zich om te draaien: 'Ik heb een ouderwetse mobiel nodig.'

'Nu?'

'Ja, nu, verdomme. Anders zou ik je toch niet wakker maken?'

'In de onderste la', zei de verschrikte, slaperige stem achter hem. Leon trok de la eruit en stortte de inhoud op de grond. Dáár! Een Nokia. Een telefoon uit de tijd dat er nog kwaliteit werd gemaakt, uit de tijd dat de Finnen altijd op de loer lagen om hun slag te slaan en het sms-systeem hadden uitgevonden. Zijn vrouw stond in de deuropening, samen met hun oudste zoon, die ook wakker was geworden.

'Wat is er, pappa?'

'Kom eens hier, Einstein. Kijk eens naar deze letters', droeg Leon hem op en hij deed het licht aan. Het hele gezin, behalve Leon, knipperde met de ogen. Leon wees op de toetsjes 7 en 6.

'Pqrs en mno', zei Leon.

'Wat is dat?'

'De drie toetsjes die je indrukt als je *pop* typt.'

'Pop?' Zijn vrouw begreep niet waar hij naartoe wilde. Hun oudste zoon was sneller. 'Je bedoelt wat er nog meer had kunnen staan?'

'Ja, precies.'

'Ros', zei zijn vrouw.

'Pos', stelde zijn zoon voor.

'Wat nog meer?'

'Sop', zei de jongste zoon, die op de rand van zijn bed stond en zich over zijn vader heen boog.

'Nee', zei de oudste terwijl hij zijn vader aankeek: 'sos'.

Duizend gedachten schoten door Leons hoofd terwijl hij terugrende naar de slaapkamer om zijn eigen telefoon te pakken: dat het te laat was, dat hij eerder had moeten nadenken, dat Bentzon dood was of er zo slecht aan toe dat hij alleen de allerkortste noodkreet had kunnen sturen. sos. En dat hij zelfs niet genoeg kracht meer had gehad om het woord dat automatisch werd voorgesteld als je die drie toetsjes indrukte, te corrigeren. Terwijl Leon zo snel als hij kon Bentzon belde, en bevestigd kreeg wat hij al had geweten, namelijk dat zijn telefoon uit was, dood, stond zijn vrouw al klaar bij de deur met zijn jas en autosleutels. Ze hoorden Leon in de telefoon schreeuwen terwijl hij naar de auto rende.

'Het kan me helemaal niets schelen wie je wakker moet maken! Ik moet Bentzons laatste coördinaten hebben. En ik moet weten met wie hij de afgelopen twee uur heeft gebeld. En de mobiele eenheid moet zich klaar houden ... wat? Goed, dan noem je het de antiterreureenheid, wat boeit mij dat, als ik die coördinaten maar binnen zestig seconden krijg. Heb je dat? En anders werk je vanaf morgenochtend bij de paspoortcontrole', schreeuwde hij in zijn telefoon. Toen smakte hij zijn autoportier dicht en reed met gillende sirene en zwaailicht de oprit af.

Zijn oudste zoon glimlachte. De jongste zei: 'Mamma.'

'Ja?'

'Ik vind pappa vetcool.'

34

Regan Oost. 23.30

Adam Bergman maakte de ketting los waarmee het frame vastzat aan de katrol die aan het plafond hing. Niels kon niet zien of de arts de installatie voor deze gelegenheid had gemaakt, of dat het een bestaande was. Ergens tijdens de atoomwinter in de jaren vijftig geïnstalleerd toen men bang was dat wij allemaal zouden worden uitgeroeid.

'Ik laat je langzaam zakken.'

'Nee, Bergman! Laat haar gaan', schreeuwde Niels.

'Kun je me niet een verdoving geven?' vroeg Hannah.

Niels kon haar gezicht niet zien, maar hij hoorde aan haar stem dat ze huilde.

'Nee, je hoofd moet tot het laatste moment helder blijven. Het duurt maar een minuut.'

'Je doet het niet, Bergman. Luister naar mij. Heel even nog maar', zei Niels. Hij had geen idee wat hij moest zeggen om hem te laten stoppen. De tranen liepen over zijn wangen en verder naar zijn lippen. De smaak van verdriet.

'Ze gaat niet dood.'

'Zij misschien niet, maar onze kinderen wel.'

'Embryo's? Juridisch gezien zijn dat nog geen mensen.'

'Geen mensen', herhaalde Niels, terwijl hij zijn tranen niet meer kon inhouden.

Een plotselinge uitbarsting van de arts: 'Beheers jezelf', schreeuwde hij. 'Zorg dat je de zaken in de juiste proporties blijft zien! Het is niets anders dan een abortus. Weet je wel dat er ieder jaar duizenden abortussen worden gepleegd? We hebben het hier over het redden van mijn dochter! Over het vinden van een moordenaar.' Hij spuugde de woorden uit in een regen van speeksel. 'Misschien zal hij nog meer moorden plegen. Dat weten we niet. Wat wil je liever? Een wettige abortus verhinderen of een moordenaar tegenhouden?'

'Je begrijpt het niet', zei Niels. Hij sprak alsof het de laatste woorden waren die hij ooit zou spreken. Misschien waren dat het ook wel: zijn laatste woorden aan Hannah.

Bergman liet voorzichtig het frame naar het water zakken.

'Hannah, kun je me horen?' vroeg Niels.

'Ja', antwoordde ze moedeloos.

'Ik hou van je. Hoor je me?'

'Ja.'

Ze had het leven opgegeven, hij hoorde het aan haar stem. Ze zou haar tweede kind verliezen. En het derde. Niets zou haar nog terug kunnen halen als de slaaponderzoeker haar eenmaal in de zoutoplossing had laten zakken.

'Je komt terug bij mij', schreeuwde Niels. 'Toch?'

Ze gaf geen antwoord. Bergman liet het rek zakken. Hannahs loshangende haar raakte het water.

'Neem mij in haar plaats', zei Niels. Waarom had hij dat niet eerder bedacht? 'Denk na. Wees rationeel. Wie zou je liever willen sturen om een misdaad op te lossen? Een astrofysicus of een ervaren rechercheur?'

Eindelijk. Oogcontact.

'Wie zal haar beter kunnen vinden, denk je? Ik heb jou toch ook gevonden?'

Hannah onderbrak hem: 'Niels ...'

'Nee, hou je mond, Hannah. We moeten professioneel zijn. Als iemand naar de andere zijde moet gaan om wat dan ook te zoeken, dan ben ik het. Alle kennis die ik heb opgedaan terwijl ik bezig was dit misdrijf op te lossen ...'

Niels had spijt van zijn woorden. *Misdrijf*. Bergman stond op het punt om toe te geven, het was belangrijk dat hij hem vasthield. 'Luister wat ik zeg', zei Niels. 'Ik weet waar ik moet zoeken. Ik ben bij Acheron geweest. Ik heb jouw interview met Dicte gehoord. Ik weet hoe ze dacht.'

De arts zei niets.

'Laat haar gaan. Dan zal ik je vrouw voor je zoeken. En het haar vragen.'

Bergman dacht na.

'Misschien. Maar jouw vrouw heeft het al eerder meegemaakt', zei hij.

'Hoe vaak heb je het met Dicte geprobeerd? Acht keer?'

'Zes keer.'

'Laat mij het proberen. Als het mislukt, kun je haar nog altijd nemen.'

'Ik kan jou ook later achter haar aan sturen', zei hij droog.

'Nee. Als we het zo doen, krijg je mijn volledige medewerking. Ik wil het proberen. Mijn best doen. Luister naar me. Ik ken mijn vrouw. Als je Hannah wegstuurt, krijgen we haar nooit meer terug. Ze zal het opgeven. Ik niet. Ik zal je vrouw vinden. Als er ook maar iets klopt van alles wat je zegt.'

Bergman onderbrak hem: 'Het klopt.'

'Dan ben ik de enig juiste persoon die je moet sturen. Ik ben politieman. Ik kan een misdrijf oplossen. En ik doe het vrijwillig. In tegenstelling tot de anderen. Ik offer me op. Kom op, Bergman, je weet dat dit de goede oplossing is.'

Bergman dacht nog een paar seconden na. Toen stond hij resoluut op, maakte Hannahs hoofd los en liet haar vieren tot op de grond. Voor het eerst kon Niels haar ogen zien. Die zeiden: dat had je niet moeten doen, Niels. Hij probeerde het met een glimlachje.

'Ik maak je handen niet los', zei de arts terwijl hij Niels over het tapijt sleepte. 'Want dan kan ik je niet meer fatsoenlijk vastbinden.'

Niels lag met zijn gezicht naar het gezicht van zijn vrouw toe. Ze was nog steeds vastgebonden op het frame.

'Ik hou van je. Weet je dat?' vroeg Niels haar.

Ze kon zich geen millimeter bewegen. Nog even en Niels zou zijn vastgebonden op de mechanische constructie die artsen gebruiken bij operatieve ingrepen in de hersenen. Op weg om het duister in te worden gestuurd, naar het ultieme onbekende. Zoals Dicte zei: 'Zo moeten de eerste astronauten zich hebben gevoeld', bedacht hij. Ja, zo zou hij ernaar kijken. Die gedachte bracht hem zelfs een klein beetje troost: hij was een astronaut op weg naar het onbekende, een ontdekkingsreiziger, een moderne Columbus.

'Ik maak nu je hoofd los', zei Bergman met professionele overtuigingskracht. 'Je mag niet bewegen voordat ik het zeg.'

35

De snelweg. 23.40

'In een bos?' Leon schudde zijn hoofd. 'Wat moet Bentzon in godsnaam in een bos?'

'Dat is het laatste signaal dat we hebben ontvangen', zei zijn assistent, die de auto bestuurde.

Er waren maar weinig andere automobilisten op de snelweg, dus hadden ze de sirene uitgezet. Alleen het blauwe zwaailicht werd de zomernacht in geslingerd. Blauw op blauw, bedacht Leon, een ongewoon poëtische beschouwing voor zijn doen.

'Staat de politie van Noord-Sjælland klaar?'

'Twintig man. Zoals je hebt gevraagd.'

'En honden.'

'Twee patrouilles. Ze wachten op ons.'

'Kun je niet wat harder rijden?'

De assistent keek heel even van opzij naar zijn chef. Meende hij dat? 'We rijden 210', zei hij.

*

Leon sprong de auto uit nog voordat hij stilstond. De twintig Noord-Sjællandse politieagenten stonden her en der verspreid, sommige rookten, andere stonden met elkaar te kletsen. Leon was woedend.

'Luisteren jullie eens even goed naar mij', schreeuwde hij.

Sigaretten werden gedoofd, geklets verstomde. Leon, een mensenleven lang leider van de mobiele eenheid bij de politie van Kopenhagen, een notoire keiharde – hij had geen introductie nodig.

'Er is een politieman in de problemen', brulde Leon. 'Zijn laatste locatie was twee kilometer verderop in het bos. Jullie hebben de exacte coördinaten. Er is om 23.20 plaatselijke tijd een sos verzonden.'

'Waarom wordt er dan nu pas gereageerd?' vroeg een jonge stem in de nacht. Leon zocht het gezicht. Hoe zag die idioot eruit?

'Omdat het tijd kostte om Bentzons noodkreet te ontcijferen', snauwde Leon. 'Genoeg gepraat! Hondenpatrouille?'

Er klonk twee keer plichtsgetrouw 'ja' in het donker.

'We hebben Bentzons kogelvrije vest en nog wat andere kledingstukken uit zijn kastje meegenomen. Laat de honden daaraan ruiken en begin met tweehonderd meter afstand tussen jullie in. Begrepen?'

'Begrepen.'

'Wij rijden naar de exacte coördinaten en kijken wat de nacht ons daar brengt. Nu!'

'Begrepen.'

'Niemand weet wat de nacht ons zal brengen', zei Leon tegen zichzelf toen hij weer op de passagiersstoel ging zitten en de gps aanzette. De assistent sprong achter het stuur.

'Zei u iets, baas?'

'Ik zei: rijden!'

36

Regan Oost. 23.55

Niels was in een ongemakkelijke houding vastgemaakt op het frame. Zijn handen deden pijn. Ze waren nog steeds op zijn rug gebonden en zaten ook aan het ijzeren rek vast. Bergman had hem niet los durven maken om hem goed vast te spannen. Terecht. Als Niels maar één hand vrij had gehad, zou hij hebben gevochten. Hannah had de plek ingenomen waar hij eerst had gezeten. Hij kon de zoutoplossing ruiken die een paar centimeter onder hem stond. Het deed hem denken aan de zee. De Noordzee. Hannahs gezicht in de winterzon. Zand ...

'Ben je er klaar voor?' vroeg Bergman en hij liet hem een oude foto zien. 'Je hoeft niet bang te zijn. Ik zal je echt weer reanimeren.'

'Niels,' zei Hannah, 'probeer je angst voor de dood los te laten.' Hannah huilde terwijl ze haar zin afmaakte: 'Dan heb je de meeste kans om het te redden.'

'Ze heet Maria', zei Bergman. 'Onze geliefden staan vaak om ons heen. Ze kijken naar ons.'

'Maria', herhaalde Niels.

'Ik laat je nu zakken.'

'Nee', fluisterde Hannah.

Niels probeerde haar aan te kijken, maar hij kon zijn hoofd niet bewegen.

'Ik wil nog iets zeggen', zei Hannah.

Ze wachtten een paar seconden terwijl Hannah probeerde woorden te vinden. 'Je komt weer terug, Niels', huilde ze. 'Hoor je me?'

'Laten we beginnen. Nu!' beval Niels.

Hannah gilde. De slaaponderzoeker greep het hijsmechanisme en maakte het los. Niels dacht aan reacties. Reacties van mensen die weten dat ze dood zullen gaan. Je kunt mensen indelen in drie groepen: degenen die flauwvallen, 'out' gaan, kortsluiten. Dan degenen die instorten, proberen te onderhandelen, smeken om in leven te blijven. En ten slotte degenen die het met een waardige rust ondergaan, een fatalistische aanpak. *Als het moet, dan moet het. Vroeg of laat gaan we allemaal dood.*

Bergman liet Niels voorzichtig de paar centimeter naar het wateroppervlak zakken. Nu raakte zijn neus het water. Hannah gilde. Niels wilde dat ze ophield. Hij deed instinctief zijn ogen dicht toen ze het water raakten, maar deed ze meteen weer open. Hij wilde dat Bergman een dieper reservoir had gekozen, een waar zijn hele hoofd in kon en niet alleen zijn gezicht. Nu was hij gedwongen om Hannah te horen schreeuwen. Hij hield zijn adem in.

'Niels. Nee', riep Hannah schor.

Ze moest zijn gezicht nu en profil kunnen zien, ze kon zien dat hij zijn adem inhield, dacht Niels. Hoe kon hij het best doodgaan? Wat zou voor haar het minst erg zijn om naar te kijken? Zo min mogelijk lijden. Ja, zo moest het gaan. In dat geval moest hij zijn mond openen en de vloeistof vrijwillig innemen, naar binnen laten stromen, zijn longen vullen, het zo snel mogelijk achter de rug hebben. Een krankzinnige gedachte: hij kon proberen om alles op te drinken. Hij voelde zijn hartslag, vooral in zijn polsen die waren vastgebonden op het metaal. Het bonkte.

'Niels? kun je me horen?'

Nu. Hij moest nú lucht hebben. Zijn mond opende zich om zijn recht op te eisen. Het water stroomde zijn luchtpijp binnen, die reageerde door het weer op te geven. Niels hoorde zijn eigen geluiden, wanhopige geluiden. En intussen bonkte zijn hart. Het werd mistig voor zijn ogen, het water was niet langer helder, maar troebel. Misschien moest hij daarom aan de Roskilde Fjord denken. En aan zijn moeder. De keer dat ze met de bus naar Duitsland zouden gaan en hij zich zo ziek had gevoeld dat ze het bij de grens hadden moeten opgeven. Hij dacht aan zijn moeder ...

'Niels, kun je me horen?'

'Laat hem met rust.'

Hij dacht aan zijn moeder. Haar handen ...

'Niels!' Hannah schreeuwde, maar het geluid deed nu minder pijn in zijn oren.

Hij dacht aan de straat waar hij als kind had gewoond. In Valby. Hij moest de straat oversteken. 'Kom maar', riep zijn moeder. Ze stond aan de overkant. Bij de bushalte.

'Geen pols.'

Opnieuw een kreet. Een laatste schreeuw. Wat was ze mooi. Zo jong, hij kon zich niet herinneren dat hij haar ooit zo jong had gezien.

'Over een paar seconden is hij weg.'

Iemand huilde. Iemand anders glimlachte, de een zijn dood is de ander zijn brood. Waarom brood? Hij draaide zich om. De oude bakker stond vlak achter hem. De bakker waar ze op zaterdag taartjes kochten. Napoleongebakjes. Of zijn lievelingsgebakjes: reuzenmergpijpen. Maar hij hield niet van het woord. Zijn moeder moest ze altijd bestellen.

'Niels!'

Iemand riep hem. Hij draaide zich om. Het verkeer was helemaal verdwenen. Zijn moeder wenkte dat hij kon oversteken.

37

Hellebæk. 23.57

Leon brulde: 'Wie is dat?'

'U wilde weten met wie Niels had gesproken?'

'Ja! Met wie?' Leon wachtte het antwoord niet af, hij boog zich naar voren en rukte de telefoon uit de hand van de chauffeur. Buiten: aardedonker, asfalt, strepen op de weg, zwarte, onafzienbare bossen.

'Ja?' zei Leon hard. 'Met wie?'

'Met Casper, van IT.'

'Bentzon heeft jou gebeld', snauwde Leon in de telefoon. 'Vanavond.'

'Is er iets gebeurd?'

'Geef gewoon antwoord op mijn vragen, Casper. Waarom belde hij jou?'

'Hij zoekt zijn vrouw. Hannah. Hij denkt dat ze gevangen wordt gehouden in een oude bunker in Noord-Sjælland.'

'Een bunker?'

'Ja.'

'Regan Oost. Kent u die?'

'Natuurlijk. Atoomoorlog, dat soort shit.'

'Ik weet het niet zeker, maar daar was hij naartoe op weg, en nu kan ik hem niet meer berei...'

'Kun je een plattegrond van die bunker voor mij regelen?' onderbrak Leon hem.

'Misschien. Bij de defensiestaf.'

'Schiet op', zei Leon en vervolgens schreeuwde hij tegen de chauffeur: 'Regan Oost. De bunker bij Hellebæk.'

38

De andere zijde. 00.00

Eerst donker. Stemmen. Hij hoorde Hannah een naam roepen. *Niels*. Dat was hij. Toch was hij niet bang. Het leek wel of de angst was achtergebleven in zijn lichaam, samen met alle andere gevoelens. En zijn liefde voor Hannah? Kon hij zich nog net afvragen voordat er een zilverig schijnsel voor zijn ogen begon rond te wentelen. Zoals een munt op een doffe tafel: speels, dansend, tollend. Hij keek omlaag en ontdekte dat het fluorescerende leven afkomstig was van een lange draad, een zilveren snoer, en nu pas drong het tot hem door dat die draad ergens binnen in hem was vastgemaakt. Even keek hij ernaar. Zo teer, zo fijn, hij kon hem met twee vingers afbreken, maar hij kon zijn vingers niet vinden en hij voelde zijn lichaam niet. Waarom voelde hij niets, niets behalve een borrelende nieuwsgierigheid? Waar waren alle gevoelens die een half leven lang zo veel hadden bepaald?

'Geen half leven.'

Was hij dat zelf die sprak? Die het accepteerde?

'Een heel leven. Het leven wordt niet opgedeeld in half of heel. Alleen op aarde. Van hieruit is alles heel. En compleet.'

Een lach. Misschien van hemzelf?

Maar de herinnering was er nog, precies zoals Bergman had beschreven. *Bergman*. Nu wist hij het weer: Hannah, de dode vrouw van de slaaponderzoeker, de moord. Nee, dat was andermans probleem. En bovendien: er gebeurt toch niets. Het is niet erg, precies zoals Socrates het had beschreven. Het tegenovergestelde was het geval. Het was licht. Er lag een lichtheid over alles, zijn gedachten, zijn lichaam – een gewichtloze schoonheid. Zorgen, ambitie, lust en haat – dat soort dingen zat in het lichaam. Niet in de ziel. Niels dacht aan dat wat anderen bijna vijftig mensenjaren lang Niels hadden genoemd. Hij dacht eraan totdat hij werd onderbroken door een heel nieuw kleurenspectrum: nuances van rood en groen waarvan hij het bestaan niet had vermoed. Of lag het aan zijn ogen? Flikkerend licht kwam hem tegemoet. Zoekend licht. Alsof het aan hem trok, hem naar zich toe trok, hem lokte. Geen bekende vormen. Niets bekends aan de hand waarvan hij zich kon oriënteren. Maar dat gaf niet, want hij was niet slechts een waarnemer, niet slechts een man die ronddwaalde door een landschap dat hij niet thuis kon brengen. Hij wás het landschap. Het verschil tussen hem en alles om hem heen, was weggevallen.

'Niels!'

Een roep uit de andere wereld. De roep van een vrouw. Hij draaide zich om. Ja. Ze waren daar beneden. Maar dat betekende niets. Al hun zorgen? Waarom had iemand überhaupt het idee opgevat dat wij tijd moesten doorbrengen in een mensenlichaam?

'Niels!'

Ja, een pad of een weg, nu kon hij het vaag zien. Hij wás de weg. Hij was de weg én de reiziger die zich op het spoor bevond. De weg bepaalde het tempo. Leidde hem. Hij voerde de reiziger mee. *Naar binnen.* Naar binnen in iets wat misschien een kamer was. Vier muren. Boven die muren: aarde. Met al het leven dat er is. Een heel universum op zo weinig plek.

'Niels!'

Nu kon hij haar zien. Hannah. De pijn in haar ogen. Haar hart dat oplichtte. Een gevoel dat vreemd en tegelijk herkenbaar was. *Liefde.*

Een kamer zonder plafond. Nu werd hij gevangen in een stroom van licht totdat hij boven de kamer uit steeg en het net zag. Was het een net? Het vlechtwerk. De plek van waaruit de draad binnen in hem ontstond. Andere draden ontmoette. Draden die ... alles omspanden. Een gigantisch spinneweb geschapen uit licht en leven.

'Niels!'

Terug naar de vier muren. Hij zag een lichaam. Niels Bentzon.

'Niels!'

Ze schreeuwde.

Een beweging iets verderop, naast de man die zich over Niels Bentzon heen boog. Een gedaante die stond weggedrukt in een hoek. Met haar rug naar hem toe. Haar naakte schouders. Hij kon haar gezicht niet zien. Buiten de vier muren, op de gang, kon hij zwarte mannen zien die door het donker renden. Hij herkende een van hen uit een vorig leven. *Leon.* Hij liep voorop. Alleen.

Alleen.

Wij zijn niet alleen. Nooit alleen. Maar Leon ging voorop. Hij stootte zijn hoofd tegen een bord. Draaide zich om. Niemand had het gezien. Hij wenkte dat zijn mannen moesten komen. Ze waren bijna bij de deur van de kamer met de vier muren.

'Niels!'

De kamer met de vier muren. De man die probeerde Niels Bentzon weer tot leven te wekken. En de twee vrouwen. Hannah en de vrouw die naast Bergman stond. Vol liefde. En vergeving.

39

Regan Oost. 00.01

De lichtkegels van de zaklantaarns streken doelgericht onderzoekend over de vloer en de muren. Als blindenstokken die de weg wezen in het donker. Langs de kamers die waren bestemd voor de regering: de minister van Justitie, de minister-president. Geen minister van Cultuur, dacht Leon voordat hij zijn mensen naar zich toe wenkte. Hij liep voorop. Dat had voor- en nadelen. Dat hij in het donker bijvoorbeeld hard zijn hoofd stootte tegen een bord. Was dat een voordeel of een nadeel? Als hij het niet had geraakt, zou het een van zijn mannen wel zijn geweest. En wie kon het best de klappen incasseren?

Leon fluisterde: 'Bord!' en hij scheen erop met zijn zaklantaarn.

'Er zijn twee ringen', zei de assistent achter Leon. Op zachte toon. Agressief. De adrenaline pompte door hun bloed. Zo hoorde het.

'En waar leiden die naartoe?'

'Ring 1 voert naar beneden, naar de gemeenschappelijke ruimtes. De kantine. De keuken ...'

Leon onderbrak hem: 'Team één gaat met mij mee. Team twee met Michael.' Hij wees in de richting van de tunnel die naar de gemeenschappelijke ruimtes voerde.

De groep deelde zich als een perfecte cel in twee gelijke delen – en elk deel rende een kant op via de eigen ondergrondse ring.

'Door', fluisterde Leon.

Ze dekten elkaar. Ze hoefden niet te praten om te weten waar ze moesten staan. Iedere keer als Leon bij een deur of een opening kwam waar de vijand kon zitten, bleef hij staan. De twee eerste mannen van de groep achter hem renden naar de andere kant van de deur terwijl de volgende twee opschoven tot achter hem. Zijn assistent fluisterde tegen Leon wat hij moest weten.

'Hoeveel ruimtes zijn er?'

'Zestig, alles bij elkaar.'

'En hoeveel uitgangen?' wilde Leon weten.

'Die waardoor wij naar binnen zijn gekomen is de enige.'

'Ventilatieschachten?'

'Afgesloten in vredestijd.'

Leon keek naar de politiemensen die orders afwachtten. 'We gaan verder.' Leon ging voorop. Door de deur naar binnen, verder de gang door. De diepte in. Ik kom eraan, Bentzon, dacht hij. Hier is die goeie ouwe Leon. Ik weet best dat je me haat, maar ik kom je verdomme redden.

40

De andere zijde. 00.03

Pijn.

Voor de eerste keer. In zijn borst. Ver weg. Hij wist niet zeker of het iets met hem te maken had. Het kon ook de pijn van iemand anders zijn. Dat moest het zijn.

'Niels!'

Weer een schreeuw. Waar kwamen die splinters vandaan? Van de klap toen de deur werd opengebroken?

Jagende, heftige pijnen; een ongehoorde wreedheid, donker dat licht werd, of licht dat donker werd, een explosie van geluiden, een wereld die instortte, een universum dat in een fractie van een seconde verdween en waar een ander universum voor in de plaats kwam. Ik ga dood, dacht Niels. Ik ga nu pas echt dood. Zo is het om dood te gaan.

Doodgaan.

De vrouw weer. De vrouw die naast Bergman stond. Naast Bergman, maar ieder in een eigen wereld. De vrouw die wilde vergeven. En wilde dat híj vergaf. Dat hij losliet. Nu draaide ze zich om naar Niels. Hij zag haar. Zij zag hem. Ze sprak tegen hem. Haar stem was overal. Licht. Ruimtelijk. Zonder woorden. Toch begreep hij haar. Hij begreep haar boodschap.

Een andere vrouw.

Hannah. Vlak voor hem. En een man. Leon? De pijn was weg. Hij zou niet terugkomen. Het had niets met hem te maken. Vanuit zijn schuilplaats ver weg zag hij dat Leon de man in de handboeien had geslagen.

De vrouw schreeuwde. 'Nee! Niet doen!'

Leon draaide zich om. Fluisterde hij? 'Kom op nou, Bentzon.'

'Laat hem los. Hij is de enige die het kan doen.'

'Haal de artsen hierheen', schreeuwde Leon.

Niels keek naar hen.

'Maak hem los', zei Hannah.

Woedend. Waanzin in haar blik. Leon rukte Bergmans handboeien los. De slaaponderzoeker ging zitten.

Pijn. Een schreeuw. Pijn in zijn borst. Donker.

'Bentzon! Hoor je me!'

Opnieuw. Een lichtflits. Een hel. 'Ik wil niet.'

'Niels. Kom op, Niels.' Dat was de stem van de vrouw. Hannah? Of de andere vrouw? De vrouw die er de hele tijd was geweest. Licht dat pijn deed. Een gezicht heel dicht bij dat van Niels. Angstig dichtbij. Wanhoop in de blik.

Nieuwe pijnen. Heviger dit keer. En stemmen die riepen. 'Niels?' Hij was niet in staat om te antwoorden. Wist niet zeker of ze hem riepen.

Een nog hardere schreeuw: 'Niels?' De duisternis kwam als een vloedgolf. Een zwart vlies groeide langzaam voor zijn ogen. Op een andere manier dan eerst. Het ging sneller dit keer. Het veroorzaakte een pijnlijke schittering voor zijn ogen, het gevoel dat zijn keel zou imploderen tijdens de vergeefse jacht naar zuurstof. Dat de wereld op het punt stond te verdwijnen.

Speeksel in zijn gezicht. Tranen.

'Niels. Niels.'

Verdwijnen. Verdrinken in de pijn.

'Niels! Kom op ouwe jongen. Je kunt het.'

Een stem die nog verder weg was.

Verdrinken ... Leven dat wegvloeit ... Licht dat verdwijnt ...

Hij gaf het op. Het was een bewust besluit. Hij had geen kracht meer. Hij wilde niet meer. Het was hopeloos. Nog meer duisternis. Geluiden die bijna verdwenen.

En terugkwamen.

Nog meer geluiden. Stemmen die de ruimte vulden. Geschreeuw.

'Ik heb een pols!'

Iemand huilde.

Het eerste wat hij herkende was Leons adem. Onmiskenbaar. De geur van oud ijzer: 'Welkom terug, Niels.' En toen het gezicht. De pokkenlittekens, de blauwe ogen, de kaak die zo scherp was als een rotswand.

Een man die hij niet kende. Hij keek recht in zijn gezicht. Neushaar. 'Bent u in orde? De artsen zijn onderweg.'

En toen Hannah. Ze stond over hem heen gebogen. Tranen in haar ogen. Tranen die op zijn gezicht druppelden, ze brandden, smolten op zijn wangen.

'Dat was op het nippertje', hoorde hij iemand zeggen.

Iemand zei iets over de artsen.

Misschien was het op het moment dat Leon Niels optilde in zijn armen, of het moment dat Hannah haar slanke hand op zijn naakte borst legde, op de plek waar de defibrillator zich in zijn huid had geboord om zijn hartritme weer op gang te brengen – of misschien was het pas op het moment dat ze de gang op gingen, dat Niels oogcontact maakte met Bergman. Heel even maar. Een seconde misschien. Iets langer. Genoeg voor Niels om te kunnen zien dat hij het wist, en dat hij het misschien altijd al had geweten.

Toch vroeg Bergman: 'Wie?'

Niels keek weg. Bergman lag op de grond. Handboeien, handen op zijn rug. Een knie tussen zijn schouderbladen. Acht politieagenten om hem heen. 'Wie?'

'Ik wil hier weg', fluisterde Niels tegen Leon.

'Leon zorgt dat je hier wegkomt. We wachten op de brancard.'

'Ik kan hier ...'

'Wat zeg je, Bentzon?' Leon boog zich over Niels heen. Zijn oor vlak bij Niels' mond: 'Nog eens?'

'Ik kan hier geen seconde langer blijven', wilde Niels fluisteren. Maar de schreeuw van Bergman overstemde al het andere geluid. Het geluid van een ziel die ten onder ging. Nog een schreeuw. Een hartverscheurend *Nee*! Een kreet die overging in gejammer.

41

Bij Regan Oost. 00.25

Hannah keek op naar de lucht terwijl de arts haar hand verbond. Ze keek op naar de sterren die snel verdwenen achter de boomkruinen.

Toen liep ze naar de politieagenten toe. Ze had haar arm om Niels heen geslagen. En hij de zijne om haar. Het was moeilijk te zeggen wie wie overeind hield.

Leon zei: 'Jullie moeten nu echt gaan. Er zit een cardioloog op jullie te wachten in het ziekenhuis in Helsingør ...'

Niels onderbrak Leon: 'Ik hoef niet naar het ziekenhuis, Leon.'

'Maar ik heb de beste cardioloog van het land midden in de nacht uit zijn bed laten bellen ...'

'Ik wil naar huis. Met mijn vrouw. Ik ga niet dood.'

Leon wilde hem graag tegenspreken. Niels zag het in zijn ogen. Maar Leon liet zijn weerstand wegvloeien via een lange uitademing door zijn neus. Misschien schudde hij zijn hoofd, dat was moeilijk te zien in het donker.

'Nee, Bentzon. Je gaat vanavond vast niet nog een keer dood. Maar er moet nog wel een arts naar je kijken voordat je gaat.'

'En naar jou ook', zei Niels.

Leon keek hem verbaasd aan.

'Je hebt je hoofd gestoten. Tegen een bord. Toen je net de gang in liep. Weet je dat nog?'

Leon bleef staan. 'Hoe?' probeerde hij te zeggen, maar het kwam niet helemaal goed over zijn lippen.

Niels kon zien wat hij dacht: niemand had hem gezien in het donker. Al zijn mannen hadden achter hem gelopen. Hoe kon Niels dat weten?

Hannah nam de twee mannen op. Ze zag hoe Leon reageerde. Eerst met verwondering. Toen afwijzend. Dat had Niels onmogelijk kunnen zien. Hij raadde. Het had niets te betekenen. Hannah glimlachte naar Leon. Dit was normaal, dacht ze. De normale reactie van de mens als hij getuige is van iets wat onze opvatting over het leven – en wat daarvoor en daarna komt – kan veranderen. Afwijzing. Verdringing. Alsof het er niet is. Misschien was dat wel de goede manier om te reageren. Misschien waren er ontdekkingen die maar beter niet gedaan konden worden. Omdat we geen idee hebben wat we ermee moeten.

'Waar lach je om?' vroeg Leon.

'Ik glimlach', antwoordde Hannah.

Leon sloeg Niels op zijn schouder. 'Ga maar naar die ambulance', zei hij en voordat Niels kon protesteren liep hij weg.

'Kom nou maar. Het duurt maar vijf minuten', fluisterde Hannah.

Haar warme adem in zijn oor, haar hand die de zijne vasthield. *De wereld*. Vol geuren en waarnemingen en gevoel. Zoals de bosgrond, dacht Niels. En het geluid van bladeren die elkaar heel zachtjes aanraken. Hij zou nooit meer vergeten om daarvan te genieten. Niels wilde er iets over zeggen, hoe mooi het was om te leven bijvoorbeeld. Net zo mooi als niet leven. Of hoe je dat ook moest noemen. Maar Hannahs hand sloot zich stevig om de zijne.

Ze keek naar Bergman die de trap op werd geleid. Zes agenten. Twee die ieder een arm vasthielden, twee achter hem en twee voor hem.

'Je moet niet kijken.'

Hannah kon het niet laten. Niels keek de andere kant op. Hij had het al talloze keren gezien. Dat het verhaal van een mens eindigt. Dat het wordt beroofd van een toekomst. Hij had het al te vaak gezien. Een speciale blik, een uitdrukking in de ogen die zich voor altijd vastzet in de toeschouwer.

'Je moet niet kijken', herhaalde hij.

'Waarom riep hij "nee"?'

Niels gaf geen antwoord. Hij klom in de ambulance. Liet zich onderzoeken door de arts. Hannah antwoordde zelf: 'Hij zag iets. Iets in jouw ogen. Hij zag wat jij ... hebt meegemaakt toen je dood was.'

'Hannah ...'

'Nee. Ik wil het weten.'

Niels aarzelde. Hij wilde zijn mond opendoen, maar bedacht zich.

'Kunnen we iets afspreken?'

'Ja.'

'Ik geef antwoord op één vraag. Eén, meer niet. En dan praten we er nooit meer over.'

'Waarom?'

'Is dat je ene vraag?'

Hannah dacht na: 'Je bent een koppige man, wist je dat?'

'Is dat je ene vraag?'

'Nee.'

'Wat wil je dan vragen?'

'Wat heb jij gezien waardoor hij zo schreeuwde?'

'Ik heb gezien wat hij al die tijd al wist.'

'En wat was dat?'

Niels strekte zijn arm zodat de arts zijn bloeddruk kon opmeten.

'Voor een wiskundig genie kun je bar slecht tot één tellen.'

Maandag

42

Politie Noord-Sjælland – Gentofte. 20 juni 2011. 10.00

Er werd veel over gesproken. Wat Niels zou hebben meegemaakt tijdens de minuten dat hij klinisch dood was geweest. Een van de secretaresses op het bureau liet hem artikelen zien over het leven na de dood. Dingen die ze had gelezen in veelkleurige tijdschriften, die gebruikte ze als aas. Een poging om uit hem los te krijgen wat hij had gezien. Zelfs commissaris Sommersted kon het niet laten om het te vragen.

'Hoe was het?'

'Hoe was wat?'

'Verdomme, Bentzon, het grote mysterie. Datgene waar we allemaal bang voor zijn.'

Niels haalde zijn schouders op en liep zijn kantoor binnen. Achter zijn rug werd er gefluisterd. Dat hij niet meer dezelfde was. *Vijf minuten dood geweest.* Erg stil sinds dat moment. Een beetje gesloten. Wat onzin was. Niels Bentzon was altijd al stil geweest.

Hannah plaagde hem. Ze zei dat hij geheimzinnig deed om aandacht te krijgen. Toen glimlachte Niels en schudde zijn hoofd terwijl hij liedjes van Elvis zong voor de kleintjes die iedere dag groter groeiden.

*

Commissaris Sommersted, Leon en Niels moesten alle drie aanwezig zijn bij de bespreking waarmee de zaak van Adam Bergman zou worden afgesloten. Leon en Niels omdat ze er direct bij betrokken waren geweest, en omdat ze zelf een onderdeel vormden van de opheldering, de commissaris vanwege de vele implicaties; inbreuk op militair geheim, poging tot moord en tweevoudige moord hadden de zaak tot het hoogste niveau gebracht. Er was ook een verbindingsofficier van de Militaire Inlichtingendienst aanwezig. Niels mocht hem niet. Arrogantie vermomd als vriendelijkheid stond niet veel mensen, ook de verbindingsofficier niet. Voor de politieman die de moord indertijd had onderzocht en daarna met pensioen was gegaan, gold het tegenovergestelde. Hij had niets onoprechts, hij was puur, dacht Niels: een politieman die niet los kon laten. De moord op Maria Bergman was de zaak van zijn leven geworden. Bijna alle politiemensen hadden wel een zaak die ver boven de andere uitstak. De zaak die ze zich zouden herinneren tot aan hun dood. De zaak waar ze boeken over schreven als ze in het bejaardenhuis zaten en iets omhanden moesten hebben om de tijd te verdrijven. Over welke zaak zou hij zelf schrijven? Niels' gedachtenstroom werd onderbroken toen een van de chefs van het bureau zich tot hem richtte.

'Bentzon. Hoe was het ...'

De chef stopte. Schraapte zijn keel. Begon opnieuw: 'Bergman. Ik begrijp uit het rapport dat hij een soort crisis kreeg toen hij jou had gereanimeerd?'

Niels knikte. Hij liet zijn blik rondglijden door de anonieme ruimte die anders alleen werd gebruikt voor verhoren. Glimmend gepolijste tafel. Stoelen waar niemand iets tegen kon hebben. En buiten, in de verte, het geluid van de gierende treinwielen die stopten op het station iets verderop. *Treinen*, dacht Niels. Dicte van Hauen die op de rails was gesprongen. We eindigen waar we zijn gestart. Hij keek op. Gezichten die hem opnamen. Mensen die op een antwoord wachtten.

'Er gebeurde zo veel', antwoordde Niels. 'En ik was zelf ook niet helemaal helder.'

De politiechef was niet van plan om het daarbij te laten: 'Dat begrijp ik. Maar wat denk je dat er met hem gebeurde? Of binnen in hem?'

Niels haalde zijn schouders op en keek Leon aan.

Leon schraapte zijn keel: 'Hij was niet zo blij', zei hij en keek toen naar de tafel.

De plaatselijke politiechef hield aan: 'Ze zeggen dat het eindelijk tot Bergman doordrong wie zijn vrouw had vermoord toen hij Bentzon in de ogen keek.'

Leon trok zijn ene wenkbrauw op. '"Ze"?'

'Een paar van de jonge mensen die er die avond bij waren.'

Niels keek naar commissaris Sommersted die de situatie snel begreep: 'Nu wordt het wel een beetje speculatief. Als er verder niets meer is, mag een van jullie mij op een lunch trakteren.' Hij stond op.

Er klonk gelach.

Een nasaal geluid van Leon die opstond. De verbindingsofficier wist niet hoe snel hij weg moest komen. Leon en commissaris Sommersted volgden hem. Voor hen was de zaak afgehandeld, ze moesten door; de commissaris terug naar besprekingen met de minister en zijn overvolle bureau. Nieuwe moorden. Verse misdrijven. Hoe hield hij het vol? dacht Niels. Hij bleef achter met de gepensioneerde politieman. De man stond op. Toen kwam hij naast Niels zitten.

'Ik begrijp best dat je er niet over wilt praten', begon hij. Toen zweeg hij.

Niels overwoog of hij hem weer op gang zou helpen. Hij wilde zeggen dat het niet onplezierig was om dood te gaan, maar dat vond hij ongepast. En misschien was het ook niet helemaal waar? Hij wist het niet. Hij vond het moeilijk om zijn ervaring onder woorden te brengen. Misschien konden de talen die wij hier op aarde hebben ontwikkeld alleen ervaringen aan deze kant van de dood beschrijven. Misschien was er een nieuwe taal nodig om te beschrijven wat er aan de andere zijde was?

'Toen ik de zaak onderzocht ...'

Niels keek naar de oude man. De rimpels op zijn voorhoofd waren vastgegroeid in een zorgelijk patroon.

'Toen ik de zaak onderzocht', ging de politieman verder. 'Toen we net waren begonnen, was mijn eerste gedachte om de meest voor de hand liggende verdachten te onderzoeken.'

'Natuurlijk', zei Niels.

'Dat betekende dus Bergman en ...'

Hij keek Niels aan alsof hij goedkeuring wilde vragen om het volgende woord uit te spreken.

'En?'

'De dochter.'

Niels knikte. 'Het zou heel vanzelfsprekend zijn om daar te beginnen.'

'Bergman konden we al snel uitsluiten. Dan is er nog een klein meisje dat op haar kamer ligt. Ze ligt wakker en hoort dat de minnaar van haar moeder op bezoek komt. De moeder heeft haar iets verdovends gegeven, zoals altijd, gecamoufleerd in chocolademelk, maar het meisje giet het sinds een tijdje weg, dus ze weet wat er aan de hand is. Ze luistert. Op een dag hoort ze haar moeder ruziemaken met de man. Luid.'

'Waarover?' vroeg Niels.

De politieman trok zijn wenkbrauw op. 'Er zijn zo veel dingen waarover een vrouw ruzie kan maken met haar minnaar. Misschien wil hij dat ze weggaat bij haar man. Misschien wil ze hem niet meer zien. Misschien wil hij haar niet meer zien. Of het zou ook nog iets anders kunnen zijn. De ruzie wordt heviger. De vrouw gilt. Misschien geeft de man haar een duw. Misschien gaat hij weg?'

Niels kreeg een nare smaak in zijn mond. Alsof het zoute water van zijn ontmoeting met Bergman opeens zijn mond weer vulde.

'Misschien verlaat hij het huis, smijt met de deur, haast zich naar zijn auto, wordt gezien door de buurman en verdwijnt. Voor altijd.'

Niels keek de oude man aan.

'En het kleine meisje weet de deur open te krijgen.'

'Hoe?'

De politieman haalde zijn schouders op. 'Misschien was de moeder die dag vergeten de deur op slot te doen? Moet ik verdergaan?'

Geen reactie van Niels.

'Misschien is het meisje naar haar moeder toe gegaan. Vervuld van ... wat zullen we zeggen? Verdriet? Boosheid? Allebei? Of misschien is ze eerst naar de keuken gegaan. Misschien was Maria Bergman teruggegaan naar de slaapkamer. Het was al een tijdje geleden dat haar minnaar was vertrokken. Twintig minuten. Misschien had Maria Bergman zich in slaap gehuild. Misschien had het meisje iets gehaald in de keuken. Een mes. Het grootste, scherpste mes dat er in huis was. Wie weet had ze vaak gezien hoe haar vader, Adam Bergman, die ze verafgoodde, kippen slachtte door ze de hals af te snijden. Misschien was ze eraan gewend om de dood te zien. Was de dood ... gewoner voor haar geworden. Dagelijks. Een enkele snee. Daar staat een meisje met een heleboel gevoelens die ze niet begrijpt. Ze weet dat je maar één snee hoeft te maken. Dan is de kip dood. Niemand is daar verdrietig over. De kip spartelt. Misschien fladdert ze nog een beetje rond. Dan eet je haar op. Wie weet? Je moet volwassen zijn om de heel speciale rangorde te begrijpen waarin wij moord hebben onderverdeeld. Abortus, dieren die worden geslacht, moord, oorlog. Wat is wat? Misschien kwam het daardoor – juist daardoor – dat het niet moeilijk voor haar was om het mes op de zachte halsslagader van haar moeder te zetten.

Ze hoefde nauwelijks te drukken. Het mes was zo zwaar en scherp dat het bijna vanzelf het werk deed. Misschien werd de moeder wakker? Misschien kon de moeder nog door het huis strompelen voordat ze haar laatste adem uitblies ten gevolge van het bloedverlies. Wat denk jij, Bentzon? Is dat wat je hebt gezien aan de andere zijde?'

Niels voelde een zachte trilling in zijn hand. Alsof hij degene was die het mes vasthield.

Alsof wij gemeenschappelijk verantwoordelijk zijn voor al onze misdaden.

'Wie zegt dat ik überhaupt iets heb gezien?'

'Bergman. Hij heeft het gezien in jouw blik.'

Niels wilde de oude man graag helpen. Hem rust geven. Hij

schraapte zijn keel: 'Als we nu eens even spelen met de gedachte dat er iets is aan de andere zijde.'

'Ja.'

'Dan zou dat betekenen dat er een bedoeling is. Met alles. Bent u het daarmee eens?'

'Ja.'

'Dan is er waarschijnlijk ook een reden dat het leven en de dood van elkaar zijn gescheiden met zulke ondoordringbare schotten. Dat wij ons op aarde moeten bezighouden met het leven hier. En niet zo veel moeten praten over wat er daarna gebeurt.'

Het was stil in de ruimte. Het geluid van een trein. De oude man glimlachte. Hij stond op en pakte zijn lichte windjack van de stoel. Hij gaf Niels een hand.

'Maar misschien is uw theorie zo gek nog niet', zei Niels terwijl hij de hand van de oude man vasthield. 'En dat zou natuurlijk ook verklaren waarom ze is opgehouden met praten.'

De oude man keek Niels aan.

'Om de moordenaar niet te verraden', zei Niels.

Het geluid van de trein die stopte.

Een maand later

43

Bispebjerg Hospital – Afdeling Kinder- en Jeugdpsychiatrie. 09.50

Over een half uur zou Hannah voor het Thorvaldsenmuseum staan wachten met de koffers. Precies zoals hij haar had gevraagd. Maar eerst moest hij nog iets anders doen. De boodschap aan Silke. Van haar moeder. Het moment was gekomen om die over te brengen.

'Sorry. Ik zoek Silke Bergman', zei Niels tegen een man in een witte jas. 'Weet u of ze op haar kamer is?'

'Waar gaat het over?' vroeg de man.

'Een kort bezoekje', zei Niels en hij liet zijn politie-ID zien.

'Silke is altijd op haar kamer.'

Niels ging de hoek om, liep het laatste stukje naar de deur en klopte aan.

Waar gaat het over?

Hij wachtte een paar seconden en pakte toen de deurkruk. De deur was open. Silke zat op haar bed. Ze keek naar het park – naar een plek ergens tussen de schommels en de twee oude eiken. Nat, achterovergekamd haar, ze was net onder de douche geweest. Het rook naar dennebomen en honing.

'Hallo, Silke', zei Niels en hij ging tegenover haar op de rand van de tafel zitten. 'Weet je nog wie ik ben? Ik ben de man die ...'

Niels moest ergens anders gaan zitten om haar blik te kunnen vangen. Ten slotte ging hij naast haar op het bed zitten.

'Ik weet dat er mensen zijn geweest om met je over je vader te praten. En dat je hem mag blijven zien. Dat hij op bezoek mag komen.'

Weer voelde hij een aarzeling groeien in zijn binnenste. Wat wilde hij zeggen? Hoe moest hij het zeggen? Hij besloot verder te gaan. Gewoon zijn mond het werk te laten doen zonder er te veel bij na te denken. Vertrouwen op de macht van het woord.

'Wat je vader heeft gedaan', begon Niels. 'Mij naar de andere zijde sturen. Om met je moeder te praten. Dat was verkeerd. Heel erg verkeerd. Dat weet jij ook.'

Niels wachtte af of er een reactie kwam. Al was het maar iets heel kleins. Een trillende zenuw. Een beweging van haar hand. Niets.

'Maar ik heb een boodschap voor jou, Silke. Van je moeder. Ze mist je. En ze is niet boos. Je bent nog steeds bij haar. Het maakt niet uit wat er is gebeurd toen. Het maakt niet uit ...'

Niels merkte dat hij haar hand had gepakt. Of had haar hand de zijne gevonden?

'Wat er toen ook is gebeurd', ging hij verder. 'Wat je ook hebt gedaan. Ze vergeeft het je. En ze houdt van je. Begrijp je dat, Silke?'

Nog steeds geen reactie.

'Je bent nog steeds haar kleine meisje. Voor altijd.'

Niels keek Silke aan. Hij zocht iets in haar ogen. Een teken dat ze hem had gehoord. Een teken dat ze het begreep. Maar tevergeefs. Ten slotte gaf hij het op en gaf haar hand een kneepje ten afscheid. Niels draaide zich om in de deuropening en wierp een laatste blik op de kamer waar het meisje naar buiten zat te kijken, naar iets wat alleen zij kon zien.

44

Thorvaldsenmuseum. 10.30

'Waarom moesten we hier afspreken?' Hannah stond ongeduldig met de twee kleine koffers voor de ingang van het museum. Ze zag eruit als een verdwaalde toerist.

'Ik wil je iets laten zien', zei Niels terwijl hij haar vluchtig kuste.

'Halen we dat nog?'

'Het vliegtuig gaat pas over twee uur.'

'Ja, maar ...'

Hannah had het over inchecken en taxfree shoppen en hoe je van de luchthaven van Venetië naar de stad moest komen. Ze wilde gewoon vertrekken.

Het museum. Ze hadden het bijna voor zich alleen. Slechts weinig mensen maakten tijd voor een beeldhouwer die allang dood was, op een dag dat de zon de hemel geheel voor zichzelf had.

'Het duurt maar heel even', drong Niels aan en hij pakte haar bij de hand. 'Het is hier vlakbij, in de zijvleugel.'

Ze gingen de ruimte binnen waar 'De Nacht' aan de muur hing. Ze waren alleen.

'Thorvaldsen heeft dit reliëf op bestelling gemaakt', zei Niels. 'Maar hij was geïnspireerd en gedreven door zijn eigen ervaringen en gevoelens na de dood van zijn zoon.'

Hannah keek eerst naar Niels. Daarna naar het reliëf. Onder de indruk, maar ook geschrokken. 'Waarom moet ik dit zien?' vroeg ze. 'Is het om me te helpen met Johannes?'

'Dit was eigenlijk niet wat ik je wilde laten zien', zei Niels en hij pakte haar voorzichtig bij haar schouders en draaide haar honderdtachtig graden. Langzaam.

'Dit is wat ik je wilde laten zien.'

Een ander reliëf. Aan de muur ertegenover. Thorvaldsen had het vlak na het andere gemaakt.

'Dit heet "De Dag"', zei Niels.

Hannah zei niets. Ze keek naar de engel met het kind van het licht op haar rug. Wakker. Open ogen. Stralend. *Het Leven*. Ze sloeg haar arm om Niels heen. Trok hem naar zich toe. Staarde naar de hoop die vlak voor hen door de ruimte zweefde.

1902

A.J. Kazinski bedankt:

Omdat ze ons opnieuw de weg naar de sterren heeft gewezen: Anja C. Andersen, astrofysicus, Niels Bohr Instituut.

Voor een grondige inwijding in de kunst van het verdoven van een volwassen mens: Lars Kjeldsen, specialist, Amager Hospital.

Voor opwekkende gesprekken over slaap: Søren Berg, slaaponderzoeker en specialist, slaapkliniek Scansleep.

Omdat ze ons de meest geheime hoekjes van het Koninklijk Theater hebben laten zien: David Drachmann, theaterschilder en Camilla Høy-Jensen, hoofd pr.

Omdat ze ons gewillig heeft laten delen in haar fantastische, fascinerende, pijnlijke leven als balletdanseres: Amy Watson, soliste bij het Koninklijk Ballet.

Voor gesprekken over het obduceren van dode mensen: Hans Petter Hougen, forensisch arts, Forensisch Instituut.

Voor een gulle blik in haar duizeligmakende onderzoek naar de oorsprong van het leven: Eske Willerslev, DNA-onderzoeker en hoogleraar bij het Centrum voor Geo-Genetisch Onderzoek aan de Universiteit van Kopenhagen.

Voor een duistere blik in de allerdonkerste hoekjes van de menselijke psyche: Anne Hørup, kwaliteitscoördinator, Afdeling Kinder- en Jeugdpsychiatrie, Bispebjerg Hospital.

En wij bedanken: Anne-Marie Christensen, Lene Juul, Charlotte Weiss – en alle anderen van Politikens Forlag – waar zouden wij zijn zonder jullie?

A.J. Kazinski bij De Geus

De laatste goede man

De Deense politieman Niels Bentzon en astrofysicus Hannah Lund zitten een moordenaar op de hielen die systematisch goede en rechtschapen mensen over de hele wereld doodt. De moorden lijken hun oorsprong te hebben in een oude, religieuze mythe. Om de volgende moord – waarschijnlijk in Kopenhagen – te voorkomen moet Niels Bentzon één goed persoon in de stad vinden. Maar wie is dat?